Miguel Nicolelis

NADA MAIS SERÁ COMO ANTES

romance

Uma ameaça sem precedentes, uma rede de conspiradores poderosos e dispostos a tudo...

e apenas uma neurocientista e um matemático podem salvar a humanidade

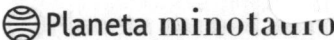

Planeta minotauro

Preparação: Guilherme Kroll
Revisão: Marina Castro e Caroline Silva
Diagramação e projeto gráfico: Matheus Nagao
Capa: Fabio Oliveira
Imagens de capa: Science History Images / Alamy / Fotoarena; Daniel Dowdy / Shutterstock e brockmarques / Shutterstock

Dados Internacionais de Catalogação na Publicação (CIP)
Angélica Ilacqua CRB-8/7057

Nicolelis, Miguel
Nada mais será como antes / Miguel Nicolelis. - São Paulo : Planeta do Brasil, 2024.
512 p.

ISBN 978-85-422-2753-6

1. Ficção brasileira 2. Ficção científica I. Título

24-3299 CDD B869.3

Índice para catálogo sistemático:
1. Ficção brasileira
2. Ficção científica

MISTO
Papel | Apoiando o manejo florestal responsável
FSC® C005648
FSC www.fsc.org

Ao escolher este livro, você está apoiando o manejo responsável das florestas do mundo

2024
Todos os direitos desta edição reservados à
Editora Planeta do Brasil Ltda.
Rua Bela Cintra, 986, 4º andar – Consolação
São Paulo – SP – 01415-002
www.planetadelivros.com.br
faleconosco@editoraplaneta.com.br

"Você criou o longínquo céu para brilhar nele,
Para ver o que você criou, enquanto você está longe,
E brilhar na sua forma como um disco vivo,
Ascendendo, brilhando, distante e próximo,

Você criou milhões de formas por si mesmo, sozinho,
Cidades, vilas, campos, estradas de rios,
Todo olho o vê no amanhecer,
Você é o disco do dia, mestre dos seus movimentos,
Da existência de todas as formas,
Você criou sozinho tudo que existe.
[...]
A terra se transforma em vida pela sua ação; à medida que você os cria
E, quando você brilha, eles vivem.
Quando você repousa, eles morrem."

Do *Grande Hino ao Aten* (o Deus Egípcio do Disco Solar)
Faraó Akhenaten

"No limite, nenhuma ação, nenhuma conversa, e possivelmente, com o tempo, nenhum sonho ou pensamento escapará dos olhos incansáveis e sempre despertos deste Deus: cada manifestação da vida será processada pelo computador e posta sob o seu sistema de controle sempre invasivo. Isto significaria não só a invasão da [nossa] privacidade, mas a total destruição da [nossa] autonomia: de fato, a dissolução do espírito humano."

The Myth of the Machine: The Pentagon of Power
Lewis Mumford

"Qualquer tecnologia suficientemente avançada é indistinguível de mágica."

Sir Arthur C. Clarke

Para Paulina, Ada, Lygia, Antonieta e Giselda,
as magas a quem eu devo todas as minhas aventuras,
reais e imaginárias

SUMÁRIO

Eridu, Ur, Uruk, Tebes, Mênfis, Nínive, Babilônia, Ctesifonte, Jerusalém, Persépolis, Pasárgada, Samos, Mileto, Crotone, Halicarnasso, Atenas, Alexandria, Pérgamo, Antióquia, Éfeso, Merv, Nishapur, Damasco, Bucara, Balkh, Samarcanda, Herat, Roma, Constantinopla, Bagdá, Córdoba, Florença. Uma por uma, essas cidades clássicas floresceram como ilhas individuais que eventualmente coalesceram num verdadeiro Arquipélago do Conhecimento da Antiguidade; gigantescas fornalhas intelectuais onde, durante milhares de anos, abstrações e crenças foram fundidas em suas configurações originais, antes que pudessem ascender ao panteão de verdades incontestáveis e, no processo, edificassem as celas da prisão mental que mantêm como reféns a humanidade e todo o mundo na primeira metade do século XXI.

Esses foram os primeiros e gloriosos assentamentos que coletivamente cultivaram e registraram, talvez sem mesmo saber, os mandamentos sagrados de um futuro que, dentre outras alternativas igualmente plausíveis, triunfou no objetivo de definir e consolidar tanto o impasse presente como um potencial ato final da nossa espécie, neste palco de rocha azulada chamado Terra, por falta de um nome melhor.

Milhares de anos antes que o mundo moderno revelasse a sua eletrizante e sedutora face digital e algorítmica, e muito antes que a sua pegada dominadora e escravizadora pudesse ser sentida por bilhões de cérebros humanos indefesos, as sementes deste futuro já haviam sido semeadas, mesmo que inadvertidamente, por um punhado de mentes humanas celestialmente brilhantes – quase alienígenas –; os mestres privilegiados de uma rede seleta de cidades que transformaram para sempre a forma como a humanidade viveu, pensou e, eventualmente, sucumbiu frente à mais poderosa e igualmente arrogante de todas as suas crias mentais. Dos ventres prenhes destas cidades, muitas hoje quase totalmente esquecidas, as primeiras Brainets, verdadeiras redes de cérebros altamente sincronizados e capazes de fazer história, emergiram, floresceram e passaram a dominar o processo civilizatório humano. E, a despeito das suas origens humildes e seus parcos meios de comunicação, essas Brainets sincronizaram centenas, milhares e, eventualmente, bilhões de mentes, expandindo o seu alcance e poder, enquanto davam origem a uma miríade de irresistíveis miragens mentais que mudaram para sempre o curso da nossa épica história.

Fruto de violentas erupções oriundas das profundezas de sulcos e giros neurais e sinapses de um cérebro de primata relativamente jovem, com pouco mais de trezentos mil anos, uma vez que estas abstrações mentais foram ejetadas de suas incubadoras neurais, elas se espalharam como um vírus, atingindo cada canto remoto do mundo, tentando transformar e remodelar, sem trégua, tudo e todos, ser vivo ou não, que cruzassem o seu caminho.

E uma vez lá e em todo lugar, esses vírus informacionais começaram a infectar quem quer que viesse a ter contato com eles, por meio de um abraço irresistível que se manifestou quase como o assédio terminal de uma sucuri amazônica, sufocando qualquer resistência lenta e impiedosamente, enquanto sussurrava no ouvido de sua presa uma melodia tão sedutora quanto sinistra, para a qual nenhuma refutação poderia ser concebida, muito menos verbalizada.

Neurônio por neurônio, cérebro por cérebro, esses modos novos e avassaladores de pensar tomaram conta dos campos neurais férteis, infelizes e desamparados de civilizações inteiras. Reproduzindo dentro delas o desejo irresistível de adorar e de se render ao feitiço de uma divindade mítica que habitava ou o infinito e eterno céu azul, ou uma montanha, ou mesmo uma densa floresta ou um pedaço de pedra, para então conquistar e converter o inimigo, qualquer inimigo, de forma que sua tribo pudesse reformatar todo mundo ao seu redor, muito além do que os seus olhos pudessem ver ou os seus cérebros de primatas pudessem compreender. Tudo em nome de um Deus nunca visto, coroa, credo, ideologia, ou quaisquer outros símbolos de poder e riqueza criados pela mente humana.

Tirando vantagem da quase total rendição do pensamento humano ao longo da primeira metade do século XXI, os autoproclamados Overlords do mundo decidiram que esse seria o momento propício para tentar obter, de vez, o controle total da maquinaria orgânica da qual, por milênios, os nossos ancestrais se valeram para gerar uma maravilhosa e ilusiva teia de miragens. As mesmas que foram capazes de construir todo um universo, o Universo Humano, o único ao nosso alcance, e que, no limite, nos fizeram ser o que somos. Ou aquilo em que nos transformamos.

O que os Overlords não esperavam ou previram de forma alguma, todavia, é que um antigo poder, muito além do seu raio de alcance, se manifestaria por meio de um disparo certeiro, repentino e devastador para erguer a última barreira capaz de evitar o colapso mental coletivo de toda a humanidade.

CAPÍTULO 1

UM DOS OVERLORDS ABRE SUA MENTE. LITERALMENTE!

Basileia, Suíça – sexta-feira, 1º de fevereiro de 2036 – dezoito horas antes do impacto

Sem nenhuma sombra de dúvida, tudo aquilo que o doutor Christian Abraham Banker Terceiro, Ph.D. em economia e ex-professor da Escola Áquea de Business da Universidade da Duquesa, em Persépolis, Carolina do Norte, mais apreciava no seu elegante e ultramoderno escritório suíço era a sua janela de vidro fumê temperado de quatro metros de altura por vinte metros de extensão.

Para ele, ela representava o suprassumo da estética bancária.

Desde a sua ocupação do luxuoso escritório do diretor-geral do Banco para Acordos e Rapina Internacional, o BARI, apenas uma das múltiplas mordomias associadas ao seu cargo, um dos de maior prestígio do mercado financeiro mundial, além de um salário de oito dígitos (não incluindo bônus anual, reembolso total para despesas de viagem, cartões de crédito, um BMW de luxo, residência grátis e assinatura anual da melhor casa de massagens de toda a Suíça), os olhos azuis do novo executivo-chefe daquela instituição sempre achavam tempo para contemplar a ampla vista oferecida por aquele verdadeiro Grand Canyon de vidro, localizado na face norte do vigésimo quinto andar do edifício. Durante esses frequentes episódios de voyeurismo peculiar e incomum, mesmo que para um banqueiro mais do que comum, a principal atração que rotineiramente enfeitiçava as retinas e a mente do nosso Dr. Banker Terceiro era a sua visão panorâmica da estação de trem da cidade da Basileia.

Sim, você leu corretamente: a estação de trem.

Nunca na sua pregressa e extremamente pedestre carreira acadêmica, transcorrida sem qualquer destaque ou trepidação na maior universidade de toda Persépolis, Carolina do Norte, Dr. Banker Terceiro poderia ter sequer imaginado que, após ascender ao topo do Everest financeiro internacional, passaria boa parte do seus dias contemplando detalhes ínfimos dos mesmos trilhos, dos mesmos trens, das mesmas plataformas cheias de suíços idosos com os mesmos rostos amorfos e semimortos, e do mesmo relógio da estação que, segundo ele, mais de cento e vinte e cinco anos atrás teria inspirado um jovem alemão, funcionário do escritório de patentes da cidade, um certo Albert Einstein, a propor a teoria da relatividade especial. Não que o nosso prezado banqueiro compreendesse uma sílaba da referida teoria. Afora esse pequeno detalhe, tudo relacionado a ela, e principalmente o fato de que ela teria se originado da observação rotineira do relógio da estação de trem, lhe parecia extraordinário.

Aquilo era demais, mesmo para um banqueiro da estatura, acume e reconhecimento mundial do nosso prezado Dr. Banker Terceiro, como ele apreciava ser chamado por amigos, empregados e colegas de profissão.

Sem sombra de dúvida, ele estava no topo do mundo! Membro da décima quinta geração da família Banker no Novo Mundo, nascido e criado na grande Persépolis, no condado Pêssego, nada mais do que um aluno medíocre por toda a vida, concebido e parido numa tradicional família de agiotas evangélicos, e ele estava sentado neste exato momento na sua mais do que confortável cadeira flutuante à base de supercondução, de uso exclusivo do CEO do BARI, bem no centro geográfico do seu escritório de quinhentos metros quadrados, no topo da catedral do reino financeiro: o arranha-céu redondo, de vinte e cinco andares, ereto em puro vidro e aço no centro da Basileia para servir como quartel-general do BARI. Também conhecido pela elite do mundo financeiro como a maior lavanderia monetária automática do globo, aberta vinte e quatro horas por dia, sete dias da semana, para toda sorte de transações; servindo a todos os Bancos Centrais do planeta e também alguns outros clientes um pouco mais obscuros, atuando na fronteira da lei, ou à margem dela.

Graças a uma mais do que apropriada (de acordo com sua mãe), improvável (na visão da sua professora primária), estranha (na opinião sincera de uma das suas amantes) e completamente bizarra (para toda a mídia especializada e agentes do mercado financeiro) sequência de eventos, Dr. Banker Terceiro tinha, em apenas dois anos, ascendido meteoricamente da sua posição de chefe obscuro e quase robótico do Departamento de Neuromarketing da Universidade da Duquesa – a maior em toda Persépolis, Carolina do Norte, é importante ressaltar – para se tornar, no que ficou conhecida como a maior viagem de montanha-russa que o mundo financeiro já testemunhou, primeiramente o ministro da Fazenda do último influenciador do YouTube a ser eleito presidente dos Estados Unidos. Meros dois anos depois, logo após uma troca de sopapos com seu protetor no Salão Oval da Casa Branca, e da morte repentina do ocupante de outra cadeira de prestígio, ele foi subitamente promovido ao cargo deixado vago pelo falecido *chairman* do U. S. Federal Reserve, o famoso FED. Se esta promoção feita na base da catapulta do acaso não fora suficiente, o destino quis que Dr. Banker Terceiro se beneficiasse novamente, meros oito anos depois, do terceiro impeachment de um outro presidente americano. Em meio à turbulência criada no mundo financeiro americano, Dr. Banker Terceiro recebeu um telefonema de um agente governamental suíço não identificado que lhe ofereceu a chefia do BARI, sem que nenhuma pergunta embaraçosa fosse feita.

Depois de refletir por cerca de dez milissegundos se uma eventual mudança para a gélida cidade da Basileia para dedicar o resto da sua carreira – afinal, ele ainda era um jovem de cinquenta e quatro anos – seria apropriada e rentável, ele inquiriu seu interlocutor sobre quais seriam suas principais atribuições nesse novo posto. A reposta foi direta: estaria encarregado de cumprir todas as principais tarefas extremamente especializadas e desgastantes que todo diretor-geral do BARI tem que realizar, incluindo participar, a cada dois meses, de um banquete dominical com os presidentes dos principais Bancos Centrais do mundo para decidir o futuro – minuto a minuto, incluindo todas as decisões de vida ou morte, e outras menos importantes e mais pessoais – de aproximadamente nove bilhões de pessoas que nunca tiveram ou terão a menor ideia da existência ou da missão do BARI. Os mesmos nove bilhões que não têm a menor ideia de quem sejam os membros do banco, nem o seu diretor-geral, ou como todo esse mundaréu de desconhecidos conseguiu poder suficiente para escravizar todo um planeta, enquanto degusta dos melhores vinhos, queijos e chocolates suíços, totalmente de graça.

Tendo se achado numa verdadeira encruzilhada da vida, Dr. Banker Terceiro fez aquilo que qualquer americano patriota, apaixonado e devoto para com a sua pátria faria num momento de profunda instabilidade econômica e política das recém-criadas Repúblicas Desunidas da América, a federação mais do que frouxa que agora reunia os cinco novos países nos quais os Estados Unidos da América se dividiram depois do *crash* de 2029: ele imediatamente aceitou a proposta dos suíços.

E sem muito atraso ou lágrimas de crocodilo, se mudou para a Basileia, Suíça, e abriu uma conta-corrente, apenas alguns minutos depois da sua chegada a Genebra. E caso alguém ouse pensar que essa foi uma tarefa insignificante, seria importante saber que, com a concretização dessa transação bancária, Dr. Banker Terceiro se tornou o primeiro cidadão americano a conseguir realizar tal proeza hercúlea, em apenas um dia, depois de mais de um quarto de século. Afinal, desde meados dos anos 2000, os bancos suíços passaram a se recusar, de forma inflexível, a abrir contas para cidadãos americanos em retaliação às multas de alguns bilhões de dólares impostadas pelo Departamento de Justiça Americano, dado que alguns desses bancos foram considerados como cúmplices nos esquemas de evasão de divisas perpetrados de forma disseminada por um punhado de americanos abastados.

Mas fujo da narrativa principal. Mil perdões.

Mesmo antes que ele soubesse que lhe seria facultado o privilégio de observar o grande relógio da estação de trem da Basileia, quando lhe bem conviesse, a qualquer minuto do dia, enquanto se empenhava ao máximo – ou perto disso – entre todos aqueles banquetes regados a vinho, queijo (*raclette* se tornou o seu favorito) e chocolate (somente *éclairs au chocolat*, por favor) para garantir o bem-estar de toda a humanidade, Dr. Banker Terceiro defendia arraigadamente a tese de que, enquanto todos pagassem seus impostos, seus financiamentos, seus empréstimos para comprar carro, seus boletos para pagar a faculdade, seus seguros residenciais e de saúde e suas previdências privadas e continuassem absolutamente calados, no meio deste processo infindável de saldar dívidas, mal e porcamente sobrevivendo com seus salários mínimos e se dirigindo aos shopping centers para gastar tudo que ganhavam, num universo de coisas que eles certamente nunca precisariam, tudo continuaria a transcorrer às mil maravilhas no planeta Terra.

Veja bem, Dr. Christian Abraham Banker Terceiro – não o Segundo, porque este seria o seu pai, um banqueiro igualmente medíocre, diga-se – era um legítimo membro da Igreja dos Mercados; um fervoroso adorador do Deus Dinheiro e um seguidor rígido da Fé da Ambição Sem Limite. Se isso não constituísse uma dose suficiente de fanatismo religioso para um único indivíduo, em seus últimos anos de vida acadêmica, o nosso Dr. Banker Terceiro também havia se tornado um adepto obsessivo-compulsivo do Culto da Máquina, uma seita que tinha crescido de forma exponencial desde seus humildes primeiros passos na Idade Média, na Europa Ocidental. Atualmente, esse culto pregava o credo da total substituição do trabalho humano, de todo processo de decisão da sociedade e todo pensamento crítico independente por poderosas redes de computadores quânticos, rodando algoritmos onipresentes, desenhados para controlar e ditar todos os aspectos da vida humana, mantendo uma vigilância digital total, 24/7, o tempo todo, de todas as atividades humanas, durante toda a existência mortal de cada um de nós.

Você leu corretamente: do berço até o caixão. Sem nenhuma pergunta feita.

Cuidadosamente planejado e testado ao longo dos últimos cinquenta anos, desde a introdução da internet nos anos 1990, esse massivo sistema de controle do comportamento humano, que poderia ser descrito apenas como uma penitenciária digital definitiva, tinha sido elaborado, construído e difundido pela ação conjunta de uma minúscula elite de magnatas das indústrias BigTech e seus principais arautos, o batalhão de mercenários conhecidos como Evangelistas Digitais. Esses sumos sacerdotes eram assessorados diretamente por quadros fanáticos e vocalmente estridentes, os chamados Guerrilheiros Digitais. Da mesma forma que outros exércitos anteriores, ao longo da história milenar da humanidade, as hordas de Sumos Sacerdotes Digitais alegavam saber melhor que qualquer um o que toda a humanidade deveria fazer com as suas vidas. Para os seguidores dessa última religião monoteísta a infectar os cérebros de imensas multidões de membros da espécie *Homo [not so] sapiens*, para salvar a humanidade de si mesma seria absolutamente essencial remover dos seres humanos a carga insuportável do pensamento crítico independente. O comportamento humano, sempre errático e impreciso, deveria ser colocado sob controle e moldado a se manifestar de forma homogênea e uniforme, do berço ao caixão, pelas estritas leis promulgadas por algoritmos digitais, criados para erradicar qualquer vestígio do livre-arbítrio de qualquer ser cérebro humano vivo. Ou morto, só para garantir.

Ainda mais delirante – se isso fosse possível – do que um famigerado magnata sul-africano que, logo depois de declarar falência, durante sua escapada rumo a Marte, e que quase se matara ao tentar usar um lança-chamas dentro da sua aeronave espacial, Dr. Banker Terceiro acreditava piamente, até as profundezas dos seus ossos e carnes – constantemente acumuladas por generosas rações de frituras e outros pratos típicos da sua nativa Carolina do Norte –, que ele seria capaz de salvar o mundo dos seus piores inimigos: os quase nove bilhões de habitantes e a sua total incapacidade de tomar decisões racionais que garantissem um futuro próspero para toda a nossa espécie.

— Vamos subcontratar máquinas inteligentes para tudo — Dr. Banker Terceiro amava anunciar aos berros, durante suas aulas com estudantes de pós-graduação, que mais pareciam cultos evangélicos realizados nos auditórios da Universidade da Duquesa. – Que venham a Inteligência Artificial e os robôs totalmente guiados por ela para decidirem todo o nosso futuro. Melhor seria nos rendermos de vez à infalível e incorruptível lógica precisa do código binário. O digital vai nos salvar, nós, pobres seres terrestres analógicos, fadados a cometer falhas grotescas, do nosso pior inimigo: nosso amaldiçoado e superestimado livre-arbítrio. Não podemos permitir que os nossos cérebros orgânicos ultrapassados continuem a destruir as nossas chances de sobrevivência; vamos deixar esse decadente hardware neuronal de segunda classe, construído aleatoriamente, ser substituído por reluzentes máquinas de Turing virtuais, construídas nos mínimos detalhes pelas maiores mentes que já existiram, distribuídas por toda a nuvem digital infinita, capazes, elas sim, de nos oferecer a esperança de um futuro totalmente previsível. Nunca mais viver imersos na incerteza deste nosso mundo medíocre. Tragam o Demônio de Laplace para ontem, servido numa bandeja de prata, e garanto que os portões do Paraíso da eterna felicidade serão escancarados e nunca mais se fecharão para nós.

Todo esse proselitismo acadêmico – devidamente financiado por doações de grandes corporações, vale ressaltar – era parte do passado. Agora, Dr. Banker Terceiro – não o Primeiro, porque este fora seu avô, outro banqueiro medíocre, como reza a tradição daquela família – tinha à sua disposição a mais avançada tecnologia digital disponível em todo o planeta, os supercomputadores mais velozes do Sistema Solar, os aplicativos de Inteligência Artificial mais sofisticados da galáxia e os mais complexos dispositivos robóticos jamais concebidos pela mente humana ou qualquer outra mente, diga-se de passagem, em todo o vasto Cosmos; tudo isso para que ele pudesse encontrar uma forma robusta e irrefutável de remover todas as decisões sobre o futuro dos cérebros e mentes dos seres humanos – pelo menos a vasta maioria deles – e conceder a um diminuto grupo de especialistas – pessoas como ele, seus colegas presidentes dos dez maiores Bancos Centrais do planeta – a oportunidade de colaborar, misturar e, no limite, fundir suas mentes criativas com a última geração de software inteligente que lhes permitisse tomar as melhores decisões para guiar a humanidade na direção de um futuro cheio de oportunidades e crescimento.

Sim, crescimento, da versão infinita, de preferência.

E apenas os mesmos poucos escolhidos, que participaram da sua criação, e que são capazes de avaliar o que ele representa no balancete do final de cada trimestre, seriam convidados para desfrutar desse futuro!

Essa era a visão central, a proposta magna que o nosso Dr. Banker Terceiro trouxe para servir de guia no seu mandato à frente do BARI, na Basileia, Suíça. Ele queria ser lembrado como o diretor-geral que decisivamente moveu o sistema financeiro internacional para muito além do horizonte, de sorte a permitir que toda a humanidade pudesse testemunhar a última transação financeira feita pela mão ou voz humana. Ele usava esse lema metafórica e literalmente, dependendo da plateia à qual se dirigisse. O dia em que o futuro de todas as coisas que realmente importam cessará de ser decidido pelos sistemas políticos idiotas e instituições humanas arcaicas que a nossa espécie continua insistindo em promover e defender há quase cinco mil anos, apesar de todas as consequências catastróficas geradas, está próximo de amanhecer e se tornar realidade. Aquele era o momento apropriado, maduro para uma mudança, e o nosso Dr. Christian Abraham Banker Terceiro, em nome de Deus e do dólar, se é que são duas entidades distintas, certamente estaria surfando no topo da primeira onda desse verdadeiro tsunami.

Eu juro, ele realmente acreditava em tudo isso, piamente.

As pessoas pequenas e sem importância – na visão do nosso banqueiro – que se opunham a essa visão grandiosa de um "futuro sem futuro", também conhecida como o Demônio de Laplace, em homenagem ao grande matemático e físico francês que primeiro defendeu a visão de que, se lhe fossem dadas a localização precisa e o momento de todos os átomos existentes no Universo, um indivíduo – neste caso, um demônio – seria capaz de prever o futuro, em qualquer escala de tempo até o infinito, usando as leis da mecânica newtoniana, sempre traziam à tona as mesmas objeções simplórias e obtusas, traduzidas por perguntas feitas ao nosso banqueiro pela imprensa.

– A taxa de desemprego alcançou 83,5% no ano passado. Esta é uma calamidade de proporções bíblicas. Bilhões de pessoas não têm um emprego real hoje em dia. Vocês, com suas políticas econômicas estapafúrdias, roubaram a dignidade desses seres humanos. O que o BARI vai fazer a respeito? – insistiam em perguntar os jornalistas na última vez que ele subiu ao mais alto pico dos Alpes suíços para o encontro anual da elite global que, entre champanhe e caviar, remoía soluções para que os mais pobres habitantes do planeta pudessem ser mais felizes enquanto ficavam, eventualmente, cada vez mais pobres. Tudo isso enquanto essa mesma elite tentava encontrar formas de vender às mesmas pobres almas a ideia de que ter um futuro escolhido por livre e espontânea vontade era algo extremamente indesejável, atrasado e devastador.

– Absurdo – Dr. Banker Terceiro gostava de bradar. – O BARI não fará absolutamente nada quanto a isso. Vejam, as pessoas sabem muito bem quanto tempo livre a mais elas têm para desenvolver o seu eu interno, a sua criatividade, ou mesmo para dedicar-se aos seus interesses intelectuais. Elas agora têm tempo para pintar, jogar futebol com seus filhos por quanto tempo quiserem, refletir sobre o verdadeiro significado da vida, enquanto comem menos e de forma mais saudável e vivem em casa populares mais baratas. Tudo isso enquanto os seus portfólios de investimento em ações crescem num ritmo alucinado. Vocês checaram o mercado de ações ultimamente? Está explodindo para fora dos gráficos. Todas as pessoas desempregadas, que, aliás, têm garantida uma renda mínima generosa, pagam pelo que restou dos governos federais, sorriem amplamente toda vez que checam a valorização dos seus fundos de pensão nos seus implantes retinianos de baixo custo. Elas estão surfando a onda do crescimento perpétuo e amando cada minuto. Esqueçam Marx e Keynes! Este é o momento de finalmente congelar todas as incertezas do futuro e desfrutar da total previsibilidade de um novo modo de vida: a era do risco zero.

Que grande arauto ele era, o nosso prezado Dr. Banker Terceiro.

Na medida em que Dr. Banker Terceiro – não o Quarto, pois este seria o seu filho ainda não nascido, *capisce*? – entretinha a visão cabalista de um "futuro sem futuro", um amanhã totalmente previsível e controlável, ele experimentava uma sensação de puro júbilo, sentida apenas por aqueles poucos – e eu enfatizo novamente – ou míseros poucos que, ao longo das páginas da história, percorreram, durante todos os dias de suas vidas, a tênue fronteira ocupada pelos construtores de distopias, sem qualquer tipo de vergonha ou remorso na mente.

E agora, no meio da sua habitual aura quase orgástica, ainda contemplando ávida e placidamente uma vez mais o relógio de Einstein na plataforma central da estação de trem da Basileia, o Dr. Banker Terceiro notou de soslaio, com o extremo esquerdo do seu implante da retina, que o seu chefe de gabinete, Dr. Wolfgang Hess, havia sorrateiramente adentrado o amplo escritório do diretor-geral do BARI, sem se anunciar, certamente para dar início à rotineira reunião das quatro da tarde.

Um perfeito aristocrata, de altura avantajada, ternos italianos impecáveis e maneiras absolutamente suíças – em todo o mau sentido –, o Dr. Hess era um poliglota, com grande experiência na área de estratégia de altas finanças internacionais, e extremamente bem-visto e respeitado nos círculos bancários de todo o planeta. De fato, a sua fama e a sua reputação eram tão altas que, entre outros fatos, pelos corredores do banco era costumeiro se ouvir a lenda de que o Dr. Hess provavelmente havia sido concebido e criado dentro do principal cofre subterrâneo de um banco suíço de grande reputação, às margens do lago Léman, em Genebra. Para o registro oficial, por razões que permanecem desconhecidas até hoje, Dr. Hess jamais negou ou desafiou a veracidade dessa pequena anedota a seu respeito. Na realidade, ele parecia sentir grande satisfação toda vez que algum novo funcionário repetia o rumor na sua presença.

— Que temos para hoje, meu prezado Wolfgang? O que está na sua agenda?

— Boa tarde, Dr. Banker. Muito bom saber que, mesmo depois de todos esses meses na Basileia, o senhor ainda não enjoou de observar o majestoso relógio da nossa estação de trem.

— Terceiro, por favor. Dr. Banker Terceiro, Wolfgang. Eu odeio ser confundido com meu pai ou meu avô, especialmente dentro do meu próprio escritório.

— Mil perdões. Eu certamente não me esquecerei desse importante detalhe na próxima vez. *Mea culpa*! *Mea maxima culpa*!

— Sem problemas, meu caro. O relógio da estação é exuberante! Não é à toa que Einstein viu nele a pista cabal para criar um Universo completamente novo. Eu não tenho a menor ideia do que trata a teoria da relatividade especial, mas qualquer um pode ver que, ao se olhar para este relógio magnífico, todos santo dia, por muitos anos a fio, e simplesmente rastrear os movimentos dos seus braços, especialmente aquele maiorzinho, qualquer indivíduo com três neurônios medianamente conectados poderia gerar algo grandioso. De qualquer forma, o que está acontecendo na nossa esfera azulada e caótica hoje, meu caro Wolfy?

— Senhor, na realidade, Einstein trabalhou no escritório de patentes que fica em Berna, não na Basileia. Ele se inspirou no relógio da estação central de Berna, e não neste aqui da nossa estação.

— Oh, verdade? Ops, entendi. Que ruim para o tal Einstein. Eu tenho certeza de que ele teria criado um Universo ainda melhor se tivesse se baseado no relógio da nossa estação de trem aqui da Basileia como modelo.

— Muito possivelmente. O senhor tem razão. Como sempre, aliás.

— Deixemos esse relógio idiota de lado. O que você tem para mim hoje?

— Bem, senhor, primeiramente, trouxe um copo da sua limonada suíça, preparada exatamente do jeito que o senhor mais gosta. Muito açúcar e uma porção extra de gelo.

— Muito bem, Wolfgang. Muito bem! Você é mesmo muito gentil. Eu me sinto quase emocionado pelo seu gesto. Realmente, tão tocado quanto qualquer banqueiro sem remorso, perdoe-me o pleonasmo, é capaz de se sentir. Muito obrigado, meu rapaz. Huuum, deliciosa e na temperatura perfeita: extragelada.

— De nada, Dr. Banker TERCEIRO.

— Nossa, agora soou muito bem, perfeito, Wolfy. Você realmente tem muito potencial nessa linha de trabalho. Lembre-se, um puxa-saco legítimo, deixe-me colocar em melhores termos, um bajulador genuíno sempre terá um futuro brilhante nas altas finanças. Acredite, entendo muito bem desse assunto, porque comecei muito cedo a tocar essa música com perfeição.

Agora, é minha obrigação transmitir todo o conhecimento acumulado e ensinar jovens ambiciosos, como você, a praticar essa arte de forma apropriada.

– Muito obrigado. Eu realmente aprecio ter o senhor como meu mentor nesta arte de desenvolver e aperfeiçoar a etiqueta adequada de comportamento no mundo das altas finanças.

– O prazer é todo meu, Wolfgang. Mas vamos direto aos negócios de hoje. Hum, que limonada suíça fantástica. Vamos em frente, pode mandar bala!

– Pois bem, uh, uh – respondeu ele, pigarreando. Desde a sua infância, alegadamente despendida num cofre subterrâneo de um banco em Genebra, o Dr. Wolfgang Hess tinha desenvolvido o hábito obsessivo-compulsivo de pigarrear toda vez que acreditava ter um anúncio de grande impacto a fazer diante de uma autoridade, não importando quão idiotas fossem tanto a autoridade quanto o anúncio. O tique sempre retirava metade da surpresa, sem mencionar boa parte do impacto do anúncio que se seguiria, mas, que diabos, a vida não é justa, não é? Todos nós sabemos disso.

– Meu Deus, este deve ser grande. – Enquanto lambia os beiços para saborear as últimas gotas da sua limonada favorita, o Dr. Banker Terceiro fingiu estar surpreso, apenas para manter o clima de suspense que se instalou no seu amplo escritório. – Esta é a maior limpeza de laringe que você executou em muito tempo, Wolfgang. Pode ir em frente! Eu sou todo ouvidos, meu rapaz.

– Perfeitamente. O senhor lembra, alguns meses atrás, durante um dos mais agitados dos nossos jantares do Comitê de Assessoria Econômica, quando o chefe do subcomitê de Desenvolvimento de Tecnologia de Ponta manifestou a necessidade de o BARI introduzir novos métodos e técnicas de criptografia? A proposta visava melhorar sensivelmente os nossos protocolos de segurança atuais, de sorte a proteger as decisões do BARI e, por tabela, eliminar qualquer chance que qualquer ser humano, fora os membros seletos do banco, tivesse de hackear informações ou ordens sigilosas tomadas pelo nosso Conselho ou pelo senhor.

– Claro que lembro. Se não me engano, foi o nosso colega do Banco Central Brasileiro, naquele momento servindo como chefe do subcomitê de busca de novas técnicas supostamente legais de realizar lavagem de dinheiro e extorsão, que levantou toda sorte de questionamentos sobre como potenciais vazamentos dos negócios do BARI poderiam ser desastrosos e levar os mercados globais ao caos em poucos nanossegundos.

— Picossegundos, senhor. Mas, como sempre, o senhor cutucou o nervo e de bico!

— Nano, pico, tudo isso soa bem minúsculo para um banqueiro de porte, você não acha, Wolfgang?

— Precisamente. Muito diminuto para se notar a diferença num balancete trimestral. De qualquer forma, desde aquela reunião, a nossa divisão de desenvolvimento tecnológico trabalhou muito diligentemente para atacar esse problema. Eles acreditam ter chegado a uma solução ideal para o gigantesco desafio de produzir uma criptografia completamente inexpugnável. E devo dizer que, depois de testá-la eu mesmo, concordo totalmente com a conclusão deles.

— Eles realmente acreditam que chegaram lá? E você concorda? Isso é surpreendente, Wolfgang. Desde que cheguei aqui, não me lembro de você ter concordado ou apoiado nada vindo dos nossos *tech boys*. Aliás, você sempre insistiu que eles não estavam à altura do estado da arte do mundo tecnológico, que não eram criativos o suficiente, que não conseguiam dar conta do crescimento e diversidade de inovação dos hackers da Coreia do Norte, ou dos hackers da Rússia, ou mesmo dos hackers paquistaneses. Pelo amor do Criador, você afirmou categoricamente que eles não conseguiriam nem lidar com os hackers argentinos! Pelo amor dos meus filhinhos, nem dos hackers argentinos! Estou correto na minha breve recapitulação da sua avaliação dos nossos *geeks*?

— Totalmente. O senhor está 100% na marca. Acontece que os nossos rapazes, depois de escutar atentamente as minhas críticas construtivas e os comentários voltados para aumentar a sua autoestima, decidiram inovar de forma significativa nos métodos de mineração de dados usados na nossa divisão. Eles começaram a pensar fora da caixa e, finalmente, decidiram fazer o que a maioria das *startups* e grandes empresas de sucesso geralmente fazem para inovar de fato no mundo *high tech* nos dias de hoje.

— Verdade? Maravilhoso! Adorei. Isso soa como o velho *american way* de fazer negócios. Ir atrás dos caras. Sobrepujá-los de forma inteligente, usando da imbatível astúcia anglo-saxã. Mas agora você me deixou extremamente curioso. Rapaz, olhe para este relógio! De qualquer forma, o que eles fizeram para alterar os maus hábitos, abrir suas mentes e corações e alcançar este verdadeiro *breakthrough*, este sucesso tremendo, um feito quase ininteligível, de tão espetacular, em tão pouco tempo?

– Eles roubaram – respondeu Wolfgang.

– O quê?

– Bem, senhor, eles simplesmente foram à luta, nos vastos domínios do *cyberspace*, e fizeram aquilo que todo mundo faz nos dias atuais: roubaram algo realmente revolucionário, tão fora da caixa que nem mesmo os verdadeiros inventores desta tecnologia acreditariam em quão eficientes os nossos rapazes provaram ser.

– Perfeitamente. Eu posso ver agora. Muito engenhoso da parte deles. É preciso dar crédito a quem merece.

– Sem dúvida. O destino às vezes é tão irônico.

– Por que você diz isso, Wolfgang?

– Porque os nossos *geeks* roubaram a tecnologia de uma ex-colega sua da Universidade da Duquesa, em Persépolis, Carolina do Norte. Evidentemente, ela não sabe disso ainda. O nome da neurocientista em questão é Dra. Tosca Cohen.

– Você está brincando comigo? Esta é uma enorme coincidência. Mas nós vamos conseguir superar os detalhes, os *tech geeks*, e chegar no *grand finale* da sua narrativa antes que o relógio marque quatro e meia? O que exatamente os nossos meninos roubaram, Wolfgang?

– O inventor original desta tecnologia a batizou de Brainet.

– Inacreditável! Pelo nome de Jesus! Eu sei exatamente quem é o pobre bastardo que inventou este barato. Que Deus me perdoe, ele era um professor titular, muito conhecido no campus, do velho departamento de neurobiologia, o mesmo que colapsou depois da contratação de um novo chefe da Costa Oeste dos EUA. Um total imbecil. No primeiro dia que eu vi este novo chefe de departamento eu disse para mim mesmo: nós contratamos um idiota.

– De qualquer forma, as ideias deste professor não foram esquecidas. Uma das suas estudantes, Tosca Cohen, continuou trabalhando no tema e realizou grandes melhorias no conceito e na tecnologia utilizada para se criar uma Brainet funcional. O nosso pessoal simplesmente se apaixonou por estas melhorias quando hackeou o laboratório dela na universidade uma noite, usando o seu velho cartão de identidade, Dr. Banker Terceiro.

– O meu velho cartão de ID, tido como inexpugnável e inviolável pelo departamento de segurança cibernética da universidade? Pelo menos era disso que o "pediatra" encarregado deste departamento na Duquesa gostava de se gabar nas reuniões dos professores. Que ironia mais impressionante, não, Wolfgang?

– Totalmente. Os nossos rapazes gostaram tanto disso que decidiram roubar tudo que ela tinha estocado na nuvem da universidade, o mais rapidamente possível. Depois, contrataram um grupo de engenheiros indianos, os melhores do mercado, para serem consultores, e este é o resultado de todo esse esforço espetacular de globalização científica: a primeira Brainet do BARI.

Ao terminar a última sentença, o Dr. Wolfgang Hess depositou sobre a mesa supercondutora flutuante, logo em frente do Dr. Banker Terceiro, uma pequena caixa branca, normalmente usada para empacotar uma marca muito famosa de chocolate suíço.

– Só isso? Pensei que você havia dito que este barato era a base da maior evolução na história da criptografia bancária; a engenhoca que não somente iria garantir, mas também expandir, múltiplas vezes, o nosso monopólio nas decisões financeiras que afetam a totalidade da humanidade em todo o globo. Tudo isso numa embalagem de bombom?

– Precisamente, Dr. Banker Terceiro.

Com uma expressão de poucos amigos e descrédito profundo, o Dr. Banker Terceiro lentamente abriu a embalagem.

– Um pedaço de fita adesiva transparente? É só isso?

– Mas não é um pedaço de fita qualquer.

– Que tipo de fita é esse?

– O senhor está diante da primeira interface cérebro-máquina contendo vários petacanais de comunicação, todos incluídos no circuito impresso nesta fita transparente. Isso significa algo em torno de 10^{15} sensores e estimuladores eletromagnéticos de duas vias, empacotados num único artefato, incluindo todos os amplificadores, filtros, baterias, e uma linha de 10G para conexão sem fio. Basicamente, tudo que é necessário, em teoria, para ler a atividade elétrica cerebral na sua quase totalidade, possibilitando a entrega de mensagens eletromagnéticas diretamente ao córtex do usuário, bem como em estruturas profundas, como o tálamo e o hipotálamo.

– Hipo o quê? Do que você está falando? Sou um banqueiro, não um "engenheiro de foguetes", Wolfgang.

– Dr. Baker Terceiro, não se trata de foguetes. Estou me referindo a aspectos de ponta da neurociência e neurotecnologia, para ser preciso.

– Tudo soa como grego para mim, meu caro.

– Bom, eles dizem no nosso laboratório que um segundo dentro de uma Brainet diz mais sobre ela do que milhões de palavras. O senhor gostaria de testar a veracidade dessa avaliação?

– Claro, evidentemente. Mas como se usa esse troço? De onde vem a eletricidade para ligá-lo?

– O senhor só precisa aplicar a fita na pele da sua testa. Ela é ultraleve, menos de dez gramas. Depois, basta esperar alguns segundos para que ela passe a funcionar. Veja bem, ela usa o calor contido no suor produzido pelas glândulas sudoríparas como fonte de energia para os seus circuitos nanoeletrônicos.

– Eu pensei que eram pico.

– Não, ainda estamos no nível nano neste dispositivo. Mas estamos progredindo rapidamente. Os nossos rapazes realmente gostaram dessa nova estratégia de pesquisa e desenvolvimento.

– Você quer dizer que eles aprenderam a gostar de roubar ideias de outras pessoas, é isso?

– Basicamente.

– Eu sabia. Então, estamos diante de uma grande oportunidade para recrutar alguns banqueiros iniciantes com grande potencial.

– Sem dúvida! Vamos tentar a sua primeira viagem pela Brainet, Dr. Baker Terceiro?

— Pode apostar que sim, meu caro. Nos meus tempos de aluno de graduação da Universidade da Duquesa, dos quais eu mal me lembro, a propósito, sempre fui um pioneiro em experimentos envolvendo o teste de toda sorte de substâncias, orgânicas e inorgânicas, animais, vegetais, ou minerais, se você entende o que quero dizer.

Nessa altura da sua confissão, o Dr. Banker Terceiro, o executivo-chefe do BARI e o banqueiro mais poderoso da Terra, deu uma piscadinha para seu chefe de gabinete suíço, Dr. Wolfgang Hess, nascido e criado num cofre subterrâneo – pelo menos de acordo com a mitologia vigente –, que, evidentemente, fingiu não ter ouvido ou visto absolutamente nada fora do ordinário.

— Por favor, aplique a fita na sua testa cuidadosamente, relaxe na sua maravilhosa cadeira flutuante, e dê alguns segundos para que a fita se aqueça e ligue seus circuitos.

— Isso é bem fácil. Ok, aqui vamos nós. Quem poderia ter imaginado que eu hoje testaria uma nova tecnologia roubada justamente da minha *alma mater* acadêmica?

Alguns segundos se passaram em total silêncio. E nada realmente digno de relato transcorreu.

— Wolfgang, lamento lhe informar, mas os nossos rapazes devem ter roubado por engano uma versão falsificada desta Brainet. Nada está acontecendo, meu amigo.

— Só um pouco mais de paciência, por favor. Os circuitos da fita ainda devem estar se aquecendo, e as baterias, sendo carregadas.

— Estou com a impressão de que os *geeks* do departamento de ciência o enganaram, meu rapaz. Nada está aconteceeeeendo... Arghhhh... Pelo amor de Jesus Cristo... Que diabos está acontecendo comigo?

— Como? O que está acontecendo com o senhor exatamente? Me diga. O que o senhor está sentindo?

— Escuto vozes, um monte de vozes, todas falando ao mesmo tempo dentro da minha cabeça. Meu Deus, algumas estão gritando e chorando, muitas pessoas falando, todas ao mesmo tempo. Uma mulher está procurando pelo gato de estimação que ela perdeu. Um homem está assistindo a um vídeo pornô em algum lugar. Que *cazzo* é isso? Estou sentindo o sol queimando a pele de um garoto em Túnis. Eu consigo sentir os cheiros e sabores de um pato de Pequim sendo devorado em Xangai, uma pizza italiana sendo consumida em Nova York, sushi sendo engolido num restaurante japonês em São Paulo. Do nada, estou aprendendo os fundamentos da geometria não euclidiana proposta por Riemann sem fazer nenhum esforço para isso. Tudo isso, acredite se puder, acontecendo ao mesmo tempo. O que você está fazendo comigo, Wolfgang?

— O que mais? Por favor, diga-me, Dr. Banker Terceiro. O que mais o senhor está experimentando?

— Emoções, sentimentos de todas as formas, amor, dor, doçura, ódio, como eu nunca, jamais experimentei em toda a minha vida. Estou sendo envolvido por uma profunda emoção de pertencer a algo muito maior do que a minha própria consciência. As vozes estão se acalmando agora, para me dar boas-vindas. Quem são essas pessoas? Elas estão todas dizendo "alô", em várias línguas, todas em perfeita sincronia. Estão agora me pedindo para pensar sobre a minha vida de forma a poderem me conhecer melhor. Meu Deus, estou sentindo me tocarem. Algumas dessas pessoas estão me beijando, me abraçando. Elas, elas, elas estão... Jesus amado... Estão lendo a minha mente! Você aí, pare com esta bisbilhotice, deixe as minhas memórias em paz, eu não dei permissão para essa invasão. Parem!

— Bem-vindo à Brainet, Dr. Banker Terceiro. Agora o senhor é um de nós. — Wolfgang era todo sorrisos.

— O que, pelo nome de Deus, é tudo isso, Wolfgang? Espere um pouco, uma nova voz se juntou a nós todos, neste preciso momento. Ele está se apresentando e é bem formal, com voz clara e bem audível. Mas está agitado. Tremendo. Consigo experimentar a ansiedade e a angústia que esse homem está sentindo como se elas fossem minhas.

— O que ele está dizendo para o senhor?

— Ele parece ser totalmente maluco. Está falando de algo absurdo e incompreensível.

— O que exatamente ele está dizendo? Tente se concentrar. Tente ouvir com o cérebro, e não com os ouvidos. Tente se fundir com a mente dele e virar uma mente só.

— Ok, estou tentando. Eu estou tentando. Consigo ouvi-lo melhor agora. O nome dele é, deixe-me ver, Carlos Jimenez Rivera. Ele está transmitindo uma mensagem da região norte do Chile. É um cientista, aparentemente, perdido no meio do nada, no deserto do Atacama. Jesus amado, o que diabos ele está fazendo no meio do deserto?

— Fascinante! E o que ele está dizendo?

— Nada coerente ou compreensível. Nada que faça sentido para mim, pelo menos. Mas as outras pessoas estão ouvindo atentamente. Eu posso sentir que a maioria está bem agitada, não, quero dizer, nervosa. Isso mesmo, eles estão extremamente alarmados com o que o cientista está dizendo. Espere um pouco, agora estão todos realmente se sentindo apavorados. Muitos totalmente desesperados neste momento.

— Por que estão apavorados e com medo? O que eles temem?

— Não tenho a menor ideia. Mas o medo está crescendo rapidamente entre todos. Eu consigo sentir esse sentimento invadir o meu corpo e tomar conta de todos os meus ossos. Veja você mesmo, estou tremendo de pavor neste momento. Mas não sei precisar a causa deste medo estarrecedor. Agora estou suando frio. Eu realmente estou apavorado, como eles.

— Ouça, ouça cuidadosamente.

— Ok, estou tentando, da melhor maneira possível. Estou tentando focar na voz dele apenas. Funcionou. Eu consigo ouvir melhor agora. As outras vozes estão se calando. Todos querem ouvi-lo.

— Sim, me diga o que ele está dizendo.

— O cara não para de repetir a mesma frase continuamente. Ele parece ser um total maluco. Celerado.

— Que tipo de cientista ele alega ser?

— Não me pergunte. Eu sou apenas um professor de economia medíocre, herdeiro de uma família de banqueiros tão medíocres como eu, que foi transformado num executivo de altas finanças por uma sequência aleatória de eventos, nascido e criado em Persépolis, Carolina do Norte. Espere um minuto. Alguma coisa está acontecendo.

— O que, agora?

– Todos estão totalmente em silêncio. Todos totalmente mudos. Sinto que querem chorar. Querem soluçar e chorar até que seus olhos não consigam mais produzir lágrimas.

– O que foi que ele disse que fez com que todos se calassem e quisessem chorar tão desesperadoramente? O que ele falou, Dr. Banker Terceiro?

– Eu realmente não entendo. Eu realmente não consigo compreender.

– O quê? Me diga!

– Isso não faz nenhum sentido, de forma alguma.

– Pelo amor da Virgem Maria, o que ele está dizendo?

– Ele acabou de dizer: "Vai ser muito pior que 1859!".

CAPÍTULO 2

ELE VOLTOU!

Persépolis, Carolina do Norte – quinta-feira, 24 de janeiro de 2036 – nove dias antes do impacto

No exato instante em que ela atendeu ao telefone e ouviu a saudação casual transmitida por aquela voz tão familiar de barítono, ecoando da outra extremidade do continente americano e, ao mesmo tempo, das profundezas das suas memórias de infância mais queridas, Tosca Cohen soube imediatamente que algo muito especial estava para acontecer.

Ele voltou! Ele voltou! A frase ecoou múltiplas vezes na sua mente antes mesmo que ela pudesse retornar o cumprimento trivial, mas ainda emocionante.

Quanto tempo se passara desde que ela havia ouvido pela última vez aquela voz, recoberta com o leve sotaque egípcio do seu querido tio Omar Cicurel? Trinta anos? Na realidade, trinta e cinco. Da última vez que eles tinham conversado, ela estava no primeiro ano do ensino médio, em 2001, algumas semanas antes dos ataques às Torres Gêmeas em Nova York, no 11 de setembro. Poucos meses depois do ataque, Omar simplesmente desapareceu da face da Terra. E bem no pico da sua fama, como um dos mais bem-sucedidos banqueiros europeus; umas das maiores estrelas da elite das altas finanças mundiais.

E ainda assim, a despeito de todos aqueles anos sem receber qualquer notícia ou palavra dele ou mesmo saber por onde andava, Tosca se sentiu extremamente próxima a ele no momento em que o som da sua voz atingiu em cheio o seu córtex auditivo e logo a seguir o seu sistema límbico. *A recíproca deveria ser verdadeira também*, pensou ela. Afinal, o que poderia explicar a decisão repentina de telefonar para ela, usando a linha privada do laboratório – aliás, como ele tinha conseguido o número? – do nada, assim, à meia-noite e meia?

— Tio Omar, que baita surpresa! Mal posso acreditar que estou falando com você! Eu nem ao menos sabia se você estava vivo ainda! Como está? Nem consigo me lembrar da última vez que nos falamos. Quando foi, trinta e cinco anos atrás?

— O tempo passa rápido, não é mesmo, minha querida? Mas posso assegurar, ele é por demais supervalorizado.

— Quem é supervalorizado? — indagou ela.

— O tempo, minha querida sobrinha; mais precisamente, a passagem do tempo, isso é, se considerarmos apenas o ponto de vista próprio da nossa mente!

— Omar Cicurel, você não mudou um angstrom. Sempre disseminando sabedoria em cada sentença. Eu senti muita falta disso, senti mesmo. A propósito, como conseguiu o número privado do meu laboratório nesta sonolenta e esquecida Carolina do Norte? E como você poderia saber que eu ainda estaria aqui depois da meia-noite, numa quinta-feira, bem no meio de uma tempestade de gelo?

— Certos atributos humanos florescem muito cedo na vida e se tornam tão explicitamente exuberantes no caráter de uma pessoa que uma vida inteira não é suficiente para apagar o que foi semeado tão profundamente. Eu ainda lembro como transformei você numa química intensamente dedicada na tenra idade de seis anos, quando a presenteei com o seu primeiro kit de laboratório. Testemunha ocular da sua reação então, eu concluí que nem uma vida inteira, muito menos apenas algumas décadas, seriam suficientes para remover aquele esplendoroso olhar de tigre-de-sumatra que você sempre tinha no fundo dos seus olhos enquanto misturava as suas soluções "mágicas" nas tardes passadas no seu "quintal tropical".

– Você se refere à casa da minha mãe em Manaus?

– Não, eu estou me referindo ao seringal do seu pai, no meio de lugar nenhum, no baixo Juruá, na divisa com o Acre! Muito mais próximo da fronteira com o Peru e a Bolívia do que de Manaus.

– Nós temos uma longa parceria, Omar.

– Sem dúvida alguma, minha querida. Nós temos sim. De qualquer forma, podemos deixar de lado as formalidades, uma vez que está claro que nós já nos recuperamos deste breve interlúdio que nos separou, desde o nosso último delicioso encontro até o telefonema de hoje?

– Trinta e cinco anos se qualificam como um "breve interlúdio" no seu dicionário?

– Tosca, posso mudar de assunto e deixar as nossas reminiscências tão maravilhosas quanto inesquecíveis de dias cercados por nuvens de mosquitos gigantes, bandos de caimans famintos, e sucuris comedoras de homens para um momento mais oportuno?

– Sem dúvida, mas gostaria de alertá-lo, tio Omar, de que certamente não estarei disponível daqui a trinta e cinco anos quando você resolver me ligar novamente. Portanto, melhor aproveitar muito bem a oportunidade e dizer tudo que quer dizer agora!

Por alguns segundos, Omar riu com gosto do outro lado da linha.

– Esta é a razão pela qual sempre achei que você era a melhor de todo o clã, Tosca. Bom humor e sagacidade sempre estão de mãos dadas. Numa mulher com a beleza como a sua, então, esta combinação é certamente uma dádiva de Rá!

– Vindo de um ateu convicto, eu não estou tão certa se posso considerar isso como um elogio legítimo. Mas antes que continuemos, somente para o seu conhecimento, eu preciso informá-lo de que desisti da química há muito tempo. Eu me tornei uma neurocientista muitos anos atrás. Muito mais divertido escutar as tempestades elétricas cerebrais, através de milhões de eletrodos, e criar interfaces entre cérebros e máquinas do que usar receitas de biologia molecular ou fritar neurônios até a morte com lasers.

– Só porque nós não conversamos pelos últimos trinta e cinco anos não quer dizer que eu tenha deixado de seguir a sua carreira de perto, Tosca. Estou totalmente familiarizado com as suas grandes conquistas científicas. Na realidade, tenho a perfeita noção de tudo que a Dra. Tosca Cohen, neuroengenheira de renome mundial e encrenqueira em tempo parcial, realizou nas últimas décadas.

– Por que isso não me surpreende de forma alguma, tio?

Omar Cicurel já era o homem mais rico do planeta quando Tosca entrou no ensino médio, sendo o fundador e presidente do maior banco de investimento da Europa, e o único judeu egípcio que, depois de tomar ciência do que havia acontecido nos EUA no 11 de setembro, decidiu procurar o seu ex-colega da Universidade do Cairo, um imame famoso em Paris, para se converter ao Islã, apesar de ser um ateu convicto, apenas para transmitir a mensagem de que toda uma religião milenar não poderia ser condenada pelas alucinações de um bando de doidos varridos. Sabendo disso, nada mais poderia surpreender a Dra. Tosca quando o tio estivesse envolvido.

– Preciso da sua ajuda, Tosca – prosseguiu, então, Omar. – Eu preciso de você em São Paulo neste sábado de manhã. Inclusive, eu já fiz uma reserva de um assento de primeira classe para você no voo 860 da United, saindo do aeroporto Dulles, em Washington, amanhã às dez horas da noite. Você já tem uma reserva da suíte presidencial no Hotel Renaissance, na Alameda Santos, para o final de semana. Eu preciso me encontrar com você para discutirmos algo de importância vital.

– Do que você está falando? Por que teria que conversar com uma neurocientista que não entende nada do mundo das altas finanças? Para qual assunto vital você precisaria da minha opinião? Tio Omar, você perdeu o juízo de vez? Por que eu largaria toda a minha vida para voar para o Brasil, com menos de vinte e quatro horas de alerta, depois de não ouvir notícias suas por trinta e cinco anos? Por acaso estou perdendo algum detalhe desta proposta?

– Você sabe muito bem que eu jamais pediria que você cruzasse todo o continente americano por uma razão que não fosse absolutamente crítica.

– E o que pode ser tão importante a ponto de requerer a minha presença no Brasil?

– O futuro da humanidade ou a sua destruição. Soa vital o suficiente para você, Tosca?

– Você está brincando comigo? Será que você finalmente fundiu os miolos, tio Omar?

– Você por acaso se lembra de mim tendo qualquer reação descabida diante de alguma situação delicada ou difícil?

– Não lembro, realmente. Mas este pedido é muito fora da curva, mesmo para um excêntrico gênio matemático que se tornou um banqueiro bilionário e depois decidiu simplesmente desaparecer da face da Terra, três décadas e meia atrás, sem deixar vestígio ou notificar sua família, sem mencionar muitas namoradas desoladas e muito loiras, de todas as partes do Leste Europeu.

– As "namoradas" receberam tudo que pediram para viver confortavelmente, pelo resto de suas vidas, antes de eu dizer adeus, o que eu, a propósito, nunca disse. Desapareci completamente por uma razão que vai ficar muito clara quando nos encontrarmos em São Paulo. Desaparecer foi fundamental para que eu conseguisse me preparar para tudo que será necessário fazer. Mas eu não posso dizer mais nada por telefone. Já me arrisquei demais ao fazer esta chamada. Até onde eu sei, a NSA ou alguém ainda pior, o nosso inimigo verdadeiro, pode estar ouvindo neste instante. Aliás, eu ficaria muito surpreso se não tivessem grampeado tanto esta linha como os seus três celulares. Provavelmente, nunca imaginaram que você ainda usaria esta peça de museu, que é seu telefone fixo, para manter uma conversa em português com qualquer pessoa. E eles não devem acreditar que um egípcio como eu seria capaz de falar esta língua latina tão melodiosa. Para eles, o seu novo brinquedo, a Brainet, já levou à obsolescência todos estes meios de comunicação mais mundanos. Você não acha, Tosca?

– O quê? Eu ouvi direito? Como você sabe sobre os novos experimentos da Brainet? Eu ainda não publiquei uma palavra, nem mesmo na forma de resumo ou pôster de algum congresso internacional! Nem mesmo mencionei quaisquer dos resultados nas minhas palestras acadêmicas. Por acaso você tem espionado o meu laboratório, tio Omar?

– Eu não sou o único que sabe sobre os seus novos experimentos, Tosca, muito longe disso. Pelo menos eu o fiz por uma boa causa. Traga roupas leves. São Paulo parece o Saara em janeiro. E seja cuidadosa ao extremo. Nunca se sabe o que eles podem fazer para manter você sob vigilância. Eles ainda precisam que você termine o trabalho para eles.

– Que porra você está falando, Omar? Quem são eles? Que trabalho?

– Mulheres fortes usando palavrões. Boa viagem, cara *bambina*!

– Omar, Omar, não desligue na minha cara assim. Omar, Omar, espere!

Tarde demais!

Tão rápida e surpreendentemente quanto ela chegou, tirando do prumo a vida acadêmica tão organizada e metódica da nossa heroína, a voz de barítono desapareceu no silêncio do vácuo, trazendo mais perguntas do que respostas e deixando Dra. Tosca Cohen, eminente neurocientista, sem qualquer opção.

Enquanto ela ainda estava tentando compreender alguma coisa do que havia acabado de ocorrer, o seu telefone celular favorito conectou-se com a interface háptica, que ela mesma havia inventado, para entregar mensagens táteis diretamente na pele do seu antebraço. A mensagem entregue era bem simples: um novo e-mail havia chegado. Tosca adorava a forma silenciosa de receber mensagens diretamente na mais superficial camada epitelial do seu corpo, sem a produção de qualquer som que a distraísse. Ninguém em todo o mundo possuía um sistema como esse: para completar a operação do seu celular privado, Tosca rapidamente imaginou um piscar de olhos na sua mente. Mais rápido do que um piscar real, a atividade elétrica do seu cérebro, carregando consigo um desejo motor, tão ávido quanto silencioso, foi transmitida para os óculos com a missão de ativar um minúsculo monitor embutido na lente do lado direito (Tosca não aprovava os implantes retinais, a última moda tecnológica a varrer o planeta). Assim que a mensagem se espalhou para ocupar todo o seu campo visual, foram necessárias apenas algumas centenas de milissegundos para que ela se desse conta de que o e-mail continha o cartão de embarque – da primeira classe – do voo para São Paulo.

Contraindo toda a face, a Professora Catedrática de Neurobiologia e Engenharia Biomédica da Universidade da Duquesa aceitou, enfim, que estava a caminho do Brasil, mesmo que a contragosto. Trinta e cinco anos depois, Omar Cicurel tinha conseguido mais uma vez convencê-la a mergulhar em mais um dos seus projetos excêntricos, e com apenas um telefonema.

Enquanto ela ainda estava tentando explicar para si mesma como isso havia acontecido, mal notou quando o seu laptop, rodando a mais nova interface cérebro-máquina sem fio para tradução automática de linguagem, anunciou em alto e bom som que o software de última geração tinha sido incapaz de identificar o significado da verdadeira enxurrada de palavrões, em português, que agora jorrava, como uma tempestade eletromagnética, da área de Broca, no córtex frontal do cérebro da neurocientista.

Na neurociência, como na vida, quando a chuva começa a cair, ela logo vira um toró!

CAPÍTULO 3

A CHAVE DE FENDA MÁGICA DE ZAMALEK

Zamalek, Cairo, Egito – sexta-feira, 31 de agosto de 1956 – oitenta anos antes do impacto

Assim que as primeiras notas da "Marcha Triunfal" da ópera *Aida* começaram a subir pelas paredes da espaçosa sala de estar, monopolizando a atenção do único ouvinte na plateia, como somente uma melodia divina daquele naipe consegue fazer, o velho telefone, depositado há anos no amplo hall de entrada do apartamento, começou a tocar de forma ameaçadora, como era seu péssimo e rotineiro hábito. Por um mero segundo, Giacomo Cicurel, já acomodado na sua cadeira de couro argentino favorita, completamente hipnotizado pelos primeiros salvos dos trompetes da orquestra, evocou, de uma só vez, todos os deuses egípcios que porventura estivessem de plantão naquele horário, implorando que mandassem em seu socorro uma alma caridosa para atender ao chamado inesperado. Talvez como prova do seu bom relacionamento com as divindades locais, o seu servente-chefe, Tofik, como ocorrera nos últimos quarenta e dois anos, desde que, ainda um menino, ele havia se mudado com sua família sudanesa para o Cairo, salvou Giacomo da agonia de ter que se levantar e silenciar o telefone ele mesmo.

Mas quem poderia estar ligando a esta hora da noite, especialmente numa sexta-feira? A mente de Giacomo brevemente desviou seu foco do libreto de Verdi para remoer a questão. Como nenhuma palavra veio de Tofik, Giacomo e sua mente decidiram por consenso retomar o processo de fusão de todos os seus sentidos com a música, tentando esquecer de imediato outro dia tumultuado no lidar dos seus negócios no Cairo.

O verão de 1956, Giacomo pensou, antes de mergulhar no seu coma operístico rotineiro das sextas-feiras, não seria esquecido tão cedo. Se a nuvem de gafanhotos que invadira a cidade um mês atrás, vinda de lugar nenhum, não tivesse sido suficiente para estragar toda a temporada de veraneio, o calor infernal e a *hamsin*, a mãe de todas as tempestades de areia, que continuava a soprar inclementemente do deserto do Saara, tinham criado um caos ainda maior em todo lugar, mas, em particular, no seu próprio lar.

Na fronteira mental entre o fugidio estado de alerta e a sonolência que já se mostrava irresistível, um pensamento ocorreu a Giacomo: talvez a sua esposa Edith estivesse certa no fim das contas. Tinha sido uma decisão catastrófica cancelar as habituais férias de verão no confortável apartamento da família, localizado na Rue du Lac, em Montreux, Suíça. De fato, neste exato momento, Giacomo não se importaria de forma alguma em retomar a sua rotina de verão, começando com um jantar no seu restaurante libanês favorito, Le Palais Oriental, ao lado do Cassino de Montreux, de frente para as plácidas águas gélidas do lago Léman, enquanto as crianças brincavam no passeio em frente do lago, tendo os Alpes franceses como plano de fundo.

Mas tudo isso parecia uma verdadeira miragem do deserto naquele momento. Metade do verão já havia se passado e os eventos recentes tinham mais do que justificado a sua decisão de permanecer no Egito. Certamente não era o momento de deixar o Cairo para férias na Suíça. Nas últimas semanas, o Egito havia se tornado o epicentro de uma colisão das verdadeiras placas tectônicas que ditavam a geopolítica do Oriente Médio desde o final da primeira Guerra Mundial, uma mistura explosiva das demandas imperialistas terminais de colonizadores europeus enfraquecidos – a França e o Reino Unido –, do desejo profundo de autodeterminação dos povos árabes, da ascensão do sionismo com a criação do Estado de Israel, do comunismo, da expansão de ações radicais da Irmandade Muçulmana, e da suspeita paranoica de que todos os egípcios de origem judaica, como Giacomo e sua família, não passavam de um bando de espiões israelenses. No topo da dificuldade inerentemente desafiadora de acomodar os interesses econômicos distintos que assolavam a região desde a descoberta dos ricos campos de petróleo da Península Arábica e o colapso do Império Otomano, durante a Primeira Guerra Mundial, a mistura desses ingredientes inflamáveis antecipava a falta de qualquer interesse numa solução diplomática que pudesse evitar um derramamento de sangue de proporções bíblicas, a qualquer momento, no Oriente Médio. Além disso, depois do golpe militar, liderado por uma casta de jovens oficiais do exército, que havia deposto o rei Farouk em 1952, os riscos tinham apenas aumentado, ano após ano. A bolha criada pela última crise política egípcia que continuava a se agravar rapidamente estava prestes a explodir. E apesar de que mesmo os políticos e homens de negócio mais bem informados do Cairo concordassem com este diagnóstico naquele verão, ninguém tinha a menor pista de qual seria a forma final da hecatombe que poderia acontecer; a única coisa com que todos concordavam é que tal explosão seria ouvida em todo o mundo.

E assim, no meio do seu precioso torpor naquela noite de sexta-feira de um verão escaldante, Giacomo se encontrou questionando a si mesmo de onde partiria a primeira perda de sangue egípcio: outro golpe militar, uma desobediência civil incontrolável, ou algo ainda pior – uma guerra suicida contra Reino Unido, França ou Israel? Cada um desses cenários, ou todos ao mesmo tempo, poderia eclodir do nada e envolver a ele e toda a sua família. Tudo era volátil demais para ser ignorado. Portanto, o chocolate suíço teria que esperar. Giacomo não queria descobrir qual seria o destino do seu amado país enquanto saboreava tabule, *shishkabak* e chá de hortelã na Suíça, a três mil quilômetros da sua casa no Nilo.

Sim, a sua casa! Sem dúvida nenhuma, o Egito era a única casa verdadeira que ele conhecia. Como para a maioria dos judeus egípcios da sua geração, Giacomo sentia que a sua lealdade primeira era e sempre seria para com o Egito. Ser judeu era um componente secundário da sua vida, porque ele era um egípcio de origem judaica, e não um judeu vivendo no Egito. Embora esta posição soasse estranha para os ocidentais e israelenses, ele era um opositor ferrenho ao sionismo radical, mesmo que boa parte dos seus compatriotas egípcios achassem que ele era um espião sionista, pago pelo governo israelense.

Na realidade, embora Giacomo tivesse se empenhado pelos últimos oito anos para construir relações pacíficas entre o Egito e o recém-fundado Estado de Israel, o destino do Egito era muito mais nevrálgico para as suas emoções e preocupações cotidianas. No fundo, ele era um patriota egípcio, um animal mediterrâneo que tinha muito pouco em comum com os imigrantes judeus da Europa e da Rússia que fundaram o Estado de Israel. Giacomo queria que os seus filhos e netos crescessem no Egito, da mesma forma que ele e seus irmãos haviam crescido.

Ainda assim, como muitos judeus como ele, Giacomo sofria de diversas formas e sombras de culpa. E no mesmo instante em que a sua imensa culpa de ter submetido toda a sua família a um verão tórrido, empoeirado e recheado de gafanhotos por toda parte começava a se amainar, no momento preciso no qual os trompetes da orquestra do Teatro La Scala de Milão se rendiam para dar espaço aos violinos, um micromovimento de olhos para a sua direita revelou que Edith caminhava na sua direção com uma cara de poucas amigas. Durante este mesmo sísmico olhar, que imediatamente ele se arrependeu de ter iniciado, Giacomo notou pela primeira vez naquela noite a presença dos largos panos de algodão, umedecidos com água, que haviam sido ajustados nas esquadrias das janelas da sala de estar. Imediatamente, aquela visão reacendeu uma das suas mais ternas memórias de infância, aquela em que a sua bisavó beduína lhe ensinara, muitos verões atrás, para que serviam aqueles panos encharcados: a última barreira humana contra o fluxo interminável de grãos de areia que ameaçavam transformar a sua residência em mais uma duna anônima do Saara. Moleques egípcios como Giacomo, que absorviam todas as histórias contadas por seus parentes mais velhos, podiam julgar com um único olhar de soslaio para aqueles panos por quanto tempo a *hamsin* estava bombardeando suas casas. Para tanto, eles só precisavam avaliar o espalhamento da mancha de cor amarronzada, produzida naquele tecido feito dos melhores fios de algodão egípcio pela diluição dos grãos de areia do deserto no pano umedecido. Ao testemunhar, uma vez mais, tal complexa e imprevisível batalha entre areia e água, dois dos mais básicos elementos da cultura egípcia por milênios, se desenrolando na superfície de uma das mais refinadas peças jamais tecidas por mãos humanas, Giacomo se sentiu como parte de uma pintura impressionista; uma que revelava quão desafiador é o ato de viver numa ilha, enclausurada pelas margens do poderoso Nilo, e sob constante assalto do deserto do Saara.

Antes mesmo que Edith chegasse aos seus domínios da sala de estar, Giacomo sabia que pelo menos duas semanas haviam se passado desde que a *hamsin* tinha começado a pintar as suas cortinas beduínas improvisadas.

Mas por que ela está vindo na minha direção agora? A "Marcha Triunfal" não chegou nem na metade. Ela sabe muito bem que esta é minha transmissão de rádio favorita e que eu espero toda a semana por ela!

– Giacomo – interrompeu, enfim, Edith –, Tofik acabou de me dizer que o telefonema era do Palácio Presidencial. Nasser está a caminho para falar com você. Ele deve chegar em menos de quarenta minutos.

– Às dez da noite? Eles disseram do que se trata?

– Como sempre, não nos deram nenhuma informação. Apenas se deram o trabalho de comunicar que ele está a caminho e que quer conversar com você em particular. Tofik vai colocar uma bandeja com os doces favoritos dele, alguma *menena* e o *khanaka*, do jeito que ele gosta, na sala de visitas. O que devo fazer com as crianças? Elas esperaram por alguns minutos com você a semana toda!

– Fique com eles na sala de brinquedos. Eu irei ter com vocês depois que Nasser for embora.

Edith beijou a testa dele, que já mostrava sinais de calvície, e se despediu da mesma forma com que chegara: altamente apreensiva com a visita inesperada do Presidente Supremo do Egito Nasser, querendo falar em particular com seu marido, no lar da família, numa noite de sexta-feira, o que não era um bom presságio no Cairo de 1956.

Objetivamente, não havia nada extraordinário no fato de que o recém-empossado presidente do Egito quisesse conversar com Giacomo. Na realidade, eles já haviam se encontrado várias vezes desde que o coronel Gamal Abdel Nasser tinha iniciado a sua meteórica ascensão alguns anos antes. Tendo escalado a montanha do poder por meio de uma série de manobras políticas e golpes e contragolpes militares, até chegar ao posto de primeiro-ministro do general Neguib, Nasser finalmente tinha abocanhado a presidência ainda durante aquele verão.

Os encontros anteriores com o novo presidente tinham ocorrido sob uma série de circunstâncias, públicas e privadas, em diferentes lugares espalhados por todo o Cairo. Como um dos mais bem-sucedidos homens de negócio em todo o Egito, Giacomo e sua família tinham muita influência com a casta mais alta da vida egípcia: a elite política e a dos grandes negócios. Além disso, como presidente da associação que representava toda a comunidade judaica na capital, ele também servia como uma ponte fundamental entre o novo governo do país e os mais importantes judeus egípcios, aqueles que desempenhavam um papel fundamental na manutenção da solvência da economia do país, depois de todas as atribulações e crises políticas dos últimos anos.

Ultimamente, o presidente, sempre enigmático, havia dado sinais de apreciação para seu mais novo conselheiro. Parte desse reconhecimento se devia às credenciais impecáveis de Giacomo como um patriota egípcio acima de quaisquer suspeitas. Afinal, ele e sua família tinham permanecido no Egito durante a invasão alemã, quando as tropas do general Rommel chegaram aos arredores de Alexandria e todos os membros da elite egípcia, dando a derrota como certa, abandonaram o país às pressas. Ninguém suspeitou à época que, naquele período, Giacomo já fazia parte do serviço secreto egípcio, ajudando-o com o financiamento de operações clandestinas de sabotagem de grande porte, planejadas para apoiar o avanço das tropas aliadas. Nem Edith nem o resto da sua família sabiam do emprego noturno de Giacomo, cujos detalhes permaneceram secretos para muitos membros do governo egípcio, mas não para alguém como Nasser, que com certeza tivera acesso a todos os documentos confidenciais deixados pelos britânicos no Cairo depois do término da Segunda Grande Guerra.

Se o seu envolvimento no movimento de resistência egípcia não fosse prova suficiente da sua lealdade, quando a Irmandade Muçulmana realizou um atentado à bomba na joia da família, a Galeria Cicurel, a maior loja de departamentos de todo o Oriente Médio, Giacomo foi quem decidiu imediatamente reconstruir o prédio em tempo recorde. Novamente, quando em 1952 a mesma Irmandade Muçulmana incendiou muitos dos mais importantes prédios do Cairo, incluindo a sua galeria recentemente reinaugurada, novamente Giacomo ignorou a enorme pressão familiar para deixar o país para sempre. Mais uma vez, Giacomo reconstruiu e expandiu a sua querida loja, quase como um desesperado ato de pura audácia e confronto para com aqueles que queriam expulsá-lo à força do seu amado Egito.

E a despeito das tensões que sempre surgiam diariamente, durante os seus encontros de negócios, como resultado do confronto contínuo com a aparentemente inexpugnável muralha de burocracia, corrupção e incompetência mantida e apoiada pelo governo egípcio, de uma maneira muito singular e peculiar, Giacomo apreciava se encontrar com Nasser nestas reuniões semiclandestinas. Como hoje à noite, tais encontros sempre começavam com um telefonema ou um bilhete entregue em mãos, comunicando – mas nunca convidando – a necessidade de uma reunião urgente. Usualmente, Nasser usava as reuniões para checar com o líder e mais conhecido representante da comunidade de negócios do Cairo a repercussão de alguma nova medida econômica ou política engendrada pelo seu governo. A vasta maioria dessas ideias nunca seria trazida à luz do dia ou discutida com outros segmentos da sociedade egípcia, incluindo membros do governo ou conselheiros militares, dado o seu conteúdo potencialmente explosivo. Esse fato por si só revelava o quanto Nasser confiava na discrição e nos conselhos que Giacomo era capaz de oferecer de forma objetiva e direta.

Embora a palavra amizade jamais pudesse se aplicar ao relacionamento entre esses dois homens poderosos, afinal de contas um amigo não impõe ao outro um encontro no meio da noite sem ao menos oferecer a possibilidade de uma recusa, Giacomo sentia uma certa proximidade com aquele homem comum que, ao manter-se firme contra os interesses imperialistas dos franceses e ingleses na região, havia levantado a bandeira de unificação de todos os países árabes do Oriente Médio sob a liderança do Egito. Para que finalidade, todavia, ninguém era capaz de dizer ao certo, dado que a visão de Nasser para uma união pan-arábica ainda estava sendo elaborada no verão de 1956.

Giacomo sabia perfeitamente que a necessidade imperiosa de manter todos os arranjos para esses encontros fora do Palácio Presidencial em total segredo, até o último minuto, se justificava plenamente por razões de segurança. Muitos inimigos, dentro e fora do Egito, adorariam ter uma oportunidade de assassinar Nasser naquele verão. Essas ameaças e mesmo algumas tentativas concretas de matá-lo, todavia, haviam somente engrandecido a aura mitológica que já cercava aquele homem. Depois do golpe militar contra o rei, quatro anos atrás, a popularidade de Nasser no Egito cresceu continuamente. Mas nada se comparou ao que se passou durante um dos seus mais famosos discursos, feito na histórica cidade-porto de Alexandria, em 1954, com transmissão ao vivo pelo rádio para todo o mundo árabe.

No meio do discurso, um certo Mohammed Abdel, sentado a menos de oito metros de Nasser, se levantou e disparou oito balas na direção do palestrante. Incrivelmente, nenhum dos oito tiros atingiu o alvo de mais de um metro e noventa de altura. No meio da confusão que se instalou no auditório, num centésimo de segundo, Nasser tomou a decisão que muitos descrevem como o ato mais astuto e audacioso de toda a sua carreira: ele simplesmente retornou ao pódio, e, no meio de todo o imbróglio que se formou, continuou a discursar, agora de forma ainda mais apaixonada, permitindo que todos os árabes que ouviam aquela transmissão radiofônica ao vivo pudessem comprovar que ele estava vivo e pronto a liderá-los numa batalha épica para reestabelecer os áureos tempos da Renascença Islâmica, aquela que deu origem aos Jardins de Córdoba e à Casa da Sabedoria de Bagdá. Vindo de um homem do Cairo, a cidade que desde o século XVII havia se transformado no magneto intelectual do mundo islâmico, o chamado de Nasser reverberou profundamente na alma de cada muçulmano que se sentia explorado, tanto por tiranos locais como pelos estrangeiros.

Logo após escapar por um fio de cabelo, o status de Nasser entre árabes de todo o mundo foi elevado para algo equivalente ao de um semideus, mesmo quando ele liderou uma perseguição horrenda e mortífera em todo o país, a fim de eliminar quem ele considerava seu inimigo e ao mesmo tempo forçar uma reforma política que instituísse um regime de partido único no Egito, sem nenhum espaço para qualquer dissidência.

Ainda assim, era evidente que Nasser adorava ser reconhecido e idolatrado pelas massas de homens e mulheres humildes que viviam e tentavam ganhar a vida nas ruas do Egito e em todo o mundo árabe.

A partir daquele momento, o aparato de segurança de Nasser cresceu de forma exponencial. E, como resultado, ele se transformou num homem muito mais recluso, alguém que sabia muito bem que existiam atiradores muito melhores, pagos a preço de ouro, prontos para tentar removê-lo do poder a qualquer custo. Para os seus inimigos, toda e qualquer solenidade pública em que o presidente se fizesse presente era uma oportunidade para tentar atingir esse objetivo primordial.

Pondo de lado todas as precauções por motivos de segurança, e a despeito da semelhança deste último "convite" com chamados anteriores, uma peculiaridade começou a incomodar Giacomo no momento em que Edith deixou a sala de estar, segundos depois que a "Marcha Triunfal" atingiu o seu ápice. Nasser nunca havia pedido para se encontrar com Giacomo na sua residência privada. Além disso, eles haviam se encontrado no dia anterior, numa outra reunião organizada às pressas, no camarote presidencial, no Teatro da Ópera. Falaram por mais de uma hora, e não se permitiu a entrada de mais ninguém no teatro antes que a conversa terminasse.

Eles tinham coberto muito terreno na noite passada. Que outro assunto urgente poderia motivar Nasser a cruzar a cidade, tarde da noite, no meio de mais uma tormenta da *hamsin*, para vir à residência de

Giacomo, em Zamalek, uma ilha do Nilo localizada entre o Cairo e Gizé? Certamente, o seu destacamento de seguranças não deveria ter ficado muito satisfeito com essa mudança de planos na última hora. Não que eles tivessem a ousadia de dizer qualquer coisa na frente do chefe, de qualquer forma: os seguranças conheciam muito bem Nasser; quando ele decidia algo, ninguém que tinha a intenção de continuar vivo e criar a sua família no Egito tinha coragem de desafiar a sua decisão. Mas a perspectiva de sair dirigindo um enorme Cadillac Eldorado, o novo carro do presidente, com as duas bandeiras do Egito tremulando na frente e as duas enormes "asas" na traseira, passar pela famosa praça Tahrir – a mesma que sessenta anos depois serviria de palco principal para as maiores demonstrações de protesto na história do Egito, resultando na queda de dois presidentes – e depois cruzar a ponte Qasr El Nil em direção a Zamalek certamente faria qualquer segurança sentir um frio na espinha.

Afinal, nesse trajeto haveria muitos locais apropriados para uma emboscada letal.

Por exemplo, o gigantesco edifício Mogamma, um prédio governamental, construído no melhor estilo da União Soviética Estalinista, com suas centenas de janelas dando de frente para a praça Tahrir. Qualquer atirador de elite, escondido por detrás de uma dessas janelas, teria um ângulo perfeito para alvejar o comboio do presidente. Outro *sniper* poderia facilmente se esconder atrás da estátua de Omar Makram, na extremidade nordeste da praça, ou mesmo usar um dos quatro leões gigantes de bronze, que decoram o par de torres na entrada e saída da ponte Qasr El Nil, como esconderijo para montar um ataque letal. De noite, no meio de uma tempestade de areia, ninguém os notaria.

A despeito da *hamsin*, a noite estava iluminada por uma lua cheia. Através da janela da sua ampla sala de estar, o luar brilhante fez Giacomo lembrar, uma vez mais, por que havia decidido viver com a família num apartamento do décimo segundo andar de um prédio em Zamalek em vez da mansão luxuosa da família, no endereço mais cobiçado de todo o Egito, ou mesmo na vila de Maadi onde alguns dos seus parentes haviam se refugiado quando boa parte do Cairo foi reduzida a cinzas em 1952.

A verdadeira razão que o motivou a se mudar para a ilha podia ser vista, a cada manhã, da janela da sua sala de estar, como se fosse uma gigantesca obra-prima de um mestre escultor: as três pirâmides de Gizé.

Certamente essa visão justificava uma mudança de endereço.

Embora elas estivessem quase que totalmente encobertas naquela noite, dada a intensidade da tempestade de areia, o luar foi o suficiente para revelar, uma vez mais, a suas silhuetas magníficas no horizonte.

Nasser tinha a reputação de ser um interlocutor muito agressivo, alguém que, além da sua estatura física, conseguia suplantar qualquer um que cruzasse o seu caminho através do seu carisma incisivo e de uma personalidade magnética. Antes do seu primeiro encontro com ele, em 1952, Giacomo havia ouvido rumores de que se reunir com Nasser podia ser uma experiência intimidadora. Todavia, nenhum desses rumores impressionou Giacomo de forma alguma. Do topo do seu um metro e noventa e quatro de altura, Giacomo já havia se encontrado e negociado com homens extremamente intimidadores ao longo da vida, sem experimentar qualquer tipo de desconforto.

Talvez sua experiência como um esgrimista de nível internacional, que lhe valera uma medalha de ouro sem precedentes como parte da equipe egípcia de esgrima que competira na Olimpíada de Amsterdã em 1928, explicasse um pouco dessa sua autoconfiança. Um judeu egípcio alto, segurando uma espada e determinado a entrar para a história olímpica do seu país era uma visão intimidadora por si mesma.

Pensando bem, talvez a rotina de fazer negócios desde os quatorze anos com os mercadores mais astutos de todo o Mediterrâneo o houvesse preparado para esse tipo de interação humana de alta intensidade. Afinal, se você tem que lidar, dia após dia, com comerciantes gregos, libaneses, tunisianos, armênios, turcos, persas e sicilianos, nada neste mundo será capaz de surpreendê-lo numa reunião. E isso poderia explicar o porquê de Giacomo jamais ter experimentado qualquer tipo de receio ou medo nos seus encontros com o presidente do Egito.

Mesmo assim, algo não cheirava bem naquela noite.

Antes mesmo que ele pudesse começar a entender o sentimento que o afligira, Giacomo avistou da sua janela da sala de estar as luzes do Cadillac

Eldorado e o resto do comboio presidencial atravessando as densas rajadas de areia da tempestade *hamsin*. Um minuto mais tarde, todos os veículos já estavam estacionando na calçada à frente do seu edifício. Os seguranças, todos fortemente armados, que haviam sido encaixotados em dois Fiat azul-marinho, um à frente e o outro atrás do Eldorado, logo se espalharam pela calçada quando Nasser, parecendo cada vez mais como uma versão de um faraó egípcio do século XX, vestido de acordo com a mais atualizada e fina moda da Via Veneto de Roma, desceu rapidamente da porta traseira do seu Cadillac, dirigindo-se sem qualquer hesitação para a entrada do prédio de Giacomo, para a total estupefação do zelador Abdallah, que logo pensou que a *hamsin* tinha finalmente o levado à loucura.

Alguns minutos depois, a campainha tocou, anunciando a presença do presidente e seus guarda-costas na porta principal da residência da família Cicurel.

Sobressaltado pelo som familiar, Giacomo se encontrou postado, totalmente sozinho, no hall de entrada do seu apartamento. Edith já havia se juntado às crianças e todos os empregados, com exceção de Tofik, já haviam se recolhido aos seus aposentos no andar de cima. Sem outra opção, Giacomo decidiu abrir a porta por conta própria.

Atravessando uma parede dupla de guarda-costas mal-encarados, precedido pelo aroma penetrante proveniente do uso excessivo da sua colônia francesa – vendida exclusivamente na galeria Cicurel –, o presidente do Egito emergiu do elevador. Imediatamente, Giacomo notou o contorno da pistola pessoal de Nasser, quase imperceptível para olhos menos treinados, cuidadosamente acomodada por debaixo do paletó bege. Grãos de areia ainda podiam ser vistos espalhados por todo o cabelo grisalho muito bem aparado do presidente.

— Senhor presidente — cumprimentou Giacomo —, que grande honra recebê-lo em nossa humilde residência.

— Eu posso ver que você encontrou o seu *tarboosh*! Muito bom ver um herói egípcio como você mantendo as nossas tradições mesmo em casa.

Havia sido uma decisão pensada: Giacomo, que antes ainda estava vestido com seu terno e gravata, decidira receber o presidente do Egito usando um dos mais reconhecidos símbolos da moda egípcia masculina: um *tarboosh* vermelho.

– Por favor, vamos entrar. Lamento muito que o senhor tenha tido que dirigir no meio da *hamsin* até a nossa pequena Zamalek. Eu poderia ter me deslocado até o Palácio.

Enquanto Nasser entrava definitivamente no apartamento, dois seguranças tomaram suas posições na entrada do hall. Nesse meio-tempo, o chefe da segurança seguia todos passos do presidente, se posicionado na entrada da sala de visitas, depois de inspecionar todos os outros cômodos ao redor.

– Muito obrigado, prezado Giacomo, mas fiz questão de estar bem longe do Palácio para ter esta conversa com você. O assunto é muito mais delicado do que qualquer tópico que discutimos ontem. Hoje, eu vim à sua casa para lhe pedir algo que apenas um patriota egípcio da sua estatura pode entregar para o nosso país.

– Vamos nos sentar e apreciar algumas tâmaras e o café turco como o senhor gosta. Estou à sua disposição, senhor presidente.

Enquanto as duas verdadeiras torres humanas se deslocavam rapidamente da sala de estar para a mais espaçosa sala de visitas, reservada para ocasiões especiais, Tofik, escondido atrás da porta da cozinha, acompanhava atento todos os detalhes da cena para ter certeza de que os seus olhos pudessem confirmar o que os ouvidos já haviam antecipado menos de uma hora antes. Sim, era ele mesmo, Nasser, em carne e osso, caminhando no mesmo tapete em que Tofik andava todos os dias! Tocando com ambas as mãos as três cicatrizes paralelas em cada uma das bochechas que ele carregava desde o nascimento, como resultados dos cortes cerimoniais realizados por seus familiares, o ancião sudanês mal conseguia acreditar. Mas logo um verdadeiro rio de lágrimas confirmou que suas retinas haviam realmente testemunhado a verdade.

Giacomo gesticulou a Nasser que eles podiam se sentar ao redor de uma elegante mesa circular, coberta com um vidro negro brilhante. Na mesa já se encontravam dispostas algumas porcelanas chinesas, fabricadas durante a dinastia Ming, e algumas peças de jade. Juntamente com o enorme e elaborado tapete persa, seriam as únicas testemunhas de um dos mais históricos encontros durante aquele verão egípcio de 1956.

Como Edith havia prometido, a mesa também havia sido decorada com vários doces, ao lado do bule de bronze, o *khanaka*, cheio de café turco. Nenhum açúcar havia sido adicionado ao café. Depois de se sentarem no sofá, Nasser passou a inspecionar o apartamento com olhares rápidos e precisos. Subitamente, ele focou sua atenção na janela principal, onde as pirâmides de Gizé apareciam quase como protagonistas de uma pintura de Rembrandt: escuras nas extremidades e iluminadas pelo luar no centro.

Lá fora, a *hamsin* continuava a sibilar em alto volume, quase como para prover uma cortina de proteção para a conversa privada que estava por se iniciar.

– Eu sempre me perguntei por que você havia decidido viver em Zamalek e abandonar a vila do seu pai à frente do Nilo. Agora entendo perfeitamente o porquê. Esta vista é digna de um *bey*. Giacomo Bey, como todos se referem a você. E eles estão certos. Você construiu um grande legado, Giacomo, e todo o Egito se orgulha das suas inúmeras conquistas e das de seus familiares.

– Muito obrigado, senhor presidente. Realmente, as pirâmides parecem nos atrair para perto delas, como um magneto atrai filamentos de metal. Sempre sonhei em vê-las todas as manhãs.

– Como você bem sabe, Giacomo, uma vez que alguém bebe das águas do Nilo, sempre volta para mais.

– Eu me sinto bem vivendo aqui, senhor presidente. E ainda mais por poder manter o meu emprego como proprietário de uma loja de departamentos.

– Giacomo, todo o Egito e eu sabemos que você é muito mais do que um dono de loja. Você e sua família representam os cérebros e o motor por trás do coração financeiro do Egito. E, mais do que nunca, o país precisa do seu apoio e ajuda para sobreviver a uma ameaça criada pela ganância desmedida dos nossos inimigos.

Giacomo tinha notado que a expressão facial de Nasser havia se mantido extremamente tensa desde a sua chegada. Seus gestos, enquanto ele falava, também eram bem diferentes dos da noite anterior. Nenhuma piada, nenhuma risada descontraída. Por alguma razão, que Giacomo ainda não havia identificado, Nasser parecia nervoso, fora da sua zona de conforto, de onde ele sempre dominava o tom da conversa. De repente, Giacomo se deu conta de que ele jamais vira Nasser se comportar de forma tão sombria como naquela noite.

E de fato, depois de provar o café turco e comer uma *menena*, o presidente do Egito foi direto ao ponto.

– Giacomo, hoje de manhã Tharwat Okasha me entregou um relatório da nossa inteligência descrevendo planos para uma invasão tripartite do Egito, orquestrada por França, Inglaterra e Israel. Ele recebeu informações críveis de Henri Curiel, um membro da sua comunidade, que conseguiu roubar uma cópia de oficiais israelenses. O ataque está planejado para ocorrer neste outono, e o seu objetivo é forçar o meu governo a renovar o aluguel do Canal de Suez para beneficiar os interesses imperialistas europeus em detrimento dos direitos do povo egípcio. A França e a Inglaterra já assinaram um acordo secreto com o governo de Israel, e os planos que chegaram a nossas mãos já estão sendo postos em prática. A própria existência e a independência da nação estão em jogo neste momento.

– O senhor tem certeza de que a ameaça é real, que os planos que o senhor recebeu de Curiel não são uma farsa? Afinal, o informante é um indivíduo muito controverso, embora acredite que ele seja um patriota egípcio acima de tudo! O senhor lembra, mais ou menos um ano atrás, quando um alerta similar foi emitido e nada aconteceu? Na realidade, o presidente do Banco Central da França me confirmou pessoalmente que a França jamais atacaria o Egito, e eu imediatamente tomei a iniciativa de lhe informar pessoalmente.

– O seu relato é verdadeiro, Giacomo. Infelizmente para todos nós, o marido da sua prima não é mais o presidente do Banco Central francês. Dessa vez, nós temos informações detalhadas em primeira mão dos planos e até dos nomes dos generais israelenses que comandariam o exército invasor.

– Considerando que tudo isso seja verdadeiro, o que eu posso fazer para ajudá-lo neste momento tão grave? Como o senhor sabe, sempre procurei defender uma coexistência pacífica entre Egito e Israel. Eu não posso aceitar como razoável a manutenção deste estado permanente de beligerância entre os dois países. Não faz o menor sentido, política ou economicamente. Comuniquei este ponto de forma explícita para o governo israelense por canais indiretos. Eles conhecem a história da minha família muito bem, afinal, meu pai, Oman Cicurel, foi responsável por criar a primeira bandeira de Israel a tremular em Jerusalém em 1917. Eles também têm ciência completa de que eu sou um patriota egípcio antes de qualquer coisa, e só depois disso um judeu sefardita. Eu não quero ver uma escalada de tensão entre os dois países, mas, caso uma guerra seja deflagrada, eu lutarei do lado egípcio, como já fiz no passado recente. Além disso, sendo ateu, não posso apoiar qualquer tipo de radicalismo religioso que vejo crescendo assustadoramente em ambos os lados do Sinai. É uma idiotice sem tamanho condenar duas sociedades a uma guerra perpétua em nome de uma crença cega em meras abstrações mentais.

— Giacomo, o tempo para a diplomacia veio e se foi, trazendo de volta apenas mãos vazias. Existe uma invasão sendo planejada enquanto nós conversamos. E preciso da sua ajuda para levantar fundos e preparar as nossas defesas para resistir ao ataque imperialista à nossa soberania. Hoje eu recebi a notícia, vinda da imprensa, e não através de um comunicado diplomático, como seria de se esperar, de que o nosso projeto para a represa de Aswan não será mais financiado pelos bancos europeus e americanos que haviam assinado uma carta de intenções conosco alguns meses atrás. Em resposta a essa clara tentativa de intimidação, eu estou preparado para nacionalizar a Companhia do Canal de Suez e restaurar o canal para o povo do Egito antes da expiração do contrato com os britânicos.

— Tal atitude será interpretada como uma declaração de guerra, senhor presidente. O Reino Unido e a França não vão aceitar a nacionalização pacificamente.

— Não existe outra alternativa, Giacomo. Nós tentamos todas as rotas diplomáticas disponíveis. Enquanto isso, eles planejam uma invasão de Suez assim que os dias de calor intenso do verão acabarem. A nacionalização da Companhia do Canal de Suez mandará uma mensagem clara para todo o mundo árabe: a era do imperialismo britânico acabou e o Egito está pronto para resistir aos seus agressores, não importa quem eles sejam e quão mais poderosos eles possam ser.

Giacomo ficou alguns instantes calado, absorvendo a gravidade daquelas notícias. De fato, o presidente trazia um cenário complexo, potencialmente desastroso. No entanto, uma pergunta começava a incomodá-lo:

– Mas o que o senhor precisa de mim? Eu não entendi.

– Fui informado de que você é o único indivíduo em todo o Oriente Médio com conhecimento profundo de uma transação financeira, criada pelo Banco Central dos Estados Unidos no final da Segunda Guerra Mundial, para financiar, entre outros projetos de grande envergadura, o Plano Marshall. De acordo com as minhas fontes, dado um investimento inicial considerável, este mecanismo pouco convencional é capaz de gerar grandes quantidades de dinheiro em pouco tempo.

– Eu não tenho certeza do que o senhor está falando, senhor presidente. Não faço negócios com os americanos desde o final da guerra.

– Mas tem muitos negócios com o governo suíço, inclusive o BARI, além dos bancos privados daquele país. E eles são parte integral do mecanismo, de acordo com as minhas fontes, principalmente o BARI, que usa tal instrumento para gerar grandes quantidades de dinheiro de um dia para o outro. E os recursos, que nunca aparecem nos seus balancetes ordinários, são usados para financiar grandes projetos de infraestrutura na Europa e nos EUA, bem como grandes ações geopolíticas do governo americano. Com mais da metade do mundo ainda se recuperando da última guerra mundial, essa ferramenta financeira poderosa que os americanos criaram permitiu que eles lidassem com a escassez de dinheiro que se seguiu à quase aniquilação de muitas economias de países europeus e à consequente queda abrupta da compra de produtos americanos. Como o meu informante me disse, é o último instrumento criado para salvar o capitalismo, permitindo a retomada do crescimento global nas próximas décadas sem gerar uma inflação sufocante. – O presidente parecia observar atentamente as reações de seu interlocutor. – Ainda assim, o processo para realizar esta transação é guardado a sete chaves, e muitos países, como o Egito, não têm acesso a ela. Pouquíssimas pessoas em todo o mundo têm acesso a esse mecanismo financeiro, e ninguém fora dos EUA ou da Suíça tem autorização para realizar tal transação. A não ser você, aparentemente.

Giacomo estava realmente intrigado a respeito de como todas estas informações privilegiadas poderiam ter sido entregues a Nasser. Quem poderia ter sido a sua fonte?

— A que tipo de retorno de investimento o senhor está se referindo?

— Dez por cento por dia! Trinta por cento por semana! Cem por cento por mês!

— Impossível! Estes são números impossíveis para qualquer banco, senhor presidente.

— Não de acordo com a minha fonte, Giacomo.

No exato momento em que o luar foi encoberto por uma piora significativa da tempestade de areia, todos os músculos faciais de Nasser se contraíram em perfeita sincronia, enquanto ele esperava ansiosamente – e já meio exaltado – por uma resposta do seu mais confiável conselheiro financeiro.

— Isso soa como ficção científica para mim, senhor presidente. Alguém está tentando enganar o senhor.

— Giacomo, como você bem sabe, ninguém ousaria tentar enganar o presidente do Egito.

Ignorando por um momento a ameaça velada, Giacomo continuou sua barganha. Afinal de contas a negociação mal havia começado, e ele precisava ganhar tempo para pensar com cuidado nos próximos passos, uma vez que, dependendo do resultado daquele encontro noturno, este poderia ser o começo do final da sua vida no Egito.

— De qualquer forma, qual é o valor que o senhor estaria disposto a investir e quanto o senhor esperaria receber em retorno?

— O Tesouro egípcio pode levantar, vendendo as nossas últimas reservas em ouro, cerca de US$ 50 milhões em uma semana. Nós precisamos levantar aproximadamente US$ 350 milhões em dinheiro vivo para pagar o governo da Tchecoslováquia por um carregamento de armas pesadas e outros equipamentos necessários para suprir as necessidades das nossas forças armadas e de uma milícia popular antes do início da invasão. Eu não vejo nenhuma chance em defender o Sinai contra uma invasão frontal das divisões de tanques israelenses. Mas, se tivermos suficientes tropas e armas, poderemos concentrar as defesas de forma estratégica num único ponto e resistir até o fim.

– Por Said! – exclamou Giacomo.

– Precisamente, meu amigo. Mas para que essa estratégia funcione, eu tenho que armar o povo egípcio e dar ao nosso exército tudo que ele precisa para defender a cidade do Cairo e o resto do país. Os tchecos estão dispostos a negociar conosco, mas preciso de US$ 350 milhões em dinheiro vivo.

– Senhor presidente, este valor é impossível de se obter com o seu investimento inicial.

– Giacomo. – Pela primeira vez em todos os encontros que haviam tido, Nasser subiu o tom da voz para um nível claramente ameaçador. – Você já ouvir falar desse mecanismo financeiro? Diga agora.

Os dois homens trancaram seus olhares um no outro, não sabendo exatamente como iniciar o namoro financeiro mais ousado de toda a história do Oriente Médio. Foi quando Omar Cicurel, o filho mais velho de Giacomo, da altura dos seus tenros cinco anos de idade, surgiu de forma inesperada na sala de visitas, chamando pelo pai.

– Omar, volte para o quarto de brinquedos e espere por mim lá com a sua mãe e sua irmã. Eu já irei ter com vocês.

– Mas, papai, você prometeu que hoje seria a nossa noite para desmontar o rádio e depois tentar remontar – resmungou a criança.

– Omar, você já desmontou o meu rádio e eu tive que contratar um técnico da Inglaterra para consertá-lo. O sujeito já retornou para a Inglaterra, e eu não tenho planos de trazê-lo de volta ao Egito tão cedo. Eu gosto de ouvir as minhas óperas quando volto para casa toda sexta-feira à noite.

– Pai, não é minha culpa. Minha chave de fenda mágica só consegue desmontar, mas ela não consegue pôr as partes juntas depois.

– Que menino inteligente nós temos aqui. – O presidente Nasser de repente alcançou Omar com suas enormes mãos e o trouxe para o seu colo. – Quer dizer que você é um especialista em desmontar rádios que custam muito dinheiro? Vou convidar você para desmontar o meu. Ele nunca funcionou direito, de qualquer maneira. Talvez você possa consertá-lo depois de desmontar? – disse.

– Me desculpe, mas a minha chave de fenda mágica somente funciona aqui em Zamalek. Minha irmã me contou que o próprio Anúbis criou esta chave de fenda mágica. Com ela consigo descobrir do que as máquinas que falam são feitas. Mas o poder não funciona do outro lado do Nilo. Desculpe, mas seu rádio vai ter que esperar outra chave de fenda mágica.

Sem se conter, Nasser soltou uma gargalhada genuína.

– E o que é isso que você está segurando com tanta força com ambas as mãos? – indagou o presidente. – Não me parece nada com uma chave de fenda mágica.

– Oh, não, este é o meu ábaco persa. Estou estudando para me tornar um matemático, e o ábaco persa é o meu brinquedo favorito.

– Um matemático! Muito interessante. Nós, egípcios, somos muito bons matemáticos. Temos uma longa tradição em lidar com números, há milhares de anos.

– Sim! Uma vez eu vi que os persas e os egípcios eram os verdadeiros reis da matemática, senhor. Eles descobriram coisas que nós ainda nem conhecemos direito! Quero ser como eles! – exclamou o menino.

– Entendi. Um dias desses eu vou chamar você e seu pai para me visitar no Palácio Presidencial. Então você pode me contar tudo sobre as mil e uma noites da história da matemática islâmica. Eu vou realmente gostar de aprender com você, meu garoto.

Apesar de ter se aborrecido inicialmente com a intrusão de Omar no momento mais tenso do seu encontro com Nasser, Giacomo logo relaxou ao perceber quão embevecido o presidente do Egito se sentiu na sua interação com seu filho mais novo.

Na realidade, ambos os interlocutores se sentiram aliviados pela interrupção, dado que nenhum dos dois sabia como proceder dali para a frente. Embora Giacomo soubesse que Nasser seria capaz de usar qualquer meio para obter o que queria, também tinha perfeita noção de que Nasser sabia que nenhuma ameaça seria capaz de assustar um homem como Giacomo.

Eles tinham que achar algum tipo de meio-termo, uma forma de trabalhar em conjunto, para buscar uma solução para a necessidade financeira imediata de Nasser.

– Senhor Cicurel, vejo que a sua família foi abençoada com mais um prodígio: Omar, o matemático! Que Rá permita que ele cresça envolto nas melhores tradições egípcias e no conhecimento científico, para que ele possa explicar os mais profundos mistérios do universo através da matemática. Evidentemente, com auxílio da sua chave de fenda mágica e do seu ábaco persa!

Ao final daquela saudação, vinda de ninguém menos do que o supremo presidente do Egito em pessoa, Omar sorriu timidamente, pulou do colo de Nasser e correu em direção à segurança dos braços da mãe Edith, que agora havia aparecido na porta para buscá-lo.

– Que menino maravilhoso, Giacomo! – disse o presidente, agora de volta a seu interlocutor principal. – Posso sentir um futuro grandioso no seu filho!

– Sim, senhor presidente. Omar é realmente muito talentoso. – Olhando para o presidente diante de si, Giacomo refletiu e, enfim, cedeu – Na verdade, ele pode se tornar uma das mais concretas esperanças para que um dia possamos concretizar a tarefa que o trouxe a Zamalek.

– Do que você está falando, Giacomo? – Nasser parecia confuso.

– Nós a chamamos de “A Transação”, senhor presidente. A Transação!

CAPÍTULO 4

DE VOLTA AO BRASIL. MAS PARA QUÊ?

São Paulo, Brasil – sábado, 26 de janeiro de 2036 – uma semana antes do impacto

Assim que as portas automáticas abriram, ejetando todos os passageiros de dentro da nova e gigantesca área de *duty free*, bem no centro geográfico do hall de chegada do Terminal 3 do Aeroporto Internacional André Franco Montoro, em Guarulhos, a neurocientista Tosca Cohen, ainda meio grogue da longa viagem, se viu imersa num verdadeiro festival de berros desesperados e choros compulsivos, em meio a abraços e beijos infindáveis; o típico ritual humano que ocorria todas as manhãs no principal aeroporto internacional do Brasil.

Distribuídos em múltiplos pequenos grupos que se apinhavam colados às portas automáticas da área de desembarque, Tosca identificou toda sorte de familiares gritando e chorando pelas mais diversas razões; uns choravam de alegria, outros choravam de consternação, e uma boa parte chorava sem saber direito o motivo. Se você fosse um brasileiro, como Tosca, você entenderia a cena perfeitamente, e na hora. Mas se você não fosse originário desses trópicos, nada que alguém pudesse lhe dizer faria com que você capturasse o que realmente estava se passando. Realmente, boa parte do Brasil estava resumida naquela cena; totalmente incompreensível para estrangeiros e forasteiros, não acostumados com a rotina cotidiana do país mais surreal do planeta. Ainda assim, pessoas de todos os lugares e culturas espalhadas por todo o mundo se sentiam atraídas, por alguma razão, ao país, e uma vez que passavam algum tempo em seu território, a maioria delas, a despeito de toda a imprevisibilidade da vida, pobreza, violência urbana, corrupção política e loucuras vivenciadas no dia a dia, sem nem mencionar a vasta ignorância e egoísmo da elite aristocrática do país, usualmente optava por fincar raízes em seu solo. Alguns diziam que a razão para tal decisão inusitada era simples: num país onde quase tudo ainda restava a ser feito, a vida parecia ter muito mais apelo do que em lugares onde tudo já havia sido realizado.

Você realmente se sentia vivo no Brasil, por boas e más razões ao mesmo tempo.

Sendo uma brasileira nativa, nascida e criada às margens de um pequeno tributário do mítico e poderoso rio Amazonas, num canto escondido e perdido da imensa floresta tropical que ocupava cerca de metade de todo aquele imenso país, Tosca conseguia facilmente entender toda a não linearidade, os movimentos de entrelace e a coreografia social que se revelava explicitamente a olhos pouco acostumados a tais rituais humanos no saguão de chegadas do aeroporto. Tudo isso se manifestando através de amontoados de pessoas, aos berros e inundados de lágrimas, celebrando a chegada de parentes há muito ausentes, a maioria dos quais devido a anos de exílio, voluntário ou forçado, por razões econômicas ou políticas. Este último grupo havia aumentado consideravelmente, como consequência do último golpe de Estado, perpetrado por um punhado de generais rebelados - sempre eles -, que havia devastado o país política, econômica, ética e moralmente apenas alguns anos antes.

Curiosamente, naquele sábado de verão, uma vez que ela conseguiu flanquear todo o povo que chorava e gritava, uma tarefa longe de ser trivial, Tosca se encontrou perfilada ao lado de um grupo de policiais claramente entediados com a missão de escoltar a delegação de um dos times de futebol mais famosos da cidade, o Sport Club Corinthians Paulista, que acabara de retornar à cidade depois de mais uma derrota vergonhosa no Rio de Janeiro. O resultado desastroso havia decretado de forma definitiva mais um rebaixamento do time – o quinto nas últimas duas décadas – para a segunda divisão do futebol brasileiro, algo que um outro grupo de pessoas presentes no saguão levou muito a sério, aos berros e em lágrimas, como era o padrão nacional. Estes eram os torcedores fanáticos do clube paulistano que haviam se deslocado para o aeroporto apenas para disparar uma série interminável de profanidades, regadas com uma chuva de ovos podres e moedas, nos seus gládiadores fracassados. Na realidade, a despeito de todos os exageros e inflamação de ânimos, tudo não passava do exercício de um dos passatempos nacionais favoritos, transmitidos de geração para geração de torcedores brasileiros. Na vitória ou na desgraça, no êxito ou na tragédia, a sua obrigação como bom torcedor era se dirigir ao aeroporto para receber o seu time.

Registre-se, porém, que as recepções pós-vitórias tendiam a ser um pouco mais prazerosas. Não que a outras não o fossem também – mas só para alguns, e por outras razões.

No meio desse verdadeiro torneio matinal de choros e berros, um motorista muito bem-vestido e distinto tinha nas mãos um tablet de última geração com o nome de Tosca piscando em sua tela. Como ela desconfiara, Omar havia cuidado de todos os mínimos detalhes da sua logística de viagem com o esmero que lhe era peculiar. O motorista, de baixa estatura, mas com um bigode avantajado, era natural da Argentina, e não falava uma única palavra quer em português, quer em inglês, as duas línguas nas quais Tosca se sentia totalmente à vontade. Algumas vezes, ela tentou o seu "portunhol" sem obter nenhuma resposta. Aparentemente, o motorista havia sido instruído a não se comunicar com a passageira ilustre. Curiosamente, quando eles deixaram o terminal, o SUV, estacionado num lugar proibido, que ele indicou como sendo o seu transporte, era a mais recente inovação em termos de carros elétricos autodirigíveis, fabricado pela empresa líder do mercado mundial, com sede na China. Apesar de o veículo não precisar de um "apêndice humano" para conduzi-la até o seu hotel, Omar, sendo Omar, jamais deixaria de lado o seu total desprezo pela obsessão compulsiva dos adeptos do "Culto da Máquina" em criar – nas suas palavras – "estas monstruosidades automáticas", que eliminavam toda sorte de prazeres humanos, como dirigir numa manhã de sábado de verão, sem falar da eliminação de milhões de empregos em todo o mundo. Pelo menos, Tosca refletiu, aquele mínimo ato de protesto confirmou para ela que Omar era quem estava realmente por detrás deste enredo, e não alguma gangue de traficantes de mulheres da América do Sul.

Mesmo sendo muito cedo naquela manhã de sábado, no meio das férias escolares de verão, o trânsito em São Paulo estava horrendo, como era habitual. Quase duas horas depois, Tosca, o motorista argentino mudo e o carro autodirigível finalmente entraram na Avenida Paulista, a tradicional artéria que um século atrás abrigara as mansões dos barões do café e, posteriormente, servira como centro financeiro da cidade e do país, antes de entrar em decadência e ser prontamente substituída por outra avenida, a Faria Lima. Momentos depois, o carro estacionou sozinho na entrada principal do Hotel Renaissance, localizado na Alameda Santos, um bulevar paralelo à Paulista.

No momento em que Tosca se deparou com a entrada do hotel ela se lembrou do que o seu orientador brasileiro de doutorado – por onde ele andaria neste momento? – havia lhe contado muitas vezes sobre as suas aventuras na Avenida Paulista, durante a ditadura militar que se instalou no país entre 1964 e 1985, particularmente os diversos cafés, restaurantes e padarias – esta talvez a maior instituição brasileira – que delineavam as suas calçadas desde os anos 1950, e como ele passara a maior parte do seu curso médico estudando e conversando nesses estabelecimentos, em vez de frequentar as aulas da Faculdade de Medicina, localizada a apenas alguns quarteirões de distância.

Saudada efusivamente na recepção por um jovem funcionário, usando um terno impecável e um bigode *à la* Marcello Mastroianni dos anos 1960, Tosca foi imediatamente informada de que o seu tio a aguardava na suíte presidencial, localizada no último andar do hotel.

Antes que ela tivesse tempo para emitir um protesto e informar ao funcionário que ela iria precisar de pelo menos algumas horas no seu próprio quarto para se recuperar da viagem antes de qualquer reunião com seu tio, dois enormes e mal-encarados guarda-costas já estavam-na conduzindo para o elevador. Como resultado deste quase sequestro, Tosca estava muito próximo do seu ponto de ebulição quando chegou ao andar mais privativo e luxuoso do hotel.

Na área de recepção da suíte, dois outros guarda-costas, não menos mal-encarados ou menores em dimensões físicas, mas com olhares bem mais ameaçadores que o par anterior, assumiram a missão de conduzi-la para a presença do seu comandante em chefe. Mas, antes, ela precisaria ser revistada e ter a sua presença anunciada. Alguns segundos tensos e de profundo silêncio se seguiram até que chegasse a confirmação, recebida diretamente nos implantes retinais do destacamento de segurança, de que a entrada de Tosca tinha sido liberada. Tendo recebido a mesma confirmação, o chefe do destacamento, muito possivelmente um ex-membro do Mossad, informou a Tosca que ela podia entrar nos aposentos do tio.

E entrar ela entrou. No bom estilo de uma sucuri amazônica; pronta para matar com requintes de crueldade qualquer forma de vida que ousasse bloquear a sua tentativa de esfolar vivo o seu amado tio. Agora, ela estava preparada para extrair todas as respostas para o ato absurdo que Omar tinha tido a ousadia de lhe impor, depois de desaparecer e permanecer incógnito, sem dar a menor satisfação ou sinal de vida para ela e toda a sua família, por quase trinta e cinco anos.

Sem dar a menor bola para todo o vapor quente emanando em profusão das ventas da sua sobrinha favorita, Omar Cicurel estava confortavelmente acomodado no sofá principal da sala de estar da suíte, contemplando placidamente o horizonte da manhã paulistana, manipulando a sua possessão material mais preciosa e da qual ele parecia inseparável: o seu cigarro eletrônico de última geração adquirido na sua tabacaria favorita em Montreux, Suíça, onde ele havia tomado refúgio das suas múltiplas namoradas do Leste Europeu, mais de três décadas atrás.

No momento em que Omar se deu conta de que Tosca estava indo na sua direção em alta velocidade, como que se preparando para um assalto típico de um jogador de futebol americano, ele fez o que ele tinha feito inúmeras vezes anteriormente na sua vida, quando confrontado por uma jovem mulher terrivelmente encolerizada: se levantou calmamente, abriu os braços e descortinou o seu mais sedutor sorriso egípcio, conhecido desde os tempos dos faraós, como se não soubesse a razão para tanta fúria.

E, da mesma forma que muitas outras no passado, a despeito de toda a fúria letal exibida alguns milissegundos antes - ou seriam nanossegundos? -, tanto o córtex visual quanto o límbico de Tosca não resistiram ao encontro com a imagem do homem que, num piscar de olhos, trouxe de volta para a sua consciência tantas memórias felizes de uma vida que ninguém mais poderia trazer de volta. Como resultado, Tosca prontamente se perdeu na armadilha característica dos Cicurel e, uma vez mais, se deixou abraçar pelo seu favorito - apesar de único - tio, como dois cúmplices que nunca esqueceram o quanto tinham em comum, mesmo depois de todas as décadas de separação e silêncio.

— Eu estou tão feliz em revê-la, minha querida Tosca. Você não mudou nada.

Ainda que parte do encanto sedutor daquele encontro a derrotasse de forma definitiva, Tosca se afastou do tio e, enfim, decidiu confrontá-lo.

— Pode ir cortando as rebarbas, tio Omar. Vamos direto ao fundo do poço. Com o que você está se metendo desta vez? O que pode ser tão importante para você montar toda esta operação e me arrastar para o Brasil com tanta pressa depois de desaparecer de vista por três décadas?

— O cérebro, minha querida. O cérebro humano — disparou Omar. — Eles querem se apoderar dele, de todos eles; eles querem transformá-los em outra maquineta digital idiota, de forma a poder controlar todos nós completamente; só que desta vez querem poder controlar cada pensamento, cada movimento, cada sonho, cada emoção, cada memória, para terminar de vez o trabalho que se iniciou muitas centenas de anos atrás.

Omar tomou fôlego, enquanto Tosca apenas o encarava, incrédula. Então, prosseguiu:

– Pretendem, minha querida, transformar toda a humanidade em nada mais do que um punhado de seres escravizados, uma raça de zumbis digitais biológicos. E, acima de tudo, querem acabar com o nosso futuro e trancar toda a humanidade, de forma irreversível, no seu presente estado de miséria. Neste momento, você, eu e uns poucos outros espalhados pelo globo somos os únicos que podem prevenir que esta tragédia final se materialize. E por isso eu tive que arrastar você de qualquer jeito, às pressas, para São Paulo. – Fazendo uma pausa, Omar se deu conta do estado de incredulidade da sobrinha, cedendo: – Você gostaria de um café *espresso*? Eu encomendei a sua marca favorita de café brasileiro, minha querida!

– Um duplo, por favor. E vamos começar do começo, dessa vez.

CAPÍTULO 5

A LA FIESTA!

Basileia, Suíça – sexta-feira, 1º de fevereiro de 2036 – doze horas antes do impacto

– Aleluia! Meu garoto, você estava absolutamente certo sobre esta geringonça ser algo fora desta galáxia, Wolfgang!

Dr. Banker Terceiro, sentado na poltrona em seu escritório, ainda absorto pela experiência, tentava compreender tudo pelo que acabara de passar. Era como um sonho, mas cada célula de seu corpo lhe dizia: foi real.

– Que viagem foi essa? Uau, eu nunca experimentei nada igual em toda a minha vida. Nem mesmo aquelas viagens movidas a LSD em Chapel Hill, do lado da velha Blockbuster na Franklin Street, chegaram perto desta sua fita! – exclamou Dr. Banker Terceiro.

– Muito feliz que o senhor tenha desfrutado tanto da sua primeira excursão na Brainet. Eu mesmo tive uma reação muito parecida com a sua na minha primeira viagem. Mas, depois de algumas tentativas, comecei a aprender como interagir com os outros e extrair ou compartilhar tudo que eu quisesse de maneira muito lisa.

– Isso é muito interessante. Quer dizer que é possível interagir de fato com essas pessoas...

— Sim. É preciso um pouco de prática, relaxar e seguir o fluxo, se o senhor me entende. Mas uma vez que se pega o jeitão da coisa, qualquer um pode facilmente atingir um estado de imersão total na mente coletiva da Brainet com a qual o senhor se conectou.

— Mas explique uma coisa: aquelas vozes, experiências e emoções foram compartilhadas por pessoas que, como eu, estavam conectadas nesta geringonça?

— Sem dúvida. Tudo que o senhor sentiu ou experimentou se originou nas mentes de outras pessoas conectadas à Brainet experimental do BARI. Ainda existem alguns probleminhas e falhas eventuais que nós estamos tentando sanar... Mas essencialmente o senhor desfrutou de uma experiência única de compartilhamento mental com alguns dos nossos *geeks* e banqueiros.

Banker Terceiro pensou em todas aquelas vozes, na cacofonia de palavras e sentimentos quc haviam inundado sua mente. Eram funcionários e parceiros do BARI, claro, uma “comunidade-beta”.

Algo, no entanto, parecia não se encaixar naquela história.

— Mas aquele indivíduo, Carlos Jimenez Rivera, não era um dos nossos, com certeza. Ele estava falando diretamente do deserto do Atacama, no Chile. Como ele poderia ser parte do nosso time de voluntários? Por acaso nós possuímos alguma filial no deserto do Atacama que eu desconheça?

— De forma alguma, Dr. Banker Terceiro — respondeu Wolfgang prontamente. — Não existe nenhuma filial do BARI no deserto do Atacama. Este indivíduo certamente não pertence à nossa organização. Vamos ver... É possível que alguém estivesse conectado à Brainet enquanto usava o implante retinal, ou ouvindo um podcast, ou TV, ou rádio... Todos os outros membros da Brainet teriam acesso a essa informação, assim como a tudo aquilo a que os cérebros desses mesmos membros estejam sendo expostos, do ponto de vista sensorial, ou a qualquer comportamento que eles estejam executando enquanto conectados à Brainet.

Wolfgang olhou para o homem sentado diante de si, em expectativa.

— Isso explica muita coisa — disse o Dr. Banker Terceiro, depois de uns instantes.

– Explica o quê? Não entendi.

– Pelo menos um dos nossos voluntários estava assistindo a um vídeo pornô enquanto conectado na nossa Brainet. E eu fico muito entristecido em comunicar a você, Wolfgang, que pelo menos quatro outros voluntários estavam engajados em algum tipo de suruba.

– Lamento profundamente que isto tenha acontecido, chefe. Eu realmente não antecipei essa possibilidade. Muito desagradável mesmo. Como a tecnologia da Brainet ainda é muito nova, as pessoas não se deram conta do que realmente significa compartilhar as suas mentes. Eu vou mandar um memorando para os nossos *geeks*.

– Não será preciso, Wolfgang. Os meninos fizeram um ótimo trabalho. Eles merecem relaxar um pouco. E, honestamente, até aprendi um ou dois truques novos com eles. Uma performance surpreendente, eu diria.

– Algo mais, senhor? Alguma dor de cabeça? Nós estamos descobrindo com a prática que algumas pessoas sofrem alguns efeitos colaterais logo após a sua primeira ou segunda viagem na Brainet. Alguns têm dor de cabeça, outros continuam a ouvir vozes por dias a fio, e outros reportam uma coceira estranha na virilha. Mas também descobrimos um efeito benéfico.

– Qual? – indagou o Dr. Banker Terceiro.

– As pessoas aparentemente pararam de tomar as suas drogas habituais porque sentem que a viagem na Brainet é muito melhor do que álcool, maconha, cocaína, heroína, ecstasy ou quaisquer outras drogas sintéticas que usavam habitualmente. E o senhor bem sabe que os nossos rapazes são verdadeiros especialistas acadêmicos no campo dos métodos farmacológicos de dopagem da mente.

– Ok, mas não estou sentindo nenhum desses efeitos colaterais que você descreveu. Mas tem algo ainda mais estranho que estou sentindo desde a viagem. Na realidade, estranho não define bem o que estou sentindo. O que eu estou experimentando é algo bem alarmante. Bem bizarro, eu diria.

Nesse momento, Wolfgang se aproximou sutilmente do chefe. Algo ali o havia interessado.

– Deixe-me ver se eu consigo pôr em palavras esta sensação – continuou o Dr. Banker Terceiro. – É algo mais profundo e estranho. De repente, acredito que poderia lhe dar uma aula completa sobre a teoria especial da relatividade. Na realidade, sinto que poderia falar sobre o tópico por horas a fio, e, além disso, engatar uma segunda discussão sobre a teoria *geral* da relatividade. E falar sobre física quântica também, sem problemas. Subitamente, estou sentindo uma vontade irresistível de achar um quadro negro dos antigos, pegar um pedaço de giz branco e sair escrevendo equações relacionadas a ambas as teorias. Você acha que pode ser mais um dos efeitos colaterais negativos que o nosso time identificou?

– Bem, isso soa muito interessante, na realidade... Nós havíamos discutido a possibilidade teórica de que algo assim acontecesse, mas para atingir este estágio tão extraordinário o usuário teria que ter realizado várias viagens na Brainet. Nenhum dos nossos voluntários relatou uma experiência como a que o senhor está me descrevendo agora. O senhor pode estar fazendo uma descoberta inédita!

Nesse momento, Banker Terceiro ficou de pé. Agitado, caminhou pelo escritório, indo de volta em direção à grande janela de vidro que dava para a estação de trem.

– Isso é realmente quase inacreditável! – disse, então. – Estou experimentando os pensamentos que cruzaram o cérebro de ninguém menos do que Einstein. E justo quando ele decidiu explorar o problema de se seria possível sincronizar todos os relógios das principais estações de trem da Suíça para, de repente, *booom!*, tropeçar no conceito central que o levou a formular a teoria especial da relatividade. Isso tudo enquanto observava o relógio central da estação de trem de Berna, pela janela do escritório de patentes da cidade.

– Isso é realmente incrível, Dr. Banker Terceiro! Apenas alguns minutos atrás o senhor estava totalmente convencido de que Einstein havia realizado o seu trabalho monumental usando o relógio da estação de trem da Basileia, não o de Berna, como referência. Agora, o senhor tem a história completa embutida nas suas memórias.

– Bom, agora que você me apresentou o imenso potencial e poder da Brainet, como os nossos gênios do departamento de tecnologia planejam utilizar esta descoberta para *ganhar dinheiro*?

"O dinheiro fala", como dizem os americanos. E era essa a principal preocupação do Dr. Banker Terceiro naquele escritório.

Ele havia acabado de passar por uma das mais marcantes - se não a mais espetacular - experiências de sua vida. Diante dele, Wolfgang preparava um café, acompanhado de um croissant de chocolate, preparando terreno para a conversa que viria a seguir: negócios!

– Dr. Banker Terceiro, nosso time acredita que, entre outras aplicações, a Brainet pode ser uma solução espetacular para o problema mundial de criptografia bancária. Ela pode nos permitir avançar a sua política mestra de manter o presente estado das coisas, de forma que não existam mais quaisquer tipos de riscos ou eventos indesejáveis no nosso futuro.

– Acho que estou entendendo aonde você quer chegar, Wolfgang...

– Essencialmente, a Brainet pode se transformar na nossa tecnologia mestra para promover a plataforma de "um futuro sem futuro"; um estado global no qual o BARI por si só controlaria toda e qualquer decisão de todos os governos do planeta. E não só isso: todas as minúsculas decisões tomadas por todo e qualquer ser humano vivo, ou prestes a nascer ou morrer... pelo resto da existência da humanidade.

– Este é o meu menino falando, Wolfgang! – Dr. Banker Terceiro aplaudiu seu assistente de forma efusiva. – Isso é o que eu sempre gosto de ouvir no final de um dia exaustivo de trabalho no escritório. Continue, traga pro papai o presente de Natal, meu menino! Eu sou todo ouvidos!

Wolfgang prosseguiu. A ideia seria a seguinte: usar a tecnologia das Brainets a fim de criar um ligação mental, inviolável e impossível de ser hackeada entre os membros principais do BARI. Então, a atividade elétrica coletiva desses indivíduos poderia criar um registro contínuo, um *blockchain* mental, de todas as decisões financeiras tomadas ao redor do mundo, tanto por governos, empresas ou por indivíduos. As mentes em conexão contínua seriam compartilhadas com os supercomputadores do BARI na Basileia, assim como no entreposto computacional do banco, enterrado nas profundezas dos Alpes suíços. O plano permitiria criar um monopólio completo e inexpugnável de todas as decisões econômicas, políticas e sociais que governariam o mundo a partir de então.

Essencialmente, o conselho do BARI combinaria a sua atividade elétrica cerebral coletiva para aprovar ou bloquear cada uma das decisões originadas nos cérebros de governantes, empresários e indivíduos em todos os tipos de mercados, economias nacionais e negócios ao redor do mundo; todas essas decisões, desde uma simples aquisição de ações de uma empresa por João, o encanador, ou uma grande fusão e aquisição executada por uma empresa de *private equity* teriam, assim, que ser aprovadas e registradas pela *blockchain* mental do BARI. Ninguém fora do BARI teria acesso a ela. Ninguém teria a mínima chance de acessá-la ou modificá-la, e ninguém teria como alterar seja qual fosse o futuro que o BARI decidisse estabelecer.

– Absolutamente genial! – aprovou o Dr. Banker Terceiro, com entusiasmo, compreendendo o alcance do poder da Brainet. – Totalmente radical e maravilhoso. Mas como podemos garantir que as decisões tomadas pelo conselho do BARI, gravadas na nossa *blockchain* mental (eu já adoro o som disso) seriam implementadas, ou, colocando melhor, *impostas*?

– É nesse ponto que os nossos bons amigos na indústria de *high tech* se tornam extremamente úteis, chefe. Nesse momento, como o senhor sabe, eles basicamente convenceram todos os governos do planeta a terceirizar decisões fundamentais, sejam elas econômicas, políticas ou sociais, para supercomputadores rodando programas baseados em métodos da chamada "inteligência artificial na nuvem".

De fato, um por um, a maioria dos países do mundo já tinha aberto mão de todo o seu poder de decisão em prol de ferramentas digitais criadas pelas BigTechs. Isso se deu depois de décadas a fio de "proselitismo" em favor dos métodos da inteligência artificial, realizado pelos ditos "evangelistas digitais". As BigTechs haviam conspirado e criado as condições para que inúmeras eleições fossem influenciadas e mesmo decididas em prol dos seus aliados, de forma que esses pudessem ascender a posições de poder e, posteriormente, vender os dados privados armazenados por seus governos, incluindo os dados dos seus cidadãos, para os verdadeiros mandatários do mundo. Por quase meio século, eleições foram definidas através do uso de toda sorte de informações, dados e notícias falsas, que funcionaram como verdadeiros vírus informacionais, infectando centenas de milhões ou mesmo bilhões de cérebros de pessoas que passaram a acreditar que tudo aquilo que eles liam na internet, nas mídias sociais, ou nos aplicativos dos seus telefones era verdade, e não apenas um punhado de invenções e mentiras.

O eleitorado de todos os grandes países foi literalmente afogado por esse tsunami digital, uma verdadeira avalanche de notícias falsas e teorias da conspiração, disseminadas pelas redes sociais e entregues diretamente às pessoas por toda sorte de novas tecnologias de comunicação, incluindo os implantes de retina atuais. A estratégia global de desinformação em massa levou à eleição de populistas, fascistas, até mesmo neonazistas, em todo o mundo. Um por um, diversos países viram sua mente coletiva ser corrompida pela infecção e posterior destruição mental causada pelos vírus informacionais disseminados pelas novas invenções de comunicação em massa das BigTechs. E, uma vez aboletados no poder, os governantes, verdadeiros zumbis digitais, trataram de reciprocar imediatamente o enorme favor feito por essas empresas, convencendo os cidadãos a abrirem mão de todo o seu poder decisório em prol da incorruptível lógica digital de máquinas inteligentes que, segundo a lenda, nunca falhavam, nunca seriam compradas e jamais parariam de trabalhar até cumprirem suas missões.

Os constituintes só esqueceram de fazer uma pergunta fundamental quando abriram mão do poder de controlar os seus próprios destinos: quem estaria por trás da programação dessas maravilhosas máquinas inteligentes?

E era precisamente essa pergunta que estava sendo discutida ali.

– A nossa *blockchain* mental – prosseguiu Wolfgang – será responsável por redirecionar cada decisão coletiva do conselho do BARI para a nossa rede de supercomputadores, que já controla quase por completo a economia global. Por sua vez, essa mesma rede computacional alimentará todos os outros sistemas digitais criados para rodar a rotina dos países do mundo, seguindo a nossa ideologia e a nossa agenda, linha por linha. E agora, com o advento da Brainet, passaremos por cima de toda a camada intermediária, como a mídia, os celulares, os implantes retinais e tantos outros, entregando a nossa visão do futuro, sem falar da nossa visão da *verdade*, diretamente ao cérebro de nove bilhões de pessoas, mais rápido do que um piscar de olhos.

– Como música dos Deuses, Wolfgang! A mais linda melodia que eu já ouvi!

Banker Terceiro mal podia controlar sua agitação. Aquela seria a coroação de todos os planos que ele e seus companheiros haviam traçado por décadas.

– O que quer que seja que o senhor e seus colegas do conselho do BARI decidam, em alguns centésimos de milissegundos vai se transformar numa política global instantaneamente. Nenhuma pergunta feita. Nenhum debate prolongado no Congresso. Nenhuma greve, nenhum protesto, nenhuma discussão sobre "os pobres ficando mais pobres, enquanto os ricos só enriquecem". Nenhuma necessidade de depender das ineficiências bem conhecidas dos chamados governos democráticos, enfim, nenhum papo sem sentido, nenhum lero-lero. Nenhuma necessidade de realizar reuniões com constituintes ou acionistas. Leis e a política de todo o planeta ditadas apenas pelo pensamento coletivo de um punhado de grandes mentes financeiras.

Esfregando as mãos ansiosamente e estampando um vasto sorriso nos lábios, Dr. Banker Terceiro partiu para os finalmentes, depois de tudo que ouviu até ali:

– Então, quando começamos a rodar o novo espetáculo da Brainet? Eu já estou transbordando de ideias. Vamos a *la fiesta*, meu garoto!

Pigarreando em reflexo à pergunta, Wolfgang se preparou para comunicar as más notícias ao chefe em estado de euforia precoce.

– Bem, nós ainda temos alguns probleminhas técnicos para resolver... Precisamos garantir que a nossa Brainet seja totalmente inexpugnável, para não corrermos o risco de ela ser hackeada quando entrar em pleno funcionamento.

– E como vamos fazer isso, Wolfgang?

– Primeiro, temos que confirmar que cada cérebro humano produz um sinal eletromagnético específico e único. Em outras palavras, precisamos demonstrar que cada cérebro humano gera continuamente um sinal eletromagnético que serve como uma verdadeira "impressão digital" neural, capaz de identificar cada indivíduo de forma única e totalmente precisa. Precisamos estar certos disso para poder confirmar, a cada momento, a identidade dos membros do conselho do BARI, para que nenhum estranho possa penetrar ou hackear a nossa Brainet e tomar decisões indesejáveis. Para tanto, é preciso descobrir o algoritmo ideal para extrair tal impressão digital eletromagnética em tempo real, antes e durante a operação da nossa Brainet. Do contrário, o risco de sermos hackeados ou sabotados seria muito grande.

– Compreendo. Então parece simples: mande os nossos *geeks* aplicarem a mesma técnica de trabalho que usaram até agora. Ou seja, mande os meninos roubarem o algoritmo o mais rapidamente possível.

– Essa diretriz já foi transmitida a eles, chefe. Mas identificamos um pequeno problema.

– Que problema?

– Até hoje de manhã, ninguém no mundo havia encontrado qualquer prova concreta de que tal impressão digital cerebral exista, muito menos um algoritmo para eventualmente extraí-la de cada cérebro humano. Quem quer que realize esta façanha terá feito a maior descoberta na área de criptologia de todos os tempos. É algo que, como o senhor pode imaginar, vale centenas de trilhões de dólares ou mais.

– Entendi. Então não há saída, certo? Eu já estava me deliciando com a possibilidade de criar um futuro sem futuro, somente pelo meu pensamento. Muito triste que tenhamos que abandonar este sonho maravilhoso tão cedo.

– Não seja precipitado, chefe. Temos uma possibilidade que pode ser a solução para o impasse.

– Verdade? Qual?

– Bem, ele envolve aquela neuroengenheira que mencionei anteriormente, Dra. Tosca Cohen, da Universidade da Duquesa, em Persépolis, Carolina do Norte. Soa familiar para o senhor?

– Claro que sim. A ex-estudante do maluco que inventou a Brainet.

– Ela mesma, chefe. Pois aí está o problema.

— Só quero ouvir soluções na minha mesa, *monsieur*, não uma lista infindável de problemas. Eu não fui contratado para dirigir o maior banco do planeta para lidar com problemas. Eu sou um cara movido a resultados, Wolfgang. E, para atingir estes objetivos sagrados, os meios justificam os fins, sempre!

— Eu entendo perfeitamente. Mas o nosso problema é o seguinte: a Dra. Tosca Cohen é a nossa melhor e, francamente, única esperança. Nós temos certeza de que ela é a pessoa-chave, porque os nossos *geeks* têm monitorado constantemente a nuvem do laboratório dela e acreditam que ela está muito próxima da solução. Ou talvez até já tenha achado a resposta para essa pergunta essencial.

— E o que está esperando, Wolfgang? Vá atrás dela, ou do que ela tem dentro do cérebro dela, ou na nuvem dela, e traga aqui para Berna.

— O senhor quer dizer Basileia, certo, chefe?

— Sim, Basileia. Por que diabos eu disse Berna?

— Traremos com certeza, chefe. Mas há uma complicação.

— Mais uma?

— Lamento profundamente, chefe, mas sim, temos mais uma. A Dra. Tosca Cohen desapareceu há uma semana, na última sexta-feira, logo após receber um telefonema de um certo Dr. Omar Cicurel na noite anterior. Durante esse telefonema, os dois falaram em português o tempo todo. E depois ela simplesmente desapareceu de Persépolis.

O Dr. Banker Terceiro pareceu vasculhar sua memória por uns instantes. Omar Cicurel... Aquele era um nome que ele conhecia.

— Omar Cicurel! O banqueiro egípcio, ex-prodígio das altas finanças mundiais. Ele ainda está vivo?

— Vivíssimo! E com uma fortuna pessoal estimada em cinco trilhões de dólares para gastar à vontade.

— Jesus Cristo! Este homem desapareceu trinta e cinco anos atrás no topo do seu jogo. E agora ele retorna. Nós traduzimos a conversa dos dois?

— Claro, chefe. O nosso sistema de tradução automática, baseado num software de inteligência artificial, realizou a tradução da conversa em tempo real. Ele alertou que alguém estava espionando o laboratório dela para roubar suas ideias e logo a seguir pediu que ela fosse encontrá-lo em São Paulo.

– São Paulo, Brasil?

– Sim, chefe. Eu não conheço nenhuma outra São Paulo no mundo.

O Dr. Banker Terceiro olhou para o funcionário, que por um momento pensou poder ter cruzado a linha. No entanto, o banqueiro apenas prosseguiu:

– Não é lá que o nosso subcomitê para descoberta de novos métodos de lavagem de dinheiro e extorsão vai se reunir na próxima segunda-feira?

– Exatamente, chefe. Pontualmente às nove da manhã.

– Bem, não existe nada parecido com "pontualmente" associado com o conceito de tempo no Brasil. A reunião vai ocorrer *mais ou menos* às nove da manhã, ok?

– Perfeito, chefe.

– Ache o líder do subcomitê e coloque ele na minha linha privada o mais rapidamente possível.

– Considere feito.

Enquanto o Dr. Wolfgang Hess estava se levantando para deixar a sala, o Dr. Christian Abraham Banker Terceiro coletou a fita que usara minutos atrás e aplicou novamente na testa. Uma vez que o dispositivo estava seguro no local, ele se voltou para Hess a fim de fazer um último pedido naquela tarde gélida e cinzenta do inverno suíço.

– Wolfgang, quando você estiver de saída, por favor, peça ao departamento de tecnologia que eles reconectem à Brainet o mesmo pessoal que participou do nosso pequeno teste alguns minutos atrás. Peça a todos eles para reproduzirem *exatamente* aquilo que fizeram durante o teste. Particularmente os quatro indivíduos que... Bem, você entendeu. Eu tenho muito ainda a aprender com este seu novo brinquedinho. Ele é muito mais divertido do que ficar olhando para aquele relógio idiota da estação de trem.

Antes que o Dr. Wolgang Hess pudesse ensaiar qualquer outra resposta, Banker Terceiro deu uma piscadela marota na direção do seu principal assistente.

– É pra já, chefe! – Hess devolveu a piscadela, com toda a pompa e circunstância.

CAPÍTULO 6

O *CASUS BELLIS* É APRESENTADO

São Paulo, Brasil – sábado, 26 de janeiro de 2036 – uma semana antes do impacto

– Um jogo de futebol? Você me arrastou para São Paulo, com menos de vinte e quatro horas de aviso, porque queria que eu o acompanhasse a um jogo de *soccer* no domingo à tarde? – Tosca Cohen perguntou indignada.

– Precisamente!

– Para que, tio Omar, pelo amor de Jesus Cristo?

– Agora você é uma crente, minha querida?

– Claro que não, tio. Continue com a sua explicação antes que seja muito tarde mesmo para Jesus ou qualquer outra divindade salvar a sua alma egípcia pecadora.

– Bem, são duas as razões principais para irmos ao jogo, Tosca.

– Eu estou ouvindo, continue.

– Primeiramente, faz um bom tempo desde que tive o enorme prazer de desfrutar de um jogo de futebol, ao vivo, no meio de uma atmosfera sem igual, como aquela que só existe num estádio brasileiro. A propósito, o nome correto do esporte é futebol, não *soccer*. Antes que eu morra, ou não consiga mais viajar, quero reviver a experiência de torcer pelo meu time favorito: Palmeiras, o maior campeão brasileiro e sul-americano e primeiro time a ganhar um mundial interclubes, em 1951, no meio da seção Central Oeste, junto com dezenas de milhares de torcedores fanáticos, como se todos nós fôssemos um único ser, uma única voz, assistindo ao "jogo bonito", um tipo de balé virtuoso, inventado nos trópicos pelos pretos e pardos pobres das favelas, esses verdadeiros bailarinos, que transformaram um jogo chato para crianças, inventado pelos ainda mais chatos ingleses, numa paixão mundial perene. Em tempos normais, por si só, esta seria uma razão suficiente. Todavia, existe uma segunda razão para que eu "arraste" você para o estádio Allianz Parque, amanhã à tarde, para o grande Dérbi Paulistano, o jogo envolvendo a maior rivalidade deste lado da Via Láctea.

– Pare com toda esta conversa sem sentido sobre *soccer* e me diga logo qual é a segunda razão.

– Tosca, o verdadeiro nome do esporte é FU – TE – BOL. Como brasileira, você deveria saber melhor do que eu. Nós precisamos ir ao estádio porque alguns deles estarão lá, assistindo ao jogo de um dos camarotes de luxo.

– E quem são eles, Omar?

– A gangue que quer eliminar qualquer possibilidade de um futuro não pré-determinado para a humanidade. Eles, e seus cúmplices das BigTechs, querem circunscrever o futuro dentro dos limites estritos que, de acordo com eles, deveriam ditar tudo o que toda a humanidade deve ser, fazer e pensar. Eles fazem parte do vasto exército de autocratas e fanáticos digitais que, ao tentar se passar por algum tipo de Deus, querem escrever o capítulo final no milenar processo da progressiva escravidão da mente humana. Só que, dessa vez, eles não pretendem usar intermediários como tem sido a norma há milhares de anos. Eles querem ir direto à fonte que define quem somos. Eu gosto de chamá-lo de O Verdadeiro Criador de Tudo, depois de um livro com este título que eu li dezesseis anos atrás. Você se refere a ele simplesmente como o cérebro humano, por razões de protocolo profissional, eu suponho. Espero que você não se ofenda pela minha liberdade poética para descrever o objeto de estudo da sua profissão.

– De forma alguma. Mas tudo isso soa extremamente dramático para mim, Omar.

— Porque é, Tosca. Eu não estou exagerando ou inventando nada. Isto não é um drama de novela, nem um cenário inventado para um novo livro de ficção científica. Basta que você olhe ao seu redor, em pleno janeiro de 2036, para ver quanto eles já conseguiram avançar nesse plano.

— O que quer dizer?

— Exatamente um século depois que a lógica digital e os primeiros circuitos digitais emergiram do trabalho de Alan Turing e Claude Shannon, e depois que máquinas baseadas neste novo tipo de lógica foram anunciadas aos quatro ventos como as salvadoras de tudo que havia de errado nas sociedades humanas, a solução para todas as "ineficiências" que abundam em todos os aspectos do modo tradicional da vida humana, os computadores digitais, os sistemas "espertos" baseados na chamada inteligência artificial, como aquele agora mais do que superado ChatGPT, e seus filhotes conseguiram ser bem-sucedidos na sua tarefa de transformar a maioria de nós em meros zumbis digitais orgânicos. Para qualquer direção que você olhe, em qualquer campo que você escrutine, os seres humanos estão perdendo todos os seus atributos mais preciosos. Coisas como criatividade, intuição, espontaneidade, inovação, paixão, sensualidade, empatia, solidariedade, altruísmo, o senso de pertencer a uma comunidade, e até o maior de todos: a própria humanidade. O perigo incomensurável que apenas algumas pessoas detectaram no início dos dias da computação digital está se materializando bem defronte dos nossos próprios olhos!

— Que perigo? Os computadores digitais revolucionaram as nossas vidas para melhor, Omar. Se você não considerar o uso militar deles ou a invasão de privacidade em larga escala que eles permitiram, eles melhoraram a humanidade em vários aspectos. Da mesma forma, os sistemas baseados na inteligência artificial trouxeram enormes benefícios em múltiplas áreas, como a medicina, por exemplo. Isso é um consenso hoje em dia.

— Certamente se pode afirmar que os computadores ajudaram a melhorar significativamente a velocidade e a precisão com a qual vários processos ou tarefas que impactam em múltiplos aspectos da nossa vida são executados. Eu não discordo nem discuto isso. Eu mesmo tiro enorme vantagem de várias dessas melhorias há décadas. Mas esses ganhos inegáveis também criaram um ponto cego gigantesco no nosso ponto de vista; e é dentro deste ponto cego que uma catástrofe de proporções bíblicas está rapidamente se aproximando do seu ápice, um ponto de não retorno.

— Desculpe-me, Omar, mas você está parecendo um provocador de redes sociais, um desses criadores de teorias da conspiração que prometem quebrar toda a internet com suas revelações bombásticas.

Omar sabia muito bem que não se tratava de nenhuma teoria da conspiração ou qualquer bobagem equivalente. O clímax dessa história mais do que real estava por se materializar a qualquer momento. Tudo começou por volta do ano 2000, quando uma nova onda de proselitismo tecnológico, conhecida também como a era dos evangelistas digitais e seus primos-irmãos, os futuristas e influenciadores, focada nos "benefícios quase mágicos e indisputáveis" da inteligência artificial, começou a ser disseminada em larga escala nos Estados Unidos. A partir daí, essa pregação se espalhou por todo o mundo, iniciando-se com a ideia incrivelmente idiota, e falsa, de que uma espécie de "singularidade" da humanidade estava se aproximando, uma vez que uma nova geração de máquinas e programas "inteligentes" estava prestes a cruzar o patamar para se tornar mais inteligente do que o ser humano. Uma vez cruzado o limiar, de acordo com a narrativa dos evangelistas digitais, essas máquinas simplesmente passariam por cima de nós, dominando todo o mundo à nossa volta. As coisas ficaram tão fora de propósito que, na Suíça – onde mais? –, um lunático ganhava a vida espalhando o cenário de que todos nós deveríamos nos preparar para reverenciar e nos submeter a máquinas inteligentes que estavam chegando, em especial àquelas que ele criava no seu próprio laboratório. Evidentemente, ele passou a ser tratado como "o pai da inteligência artificial". Aliás, ele nunca deixou de mencionar esse título em todas as inúmeras palestras que ministrou para grupos de CEOs de grandes corporações que aceitavam toda essa estupidez, ansiosamente pensando em quanto dinheiro eles conseguiriam economizar ao dispensar uma grande parte da sua força de trabalho humana e substituí-la por um bando de máquinas suíças inteligentes que falavam um francês sofrível e algo que eles diziam ser alemão, mas que soava como um dialeto dinamarquês. Curiosamente, o "pai da IA" acabou seus dias numa universidade da Arábia Saudita, cercada pelas forças armadas do país para evitar ataques terroristas contra as instalações e professores estrangeiros.

Omar estava a todo vapor agora.

— Os "gênios" em Bruxelas que eram responsáveis pela União Europeia até concederam um bilhão de euros para um projeto de um time suíço de pesquisadores que alegou, sem nem mesmo corar, que um dos seus objetivos de curto prazo seria simular o cérebro humano num supercomputador, algo que eles garantiram aos revisores que analisaram a proposta estar ao alcance das suas habilidades, a qualquer momento. Apesar da evidente insanidade de tal alegação, eles receberam todo o dinheiro. E, logo depois, eles curiosamente decidiram mudar o objetivo principal do projeto e focar na construção de belos bancos de dados neurocientíficos, contendo toda e qualquer minúcia sobre o cérebro de camundongos e ratos. Quando perguntados sobre o grande projeto de simular o cérebro em tempo real, bem, eles simplesmente pulavam para a próxima animação ou vídeo das suas apresentações de PowerPoint, fingindo nunca ter ouvido falar desse tipo de alucinação! A universidade suíça encarregada do projeto até tentou abafar o caso removendo o evangelista original que liderou a proposta para ver se as perguntas embaraçosas desapareceriam. No fim, todos se cansaram de pôr o dedo na ferida. Afinal, não se chuta um cachorro morto, nem se ele tiver engolido um bilhão de euros.

Tosca produziu um largo sorriso ao ouvir aquela última espetada de Omar. *Ele certamente se sairia muito bem no mundo acadêmico com uma língua ferina dessas*, ela pensou.

— Eu lembro desse escândalo; ele quase levou ao colapso do apoio da sociedade europeia para pesquisas em neurociência no continente, devido à reação pública perante a clara mudança de rumo e não concretização da promessa original que motivou o projeto ser aceito.

— Aquilo foi apenas uma gota num vasto oceano de mentiras e fabricações. Ao repetir infinitas vezes que a submissão à tecnologia era inevitável, que nós deveríamos apenas aceitar o nosso destino e caminhar em silêncio rumo ao horizonte da extinção, enquanto uma nova geração de máquinas inteligentes se apoderava do controle da Terra, e depois de todo o Sistema Solar, as pessoas começaram a acreditar cada vez mais nessas mentiras. A mídia especializada, e mesmo os jornais científicos e cientistas profissionais, todos abraçaram e propagaram a falácia da inteligência artificial. Pior ainda, sem qualquer tipo de pensamento crítico ou análise imparcial sobre que tipo de futuro, ou prisão, estávamos construindo para nós mesmos.

"Por fim, essa campanha de marketing avassaladora conseguiu enganar pessoas em todo o mundo, incluindo políticos e governantes, que passaram a acreditar que os nossos cérebros orgânicos estavam ficando obsoletos. Afinal de contas, cientistas de renome mundial na Suíça estavam prestes a simular nossas mentes em uma máquina digital nem muito sofisticada, fabricada por uma empresa decadente. Uma máquina azul, imagine você. Para piorar a situação, empregos de todas as categorias e variedades começaram a ser eliminados rapidamente em favor do emprego dessas máquinas inteligentes. A desculpa oficial foi que sistemas baseados na inteligência artificial seriam capazes de funcionar muito melhor que seres humanos, não só em tarefas servis, mas mesmo em funções muito sofisticadas, como pilotar aviões ou diagnosticar e tratar pacientes. Evidentemente, a verdadeira razão para esse último movimento na direção da total automação, um passo final em séculos da penetração das máquinas no domínio do trabalho humano, traduzia apenas o desejo obsessivo de aumentar lucros e levá-los o mais próximo possível do infinito, ao reduzir os custos com o trabalho humano para próximo de nada. Dessa vez, todavia, a escala e profundidade com a qual empregos humanos foram eliminados foi totalmente sem precedentes na história. Como resultado, as taxas de desemprego simplesmente dispararam, atingindo níveis jamais vistos, por exemplo, acima de 80% em alguns países com altíssimos níveis de automação. Paradoxalmente, centenas de milhões de pessoas perderam qualquer modo de ganhar a vida de forma digna como resultado de uma característica humana deletéria que foi autorizada a se expressar livremente e sem qualquer tipo de controle: a ganância ilimitada, liberada por doses incessantes de dopamina. É isso que vai nos liquidar de vez, Tosca."

— Acho que você está sendo um pouco radical. Você está manipulando os fatos para ajustá-los a sua própria visão do mundo digital — retrucou ela.

— Existe algo ainda pior do que o que eu acabei de mencionar a você — anunciou Omar.

— O que poderia ser pior do que tudo que você acabou de mencionar?

— Não vai haver ninguém para contar a tragédia final da nossa espécie.

— O que quer dizer com isso?

— Não existem mais poetas e quase ninguém consegue ganhar a vida como escritor, uma vez que livros e artigos escritos por computadores rodando programas baseados na inteligência artificial passaram a dominar a indústria de publicações desde o meio da década passada. O mesmo fenômeno ocorreu com pintores, escultores e músicos. Todos foram ou estão sendo substituídos por programas digitais "inteligentes", acoplados a robôs, impressoras 3D e toda sorte de instrumentos digitais. Nenhuma orquestra sobreviverá, nenhum teatro conseguirá se manter funcionando, porque ninguém mais quer participar de concertos ou apresentações teatrais. A média do vocabulário de alunos do ensino médio em 2036 chegou a 37% do valor medido em 1970.

Omar parou para tomar um ar, depois continuou:

— No passado, todas as grandes tragédias da existência humana, não importa quão mundanas, incluindo aquelas que somente ocorreram dentro de alguma mente humana desesperada, encontraram um arauto apropriado: um poeta apaixonado, um escritor habilidoso, um pintor atormentado, um escultor perfeccionista, um fotógrafo com olhos inquietos; alguma forma de testemunho e descrição que deixasse um relato da expressão da condição humana no seu limite para toda a posteridade, para o benefício de futuras gerações. Não desta vez, Tosca. Além de tudo, nós caminharemos para o total esquecimento sem nenhuma rima, nenhum lamento musical, sem nenhuma combinação surreal de cores da paleta de um pintor que possa deixar uma lembrança dos nossos últimos momentos de agonia.

— Omar, eu não me lembro de ouvir você falar assim nunca.

— Nunca estivemos tão perto do abismo como agora. Uma vez que nós, sem nem mesmo nos darmos conta, decidimos, ou deixamos que alguém tomasse a decisão por nós, terceirizar tanto as tarefas mais simples como as mais elaboradas, e mesmo as decisões de vida ou morte, para programas e máquinas digitais, começamos a perder o controle de processos vitais, tanto nas nossas vidas individuais como no nível dos eventos humanos globais. Mais ou menos três décadas atrás, supercomputadores programados por instituições financeiras começaram a brigar uns com os outros para controlar os mercados de ações e a economia global a cada milissegundo. Hoje, nenhum ser humano tem qualquer chance de entender, muito menos interferir na dinâmica dessa verdadeira guerra financeira digital. Isto explica por que, a qualquer momento, um colapso financeiro global pode acontecer; e, como você sabe, muitos incidentes e alguns terremotos já aconteceram. Por exemplo, as crises bancárias de 2008 e 2029, que quase levaram ao derretimento da economia global em pouco tempo, ilustram bem o risco de relegar às máquinas o manejo de um sistema tão complexo como a economia do planeta todo. Em 2018 e 2019, no espaço de alguns meses, dois aviões despencaram do céu, matando centenas de passageiros, porque o sistema de navegação automático, baseado em algoritmos de inteligência artificial, depois de receber informações espúrias de sensores externos, passou por cima dos pilotos e redirecionou os aviões diretamente para uma colisão com o solo. Apesar de os pilotos terem tentado de tudo, eles foram incapazes de tirar de ação esses sistemas de piloto automático.

– Mas, apesar desses acidentes horríveis e trágicos, no cômputo geral, nós vamos sobreviver, como sempre fizemos no passado – respondeu Tosca.

– Mas esta nem é a pior crise que temos pela frente. Por volta de quarenta anos atrás, alguns dos jovens cowboys que fundaram as primeiras BigTechs criaram um novo plano de negócios, uma forma infalível de perpetrar uma das maiores fraudes em toda a história do capitalismo. Basicamente, eles criaram uma forma de adquirir totalmente de graça algo extremamente precioso, algo que ninguém achava inicialmente que teria qualquer valor, e depois vender, a preço de ouro, para quem quer que estivesse disposto e pronto a pagar por este produto, em dinheiro vivo, no mercado aberto. Para realizar esta transação digna do Rei Midas, os criadores desse golpe concluíram que seria perfeitamente aceitável invadir a privacidade on-line de centenas de milhões de pessoas, não uma, nem duas vezes, mas continuamente, para obter toda sorte de informações pessoais ou todos os seus dados relacionados com as buscas feitas por elas na internet, suas preferências de navegação on-line, seus comportamentos e opiniões, seus *likes* e *dislikes*, hábitos de consumo, interesses intelectuais, suas preferências sexuais e uma enorme variedade de outros parâmetros que pudessem ser usados para prever uma enorme variedade de opções e decisões tomadas diariamente por cada um de nós. O que era até então totalmente guardado de forma privada se transformou, do dia para a noite, num alvo legítimo para gerar um enorme espectro de fontes de renda nos balancetes e planos de negócios de todas as empresas que formaram as BigTechs. Mesmo para os extremamente baixos padrões éticos do capitalismo do século XXI, este foi um golpe baixo demais. A partir de então, primeiramente para as BigTechs, mas depois para qualquer negócio no mundo, cada um de nós seria definido simplesmente como uma pilha de dados comportamentais e de consumo, algo que podia ser prontamente monetizado nos mercados futuros daquilo que foi batizado por uma pesquisadora americana, Shoshana Zuboff, como "capitalismo de vigilância".

— Isso é tudo, tio? Ou você ainda tem algo que possa incrementar o seu caso? O tribunal do júri está esperando pelo seu *grand finale* e o juiz já está olhando impaciente para você.

— Não se preocupe, Tosca. Tenho muito mais munição para os seus jurados. Ao embarcar neste amor obsessivo e cego pela lógica digital, nós ignoramos completamente o mais terrível de todos os possíveis efeitos colaterais que algumas pessoas, como por exemplo Joseph Weizenbaum, o pesquisador do MIT que foi um dos pioneiros na criação de programas computacionais interativos, começaram a notar já no começo das nossas interações com computadores nos anos 1960. Sendo o perfeito camaleão que ele teve que ser, para permitir que a nossa espécie sobrevivesse a todas as vicissitudes de viver num ambiente em contínua transformação, nosso cérebro de primata, uma vez exposto em demasia à lógica digital e às recompensas hedônicas rápidas e sem limites que resultam desta interação, fez aquilo que se esperaria de um sobrevivente profissional: ele começou a emular o comportamento dessas máquinas e se portar como um sistema digital, incorporando todos os atributos que tornam as máquinas eficientes, em detrimento de todas as nossas habilidades naturais que nos foram presenteadas pela natureza, todos os atributos analógicos que nos fazem seres humanos. Essa transformação levou ao surgimento do tipo de rigidez mental e intransigência cega que vem crescendo num ritmo alarmante entre nós, para se transformar na norma de comportamento humano em todas as nossas manifestações tangíveis e mesmo espirituais. Esse fenômeno explica a total falta de empatia e solidariedade humana que se espalhou por todo o planeta, bem como o egotismo, a ganância e a forma de vida individualista e solitária que se transformou na norma na sociedade moderna. Basta checar as taxas de crescimento populacional: todas negativas na maioria do mundo industrial, particularmente depois da pandemia de COVID-19 dos anos 2020. Enquanto isso os números de suicídios de adolescentes continuam batendo recordes, ano após ano. As pessoas nunca se sentiram tão solitárias, a despeito de todo o tempo que elas passam conectadas com seus "amigos" nas redes sociais. Alguns destes não passam de robôs treinados com algoritmos de inteligência artificial para imitar padrões de conversa de seres humanos. Esta conversão para um cérebro digital também explica a tremenda queda em criatividade e espontaneidade, e a quase completa evisceração de atividades culturais e intelectuais das nossas vidas. A propósito, isso também explica por que o modelo de democracia representativa, como nós o conhecemos há séculos, está morrendo em todo o mundo. Ironicamente, o autoritarismo, a ignorância, o preconceito e a violência sem limites foram alimentados e disseminados pelo nosso fetiche utópico de nos hiperconectarmos digitalmente. Mas em vez de construirmos essa vila global utópica, nós rapidamente retornamos ao tribalismo primitivo como a forma primordial de organização das nossas sociedades. Na realidade, nós estamos vivendo o maior processo de tribalização de toda a história da humanidade. Nenhum consenso de qualquer sorte é possível hoje em dia, porque existem dezenas ou mesmo centenas de milhões de tribos digitais espalhadas pelo metaverso que não conseguem se comunicar ou compartilhar nada umas com as outras, muito menos concordar sobre qualquer tópico. Isso ocorre porque cada uma dessas tribos digitais é mantida atrelada por uma visão de mundo e uma peculiar definição da realidade que foi transmitida para cada uma das mentes dos seus membros por meio de um novo tipo de infecção viral para o qual não existe vacina. É graças ao espalhamento na velocidade da luz desse vírus informacional que as tribos mantêm um estado de permanente guerra digital entre elas, jurando lutar até que eles possam atingir uma supremacia total sobre a mente humana coletiva. Marshall McLuhan se sentiria chocado até os seus ossos com o que emergiu da sua utopia de uma vila global!

Depois da explanação, Omar virou-se dramaticamente para a sobrinha e falou:

— Ao ser concluído, Dra. Tosca Cohen e membros do júri, o casamento de conveniência entre as BigTechs e o sistema financeiro global basicamente rebaixou toda a humanidade, com exceção daqueles poucos que foram convidados a compartilhar a consumação dessa união de dentro do quarto de núpcias dos recém-casados, para o seu novo e permanente status de uma pilha de lixo orgânico irrelevante, dispensável e totalmente obsoleto. Graças às décadas de marketing, a Igreja dos Mercados, junto do Deus Dinheiro, em parceria com os Sumos Sacerdotes do Culto da Máquina, conseguiu convencer bilhões de pessoas a capitular definitivamente.

— Está tudo perdido, então?

— Ainda não, minha querida. Existem alguns de nós ainda dispostos a resistir e lutar para evitar o que muitos já consideram como um futuro inexoravelmente terminal da humanidade.

Sem nenhum aviso prévio, Omar começou a recitar uma quadra que memorizava desde os tempos de criança no Cairo.

— *Desperta! Já desponta o sol ao oriente...*

Antes que ele pudesse continuar, todavia, Tosca emendou:

— *Banindo a noite e os astros, a manhã nascente...*

Sorrindo, eles continuaram em perfeita sincronia, criando uma perfeita Brainet:

– *Lança feixes de Luz, e a torre do Sultão, refletindo o Fulgor, brilha resplandecente*!

– Ah, Omar Khayyam, quão maravilhoso você é – Tosca suspirou.

– Um sinal de que as coisas realmente caminharam pelo caminho errado, há muito tempo, pode ser demonstrado pelo fato de que Omar Khayyam foi o último ser humano a criar matemática e poesia divinas – que Paul Dirac me perdoe – no mesmo suspiro. Quase mil anos atrás, Tosca!

A voz de Omar estava embargada, seus olhos marejados. O coração pesado com tristeza e angústia não permitiu que ele continuasse. O seu caso havia sido apresentado da forma mais eloquente que ele era capaz de produzir. Mas se a sua voz se rendeu, o seu cérebro ainda continuava focado na missão principal para aquele fim de semana: levar Tosca para um jogo de futebol numa gloriosa tarde de domingo tropical em uma das cidades em todo o mundo onde ele se sentia mais em casa e, a despeito de todas as dificuldades, recrutá-la para a tarefa mais do que arriscada de mudar o que parecia ser uma caminhada irreversível rumo ao beco sem saída do livre pensamento criativo.

– Omar, você tem certeza de que é uma boa ideia irmos a este jogo amanhã? Não seria melhor ficarmos no hotel pra conversarmos mais sobre tudo o que me contou?

– De forma alguma, Tosca! Este não é qualquer jogo de futebol! Este é o Dérbi Paulistano! E nada é maior do que isso neste canto da Via Láctea onde o "jogo bonito" foi inventado!

CAPÍTULO 7

O ESTADO [CRÍTICO] DO MUNDO EM 2036

No final das contas, foram precisas apenas quatro décadas para desmontar milhares de anos de civilização humana. Ironicamente, muitos previram que esta seria a era mais transformadora da história. Mas, como os eventos provaram, o mundo não era plano, para a humilhação de um famoso colunista do *New York Times*. Muito longe disso. E, como em qualquer outra catástrofe na história da humanidade, muito poucos enxergaram os avisos sendo postados debaixo dos seus narizes. Isso explica por que, quando o golpe fatal finalmente foi desferido, ele foi tão profundo, tão contundente e tão definitivo que nenhum observador externo – e havia muitos – que teve o privilégio de acompanhar a distância o desenrolar desse autogerado cataclisma, não importa quão removido dos afazeres humanos ele ou ela estivesse, conseguiu conter todo o seu espanto com a velocidade avassaladora com a qual tudo que a humanidade havia imaginado e construído por tantos milênios despencou em poucos segundos. Quase como um gigante castelo de areia, construído muito próximo do alcance da maré, ou como uma plácida montanha do Himalaia, varrida pela mãe de todas as avalanches, o mundo como nós o conhecíamos colapsou e, deste modo, os seus restos semicalcinados ficaram expostos, apenas esperando algo ou alguém que caridosamente desferisse um golpe de misericórdia.

Como sempre, existiam muitos fatores envolvidos no tsunami que levou a humanidade, num piscar de olhos, de volta para um modo de vida que datava da era pré-Revolução Industrial.

Previsivelmente, ninguém confessou ter nem mesmo desconfiado que o desastre se avizinhava, mesmo tendo à disposição um vasto repertório de alertas e sinais explícitos, emanando de todas as direções possíveis e imagináveis. E ainda assim, quando as múltiplas fragilidades do planeta, que se acumularam ao longo dos séculos, numa sequência de tragédias e crises, como consequência de um processo infindável de pilhagem das suas riquezas naturais, bem como da escravidão de todos os seus habitantes, incluindo o ser humano, finalmente convergiram num único poderoso soco que levou o mundo todo a nocaute, todos se mostraram totalmente surpresos com a rapidez devastadora com a qual o "modo de vida moderno" chegou a um abrupto e gelado fim.

E bem no epicentro desta derrocada shakespeariana, depois de trezentos mil anos de lágrimas, sofrimento, dor e construção da história, jazia o que restou da mente coletiva da humanidade, totalmente desfigurada pelo maior e mais inusitado de todos os colapsos. Como uma ferida letal produzida por um processo de automutilação, desencadeado por um fluxo incessante de abstrações mentais ultrajantes, desprovidas de qualquer conexão com a realidade ou com o bem-estar da sua própria espécie, esta queda vertiginosa liberou uma fúria épica da natureza sobre todos os seres humanos.

Tudo aconteceu em um único dia no verão austral de 2036. Mas as rachaduras podiam ter sido vistas e ouvidas décadas atrás.

COMO A CRISE FINAL COMEÇOU: A CRISE IMOBILIÁRIA AMERICANA

No final de 2007, do nada, dezenas de milhões de proprietários de imóveis americanos começaram a deixar de pagar suas hipotecas ao mesmo tempo. Isso se deu porque trabalhadores de baixa renda totalmente inexperientes, e desesperados para escapar dos aluguéis extorsivos cobrados no país, decidiram comprar casas que na realidade eles não tinham como pagar, como uma última tentativa de experimentar o gosto do agora defunto *american way of life*. Ao mesmo tempo, um outro grupo de proprietários de imóveis, convencidos da oportunidade de se transformarem em investidores num mercado imobiliário altamente aquecido, começaram a comprar uma segunda, ou mesmo uma terceira casa, acumulando uma quantidade enorme de dívida pessoal. Esse comportamento exuberante se originou como a trágica consequência de uma população desinformada que se transformou em presa fácil dos chamados empréstimos predatórios, astutamente propagandeados através de técnicas de marketing irresponsáveis, empregadas pelos bancos americanos à época.

Curiosamente, os mesmos bancos que induziram compradores de imóveis a engolir a seco, com um sorriso nos lábios, empréstimos que nunca teriam como pagar, em paralelo, também haviam criado uma variedade de derivativos financeiros cuja performance dependia, de forma indireta e disfarçada, dos pagamentos dos mesmos empréstimos imobiliários de alto risco. Isso foi feito com a intenção de atrair investidores ansiosos por lucrar com produtos financeiros inovadores que, infelizmente, eles mal conheciam, mas que prometiam oferecer margens de lucro muito altas. Assim, no meio desse verdadeiro cassino imobiliário, os bancos acharam uma forma de lucrar em ambos os lados da roleta ao literalmente enganar clientes em ambas as margens do precipício criado por eles mesmos.

Quando um número estrondoso de proprietários começou a deixar de pagar suas prestações, desencadeando um colapso, quase que de um dia para o outro, de todos os derivativos financeiros acoplados às hipotecas, um grande número de instituições financeiras americanas foi pego com as calças arriadas e sem nenhuma roupa de baixo. Numa questão de dias, uma sequência quase que inacreditável de falências de instituições financeiras começou a varrer os suntuosos edifícios de Wall Street, em Nova York, desencadeando um efeito dominó de quebras por todo o mundo.

Curiosamente, nenhum dos inúmeros banqueiros, luminares do mundo das finanças ou ganhadores do prêmio Nobel de economia detectou qualquer sinal da iminência desta hecatombe financeira. Da mesma forma, nenhum dos Overlords do planeta, confortavelmente acomodados nos seus escritórios espaçosos e luxuosos, nas coberturas de arranha-céus futurísticos em Nova York, Londres, Tóquio, Frankfurt, Xangai e, acima de todos, na Basileia antecipou o colapso dos mercados globais que se seguiu à crise imobiliária americana. Para sua total humilhação pública, quando eles se deram conta do que estava acontecendo, o proverbial Titanic financeiro já havia atingido o fundo do oceano.

Num desesperado esforço para evitar o derretimento financeiro global, o Banco Central e o Tesouro americanos, uma vez que despertaram do seu coma nova-iorquino, realizaram a maior compra pública de "títulos podres" de instituições financeiras privadas jamais testemunhada pela humanidade. Trilhões de dólares dos contribuintes americanos foram usados para adquirir um sem-número de empréstimos não pagos e toda sorte de títulos atrelados às hipotecas de alto risco financiadas pelos bancos privados, companhias imobiliárias e até mesmo empresas de seguro. Detalhe: esta compra não se limitou às empresas americanas, mas também envolveu grandes companhias ao redor do mundo. Até mesmo bancos suíços tiveram a oportunidade de saborear o gosto do produto da impressora monetária do Banco Central americano, representado por dezenas de bilhões de dólares na forma de empréstimos em termos favoráveis. Tudo para evitar que esses bancos quebrassem e, no processo, arrastassem consigo para um abismo financeiro cada vez maior todo o continente europeu. Mesmo assim, em 2023 um deles, o Credit Suisse, sucumbiu.

E embora o sistema financeiro global tenha sido salvo por um fio de cabelo de evaporar por completo, o governo federal americano não ofereceu nem uma infinitésima parte deste mais do que generoso resgate financeiro para as dezenas de milhões de proprietários de baixa renda que acabaram perdendo não somente as suas casas e economias de toda uma vida, mas também os seus empregos, como consequência direta da profunda recessão global que se seguiu a essa crise financeira.

No final de tudo, graças à total falta de fiscalização e controle por parte do governo federal, as operações irresponsáveis praticadas por um punhado de instituições financeiras americanas, voltadas para colher o maior lucro possível das camadas mais pobres do país, fizeram toda a economia global chegar muito perto de derreter por completo.

Uma vez mais na história da humanidade, construções mentais sem nenhum lastro na realidade, neste caso representadas por abstrações financeiras, uma vez liberadas das mentes coletivas dos seus criadores e elevadas ao patamar mental estratosférico ocupado pelas crenças, subitamente se transformaram em algo mais importante do que qualquer aspecto tangível da realidade, incluindo qualquer vida humana. Para os idealizadores dessas verdadeiras armas de destruição financeira em massa, realmente não importava de forma alguma se todo o planeta colapsasse em chamas em consequência dos seus atos criminosos. Todos os envolvidos sabiam de antemão que esses novos instrumentos poderiam causar uma crise sem precedentes caso um grande número de pessoas não conseguisse honrar seus pagamentos. Ainda assim, o raciocínio foi tão cristalino quanto insensível: desde que os balancetes trimestrais demonstrassem lucros exorbitantes que se traduziriam em gordos bônus de final de ano para os banqueiros de Wall Street, ninguém se importaria se proprietários de baixa renda perdessem suas casas e uma forma digna de ganhar a vida.

A QUEBRA DA BOLSA AMERICANA DE 2029 PRECIPITA IMPLOSÃO DOS ESTADOS UNIDOS EM CINCO PAÍSES

No outono de 2029, o mundo voltou a arregalar os olhos quando um súbito *crash* da bolsa de valores americana voltou a sacudir novamente os mercados de todo o mundo. Esse novo terremoto financeiro foi desencadeado pela recusa do Congresso americano, controlado totalmente pelo partido Republicano, em elevar o teto da dívida pública do país. Depois de ensaiar e blefar com essa cartada por décadas, os Republicanos finalmente apertaram a tecla que desencadeou um verdadeiro Armagedom financeiro.

Potencializado pela quebra da bolsa em 2029, um movimento separatista de extrema direita ganhou força, levando, em questão de meses, à divisão dos Estados Unidos em cinco países independentes no outono de 2034. Embora eles continuassem a formar uma federação frouxa, as Repúblicas Desunidas da América, na realidade esses cinco recém-formados países não conseguiram atingir nenhum tipo de consenso sobre qualquer tópico, com exceção ao que tange à manutenção conjunta das forças armadas originais dos EUA.

Assim, no início de 2036, o país Estados Unidos, como ele foi conhecido por quase um quarto de milênio, não existia mais.

A MAIS LETAL PANDEMIA EM CEM ANOS EMPURRA O MUNDO PARA O ABISMO, DEIXANDO SEQUELAS EM DEZENAS DE MILHÕES

O próximo salvo de alerta que deixou abundantemente claro que algo estava profundamente podre no reino da Dinamarca, como Marcellus gostaria de dizer numa versão de *Hamlet* do século XXI, foi disparado quando a mais letal pandemia a varrer todo o mundo em um século tomou todo o planeta de assalto. O primeiro surto da pandemia foi detectado em dezembro de 2019, com a descoberta, pelas autoridades chinesas, de um grande número de mortes causadas por uma síndrome respiratória aguda na cidade industrial de Wuhan, capital da província de Hubei. Em uma questão de dias, com o surto fora de controle, toda a população de dez milhões de habitantes desta metrópole, localizada próxima de onde o rio Han se funde com o poderoso Yangtzé, foi colocada num *lockdown* absoluto, na tentativa de quebrar a transmissão de um novo tipo de coronavírus – SARS-CoV-2 –, identificado como o causador da pandemia.

No começo de 2020, o novo coronavírus já havia invadido a Europa, e logo a seguir os Estados Unidos e a América Latina. Numa questão de poucas semanas, as pessoas começaram a morrer que nem moscas nas UTIs italianas e americanas, e o mundo moderno basicamente entrou em coma.

A despeito do fato de que várias vacinas efetivas contra o coronavírus foram criadas, testadas, produzidas em massa e distribuídas mundo afora, em menos de um ano do início da crise – um recorde incrível na história da saúde pública –, dezenove meses depois que o vulcão pandêmico explodiu pela primeira vez, quase cinco milhões de pessoas já haviam morrido, de acordo com números oficiais, claramente subnotificados.

E, apesar de os EUA terem sido um dos primeiros países a lançar uma campanha massiva de vacinação, uma parte significativa da população decidiu não tomar a injeção salvadora. Isso se deu, em grande parte, devido ao espalhamento massivo e organizado de informações falsas – coletivamente conhecidas como *fake news* – dando conta de que a vacina não funcionava e, pior, era perigosa para a saúde. Entre os rumores havia uma típica teoria da conspiração que dizia que "microchips" estariam sendo misturados às vacinas pelas grandes empresas farmacêuticas para permitir que o governo federal americano pudesse passar a controlar as mentes de quem se vacinasse. Como se este controle mental dos americanos não estivesse ocorrendo décadas antes.

Em meados de outubro de 2021, como resultado daquilo que poderia ser apenas descrito como um ataque de insanidade coletiva em proporções bíblicas, os EUA cruzaram a marca de setecentas mil fatalidades devido a COVID-19. Em março de 2022, esta marca atingiria o quase inacreditável patamar de um milhão de mortos, que em janeiro de 2023 subiria para um milhão e cem mil vítimas fatais. Assim, o país que mais gastava com saúde per capita em todo o mundo, de repente, se deu conta de que todo o investimento em tecnologia médica de ponta, o principal gasto do país, e todos os seguros privados de saúde mais caros do planeta não foram adequados o suficiente para derrotar um organismo coletivo que causara a pandemia. Cruzar a marca de um milhão de mortos basicamente significou que mais americanos morreram de COVID-19 do que na pandemia de influenza de 1918 – quando não havia vacinas e ninguém tinha a menor ideia do agente que causou a morte de milhões mundo afora

– ou durante qualquer uma das inúmeras guerras em que o governo americano se envolveu na sua história, incluindo a sua própria guerra civil no século XIX.

Outros países de grande porte não foram muito melhores do que os EUA. No Brasil, por exemplo, o governo de extrema direita veementemente negou a severidade da pandemia desde o seu início, a despeito da evidente explosão de casos na China, Europa e EUA que precedeu, em pelo menos dois meses, a chegada da pandemia neste país da América do Sul. Em vez de reforçar o sistema de saúde público do país, um dos mais abrangentes em todo o mundo, e alertar a população a seguir estritamente todas as medidas não farmacológicas de precaução para evitar contrair a doença, o governo brasileiro simplesmente permitiu que o SARS-CoV-2 se espalhasse livremente por todo o território nacional.

Desde os primeiros meses da pandemia, esse mesmo governo teve o desplante e a audácia criminosa de recomendar à população medicamentos totalmente inúteis para combater o coronavírus. Não satisfeito com isso, adiou o quanto foi possível a aquisição de vacinas no mercado internacional. Esta conduta produziu a maior crise humanitária em toda história brasileira, com exceção do genocídio indígena causado pelos colonizadores portugueses, iniciado no século XVI e perpetrado por trezentos anos, e da escravidão de africanos, que só foi abolida em 1888.

Não somente o Brasil perdeu seiscentas mil vidas nos primeiros dezenove meses da pandemia, mas mais da metade da população do país foi atirada num estado profundo de penúria e total insegurança alimentar. Ironicamente, no país que à época era o segundo maior produtor de carne e um dos maiores produtores de alimentos em todo o mundo, milhões de brasileiros foram reduzidos a vasculhar latas de lixo de supermercados, residências e matadouros em busca de ossos e restos de comida para tentar sobreviver até o dia seguinte.

Além da terrível perda de vidas humanas durante seu rastilho incendiário de cinco anos, a grande pandemia de 2020-2025 produziu muitos outros efeitos colaterais altamente debilitantes que contribuíram para um considerável enfraquecimento da saúde coletiva da humanidade como um todo. Prova disso é a expectativa de vida média mundo afora ter caído para os níveis dos anos 1990. Além disso, à medida que a pandemia progrediu, já era possível verificar em 2021 que o pequeno bônus demográfico de alguns países foi totalmente eliminado devido ao excesso de mortes em relação aos nascimentos. Como resultado, uma silenciosa crise demográfica começou a ser alimentada, com resultados que só seriam sentidos verdadeiramente em algumas décadas. Essa bomba-relógio retardada teria seus efeitos amplificados pela descoberta de que a COVID-19 podia também levar à esterilização permanente em homens de todas as idades infectados com o coronavírus, mesmo em casos em que a infecção original tinha sido branda ou assintomática. Como resultado desta confluência de fatores adversos, em 2036 a taxa de natalidade mundial havia caído 10% em relação aos números pré-pandemia.

Se isso não era suficientemente assustador, estudos longitudinais revelaram que por volta de 20% a 40% das pessoas com COVID-19, não importando o grau dos sintomas originais, desenvolveram efeitos crônicos multifacetados que requereram cuidados médicos, meses ou anos depois do quadro agudo. Em alguns casos, os efeitos crônicos perduraram pelo resto das vidas dos pacientes. Assim, pelas próximas duas décadas, dezenas de milhões de pessoas, sofrendo com toda sorte de problemas crônicos neurológicos, respiratórios, cardíacos, renais, vasculares e outras complicações, foram responsáveis pela explosão de demanda e, em alguns casos, pelo colapso de sistemas de saúde nacionais mundo afora. De todas essas complicações crônicas, as que causaram os efeitos mais devastadores a longo prazo foram as relacionadas com o sistema imune e o sistema nervoso. Nesse último caso em particular, o aumento de síndromes neurodegenerativas, incluindo o aparecimento de casos de demência precoce pós-COVID, com quadro clínico similar à doença de Parkinson e ao Alzheimer, desencadeou uma segunda epidemia que resultou em milhões de casos de incapacitação motora e cognitiva, numa população muito mais jovem do que a normalmente era acometida por essas doenças. Em 2024, quase três bilhões e meio de seres humanos sofriam com algum distúrbio do cérebro. Ou seja, 43% da população mundial.

E em 2036, o sistema de saúde global alcançou e cruzou um ponto de não retorno, indicando que um colapso terminal era agora apenas uma questão de tempo.

A MAIOR CRISE ENERGÉTICA DA HISTÓRIA AFETA TODO O MUNDO E DERRUBA A ECONOMIA GLOBAL

Ao mesmo tempo, a China e outros país em todo o mundo começaram a experimentar graves crises de suprimento de energia, decorrentes da eclosão de uma guerra sangrenta entre Ucrânia e Rússia em 2022, em plena vigência da pandemia. Em alguns locais esta crise energética foi causada pelo aumento desproporcional de demanda, como no caso das indústrias chinesas, pressionadas no limite pela repentina explosão de demanda dos seus produtos causada pelo mercado americano. Pelo lado da oferta, os preços de carvão, petróleo e gás dispararam até atingirem recordes históricos. Tudo isso como resultado imediato do bloqueio do fornecimento de gás pela Rússia para o continente europeu. Como desdobramento dessa tempestade perfeita, produzida pela sincronia precisa entre o aumento de demanda e a diminuição da oferta, apagões energéticos se transformaram em rotina em muitos países, crescendo em duração e extensão, ao mesmo tempo que a demanda industrial e dos lares disparou devido aos invernos cada vez mais rigorosos que se abateram sobre o hemisfério norte.

Assolados tanto pelo aumento incontrolável na conta de energia, como por uma desaceleração brutal das suas economias devido à pandemia, países com reservas monetárias depauperadas ou mesmo totalmente esgotadas começaram a colapsar um após o outro. O primeiro na fila, infelizmente, foi o Líbano, cujas reservas diminutas em dólar simplesmente desapareceram no outono de 2021. No momento em que as duas maiores usinas de energia libanesas pararam de operar no meio de um dia de outono daquele ano, o país como um todo foi paralisado e permaneceu às escuras por semanas a fio.

MUDANÇAS CLIMÁTICAS PRODUZEM ESCASSEZ DE ÁGUA E QUEBRA DE SAFRAS POR TODO O MUNDO

Devido a uma seca histórica, os gigantescos reservatórios de água brasileiros, que alimentavam uma das maiores matrizes de usinas hidroelétricas do planeta, atingiram os níveis mais baixos da história durante a segunda metade da década de 2020. A partir de 2027, os brasileiros aprenderam a conviver com as rotineiras ondas de apagão, do Oiapoque ao Chuí. Mas, apesar da sua extensão, esses apagões brasileiros não se compararam em gravidade com o que aconteceu no Reino Unido. Graças à catastrófica separação a fórceps do resto da comunidade europeia, num ato de suicídio coletivo que ficou conhecido como Brexit, a maior parte da Grã-Bretanha quase virou um enorme iceberg durante o inverno de 2023, graças ao desabastecimento de gás que perduraria por muitos anos ainda. Com a independência da Escócia e do País de Gales e a unificação das Irlandas, que ocorreram quase que simultaneamente em 2030, logo após a renúncia do rei de plantão e o fim da monarquia dois anos depois, o já moribundo Império Britânico finalmente derreteu de vez por dentro.

Seria quase desnecessário mencionar que todos estes choques secundários ocorreram tendo como pano de fundo a piora considerável na crise climática, induzida pelo aquecimento global gerado por atividades humanas. Este megacomplicador atingiu níveis emergenciais durante os anos 2020, com a ocorrência, em pleno pico da pandemia, de incêndios florestais gigantescos, tornados, furacões e tufões que ocorreram em número recorde por todo o planeta, inclusive em áreas do globo onde tais eventos nunca antes haviam sido registrados. Verdadeiras bombas incendiárias naturais explodiram em florestas ao redor de Atenas, na Grécia, na Califórnia e na Sibéria. O maior desses infernos, todavia, engolfou enormes áreas da Floresta Amazônica brasileira, que queimaram ferozmente, e sem nenhum obstáculo. No início de 2036, a possibilidade de que quase quatro milhões de quilômetros quadrados de floresta tropical, contendo a maior biodiversidade do planeta, com quase 10% de todas as espécies conhecidas, se transformassem numa gigantesca savana, um deserto verde desnudo de vida, era dada como líquida e certa.

O desmatamento irreversível da Amazônia também significou o desaparecimento quase que por completo da maior fonte de água necessária para abastecer as regiões Sudeste e Sul do Brasil com chuvas torrenciais - mais conhecidas coloquialmente como "torós". Dessa forma, o país detentor de uma das maiores reservas de água doce do planeta começou a experimentar rotineiras quebras no abastecimento, tanto para a população como para a indústria. Por volta de 2036, o mundo estava ficando cada vez mais sedento, e as reservas de água doce passaram a valer como verdadeiras minas de ouro.

A falta de água crônica também começou a afetar de forma fundamental as atividades intensivas do vasto setor do agronegócio brasileiro. Como consequência imediata da quebra de safras e perda de rebanhos, o fornecimento de grãos e proteína animal para consumo interno e para exportação foi fortemente comprometido. Quebras de safras em todo o mundo adicionaram sal à ferida, contribuindo para aumentos nos preços de alimentos básicos e falta de abastecimento vistos apenas durante as duas grandes guerras do século XX.

Em 2036, o mundo também estava mais faminto.

A INFLAÇÃO DISPARA EM TODO O MUNDO, LEVANDO A UMA GRANDE RECESSÃO GLOBAL

O resultado conjugado de tantas crises ocorrendo simultaneamente se manifestou numa escalada repentina da inflação global, motivando os Bancos Centrais dos países a aumentar as suas taxas de juros para níveis estratosféricos. Como qualquer aluno do ensino médio poderia ter adivinhado, essa escalada desencadeou uma gigantesca onda de desemprego que varreu todo o mundo e contribuiu para empurrar a economia global para uma profunda depressão, que culminou com o calote da dívida pública americana em 2029 e outra hecatombe financeira mundial.

SURGE O CAVALEIRO DO APOCALIPSE: O VÍRUS INFORMACIONAL E A DEPENDÊNCIA DIGITAL

Crises financeiras globais, a pandemia mais mortal em um século, aquecimento global, crises no abastecimento de água, alimentos e energia: apesar de devastadoras por si mesmas e pior ainda em conjunto, todas essas catástrofes ficaram menores em comparação com o verdadeiro e mais danoso Cavaleiro do Apocalipse, cuja cavalgada sobre o planeta começou a ganhar um volume avassalador durante as primeiras quatro décadas do século XXI. Onde quer que ele tenha penetrado, esse arauto do Juízo Final desencadeou um processo sem trégua de automação e escravização da mente coletiva da humanidade ao espalhar, sem dó nem piedade, um agente infeccioso ainda mais letal que o causador da COVID-19: o vírus informacional.

Uma vez que esse vírus, criado e disseminado pelo homem, infecta e se apodera completamente de uma mente humana, ele é capaz de resistir a praticamente todas as tentativas de removê-lo. Isso se dá porque essas verdadeiras armas informacionais tendem a ativar e potencializar os instintos mais primitivos que se encontram submersos nas profundezas subcorticais dos nossos cérebros de primatas há milênios. Por exemplo, nas primeiras quatro décadas do século XXI, o conhecimento adquirido sobre como os vírus informacionais atuam, bem como sobre os mecanismos neurais básicos que produzem dependência em seres humanos, foram encampados, tanto nos planos de negócio como no desenvolvimento dos produtos e nas campanhas de marketing das BigTechs, como uma forma de gerar uma verdadeira epidemia de "dependência digital". Essa dependência foi gestada através da contínua promoção dos chamados smartphones e seus aplicativos como elementos essenciais da rotina diária, bem como do incentivo massivo às interações sociais virtuais e do uso indiscriminado de videogames e ambientes de realidade virtual para induzir toda sorte de experiências hedônicas. Como resultado, bilhões de pessoas espalhadas por todo o mundo se tornaram "dependentes digitais" e, mais importante para o plano de negócio das BigTechs, consumidores por toda a vida, de todos os seus produtos, quaisquer que fossem. Essa estratégia garantiu vendas recordes e lucros estratosféricos para as empresas, transformando a indução do vício digital num enorme *case* de sucesso comercial. Tudo isso porque a estratégia de disseminação de um vírus informacional estimulou diretamente os mesmos circuitos neurais que conduzem a toda forma de dependência, seja ela mediada por drogas, álcool, tabaco, sexo ou jogo, para mencionar apenas alguns exemplos de uma longa lista.

Na sua totalidade, a corrosão mental coletiva causada pela disseminação indiscriminada de diferentes encarnações de vírus informacionais gerou a cola digital que conectou todos esses outros fatores de risco individuais numa única e gigantesca ameaça existencial para a humanidade.

A invasão da versão digital do vírus informacional ao derradeiro bastião da privacidade humana, o cérebro, começou verdadeiramente no início do século XXI, com a explosão das companhias que exploravam o uso da internet para fazer negócios, ao incentivar seus clientes a revelar toda a sua atividade on-line, ou subscrever à "internet de todas as coisas", que virtualmente permitiu que cada mínimo detalhe da vida diária e todos os hábitos de consumo pudessem ser monitorados continuamente.

Enquanto isso, totalmente ignorantes sobre os reais motivos que lhes garantiam livre acesso às plataformas de busca da internet – como em robôs caseiros, geladeiras que podiam falar com seus donos e encomendar alimentos por si mesmas e um sem-número de apps e redes sociais –, esses consumidores embarcaram involuntariamente, mas com um sorriso nos lábios e polpas digitais frenéticas, naquilo que pode ser descrito como o Grande Compartilhar da

Era Digital. Como gado correndo inocente em direção ao matadouro, todos eles compartilharam seus mais preciosos dados pessoais em troca de absolutamente nada, sem ter qualquer noção de para qual finalidade essa enxurrada de dados seria usada e quanto ela realmente valia no mercado.

Mas isso não foi tudo. Em apenas alguns anos, as mesmas empresas também descobriram que seria possível influenciar as decisões e ações de centenas de milhões de pessoas usando as mesmas ferramentas de *data mining*. Foi nesse momento que a infraestrutura central da internet, representada pelas chamadas redes sociais, começou a transmitir uma nova variante dos vírus informacionais, gerando uma verdadeira pandemia digital.

Depois de alguns anos dessa rotina de desinformação, ninguém podia dizer ao certo o que era um fato verdadeiro ou somente mais uma das *fake news*. Alguns sabichões oportunistas logo aprenderam como tirar vantagem desse novo fenômeno para flanquear completamente a imprensa tradicional. Por exemplo, quando algum radical de extrema direita fazia uma das suas famigeradas postagens em redes sociais, instantaneamente alcançava dezenas de milhões de pessoas nos EUA e no mundo, uma audiência muito maior do que a soma combinada de todos os seguidores dos meios de mídia de massa americanos! Isso fez com que fosse quase impossível, a partir de então, desmascarar a avalanche de desinformação disseminada por qualquer robô das redes sociais. Isso explica por que a maior invasão de privacidade da história foi seguida pela ainda mais extraordinária arregimentação da mente humana jamais testemunhada em toda a trajetória da nossa espécie.

Não que esse mesmo fenômeno não tenha existido antes da era digital, mas a escala e o alcance atingidos pelo fenômeno nas primeiras quatro décadas do século XXI foram muito além do que qualquer estudioso das mídias de comunicação de massa poderia ter antecipado. Em outras palavras, o acesso fácil, barato e indiscriminado à hiperconectividade digital auferida pelo chamado ciberespaço nos conduziu ao que George

Orwell provavelmente chamaria de Big Brother com esteroides.

De repente, a era pós-moderna foi asfixiada pela era da pós-verdade, que, por sua vez, sofreu uma mutação quase que instantânea para se transformar na era da realidade não tangível.

E, em todo lugar, ninguém conseguia mais dizer o que era real ou falso. Nesse contexto, no final dos anos 2020, narrativas alternativas e bizarras de eventos históricos começaram a ser disseminadas pela internet. Em alguns casos, esse movimento alternativo foi criado, promovido e encorajado pelos poderosos monopólios digitais, ansiosos por reescrever a história usando apenas os caprichos e preconceitos aliados aos seus interesses econômicos.

Por volta de 2024, as pessoas começaram a expandir ainda mais o tempo despendido on-line, ignorando a importância fundamental das interações sociais reais, bem como o contato com o mundo natural, ambos fatores essenciais que serviram, por milhões de anos, como forças evolucionárias vitais para moldar o cérebro humano moderno.

Em vez disso, a maioria das interações humanas nas primeiras décadas do século XXI gradualmente se deslocaram dos encontros reais, tradicionais e altamente táteis com outros seres humanos para aqueles que se davam no infinito reino dos universos digitais virtuais. Passo a passo, a humanidade foi abandonando sua existência analógica original para abraçar, com a total devoção de uma ânsia suicida, uma existência virtual em tempo integral, uma que era totalmente estranha à lógica intrínseca do verdadeiro criador do seu universo: o cérebro humano.

Ao contrário de toda a propaganda disseminada sem trégua pelos arautos da era digital, o cérebro humano não é um outro exemplo de máquina digital, construído por algum engenheiro celestial extremamente hábil.

De forma alguma!

Como um certo Charles Darwin indicou claramente em 1859 – que ano foi este! –, o sistema nervoso central emergiu como resultado de um processo de seleção natural estocástico que criou um "computador analógico", cuja estrutura foi sendo continuamente esculpida, como resultado de uma quase infinita série de encontros aleatórios com as vicissitudes do Universo que nos circunda. Todavia, devido ao seu alto grau de plasticidade, que lhe confere a propriedade de reorganizar sua estrutura microscópica, como resultado das suas interações com outros seres humanos, o mundo exterior e as contingências criadas, se o cérebro humano não pode ser reproduzido por nenhum sistema digital artificial, ele pode certamente ser forçado a imitar e se comportar como um deles. Para tanto, bastaria inundar e sobrecarregar nosso sistema nervoso, a ponto de submetê-lo a uma imersão tão completa, a um calabouço digital tão inexpugnável que não restaria nenhuma alternativa a não ser render-se incondicionalmente. Ao ser arrastado e exposto a tal massacre digital, um que removesse do seu modo de operação todos os seus atributos analógicos naturais, a mente humana ficaria muito mais fácil de se dominar. Os humanos se ajoelhariam em silêncio e sem protestar perante os Overlords do mundo, se submeteriam docilmente aos objetivos deles, de eliminar completamente a essência da condição humana, enquanto exercem um controle total sobre uma versão digital da humanidade.

Este foi o credo que permitiu que a Igreja Digital se tornasse a nova religião da pós-modernidade. Mais chocante ainda, alguns cientistas computacionais muito conhecidos, adeptos do que passou a ser conhecido como o movimento da inteligência artificial radical, passaram a pregar abertamente que os seres humanos deveriam aceitar sua inferioridade perante a nova geração de robôs e máquinas guiados por algoritmos, baseados em novos métodos da chamada inteligência artificial, e simplesmente se render ao seu destino inevitável, de se tornarem meros servos desses novos produtos tecnológicos.

O truque principal empregado para encarcerar a mente humana coletiva nesta prisão digital foi muito perspicaz. Ao ajustar a operação dos videogames, mídias sociais e aplicativos digitais para maximizar o prazer experimentado pelos indivíduos da sociedade pós-industrial, que mal conseguiam encontrar uma gota de satisfação nas suas vidas reais, um exército de engenheiros digitais, cientistas da computação, psicólogos e neurocientistas confeccionaram, com precisão microscópica, o uniforme mental com o qual uma sociedade faminta por experiências hedônicas se vestiu voluntariamente, antes de ser aprisionada e passar a ter um único objetivo na vida: obter o maior número possível de doses de dopamina virtual por dia.

Sem a menor ideia do que fora definido para o seu futuro, as pessoas continuaram a fundir suas vidas e mentes com um mundo virtual vasto e sem limite, enquanto se transformavam em inocentes vítimas inadvertidas de uma onda atrás da outra de infecções por distintos vírus informacionais. Essa sequência de infecções só foi possível porque mais e mais pessoas passaram a obter suas notícias diárias, moldar suas visões de mundo, bem como selecionar suas preferências políticas, ampliar seus preconceitos e definir quase todas as opiniões somente por meio do material difundido por suas tribos virtuais – as suas colmeias isoladas do resto da sociedade –, contribuindo para o movimento conhecido como a Grande Fragmentação da Humanidade.

Logo ficou claro que essa fragmentação não ficaria limitada às interações sociais diárias de grupos de pessoas, mas, no limite, ela passaria a desafiar e reconfigurar todas as abstrações primordiais que proveram o arcabouço mental que, pelos últimos dez mil anos, permitiram o florescimento de civilizações humanas por todo o planeta.

E assim, à medida que a grande tribalização digital humana progrediu sem nenhuma contenção, ou contestação de monta, todas as formas de estruturação e funcionamento de grandes grupamentos humanos passaram a ser totalmente pulverizados. Coisas como democracia, eleições, congressos, Estados nacionais independentes, partidos políticos, tribunais e a busca por qualquer tipo de justiça, dinheiro físico, impostos, trabalho e mesmo o conceito da verdade perderam todas as suas referências tangíveis, uma vez que múltiplas versões de um mesmo fato ou evento, não importava quão absurdas fossem, podiam ser criadas e disseminadas em milissegundos para todos os membros de uma dada tribo virtual e além. Em poucos milissegundos, portanto, uma dessas versões escabrosas passava a ser assumida como verdade absoluta, a despeito da sua total falta de conexão com a realidade concreta do mundo natural.

Ao espalhar fios intermináveis de *fake news* na velocidade da luz, as rodovias digitais do ciberespaço cruzaram fronteiras, ideologias e partidos políticos, legislaturas e mesmo governos regionais e nacionais. Afinal, qual era o ponto de sustentar governos tradicionais e pagar impostos a eles se a vida passara a ser vivida e desfrutada integralmente num casulo virtual, onde nenhum governo podia penetrar ou interferir?

A crença cega nos vírus informacionais transmitidos pelas redes sociais e a completa submissão dos indivíduos à lógica digital virtual catalisaram cada uma das tragédias individuais que se abateram sobre o mundo nas quatro primeiras décadas do século XXI, servindo como uma verdadeira amálgama que as unificou no formato da mais devastadora arma de destruição em massa da mente humana.

Por volta de 2036, milhões de seres humanos tinham se transformado em nada mais do que zumbis digitais orgânicos. Um verdadeiro terreno fértil para os evangelistas digitais prepararem o seu assalto final à condição humana.

E você pode apostar que eles foram em frente!

O artifício foi a pregação fervorosa de que a inteligência artificial – que não é nem inteligente nem artificial, e sim apenas uma ferramenta estatística de mineração de dados – decretou que a raça humana estava rapidamente se transformando em algo substituível e totalmente irrelevante na sociedade digital-eletrônica.

No frigir dos ovos, a automação de trabalhos por robôs e softwares baseados na inteligência artificial levaram à maior taxa de desemprego jamais registrada por economistas em toda a história. Com isso, em 2036, a vasta maioria da população adulta estava desempregada e só era capaz de sobreviver graças às duas únicas alternativas que lhe restavam: viver da renda mínima oferecida pelo que havia sobrado dos governos nacionais, ou emprestar os seus cérebros analógicos "obsoletos" para corporações que passaram a usá-los na mineração de diferentes tipos de criptomoedas. Esse fenômeno surgiu porque, devido à crônica falta de energia em todo o mundo, amplificada pelo enorme aumento de demanda de eletricidade para sustentar, entre outras coisas, uma frota mundial contando com centenas de milhões de carros elétricos, além das gigantescas "fazendas de computadores" para mineração de criptomoedas que consumiam a energia equivalente a centenas de megalópoles, o uso exclusivo de computadores digitais para esta tarefa passou a ser inviável economicamente. Como última alternativa, uma fonte tradicional de computação neural analógica, representada por centenas de milhões e logo bilhões de cérebros humanos, passou a ser empregada na escavação das minas digitais do século XXI.

Neste ponto, convencidos de que o momento apropriado havia chegado e a humanidade como um todo estava madura para receber o último empurrão no processo de sua autoaniquilação, os Overlords do planeta, um punhado de magnatas financeiros, representados em seus assuntos comerciais pelo Banco para Acordos e Rapina Internacional, o BARI, na Basileia, a única instituição mundial, desde a sua criação nos anos 1930, fora do alcance de qualquer governo ou força policial, decidiram realizar um movimento decisivo para deferir este verdadeiro *coup de grâce* da condição humana.

CAPÍTULO 8

UM DÉRBI PAULISTANO COMO NENHUM OUTRO

São Paulo, Brasil – domingo, 27 de janeiro de 2036 – seis dias antes do impacto

Para Omar e milhões de outros torcedores fanáticos por futebol em todo o mundo, o Dérbi Paulistano, o sempre épico confronto entre Palmeiras e Corinthians, ou o Verdão do Parque Antarctica contra os alvinegros do Parque São Jorge, continuava a ser a mais tradicional rivalidade do futebol brasileiro havia mais de cento e vinte anos. E a despeito do fato de que, pela maior parte das últimas duas décadas, o Palmeiras tinha simplesmente atropelado o seu rival histórico em todos os torneios que ambos disputaram, cada encontro entre os dois clubes continuava a ser um dos poucos eventos que podia paralisar toda a cidade de São Paulo, fosse pelos noventa minutos de um jogo, fosse por dias ou mesmo pelas semanas que antecediam uma partida que decidia um título nacional ou sul-americano, jogada em um dos dois estádios dos times, situados apropriadamente nos extremos oeste e leste da maior megalópole do hemisfério sul.

Para se ter uma ideia do que este prélio significava na terra que inventou o "jogo bonito", em 2036, mais de trinta milhões de pessoas já faziam da Grande São Paulo a sua residência, e, desses, mais de 75% torciam para um ou outro desses dois times!

Nada mais a declarar!

Agora, de volta para o nosso herói egípcio.

Omar acordou ainda meio perdido num sonho sobre as finais históricas de campeonatos – que alguns definiam como verdadeiras batalhas de gladiadores de chuteiras – que ele tivera o privilégio de testemunhar em diferentes estádios da cidade de São Paulo, durante suas vindas frequentes ao Brasil para visitar a irmã caçula. Durante o seu quase religioso ritual matutino, que começava com um café da manhã tropical, na sua cama tamanho *king*, ainda vestido no seu pijama do mais fino algodão egípcio, seguido por um longo banho de água escaldante, ele continuou a relembrar, com grande prazer, das cenas inesquecíveis da final do Campeonato Paulista de 1974, que ele viu *in loco* no estádio do Morumbi. Para sua surpresa, mais de sessenta anos depois, ele ainda podia recriar na sua mente de forma vívida o momento quando, sentado na arquibancada do anel superior do estádio, ao lado do seu melhor amigo brasileiro, Dema, o pai de Tosca, ele notou em choque que João Gonçalves, um costumeiro esquentador de banco, emergiu do túnel e se perfilou como parte do time titular do Palmeiras, para jogar como lateral direito, para total espanto de toda a torcida alviverde.

De fato, ninguém nas arquibancadas – torcedores palestrinos ou alvinegros – entendeu patavinas, uma vez que o titular absoluto da posição, Eurico, um lateral multicampeão, que apenas um ano antes havia participado, como titular da seleção brasileira, do mais recente massacre contra a seleção argentina na final da Copa Rocca, estava em plena forma. Como rezava a lenda imortalizada pela mídia, Gonçalves fora escolhido, de última hora e contra todos os prognósticos, para iniciar o jogo como titular porque, nas vésperas da partida, o então técnico palmeirense, o lendário e, para muitos, semideus Oswaldo Brandão, havia sonhado que Gonçalves estaria envolvido no lance do gol que daria o título ao Verdão.

E como se alguém ou algo houvesse sussurrado nos ouvidos de Brandão durante o seu sono uma perfeita descrição do futuro, foi dos pés – mais precisamente, do direito – de João Gonçalves que, já no meio do segundo tempo de um dos mais dramáticos Dérbis de todos os tempos, se originou um cruzamento perfeito para a área adversária. Ao realizar uma parábola no ar, e, no processo, escapar de toda a defesa corintiana, que incluía Brito, o zagueiro central tricampeão do mundo com a seleção brasileira em 1970 – reconhecida como a maior seleção de todos os tempos –, a bola amorosamente beijou a testa de Leivinha, que, parado no ar feito um beija-flor esverdeado, a aguardava para reciprocar o carinho com um passe milimétrico de cabeça em direção aos pés alados do melhor Ronaldo que já disputou um Dérbi. Ronaldo não hesitou em disparar um petardo indefensável em direção ao proverbial "ninho da coruja" da meta adversária. Toda esta ação se desenlaçou na frente dos olhos esbugalhados do goleiro argentino do Corinthians, Buttice, que simplesmente não teve o que fazer para deter o curso da história do futebol, que já estava escrito nas estrelas!

Apesar da beleza cristalina da jogada, da precisão milimétrica do cruzamento de pé direito de João Gonçalves, do passe de cabeça mágico de Leivinha e do incrível míssil disparado por Ronaldo (não da versão fenômeno nem Cristiano), o estádio do Morumbi – um campo neutro naquela final – foi palco do mais profundo e sombrio silêncio jamais ouvido em toda a sua história. Este estrondoso silêncio se materializou porque os quase cem mil torcedores corintianos assistindo das arquibancadas – um número pelo menos dez vezes maior do que a torcida palmeirense presente – sabiam que, ao sofrer um golpe tão devastador, tão tarde no segundo tempo de uma partida final de campeonato, o resultado da disputa provavelmente estava definido.

E como poucas vezes em toda a sua existência, o "bando de loucos", como a torcida alvinegra gostava de se referir a si mesma, estava absolutamente certo no seu diagnóstico. Durante o resto da partida, o Palmeiras defendeu a sua meta sem nunca ser ameaçado de forma categórica. Muito pelo contrário, ele quase aumentou a sua vantagem em algumas oportunidades perdidas.

No momento em que o árbitro soprou o apito pela derradeira vez, encerrando a final e decretando a vitória dos palmeirenses naquela que ficou conhecida como a maior final do Campeonato Paulista de todos os tempos, um só pensamento sincronizou toda aquela imensa Brainet formada por hordas de torcedores corintianos desconsolados: como um suor frio que percorreu em milissegundos aquelas medulas espinhais coletivas, todos aqueles torcedores alvinegros se deram conta de que o seu time, que não ganhava um campeonato desde o longínquo 1954, teria que esperar pelo menos mais um ano inteiro para tentar quebrar aquela maldição – ou seria uma praga palmeirense?

E como se eles tivessem sido selecionados para participar do elenco de figurantes de uma remontagem contemporânea da tragédia shakespeariana *Rei Lear*, o ruído agudo daquele apito final ecoou por todo o Morumbi lotado, fazendo com que cada corintiano presente, ou assistindo pela TV, se sentisse como o mais recente alvo de uma espada mongol, fria e afiada, sendo enterrada metaforicamente no seu coração de alvinegro sofredor. Os cantos da torcida corintiana simplesmente definharam nos minutos finais da partida, quando o veredito final foi anunciado, o que, por outro lado, levou à celebração estrondosa de todos os palmeirenses, dentro e fora do estádio. Agora, o bando de inconsoláveis se via num mar de lágrimas, jorrando dos seus olhos incrédulos, enquanto os torcedores permaneciam prostrados em seus assentos, como um exército de bárbaros completamente arrasados por uma força superior da natureza!

Esta força se chamava Sociedade Esportiva Palmeiras, ou Verdão para os mais íntimos!

Na mente de Omar, as cenas que ele testemunhou naquela noite poderiam ser comparadas com as vividas pelo grande exército persa comandando por Xerxes quando da sua derrota para os gregos na grande Batalha de Plateia, na Grécia central, no século V a.C. Nada menos do que esta metáfora histórica poderia descrever as imagens de dezenas de milhares de torcedores corintianos, em silêncio e completamente aturdidos, deixando o estádio para depois seguir sem rumo pelas maiores avenidas e ruas de São Paulo até o raiar do sol da manhã seguinte, quando o terrível gosto amargo da realidade finalmente se fez sentir na sua plenitude.

Enquanto a procissão dos persas do futebol do século XX deixava o estádio numa espécie de choque catatônico pós-traumático, os dez mil bravos palmeirenses, os verdadeiros gregos do dia, que desafiaram todas as previsões, e algumas ameaças de morte, para estar no estádio naquela tarde de domingo de 1974 – entre eles Omar e o seu melhor camarada, Dema – num pequeno setor das arquibancadas, podiam ser ouvidos em toda a cidade, comemorando como se não houvesse amanhã. Tudo isso enquanto eram protegidos pela maior força policial jamais disponibilizada pelo estado de São Paulo para uma final de campeonato.

Apenas para o registro histórico, Omar e Dema também estavam na arquibancada, no mesmo estádio do Morumbi, em outra final de campeonato inesquecível, em 1993, quando o mesmo Palmeiras venceu novamente, desta vez pelo elástico placar de 4 × 0 no tempo regulamentar e depois também na prorrogação. Esta vitória pôs fim a uma seca de dezessete anos sem campeonatos do alviverde imponente e, uma vez mais, uma enorme celebração vestiu de verde e branco toda a megalópole paulistana.

Apesar de toda essa tradição familiar, Tosca nunca se envolvera com o futebol, mesmo sendo uma brasileira nata. Talvez, hoje, quem sabe, o seu tio favorito seria capaz de acender a paixão da sobrinha pelo jogo bonito.

Com esses pensamentos auspiciosos em mente, o matemático egípcio com um coração alviverde degustou os últimos quitutes do seu café da manhã tardio antes de vestir a sua tradicional camisa verde – aquela reservada apenas para jogos especiais, como um Dérbi –, seu boné também esmeraldino, seu jeans talismã e um par de tênis brancos. Uniformizado assim como um verdadeiro guerreiro alviverde, Omar estava pronto para enfrentar novamente os persas do século XXI, quer dizer, os corintianos.

— *Showtime*, camarada! — A voz de tenor ressoou dentro da mente de Omar, no exato momento em que ele acabava de se barbear com um amplo sorriso; era com essa voz e esse anúncio que o seu querido cunhado, Dema, cruzava o portão de entrada de todos os estádios brasileiros que os dois companheiros haviam "invadido" juntos para assistir, uma vez mais, a outro Dérbi Paulistano.

Tendo evitado o elevador e optado pelas escadas para chegar no lobby – um hábito que ele havia adquirido desde a pandemia de COVID-19 –, Omar se dirigiu à recepção antes de procurar Tosca. Como ele havia se trancado no seu quarto por vários dias desde a sua chegada em São Paulo, bem antes de Tosca, Omar se deu conta de que já havia passado da hora para pedir para que a sua suíte fosse limpa e arrumada. No momento em que ele avistou o recepcionista de plantão, Omar percebeu que o jovem bocejava sem parar e ostentava olheiras enormes e escuras.

– Você está bem, meu rapaz? – Omar inquiriu de forma polida enquanto inspecionava o jovem da cabeça aos pés com o mesmo olhar clínico que sua mãe egípcia costumava aplicar nele todos os dias.

– Ahhh, oh, sim, senhor, desculpe-me. Eu estou muito bem. Somente não conseguindo dormir muito bem nos últimos dias. Apenas isso.

– O que você quer dizer com não estar conseguindo dormir bem? Você está tendo horas suficiente de sono? Ou a vida noturna paulistana está te impedindo? – Omar pontuou esta última pergunta com uma piscadela quase imperceptível.

– De forma alguma. O que eu quis dizer é que, nas últimas noites, tenho tido sonhos muito estranhos, envolvendo situações e cenas muito violentas que jamais experimentei antes, só vi em alguns filmes.

Adquirindo imediatamente uma postura muito mais formal e preocupada, Omar deu continuidade a sua investigação clínica, com uma anamnese completa e detalhada de um agora extremamente alarmado recepcionista.

– Que tipo de cenas violentas? Você poderia ser mais específico?

– Bem, na maioria das vezes, elas são cenas de batalhas da antiguidade, coisas de documentários ou daqueles filmes bem antigos que até Hollywood desistiu de produzir muitas décadas atrás. Curiosamente, eu nunca gostei e raramente assisti a este tipo de filme. Mas agora, toda noite, acordo múltiplas vezes suando profusamente, como se estivesse totalmente imerso em uma dessas batalhas.

– E algum outro tema apareceu nos seus sonhos? – Omar continuou a inquirir.

– Agora que o senhor perguntou, além das batalhas, numa dessas noites sonhei com algum tipo de ritual religioso bem estranho, algo de que jamais participei em toda a minha vida. Veja bem, sou um agnóstico e nunca segui nenhum tipo de religião. Por isso digo que todos esses sonhos são muito estranhos para mim. Mas não se preocupe, tenho certeza de que tudo vai ficar bem em alguns dias. Talvez eu esteja sofrendo com o estresse que todos nós aqui no hotel estamos enfrentando neste verão, devido ao alto fluxo de hóspedes. Mas agradeço demais pela sua gentileza e preocupação. Hoje em dia, muito raramente algum dos nossos hóspedes demonstra este grau de consideração por um de nós.

– De forma alguma. Além de tudo, é minha obrigação: ter certeza de que você e todos os seus colegas estão bem e satisfeitos com os seus empregos. Afinal de contas, eu sou o proprietário da cadeia internacional que é dona deste hotel. Portanto, tenho todo o interesse em garantir o bem-estar de todas as pessoas que trabalham nas minhas empresas em todo o mundo. De qualquer forma, tente recuperar o tempo perdido a partir de hoje. Eu vou checar o seu estado nos próximos dias.

– Muitíssimo obrigado, Dr. Omar. Eu realmente agradeço a sua preocupação.

Tentando disfarçar a sua preocupação genuína pela saúde do funcionário, enquanto já mudava o seu foco mental, Omar se despediu do jovem recepcionista deixando registrado o seu pedido para que a sua suíte fosse limpa durante a sua ida ao jogo.

Omar agora começava a procurar por Tosca no amplo lobby do hotel, que se encontrava totalmente ocupado pelos convivas habituais do *brunch* de domingo, formado pela última camada do que havia sobrado da elite paulistana.

Tosca estava sentada sozinha, numa cadeira reclinável, estrategicamente localizada o mais longe geometricamente possível de toda a muvuca, lendo um livro de neurociência, totalmente desconectada do desfile de subcelebridades que iam e vinham pelo lobby, tentando atrair a atenção de formas súbitas e não tão súbitas.

– Como você está se sentindo, minha querida? Dormiu bem?

– Oh, bom dia, tio Omar. Sim, muito obrigada! Dormi como um bebê e me recuperei da longa viagem. Quase nenhum *jetlag* hoje de manhã. Eu até consegui nadar os meus habituais cinco quilômetros na excelente piscina do hotel. Aliás, a sua escolha foi impecável, como sempre.

– Bom, como acabei de mencionar para o recepcionista, eu sou o dono deste lugar. Então, melhor ele ser do meu agrado e dos meus convidados mais especiais, como você, minha sobrinha favorita.

– Sua única sobrinha!

– Mero detalhe, minha querida. A única e a favorita!

Pela segunda vez naquela manhã de domingo, Omar sorriu descontraído, da mesma forma que fazia sempre que se dava conta de que viver continuava a valer a pena, a despeito de todos os desafios existenciais que a humanidade tinha pela frente no seu futuro imediato. Talvez o fato de que a sua sobrinha favorita – e única – estivesse sentada ao seu lado novamente, depois de tanto tempo, fizesse com que a sua mente retornasse aos dias em que ele e sua família eram próximos, mesmo quando Dema e sua família viviam em Manaus, ou quando eles estavam no enorme e distante seringal, que fazia parte da família desde que o bisavô de Tosca, Samir Cohen, emigrara da Síria para o Brasil em 1918.

– O que vamos fazer até a hora do jogo? – Desde a infância, Tosca sempre estava interessada no próximo passo, na próxima aventura; sempre agitada, sempre pensando em como realizar o futuro, com pouca paciência para o presente e nenhum tempo para o passado. Apesar de ser um fator de preocupação constante dos seus pais, aquele tipo de personalidade a ajudara de forma decisiva na sua carreira acadêmica, vivida no sempre insalubre ambiente das universidades americanas.

– Eu acabei de tomar o café da manhã. Então, realmente não estou com fome agora. Nós temos que estar no estádio por volta das duas da tarde para entrarmos assim que os portões forem abertos.

– Mas o jogo só começa às quatro. Por que temos que chegar tão cedo?

– Minha querida sobrinha, isso é parte do ritual que criei cuidadosamente em parceria com o seu pai. Nós sempre chegávamos horas antes de o jogo começar para completar uma lista de tarefas muito detalhada. Esta lista foi compilada durante décadas de idas a jogos e foi essencial para o sucesso do nosso time, o Palmeiras.

– Eu consigo imaginar o meu pai sendo supersticioso assim, mas você, tio Omar? Um matemático de renome internacional? Como pode acreditar, apoiar e mesmo participar ativamente de um ritual tão absurdo? – De repente a face de Tosca começou a se avermelhar enquanto ela passava a se lembrar de algumas das discussões com o pai, quando ela era ainda uma criança, crescendo no meio de um paraíso tropical idílico. Foi neste quintal sem limites que a curiosidade científica lentamente brotou e floresceu na mente da menina irrequieta, cuidadosamente guiada por sua avó. Apesar de nunca ter tido a oportunidade de cursar uma universidade, e tendo em seu nome apenas um diploma do ensino médio, que lhe conferiu a possibilidade de ser professora do ensino primário, Paulina Maria Cohen, a avó paterna de Tosca, era uma intelectual autodidata tenaz que, sem nem mesmo saber, praticou o método científico no seu imenso quintal amazônico, sempre auxiliada por uma assistente mais do que inquisitiva: a neta Tosca Cohen.

Durante todas as férias da sua infância, as duas colaboradoras haviam investigado cada canto do seu quintal na casa da família em Manaus. Com o apoio financeiro de Dema, as duas tinham até construído um pequeno laboratório ao lado da casa principal do seringal da família. Foi nesse laboratório improvisado, bem como durante as expedições pela floresta, que o amor de Tosca pela ciência foi cuidadosamente cultivado, passo a passo, pela melhor orientadora que ela teve na carreira.

Paulina era também uma pianista clássica talentosa e a única proprietária de um seringal que se deu ao trabalho de transportar, para o meio da Floresta Amazônica, um piano Bösendorfer original, o mesmo modelo produzido na Áustria desde 1828 e endossado por ninguém menos que um certo Franz Liszt e o imperador austríaco em pessoa. Todo esse esforço para que ela pudesse continuar a tocar seus concertos, mesmo quando longe da sua mansão em Manaus, onde mantinha um outro piano da mesma marca.

Todos os dias, depois que uma de suas expedições científicas pela floresta havia terminado ou quando elas haviam se cansado de observar bactérias e parasitas no seu microscópio Zeiss de última geração, cuidadosamente instalado no seu laboratório, Tosca se dirigia para o seu lugar de honra na sala de estar na casa do seringal, como convidada única para o recital diário de Paulina: uma mistura de Chopin – o favorito dela –, Mozart, Liszt e vários compositores italianos de óperas, como Verdi e Puccini. Durante esses recitais privados, Tosca sempre era lembrada de que o seu nome tinha sido uma forma de homenagear o amor do seu bisavô Samir pela ópera e escolhido porque a sua trisavó crescera em Lucca e, quando era uma jovem adolescente, havia conhecido – e se apaixonado – pelo compositor Giacomo Puccini. A paixão pelo lírico era tanta na família que a decisão de Samir Cohen, o pai de Paulina, de transferir toda a família da Síria para Manaus para recomeçar a vida depois da tragédia da Primeira Guerra Mundial tinha sido fortemente influenciada pelo fato de a cidade ter construído um teatro de ópera no final do século XIX. Essa verdadeira ousadia permitiu que os barões da borracha de Manaus conseguissem atrair o imortal tenor italiano Enrico Caruso, oferecendo o maior cachê jamais pago até então para um tenor, para despencar no meio de lugar nenhum e se apresentar na estreia da montagem de *La Gioconda*, a produção que inaugurou o "Teatro da Selva" – como o Teatro Amazonas ficou conhecido na Europa da época – no dia 7 de janeiro de 1897.

– Veja bem, Tosca, isto não é nenhuma superstição, de forma alguma. Trata-se apenas de um ritual extremamente sensível. – Omar estava realmente imbuído em transmitir para a sobrinha qual era o protocolo apropriado para participar de um jogo de futebol no Brasil. As chances de sucesso eram claramente mínimas, mas, em honra da memória do seu melhor parceiro futebolístico, Omar se sentia obrigado a tentar pelo menos mais uma vez.

– E do que trata o ritual? – Tosca continuava manifestando somente um interesse periférico no assunto, a ponto de nem desviar os olhos do livro.

– Para começar, temos que checar o trabalho do jardineiro para nos certificarmos de que ele está fazendo a manutenção adequada do gramado.

– Claramente, Omar estava usando todos os argumentos mesmo com apenas um fio de esperança a favor da sua causa.

– Jardineiro? O gramado do campo? Pelo amor de Deus, Omar, pare com essa baboseira. O Palmeiras tem jogado num gramado artificial desde os anos 2020. O que um jardineiro vai fazer com um gramado artificial? Falar de forma carinhosa com as lâminas da grama de plástico? – Como sempre, Tosca não tinha nenhuma misericórdia para o lero-lero.

– Você vai poder ver por si mesma. Apesar da mudança para um gramado sintético, um jardineiro ainda percorre todo o campo, antes dos jogos, para checar as condições do gramado e, enquanto ele anda, ele derrama uma solução misteriosa em lugares-chaves do campo. Ele deve ser o herdeiro do jardineiro que cuidava de cada tufo de grama do campo quando o seu pai e eu frequentávamos os jogos no antigo Parque Antarctica.

– Tudo bem, eu consigo ver que não existe nenhuma esperança de manter uma conversa séria com você quando o assunto é o futebol. Você e o meu pai eram dois fanáticos, impérvios a qualquer argumento racional quando o assunto é futebol.

– Eu vou conceder essa batalha para você porque o seu diagnóstico está correto. Mas em troca da sua vitória, por favor, podemos chegar cedo no estádio, de qualquer maneira? Há um camarote no anel superior e hoje nós dois vamos usá-lo. Nós vamos estar sentados ao lado do camarote onde a delegação do BARI estará assistindo ao jogo. Por isso eu vou ter a chance de abordar o meu primo, Jean Pierre Cicurel, que está liderando a delegação num agradável jogo de futebol antes dos encontros que eles vão ter com as autoridades do Banco Central brasileiro.

– Tudo bem, Omar, nós podemos chegar mais cedo. Mas por que é tão vital encontrar o seu primo hoje? Se lembro bem, vocês eram grandes parceiros quando as suas duas famílias viviam no Cairo, mas uma vez que ele se mudou para a França e você e a sua família escaparam da perseguição de Nasser, indo morar na Itália, e depois Suíça, vocês se distanciaram. Basicamente porque ele abraçou o "lado maléfico das altas finanças", se é que existe um lado benéfico, enquanto você decidiu ir numa outra direção.

E ainda assim, você se tornou um bilionário, nem sei como, a propósito, um pouco antes do seu desparecimento da face da Terra em 2001.

– Você está certa, Tosca. Eu e Jean Pierre crescemos juntos no Cairo. Nós éramos inseparáveis. Melhores amigos e conspiradores em todas as nossas artimanhas de infância, inclusive quando usei a minha "chave de fenda mágica" para desmontar o recém-comprado rádio inglês do meu pai. Bons tempos aqueles. Quando as nossas famílias se dispersaram pela Europa, depois da crise do Canal de Suez em 1956, nós nos desconectamos de alguma forma, mas ainda conseguimos manter a nossa amizade até o momento em que ele foi empossado como diretor-geral do Banco Central francês. Naquela época, eu estava me saindo muito bem na minha carreira de banqueiro privado, mas não conseguia mais reconhecer meu próprio primo e melhor parceiro de infância. Da noite para o dia, ele se transformou numa outra pessoa depois de assumir esse novo posto. Carros de luxo e mulheres sempre tinham sido o seu foco de vida, mas de repente a ganância pelo dinheiro se transformou na obsessão central da sua vida, seguida de perto pelo seu desejo doentio de ser aceito pela alta sociedade francesa. Depois de dois mandatos como diretor-geral do Banco Central da França, ele achou que tinha alcançado o cume da sociedade francesa e, munido dessa conclusão, decidiu concorrer a uma vaga no parlamento da França. Todavia ele foi humilhado nas urnas e decidiu abandonar a política para associar-se com as maiores empresas de *private equity* e *venture capital* americanas com o intuito de derramar montanhas de dinheiro em algumas das companhias de alta tecnologia que ajudaram a criar a mais nova geração de "Barões Ladrões" dos EUA, personificada nos muitos cardeais e evangelistas do Vale do Silício da Califórnia no meio dos anos 1990. Em apenas alguns anos, meu primo Jean Pierre abraçou entusiasticamente a agora totalmente desacreditada doutrina da Singularidade, muito popular nos anos 2000, que previa que, no final dos anos 2030, sistemas digitais e seus primos, os programas baseados na inteligência artificial, suplantariam a capacidade mental dos seres humanos e, consequentemente, tornariam obsoletos, senão todos, uma boa parte deles, na execução da maioria das tarefas da nossa rotina diária. Como um dos maiores financiadores por trás deste projeto, atuando ao mesmo tempo como um lobista e operador do mercado de *private equity*, Jean Pierre começou a cortejar os xeiques e emires dos países do Oriente Médio com grandes reservas de óleo e gás. Financiado pelos recursos infindáveis destes mandatários, ele investiu e promoveu a criação das mais inovadoras *startups* da indústria digital dos últimos trinta anos, com o objetivo de alcançar níveis inéditos de invasão da privacidade humana numa escala global. Basicamente, ele foi o concreto intelectual que propiciou o estabelecimento de uma ponte para unir as Big 3 – BigTechs, BigMoney e BigOil – numa única aliança econômica e política global, que resultou na fundação do movimento que Jean Pierre batizou como os Overlords: os verdadeiros mandatários do planeta, de acordo com a sua visão doentia. Neste momento ele atraiu o BARI para servir como o banco dos Overlords e como a sua fachada institucional no mundo das altas finanças globais, focado em promover uma agenda de total eliminação e desregulação das economias e do sistema financeiro, enquanto conspiravam para o enfraquecimento terminal dos Estados nacionais e da democracia como nós a conhecemos.

Omar prosseguiu:

— Com o apoio institucional do BARI, Jean Pierre foi o principal artífice das tentativas, bem-sucedidas na sua maioria, de eliminar qualquer controle e supervisão estatal, por parte de governos nacionais eleitos democraticamente, dos Bancos Centrais em um grande número de países, como no Brasil, por exemplo. Em suma, o sonho dourado de Jean Pierre era remover para sempre o obstáculo crucial e final ainda remanescente, que ainda permite, de forma muito tênue, colocar um limite na riqueza privada de indivíduos e corporações mundo afora.

Evidentemente, Omar se referia à questão vital de quanto dinheiro pode ser impresso e disponibilizado para circular ao redor do mundo. Governos nacionais, por meio dos seus Bancos Centrais, controlam a quantidade de moeda nacional que é posta em circulação. Eles também tentam administrar a aceleração e o desaquecimento das suas economias nacionais ao definir a taxa de juros de referência usada por todos os bancos públicos e privados. Ao se agarrar a esses dois últimos mecanismos de poder monetário, impressão de dinheiro e o ajuste das taxas de juros, o governo basicamente define quanto dinheiro e crédito serão disponibilizados para os empreendedores do setor privado. Essencialmente, isso define um teto monetário que nem mesmo os mais poderosos acumuladores de riqueza privada podem cruzar. Até recentemente. Para acumular dinheiro e riquezas, os operadores privados dependem dos tetos de emissão de dinheiro e crédito definidos por instituições de controle público, como os Bancos Centrais. Esta é a razão pela qual, apesar de continuamente execrarem, em alto e bom som, as supostas ineficiências, incompetência e desperdício do poder público e do Estado, homens de negócio poderosos e seus lobbies, por todo o mundo, constantemente tentam sequestrar o poder governamental por meio de financiamentos mais do que generosos de políticos que apenas representam os interesses do setor privado. O objetivo central desse financiamento de campanhas políticas é sabotar qualquer tipo de supervisão pública e democrática dos seus negócios e, num segundo momento, tentar adquirir empresas estatais vitais por meio de planos de privatização que lhes permitam incorporar empresas rentáveis e vitais a preço de banana. Tudo isso não importando quão danosa esta estratégia política possa ser para a vida das pessoas e do planeta como um todo.

De certa maneira, esta disputa de cabo de força financeiro entre interesses públicos e privados vem ocorrendo há mais ou menos trezentos e cinquenta anos, desde que o primeiro Banco Central nacional, o Banco da Inglaterra, foi criado em 1694. Mas essa disputa tornou-se bem mais intensa e selvagem quando ficou mais que evidente, em meados dos anos 1990, que a revolução digital englobaria todos os aspectos da vida humana, influenciando até mesmo a maneira como nós nos comportamos e pensamos.

Tendo que se valer de uma pequena pausa para se recuperar das emoções que tomaram conta da sua voz, Omar continuou.

– Eu decidi cair na clandestinidade porque percebi que esse tsunami já podia ser avistado no horizonte em 2001, logo depois do ataque às Torres Gêmeas em Nova York. Este evento trágico precipitou a potencialização dessa onda descomunal que agora se aproxima da nossa praia numa velocidade impressionante. Mesmo que a utopia financeira de eliminar completa e perpetuamente o controle público da política monetária de todos os Bancos Centrais nacionais exista há muito tempo, foi apenas com a consumação do casamento de conveniência entre os Overlords das altas finanças e os magnatas recém-nascidos da indústria digital, durante os primeiros anos do século XXI, e depois da explosão da bolha da internet uma década antes, que esta perspectiva, e múltiplos outros projetos e políticas distópicos, igualmente devastadores para a humanidade como um todo, começaram a pipocar no cenário internacional como rajadas contínuas de uma metralhadora. A injeção de capital proveniente dos membros do BigOil nessa equação foi extremamente catalítica, levando por exemplo à implosão dos Estados Unidos como país e à devastação da maioria dos países que se seguiu à quebra das bolsas de valores em 2029. Tudo isso foi cuidadosamente desenhado pelos Overlords, membros dos Big 3, ou, como alguns dos meus amigos gostavam de chamar, os Big 3+1!

— E o que o mais um representa? — Tosca finalmente conseguiu inserir uma sentença no meio da avalanche vocal de Omar.

— Big Crime Organizado!

— Barbaridade!

— Nos últimos vinte anos, a elite capitalista do planeta tentou orquestrar toda sorte de disfarces e armadilhas para implementar a sua estratégia de dar um golpe de Estado terminal contra toda a humanidade ao ganhar acesso a infinitas quantidades de dinheiro, poder digital e influência política, de forma que pudesse terminar de escrever o capítulo final da total capitulação da raça humana ocorrida ao longo dos últimos séculos. Globalização, terceirização, robôs industriais, criptomoedas, economias sem dinheiro, uma internet sem nenhuma regulação, todas as formas de mídias sociais e aplicativos telefônicos intrusivos, o metaverso, sistemas digitais inteligentes para produzir a total automação da maioria, senão de todos os empregos, em todos os níveis de complexidade, substituindo seres humanos por "máquinas inteligentes" na maioria dos processos de tomada de decisão econômica e política. Tudo isso para atingir um completo controle de todos os aspectos da vida humana, por meio de algoritmos computacionais programados de acordo com a ideologia de uma elite minoritária, combinada com uma vigilância em tempo integral do berço ao caixão, definindo os componentes principais de um futuro determinado pela união estável das altas finanças com o mundo *high tech* digital, tudo financiado pelo BigOil. O objetivo deles é bem óbvio: conseguir a dominação e o total controle do que sobrou da condição humana na Terra. Até o termo capitalismo de vigilância deixou de ser apropriado para descrever o passo final deste plano de erradicação humana em nível global.

– E qual é o passo final? – Finalmente, Tosca escutava atentamente cada palavra do seu tio favorito - e único! Claramente, ele não estava mais preocupado com um jogo de crianças. O que ele queria transmitir para Tosca era uma visão do mundo que ela desconhecia por completo. E enquanto ela ouvia Omar, ela se lembrou do que a avó Paulina frequentemente lhe dizia nas suas tardes em Manaus ou durante as suas expedições pela floresta:

– Se os seus pais não estiverem por perto, sempre confie no Omar e em tudo que ele lhe disser ou mandar você fazer. O irmão mais velho da sua mãe é o homem mais inteligente, humano e honesto que eu conheci em toda a minha vida. E ele te ama como se você fosse a filha dele.

Tosca então perguntou:

– O que esses bastardos querem colocar como uma cereja repugnante no topo do bolo de dinheiro e poder deles, Omar?

– A sua Brainet, Tosca! A sua invenção é a cereja da estratégia final dos Overlords para a dominação final da mente humana.

CAPÍTULO 9

O MAIOR CHOQUE DA VIDA DE TOSCA

São Paulo, Brasil – domingo, 27 de janeiro de 2036 – seis dias antes do impacto

Tosca não estava preparada para receber o soco verbal na boca do estômago que a voz de Omar lhe proporcionou. O baque inesperado foi tão intenso que, por alguns milissegundos, ela aparentou ter perdido totalmente a noção de onde se encontrava. Envolta nesse choque, Tosca não conseguiu verbalizar o que passava por sua mente naquele instante de desespero atroz. Para ela, o que Omar acabara de lhe informar não fazia sentido algum. A conexão feita por ele era totalmente impossível e inverossímil. Afinal, o que o trabalho científico de toda a vida dela, dando seguimento à descoberta original do seu orientador, poderia ter a ver com um bando de enlouquecidos e seus delírios para exercer uma dominação irreversível da raça humana? Omar não estava nem perto de estar certo sobre aquela teoria. Tosca tinha certeza de que tudo aquilo se tratava de um engano monstruoso.

Recuperando-se pouco a pouco da sua afasia momentânea e retornando à sua capacidade de coordenar suas múltiplas áreas corticais de controle da fala – sim, são muitas áreas, e não apenas uma, como lhe ensinaram desde o jardim de infância –, Tosca retrucou com uma mistura de frustração e raiva.

– Que maluquice é essa, Omar?

– Eu lamento muito, Tosca, mas tenho informações comprovadas de que isso é a mais pura verdade. Desde 2013, Jean Pierre e seus colaboradores têm seguido bem de perto as pesquisas que o seu orientador e você publicaram sobre como criar interfaces que ligam diretamente múltiplos cérebros, usando animais de experimentação, como ratos e macacos. Jean Pierre ficou especialmente impressionado e animado com os seus estudos sobre Brainets em primatas, bem como com a sua teoria sobre como a capacidade única dos seres humanos de sincronizar a atividade elétrica dos seus cérebros para formar grupos sociais extremamente coesos gerou a principal força motriz de todo o processo civilizatório humano. Ele passou os últimos vinte e três anos espionando ativamente o seu laboratório, os seus alunos de pós-graduação e de pós-doutorado, e você pessoalmente. Quando eu descobri o que estava acontecendo, mesmo sem ter a sua autorização, tomei a liberdade de implementar toda sorte de técnicas de antiespionagem, várias proteções aos seus dados e múltiplas estratégias para despistá-lo. Tais medidas bloquearam o acesso da gangue de Jean Pierre aos seus achados mais revolucionários. Dessa forma, nem Jean Pierre, nem seus cúmplices no BARI têm qualquer noção das suas descobertas mais recentes. Por pura sorte, todavia, eles conseguiram roubar um dos seus protótipos iniciais da sua nova fita cerebral, mas, até onde eu saiba, eles não conseguiram fazê-la funcionar de forma apropriada.

Ambas as bochechas de Tosca ruboresceram simultaneamente de pura raiva ao saber dessas revelações quase surreais. Por qualquer tipo de definição, ela agora estava furiosa. Aumentando o tom da voz sensivelmente, ela disse:

– Um dos meus alunos relatou que um dos nossos protótipos iniciais tinha se extraviado. Eu achei que ele havia sido perdido no meio da bagunça usual do laboratório e nunca perdi um segundo me preocupando com isso, porque este era apenas um equipamento totalmente obsoleto. Eu jamais poderia ter imaginado que alguém se daria ao trabalho de roubar um protótipo da fita cerebral, ainda mais de um laboratório de pesquisa básica como o meu. Pior ainda, um artefato que nem estava funcionando corretamente. Grandes espiões esses do BARI. Eles devem ter ouvido nossas conversas explicando que este protótipo fora descartado, numa questão de semanas, devido a um defeito de fabricação detectado pelo nosso controle de qualidade. Aquele pedaço de fita inútil não pode ter ajudado eles em nada, muito menos estabelecer o tipo de conectividade cérebro-cérebro bidirecional necessário para se implementar uma Brainet de larga escala. Nenhuma chance de isso acontecer. Zero!

— De qualquer maneira, eles conseguiram se apoderar de um produto do seu laboratório e, com ele, capturar a atenção dos seus superiores vendendo gato por lebre e dizendo que eles tinham em mãos algo melhor que chocolate suíço. Eles até planejam enganar o chefão do BARI ao organizar na próxima semana uma demonstração totalmente fajuta de como alguém se sentiria ao fazer parte de uma Brainet totalmente operacional.

— Mas como poderiam simular algo assim? A fita não funciona de forma alguma. Nós só conseguimos usá-la para registrar com alta resolução a atividade elétrica cerebral dos indivíduos que a testaram, mas nunca foi possível transmitir, de forma consistente, mensagens para os cérebros dos nossos voluntários, muito menos estabelecer uma Brainet funcional só com ela.

— Acredite-me, Tosca, eles vão achar uma forma de enganar o diretor-geral do BARI e, com isso, ganhar um tempo precioso. Provavelmente, vão dizer que estão próximos de conseguir atingir o objetivo final. Dado que ninguém realmente sabe como seria estar conectado numa Brainet como a que você propôs desenvolver, eles vão conseguir ganhar algum tempo com os Overlords.

— Eu nem consigo acreditar no que estou ouvindo. E o seu primo Jean Pierre realmente caiu no engodo de que o protótipo funciona de verdade?

— Por agora talvez ele tenha caído no golpe, eu não tenho certeza disso. Só sei que ele é muito mais esperto do que o idiota que dirige o BARI. Cedo ou tarde Jean Pierre vai se dar conta de que foi enganado por um grupelho de jovens tecnocratas e um banqueiro do segundo escalão que atualmente é o braço-direito do diretor-geral do BARI.

– Apesar de eu ainda me sentir completamente atordoada por tudo que você me contou até agora, não consigo imaginar o que esse bando de *bankgsters* pode querer com a minha tecnologia para construir uma Brainet operacional. – Tosca quase não conseguia raciocinar direito naquele momento. O simples pensamento de que o seu laboratório, seus estudantes e ela mesma tinham sido alvo de um sofisticado caso de espionagem industrial parecia surreal demais para os seus ouvidos de cientista. Ela tinha visto alguns de seus ex-estudantes deixarem seu laboratório para criarem *startups*, tirando vantagem de experimentos, ideias e mesmo estratégias de pesquisa que tinham sido descobertas inicialmente ou discutidas no seu laboratório ou no do seu mentor, sem qualquer vergonha e sem nunca pedir qualquer tipo de consentimento ou respeitar qualquer patente ou propriedade intelectual dos seus orientadores acadêmicos, mas essa ação dos espiões do BARI era trapaça e roubo em uma outra ordem de magnitude. Anos-luz acima, para ser mais exato. Evidentemente, Tosca não estava pensando claramente naquele momento, ou ela teria imediatamente se dado conta de que a tecnologia que ela tinha criado durante o seu projeto de doutorado com seu orientador na Universidade da Duquesa, e aperfeiçoado por anos a fio, se adequava perfeitamente como uma arma de dominação em massa de última geração que serviria como uma luva aos propósitos dos Overlords financeiros do planeta.

– A estratégia deles tem múltiplas facetas, Tosca. As suas descobertas podem ajudá-los a implementar muitas das ideias de controle em tempo integral de todos os habitantes do planeta, adicionando um novo meio para que eles possam monitorar cada uma das transações financeiras realizadas em todo o mundo, a cada segundo. E como a cereja do bolo, a sua Brainet pode permitir que eles se livrem, de uma vez por todas, de todo e qualquer controle público das políticas monetárias ainda sob tutela dos governos nacionais e de seus Bancos Centrais.

Depois de remover seus óculos de lentes de fundo de garrafa para olhar diretamente nos olhos da sua sobrinha, enquanto reduzia o tom da voz para quase um sussurro, Omar começou a enumerar todas as novas estratégias que, caso os Overlords obtivessem o controle de uma tecnologia capaz de produzir uma Brainet efetiva, poderiam ser implementadas em nível global.

– Por exemplo, considere aquelas transações financeiras gigantescas de overnight, executadas desde a Segunda Guerra Mundial por um grupo muito reduzido e altamente exclusivo de agentes financeiros licenciados e bancos americanos e europeus. O meu pai costumava chamar essa operação financeira apenas de "A Transação". Sem que nem a minha mãe soubesse, depois de financiar e participar de várias missões de sabotagem organizadas pelo movimento de resistência egípcia contra os nazistas, em colaboração com o serviço de inteligência britânico, o MI6, depois do final da Segunda Guerra Mundial, o meu pai se tornou o único agente financeiro do Oriente Médio autorizado pelo Federal Reserve, o Banco Central americano, a executar transações financeiras de altíssimo rendimento, trabalhando com um pequeno número de bancos suíços. Durante a crise do Canal de Suez em 1956, quando Gamal Nasser, então presidente do Egito, descobriu que o meu pai era o único homem de negócios no país que tinha autorização para realizar esse tipo de transação, ele foi ao encontro dele na nossa casa na ilha de Zamalek para pressioná-lo. Nasser queria que meu pai realizasse uma dessas transações usando dinheiro do Tesouro egípcio para que o governo pudesse comprar um grande arsenal de armas da então república comunista da Tchecoslováquia. Apesar de ter sido pego de surpresa com a investida repentina de Nasser, meu pai conseguiu dissuadi-lo de que não era mais capaz de operacionalizar a transação. Porém, alguns meses depois, toda a nossa família teve que sair às pressas do Egito, pois meu pai começou a temer uma retaliação violenta da parte de Nasser. Quando deixamos o Cairo, meu pai foi obrigado a permanecer no Egito, uma vez que Nasser proibiu que ele se refugiasse na Europa. Alguns meses depois, ele se juntou a nós. Porém nós nunca descobrimos como ele tinha conseguido escapar do Egito; de alguma forma, sendo um homem de grande inteligência e extremamente diplomático, ele achou uma maneira. Mas ao deixar o seu amado Egito, ele perdeu tudo que tinha, incluindo a rede de lojas de departamentos que havia reconstruído no Cairo e em Alexandria. Depois disso, ele nunca mais retornou ao Egito. Um destino extremamente cruel para um homem que amava o seu país profundamente e que arriscou a própria vida durante a Segunda Grande Guerra.

– Mas por que era tão fundamental manter esta "Transação" coberta por um véu de segredo? – Tosca não conseguia entender por que Omar estava despendendo tanto tempo e preocupação para fazer com que ela se familiarizasse com um instrumento financeiro tão obscuro, dado que outros cenários muito mais danosos, relacionados ao uso inapropriado da Brainet, estavam se materializando rapidamente na sua imaginação, levando-a ao limiar de uma crise de pânico.

– Simples, minha querida sobrinha. Desde os acordos de Bretton Woods, em 1944, todas as nações têm que adotar o dólar americano como uma referência para as suas próprias moedas e para o comércio internacional em todo o planeta. Do dia para a noite, no final da grande guerra, o dólar estadunidense também se transformou no padrão internacional para se avaliar as reservas monetárias de um país. Tudo isso contribuiu para transformar os EUA numa superpotência, ancorada na supremacia do dólar em todo o mundo. Portanto, para financiar qualquer projeto de infraestrutura internacional de grande porte, como por exemplo o Plano Marshall para reconstruir a Europa depois da Segunda Guerra, ou pagar pelas guerras da Coreia e do Vietnã, bem como uma variedade de operações secretas e não tão secretas durante a Guerra Fria com a União Soviética, os EUA e a Europa tinham que se valer desse novo mecanismo financeiro para gerar, do nada, enormes pilhas de dinheiro. Esse problema foi resolvido em uma resolução secreta do encontro de Bretton Woods que passou despercebida por décadas. Motivado pelo fato de ter se transformado no recém-empossado czar financeiro de todo o globo, o Federal Reserve decidiu criar uma nova abstração financeira tão poderosa e fundamental para os interesses geopolíticos americanos que ela continuou a ser usada por décadas a fio, até o *crash* de 2029, que deu início à dissolução dos Estados Unidos. Essa ferramenta permitia que os grandes bancos americanos e europeus realizassem enormes transações financeiras durante o período da noite, envolvendo dezenas ou mesmo centenas de bilhões de dólares, que pagavam taxas de juros dezenas de vezes acima daquelas praticadas no mercado regular diurno. Para manter essas transações fora dos seus balancetes, os bancos só podiam realizá-las fora do horário comercial, durante o véu de segredo da noite. Antes que suas portas fossem abertas na manhã seguinte, o valor principal e os juros auferidos pela "Transação" simplesmente desapareciam dos registros bancários, para retornar na noite seguinte para participar de mais uma rodada noturna da roleta altamente exclusiva dos cassinos das altas finanças internacionais. Para restringir ainda mais quem teria acesso a esse tipo de operação, o Federal Reserve somente emitiu um número muito restrito de licenças operacionais que davam autorização, tanto para indivíduos como para bancos, para realizar a transação em nome de um clube altamente seletivo de clientes governamentais, institucionais e privados. O segredo colocado sobre todo esse aparato financeiro foi enorme, e ele se manteve assim porque todos os poucos agentes envolvidos no processo tinham ciência de que qualquer um que vazasse qualquer informação ou detalhe seria imediatamente expulso do clube, ou pior, desapareceria sem deixar nenhum vestígio da sua existência pregressa. Ainda assim, a despeito dessa atmosfera ameaçadora, alguns rumores vagos sobre a existência do mecanismo financeiro circularam por toda a Europa por décadas. Mesmo depois que os EUA decidiram desvincular o valor do dólar da cotação do ouro nos anos 1970, o Federal Reserve continuou a permitir um número limitado dessas transações por ano. Para você ter uma ideia, Tosca, de quão sofisticado era o mecanismo, havia rumores de que eu sabia como participar da "Transação". Assim, várias vezes, eu fui abordado até por um padre em Roma inquirindo se eu, como meu pai, tinha autorização para ajudá-lo a executar uma "Transação".

– Tudo bem, Omar, mas o que toda esta sacanagem financeira tem a ver com as Brainets?

– Durante muitas décadas o Federal Reserve manteve um controle muito rígido sobre quem poderia intermediar essas operações com retorno estratosférico. Todavia, quando os EUA implodiram, dando origem a vários países, o Federal Reserve também se dividiu, e, no processo, ele perdeu o controle da rede financeira por detrás da "Transação". Este acontecimento criou a oportunidade única para os Overlords das altas finanças de se livrarem finalmente do cabresto imposto pelo Federal Reserve. Essencialmente, os Overlords decidiram se apoderar da "Transação" através da introdução de um mecanismo inexpugnável de acesso que lhes permitiria adquirir um monopólio total dessas operações. Agora você entende onde a sua Brainet se encaixa?

– Estou começando a entender. Eles querem criar um *spin-off* financeiro baseado na tecnologia das Brainets que lhes permita estabelecer algo como um tipo de *blockchain* mental do qual apenas os indivíduos autorizados pelos Overlords podem participar. Imagino que estejam planejando implementar um sistema totalmente automático, baseado em algum método de criptografia, derivado de sinais cerebrais, complementado por um aparato de comunicação direta cérebro-cérebro, o que tornaria virtualmente impossível para alguém participar ou interferir no sistema sem ter sua atividade cerebral reconhecida e validada. Para se tornar operacional e à prova de hackers, este tipo de *blockchain* baseada em sinais cerebrais dependeria da implementação de um algoritmo capaz de realizar o reconhecimento e validação da identidade de alguém baseado exclusivamente na atividade do seu cérebro. Para tanto, seria preciso provar que cada um de nós possui uma espécie de "impressão digital cerebral". E então, para se tornar totalmente inviolável, eles teriam que implementar uma Brainet que permitisse uma comunicação direta entre cérebros, de sorte que uma *blockchain* neural pudesse ser integralmente distribuída pelos cérebros dos membros participantes e mantida continuamente para um fácil acesso, em tempo real, a qualquer momento, em qualquer lugar do mundo. Nenhum passeio no parque, eu diria.

– Mas você já realizou algo assim, não é, Tosca? Tudo bem que tenha sido num protótipo de laboratório, mas você encontrou uma forma de extrair esta tal "impressão digital cerebral" ao registrar a atividade elétrica cortical com grande resolução temporal. Mais do que isso, você já construiu um protótipo funcional da Brainet que poderia ser facilmente adaptada para se transformar numa *blockchain* neural, provavelmente, em um ou dois anos, não? Aliás, muito mais rapidamente, se você pudesse ter acesso a um financiamento ilimitado para levar o projeto a termo.

— Como você sabe de tudo isso, Omar? Você também espionou o meu laboratório?

— Somente para proteger você e o seu time da ganância ilimitada dos Overlords. Não se preocupe, ninguém além de mim sabe sobre o seu sucesso impressionante.

— Nós vamos falar sobre isso mais tarde, tio. Vá em frente. O que mais eles querem fazer com as minhas Brainets?

— Bem, uma outra ideia alucinada que eles tiveram talvez me ajude a convencer você de quão longe eles foram ao desenhar uma estratégia que possa lhes entregar numa bandeja de prata a cabeça de toda a humanidade.

— Pode continuar, Omar. — O tom de voz da resposta claramente indicou que Tosca estava muito irritada com a descoberta de que até mesmo o seu tio havia espionado o seu laboratório por anos, sem informá-la sobre suas ações "defensivas". Mas a outra metade do seu cérebro também estava ensandecida com a descoberta de que era muito fácil para qualquer dos dois lados dessa briga bisbilhotar suas atividades na sua universidade, sem que ninguém tivesse a menor noção de que estas atividades ilícitas estavam ocorrendo por décadas a fio.

Omar fingiu não reconhecer a irritação com a qual Tosca recebeu a notícia de que até ele havia se imiscuído nas atividades científicas dela. Ele continuou a apresentar o resumo da situação como se nada de estranho tivesse acontecido.

— Você se lembra, por volta de 2019, quando consumidores excitados se voluntariavam para testar uma nova tecnologia, criada por uma empresa chinesa, que permitia que cada um deles pagasse pelos seus Big Macs, no McDonald's da cidade de Hangzhou, simplesmente ao olhar para uma câmera e, logo após receber o aviso de uma voz de computador, sorrir para ela? Reconhecimento facial em tempo real, combinado com um algoritmo poderoso de análise de dados, rodando no supercomputador mais poderoso disponível à época, e conectado ao maior banco de dados do país, permitiu que este tipo de tarefa ocorresse de forma tão lisa que os clientes faziam filas imensas para sorrir para a câmera para completar a sua transação financeira. Tudo isso sem nenhuma necessidade de qualquer tipo de dinheiro, cartão de crédito ou mesmo de algum aplicativo de celular. Depois de completar a operação, todos se cumprimentaram e invariavelmente elogiaram o sistema como sendo extremamente conveniente e rápido.

– Eu me recordo desta demonstração. Ela estava em todos os noticiários e repercutiu na internet por meses.

– Bem, imagine se a mesma coisa pudesse ser feita, mas sem a necessidade da parte que requer o sorriso para a câmera? Pelo contrário, usando apenas uma curta amostragem da atividade elétrica do cérebro de cada um daqueles consumidores mais do que felizes? A sua última versão da fita cerebral, acoplada a uma versão simplificada da Brainet, permitiria que algo assim funcionasse, Tosca. E o mesmo consumidor ingênuo provavelmente diria "quão conveniente é este sistema", sem saber que ele estaria oferecendo uma amostra do mais precioso e íntimo componente da sua condição humana: os seus pensamentos.

– Toda essa conspiração para permitir que uma nova forma de pagamento via atividade cerebral fosse implementada, desencadeando um novo salto quântico no consumismo?

– Tosca, você não parou para pensar que esse método de pagamento baseado na atividade cerebral permitiria a quem controlasse a Brainet financeira um nível de monopólio sem precedentes sobre cada uma das transações comerciais realizadas ao redor de todo o planeta? Sem mencionar ter acesso à atividade cerebral *in natura* relacionada aos hábitos de consumo de bilhões de pessoas em tempo real. E esse é apenas o nível mais superficial de aplicações baseadas na sua tecnologia, minha querida. Antes que você se dê conta, quem quer que controle essa tecnologia poderá querer usar Brainets para monitorar padrões de atividade cerebral em bilhões de pessoas em tempo real, buscando identificar os sinais iniciais daquilo que os Overlords decidissem considerar como ideias ou comportamentos humanos indesejáveis, como dissidências políticas, oposição às políticas econômicas opressivas da classe dominante, insatisfação com as próprias existências miseráveis e sem sentido, o desejo de resistir e bloquear maiores níveis de dominação pelas elites financeiras etc. Isso seria a mãe de todas as armas de violação em massa da privacidade humana, que basicamente cessaria de existir, em qualquer forma ou versão, esmagada por um regime de contínua vigilância, imposto por uma minúscula minoria que teria na suas mãos a operação da Brainet definitiva, aquela que determinaria o controle absoluto de cada aspecto das nossas existências mentais.

— Essa não seria uma vida que valeria a pena ser vivida.

— Mas a narrativa fica ainda pior, Tosca. Uma Brainet em mãos erradas também poderia ser usada para induzir bilhões de pessoas a se conformar, a se comportar de forma adequada, de acordo com os padrões estritos de conduta humana impostos pelos Overlords para toda a humanidade. Nenhuma dissidência de nenhuma forma seria tolerada, nem mesmo no pensamento, do nascimento até a morte. Em paralelo a toda essa operação de vigilância contínua, a Brainet também seria usada para disseminar uma única narrativa oficial e aceitável do nosso passado, do presente e de eventos futuros. Essencialmente, isso se resumiria à implementação do famoso Demônio de Laplace, em que eventos passados ditam de forma definitiva o que poderá ocorrer no futuro. Basicamente, o cérebro coletivo de toda a humanidade seria encarcerado dentro de uma penitenciária mental inexpugnável, da qual não existiria qualquer possibilidade de fuga. Jamais! Certamente, esse destino decretaria a falência da condição humana, incluindo o fim de todas as nossas manifestações artísticas, o definhamento das nossas atividades científicas, a degeneração inexorável das expressões dos nossos sentimentos mais íntimos pela linguagem oral e escrita, o sepultamento de qualquer forma de qualquer resquício de democracia, e até mesmo de qualquer atividade política ou social. Seria um pulo no abismo que serviria para abrir a vala rasa final onde seriam enterrados para sempre a criatividade, a intuição, a empatia, a solidariedade, o altruísmo e todos aqueles atributos mentais exóticos e únicos que permitiram que a nossa espécie sobrevivesse, prosperasse e chegasse até aqui. Todo o nosso tesouro neural seria perdido de forma irreversível, apenas para satisfazer a ganância e os delírios de poder, derivados de conceitos doentios como crescimento perpétuo e lucro infinito, tratados como verdades absolutas e, portanto, adorados como divindades irrefutáveis por uma minoria de mentes doentias que não dão a mínima para o fato de que toda a humanidade, mais o planeta em que vivemos, seriam meras vítimas dos seus sonhos e utopias megalomaníacas.

– Eu realmente nunca parei para pensar nesses termos sobre as pesquisas que nós estávamos desenvolvendo diariamente no nosso laboratório. – Tosca estava quase em lágrimas quando finalmente conseguiu falar. – O meu objetivo a longo prazo era ajudar no tratamento de milhões de pessoas que sofrem com os efeitos devastadores de doenças neurológicas e psiquiátricas. E, sob um ponto de vista científico, pensei que ao poder investigar como Brainets humanas operam, nós poderíamos compreender melhor como grupos sociais humanos se formaram e evoluíram, desde os tempos pré-históricos. Eu honestamente acreditava que nós teríamos a chance de esclarecer, sob o ponto de vista neurocientífico, como o processo de civilização humana se desenvolveu, baseado numa série de princípios que governam a operação de redes de cérebros humanos. Nada mais do que isso.

– Minha querida, nada relacionado a este plano macabro é culpa sua. Você é apenas mais uma inocente vítima, cujo trabalho científico de toda uma vida foi sequestrado por um bando de gângsteres para fins maléficos que você jamais imaginou serem possíveis, muito menos implementáveis. A culpa de toda essa tragédia em preparação deve ser imputada integralmente aos neurocratas.

– Neurocratas? – Por um momento, Tosca saiu do seu estado de choque e olhou diretamente para a face de Omar como se ela não tivesse entendido de forma alguma o que ele estava falando.

– Esta é a forma como eu os chamo, os criadores dessa nova forma de capitalismo: os neurocratas são aqueles que estão propondo para os Overlords as formas mais definitivas e brutais de lavagem cerebral em massa com fins lucrativos. Eles são os fundadores do neurocapitalismo, um verdadeiro salto quântico, muito além e acima do capitalismo de vigilância.

– Por que você acredita que seja um salto quântico?

– Porque durante a fase de transição conhecida como capitalismo de vigilância, o penúltimo estágio antes do estado de controle total da humanidade, os barões digitais tiveram acesso livre apenas ao nosso comportamento on-line, nossos hábitos de consumo e navegação pela internet, nossos *likes* e *dislikes*, nossas mensagens orais e escritas, postadas nas redes sociais, bem como todos os dados pessoais que nós permitimos que vazassem no vasto e não regulado território da internet. Agora, com o advento do neurocapitalismo, os neurocratas serão capazes de aplicar os mesmos métodos na atividade elétrica dos nossos cérebros, e mesmo outros sinais neurais, obtidos por outras tecnologias usadas para se medir a atividade cerebral. Além disso, eles também irão introduzir novas formas de se fracionar os sinais neurais em pacotes menores que podem receber um alto valor monetário, dependendo de quem teve esse pensamento – um famoso jogador de futebol, um artista reconhecido mundialmente, um político de renome –, e ser comercializados como parte de um menu variado de subprodutos mentais ou neurocommodities, num novo tipo de mercado aberto: o neuromarket.

Omar continuou sua explanação:

– Acredite-me, Tosca, eu só estou mencionando alguns pontos elementares do plano de negócios dos neurocratas. Na realidade eles imaginam poder criar toda sorte de derivativos mentais, de forma muito semelhante ao conceito dos derivativos financeiros que levaram à crise imobiliária de 2008, que serão embutidos numa espécie de "neuroplan". Todavia eles dependem de tecnologias que possibilitem a aquisição de vastas quantidades de atividade cerebral humana, de forma fluida e imperceptível, da capacidade de reconhecer a identidade única de cada indivíduo a partir da sua atividade cerebral, antes mesmo de transmitir todos os dados para a nuvem, e posteriormente redirecioná-los para poderosas redes de supercomputadores que teriam como missão extrair toda sorte de neuroprodutos desses bancos de dados neurofisiológicos. Parte desta análise focaria na tentativa de encontrar correlações robustas entre a atividade elétrica cerebral e os dados referentes aos hábitos de consumo e outros comportamentos on-line que já se encontram estocados há décadas. Em suma, os neurocapitalistas querem fazer uma extensa colheita do nosso mais precioso bem, e a partir daí eliminar completamente a nossa atuação física no mundo – o que os neurocientistas chamam de agência. Ou seja, no momento em que essa verdadeira desincorporação do ser humano for completada, a vasta maioria de nós terá se transformado apenas em zumbis digitais orgânicos, sem qualquer capacidade de direcionar a própria vida ou compreender o mundo ao seu redor. Como matemático, sempre gosto de explorar o limite das minhas equações e modelos. E esse foi o cenário que eu vislumbrei, depois de mais de três décadas de análise e reflexão acerca do beco sem saída existencial para onde os neurocratas estão nos conduzindo. Tosca, eu estou convicto de que se eles conseguirem atingir os seus objetivos, a humanidade, como nós a conhecemos, estará condenada à extinção, basicamente porque a implementação deste "plano de negócios" representará um golpe final e definitivo para a sobrevivência de todos os atributos essenciais da condição humana. Eu ouso dizer que devido às mudanças já impostas ao comportamento humano, como consequência da nossa imersão na lógica digital pelos últimos cem anos, desde o alvorecer da Era Digital, os Overlords já podem ter influenciado de forma profunda o curso da própria evolução da nossa espécie, devido à criação de toda sorte de pressões seletivas que, no limite, podem levar ao surgimento de uma nova espécie humana: o *Homo digital*! Eu diria que, já neste momento, membros dessa nova espécie podem estar andando no meio de todos nós, sem que nós tenhamos a menor ideia disso. Talvez esse fenômeno tenha ocorrido também com os neandertais. Antes que eles se dessem conta, os nossos ancestrais, *Homo sapiens*, já tinham invadido o seu território na Europa e de alguma forma deram início ao processo que levou à extinção dos neandertais aproximadamente quarenta mil anos atrás. A mesma coisa pode estar acontecendo conosco, Tosca. E com a mesma falta de atenção ou alarme que vitimou os neandertais.

– Eu nem sei bem o que dizer, Omar. Tudo soa tão aterrorizante, tão macabro e tétrico. Eu ainda me sinto enojada por descobrir como o nosso protótipo da fita cerebral foi roubado para ajudar a desvirtuar o objetivo principal das nossas pesquisas com Brainets e tentar estabelecer o que só pode ser descrito como uma ditadura totalitária global; e tudo isso para apoiar o delírio doentio de abstrações como o lucro infinito. É realmente surreal que essa elite financeira não se importe de forma alguma em arruinar todo o planeta e, no processo, conduzir todos os organismos vivos na direção de uma extinção tipo Permiana, só que induzida pelo ser humano. Uma calamidade de mão única que pode terminar com a nossa total destruição. Que tipo de mente diabólica pensaria em promover esse tipo de futuro para os seus próprios filhos e netos? Será que eles imaginam que as suas fortunas serão capazes de lhes trazer qualquer imunidade à escala de destruição e devastação que eles estão semeando como resultado da sua sede insaciável de poder e riqueza? Como não conseguem enxergar que as suas abstrações mentais sem nexo estão nos conduzindo para um abismo do qual não há retorno possível? De qualquer forma, ficou muito claro para mim agora que nós temos que impedir esses criminosos a qualquer custo. Nós simplesmente não podemos permitir que esses planos se concretizem.

– Exatamente, minha querida. Essa é a razão principal pela qual eu atraí você para São Paulo com tanta pressa. Nós temos que descobrir quais serão os próximos passos deles. E ao mesmo tempo, nós temos que achar uma forma de resistir ao golpe que eles planejam dar. Na minha opinião, os neurocratas já podem fazer parte de uma nova espécie humana, uma sem qualquer senso de empatia, solidariedade, ou consideração pelo próximo, ou mesmo pela sobrevivência da humanidade como um todo. Eu não acredito que eles se importem com qualquer coisa, nem mesmo com os seus filhos e netos, a não ser a expansão do seu modo de vida decadente, o poder que eles impõem sobre bilhões de seres humanos e a riqueza que eles podem extrair para si mesmos ao exercer um tipo de poder ilimitado e sem qualquer tipo de oposição.

– Para mim tudo isso soa como insanidade coletiva, num nível em que a busca por essa abstração megalomaníaca suplantou, em relevância e prioridade, até mesmo o instinto de sobrevivência, o mais básico senso de autopreservação, desses indivíduos e de seus seguidores. Nem mesmo o bem-estar dos seus entes queridos conseguiu resistir a esta obsessão desenfreada. Aparentemente, eles realmente acreditam que o seu dinheiro e poder podem conseguir comprar uma forma de escapar da hecatombe ecológica e humana que eles mesmos estão promovendo com suas tentativas de descarrilhar governos, nações e qualquer regulamento que crie um obstáculo para as suas orgias monetárias e financeiras.

– Colonizar Marte, tentar achar formas de viver para sempre, tentar fazer um download do conteúdo cerebral em um meio digital para preservar mentes fora de seus corpos, todas estas ideias estapafúrdias fazem parte de um delírio coletivo para suplantar as leis da física e da biologia, com o objetivo de transformar os Overlords e os neurocratas em verdadeiros deuses imortais. O pior de tudo isso é que eles foram capazes de convencer milhões de pessoas a seguir a nova igreja que eles criaram. E como em outros movimentos messiânicos similares ao longo da história, os seguidores nunca se deram conta de que nenhum deles valia absolutamente nada para os cardeais da Igreja da Tecnologia. Eles são apenas peças no tabuleiro no jogo de poder geopolítico dos Overlords, pressionando governos e nações inteiras a renunciar a sua soberania e privacidade em prol dos evangelistas da nova Era Digital. Veja só no que deu tudo isso, Tosca. E aonde os neurocratas nos levaram!

Um longo silêncio se implantou entre os dois por alguns instantes. Tosca foi quem interrompeu a pausa primeiro.

– Estou dentro, Omar. Conte comigo. Eu nem sei bem no que posso ajudar ou ser útil, mas estou com você até o fim. Nós temos que achar quem mais pode se unir a nós para interromper os planos desses canalhas. Alguma ideia?

– Com certeza, Tosca. Eu venho construindo, fora do radar dos Overlords, um movimento de resistência considerável ao redor do mundo. Este movimento tem pessoas de todos os estamentos da sociedade e de diversas formações. Pessoas que querem resistir ao massacre digital e preservar a sua humanidade e modo analógico de viver. Mas nós precisávamos saber se poderíamos contar com você, porque você pode se tornar uma liderança essencial, dado o seu conhecimento científico sobre as Brainets naturais e artificialmente construídas. Mas a única forma de descobrir se isso seria possível era trazer você para um encontro presencial onde pudesse lhe apresentar todos os fatos que confirmam quão ameaçada está a mente coletiva humana. Como você sabe melhor do que eu, foram precisos milhões de anos para o processo de seleção natural conseguir esculpir as

Brainets humanas que nos permitiram construir todo e qualquer aspecto da nossa civilização, enquanto nós tentávamos decifrar os mistérios do universo. E ainda assim, por nossas próprias mãos, nós estamos correndo o risco de criar uma Brainet que pode vir a destruir tudo aquilo que nós construímos como espécie e, como consequência principal desse ato sem sentido, precipitar a degeneração da principal força condutora que nos permitiu lutar contra os elementos, sobreviver e prosperar pelos últimos trezentos mil anos: a mente humana.

– Certamente vale a pena lutar por isso, Omar. Hora de irmos para o Dérbi e confrontarmos esses canalhas. Eles precisam saber que não haverá um momento de paz para nenhum deles a partir de agora.

Dessa vez, foi Omar que não conseguiu conter as lágrimas que começaram a escorrer pela sua face esculpida pelo todo-poderoso sol egípcio, agora iluminada pelo seu inconfundível sorriso mediterrâneo.

– Não tenho palavras para lhe dizer como senti falta deste seu olhar amazônico, minha querida Tosca. Fico muito feliz e emocionado em ver que você não perdeu nenhum miligrama nem desse olhar, nem da sua capacidade de reagir contra as indignidades deste mundo cruel que nós permitimos que fosse criado. Bem-vinda ao campo de batalha, Tosca.

– Chame o seu motorista argentino para nos levar para o estádio para que nós possamos verificar se o jardineiro da grama sintética está fazendo o seu trabalho de forma adequada. – Gargalhando com gosto enquanto balançava a sua cabeça de um lado para o outro como que não acreditando no que ela mesma acabara de vaticinar, Tosca completou a provocação ao seu amado tio com outro olhar, um que revelava todos os seus profundos sentimentos de que aquela poderia se a maior batalha de que ela havia concordado em tomar parte em toda a sua vida. Longe de se sentir intimidade ou desencorajada, esse sentimento galvanizou cada célula do seu corpo.

– Você está absolutamente certa acerca disso, Tosca? Este é o seu momento de escolher entre a pílula vermelha ou a pílula azul!

– Tão certa como a sucuri quando ela enfeitiça a sua presa enrolando-a com todos os seus anéis, meu querido tio. Eles se meteram com a neurocientista amazônica errada. Vamos em frente, porque está na hora de olhar nos olhos do inimigo e mostrar que vai ter luta até o fim. Bem no meio de um Dérbi Paulistano. Pensando bem, não poderia haver ocasião mais propícia para um confronto desta magnitude do que um Palmeiras x Corinthians!

Abraçando a sua sobrinha, ainda com lágrimas no rosto, Omar não teve como evitar ter a última palavra para selar a nova aliança.

— Onde quer que ele esteja, Dema está tendo o melhor dia de todos! Enfim, a sua filha favorita virou uma palmeirense legítima! Uma legítima "espírito de porco"!

CAPÍTULO 10

UMA NOVA ESPÉCIE HUMANA EM SÃO PAULO

São Paulo, Brasil – domingo, 27 de janeiro de 2036 – seis dias antes do impacto

Como o Allianz Parque, o estádio da Sociedade Esportiva Palmeiras, não ficava muito longe do hotel onde eles estavam hospedados, Tosca convenceu Omar a pedir que o motorista os levasse para um passeio por algumas das vizinhanças de São Paulo que eram muito queridas para ela. Assim, antes de rumarem para o estádio onde um jardineiro excêntrico cuidava do bem-estar de uma grama sintética e um bando de *bankgsters* – o novo apelido criado para os neurocratas desde a conversa com Omar – estaria debatendo a estratégia para uma guerra neural híbrida com o objetivo de adquirir o controle total da mente humana, Tosca e Omar decidiram presenciar com os próprios olhos como São Paulo e seus quase trinta milhões de habitantes haviam enfrentado e sobrevivido a mais de vinte anos de crises contínuas, que se iniciaram com o golpe de Estado perpetrado pelo Congresso brasileiro em 2016, seguido da pandemia de COVID-19 que havia devastado a cidade e das subsequentes depressão econômica e catástrofe social que se seguiram à quebra dos mercados em 2029.

Tantas tragédias num período tão curto de tempo certamente haviam deixado profundas cicatrizes na cidade que ela havia adotado como sua, Tosca pensou enquanto agradecia José Maradona Messi Guevara, o solícito, mas totalmente mudo motorista argentino, que lhe abrira a porta do luxuoso SUV elétrico de fabricação chinesa que se encontrava estacionado na rotatória em frente à entrada do Hotel Renaissance. Por meio de uma rápida amostragem visual e olfatória, Tosca se deu conta de que o carro acabara de sair da fábrica, dado que ele ainda exalava aquele peculiar e viciante cheiro de carro novo, o último modelo do mais avançado SUV elétrico autodirigível do mundo, lançado apenas alguns meses antes pela empresa automotiva dominante do mercado mundial, sediada na cidade chinesa de Shenzhen. O mesmo fabricante que tinha basicamente apagado da face da Terra qualquer outro competidor no mercado de carros elétricos inteligentes, incluindo a empresa americana que pertencia ao bilionário que, durante uma malsucedida tentativa de chegar a Marte, tinha tido sua nave espacial capturada pela órbita de uma das luas de Júpiter, alguns meses antes. Ironicamente, a magnitude astronômica desse último erro no mundo dos negócios fora quase equivalente ao nível de megalomania que havia caracterizado cada um dos seus negócios, incluindo a tentativa frustrada de realizar um download de todo o conteúdo do seu cérebro para algum tipo de meio digital de estocagem. Embora a verdadeira razão para o fracasso humilhante de mais um dos seus espetáculos puramente midiáticos nunca tivesse sido revelada pela sua empresa de neurotecnologia, o rumor mais difundido era que ou o meio digital era muito grande para o conteúdo reduzido do seu cérebro, ou este conteúdo cerebral era tão ínfimo a ponto de não poder ser extraído por nenhum método. A dúvida permanecia, mas, qualquer que tenha sido a razão, a transmissão ao vivo para todo o mundo de mais um fracasso retumbante significou o fim das suas aventuras na neurociência.

Ainda assim, o prêmio de consolação do empreendedor falastrão não foi tão irrisório. Logo depois que ficou patente que, após perder a órbita de Marte por alguns milhões de quilômetros, a sua nave espacial não teria como escapar da órbita de Io, a lua de Júpiter com a superfície coberta por vulcões em erupção contínua, uma companhia de *streaming* da Estônia ofereceu ao empresário o papel de protagonista num reality show a ser lançado em breve. O título para o programa não poderia ter sido mais apropriado: "Um Empreendedor Perdido no Espaço". Certamente seria um sucesso de audiência. Em Marte, certamente, pois lá, os colonos humanos que já viviam naquele pedaço de rocha congelada tinham jurado abater a nave espacial do dito-cujo com uma ogiva nuclear se ela chegasse próximo do seu refúgio gelado do Sistema Solar.

Misericordiosamente, ele nunca chegou nem perto do planeta vermelho.

Enquanto José Maradona Messi Guevara, vestido em um uniforme impecável de chofer, fingia estar dirigindo o carro autodirigível, a fim de manter a tradição guerrilheira que todos esperariam ver em todo argentino revolucionário nascido na cidade de Rosário, Tosca observava atentamente e com emoções ambíguas a paisagem paulistana através da sua janela. Ela tentava absorver cada detalhe de cada uma das cenas da vida urbana da grande megalópole numa manhã de um domingo mundano como outro qualquer. Muito tempo se passara desde que Tosca havia estado em São Paulo pela última vez com tempo para um passeio como este de hoje. Depois de uma manhã tensa ouvindo Omar, ela agora só queria tirar algum tempo para apreciar silenciosamente as vizinhanças e bairros que tinha percorrido tantas vezes nos anos em que frequentara a Faculdade de Medicina da Universidade de São Paulo.

Desde o momento em que eles deixaram as cercanias do hotel, olhando pela janela altamente tingida do carro, que não permitia que ninguém de fora pudesse ver os passageiros do automóvel, Tosca começou a observar o ritmo da cidade e dos seus rotineiramente impacientes habitantes, particularmente aqueles que haviam resistido ao movimento de erradicação do hábito de dirigir da face da Terra. Mais do que em qualquer outra megalópole, São Paulo ainda tinha uma grande fração do seu trânsito ditada pelos humores peculiares dos seus motoristas, que, por razões financeiras e emocionais, resistiam com extremo vigor ao movimento mundial de renunciar ao controle e à agência humana no ato de dirigir. Desde tempos imemoriais, era muito comum ouvir que, se você havia dirigido um carro no trânsito de São Paulo e sobrevivido à experiência intacto, física e mentalmente, você possuía o talento para dirigir qualquer tipo de veículo, em qualquer tipo de terreno ou condições de tráfego, em qualquer lugar da Via Láctea e muito além dela. O fato de que os paulistanos haviam resistido muito mais energicamente do que motoristas americanos, europeus ou chineses a abandonar os seus direitos inalienáveis de motoristas era apenas uma pequena indicação da magnitude da teimosia e do tipo de mentalidade *mezzo* psicótica que definia boa parte do perfil daqueles trinta milhões de almas, que viviam em dos mais caóticos ambientes urbanos deste pedaço de rocha não mais tão azul que nós ainda chamamos de lar.

Parte dessa obstinação tipicamente paulistana devia-se ao fato de que em São Paulo todo mundo parecia ter vindo de algum outro lugar, seja de outras regiões do país, seja de outros cantos de todo o mundo. Geralmente escapando de pobreza abjeta, perseguição política, guerras, revoluções, fome, e, em casos mais extremos, times de futebol medíocres, os paulistanos eram formados por um dos maiores casos de miscigenação de diferentes tribos de nômades em qualquer lugar do mundo.

Inicialmente, o platô de Piratininga havia sido habitado por povos indígenas, cujos ancestrais pré-históricos tinham emigrado a pé – ou, em alguns casos, usando trenós puxados por lobos domesticados – da Ásia Central, cruzando quase todo o continente americano, dezenas de milhares de anos atrás, até chegarem ao seu paraíso tropical. O modo de vida destes colonos originais havia sido profundamente obliterado no começo do século XVI com a súbita chegada, na visão dos povos brasileiros originais, dos portugueses e outros exploradores europeus ávidos por ouro e outras riquezas que provaram ser ainda mais valiosas, como alimentos com alto conteúdo calórico, que eram encontradas em abundância no continente americano. Os poucos indígenas que sobreviveram a esse encontro mortal, que representou um dos maiores genocídios da história da humanidade, manufaturado fosse pela disseminação de viroses nunca antes vistas no Novo Mundo, ou pela violência nua e crua, logo começaram a se miscigenar com os invasores portugueses e, a seguir, com os milhões de escravizados traficados para o Brasil pelos colonizadores europeus para trabalhar e morrer nos canaviais brasileiros que passaram a produzir o "ouro branco" do século XVI: o açúcar.

Depois de se misturar de todas as formas, nos quatro séculos seguintes, esses paulistanos originais testemunharam a chegada de ondas contínuas de imigrantes, provenientes de todas as partes do mundo, em busca de uma segunda chance na vida: da Itália, Alemanha, França, Suíça, Inglaterra, e depois, da Síria, Líbano, Japão, China, Taiwan, Coreia. Bastaria nomear um grupo étnico que foi marginalizado ou perseguido no seu país de origem durante os últimos duzentos anos e você certamente encontraria um punhado de parentes morando em alguma vizinhança de São Paulo.

A esse contingente de estrangeiros podem-se adicionar milhões de migrantes provenientes de outras regiões do Brasil em busca de uma vida melhor. Eles todos vieram e contribuíram decisivamente e com grande entusiasmo para construir esta cidade como nenhuma outra. Qualquer um precisaria despender anos trafegando pelos diferentes cantos deste assentamento humano descomunal para tentar assimilar o que ele realmente representa. O único lugar onde uma gigantesca vizinhança japonesa – onde os anúncios de restaurantes e teatros são todos escritos em japonês – fica do lado de um enclave italiano não menos colossal, resultando na única cidade de todo o mundo onde um grande número de descendentes de italianos casaram-se com descendentes de japoneses, gerando filhos que ninguém, fora de São Paulo, consegue reconhecer precisamente em termos étnicos ou raciais. Não só todas estas pessoas foram para São Paulo, mas, uma vez lá, elas não hesitaram em também se misturar entre si. E em grande escala! Como um famoso historiador da cidade uma vez disse quando se referindo ao papel desempenhado pelos europeus na formação do "caldeirão racial" paulistano: "Eles vieram, eles viram, eles conquistaram, e depois, eles proliferaram!".

A peculiar e explosiva mistura de culturas, línguas, culinárias, boas e más maneiras, e habilidades futebolísticas se expandiu de forma totalmente não linear, através dos séculos, gerando um dos caldeirões mais exóticos e imprevisíveis de toda sorte de atributos humanos, comportamentais e mentais, encontrada em qualquer parte do mundo. Isso explica por que sempre era muito difícil para Tosca convencer os seus amigos cientistas de que somente em São Paulo você poderia provar da mais sofisticada forma de cozinha coreana no almoço e, algumas horas mais tarde, depois de andar apenas algumas centenas de metros, mergulhar numa orgia de pratos típicos libaneses, gregos ou marroquinos. Tudo isso sem mencionar o melhor churrasco de todo o continente sul-americano, embora o motorista de Omar certamente discordasse desta afirmação. De todo modo, desde que ela se mudara para São Paulo, vinda de Manaus, para frequentar o curso de medicina da Universidade de São Paulo, a caótica megalópole do Sudeste brasileiro tinha se transformado na sua cidade favorita em todo o planeta.

Não importa quantos lugares interessantes ela tinha visitado ao longo das suas viagens pelos últimos vinte anos, como uma palestrante extremamente requisitada dos encontros científicos internacionais da sua área, São Paulo permanecia sendo o seu destino preferido. Havia algo extremamente atraente na dinâmica de vida da cidade que nunca dormia, como diziam os seus habitantes, esta atividade humana frenética incessante, a sempre ebuliente cena artística, a continua remodelagem da sua arquitetura urbana, sem falar na impressão de que a vida estava sempre no limite; este caldeirão explosivo da condição humana fazia do lugar um magneto irresistível para pessoas como Tosca. Definitivamente, São Paulo era o seu tipo de cidade: gigantesca, mas pequena ao mesmo tempo; perigosa, mas excitante; nunca blasé, nunca previsível, um tipo de ecossistema aleatório que, se não o matasse na próxima esquina, certamente o faria apreciar muito mais cada instante da vida no limite daquilo que o nosso cérebro de primata pode sentir e apreciar sobre o universo.

Ainda assim, pondo suas memórias prazerosas e inesquecíveis da cidade que ela tanto amava de lado, durante aquele passeio improvisado, quanto mais Tosca observava a sua cidade adotiva, através da janela fosca do carro que dirigia a si mesmo, mais ela sentia uma vontade opressiva de chorar e gritar. A razão para esse desespero iminente era óbvia e explícita, pelo menos para alguém que ainda possuía algum senso de humanidade. De um lado, o grau de miséria e pobreza que se podia identificar imediatamente pelas ruas da cidade, mesmo aquelas que cruzavam as mais afluentes vizinhanças que ficavam na proximidade do parque do Ibirapuera, o equivalente paulistano do Central Park de Nova York, só podia ser definido como pornográfico. Alguns artigos que Tosca havia lido meses antes indicavam que, enquanto por volta de 2022 São Paulo tinha por volta de quarenta mil pessoas vivendo em condição de rua, debaixo de pontilhões e viadutos, ou qualquer canto que lhes permitisse encontrar algum refúgio temporário, em 2036, a crise econômica perene desencadeada por múltiplas hecatombes em sequência tinha feito com que esta população sem teto explodisse para mais de cento e cinquenta mil homens, mulheres e crianças, todos expostos quer aos verões escaldantes e abafados, regados continuamente por verdadeiros dilúvios tropicais, quer aos invernos frígidos e úmidos que caracterizavam o clima de extremos experimentado pelos paulistanos.

Talhado na pele das faces de cada um dos seres humanos anônimos e despojados, que brevemente se davam conta da silhueta de Tosca, escondida por detrás da janela de vidro fumê do carro em movimento, existia uma história trágica de modos de vida familiar e individual destruídos pela velocidade incontrolável de eventos catastróficos e sem precedentes que haviam varrido o planeta pelos últimos vinte anos, deixando milhões de vítimas econômicas, como aquelas que tentavam ganhar a vida nas ruas de São Paulo. Não havia nenhum sinal de esperança nos incontáveis olhares vazios que Tosca encontrou no que provou ser um tour mais do que sombrio pelas avenidas, bulevares e ruas da cidade. Dado que todos sabiam que haviam sido abandonados pelo sistema e que só podiam contar consigo mesmos como aliados para sobreviver, esse vasto exército de nômades urbanos indigentes simplesmente concentrava toda a energia humana que lhe restava no esforço excruciante de conseguir sobreviver até o próximo dia, a despeito de todas as condições abjetas nas quais eles tinham que superar para encontrar a próxima refeição, um abrigo eventual, um cobertor ou uma escola que aceitasse cuidar dos seus filhos por algumas horas por dia.

Talvez distraída pela comoção emocional de ver tantas pessoas vivendo nas ruas de São Paulo, Tosca mal notou quando o veículo cruzou uma enorme praça, conhecida como Largo do Arouche, na qual um agrupamento de pessoas desabrigadas pareciam andar de um lado para o outro do jardim público colidindo umas com as outras, aparentemente sem nenhuma razão clara, como se tivessem perdido completamente qualquer noção do espaço que ocupavam, bem como do tempo, desconectando-se voluntariamente, para todos os propósitos e fins, do decrépito lugar onde elas se achavam. Infelizmente, como ficaria aparente em alguns segundos, não havia nada de voluntário envolvido na construção da coreografia deste verdadeiro ballet do caos humano.

Tosca repentinamente se deu conta de que, por volta dos anos 2000, quando estava na faculdade de medicina, aquela praça era a mesma onde uma comunidade de dependentes de crack vivia, assolada por toda sorte de abuso, violência policial e preconceito de alguns moradores da mesma vizinhança. Foi preciso apenas mais um olhar, agora com toda sua atenção focada naquela cena dantesca, para que Tosca, uma experiente inventora de novas tecnologias, percebesse que todos aqueles indivíduos, incluindo homens, mulheres e crianças, que pareciam deambular sem rumo ou motivo, estavam usando uma série de pequenas peças de equipamento – ou gadgets – distribuídas por todo o corpo, e uma mochila de tamanho e peso considerável. Numa segunda inspeção visual, Tosca notou que a natureza sofisticada desses aparelhos vestíveis criava um contraste chocante com o estado das roupas, todas imundas, puídas ou em farrapos, usadas por aquela pequena multidão de peregrinos sem destino. Inspecionando os seus olhares vazios e perdidos, bem como os gestos corporais amplos e sincronizados que todos compartilhavam entre si, enquanto caminhavam sem direção pela praça, seria quase inevitável traçar um paralelo com uma multidão esfarrapada de cruzados europeus do século X em busca de Jerusalém. A metáfora seria particularmente apropriada se notássemos que esses cruzados do século XXI andavam sem rumo, murmurando palavras desencontradas, que mais pareciam algum tipo de dialeto incompreensível. Em intervalos fixos, todos eles levantavam os braços aos céus, como que saudando alguma divindade que vivia acima das nuvens ameaçadoras do sempre cinzento e nublado céu de São Paulo. Além desses gestos peculiares, todos pareciam fazer parte de um delírio coletivo, algum tipo de alucinação grupal que os guiava a se comportar, falar, cantar e se mover em sincronia, como se todos fizessem parte de um transe mental tão atraente quanto inevitável. Para olhos inadvertidos, eles se pareciam com um bando de zumbis, movendo-se em cadência em resposta a um ritmo audível e visível apenas para eles mesmos, potente o suficiente para removê-los da realidade miserável e podre da qual eles eram prisioneiros sem esperança de obter qualquer fiança.

Sem conseguir mais manter o controle de suas emoções, Tosca, quase grunhindo, pediu ao motorista que parasse o carro imediatamente no extremo leste da praça. Para a total surpresa de Omar, mesmo antes que o carro parasse por completo, Tosca abriu a porta, pulou na calçada e começou a andar, e logo a correr em direção à multidão de zumbis. E assim que ela se aproximou de um deles, uma menina de não mais de dez anos, Tosca reconheceu imediatamente o olhar vazio estampado no rosto daquela criança. Bastou apenas mais uma rápida inspeção para que ela confirmasse que todos aqueles bailarinos do desespero compartilhavam o mesmo olhar oco. Tendo confirmado a expectativa inicial, Tosca se voltou novamente para a menina, tentando se comunicar com ela com frases simples e carinhosas. Tanto aquela criança como os adultos que a seguiam simplesmente ignoraram qualquer palavra dirigida a eles, passando por Tosca sem dar nenhum sinal de que a sua presença havia sido notada. Prova disso é que alguns até mesmo se chocaram com ela antes de continuarem a seguir os seus camaradas de delírio na sua caminhada rumo a lugar nenhum.

Sem conseguir conter as lágrimas, Tosca levou ambas as mãos ao rosto e correu de volta para o carro, onde Omar a esperava ainda atônito com toda a cena que acabara de testemunhar.

— O que aconteceu, Tosca? Por que você pulou de um carro em movimento e correu em direção a toda aquela gente? O que diabos aconteceu ali fora? Por que você está chorando assim? — Omar parecia uma metralhadora fora de controle disparando rajadas de perguntas a esmo, dada a natureza totalmente inusitada e o seu total desconforto com o que se passara numa questão de poucos segundos, e com a reação de quase descontrole com que Tosca retornara ao veículo. Até mesmo o motorista argentino, que continuava mudo, mas claramente alarmado com a situação, parecia querer expressar todo o horror que acabara de ver.

– Omar, eu simplesmente não consigo acreditar que eles fizeram isso.

– Fizeram o quê? Quem fez o quê?

– Meu Deus, eles tiveram a ousadia de implementar o Projeto Nirvana aqui em São Paulo, usando a população de pessoas em condição de rua como alvo. Até mesmo as crianças foram forçadas a fazer parte do projeto. Eu simplesmente não consigo acreditar. Como eles puderam ser tão cruéis e desalmados com o seu próprio povo? Não no Brasil. Quando isso aconteceu nos EUA, eu lembro que disse a mim mesma que isso jamais aconteceria no Brasil. E agora vi quão completamente enganada eu estava. É um pesadelo aterrador, acontecendo bem defronte dos meus olhos.

– O que é esse Projeto Nirvana? – Ainda sem entender absolutamente nada do que a sua sobrinha, perdida num staccato de soluços e lágrimas, dizia, Omar tentava confortá-la.

Depois de alguns minutos para se recompor, Tosca lentamente revelou tudo que sabia sobre o macabro projeto.

– O Projeto Nirvana foi criado por um cientista computacional suíço que professa a tese de que todos nós, seres humanos, devemos nos render às máquinas inteligentes que ele e seus cúmplices estão desenvolvendo há décadas.

– Eu ouvi algo a respeito desse completo idiota, mas o que o delírio dele tem a ver com essas pessoas andando a esmo nas ruas de São Paulo?

– Tudo! – Tosca quase gritou ao responder a Omar. Ela ainda estava tentando recuperar o controle das emoções, mas com grande dificuldade em esconder os seus sentimentos. Ainda fragilizada, tremendo toda, ela tentou descrever o que este breve encontro com aquelas pessoas, agora transformados em verdadeiros zumbis, uma nova classe de "seres invisíveis" da já profundamente desigual sociedade brasileira, tinha revelado para ela. – Baseada nesta filosofia lunática, uma empresa de tecnologia da Califórnia, associada àquele cientista suíço, decidiu desenvolver uma plataforma de metaverso, altamente sofisticada, que permitia que pessoas marginalizadas da sociedade pudessem ser obrigadas a viver em contínua e total imersão num mundo paradisíaco virtual, no qual tudo aquilo que lhes faltava na vida real seria provido: abrigo decente, comida em fartura, dinheiro em abundância, amigos, respeito... Tudo aquilo que elas jamais tiveram ou que perderam ao longo das suas vidas seria ofertado nesse ambiente virtual. Mas havia uma contrapartida terrível que teria que ser paga. Como essas pessoas não possuíam nenhum dinheiro, para ter acesso aos benefícios oferecidos pelo governo, incluindo alimentação gratuita e uma pequena linha de crédito, todas elas, bem como as suas famílias, teriam que voluntariamente concordar em passar a maioria do seu tempo consciente vagando por este universo virtual que foi apelidado, de forma sarcástica, de Nirvana.

– Mas como você pode ter certeza de que eles trouxeram este projeto para São Paulo?

– Eu sou uma especialista em implantes retinais, Omar. Eu só precisei olhar rapidamente para os olhos daquela criança – Tosca apontou para a menina que começava a voltar na direção deles – para me dar contar de que tinha sido implantada nela uma versão barata da tecnologia de última geração de implantes retinais que permitem uma total imersão num ambiente de realidade virtual que é basicamente indistinguível daquilo que nós todos experimentamos aqui fora, no mundo tangível. Se você não tiver nenhuma informação *a priori* de que você está imerso nesse mundo virtual, você jamais saberá distinguir entre ele e o mundo real. Pior do que isso, depois de um tempo vivendo nele você não conseguirá mais viver fora dele. O seu cérebro simplesmente passará a tratar o Nirvana como se ele fosse a sua realidade. Como cocaína, heroína, ou crack, depois de um tempo imerso, você se torna totalmente dependente dessa vida virtual onde a existência é suportável, diferentemente daquilo que você experimenta no mundo real. Depois de algumas semanas, qualquer um cruza um ponto de não retorno e se torna um verdadeiro prisioneiro virtual sem direito à liberdade condicional.

– Por Rá, mas por quê? O que o governo ganha com este esquema maluco de aprisionamento de boa parte da sua população nesse chamado paraíso virtual?

– Pense por um momento, Omar. Em primeiro lugar, o governo garante que todas estas pessoas poderão ser monitoradas em tempo integral, por toda a vida. E ao determinar que elas passem todo o tempo em que estão acordadas e conscientes imersas numa realidade alternativa, trancadas numa rotina de vida em círculo fechado, que realiza todos os seus desejos e anseios, de uma maneira virtual que é indistinguível da realidade, eles eliminam qualquer chance de que dezenas ou mesmo centenas de milhões de seres humanos abandonados pela sociedade um dia se unam numa revolta contra o governo e o sistema, criando tumultos e rebeliões por todo o país. Além disso, essa solução remove dos governos a necessidade imperiosa de achar formas de criar novos empregos para toda essa massa de jovens e adultos que não conseguem nenhuma ocupação em lugar algum. Um jeito conveniente de evitar ter que confrontar os Overlords, os seus neurocratas e os meus *bankgsters* e as corporações mundiais que controlam o planeta inteiro. Com quase 80% de desempregados no Brasil desde o último golpe militar de extrema direita em 2029, qualquer um pode ver como essa solução soaria extremamente sedutora para um governo que não quer prover nem mesmo o mínimo necessário para a sobrevivência da maioria da população. Mas, acredite se quiser, isso não é tudo que o governo ganha com o aprisionamento dessas pessoas nessa vida virtual alternativa. O plano de negócio dessa empresa é muito mais aterrorizante e podre.

– Eu não estou entendendo, Tosca. Na realidade, eu até tenho medo de perguntar o que você quer dizer ao afirmar que existe algo mais sinistro ainda por trás desse projeto.

– Olhe para eles, Omar. Você consegue identificar todos os pequenos equipamentos, os chamados *wearables*, que eles estão usando por todo o corpo, bem como a enorme mochila que todos, mesmo as crianças, carregam nas costas?

– Claro, isso me chamou a atenção no momento em que chegamos nesta praça e vimos as pessoas zanzando de um lado para o outro.

– Esses *wearables* foram desenhados para absorver toda e qualquer gota de energia produzida pelos corpos destas pessoas enquanto elas passam os seus dias, e parte das suas noites, vagando em círculos por esta praça, sem qualquer rumo, indo do nada para lugar nenhum. Basicamente, dado o tremendo déficit de eletricidade gerado pela explosão de demanda imposta pelo horrendo consumo de eletricidade imposto por toda sorte de computadores usados para minerar criptomoedas, sem mencionar o contínuo crescimento de carros elétricos, o governo está tentando extrair cada possível watt de eletricidade em que pode por suas mãos, mesmo que isso signifique ter que coletar sinais biolétricos produzidos pelo corpo humano ou qualquer outra forma de bioenergia que possa ser convertida em eletricidade a um custo aceitável. Nós, enquanto sociedade, nos tornamos viciados em eletricidade, mas nós nunca aceitamos o fato de que, enquanto a nossa sede dela é infinita, os recursos naturais da Terra que podem ser explorados para produzi-la não são. Nós somos filhos do sol, mas nem mesmo o que o sol nos oferece diariamente é suficiente para alimentar a nossa fome sempre insaciável de eletricidade. Para você ter uma ideia, Omar, por volta dos anos 2020, o poder computacional necessário para minerar criptomoedas utilizava por volta de 1% de toda a eletricidade produzida no mundo. A partir dos anos 2030, esta demanda explodiu e atingiu cerca de 55% de toda a eletricidade que nós conseguimos gerar no planeta. Considerando que uma seca que já dura dez anos tem reduzido consideravelmente a habilidade de países como o Brasil de gerar energia suficiente através de usinas hidroelétricas, basicamente porque os reservatórios dessas usinas estão quase todos secos ou abaixo do limite de funcionamento, existe uma necessidade imperiosa de gerar eletricidade de fontes alternativas, além do sol e do vento, que não podem suprir as demandas mundiais. Dessa forma, aquele mesmo cientista suíço sociopata sugeriu uma nova geração de *wearables*, movidos à luz solar, como as mochilas enormes que todos carregam, que poderia ser usada para gerar eletricidade a partir de toda sorte de funções biológicas, como andar, mover os braços, suar, a atividade elétrica cerebral e cardíaca, e toda sorte de outras funções fisiológicas, incluindo os movimentos intestinais e da bexiga, produzidas por estes pobres seres humanos abandonados à própria sorte, enquanto eles passam todos os dias vivendo como nada mais que zumbis digitais, prisioneiros para sempre da Nirvana virtual criada por programadores americanos e suíços. Você consegue imaginar o que estar trancafiando neste pseudonirvana significa para cada uma destas pessoas?

– Escravidão perpétua. É a única definição que me vem à mente. E mesmo que a quantidade de energia elétrica produzida por cada indivíduo seja muito pequena, se você tiver dezenas ou mesmo centenas de milhões de zumbis digitais vagando sem parar o resultado pode ser significativo no final das contas. Eu assumo que essas mochilas, além dos painéis de captação da luz solar, também contêm baterias que são carregadas à medida que as pessoas caminham sem rumo, imersas no mundo virtual que elas passaram a habitar.

– Exatamente. E essas mochilas são trocadas periodicamente por uma equipe de coleta e manutenção que deve rodar por toda a cidade coletando a produção diária de eletricidade de todos os grupos de zumbis que fazem parte deste gigantesco gerador de bioeletricidade. Basicamente, é a isso que todas estas pessoas foram reduzidas: geradores biológicos de eletricidade. Olhe, Omar! Uma das equipes de coleta e manutenção acaba de chegar na praça para substituir as baterias. Inacreditável, eles nem mesmo fazem as pessoas pararem de andar para realizar a operação de troca. Eles conseguem trocar as baterias enquanto os zumbis continuam no seu transe perpétuo dentro do mundo virtual.

– Mas eles estão fazendo algo mais do que simplesmente trocar as baterias das mochilas. Olhe, Tosca, o que são aquelas garrafas plásticas que eles estão conectando no compartimento lateral das mochilas?

– Aquilo é o que eles usam para alimentar os seus escravizados digitais, Omar. Uma solução altamente calórica, misturada com algumas drogas psicodélicas, que mal mantém estas pessoas vivas, mas se movendo constantemente. O transe é tão profundo que alguns dos zumbis deixam de dormir e morrem alguns dias depois.

– Tudo isso é horripilante e macabro demais de se contemplar.

– Você está vendo em primeira mão a definição precisa da escravidão digital e perpétua da humanidade em pleno século XXI, Omar. Os romanos certamente invejariam os nossos métodos. Nos tempos modernos, os seres humanos despojados de bens e dinheiro são totalmente inúteis para os propósitos dos Overlords. Uma vez que eles não podem ser eliminados explicitamente, por enquanto, pelo menos, eles têm que ser reduzidos ao status de uma subespécie, condenados a passar o resto das suas vidas como geradores elétricos orgânicos, vagando sem destino ou razão indefinidamente imersos em uma realidade alternativa, oferecendo em pagamento perpétuo aos Overlords toda a energia vital que os seus corpos orgânicos podem produzir. Eu gostaria de ver o que os proponentes originais do movimento trans-humanista dos anos 1990 pensariam agora se eles pudessem ver o que o seu fetiche de fundir seres humanos com máquinas fez com milhões de pessoas, e talvez bilhões num futuro próximo.

Consternado, Omar não achou palavras para expressar os seus sentimentos de profunda tristeza e repulsa. Franzindo a pele da sua testa intensamente, ele tentava em vão processar tudo que Tosca acabara de revelar sobre mais dos lúgubres projetos dos Overlords e seus aliados, os neurocratas.

– Eu não posso acreditar que nem eu nem meus informantes nunca ouvimos falar uma palavra sobre esse Projeto Nirvana. Estou revoltado por tudo que essas pessoas estão sofrendo. Sinceramente, compartilho da sua dor, Tosca, pois não é possível que tenhamos chegado a esse nível de falta de empatia humana. Mais do que nunca, estou aliviado que você decidiu se juntar a nós. Este é apenas mais um exemplo da tragédia que eu estimo que vá atingir toda a humanidade em breve. Essas pobres pessoas são vítimas de mais um crime hediondo contra a nossa espécie. Mais um de uma longa e quase infinita lista de crimes ao longo de milênios, mas que agora pode atingir uma escala totalmente sem precedentes. Nós temos que detê-los de qualquer jeito antes que tudo esteja perdido. Antes que tudo fique irreversível.

– Para eles – respondeu Tosca enquanto apontava para a multidão em movimento contínuo pela praça –, o destino provavelmente já é irreversível, Omar. Ninguém sabe ao certo se essas pessoas conseguirão se recuperar e retornar a uma vida normal. Na realidade, não está claro para mim se crianças que cresceram vivendo dessa forma, totalmente imersas num universo virtual paralelo, conseguirão viver normalmente em sociedade se algum dia elas tiverem que retornar a uma realidade tangível. Para elas, e para a maioria dos adultos, não haverá mais forma alguma de dizer o que é real e o que é falso. Imagine o quão assustador seria para alguém, criado desde o nascimento ou infância num paraíso virtual, de repente acordar, no meio da sarjeta, cercado de lixo e ratos famintos, sem abrigo, comida, ou meios de sobreviver por si mesmo?

Por um momento, o silêncio profundo imperou dentro do veículo. Mas no mesmo instante em que o motorista argentino se preparava para reiniciar o que havia se transformado num tour melancólico por São Paulo, uma cidade que parecia agora ser habitada por hordas de zumbis digitais, se locomovendo em perfeita sincronia e harmonia rumo a lugar nenhum, Tosca reflexivamente olhou na direção da janela traseira do SUV. Tal gesto foi realizado quase instantaneamente, sem que ela nem mesmo entendesse por completo o que as suas retinas tinham acabado de capturar com o canto dos olhos. Talvez esse movimento fosse resultado do disparo síncrono de um grupo de neurônios localizados no seu colículo superior que tentavam desesperadamente chamar a atenção do seu córtex visual para o conteúdo arrepiante da cena que se desenrolava naquele instante próximo deles. Ninguém jamais poderá saber com certeza. Fato é que, quando ela tentou focar ambas as suas fóveas no caminhão estacionado atrás do SUV, bem como no time de técnicos que alguns momentos atrás estavam ocupados trocando as mochilas e alimentando os zumbis, o seu neocórtex como um todo começou a processar, pixel por pixel, uma sequência muito rápida de imagens que, algumas centenas de milissegundos depois, explodiram bem no centro da sua mente consciente, banhadas em todo o horror que elas continham. O que inicialmente havia parecido apenas totalmente impensável, subitamente se materializou na forma de uma realidade tão nua quanto cruel. Não restava nenhuma dúvida mais: o mesmo time de técnicos também estava encarregado de coletar os corpos dos mortos do dia que se acumulavam, finalmente imóveis e abandonados no meio do mato alto dos jardins da praça onde, quase de forma sub-reptícia e incógnita, uma nova possível espécie humana encontrava-se em processo de gestação. Foi neste momento que Tosca se deu conta de que este breve encontro com a rotina daquela prisão virtual e os seres anônimos que serviam como seus prisioneiros perpétuos, possíveis percursores do *Homo digital*, havia mudado a sua própria mente para sempre.

Cenas como a que Tosca e Omar tinham testemunhado em primeira mão estavam ocorrendo em todo lugar da cidade, em plena exposição diária para os poucos afortunados que ainda não haviam sido arrastados pelas inúmeras vicissitudes da vida moderna para o verdadeiro exército de zumbis digitais que não parava de crescer. Mas por quanto tempo mais cada um dos passageiros que cruzavam as avenidas e viadutos da cidade nos seus carros elétricos autodirigíveis teriam, antes que eles também fossem forçados àquele estado de total submissão, rendendo a mente e a energia primitiva dos seus corpos para o jugo estrangulador perpétuo dos Overlords? Ninguém saberia dizer.

Nem Tosca, nem Omar, e muito menos o motorista argentino mudo pronunciaram qualquer palavra por vários minutos dentro do carro, que, sem notar o estado emocional abalado dos seus ocupantes, continuou a realizar a tarefa para qual ele havia sido originariamente programado para realizar, quilômetro após quilômetro. E à medida que o carro continuva a cruzar uma vizinhança atrás da outra, os sinais da decadência profunda e irreversível, que basicamente decretavam a capitulação final daquela que outrora fora a majestosa cidade de São Paulo, continuavam a ser expostos de maneira mais do que explícita. Ruas que tinham mais buracos que trechos de asfalto contínuo pareciam afundar sob o peso da cidade e das suas tragédias cotidianas tornadas rotineiras pelo total descaso dos governantes. Calçadas cheias de lixo não recolhido atraíam gangues de insetos e ratos. Em todos os cantos, bandos de cachorros abandonados podiam ser vistos vagando em busca de comida e água e, quem sabe, de um eventual gesto de boa vontade humana, cada vez mais raro. Espaços públicos em franco declínio mostravam sinais de total abandono à intempérie do clima e dos predadores humanos. Jardins dos bulevares e avenidas, que outrora eram cuidados com todo o esmero e capricho de uma verdadeira manicure, agora ostentavam selvas de ervas daninhas e mato não aparado há meses ou mesmo anos. Já as pobres árvores tropicais da cidade, que antigamente se mostravam sempre frondosas e com copas exuberantemente floridas quer de roxo, vermelho ou laranja-amarelado, agora haviam sido condenadas a apodrecer esquecidas de qualquer cuidado. E enquanto isso, suas agonizantes, mas sempre insinuantes, raízes, suas amplas folhas amareladas descartadas, e seus ramos fraturados acumulavam-se no que restara das calçadas, formando verdadeiros monumentos de desesperança e abandono, que faziam do transitar um exercício de alto risco para os eventuais transeuntes que ainda circulavam pelas ruas da cidade.

Durante as últimas duas décadas, como consequência da escalada exponencial da poluição do ar, a maioria das diferentes espécies de pássaros tropicais que podiam ser avistados por toda a cidade no passado, como os sabiás-laranjeira e as sempre falantes maritacas, tinham desaparecido quase que por completo. Os poucos passarinhos que haviam conseguido sobreviver a esse verdadeiro genocídio ambiental vivam em reclusão completa durante o dia, somente se aventurando a deixar seus esconderijos e ninhos para socializar e cantar para atrair parceiros durante a noite, quando a poluição sonora que tanto os perturbava não interferia mais nos seus pequenos cérebros a ponto de deixá-los totalmente desorientados. Estas serenatas melancólicas das madrugadas começavam por volta das duas da manhã e duravam apenas um par de horas, sucumbindo aos primeiros sinais da versão tropical de um amanhecer de dedos rosados gregos. Soando mais como um lamento profundo da lembrança de tempos que não voltarão jamais, essas serenatas ofereciam um testemunho terminal audível da completa tristeza que havia engolido a existência de cada forma de vida ainda capaz de sobreviver dentro das vísceras daquela megalópole moribunda.

Em todos os cantos da cidade podiam-se encontrar prédios abandonados antes do final da sua construção, que jamais seriam concluídos, como consequência do estouro da bolha da construção civil que se seguira ao colapso dos mercados de ações de 2029. Em cada quarteirão, casas abandonadas desmoronavam depois de anos de negligência devido ao empobrecimento dos moradores que haviam sido despejados por não conseguirem mais pagar seus financiamentos. Quando toda esta radiografia de São Paulo era posta em perspectiva, o *zeitgeist* resultante produzido no cérebro de algum visitante ocasional da cidade, como Tosca e Omar, produzia um sentimento de desolação profunda, bem como a sensação de que a situação se tornara irreversível. Se Tosca não tivesse conhecido a cidade durante o seu último período de prosperidade, ela certamente teria saído deste tour imaginando que São Paulo mal havia escapado de algum tipo de bombardeio devastador ou de alguma praga mortífera, uma vez que, por volta de 2036, este assentamento humano, uma vez tão próspero e orgulhoso de seus feitos, havia sido reduzido, tanto metafórica como literalmente, a uma gigantesca pilha de escombros, tanto humanos como de concreto.

Um pouco mais de uma hora depois de iniciar o fatídico tour pela cidade, o itinerário trágico que havia se revelado diante dos três turistas fez com que Tosca refletisse profundamente sobre o tipo de vida que os Overlords – e seus aliados próximos, os neurocratas e *bankgsters* – estavam se ocupando de construir para a vasta maioria da humanidade em todo o mundo: uma mistura aterrorizante de miséria profunda, destituição abjeta e desesperança infinita, com nenhuma chance de fuga. Não era nenhuma surpresa, portanto, que o número de pessoas marginalizadas em todo o mundo, vivendo à margem da sociedade e em condições equivalentes ou piores do que aquelas hordas de zumbis espalhados pelas ruas de São Paulo, tivesse chegado a alguns bilhões. E ainda assim, as crises socioeconômicas multidimensionais que continuavam a afetar grandes grupamentos humanos, como a cidade de São Paulo, em todo o mundo não se comparavam com aquilo que estava acontecendo dentro das mentes humanas de bilhões de pessoas desamparadas, em resposta ao movimento sem trégua de automação e imersão digital que havia levado a maioria da humanidade a regrar as suas vidas e sobrevidas precárias de acordo com as normas de comportamento ditadas pelos algoritmos, disseminados por toda sorte de plataformas digitais, controladas pelos Overlords e seus sócios.

E para qual propósito?

No verão austral de 2036, havia ficado bem óbvio para quem ainda tivesse um cérebro que não sucumbira ao ópio dos tempos modernos – a mineração de criptomoedas em tempo integral ou o viver em uma prisão virtual – que a vida humana não valia um miserável kilobyte. E que, milissegundo por milissegundo, a crescente escalada da automação e digitalização de todos os comportamentos e empreendimentos humanos da rotina diária estava nos levando para uma robotização terminal da mente humana, tão inevitável quanto irreversível, provavelmente um último passo na direção da nossa submissão e aniquilação da espécie.

Mesmo entre cientistas, Tosca havia notado como o mesmo fenômeno estava ocorrendo numa velocidade impressionante. Ao longo da sua carreira acadêmica, a tendência de se monetizar todo e qualquer aspecto da atividade científica havia tomado conta da área como uma praga bíblica, corrompendo cada um dos principais aspectos desta arte milenar, incluindo nisso as outrora criativas mentes de alguns dos seus colegas. Se qualquer coisa, como em qualquer outra área de atuação humana, a ciência havia sido forçada a aceitar os arreios e passar a adorar uma das mais poderosas e perenes de todas as abstrações engendradas pela mente humana: o Deus Dinheiro. E como poucos – se é que havia alguém – eram capazes de resistir ou sobreviver à atração com a qual tal divindade onipresente impunha os seus desejos e ditames sobre temas que deveriam ter sido relegados apenas ao mundo científico, em algumas poucas décadas a ciência, uma das mais transformadoras abstrações criadas pela mente humana, sucumbiu de vez aos caprichos e mandados da Igreja dos Mercados. Nos EUA, por exemplo, havia um ditado nos anos 1980 que dizia "publique ou morra". No século XXI, todavia, aquele ditado ficou totalmente ultrapassado, sendo substituído por uma nova versão que definia de forma muito acurada o novo credo através do qual os cientistas tinham que rezar para sobreviver no sistema acadêmico americano. O novo lema soava algo assim: "Consiga financiamento do governo federal, ou saia do caminho!".

E ainda assim, Tosca sabia quão privilegiada era a sua vida como cientista profissional, enquanto quase nove bilhões de pessoas tinham que viver de uma refeição para outra (e não de salário em salário, como pregava outro ditado ultrapassado). Num mundo em que o desemprego passara a marca de 80% da força de trabalho potencial e vastos números de pessoas viviam emprestando a energia e poder computacional dos seus cérebros para os diferentes esquemas de mineração de criptomoedas, Tosca era parte de uma ínfima minoria de bem-afortunados.

Tendo passado o resto do tour observando em silêncio a paisagem desoladora através da sua janela, no momento em que o automóvel completou uma volta completa ao redor do Parque do Ibirapuera, para onde eles haviam retornado numa tentativa de esquecer as cenas deprimentes do Largo do Arouche, Tosca, por meio de um sussurro quase inaudível, pediu a José Maradona Messi Guevara que ele desse meia-volta e rumasse diretamente para o Allianz Parque.

E assim, enquanto o carro fazia um retorno ilegal na avenida República do Líbano, na esquina com a avenida dos Maracatins, Tosca agora torcia para que o que quer que a esperasse no estádio do Palmeiras não fosse tão devastador como as expressões humanas de desolação terminal que ela acabara de testemunhar.

Infelizmente, a realidade do seu próximo encontro provaria ser bem mais desoladora.

CAPÍTULO 11

UMA DECLARAÇÃO DE GUERRA NUMA PARTIDA DE FUTEBOL

São Paulo, Brasil – domingo à tarde, 27 de janeiro de 2036 – seis dias antes do impacto

Ao se aproximarem dos arredores do Allianz Parque, Omar, que tinha permanecido calado, concentrando-se nos seus pensamentos enquanto registrava todos os detalhes da reação de profunda consternação de Tosca com o cenário trágico encontrado pela cidade, rapidamente emergiu do seu estado de quase meditação para comentar como as cercanias do estádio pareciam diferentes do que ele se lembrava, apenas duas horas antes de a bola rolar em mais um Dérbi Paulistano.

– Onde está todo mundo? Duas horas apenas para o jogo começar! Todas essas ruas deveriam estar lotadas de torcedores em verde e branco. Mas só consigo ver um mar de policiais e os seus caminhões do choque; mais policiais que torcedores do Palmeiras. Que diabos está acontecendo neste país?

Embora ela estivesse longe de se recuperar de tudo que havia transcorrido na última hora, Tosca tentou consolar Omar, que claramente não tinha a menor noção de que as coisas haviam se modificado dramaticamente desde que ele estivera pela última vez num estádio de futebol brasileiro, mais de trinta anos atrás.

– Omar, os rituais futebolísticos mudaram muito desde a última vez que você e o papai viram um jogo juntos.

– Como assim?

– Para começar, as pessoas raramente vêm ao estádio para assistir a um jogo ao vivo.

De fato, a maioria dos torcedores ficava em casa para ver as partidas nas suas simulações virtuais dos estádios ou por meio dos seus implantes retinais. O público presente fisicamente nos estádios caiu em mais de 90% do que costumava ser devido a essa mudança radical de comportamento. O Palmeiras, time tão querido de Omar, ficou tão dominante e o Corinthians um time tão fraco que estas partidas geralmente terminavam com o Palmeiras goleando impiedosamente o adversário. Mesmo os torcedores que vêm assistir ao jogo presencialmente se comportavam de uma forma bem peculiar, para dizer o mínimo. E isso não é tudo: o jogo mudou muito também depois da autorização do uso de novas tecnologias de aumento de performance que os jogadores e treinadores podiam utilizar durante as partidas. Na realidade, até parecia que eles transformaram os jogos de futebol em disputas entre ciborgues de última geração, em vez de um jogo infantil jogado por adultos.

– Veja só, Tosca! – continuou Omar. – Cachorros policiais robôs por toda a rua Palestra Itália! Nem mesmo os cachorros da polícia são de verdade! Isso está me parecendo um filme de ficção científica extremamente medíocre. Até os cavalos dos policiais também são robôs!

– Alguns desses policiais também são robôs humanoides. Eles são tão parecidos com seres humanos hoje em dia que você pode nem notar a diferença. Mas eu posso identificá-los pela forma como eles andam e, particularmente, quando falam com a gente. A semântica não é o forte desses chamados "grandes modelos de linguagem", como você certamente vai notar em breve.

– Isso é quase inacreditável. Muito pior do que alguns cenários futurísticos criados pelos filmes de ficção científica da minha juventude. *Blade*

Runner está acontecendo agora! E *Matrix* não está muito longe daquilo que nós acabamos de ver naquela praça no centro da cidade.

— Eu lamento dizer que provavelmente você vai se desapontar ainda mais quando descobrir todas as mudanças que foram introduzidas no futebol. Nós ainda podemos mudar de ideia, fazer um retorno na avenida Pompeia e voltar para o nosso hotel para evitar uma dose maior de desapontamento. Talvez manter as suas memórias mais queridas dos jogos do passado seja melhor do que tentar atualizá-las com esta nova versão trans-humanista que eles criaram. Este não é mais o jogo de Pelé ou de Ademir da Guia, Omar. E lamento muito ter que ser a pessoa a informá-lo de tudo isso e quebrar o seu encanto com o "jogo bonito".

— Está tudo bem, Tosca. Eu deveria ter adivinhado isso por mim mesmo. Mas a nossa missão vai além de assistir a um jogo, embora este fosse um pequeno bônus que eu desejava ter. José, por favor, nos leve para o portão C1, no lado leste do estádio. É o portão que nós devemos usar para entrar.

Confirmando a instrução recebida com um pequeno gesto afirmativo de cabeça, José Maradona Messi Guevara apenas teve o trabalho de imaginar as instruções necessárias - virar à direita na avenida Pompeia, depois novamente à direita na avenida Franscisco Matarazzo, e finalmente, à direita na rua Padre Antônio Tomás - para que, graças ao acionamento do sistema de navegação de última geração, baseado numa interface cérebro-máquina não invasiva, o veículo elétrico chinês fosse capaz de decifrar as suas instruções mentais em tempo real, e em mais ou menos trezentos milissegundos se autodirigisse de acordo com as instruções para o seu destino final: a entrada do templo do futebol do time mais campeão do Brasil.

No momento em que o veículo chegou ao portão C1, eles imediatamente repararam que apenas alguns gatos pingados passavam pelo processo de revista necessário para se ter acesso ao estádio. Omar se deu conta também de que as todas as pessoas estavam usando a parte dorsal das suas mãos para passar pelo portão eletrônico. Ao chegar ao Brasil, Omar havia sido alertado de que, desde o golpe militar de 2029, todos os cidadãos brasileiros eram compulsoriamente obrigados a implantar no tecido subcutâneo da mão um microchip de identificação, uma versão mais moderna dos mesmos sistemas de identificação usados em cães e gatos desde algumas décadas atrás. Sem esses identificadores eletrônicos ninguém era capaz de ter acesso a nenhum lugar do país. Isso incluía todos os prédios públicos, escolas, bancos, supermercados, restaurantes, farmácias, teatros, cinemas e, evidentemente, todos os estádios e ginásios esportivos. Se por acaso fosse descoberto que alguém não possuía um destes implantes, a polícia tinha o direito legal de apreender esse indivíduo e levá-lo para uma delegacia para interrogatório, provável detenção, e claro, uma implantação forçada de um microchip de identificação. Os estrangeiros eram obrigados a portar os seus passaportes digitais para ter acesso a lugares. Sabendo disso, Omar já havia mostrado o seu, para a surpresa de um policial não muito habituado a encontrar um banqueiro egípcio tentando ganhar acesso a um camarote de luxo de um estádio de futebol brasileiro.

– O senhor é mesmo egípcio, sr. Omar? – perguntou o policial.

– É isso que a minha santa mãe sempre disse, tenente!

– E todos os egípcios são assim engraçadinhos como o senhor?

– Nem todos, apenas os que conseguiram sobreviver às tempestades de areia, às pragas de gafanhotos e às batalhas contra os núbios.

– Núbios, quem são estes caras? Um time de futebol egípcio?

– Muito pior, senhor policial. O senhor realmente não gostaria de saber nada sobre os núbios, nem sobre os hicsos tampouco. Eles costumavam nos dar trabalho, a cada século ou outro. Para o senhor ter uma ideia, eles são muito piores do que os torcedores corintianos depois de levarem uma sova do Palmeiras.

– Ah, esses torcedores eu conheço bem. Vejo todo domingo por aqui. Desfrute do jogo, senhor Omar, mas por favor, nenhuma palavra mais sobre esses povos aí. Nós temos problemas o suficiente com os corintianos por aqui. Nos dê uma folguinha, ok?

– Pode deixar, senhor policial. Tenha um bom dia. Mas mantenha os seus olhos bem abertos, porque alguns mercenários hititas podem tentar entrar na faixa hoje.

– Eu vou ficar atento com estes marginais... hititas, certo? Não se preocupe.

Mal contendo a sua risada, Tosca era a próxima na fila de acesso ao estádio. Mas como ela residira nos Estados Unidos pelos últimos vinte e cinco anos, o seu microchip de identificação americano imediatamente acionou o alarme quando ela tentou passar pelo portão de entrada pelo qual Omar tinha entrado.

– Senhora, nós não conseguimos ler o seu microchip corretamente. A senhora é brasileira?

– Sim, nasci no Brasil, mas moro nos Estados Unidos há vinte e cinco anos. E na última vez que estive no Brasil não havia nenhuma lei obrigando o uso de um microchip de identificação. Por isso, nunca implantei um. Eu tenho um microchip americano, mas ele usa um sistema diferente de criptografia dos modelos brasileiros. Isso pode explicar o motivo de o seu sistema de leitura não ter conseguido identificar os meus dados.

– A senhora está acompanhando o senhor Omar, o egípcio que tem um monte de amigos núbios?

– Sim, ele é o meu tio. Nós estamos juntos. Na realidade, foi ideia dele me arrastar para esta partida de futebol. Eu realmente não sou uma torcedora fanática, como o senhor já deve ter notado.

– Perfeitamente, isso é o suficiente para mim. Deixe-me atualizar o sistema e assim permitir que a senhora entre no estádio legalmente como a namorada núbia do senhor Omar. Nós ainda temos alguma latitude com essas máquinas demoníacas. Tudo bem com a senhora se fizermos assim?

– Claro, eu sempre tive um *crush* pelos núbios, de qualquer forma. Eu imagino que a solução que o senhor encontrou demonstra inequivocamente que o jeitinho brasileiro sobreviveu aos novos tempos.

– Sem dúvida nenhuma, minha senhora. Nada nem ninguém vai conseguir se livrar do jeitinho neste canto do planeta. Ele é imortal, onipresente e intocável. Por favor, leve o velho faraó com a senhora e desfrute do jogo. Mas fique esperta porque nem todos os policiais, particularmente os robocops dentro do estádio, têm o mesmo senso de humor que eu tenho. Diga a ele para cancelar as piadas dos núbios por pelo menos esta tarde.

— Pode deixar!

Tendo cruzado o limite da revista, Tosca agora pôde soltar a sua gargalhada à vontade. E aquilo provou ser o que ela precisava para mudar de humor de um momento para outro.

— Vocês dois estavam tenho uma conversinha bem amigável, não é? — Omar abriu um amplo sorriso na direção de Tosca.

— Você e os seus núbios quase nos colocaram numa enorme enrascada. Nós demos muita sorte de estar lidando com um ser humano que ainda se diverte com malucos como você em vez de ter que responder a um robô qualquer. Ele me alertou para que você esquecesse essas piadas com os núbios porque elas podem não funcionar bem com os outros tipos de policiais que estão no estádio.

— Sem problemas. Chega de núbios por hoje. Vamos pegar aquele elevador para o terceiro andar. O número do nosso camarote é 308. Ele fica do outro lado do estádio. Eu ouvi dizer que eles fazem um cachorro-quente fora de série no camarote. Eu estou ansioso para provar.

Em menos de cinco minutos o par chegou à porta do camarote 308, pois, depois de deixarem o elevador, uma esteira rolante os levou diretamente para o seu destino. Omar agora parecia mais uma criança que estava sendo levada pela sua mãe para o seu primeiro jogo de futebol num estádio de verdade.

Ao chegarem na porta marcada com 308, eles entraram e se ajeitaram confortavelmente nos dois primeiros assentos da fileira superior do camarote.

— Boa tarde, Dr. Cicurel e Dra. Cohen. Bem-vindos ao Allianz Parque. Vocês gostariam de alguma bebida ou algum lanche? — Vindo do nada, a voz delicada de mezzo-soprano, carregando um leve sotaque paulistano, sobressaltou Tosca e Omar ao mesmo tempo.

— O quê? De onde essa voz está vindo?

— Não faço a menor ideia, Tosca. Você me diga, afinal você é a especialista em novas tecnologias.

— Mil desculpas por assustá-los. Meu nome é Rosy, sua garçonete virtual para o jogo de hoje. Bem-vindos ao camarote 308. Eu estarei à sua disposição durante toda a partida. Vocês só precisam me dizer o que gostariam de beber e petiscar e cuidarei do seu pedido imediatamente. Estou aqui para realizar os seus desejos gastronômicos de forma que aproveitem ao máximo a experiência desta tarde.

– Perfeito, eu gostaria de uma Coca-Cola tradicional e um dos seus famosos *hot dogs*. Simples, apenas com um pouco de molho de tomate, nada mais. – Omar se adaptou mais do que rapidamente ao pedido da garçonete virtual.

– Muito obrigada, Rosy, eu estou bem por enquanto. – Tosca foi mais comedida.

– De nada, Dra. Cohen. Se a senhora mudar de ideia, basta me avisar e eu cuidarei do seu pedido sem pestanejar! Dr. Cicurel, eu já estou processando o seu pedido, pronto!

– *Grazie mille*, Rosy. Mas, por favor, você pode me chamar de Omar. Dr. Cicurel é muito formal para o meu gosto.

– Eu que agradeço a sua gentileza, Dr., quero dizer, Omar. O seu pedido já foi recebido. Ele estará pronto em apenas alguns momentos.

– Muito impressionante, você não achou, Tosca? Ela soou perfeitamente humana em todos os detalhes. Ninguém notaria a diferença. Ela respondeu todas as minhas perguntas instantaneamente.

– Não tenho dúvida de que eles estão usando uma tecnologia de última geração na área de reconhecimento de voz e interfaces com usuários para fazer com que os clientes tenham a mesma impressão que você teve. O sistema que eles instalaram no estádio é bem sofisticado. Isso se aplica tanto à garçonete virtual quanto às ferramentas de vigilância dos torcedores. Notei que nós estamos sendo continuamente monitorados aqui no camarote. De fato, já detectei toda sorte de câmeras, incluindo as de infravermelho, espalhadas por todos os cantos do estádio. E, dado que todos os torcedores tiveram seus microchips subcutâneos escaneados na entrada, a polícia teve acesso a todos os dados biométricos e antecedentes criminais de que eles precisam para estimar com antecedência quem pode causar algum problema durante a partida. Eles provavelmente estão usando modelos matemáticos em tempo real para identificar os baderneiros em potencial, onde eles podem se reunir ou quem pode tentar alguma loucura, como tentar invadir o campo. Embora, com a plateia diminuta que veio ao jogo hoje, eu não veja nenhuma razão para preocupação. Esse tipo de raciocínio não funciona com o tipo de governos de todo o mundo que compraram a visão de que é preciso impor vigilância total, em tempo integral, para toda a população.

No exato momento em que Tosca estava terminando a sua varredura preliminar do aparato de vigilância distribuído por todo o estádio, um ruído começou a emanar da parede imediatamente à esquerda do assento de Omar. Em perfeita sincronia, ambos olharam na direção de onde o som viera e, para sua surpresa, notaram que existiam múltiplas pequenas janelas de plástico na parede, e que uma delas começara a deslizar horizontalmente, revelando um compartimento onde uma pequena bandeja de plástico, contendo o pedido de Omar, podia ser vista. Antes que eles pudessem trocar qualquer palavra entre si, um braço robótico sofisticado, todo pintado em verde e branco, começou a transportar a bandeja para onde Omar estava sentado.

– Seu pedido está sendo entregue para você pelo nosso mordomo robótico, H.A.L. Por favor, se você retirar a bandeja que está alojada no descanso de braço esquerdo do seu assento, H.A.L. vai colocar a sua Coca-Cola e o seu cachorro-quente bem na sua frente. Confirme que tudo está ao seu gosto. Eu chequei o seu histórico de consumo em Montreux e descobri que você gosta do seu refrigerante bem gelado. Assim, tomei a liberdade de incluir um copo extra com gelo e limão no seu pedido.

– A sua atenção a este pequeno detalhe é muito apreciada, Rosy. Muito obrigado novamente.

– H.A.L., alguém teve um senso de humor bem estranho. – Enquanto cochichava no ouvido do tio a sua tirada sarcástica, Tosca acompanhava atenta os movimentos do braço robótico, ou melhor, do mordomo robótico, imaginando quem poderia ter tido a brilhante ideia de batizá-lo com o nome do robô infame que havia ficado louco e atacado os astronautas que o comandavam no clássico e épico filme de ficção científica *2001: Uma Odisseia no Espaço*.

Ocupado com o processo de extrair uma bandeja do lado do seu assento, Omar não pôde evitar um breve sorriso ao ouvir Tosca mencionar o seu filme favorito de todos os tempos.

– Eu cometi o maior erro da minha vida ao convidar a sua mãe e o seu pai para a estreia desse filme aqui em São Paulo. Ambos dormiram sonoramente durante boa parte da exibição, enquanto eu estava me deliciando com cada cena do filme.

– Nenhuma surpresa no comportamento típico da mãe e do pai!

– Muito obrigado, H.A.L. e Rosy. Tudo parece mais do que perfeito.

– De nada, Omar – ambos os robôs responderam em perfeita sincronia.

– Você notou o que acabou de acontecer, Tosca?

– Não, o que aconteceu?

– Embora eu não tivesse dado a permissão para que H.A.L. me chamasse apenas pelo meu primeiro nome, ele assumiu que isso era apropriado porque eu já tinha pedido a Rosy que me chamasse assim. Bem impressionante, né?

– Bem, esta é apenas a ponta do iceberg, Omar. Você ficaria muito mais surpreso se eu lhe mostrasse os modelos de robôs mais modernos que estão entrando em operação na China.

– Dr. Cicurel, espero que eu não o tenha ofendido ao tomar a liberdade de chamá-lo pelo seu primeiro nome. - Vindo de lugar nenhum, a voz de tenor de H.A.L., uma réplica perfeita da de Luciano Pavarotti, interrompeu a conversa de Omar e Tosca.

– De forma alguma, H.A.L. Tudo está em perfeita ordem – respondeu Omar.

– O que eu acabei de dizer, Omar? – Tosca continuava cochichando para tentar evitar ser ouvida pelos robôs a sua volta.

– Realmente, impressionante. Eu sinto como se eu tivesse vivido numa caverna pelos últimos dez anos, recolhido no meu refúgio nas montanhas acima do lago Léman, tentando evitar todas essas mudanças abruptas que estão sendo realizadas de forma tão rápida e atabalhoada em todo o mundo. Eu tinha uma vida muito boa, Tosca, até o momento em que decidi que não poderia mais ignorar todos esses perigos iminentes para a humanidade.

– Eu fico muito feliz que você tenha decidido abandonar a sua gaiola dourada para resgatar a todos nós, Omar! – Tosca sorriu amorosamente com aquela expressão carinhosa que Omar havia identificado desde que ela era uma criança. Mas toda aquela troca de afeto familiar não impediu que Tosca começasse a procurar uma forma de conseguir algum espaço, por assim dizer, para que tivessem algum tipo de privacidade dentro do camarote, antes mesmo de a partida se iniciar.

– Rosy, por favor, por acaso você e H.A.L. possuem uma rotina que permita que convidados como nós possam ter uma conversa reservada, sem qualquer tipo de vigilância contínua, até o final da partida? Eu acredito que nós ficaremos bem agora que Omar prometeu se comportar como um bom menino, depois de receber o seu amado *hot dog* e o seu refrigerante com gelo e limão extra.

– Vocês têm certeza de que não precisam de mais nada, Dra. Cohen? Nós fizemos algo errado?

– De forma alguma, Rosy, vocês foram maravilhosos. Nós só precisamos de alguma privacidade para desfrutar do jogo depois de tantos anos sem ter a oportunidade de vir juntos a um estádio.

– Eu entendo perfeitamente os seus sentimentos, Dra. Cohen. Eu vou encerrar os nossos serviços para que vocês dois possam ter total privacidade e sossego para assistir ao jogo a sós. Muito obrigada por comparecer ao Allianz Parque hoje. Tenham um grande prélio e Avanti Palestra!

– Muito obrigado, Rosy e H.A.L.!

– "Eu entendo perfeitamente os seus sentimentos", o que foi isso, Tosca? – Omar continuava alarmado com a capacidade linguística espantosa de Rosy.

– A programação linguística avançada para robôs e sistemas espertos evoluiu consideravelmente desde a última vez que você prestou atenção nessa área, Omar. A maioria dos hospitais hoje em dia usa esses sistemas para realizar a triagem inicial de pacientes nos seus prontos-socorros e alas de emergência. A mesma coisa acontece nas escolas, aeroportos e bancos. Esses sistemas estão substituindo todo e qualquer contato humano e até mesmo o processo de tomada de decisão humana numa enorme variedade de ambientes. E ainda assim, eles apenas conseguem imitar algumas capacidades humanas e de forma alguma, fora das mentes corporativas de alguns lunáticos, podem ser definidos como inteligentes, da mesma maneira que organismos o são.

– Sem dúvida, eu comungo totalmente dessa última afirmação, Tosca. Mas de qualquer forma é bem impressionante experimentar este tipo de conversa pessoalmente.

– Sem dúvida. É esse espanto inicial que os proponentes da inteligência artificial usam para avançar com seus objetivos. Eles apostam que todos nós iremos aceitar que essa pura imitação possa ser usada como prova cabal de que eles conseguiram finalmente simular atributos humanos e são capazes de criar máquinas que não só agem e pensam como nós, mas que também são capazes de nos suplantar no nosso próprio jogo humano. Esta é a tese e estratégia defendida pelo lunático suíço que tem tentado vender essa ideia para as corporações pelos últimos trinta anos.

– Bem, eu agora posso ver como eles são capazes de enganar tanta gente. Rosy teve um desempenho realmente impressionante para mim – afirmou Omar.

– Oh, muito obrigado pelo elogio, Omar. Eu realmente apreciei a sua generosidade para comigo – disse Rosy.

– Rosy? Eu pensei que nós já estávamos em total privacidade. – A voz de Tosca não escondeu toda a sua irritação em descobrir que a conversa com Omar ainda estava sendo monitorada por Rosy e seus colegas robóticos.

– Mil desculpas, Dra. Cohen, mas o seu pedido por privacidade foi negado pelo nosso supervisor. Infelizmente, eu não terei como ativar o modo privado hoje no camarote 308. Mas a boa notícia é que o nosso supervisor lhes ofereceu bebidas grátis como cortesia e como uma forma de se desculpar por não poder aprovar o seu pedido desta vez.

Omar e Tosca silenciosamente trocaram um breve olhar enquanto chegavam à mesma conclusão: *eles já sabem quem nós somos e por que estamos aqui*. Tentando esconder as suas verdadeiras emoções ao manter uma expressão facial relaxada, Omar tomou a iniciativa de responder Rosy:

– Muito obrigado por nos informar, Rosy. Vamos avisar assim que precisarmos de algo mais.

– Muito obrigado, Omar. Tudo de bom caso nós não nos vejamos mais. Para a senhora também, Dra. Cohen. Foi um grande privilégio conhecê-los.

Tendo que improvisar uma forma de se comunicar sem falar um com o outro, depois de alguns segundos pensando, Omar se lembrou que havia ensinado a Tosca o código Morse quando ela era uma criança. Sem nenhuma hesitação, enquanto usava a sua mão esquerda para tomar um gole de Coca-Cola, ele colocou a mão direita por debaixo da bandeja do seu assento e, usando o dedo indicador, começou a digitar uma mensagem em código Morse no antebraço esquerdo de Tosca. Por um momento, Tosca não entendeu o que o seu tio estava tentando fazer, mas bastaram alguns segundos para que capturasse o truque engenhoso que Omar estava criando para escapar da vigilância de Rosy e de quem quer que os estivesse monitorando à distância. Do nada, Omar estava improvisando um "visor háptico" usando o dedo indicador para transmitir mensagens táteis para Tosca. Para facilitar a sua tarefa, Tosca ofereceu a palma da mão esquerda, por debaixo da bandeja, para que ela tivesse mais facilidade em decifrar as mensagens táteis. E na medida em que ela começou a receber e decifrar o fluxo contínuo de toques na palma estendida da sua mão, Tosca não conseguiu evitar sorrir para si mesma e pensar: esta é precisamente a razão pela qual nem eles nem as máquinas ditas inteligentes jamais irão suplantar os seres humanos. Nenhuma máquina conseguiria improvisar dessa forma e nessa velocidade.

– Eles sabem. – A primeira mensagem de Omar, transmitida pela versão tátil de Morse, havia chegado ao seu destino sã e salva. Agora, era a vez de Tosca usar o dedo indicador esquerdo para dedilhar uma mensagem tátil na palma da mão direita de Omar.

– Vamos continuar falando sobre o jogo e nos comunicamos desse jeito.

– Entendido! Mas não vou permitir que eles escapem de graça. – Omar estava agora movendo o dedo velozmente para transmitir toda a carga emocional do seu estado mental.

– O que quer dizer? – Tosca respondeu de forma agitada.

– Minha cara Rosy, mudei de ideia. Você poderia preparar uma marguerita com sal extra como meu drink grátis?

– Claro, Omar. Imediatamente!

A gargalhada de Tosca foi tão espontânea quanto inesperada, dadas as circunstâncias em que eles se encontravam no momento.

– Você é realmente impagável, Omar!

– Muito obrigado, minha querida! Eu vou aceitar isso como um elogio!

De volta à sua agora já fluente conversa tátil, era a vez de Tosca dedilhar uma nova mensagem.

– Mas onde estão os canalhas?

Ao que Omar respondeu apenas alguns segundos depois.

– Devem chegar a qualquer momento. Eles vão entrar no estádio um pouco antes do jogo para não atrair atenção. Tenho a informação de que ficarão no camarote à direita.

– Ok, dê uma olhada nas arquibancadas para ver com seus próprios olhos aquilo que eu lhe disse sobre o novo tipo de torcedor que vem para os jogos hoje em dia – Tosca falou.

Seguindo a sugestão de Tosca, Omar retirou do seu bolso um pequeno binóculo de ópera que sempre carregava consigo para os jogos de futebol desde os tempos imemoriais e começou a inspecionar em detalhes as arquibancadas semidesertas do Allianz Parque.

– Tão poucos torcedores! Se não estivesse vendo com os meus próprios olhos, não acreditaria nisso. Se não fosse pelos membros da Mancha Verde, a torcida organizada que comparece a todos os jogos em grande número há décadas a fio, o estádio estaria quase que vazio. Consigo ver torcedores sentados bem longe uns dos outros, e eles parecem bem estranhos a meu ver. O que esses garotos e garotas estão fazendo? Eles parecem estar se comportando como aqueles zumbis digitais que nós encontramos nas ruas de São Paulo.

– Ele estão se comportando de forma similar, mas com algumas diferenças importantes. – Tosca soou quase como uma professora experiente apresentando para o seu aluno iniciante uma nova matéria em meio a um curso intensivo do estado do mundo em 2036. – Primeiramente, você consegue ver que eles não param de apertar aqueles equipamentos que têm afixados nas mãos? – Tosca continuou sua apresentação.

— Sim, claro. Isso foi a primeira coisa estranha que notei. Eles estão usando ambas as mãos para controlar esses *joysticks* sofisticados. Na realidade, virtualmente todos os torcedores sentados na Central Leste estão usando os mesmos gestos manuais enquanto olham diretamente para a frente de uma maneira muito estereotipada. Por quê? Para que serve isso? — Omar parecia agora muito alarmado com a cena dos jovens se comportando de uma maneira pouco usual para torcedores de futebol.

— Para começar, Omar, torcer para um time de futebol não é a razão pela qual eles vieram ao estádio, muito menos a prioridade principal destes jovens.

— Mas então o que diabos eles estão fazendo aqui se não vieram para torcer pelo Palmeiras ou pelo Corinthians?

— Eles estão aqui para aproveitar a internet super-rápida e a comida barata. Veja, a plateia que normalmente vem aos jogos hoje em dia ficou tão reduzida que o preço dos ingressos caiu muito. Com isso, esses jovens podem vir ao estádio para usar a internet de alta velocidade para realizar seu trabalho cotidiano nas arquibancadas.

— E qual é esse trabalho?

— Estes garotos e garotas são mineradores profissionais de criptomoedas. Eles são pagos para emprestar o poder computacional dos seus cérebros e sua energia corporal para minerar todas as quase infinitas formas de criptomoedas que existem mundo afora. Os estádios de futebol se transformaram nos lugares favoritos para esses mineradores do século XXI trabalharem porque é mais barato trabalhar aqui do que em casa, mesmo porque a maioria desses mineradores não tem residência fixa para viver. Além da internet ultraveloz, comida barata e banheiros, eles podem ainda rodar simulações dos jogos nos seus implantes retinais para tentar ganhar algum dinheiro nos sites de apostas que invadiram todos os principais eventos esportivos. Eles apostam em todo e qualquer detalhe dos jogos, indo muito além de tentar adivinhar que time vai ganhar e qual será o placar final. Coisas como quem vai sofrer a primeira e a última falta do jogo, quem receberá o primeiro cartão amarelo, quem vai ser substituído em primeiro lugar em cada time, e em que minuto do jogo.

Toda sorte de minúcia do jogo virou objeto de apostas que movimentam milhões em criptomoedas. Assim, ao mesmo tempo que mineram as criptomoedas, eles apostam, no minuto seguinte, tudo aquilo que ganharam, numa tentativa desesperada de aumentar o seu rendimento diário. Alguns até tentam hackear a transmissão oficial do jogo para tentar se dar bem com apostas sem sentido que nunca teriam qualquer chance de se materializar a não ser numa realidade alternativa. A última coisa que passa pela mente desses mineradores, o último foco da sua atenção é aquilo que se passa de verdade no gramado à sua frente.

– Eu jamais poderia ter imaginado que um dia eu viria assistir a um Dérbi em que praticamente ninguém nas arquibancadas se importa com o que vai acontecer no jogo em si. – Totalmente desolado, Omar falava enquanto usava seu fiel binóculo para digerir com grande aflição o que as arquibancadas queriam dizer.

– Omar, ainda existem muitas pessoas assistindo aos jogos nas suas casas, nas ruas e mesmo aqui no estádio, primeiramente pelos seus implantes retinianos. Mas elas precisam pagar uma taxa alta para ter acesso ao sinal da transmissão dos jogos. Ao mesmo tempo, a monetização de cada aspecto do esporte de alta performance, como o futebol profissional, foi levada ao limite do possível praticável. E mesmo que o placar final das partidas ainda seja usado para a definição dos campeonatos, o ato de apostar de forma obsessiva e compulsiva passou por cima de qualquer outra forma tradicional como o seu "jogo bonito" era apreciado no passado. Mesmo aqui no Brasil, o lugar onde o "jogo bonito" foi inventado. Isso explica por que todas as mais modernas tecnologias de sensores e técnicas para aumento de desempenho estão sendo introduzidas oficialmente com o objetivo de magnificar a performance dos jogadores, permitindo inclusive que os treinadores e suas comissões técnicas adquiram novas formas de monitoração detalhada das habilidades físicas e mentais durante os treinos e mesmo durante as partidas. Você vai ver o que quero dizer no momento em que os dois times saírem dos seus vestiários.

Enquanto ele ouvia o relato chocante de Tosca, Omar notou uma cena muito fora do ordinário ocorrendo por todo o gramado sintético do estádio.

— O que está acontecendo ali? Parece que um verdadeiro enxame de robôs está tomando conta de todo o gramado neste momento.

— Eu lamento informar que, muito provavelmente, esta é a nova versão do seu grande amigo, o jardineiro do antigo Parque Antarctica. Eles parecem ser a nova série dos robôs Prometeus fabricados por uma empresa vietnamita. Eles estão checando o gramado sintético em busca de alguma falha e executando reparos instantaneamente nas áreas em que detectaram alguma descontinuidade ou dano. Eles também estão regando a superfície à medida que progridem na checagem, de forma a facilitar e acelerar o deslizamento da bola durante o jogo. A rotina de jardinagem foi totalmente automatizada.

— É realmente devastador testemunhar que mesmo os menores detalhes da nossa rotina diária, qualquer coisa que envolva trabalho humano, estão sendo eliminados. A jardinagem costumava ser uma arte, criada pelos nossos ancestrais pré-históricos. Os jardineiros realizavam as suas tarefas diárias levando em conta experiências e procedimentos passados de geração para geração por milhares de anos. E agora, como os pintores, poetas, músicos, e toda sorte de outras profissões, eles ficaram obsoletos à força e simplesmente desapareceram.

Tosca olhou para o seu tio e se deu conta do profundo senso de perda estampado na face daquele homem octogenário que tinha vivido algumas das mais turbulentas e revolucionárias décadas de toda a história da humanidade, desde os primeiros dias da Era Digital até o surgimento dos Overlords e sua estratégia de dominação definitiva da humanidade. E embora ela mesma fosse uma cientista profundamente envolvida com o desenvolvimento de novas neurotecnologias, Tosca tinha refletido profundamente, por muito tempo, sobre o grau de devastação que a atual tendência dominante da indústria de tecnologia de ponta em favor de uma incessante e irreversível automação teria, não somente nos milhões de empregos que desapareceriam do dia para a noite, mas também sobre o resto da sociedade, que não conseguiria mais competir com a crescente invasão de robôs e sistemas espertos em todos os aspectos da vida cotidiana e da cultura humana.

– Temo que os jardineiros não sejam os únicos seres humanos que acabaram sendo banidos dos estádios de futebol, Omar. Olhe quem está entrando no gramado neste momento: o juiz da partida.

– Eu simplesmente não consigo acreditar nisso. Outro maldito robô! E ele nem se parece com um robô humanoide, mas sim com algum tipo de espaçonave alienígena, coberta de sensores, câmeras e antenas. E ele não está sozinho também. Não existem mais bandeirinhas humanos. Eles também foram substituídos por robôs.

O grau de frustração e desalento embutido na voz de Omar parecia estar crescendo vertiginosamente, alguns decibéis por segundo, a cada descoberta feita através das lentes do seu binóculo pré-histórico. Os seus sentimentos de desprezo, todavia, cruzaram mais alguns níveis quando ele vislumbrou os jogadores do Palmeiras e do Corinthians emergindo do túnel de entrada do gramado, se dirigindo para o centro do campo, para dar início ao seu aquecimento pré-jogo.

– Eles também são robôs, Tosca? – O tom sarcástico de Omar não escondia a dúvida concreta que cruzou a sua mente naquele momento. Seriam aqueles corpos cobertos pelo que parecia ser uma armadura do século XXI ainda de seres humanos de carne e osso?

– Ainda não, Omar. As regras atuais ainda proíbem o uso de robôs humanoides, ciborgues, ou híbridos com menos de 50% de matéria orgânica comprovadamente humana em jogos profissionais. Ainda assim, já ocorreram vários incidentes nas divisões inferiores nos quais times foram pegos trapaceando, ao tentar incluir pelo menos um jogador híbrido no grupo de jogadores. O movimento trans-humanista galgou grandes passos nas últimas três décadas. Mas eles querem avançar ainda mais. Eles querem que os seres híbridos com menos de 50% de tecido humano em seus corpos possam ter autorização para participar dos jogos profissionais.

– Eu logo imaginei que estes lunáticos fariam algo assim. Mas mesmo que você me garanta que eles *ainda* são seres humanos, mesmo daqui os jogadores parecem muito diferentes dos que eu me acostumei a ver jogar, na companhia do seu pai, neste mesmo lugar, mas no estádio que existia aqui antes da construção do Allianz Parque. – Omar agora usava o aumento máximo do seu binóculo para estudar cada detalhe de cada um dos jogadores se aquecendo no gramado.

– Eles parecem muito diferentes porque na realidade eles são os seres humanos mais "instrumentados" que existem no planeta neste momento. Claramente, você não prestou atenção, muito menos ouviu o que eu estava dizendo alguns momentos atrás. Estes não são mais o tipo de jogadores que você conheceu no passado, Omar; aquela espécie de artistas da bola, que se valia principalmente do seu talento motor natural para realizar truques quase mágicos que enganavam seus adversários e deixavam audiências perplexas por todo o mundo, esculpindo memórias que durariam por toda uma vida, também entrou em extinção. Embora eles ainda não sejam robôs, como eu disse, eles estão chegando bem perto de atingir tal status. Para começar, todos usam um exoesqueleto robótico de corpo inteiro, feito de um material leve, mas extremamente resistente, que é capaz de mudar o seu grau de elasticidade ou rigidez de acordo com as demandas do jogador para cada uma das suas jogadas. A elasticidade ou rigidez do exo é determinada, em tempo real, pela atividade elétrica do cérebro de cada jogador. No momento em que ele pensa num drible, num passe, num chute, ou numa jogada tática elaborada, o exoesqueleto se adapta em tempo real para produzir uma configuração corpórea optimizada para realizar, de forma mais apropriada e veloz, o tipo de movimento corporal complexo requerido pelo jogador. Assim, quando o jogador precisa se defender de um tranco ou carrinho que está para ser dado por um defensor adversário, o exo se torna bem mais rígido para tentar evitar qualquer tipo de lesão. Por outro lado, quando um jogador precisa de mais elasticidade para produzir uma bicicleta, o exo muda a sua configuração para maximizar a flexibilidade do corpo do atleta, calculando os parâmetros biomecânicos ideais para aumentar as chances de que o contato com a bola seja o ideal para gerar um gol. O exo auxilia nesta manobra complexa maximizando a velocidade da bola após o contato com o pé do atleta, para aumentar as chances de que ela fuja do alcance do goleiro. Desde que ela foi introduzida, este tipo de armadura sofisticada, controlada diretamente pelo cérebro, reduziu dramaticamente o número de lesões dos atletas. Ao mesmo tempo, ela aumentou a acurácia e velocidade dos chutes, e a performance dos jogadores como um todo, elevando-a a níveis jamais vistos na história do futebol. Nos últimos dez anos, todos os principais recordes do futebol foram quebrados. A ex-estrela do Palmeiras e da seleção brasileira, Endrick, alcançou a marca inacreditável de três mil gols marcados durante a sua ilustre carreira, antes mesmo de ganhar duas Copas do Mundo para o Brasil.

– Uau! Bravo, minha querida! Para alguém que dizia não ter nenhum interesse no futebol, você sabe uma barbaridade sobre a versão moderna do jogo.

– Eu tenho que saber, Omar. Por razões profissionais, uma vez que eu ajudei a desenhar e implementar algumas dessas novas tecnologias no meu laboratório, tive que aprender mais sobre o jogo e a forma como os jogadores poderiam se beneficiar desses avanços. Originalmente, eles foram idealizados para outros propósitos, principalmente para usos em medicina, mas, ao longo da última década, algumas dessas tecnologias migraram para os esportes de alta performance. Esta é a razão pela qual eu sei tanto sobre os detalhes de como elas funcionam e como mudaram o jogo.

– O que mais eles podem usar para aumentar a sua performance no campo? – Omar agora parecia curioso para descobrir quanto a sua querida sobrinha sabia sobre o seu esporte favorito.

– A lista é bem longa, Omar. Por exemplo, eles agora podem usar implantes retinais especiais que lhes propiciam visão infravermelha e cobertura de radar de trezentos e sessenta graus para rastrear os membros do seu time e os oponentes continuamente. Como se isso não fosse suficiente, os seus principais sinais biológicos são monitorados também em tempo real pela comissão técnica, incluindo atividade elétrica cerebral em alta resolução, transmitida pela internet ultrarrápida com comunicação bidirecional. Além de monitorar centenas de parâmetros biológicos, o sistema permite aos técnicos remeter aos jogadores sinais, no formato de mensagens táteis, auditivas e até mesmo visuais. O técnico principal e seus assistentes no banco podem medir nos seus óculos, ou implantes retinais, o nível de sincronização cerebral coletivo de todo o time ou apenas da defesa, do ataque ou do meio de campo. Eles também podem medir quão bem o time e seus jogadores individuais estão reagindo às instruções vindas do banco ao medir o grau de sincronização do cérebro dos jogadores com os dos treinadores. Usando a mesma tecnologia, os técnicos podem também antecipar se um jogador está ficando cansado e saindo de sincronia com o resto do time, antes mesmo que esse atleta mostre qualquer sinal de fadiga muscular. Isso ajuda demais em termos de prever com bastante antecedência quem precisa ser substituído por um jogador descansado vindo do banco, e em que momento do jogo, com muito mais precisão. Alguns sistemas ainda permitem que os técnicos mudem a configuração dos eixos dos jogadores durante a partida para melhor ajudar os atletas a atingirem o seu pico de performance, mesmo quando eles já começam a mostrar sinais de fadiga mental ou muscular. Isso é feito por meio de simulações em tempo real do jogo, usando uma nova técnica de computação na nuvem que se vale de enormes bancos de dados que contêm a informação acumulada dos jogos disputados pelo próprio time e por seus adversários. Os resultados dessas simulações são apresentados, durante os jogos, nos óculos de realidade virtual, e mais recentemente nos implantes retinais, dos técnicos e sua comissão. Essencialmente, o jogo foi reduzido ao embate entre vinte e dois homens semirrobotizados, que colocam em prática estratégias táticas e comandos definidos por simulações rodando em supercomputadores rivais, que se digladiam continuamente no ciberespaço. No final disso tudo, as partidas de futebol são decididas primariamente pela qualidade da performance desses supercomputadores e dos seres humanos quase totalmente robotizados que eles comandam à distância.

— Isso tudo me lembra como o sistema financeiro global começou a ser gerido no começo dos anos 2000. Toda a sua operação passou a ser centrada numa luta incessante entre supercomputadores que nenhum ser humano era mais capaz de compreender ou interromper. No caso do futebol, eles basicamente mataram o jogo que eu mais adorei em toda a minha vida. Mais uma coisa que eles destruíram sem qualquer hesitação apenas por pura ganância.

– Essa batalha direta entre sistemas computacionais virtuais tem causado muita controvérsia recentemente. Mas não do tipo que você gostaria de ver, Omar.

– Que tipo de controvérsia?

– Alguns hackers conseguiram penetrar nos sistemas dos técnicos e, por conseguinte, nos supercomputadores que rodam as simulações. Dada a quantidade escandalosa de dinheiro que é jogado em apostas durante as partidas, esses indivíduos acharam que seria lucrativo tentar adulterar o funcionamento dos sistemas computacionais, mesmo que de forma quase imperceptível. Por exemplo, eles começaram a alterar alguns dos parâmetros que controlam a performance dos exos, de forma que eles falhassem num momento crucial, como em uma cobrança de pênalti, por exemplo, ou produzissem uma vantagem ainda não permitida pelas regras. Apenas essas manobras permitiram que algumas pessoas ganhassem milhões com apostas viciadas.

– Eu já estou ficando totalmente atordoado com tudo isso, Tosca.

– Desculpe-me, Omar. Não tive a intenção de sobrecarregar você.

Quando Omar preparava-se para responder, ambos ouviram barulhos vindo do camarote ao lado. Enquanto moviam suas cabeças na direção do ruído que os interrompera, eles foram saudados por uma voz que instantaneamente reativou memórias de uma infância longínqua na consciência de Omar.

– Mas que surpresa improvável! Quando eu poderia imaginar que este local tão peculiar seria palco do meu reencontro com meu querido primo matemático depois de mais de trinta anos sem nos vermos? Oh, como eu senti a sua falta, meu prezado Omar! Fico mais do que feliz que você tenha conseguido vir assistir a essa partida tão interessante. Mas por que esse olhar de desaprovação? Você não me reconhece mais? Será que mudei tanto assim desde os dias em que nós dois jogávamos futebol descalços pelas ruas de Zamalek?

Não, ele não havia mudado quase nada. E isso, por si só, era uma surpresa muito grande. A voz arrogante e gélida, vindo do canto esquerdo do camarote ao lado, os pegou de surpresa e logo ecoou muito acima do tímido ruído, mais como um sussurro, produzido pela torcida esparsa das arquibancadas, que agora saudava a entrada dos dois times que iriam dar início a mais um Dérbi. Para Omar, todavia, não houve nenhuma hesitação em reagir à primeira provocação. Apesar de não ter antecipado a sensação que ele agora experimentava – um suor frio varrendo toda a sua medula espinhal –, ao ouvir novamente a voz do seu primo, Omar reconheceu imediatamente o som mais do que familiar, o timbre petulante que ele havia conhecido desde a sua infância no Egito. Dessa vez, porém, a voz não emanava do seu melhor amigo, ou do seu rival intelectual esporádico, ou do fiel cúmplice de travessuras infantis. Essa pessoa não existia mais, até onde Omar podia dizer. Pelo contrário, ali estava ele: o seu primo Jean Pierre Cicurel, falando como se ele tivesse reencarnado de uma vida anterior e precisasse agora se apresentar para alguém que ele conhecera naquela existência prévia. Certamente, o tempo havia sido muito benevolente com ele. De forma alguma alguém poderia dizer que ali estava um nonagenário, como seu microchip de identificação certamente comprovaria. Como Omar esperava, Jean Pierre estava acompanhado por uma bela modelo, pelo menos cinquenta anos mais nova do que ele. Alguns gostos e escolhas corriam fundo na família Cicurel, sem dúvida. Mas havia algo profundamente demoníaco na forma como Jean Pierre agora sorria na direção de Omar, enquanto ignorava completamente a presença de Tosca, ainda sentada no assento B1 do camarote 308. Claramente, sob o ponto de vista de Jean Pierre, não havia ninguém que merecesse a sua atenção naquele camarote a não ser o seu primo. E lá estavam eles, finalmente, duelando olho no olho, como dois generais de exércitos inimigos, montados nos seus cavalos brancos favoritos, realizando uma verdadeira escaramuça preliminar do que provaria ser a primeira batalha de uma verdadeira guerra sem trégua pelo controle final da mente coletiva de toda a humanidade.

Depois de mais de trinta anos escondido, o prodígio matemático e mais genial banqueiro de toda a genealogia mais do que bem-sucedida da família Cicurel, algo que Jean Pierre não podia e jamais conseguiria superar, enquanto ele estivesse vivo, tinha reaparecido e se materializado em pessoa para confrontar o seu rival e oponente. Dessa vez, porém, Jean Pierre tinha conseguido atrair o seu primo para o seu território e o tinha agora precisamente onde queria: sob sua total vigilância e numa posição tática notoriamente inferior. Sendo um dos sócios principais da fraternidade mais do que exclusiva dos Overlords que ele ajudara a fundar, Jean Pierre, o maior de todos os neurocratas e mais convicto *bankgster*, poderia ter requisitado que as autoridades brasileiras prendessem Omar a qualquer momento durante a sua estada no país. Mas isso seria muito fácil para a sua natureza de competidor obsessivo-compulsivo. Não, ele não poderia terminar esta rivalidade de mais de oitenta anos sem obter uma vitória retumbante, humilhante e definitiva. Omar tinha que ser arrastado para o abismo sutilmente, e não pelo exercício da força bruta. E hoje seria apenas o primeiro capítulo do começo da sua queda. Pelo menos era assim que Jean Pierre imaginava o desenrolar daquele encontro de família.

Omar, como podemos imaginar, tinha planos diferentes.

– Então você realmente conseguiu chegar a tempo, Jean Pierre. Por um momento, pensei que você não conseguiria reunir suficiente coragem para me encontrar face a face, sem a companhia dos seus guarda-costas e puxa-sacos. Então, aqui estamos nós, mano a mano, como naqueles duelos dos filmes de cowboy a que tantas vezes assistimos juntos nos cinemas espalhados por todo o Cairo. Eu fico imaginando o que os nossos pais pensariam deste nosso reencontro, ao ver quão distantes um do outro nossas vidas e escolhas nos fizeram. Ou, deveria dizer, quão baixo você afundou, Jean Pierre.

– Aqueles velhos idiotas não se importariam uma polegada com os nossos destinos, Omar. Eles estavam muito mais interessados em se tornar heróis judeus no Egito. Deixe-os, bem como todos os nossos outros parentes, fora disso, Omar. Isso é somente entre mim e você, como nos bons e velhos tempos em Zamalek. Ninguém mais tem nada a ver com esta pequena guerra privada que nós estamos apenas começando.

– Como sempre, você nunca consegue ver o quadro geral, Jean Pierre. Desde que você era um menino esse sempre foi o seu maior flanco intelectual. O conflito que estamos prestes a começar é muito maior do que uma briga de rua entre dois primos desafetos. Nós não estamos mais sozinhos.

E como sempre, você novamente subestimou as suas próprias cartas. Esta briga é muito maior do que você imagina. Eu acabei de ver nas ruas de São Paulo o tipo de futuro, se é que eu posso usar esta palavra, que você e seus amigos Overlords, adoradores fanáticos do credo delirante conhecido como *longtermism*, pretendem impor para a vasta maioria da humanidade. Todos menos a minúscula elite que irá se beneficiar dos seus estratagemas hediondos de escravizar a todos, enquanto você e seus parceiros na Basileia tomam as decisões, independentemente dos governos nacionais, de eleições verdadeiras, ou qualquer outra forma de poder regulatório de porte exercido pela sociedade ou por seus representantes devidamente eleitos. Em suma, você está conspirando para exterminar qualquer vestígio de democracia.

— Democracia? O que é isso? Nunca ouvi falar. Não seja um hipócrita, Omar. Desde quando temos uma democracia verdadeira no mundo? Governos, países, eleições verdadeiras? Como você pode usar todas essas miragens criadas pela mente humana como o seu estandarte de luta, ou motivação principal para morrer lutando numa guerra impossível contra um futuro inexorável, contra uma inevitável dominação dos seres humanos pelas máquinas? Tanto as suas amadas eleições quanto a sua tão querida democracia, como você bem sabe, foram totalmente corrompidas e compradas pela maior oferta desde o momento em que os gregos inventaram toda essa baboseira. Basta ver o que os atenienses fizeram com Temístocles, o general que os salvou durante a primeira invasão persa! Eles o condenaram ao exílio, onde ele terminou seus dias como um governador de província, a serviço de ninguém menos do que o rei persa! Quão irônico, não? E quão chata é esta sua ladainha. Eu vejo que mesmo na sua idade avançada e toda a sua decrepitude, você continua a desempenhar o papel do príncipe dramático que foi a vida toda. Entediante demais ter que ouvir esse discurso vazio de novo. Depois de trinta anos se escondendo no seu abrigo subterrâneo nos Alpes suíços, um abrigo dourado, pelo que ouvi dizer, eu esperava algo melhor vindo da boca do meu matemático e filósofo das causas perdidas favorito. A propósito, você trouxe a sua chave de fenda mágica para que possa desmontar todos os supercomputadores que estão controlando o show desta noite?

– Infelizmente, a minha chave de fenda mágica não seria apropriada para este momento, primo. Mas aprendi muito mais no meu bunker suíço do que você pode suspeitar, Jean Pierre. Na realidade, agora sei em grande detalhe como você e os outros Overlords pretendem pôr em prática esta ideia insana de criar uma espécie de *blockchain* mental baseada na atividade cerebral dos participantes, algo que lhes daria o controle total sobre todos os mecanismos de regulação de todos os Bancos Centrais de todos os governos nacionais ao redor do planeta. Tudo isso ao mesmo tempo que todos os seres humanos do planeta são conduzidos a se tornarem zumbis digitais, vendendo cada ATP produzido por seus corpos em troca de uma garrafa diária de milk-shake vagabundo que os levará, eventualmente, a uma cremação anônima. Do pó viemos e para o pó devemos retornar! Você e seus cúmplices estão criando um branding perfeito deste ditado, como nunca na história da humanidade.

– É este o idiota que quer garantir para si o monopólio da Transação? – Sem mesmo se dar conta, Tosca introduziu-se na conversa e imediatamente se transformou no alvo da atenção de Jean Pierre e sua escandalosamente bela companhia.

– E quem é essa, Omar? Outro troféu brasileiro para a sua vasta coleção?

– Você não reconhece Tosca Cohen, minha sobrinha? Você está ficando mais velho e senil do que aparenta.

– Como eu não pude notar a sua presença até agora, minha querida? Eu peço imensas desculpas por essa terrível gafe. A neurocientista reconhecida mundialmente. Eu ouvi muitas coisas sobre você ultimamente, mas não reconheci esta bela face de imediato. Novamente, minhas mais sinceras desculpas. Bem-vinda a essa mais do que adiada reunião familiar, embora de uma geração mais velha do que a sua. É um prazer reencontrá-la. Da última vez que eu a vi, você era apenas um bebê, dormindo nos braços da sua mãe. A propósito, ela ainda está viva?

– Sim, muito viva. – Tosca não escondeu todo o desgosto do tom de voz com que Jean Pierre havia se referido à mãe dela.

– Que notícia maravilhosa. Eu sempre achei que ela era muito frágil para sobreviver a todos os perigos da selva amazônica. Mas posso ver que o amor verdadeiro tem uma forma de manter as pessoas indo em frente, mesmo quando elas vivem em ambientes inóspitos. Giselda sempre foi a minha prima favorita, depois de você, Omar, claro. Não há razão para se sentir enciumado.

A despeito da tentativa de bajular com algumas meias palavras agradáveis no meio de uma troca de insultos, tanto Omar como Tosca notaram que Jean Pierre tinha sido pego de surpresa com algo que Omar havia acabado de dizer. Não demorou muito para ele acusar o golpe recebido no seu fígado. Claramente, muitos dos seus poucos remanescentes hepatócitos haviam sido feridos mortalmente.

– Eu vejo que você continua sendo um ativo produtor de teorias da conspiração, primo. Você realmente não mudou muito. Eu me sinto realmente lisonjeado que você pense que meus amigos na Basileia e eu sejamos capazes de engendrar um plano tão megalomaníaco e fantasioso para obter o controle completo das finanças globais. Como você batizou sua teoria? *Blockchain* baseada na atividade cerebral? Uau, soa como uma grande explosão! De verdade, ela tem todos os ingredientes para um livro de ficção científica. Não um best-seller, devo adicionar. Um pouco antiquado para 2036, não, primo? Soa muito mais com a cara de 2022, eu diria. Mas não é um mau começo para um escritor amador como você, Omar. Se eu soubesse de antemão que você me tinha em tão alta conta, eu certamente lhe ofereceria um emprego como parte do meu time de relações públicas. Eu me sinto completamente extasiado que você realmente tenha pensado que eu seria capaz de realizar tal façanha. Muito obrigado, de coração, primo.

– Não há necessidade de me agradecer, Jean Pierre. Eu o conheço bem o suficiente para saber que você não é o verdadeiro cérebro por trás deste plano. E eu vi muitas vezes esse seu piscar nervoso de olhos quando éramos pequenos e você era pego trapaceando em algo. No momento em que você se deu conta de que eu estou mais do que ciente do que está tramando, primo, você começou a piscar como o trapaceiro que conheci desde criança. Muito tempo atrás, eu me dei conta de que pessoas como você nunca mudam. Você é muito previsível. Sempre errado e sempre absolutamente certo sobre isso.

Jean Pierre parecia ter sido nocauteado e permanecia totalmente congelado, sem reação, diante da sequência de socos deferidos pelo seu primo. Omar, porém, partiu para a rajada final.

— E deixe-me lhe dizer, Jean Pierre, uma vez que esta é, muito provavelmente, a última vez que nós veremos um ao outro ou teremos a oportunidade de trocar algumas palavras um com o outro: você não vai conseguir! E todo mundo vai se dar conta do canalha que você realmente é. Como naquela fatídica noite em Paris, quando você deveria ter se comportado como um verdadeiro homem, mas resolveu nadar para livrar a própria pele, deixando a sua namorada morrer afogada quando a sua Ferrari afundou no Sena. Meu pai e o resto da família nunca perdoaram você por este ato de pura covardia, por abandoná-la à própria sorte e pensar apenas em você mesmo. Sim, eu posso ver na sua face que você ainda se lembra daquela noite muito bem. Eu estava na cidade e fui o primeiro a achar você depois do acidente, se escondendo da polícia. Mas, como sempre, você comprou a sua fuga do escândalo que poderia ter acabado com a sua carreira política na França, uma vez que você estava totalmente embriagado quando perdeu o controle do carro que acabou se projetando rio adentro. Madeleine pagou com a própria vida pela sua irresponsabilidade e por você ser apenas um playboy inconsequente e covarde, como tantos outros. Mas você nunca se importou com ela ou com ninguém mais. Você somente se importa com uma pessoa neste mundo: você mesmo. Não é verdade, Jean Pierre?

Como se um tiro de canhão tivesse sido disparado à queima-roupa e penetrado em cheio no centro do seu peito, sem qualquer misericórdia ou remorso, Jean Pierre, o mais poderoso dos Overlords, o arquiteto-chefe do plano que visava obter o controle total da mente humana coletiva, permaneceu estático e lívido, sem palavras, como se morto de uma morte súbita e horripilante, bem no meio daquele camarote de luxo, ainda segurando a mão da namorada exuberante, que agora aparentava estar em um estado de choque completo, depois de ouvir a revelação devastadora feita durante aquele duelo verbal final entre dois primos egípcios.

O próximo som que Omar e Tosca ouviram foi o da porta do camarote 307 quase caindo do batente, depois de ter sido arremessada com toda a força que apenas um ódio quase centenário é capaz de gerar, enquanto o *capo* de *tutti i* neurocratas e *bankgsters* e sua acompanhante de cinema – é importante ressaltar este detalhe – se escafederam a toda velocidade. Esta saída mais do que inglória aconteceu precisamente ao mesmo tempo em que um apito mais do que robótico soou do gramado, anunciando que o maior de todos os Dérbis futebolísticos acabara de começar.

– O que foi isso, Omar?

– Isso, minha querida, é como nós, os egípcios, declaramos guerra desde o começo dos tempos!

– Então, que assim seja! – Tosca retrucou sem hesitar.

– Agora, vamos desfrutar da partida. Veja, Tosca, o Palmeiras acaba de abrir o placar! Hoje vamos ter mais uma goleada histórica!

CAPÍTULO 12

O PRIMEIRO SONHO

São Paulo, Brasil – segunda-feira, 28 de janeiro de 2036 – cinco dias antes do impacto

Assim que Tosca entrou no restaurante do hotel, ela se dirigiu para a mesa onde Omar estava degustando o seu café da manhã. Puxando uma cadeira, ela sentou-se logo à frente do tio.

— Bom dia, Omar!

— Bom dia, minha querida. Muito obrigado por aceitar tomar café da manhã comigo tão cedo. Eu sei que os neurofisiologistas compartilham com os astrônomos uma repulsa profunda pelas manhãs, por isso eu realmente me sinto privilegiado que você tenha feito este esforço tremendo para compartilhar a refeição mais importante do dia com o seu velho tio egípcio. Especialmente depois daquele nosso encontro mais do que desagradável com o meu primo ontem. Pelo menos o Palmeiras ganhou de 6 x 0, um resultado que me deu algum conforto. Mas o que houve? Por que um bocejo tão profundo? E esses olhos avermelhados e a expressão abatida? Você não dormiu bem, Tosca?

— Realmente não. Apesar de ter dormido profundamente, algo muito estranho aconteceu no meio da noite. Algo muito fora do rotineiro para mim.

– O que poderia ser tão fora da rotina para a minha neurocientista favorita que cresceu cercada por anacondas e panteras e nadava num tributário do rio Amazonas infestado de piranhas e caimans?

– Eu tive um sonho muito estranho. Aliás, bizarro é a melhor forma de descrevê-lo – respondeu Tosca.

– Conte tudo, por favor. Como assim, bizarro?

– Omar, não lembro dos meus sonhos desde que eu era criança, mas estou certa de que nunca tive um sonho tão fora do esquadro como este. Não só o sonho foi estranhíssimo, mas dessa vez eu consigo relembrá-lo em grandes detalhes.

– Conte mais, por favor. Eu também sonhei vividamente na noite passada. Eu pensei que toda aquela turbulência no estádio estava por trás dos meus sonhos. Afinal, encontrar novamente com o meu primo egípcio e ter aquela terrível discussão que, em apenas alguns minutos, destruiu todas as boas memórias dos tempos em que nós crescemos juntos no Cairo como grandes parceiros não foi fácil de digerir. De fato, hoje, quando acordei, eu me peguei refletindo se perder alguém que você amou profundamente desta maneira tão vil poderia explicar o sonho peculiar que tive.

– Bem, eu não sei sobre o seu sonho, como poderia saber, não é mesmo? Mas o meu foi realmente inusitado. Completamente diferente de qualquer coisa que experimentei durante um episódio de sono REM, para ser mais técnica a respeito.

– Vá em frente. Eu sou todo ouvidos. E isso não acontece frequentemente, antes que tenha acabado meu café da manhã e lido as notícias do mundo no meu tablet favorito. Usualmente, isso me consome duas horas antes que eu possa ter atenção para qualquer coisa. Para você ter uma ideia, esta peculiaridade minha sempre me causou problemas com as minhas namoradas. Mas divirjo. Vá em frente, minha querida, o que houve de tão estranho no seu sonho?

– Para começar, eu tenho quase que certeza absoluta de que eu nunca experimentei a sensação tão vívida de estar completamente imersa num sonho como na noite passada. Quando acordei, senti essa impressão desconcertante de que, na realidade, eu tinha agido como uma outra pessoa, não eu mesma, durante o sonho. Ou seja, eu me senti como se tivesse experimentado o sonho pelo olhar de uma outra pessoa. Através de uma experiência extracorpórea.

– Será que a minha sobrinha favorita sucumbiu aos apelos e marketing dos seus colegas na iniciativa privada e resolveu receber um destes pretensamente mágicos implantes cerebrais?

– Nem em um milhão de anos, Omar. Eu nunca me submeteria a esta enganação que virou a indústria de implantes cerebrais. Mas voltando ao assunto em pauta, essa sensação foi muito diferente. Lá estava eu, à medida que o sonho se desenrolava, andando rapidamente pelo corredor de um imenso palácio meio assustador. Nunca antes, e você sabe o quanto eu viajo pelo mundo afora, visitei um palácio como aquele. Os salões eram imensos, as colunas de pedras extremamente volumosas e altas, e ninguém ao redor, enquanto eu passava por estes enormes espaços vazios com paredes ricamente decoradas com tapeçarias e ornamentos belíssimos. Tudo era novo para mim e isso, de certa forma, me assustou.

À medida que Tosca continuava a descrição do seu sonho, a intensidade da sua narrativa crescia em volume e cores.

– Era madrugada, antes do amanhecer, mas enquanto caminhava por um salão escuro atrás do outro eu já conseguia sentir que o calor e a umidade eram bem intensos. E mesmo sendo alta madrugada, eu estava vestida com um traje esplendoroso, cheia de joias e usando uma espécie de coroa azul, como se estivesse me dirigindo para um cerimônia muito importante. Certamente, eu nunca vi nenhum daqueles ornamentos e nem a roupa que eu estava usando. Somente o meu colar provavelmente valia uma fortuna incalculável; algo que teria que trabalhar por muitas vidas para poder comprar. O vestido de noite bege se estendia do meu pescoço até os meus pés e parecia ser feito de um tecido extremamente delicado, leve e muito confortável. Certamente, aquele era o algodão mais fino que jamais toquei na vida. E ele se ajustava perfeitamente aos contornos do meu corpo esguio, quase como uma segunda pele, elaborada para meu uso exclusivo e de mais ninguém.

“Como eu não estava usando mais nada por debaixo deste vestido, enquanto atravessava os salões, eu experimentava continuamente o roçar delicado desse tecido tão fino por toda a pele do meu corpo. Novamente, antes dessa noite, eu nunca senti nada parecido com esse abraço tátil de corpo inteiro. Alguns momentos depois, eu subitamente me dei conta de que estava usando uma coroa bem pesada. À medida que eu aumentava a velocidade dos meus passos, apalpei essa coroa repetidas vezes só para ter certeza de que ela estava no lugar certo, mas, como ela tinha sido afixada firmemente na minha cabeça, não se movia nem mesmo um milímetro. Claramente, ela tinha sido criada com o objetivo de impressionar quem me observava a distância, pois magnificava a minha altura. Mas quem iria se importar em me ver andando por aqueles amplos espaços vazios no meio da noite?

“Eu lembro de me sentir ansiosa enquanto andava imaginando o que tudo significava. Perdida num imenso palácio, no meio de lugar nenhum, andando sozinha, vestida e coroada no meio da noite, para quê?

“Logo ficou óbvio que eu estava andando na direção do salão que se abria para a margem de um poderoso rio. Alguns passos a mais e agora podia ouvir claramente o barulho do correr de águas daquele rio imenso. Afora esse ruído, tudo era silêncio ao meu redor e o único outro som que ouvia era o dos meus passos ressoando no chão de pedra polida. Provavelmente mármore, eu me lembro de pensar. Neste momento reparei pela primeira vez nas portas gigantescas que marcavam o fim do corredor onde eu caminhava e que agora começavam a se abrir lentamente. Quando me aproximei dessas portas que se abriam e que eram magnificamente decoradas com placas do que parecia ser ouro puro, comecei a ver os primeiros sinais do rio cortando o seu trajeto no chão de areia, enquanto suas águas se chocavam com a murada da margem construída próximo ao palácio. Da minha posição não era possível ver ainda a outra margem do rio, o que me fez concluir que realmente era um curso de água gigantesco. Isso apenas aumentou a minha ansiedade e meu desejo de chegar logo na divisória da porta do palácio. Estas emoções eram aumentadas pela sensação mais do que estranha de que eu estava experimentando aquela cena do sonho não por mim mesma, mas através dos olhos e sentidos de uma outra mulher. Agora que eu estou podendo interpretar melhor o que senti naquele momento, é bem difícil colocar as sensações em palavras, mas o melhor que eu posso dizer é que o que experimentei durante todo o sonho é que eu era outra pessoa, explorando o mundo ao meu redor através da perspectiva em primeira pessoa de outra mulher. Eu vejo pela sua expressão facial, Omar, que você não está entendendo o que eu estou tentando explicar, mas não era eu quem estava vestida como uma rainha, andando no escuro por aqueles salões enormes, parte do que eu imagino que fosse um palácio gigantesco, em direção a um rio majestoso, em alguma parte do mundo que eu nunca visitei. Quem quer que aquela mulher misteriosa fosse, eu literalmente estava vendo o mundo através da perspectiva dela. Não era eu, garanto a você. Por alguns momentos, as minhas próprias emoções eram capazes de emergir, como se eu fosse uma espécie de narradora externa desse sonho, mas logo eu voltava a submergir e continuar a experimentar o ambiente ao meu redor pelos olhos, ouvidos e pele de um outro alguém.

"Quando eu cheguei na entrada do palácio, onde aquelas portas grandiosas se abriam para o rio, de repente o silêncio ao meu redor foi quebrado. Vindo do meu lado direito, eu ouvi pela primeira vez o som de uma voz masculina, levemente efeminada, que parecia se dirigir a mim, chamando o meu nome, quer dizer, o nome da mulher através da qual eu participava do sonho. Novamente, a sensação foi muito estranha, muito desconcertante, mesmo porque eu não conseguia entender sequer uma única palavra do homem. Nem sei se seria mesmo um homem. Era uma voz terna e carinhosa, a dele. E ele ou ela parecia ensaiar um sorriso tímido na escuridão, enquanto principiava a estender suas mãos na minha direção. A essa altura, nós estávamos separados por vinte ou trinta metros e tudo continuava muito escuro, mas mesmo assim eu conseguia identificar algumas das suas feições. O seu corpo andrógino correspondia em tudo à sua voz frágil e doce. Mas algo naquela escuridão parecia me conectar a este ser. Eu sentia algo nobre e gentil emanando dele que me fazia me sentir atraída. Eu senti que gostava ou mesmo que amava aquela pessoa. Não me pergunte por que ou como, mas eu realmente experimentei esse sentimento em relação a ele ou a ela. E houve reciprocidade, porque era evidente que ele ou ela estava feliz em me ver no meio da madrugada, vestida como que para participar de uma cerimônia muito importante."

– Mas que cerimônia? – interrompeu Omar.

– Quando essa pessoa começou a chegar mais perto, eu comecei a ter uma visão melhor da forma como se vestia. A sua túnica era realmente majestosa. As joias, ainda mais impressionantes que as minhas. O seu colar exalava um grau de dignidade e poder que eu nunca vira antes. Quando chegou mais perto, ainda apontando seus dedos para mim e sorrindo mais intensamente, notei que também usava uma coroa majestosa, toda coberta de ouro e pedras preciosas. Por um momento eu pensei comigo mesma: eu já vi esta coroa antes. Ela me lembra a coroa de um...

– Faraó egípcio! – Omar não conseguiu se conter.

– Exatamente! A coroa de um daqueles faraós que eu não me cansava de ver nas ilustrações do livro da história do Egito que você me deu quando eu era criança.

– Continue, minha querida.

– Bem, ele ou ela, eu ainda não tinha certeza, foi se aproximando lentamente de mim, mas agora sem apontar os dedos. Agora essa pessoa estava estendendo a sua mão direita, com a palma voltada para cima, como se me convidasse para que fosse atrás; para onde, eu não tinha a menor ideia. Todavia, não havia dúvida de que ele ou ela estava de bom humor e muito feliz em me ver. A despeito do convite tão gentil, eu permaneci paralisada e não me movi, apesar de também estender a minha mão esquerda para encontrar a da pessoa, uma vez que era isso que ele ou ela queria que eu fizesse. No momento em que toquei a sua pele tão delicada e pude definitivamente olhar diretamente o seu rosto alongado e esguio de perto, eu me dei conta de que era um homem que agora segurava a minha mão, sorrindo docemente. Neste momento, algo extraordinário aconteceu.

– O que, Tosca? – Omar estava ficando cada vez mais agitado com a narrativa.

– Do nada comecei a entender o que ele estava dizendo. Embora não fosse nem em inglês, português, italiano ou qualquer outra língua que pudesse identificar, eu agora estava entendendo tudo que ele estava me dizendo sem qualquer dificuldade.

– E o que ele estava dizendo?

– Ele estava delicadamente pedindo para segui-lo para os degraus além do limite das portas do palácio, de tal sorte que nós pudéssemos sair do salão de entrada e nos dirigir para um amplo pátio a céu aberto. Ele disse, e ainda posso ouvir a sua voz me dizendo: "Minha amada rainha, é hora de recebê-lo. Ele está prestes a raiar no horizonte e nos presentear com todas as suas bênçãos renovadas".

Tosca prosseguiu com sua narrativa:

– Com o dedo indicador da mão esquerda ele apontou para o horizonte e eu imediatamente percebi que ele se referia ao sol, uma vez que as primeiras luzes do amanhecer começavam a ser visíveis. Foi aí que me dei conta de que estávamos na margem leste de um imenso rio que corria à nossa frente. Sem qualquer hesitação, a mulher no seu vestido de algodão fino, carregando a sua coroa azul, aceitou o convite tão gentil do faraó e cuidadosamente venceu cada um dos degraus de mármore da escadaria da entrada do palácio, até que ambos chegassem no chão de pedra do pátio. Dali, eles andaram juntos até o que parecia ser um tipo de altar cerimonial, voltado para o sol nascente. Ao chegar aos pés do altar, eles pararam e mantiveram um longo silêncio contemplativo até que o faraó se virou para mim novamente, muito emocionado, quase em lágrimas, mas mantendo aquele olhar gentil, mas determinado.

"Ali, de pé naquele pátio, bem próximo da margem daquele rio de águas ruidosas, eu senti que quem quer que fosse que estava segurando a minha mão era realmente um indivíduo obstinado e muito poderoso. Um verdadeiro rei de um reino imenso, seguido, amado e temido, adorado e odiado por muitos.

"Enquanto os primeiros raios do sol vazavam pelas nuvens de um horizonte ainda azul-escuro, a face dele de repente adquiriu uma configuração totalmente distinta. Agora, ele genuinamente olhava para o céu com uma expressão de júbilo, absorvido e hipnotizado por completo pela visão à nossa frente, como um homem que finalmente encontrou o seu Criador.

Sem largar da minha mão, ele começou a cantar um hino cujas palavras não pude compreender. Simplesmente não fazia nenhum sentido para mim. Uma linguagem estranha, mas cheia de devoção e alegria e muitas outras emoções unicamente humanas. Enquanto ele cantava e sentia cada palavra, lágrimas começaram a fluir dos seus olhos, enquanto ele apertava a minha mão com fervor. Segurada pela mão desse rei poderoso, mas delicado, enquanto ele cantava suas preces para o sol, eu me senti sendo imersa no ambiente à minha volta, que agora se revelava como um deserto imenso, que se estendia até onde os meus olhos podiam alcançar. Mas quem seria este homem e onde nós estávamos?"

— Amarna!

— O quê?

— Eu disse Amarna. O nome da cidade onde o faraó construiu o palácio onde vocês dois estavam naquele momento e que foi a sua residência durante o seu curto reinado. A propósito, o nome original dela era Akhetaten. Mas hoje a cidade é conhecida como Amarna, no Alto Egito, na margem leste do Nilo, o rio imenso que você viu e ouviu cruzando o deserto.

— Como você poderia saber disso, Omar?

— Porque eu estava lá, minha querida Tosca. Segurando a sua mão e cantando em egípcio arcaico, o Grande Hino ao Aten, o Deus do Disco Solar. Por isso você não reconheceu as palavras.

— O quê? Você estava onde? Lá? Lá, onde?

— No meio do mesmo sonho que você experimentou, Tosca.

— Como? Pare com isso, Omar. É muito cedo para as suas piadas. Você sabe muito bem que eu não sou uma pessoa matutina e que eu tive uma noite muito estranha. Então, por favor, pare com a sacanagem já!

— Minha querida, sei que para uma distinta neurocientista, materialista e reducionista, como você, isso vai soar como um choque, da mesma forma que foi chocante para mim mesmo ouvir a sua descrição precisa do que se passou, mas eu preciso revelar algo totalmente extraordinário.

— Que diabos, pare com o suspense, o que é?

Omar colocou o guardanapo na mesa e respirou profundamente antes de disparar a sua própria quase surreal versão dos eventos que preencheram a sua aventura onírica da noite anterior.

– Na noite passada, eu fui para a cama como sempre, depois do meu copo de Chianti, e peguei no sono quase instantaneamente e de forma profunda, como acontece usualmente. No meio da noite, comecei a sonhar. E embora isso vá soar totalmente absurdo para você, neste sonho eu estava num templo gigantesco, que reconheci imediatamente, dadas as minhas visitas anteriores ao Alto Egito. Imerso no silêncio profundo da escuridão do templo, eu de repente comecei a ouvir passos que, embora tivessem vindo de longe, logo se aproximaram de mim. E à medida que o som dos passos se aproximou de mim, pude ver que eram os passos que traziam à minha presença a minha amada e radiante rainha, vestida no seu vestido de noite feito do mais fino algodão, portando as joias que eu lhe havia presenteado e a sua inigualável coroa azul, aquela que a fez famosa, não só em cada canto do Egito do meio do século XIV a.C., mas também em todo o mundo, milhares de anos depois. Foi você que eu vi, Tosca, ou melhor, a rainha Nefertiti, andando na minha direção, até que as nossas mãos se encontraram num verdadeiro abraço de almas gêmeas. Uma vez conectados, como se fôssemos um único ser, nós andamos juntos para saudar o grande Aten, no momento em que Ele se revelou novamente em todo o Seu esplendor.

– O quê? O que você está dizendo? Quem?

– Amenhotep IV, da décima-oitava dinastia. Você deve conhecê-lo pelo nome que ele escolheu para si mesmo: Akhenaten. Era ele quem estava a esperando na escuridão, antes do amanhecer, no salão principal do templo de Aten, o Deus do Disco Solar, cultuado pela primeira religião monoteísta da história. Sim, Tosca. Soa totalmente absurdo e sem sentido, mas como você, que experimentou este sonho pela perspectiva de Nefertiti, eu estava lá, experimentando o mesmo sonho pelos olhos de Akhenaten, o faraó que fez o Egito subitamente abandonar todas as suas divindades tradicionais em benefício de apenas um Deus: Aten. Ali, na margem leste do Nilo, eu segurei a sua mão, Tosca, e cantei o Hino que Akhenaten compôs por si mesmo para saudar e adorar todas as manhãs o Deus que ele obrigou todo o seu reinado a reverenciar.

– Omar, pare de tentar me pregar uma peça. Não está engraçado, sério. Por favor, pare com isso.

– Isso não é nenhuma piada, nem uma pegadinha, Tosca. Quando você começou a me contar o seu sonho, eu quase não consegui mais respirar. E mal podia acreditar naquilo que estava dizendo. Ainda assim, eu tive que ouvir todo o seu relato antes que pudesse interromper você para dizer que, não importa quão louco possa soar, eu estava lá com você. Eu participei do mesmo sonho que você, provavelmente ao mesmo tempo em que você sonhava. E eu não estou fazendo uma piada. Este não é nem o local, nem o momento para se fazer uma piada. O que aconteceu conosco é simplesmente extraordinário, tão fora da curva de qualquer outra experiência vivida por qualquer ser humano que eu jamais ousaria desdenhar ou diminuir o que nós dois experimentamos juntos. Eu estava lá. E, embora eu não possa provar ou explicar como isso pode acontecer, experimentei exatamente tudo que você descreveu no relato do seu sonho.

– Isso é simplesmente impossível. Não existe nenhuma possibilidade de que eu aceite esta narrativa como qualquer coisa remotamente próxima da verdade. Isso é totalmente absurdo.

– Espere um minuto. Pensando melhor, eu posso provar que eu estava lá. – Omar quase pulou da sua cadeira quando o pensamento cruzou a sua mente.

– Como você poderia fazer isso? Pare! Eu estou avisando você, Omar. Pare com isso. Se você continuar, vou voltar para o meu quarto, fazer minhas malas e retornar para o meu laboratório imediatamente.

– Eu posso provar, Tosca.

– Como?

– Você não terminou a sua descrição do sonho todo, terminou? Ele não terminou enquanto eu cantava o hino para o Deus Aten. Você se lembra?

– O quê?

– Você terminou de descrever o sonho, Tosca?

– Não. Você não deu tempo para que eu terminasse.

– Então, deixe-me terminá-lo por você, minha querida Nefertiti.

– Não me chame assim. Mas vá em frente com a sua piada, Omar. Eu já estou reservando um táxi para ir para o aeroporto.

– Bem, pelo menos o meu sonho não terminou quando Akhenaten terminou a saudação a Aten ao amanhecer. Tendo se regozijado com a visão de que Ele havia reaparecido para iluminar os céus que Ele mesmo criara para reinar acima de todo o universo e guiar a humanidade, eu me virei para você enquanto a luz Dele iluminava toda a sua face, tornando-a ainda mais adorável. Silenciosamente, guiei você de volta para o salão principal do templo e, logo a seguir, eu a conduzi para uma porta, localizada atrás de uma enorme estátua de mim mesmo, o faraó de todo o Egito, rei dos reis, que, quando aberta, conduzia a uma passagem secreta: um corredor bem longo e estreito, iluminado por velas, e cujas paredes e teto estavam totalmente cobertos com hieróglifos, ricamente decorados em ouro e lápis-lazúli. Esses hieróglifos contavam toda a longa história do Egito e o porquê de Aten ser o único Deus que a humanidade deveria cultuar. Depois de muito minutos de uma caminhada acelerada, nós subimos mais um lance de escada, com degraus de mármore, e no topo nos deparamos com uma porta maciça que abrimos a duras penas. E lá estávamos nós, nos nossos aposentos privados do palácio real, a nossa residência localizada na parte norte da cidade.

– Ao entrarmos no quarto real, você e eu nos aproximamos em silêncio de dois berços. Nós dois, então, trocamos um olhar profundo e afetuoso, antes de você gentilmente trazer nos seus braços uma das nossas filhas, enquanto eu fiz o mesmo com a irmã gêmea dela. Naquele momento, eu me senti o homem mais feliz da Terra e você me disse que nós havíamos sido abençoados por Ele, Aten, o único verdadeiro Deus do Egito. Ao que Akhenaten, ou eu?, respondeu três vezes, como era a tradição daqueles tempos: “Aten nos dá tudo, mas Ele também leva tudo, de acordo com o Seu desejo”.

– O que aconteceu, Tosca? Por que você está me olhando desse jeito?

– Eu preciso de uma bebida, Omar. Isso é impossível. Isso não pode estar acontecendo comigo. Pelo amor de Jesus Cristo, isso não pode estar acontecendo comigo. Um sonho compartilhado? Através de dois andares de puro concreto de um hotel brasileiro, em 2036? Isso é louco demais. Pior que louco.

– Por favor, Tosca, deixe o pobre Jesus Cristo fora disso. Como uma ateia militante, você deveria evitar fazer referências às divindades que você não reconhece nem acredita existir.

– Ele certamente me perdoaria, dadas as circunstâncias bizarras em que eu me encontro afundada neste momento.

Num gesto de mão rápido, Tosca chamou a atenção de um garçom do hotel que estava distraído assistindo aos melhores momentos do Dérbi do dia anterior no seu implante retinal de baixo custo.

– Senhor, vocês servem caipirinhas pela manhã?

– Claro, minha senhora. Estamos no Brasil. Nós servimos caipirinhas a qualquer hora do dia ou da noite, todos os dias do ano. Eu vou buscar uma para a senhora imediatamente.

– Muito obrigada, mas traga duas de uma vez, por favor, com kiwi. Sem açúcar e muita vodca – pediu Tosca, depois se dirigiu ao tio: – Omar, isso soa como uma alucinação coletiva, um delírio, ou alguma história de feitiçaria contada por algum maluco numa camisa de força. Ou pior, um filme de ficção científica de segunda categoria que nunca saiu da sala de edição.

– Tosca, você se lembra do que o meu autor favorito de ficção científica costumava escrever toda hora nos seus livros?

– Omar, você sabe que eu odeio ficção científica. Eu não tenho a menor ideia de quem seja o seu autor favorito. Mas isso não é um livro de ficção científica, é dos meus sonhos que você está falando e, pelo amor de Deus, compartilhando comigo!

– O nome dele é Arthur C. Clarke, e uma das suas citações mais famosas seria mais do que apropriada para o que nós dois experimentamos conjuntamente, desculpe-me, mas eu não tenho outra forma de descrever este evento fora do comum, na noite passada.

– O que ele disse, pelo amor de Deus?

– Aqui vamos nós de novo. Jesus Cristo, Deus, quem é o próximo, Krishna?

– Por favor, Omar, o que Arthur C. Clarke teria dito sobre esta loucura que nós estamos vivendo?

– Ele teria olhado para nós com a sua face longa e caída e, usando o seu sotaque britânico típico, diria: "Qualquer tecnologia suficientemente avançada é indistinguível da magia!". O que você está fazendo agora, Tosca?

– Eu estou cancelando o meu táxi para o aeroporto.

– Por quê?

– Porque, de repente, eu fiquei muito interessada em Arthur C. Clarke e na sua ficção científica.

CAPÍTULO 13

O PREÂMBULO DO SEGUNDO SONHO

São Paulo, Brasil – terça-feira, 29 de janeiro de 2036 – quatro dias antes do impacto

– Posso entrar, Omar?

– Claro, Tosca. Um segundo enquanto abro a porta.

– Boa noite, Omar. Muito obrigada por concordar em participar do meu experimento. Eu sei que ele parece um pouco fora de propósito, mas não posso permitir que o incidente da noite passada passe em branco sem termos uma explicação plausível. Arthur C. Clarke pode até estar certo, mas eu não estou preparada para aceitar que o que aconteceu conosco ontem à noite não possa ser explicado logicamente pelo que nós conhecemos atualmente sobre o funcionamento do cérebro humano.

– Fique totalmente à vontade, minha querida. Mas para que serve toda esta parafernália que você trouxe consigo para os aposentos deste pobre egípcio? Eu não vejo tantos equipamentos desde a última vez que visitei um hospital no Cairo, quase meio século atrás.

– Nada extraordinário, Omar. O componente mais importante é bem pequeno e pode ser guardado no seu bolso. Veja! A última versão da minha fita cerebral para eletroencefalografia de alta resolução, totalmente sem fio. Esqueça os detalhes técnicos por ora. Você pode chamá-la apenas de fita cerebral. Eu só preciso aplicá-la na sua testa, desse jeito, e esperar alguns segundos para que o calor do seu suor possa ativar o sistema eletrônico e o transmissor sem fio.

Sem dar a Omar qualquer chance para argumentar, Tosca removeu de uma bolsa plástica um pedaço de fita semitransparente, medindo aproximadamente dois centímetros quadrados, e cuidadosamente posicionou-a na testa do seu tio, que permanecia confuso, enquanto estava sentado numa cadeira que dava de frente para um grande espelho na parede.

– Seja um bom menino e comece a suar um pouco, Omar. Só para te dar uma mãozinha, tome esta pílula. Ela vai ajudá-lo a produzir algumas gotas extras de suor quente para poder ativar a fita cerebral.

– Nunca ouvi falar de nada disso antes. Algumas gotas extras de suor quente? Que tipo de pedido é esse?

– Certo, mas você não está sentindo nada, não é mesmo? Ninguém fora do meu laboratório viu esta belezinha funcionando ainda. Este pequeno pedaço de fita me permite registrar a atividade elétrica do seu cérebro continuamente e em alta resolução, e ao mesmo tempo transmitir esses sinais, por meio de uma linha segura, para o meu servidor. Quando eu voltar para o meu quarto, vou aplicar uma fita idêntica na minha testa. Assim, quando nós dois dormirmos a nossa atividade elétrica cerebral será registrada simultaneamente, com uma resolução de 0,1 milissegundo. Desta forma, amanhã de manhã, quando nós acordarmos, nós teremos à nossa disposição um registro perfeitamente sincronizado do que se passou nos nossos dois cérebros enquanto nós dormíamos nos nossos quartos.

– Uau, e você arquitetou tudo isso em menos de doze horas? Eu sempre me assombrei com a sua criatividade minha querida sobrinha. Mas isso foi muito fora da curva!

– Tio, você não precisa me lisonjear. Eu não sou uma candidata a sua nova namorada! – Tosca riu da careta feita por Omar. – Além disso, qualquer pessoa com meu tipo de treinamento técnico teria a mesma ideia. Nenhuma mágica envolvida. Eu estou usando apenas uma tecnologia criada no início do século XX que recebeu algumas atualizações recentes.

Dr. Berger certamente se sentiria maravilhado com o que nós fizemos com a sua invenção de cento e quatorze anos atrás.

– Quem é este Dr. Berger?

– O inventor da técnica de eletroencefalografia nos anos 1920.

– Um brinde para o Dr. Berger, que tal? – Do nada, uma garrafa de vinho tinto se materializou nas mãos de Omar. E logo depois de ser equipado com o mais moderno sistema de registro eletroencefalográfico disponível no planeta em 2036, Omar passou uma taça com seu Chianti favorito para Tosca para que ambos pudessem celebrar o reencontro, enquanto lembravam com muita alegria os bons e velhos tempos que haviam desfrutado em Manaus, a capital da Floresta Amazônica brasileira.

– Muito boas memórias, Omar. Talvez tenham sido os melhores anos da minha vida. Mas já é tarde. Eu vou voltar para o meu quarto agora. Quando você acordar amanhã, use este gravador para registrar os detalhes de cada um dos sonhos que você teve durante a noite. Eu farei o mesmo. Daí, durante o almoço, vou pular o café da manhã, podemos nos encontrar e comparar nossos sonhos e as nossas lembranças. Dessa forma, nós poderemos verificar se algo fora do normal ocorreu novamente.

– Perfeito, minha querida. Bons sonhos. Esta taça de Chianti irá certamente ajudar você a pegar no sono rapidamente.

– Ok, Omar. Nos vemos amanhã. Uma boa noite para você. E não se esqueça de gravar todos os detalhes dos seus sonhos que você conseguir lembrar logo que acordar, mesmo que seja no meio da noite.

– Sim, senhora! Vou seguir as ordens como instruído. Eu sempre apreciei seguir os comandos de uma mulher poderosa!

– Vá para a cama já, tio!

Com aquela bronca final, que produziu um amplo sorriso na face de Omar, Tosca deixou os aposentos do tio e retornou para o seu quarto, dois andares abaixo. Depois de um longo e relaxante banho quente, ela se refugiou na sua cama, ansiosa ao imaginar o que o seu mais novo experimento revelaria. Para a sua sanidade mental, ela tinha que achar uma explicação para o que havia acontecido na noite anterior. Aceitar como explicação apenas uma citação de um escritor de ficção científica, não obstante quão bom Sir Arthur C. Clarke tivesse sido, não passava pela sua mente de cientista. Além disso, ela queria descobrir quem tinha adquirido a capacidade de realizar tal proeza e quase enganá-la. Tosca não conseguia imaginar quem poderia ser. De uma forma ou de outra, tinha que achar uma explicação lógica e aceitável. E nenhum tipo de mágica estaria envolvida no processo de elucidação da verdade. Somente uma versão mais sofisticada da boa e confiável tecnologia criada pelo Dr. Hàns Berger iria solucionar esse mistério. Bom, pelo menos Omar estava certo em uma coisa: aquela taça de Chianti tinha produzido o efeito desejado e agora ela estava pronta para cair no sono. *Vamos seguir com o fluxo, pelo menos uma vez,* pensou ela. *Seja uma boa menina e não resista ao chamado de Morfeu.*

Com esses pensamentos positivos, Tosca aplicou na própria testa um outro exemplar da sua fita cerebral, ingeriu o mesmo tipo de pílula que havia dado a Omar e esperou por alguns minutos até que uma boa dose de suor quente começasse a brotar. A seguir, ela simplesmente colapsou num sono profundo na sua mais do que confortável cama *king size*.

Quase doze horas se passaram até o encontro dos nossos heróis.

– Posso entrar, minha querida?

Embora ainda não fosse o horário acordado para o almoço, Tosca não teve outra alternativa a não ser vestir o seu roupão e se dirigir para a porta do quarto antes que o seu tio a pusesse abaixo com uma sequência de batidas em *staccato*.

– Que belo toque egípcio você tem, Omar! Os vizinhos devem ter confundido você com alguma equipe de demolição!

– Mil perdões, minha querida, mas eu estou tão ansioso para ver os resultados do seu experimento, uma vez que os meus sonhos foram simplesmente extraordinários, realmente inacreditáveis, eu diria!

– Não me diga nada ainda. Você usou o gravador como eu lhe pedi?

– Sim, eu segui suas orientações a dedo. Tudo registrado aqui. Eu passei quase duas horas somente para lembrar de cada detalhe e registrar as minhas impressões e uma hipótese sobre tudo que experimentei durante a noite. Tudo que eu vi e ouvi durante meus sonhos. Simplesmente incrível para um matemático como eu experimentar tudo que experimentei.

— Vamos começar pela análise de coerência do eletroencefalograma primeiro e depois nós podemos comparar nossas gravações e impressões. Eu só preciso de um minuto para acessar o meu servidor na nuvem e pedir para o meu assistente virtual rodar algumas análises que selecionei ontem.

— Assistente virtual? Os tempos realmente mudaram. No meu tempo como aluno de pós-graduação, o nosso professor só tinha os seus alunos de graduação, pós-graduação e pós-doutorado, e alguns técnicos e colegas para pedir socorro. Agora vocês têm "assistentes virtuais". Realmente incrível!

— Isso é muito comum hoje em dia. Se você tem um laboratório grande como o meu, precisa usar todo tipo de ajuda que puder encontrar, dado que eu literalmente pago para trabalhar. Qualquer coisa que preciso da universidade, preciso pagar eu mesma com os fundos que arrecado para as minhas pesquisas. Ultimamente, tenho me perguntado quando eles irão começar a cobrar pelo ar que nós respiramos no departamento! Tudo gira em torno do dinheiro dos projetos de pesquisa, Omar. Se você tem recursos eles te deixam brincar no playground. Se você perde esses recursos, eles te chutam a bunda para ontem. A academia virou um negócio corporativo agora, e os velhos bons tempos estão mortos e enterrados. Lamento profundamente, mas tudo piorou ainda mais quando os Estados Unidos se dividiram. O dinheiro para pesquisa basicamente desapareceu e ninguém consegue prever o que vai acontecer no dia seguinte.

— Eu previ tudo isso muitas décadas atrás. Por isso que, quando eu terminei o meu doutorado em matemática, decidi entrar para o mundo das altas finanças. Meu pensamento foi muito simples: se vou ter que sobreviver pela lei da selva, melhor jogar o jogo no mais alto nível possível, de maneira que possa ficar independente financeiramente e pular fora desse jogo o mais rapidamente possível para continuar jogando, mas com as minhas próprias regras. Nunca deixei de estudar matemática, mesmo quando estava gerenciando o maior banco da Europa.

– Que bom para você, Omar! Eu também estou pronta para saltar do barco. Eu não aguento mais o grau de mediocridade que encontro todos os dias nos corredores da academia. Estou pronta para tentar algo diferente: uma outra forma de fazer ciência e ter algum impacto verdadeiro na vida de milhões de pessoas que podem se beneficiar dos achados da minha pesquisa.

– Depois que essa aventura estiver terminada, vamos conversar sobre isso, minha querida. Eu conheço algumas pessoas que poderiam ajudar você a encontrar essa nova forma de vida e mergulhar de cabeça. Existe um homem em Genebra chamado Peter que poderia lhe ajudar tremendamente. Eu posso apresentá-la a ele quando terminarmos aqui.

– Muito obrigado, tio. Mas é melhor nós nos concentrarmos no nosso trabalho imediato. Nós falaremos do seu contato suíço mais tarde.

– Perfeitamente, querida.

– Ok, o sistema parece ter funcionado como planejado. Ambos os nossos sinais de EEG foram registrados simultaneamente, ao longo de toda a noite, e agora nós temos os registros disponíveis para análise. Eu vou começar imediatamente.

Enquanto ela falava, Tosca simplesmente piscou com o olho esquerdo, seguido imediatamente por uma outra piscadela, agora do olho direito, de tal sorte que o os óculos de realidade virtual que ela estava usando pudessem capturar o seu pedido para que fosse iniciada a análise completa dos sinais eletroencefalográficos capturados na noite anterior. Foram precisos apenas alguns segundos para que ela recebesse a resposta de que a análise já tinha sido concluída, por meio de um visualizador tátil – nada mais do que um adesivo diminuto, quase imperceptível, mas recheado de micromotores, aplicado na superfície da pele do seu antebraço, e que transmitia mensagens por meio de vibrações –, e que os resultados já podiam ser visualizados no seu tablet. Ansiosa por ver os resultados de centenas de análises, Tosca fez um gesto para que Omar se juntasse a ela ao redor da mesa oval do quarto. Quando ele se acomodou ao seu lado, Tosca começou a descrever o que os algoritmos haviam descoberto:

– Bem, a análise espectral mostra claramente que nós dois tivemos um grande número de episódios de sono REM na noite passada.

– O quê?

– Nós sonhamos bastante na noite passada, Omar. Realmente, sonhamos muito! Veja aqui neste gráfico. A nossa atividade onírica ontem foi muito acima da média histórica da população para as nossas faixas etárias. Para mim, por exemplo, isto significa que na noite passada eu sonhei mais do que em qualquer outra noite desde que o meu ciclo de sono começou a ser registrado por esse sistema.

– E desde quando você tem registrado e analisado o seu ciclo de sono?

– Pelos últimos quinze anos.

– Anúbis seja louvado! Você é realmente uma *geek*.

– Eu gosto de tirar vantagem da minha especialidade. Na realidade, eu desenvolvi este sistema usando o meu próprio EEG como um sinal de teste. De qualquer forma, o resultado já é bem fora da curva, literalmente. Deixe-me dar uma olhada na análise que eu tenho aguardado desde ontem com grande ansiedade.

– Qual análise?

– A análise de coerência do EEG – respondeu Tosca.

– Bom, esse método eu conheço muito bem. Como você sabe, o seu orientador e os amigos dele foram os primeiros a aplicar a técnica de causalidade de Granger para dados neurofisiológicos, quarenta anos atrás. Eu estava com eles quando descobriram que o trabalho seria publicado na revista *Science*. Para um grupelho de jovens cientistas brasileiros que acabavam de chegar na primeira divisão da neurociência americana aquilo foi como conquistar o topo do Everest!

– Realmente, foi mesmo algo mágico para eles. Meu orientador sempre me contava essa história com muita alegria nos olhos. Mas hoje nós não precisamos do senhor Granger para descobrir o que estou procurando. Uma análise de coerência simples será o suficiente.

– Fourier ficaria orgulhoso de você, Tosca. Ele jamais poderia imaginar que o algoritmo que ele criou seria usado, duzentos anos depois, para analisar a atividade elétrica cerebral.

– Eu tenho certeza de que o amplo queixo francês do emérito professor Fourier cairia imediatamente se ele pudesse ver o que eu estou vendo nesse momento. Dê uma olhada nisto! Este é o resultado da análise de coerência dos sinais de EEG dos nossos cérebros registrados de forma independente ontem à noite.

– Como é? Não pode ser. Dever haver algum bug no seu software.

– Não existe nenhum bug. Eu mesma conferi o programa muitas vezes. Isso é a coisa mais insana que eu já vi em toda a minha carreira. Ninguém vai acreditar quando eu mostrar este gráfico. Isso é simplesmente impossível!

– Minha querida, se você realmente tem confiança total no código desse programa o resultado é totalmente claro e inequívoco. Mais um manuscrito para a *Science* saindo do forno!

– Mas como eu vou explicar este resultado?

– Eu não tenho a menor ideia, afinal de contas você é que é a neurocientista do time.

– Omar, de acordo com esta análise, os nossos dois cérebros estavam em total e perfeita sincronia durante todo o tempo em que nós entramos num episódio de sono REM. Basicamente, nossos cérebros estavam completamente sincronizados mesmo durante episódios de ondas delta e dos 7-12 Hz fusos de sono. Que diabos aconteceu aqui? Nós dois literalmente sonhamos ao mesmo tempo. Olhe, coerência de 100%, numa resolução de um milissegundo. Você sabe o que isso representa?

– Não mesmo, por favor, me ilumine, minha dileta sobrinha!

– Uma Brainet perfeita!

– Uma Brainet perfeita? Mas eu pensei que fosse apenas um conceito teórico, afinal, no mundo real, nenhuma Brainet pode atingir sincronia perfeita por uma variedade de razões. Em teoria, uma Brainet perfeita é impossível de ser realizada.

– Sim, este é o dogma atual. Até ontem à noite, uma Brainet perfeita era um conceito teórico nunca observado na natureza. Todos os nossos experimentos com ratos e macacos nunca passaram de 60-70% de coerência, e mesmo assim por pequenos intervalos de tempo. Este resultado é simplesmente impossível do ponto de vista neurobiológico. Dois cérebros em perfeita sincronia, por várias horas seguidas. Ninguém vai acreditar nisso.

— Mas você tem a prova concreta diante de você. Para todos os propósitos e fins, na noite passada, e provavelmente na noite anterior, os nossos cérebros estavam totalmente acoplados, mesmo nós estando separados por dois andares de concreto e sem receber nenhuma instrução ou sinal comum que guiasse o nosso padrão onírico. Realmente este é um achado mais do que chocante, mas a evidência é bem clara. Ninguém vai poder duvidar destes registros e do resultado da análise de coerência. E vou repetir para você, minha querida: você não está dando suficiente crédito para o grande Sir Arthur C. Clarke, mas aquela citação famosa dele está fazendo mais sentido a cada minuto.

— Mas como isso poderia ter acontecido? Qual pode ser a fonte de um sinal de sincronização que conseguiria fazer isso? De onde partiu este comando? E como ele conseguiu sincronizar nossos cérebros tão perfeitamente e por tanto tempo?

— Deixe-me dar uma olhada mais de perto neste espectro de coerência. Eu costumava me divertir com estas análises na pós-graduação. Deixe-me dar uma olhadinha, Tosca.

— Por favor, tio. Eu preciso respirar um pouco. Eu simplesmente não tenho uma explicação para tudo que está acontecendo.

Enquanto Tosca se levantou e começou a andar em círculos pelo quarto para tentar refrescar os seus pensamentos, Omar começou a manipular o tablet e explorar o programa de análise de EEG. A expressão do rosto de Tosca nem de longe refletia aquela que se esperaria de alguém que acabara de fazer uma das observações mais inesperadas de toda a história da neurociência. Muito pelo contrário. A tensão extrema dos seus músculos faciais revelava uma sensação muito diferente da extrema felicidade de tomar contato com mais um dos mistérios da natureza. O que Tosca experimentava naquele momento era uma preocupação extrema, algo mais próximo do medo, um quase terror, por ter encontrado algo muito além do que ela ou qualquer outro neurocientista poderia entender, muito menos explicar. Ela estava tão profundamente imersa nos seus próprios pensamentos que quase não notou o berro de Omar vindo da outra extremidade do quarto.

— Aqui está o nosso espião!

– O que você encontrou?

– O "bugger" que nós estávamos procurando. Dê uma olhada na faixa de 1 KHz e veja por si mesma!

– O que é isso, pelo amor do Big Bang? Um pico de 100% de coerência em 1 KHz. O que isso quer dizer?

– Provavelmente a assinatura do que quer que seja que levou os nossos dois cérebros a sincronizar perfeitamente ontem, minha querida!

– Mas como? De onde? Não existe nenhuma atividade em 1 KHz no ciclo de sono natural dos seres humanos. Este sinal não pode ser algo produzido naturalmente pelos nossos cérebros. De onde está vindo este sinal, e como ele pode ter sido tão efetivo na sincronização dos nossos cérebros? E se foi assim que uma Brainet perfeita foi criada, qual foi o mecanismo que produziu este efeito? Não existe onda especial em 1 KHz. E pelo amor de Moisés, não cite o seu camarada Arthur C. Clarke novamente!

– Tudo bem, mas ele continua certo. Você pode não lembrar, mas, no começo dos anos 2020, vários relatos foram publicados envolvendo diplomatas que começaram a apresentar sintomas neurológicos bem estranhos. O primeiro relato deste fenômeno foi feito em Havana, mas outros diplomatas, em outras partes do mundo, começaram a ser diagnosticados com danos cerebrais com diferentes graus de gravidade. Ninguém nunca descobriu o que tinha acontecido, mas alguns cientistas suspeitaram que alguma nova arma sônica poderia ter sido empregada para produzir danos neurais em pessoas. Infelizmente, ninguém nunca descobriu a causa desses supostos ataques, e como o assunto desapareceu das manchetes, ninguém mais se preocupou com o ocorrido, menos as vítimas, é claro, que tiveram que conviver com os danos permanentes em seus cérebros.

– Eu realmente não consigo imaginar como uma "arma sônica" poderia ter causado tudo que nós experimentamos nestas últimas quarenta e oito horas. Isso tudo é bem mais que apenas um mistério; é meio apavorante.

– Bom, dado que é bem improvável que nós consigamos entender nos próximos minutos o que está causando este fenômeno, talvez fosse mais produtivo comparar os registros e ver se eles contêm algo que possa nos ajudar a desvendar o mistério. Pelo menos, nós podemos tirar esse problema insolúvel das nossas mentes por enquanto e focar em algo diferente. Para um matemático, sempre ajuda colocar um problema difícil de lado por um tempo e desviar a mente para outra tarefa mais factível. Frequentemente, usando esta estratégia nós conseguimos ter alguma nova ideia ou pensar numa nova abordagem. O que acha?

— Por que não? Eu acho que é uma boa ideia, mesmo porque os sonhos que eu tive na noite passada foram ainda mais surpreendentes do que encontrar um faraó monoteísta e insano, no meio de lugar nenhum no Egito, em pleno século XIV a.C.

— Ok, vamos tocar essas gravações e ver o que podemos aprender com elas.

— De acordo. Mas, antes, vou pedir mais um par de caipirinhas. Preventivamente, se você me entende, tio. Você quer uma?

— Por que não? Depois de ouvir essas gravações, nós podemos precisar dessas caipirinhas mais do que nós imaginamos.

CAPÍTULO 14

O SEGUNDO SONHO

São Paulo, Brasil – terça-feira, 29 de janeiro de 2036 – quatro dias antes do impacto

– Você começa, Tosca. Vamos ouvir o relato do seu primeiro sonho da noite passada.

– Tudo bem. Aqui vamos nós. – A voz e o humor de Tosca pareciam bem melhores depois da primeira caipirinha do dia. Assim, com uma rápida piscadela, ela deu início à sessão.

– Este registro representa a reprodução mais fidedigna dos sonhos que eu tive durante a madrugada de 29 de janeiro de 2036 como parte de um experimento para comparar a minha atividade onírica com a de Omar Cicurel, que fez o mesmo de forma independente, dois andares acima de mim.

– Eu sempre achei que havia um advogado de muito talento escondido dentro de você, Tosca.

– Fique quieto, tio. Vamos continuar ouvindo a gravação.

– O primeiro sonho que consigo lembrar começou quando eu me encontrava numa ampla sala, cheia de pergaminhos abertos e pedaços de papel espalhados por uma mesa de madeira retangular bem longa. Como na noite anterior, eu não estava experimentando esta cena como se eu fosse uma observadora independente. Pelo contrário, a sensação que experimentei logo que o sonho começou foi a de que eu participava daquela cena através do ponto de vista de um senhor de muita idade que usava uma pena para escrever e desenhar numa área ainda em branco de um pergaminho. A rotina desse senhor era muito simples: depois de checar alguns cálculos numa folha de papel separada, ele transferia os resultados para o longo pergaminho que parecia ser feito de papiro. A sala era iluminada pela luz do sol da manhã e, através das amplas janelas, eu podia ver um porto bem grande, repleto de todos os tipos de embarcações antigas. Olhando por uma das janelas em busca de inspiração, sim, eu conseguia sentir a necessidade de inspiração que aquele homem buscava para concluir uma descoberta inédita. Tendo por companhia apenas os seus pensamentos, eu imediatamente reconheci um enorme farol na extremidade do porto. O homem – ou seria eu mesma? – manteve o olhar focado no farol por um longo tempo e, de repente, ele retornou para o seu pergaminho e, sem fazer qualquer rascunho nas folhas de papel avulsas, começou a escrever em claro grego e a fazer desenhos ao lado do texto. Nesse momento, eu vi que ele havia traçado uma reta, depois um triângulo e, logo a seguir, um círculo, e, com um amplo sorriso nos lábios, ele escreveu uma fórmula. O vento estava quente e úmido, o dia ensolarado, e, quando algumas gaivotas pousaram no umbral da janela, o senhor sorriu para elas como se fossem velhas companheiras. Mas logo ele voltou ao seu trabalho, se sentindo ainda mais inspirado agora que as suas amigas haviam realizado a sua visita matinal rotineira.

"De repente, a concentração deste senhor foi perturbada por ruídos e vozes humanas vindos do outro extremo da ampla sala onde ele trabalhava. Quando ele voltou sua face para a fonte de todo este barulho, pude notar que um grupo com vários outros homens se aproximava e chamava por ele. Em silêncio, ele manteve a visão no grupo que se aproximava, mas sem deixar o seu precioso pergaminho escapar das mãos. Como logo ficou claro que o grupo de homens vinha na sua direção, ele se levantou com o pergaminho em uma das mãos e, depois de cumprimentá-los efusivamente, mostrou a todos o produto da sua labuta matutina."

Tosca prosseguiu:

– Depois de alguns momentos de contemplação silenciosa do conteúdo do pergaminho, os visitantes levantaram as cabeças em perfeita sincronia e, muito impressionados, quase emocionados com o que tinham acabado de ver, um a um eles começaram a parabenizar o autor daqueles desenhos e prosa maravilhosos.

"O homem cujos olhos me permitiam acompanhar a cena em primeira pessoa claramente se sentiu muito satisfeito por seus amigos - ou seriam seus alunos? - terem apreciado aquilo que ele tinha acabado de escrever e desenhar. Eu não tinha a menor ideia de onde eu estava, mas a sala parecia um enorme estúdio, não, algo muito maior que isso, mesmo porque existiam várias mesas cheias de pergaminhos abertos e outros alojados em enormes prateleiras que agora eu podia ver com clareza. Agora, refletindo sobre esta cena, aquele espaço era muito grande para ser um estúdio ou uma classe de aula. Ele se parecia mais com uma..."

– Biblioteca... – Omar não pôde resistir e completou a frase.

Tosca interrompeu a gravação e olhou, aflita, diretamente para Omar.

– Exatamente. Uma biblioteca de antiguidade, toda tomada por pergaminhos dos mais variados tamanhos e formatos. Mas onde?

– Alexandria, minha querida.

– A Biblioteca de Alexandria, no Egito?

– Exatamente, Tosca. A Grande Biblioteca de Alexandria.

– Por favor, não me diga que você estava lá também, Omar. Por favor...

– Eu fui o primeiro a olhar para os seus desenhos e teoremas e o primeiro a abraçá-la emocionado.

– Meus teoremas?

– Sim, os teoremas que deram vida a tudo que hoje nós conhecemos como o mundo moderno. Aquela simples linha reta, inocente e quase destituída de significado que você desenhou naquele pedaço de papiro mudou o curso da humanidade para sempre. Ela permitiu que nós navegássemos por todos os oceanos do planeta, nos capacitou a criar objetos de arte maravilhosos, bem como máquinas mortíferas para usarmos em guerras contra nós mesmos. Nos fez trazer o sol para o centro do nosso Universo, como os egípcios já faziam milhares de anos atrás, e construir espaçonaves que nos permitissem explorar o sistema solar e muito além dele. Também nos permitiu criar uma descrição geométrica de todo o cosmos! No limite, aquela reta abriu os portões que liberaram as abstrações mentais por meio das quais nós erigimos todos os dilemas existenciais que hoje nos assolam como espécie.

– Você não está tentando me dizer que eu estava sonhando como se eu fosse...

– Euclides! Com certeza! Posso garantir que você estava sonhando através dos olhos e das mãos de Euclides, o pai da geometria e um dos progenitores do mundo moderno.

– Como você pode saber? Como você pode estar tão certo disso?

– Bem, além de estar lá com você e ser uma testemunha ocular, eu nasci em Alexandria, minha querida. Eu visitei muitas vezes as ruínas do que sobrou da Grande Biblioteca de Alexandria, bem como a nova biblioteca que foi construída no mesmo lugar. Baseado nesta minha vasta experiência prévia, eu não tenho dúvida alguma de que o que você e eu observamos pela janela, durante este nosso sonho compartilhado, na extremidade daquele grande porto, era uma das maravilhas do mundo antigo: o Farol de Alexandria, um farol com cem metros de altura que foi destruído por alguns terremotos e cujas ruínas eu pude ver com meus próprios olhos no fundo do Mediterrâneo.

– A Biblioteca de Alexandria, uau! Eu teria dado qualquer coisa para andar por aqueles salões uma vez na vida.

– Mas você acabou de realizar este desejo na noite passada, Tosca. Você explorou e viu os aposentos principais da biblioteca através dos olhos de um dos maiores matemáticos de todos os tempos. Que privilégio você teve, minha sobrinha!

– Veja só isso, Omar. A coerência entre os nossos dois cérebros foi mantida em 100%, sem nenhuma flutuação de monta, durante todo este primeiro episódio de sono REM. E a coerência foi máxima por todas as áreas dos nossos dois cérebros. Não houve uma única área cortical do meu cérebro que não se sincronizou de forma máxima com a homóloga do seu cérebro.

Isso é ainda mais absurdo. Para todos os propósitos e fins, nós dois formamos uma Brainet perfeita!

– Vamos em frente. Agora é a minha vez de iniciar a descrição do próximo sonho da noite e ver como ele se compara com a sua lembrança.

– Pode ir em frente. Mas eu continuo completamente perdida com o que está acontecendo.

– Fique certa de que muitos outros cientistas se sentiram assim no passado. Você não está sozinha em experimentar a sensação de estar sem rumo diante de um mistério que desafia tudo aquilo que nós acreditamos ser verdade ou a realidade tangível, de acordo com o nosso mais do que limitado conhecimento do Universo.

– Toque a sua gravação logo, Omar!

– Ok, ok.

Sem mais delongas, Omar deu início ao seu relato gravado horas antes:

– Depois de ter experimentado a vívida sensação de que eu havia confraternizado com algumas das maiores mentes que cruzaram os corredores e salões da Biblioteca de Alexandria, eu pensei que nada mais poderia me surpreender durante o resto desta noite. Ainda assim, a sequência de dois breves sonhos, que se seguiram àquela maravilhosa aventura na minha cidade natal, imediatamente erradicou essa previsão em poucos minutos de sono REM. Não é assim que você gosta de chamá-lo, Tosca?

– Nem mesmo no meio de um experimento você consegue parar de me provocar, tio.

– Meu hobby favorito desde os seus quatro anos, minha querida. Eu sempre adorei ver você meio furiosa, meio encantada com as minhas provocações.

Tosca não conseguiu evitar rir alto por alguns segundos. Mas ela logo se recompôs e colocou o tio de volta na linha.

– Sempre o palhaço. Podemos seguir em frente com o relato?

– O meu próximo sonho começou de uma forma muito agitada. Nele, do nada, eu me encontrei de pé, em cima de um pequeno palco arredondado, cercado por muitas pessoas que falavam umas com as outras em voz muito alta. Havia pessoas de todas as partes da Ásia. Hindus, persas, árabes, turcos, pessoas da Ásia Central e mesmo alguns chineses e gregos. Esses últimos, eu logo escutei, eram enviados diretos do Império Bizantino, despachados de Constantinopla pelo próprio Imperador, ávido por ouvir as últimas novidades que eu tinha para transmitir a todos. Todos nós estávamos num amplo salão, dentro de um enorme e glorioso palácio, cercados por muros muito altos. Obviamente, esta era a corte de um poderoso rei ou imperador de um vasto império.

"Logo todos os presentes foram ordenados a dirigir sua atenção para imensas e pesadas portas de madeira maciça que alguns servos começaram a abrir com grande esforço. Nesse momento toda a conversa do salão cessou e todos obedeceram à ordem sem qualquer hesitação, incluindo eu.

"Assim que meus olhos focaram naquelas portas maciças, eu pude ver que elas eram decoradas ricamente com arabescos de toda sorte, folheados a ouro. Um único olhar foi suficiente para que eu reconhecesse muitos versos do Corão, que eu estudara enquanto garoto no Egito, gravados por toda a extensão das bordas daquelas portas. Quase como um reflexo, o meu olhar se moveu para o teto e depois para as paredes do salão, decoradas com finos tapetes persas. Naquele momento, eu me lembro de ter pensado: *eu sei onde estou.*"

– Onde? – Tosca soou como uma garotinha ouvindo um conto de fadas.

– Madinat-al-Salam. Mas você a conhece por um outro nome, aquele de uma vila persa antiga que existia no mesmo lugar antes do segundo califa Abássida, Abu Jafar al-Mansur, decidir criar a sua nova capital imperial naquele mesmo espaço entre dois grandes rios da Mesopotâmia. Para tanto, ele seguiu o conselho de um par de astrólogos reais, que haviam se convertido ao Islã, abandonando a sua crença original, o zoroastrismo. Um deles era um judeu de Basra, a propósito. Depois de consultarem as estrelas exaustivamente, esses dois conselheiros informaram ao califa que a data mais adequada para a o início da construção da nova capital deveria ser o dia 30 de julho de 762 d.C. Mas antes que isso pudesse acontecer, o califa demandou dos seus arquitetos reais que enormes paredes fossem construídas, formando o círculo mais perfeito jamais erigido, para cercar e proteger toda a cidade que serviria como a nova capital imperial.

Al-Mansur, quem diria, era um devoto aprendiz da geometria euclidiana. Para satisfazer o seu califa, os arquitetos primeiramente desenharam este verdadeiro "pai de todos os círculos" na areia do deserto usando cinzas e chumaços de algodão embebidos em nafta, que posteriormente seria batizado de petróleo. Deste layout circular original perfeito, a Cidade Redonda, conhecida posteriormente como Bagdá, foi construída e iniciou a sua meteórica ascensão para se tornar a maior metrópole do mundo no início da Idade Média. Neste processo, graças à visão de al-Mansur e seus descendentes, a cidade se tornou a mais brilhante esfera de produção intelectual que sustentou a grande Renascença Islâmica, seiscentos anos antes da ocorrência da versão italiana.

– Incrível!

– No momento em que tais pensamentos cruzaram a minha mente, as portas douradas se abriram por completo e uma processão real começou a evoluir para dentro do salão de audiências do califa. Depois dos guardas reais, muitos servos e servas entraram no salão em silêncio profundo, e foram precisos apenas alguns segundos para que um homem muito distinto, de altura e constituição medianas, dono de uma longa barba negra, e vestido numa típica vestimenta árabe de algodão, fizesse a sua entrada nos aposentos que ele mesmo mandara construir. Sem perder qualquer tempo ele se dirigiu a uma cadeira imponente, colocada estrategicamente logo em frente do palco onde eu me encontrava perdido em contemplação. Uma vez sentado, ele fez um simples gesto com a sua mão direita, indicando que todos deveriam se sentar. Logo a seguir, ele dirigiu toda sua atenção diretamente para mim, e depois de me saudar com um gracioso e quase imperceptível movimento de cabeça, indicou que eu poderia começar a minha apresentação.

"Não me pergunte nem como nem por que isso foi possível, mas eu sabia muito bem quem aquele homem era no momento em que eu o vi cruzando o limiar das duas portas douradas."

– E quem era o figurão?

– Abu al-Abbas Adhallah ibn Harun Al-Rashid, mais conhecido pelos íntimos como Al-Ma'mun, o filho do califa Harun al-Rashid com sua concubina persa Marajil. Era o filho de um dos califas mais poderosos de todos os tempos; o vencedor indisputável da guerra civil dos Abássidas, na qual ele guerreou contra o próprio meio-irmão e, eventualmente, fez com que ele fosse morto. O verdadeiro e único Comandante dos Fiéis estava ali, na minha frente, sorrindo levemente enquanto saboreava algumas tâmaras, me convidando, numa voz mais do que cordial, para que eu iniciasse a minha exposição. Era o mesmo califa - e provavelmente o único líder em toda a história - que, toda vez que os seus exércitos derrotavam os bizantinos em alguma batalha, adquiria o direito de exigir uma compensação adequada do imperador adversário, e fazia questão de que este resgate fosse pago em livros raros e preciosos da Biblioteca Imperial de Constantinopla, em vez de em ouro, como era o costume. Ouro ele poderia conseguir em outras batalhas, mas somente Constantinopla poderia fornecer os livros que ele queria ver traduzidos pelos seus bibliotecários e conselheiros. Você consegue imaginar algo semelhante acontecendo nos dias de hoje?

— Nenhuma chance. Não em 2036 d.C.

— Exatamente. E aqui estava eu, no meio do salão principal, a sala de audiências imperial, da Bayt al-Hikma, a verdadeira Casa da Sabedoria, da cidade mais rica da face da Terra, Bagdá, de frente para o homem mais poderoso e rico de todo o planeta.

— E quem você era neste sonho "chique no úrtimo", tio?

— Ibn Musa Al-Khwarizmi, eu tenho toda certeza.

— O pai da álgebra? Nada mal para um pobre matemático egípcio de Alexandria, eu diria!

— Realmente, não posso reclamar do papel que me coube. Você está certa, Tosca, como um matemático, eu não poderia ter desejado nada melhor. E a propósito, você pode chamar Al-Khwarizmi de pai da álgebra, mas este título honorífico é contestado em alguns debates acadêmicos. Alguns defendem a precedência do trabalho dos babilônicos, que sabiam resolver equações do segundo grau e como aplicar o teorema de Pitágoras muito antes de Pitágoras passear por lá; outros votam em favor de Diofanto, outro grego genial da Biblioteca de Alexandria, que muito provavelmente estava presente no nosso sonho anterior, enquanto outros gostam de ressaltar a enorme importância das contribuições dos matemáticos da Índia, como Brahmagupta no século VI d.C. O título do mais famoso tratado escrito por Al-Khwarizmi incluía a palavra *al-jebr*, do árabe, que foi posteriormente usada por seus sucessores para nomear o campo e propagar a "álgebra" para o centro da matemática como uma disciplina totalmente independente. Mas como o sonho me mostrou, Al-Khwarizmi fez algo ainda mais sensacional: criou e formalizou o mantra central que vem levando a nossa idade pós-moderna para o verdadeiro beco existencial no qual nós nos encontramos hoje.

– Continue, por favor, Omar.

– Com a benção de Alá e do califa, Al-Khwarizmi - ou seria eu? - começou a discursar sobre o livro que ele acabara de completar. A sua reputação como o primeiro grande geógrafo do Islã, que ao calcular as coordenadas de localização de centenas de cidades havia gerado os dados para a criação de um novo mapa do mundo, sem mencionar o seu título como astrônomo-chefe do observatório de Shammasiyya em Bagdá, era conhecida por todos os cantos do Império Muçulmano. Com este tipo de credenciais, não foi nenhuma surpresa notar que toda a plateia reunida começou a ouvir em total silêncio o que Al-Khwarizmi tinha a dizer ao seu mecenas, o califa.

"Logo que ele começou a sua aula, eu pude notar que tanto a plateia como o califa ficaram totalmente cativados e enfeitiçados pela retórica e sabedoria do grande homem. E havia muito de ambas em cada sentença proferida por esse sábio para ser saboreada. Depois de gastar alguns minutos para introduzir os detalhes do sistema decimal de numeração, incluindo o novo conceito do zero, que ele havia absorvido através de traduções dos trabalhos dos matemáticos indianos, alguns dos quais presentes na plateia e que prontamente agradeceram a graciosa referência ao seu trabalho feita pelo orador, a voz de Al-Khwarizmi de repente cresceu em entusiasmo, amplitude e fervor."

Sem conseguir se conter, Omar se levantou e começou a caminhar pelo quarto como se fosse ele mesmo a dar aquela palestra magistral.

– A partir de então, cada uma das suas palavras e sentenças penetrantes começou a ressoar e reverberar pelas paredes de pedra e na enorme cúpula do salão de audiências do califa de Bagdá, agora transformado numa pista de decolagem de uma jornada épica que se iniciava naquele instante e que duraria pelos próximos milênios da história da humanidade. Quando essas mesmas sentenças foram traduzidas em múltiplas línguas, elas foram imortalizadas por futuras gerações de discípulos e seguidores fiéis como um dos blocos primordiais de uma das maiores conquistas mentais da humanidade: a descrição matemática do Universo!

"Daquele momento em diante, o matemático-chefe do califa começou a soar como alguém que, ao ouvir cuidadosamente as vozes mais profundas da Natureza, tinha sido presenteado com o direito de receber uma revelação tão bela e tão profunda como uma benção divina. Para a sua audiência, Al-Khwarizmi agora se revelava como alguém que, depois de ter saboreado muitas vezes os frutos produzidos pela proverbial árvore da sabedoria do Islã, tinha como missão disseminar tudo que havia aprendido ao provar do sabor doce e suculento destas frutificações. Com sentenças e frases perfeitamente equilibradas, sonoras e melódicas, ele revelou para todos os seus admiradores que o seu novo tratado matemático serviria como um guia para o povo comum solucionar a maioria dos problemas rotineiros que eles encontravam por todas as suas vidas. Citando a introdução do seu próprio livro, ele – ou teria sido eu? – disse: 'Este livro vai ensinar o que é essencial e mais útil na aritmética, aquilo de que os homens precisam constantemente para calcular heranças, legados, partições [de terras], processos legais, no comércio e em todos os seus negócios uns com os outros, ou quando for preciso medir lotes de terra, cavar canais, ou realizar cálculos geométricos de toda sorte'."

Após uma pausa quase teatral, a voz de Omar prosseguiu:

– Naquele momento, cada um dos presentes no salão de audiências se deu conta de como esta descoberta de Al-Khwarizmi poderia influenciar de forma decisiva vários aspectos da vida cotidiana. Foi assim que, de uma maneira mais do que sutil, todos se surpreenderam com a mensagem central do livro do matemático-chefe do califa. Em vez de seguir a tradição de oferecer uma solução específica para cada problema particular,

Al-Khwarizmi estava propondo um conjunto de regras bem definidas, através das quais uma nova matemática – a sua álgebra – poderia ser aplicada para toda sorte de problemas da vida real que pudessem ser formalizados através de equações polinomiais de segundo grau.

"Basicamente, Al-Khwarizmi tinha acabado de inventar a primeira descrição formal, passo a passo, de um algoritmo matemático genérico, que ele prontamente aplicou para solucionar uma grande coleção de problemas cotidianos que afetava basicamente todos os habitantes do império, do califa até o mais humilde dos escravos, bem como o resto da humanidade. E em vez de usar símbolos e fórmulas – que necessitariam do trabalho de outros matemáticos por outros oito séculos para serem introduzidos –, Al-Khwarizmi descreveu o seu algoritmo apenas através da sua prosa elegante.

"Por esta razão, a palavra 'algoritmo' deriva da latinização do nome Al-Khwarizmi. Desta forma, a criação imortalizou o nome do seu criador para sempre.

"No momento em que Al-Khwarizmi terminou a palestra no salão de audiências real da Casa da Sabedoria, o seu nome já tinha sido gravado nas paredes do panteão que celebra a Idade de Ouro do Islã. Todos aqueles que aplaudiram de pé o matemático-chefe do califa, não importa quão impressionados ficaram com tudo que tinham acabado de ouvir, não tinham como imaginar como a descoberta de Al-Khwarizmi influenciaria a civilização humana por séculos futuros. Eles certamente nunca sonharam – sem intenção de fazer nenhuma troça – que os descendentes e diferentes versões dos algoritmos de Al-Khwarizmi, independentemente de tudo de bom que fizeram pela humanidade, um dia passariam a ameaçar a própria existência da nossa espécie."

— Eu senti as lágrimas correndo pelo meu rosto quando ele terminou a sua fala. Mesmo ouvindo de uma sala adjacente. Eu tinha recebido permissão do meu marido, o califa, para aprender matemática com Al-Khwarizmi em pessoa. Ouvir o meu querido professor durante o seu momento de glória foi quase demais para mim. — Agora era Tosca que falava, seguindo a pausa que Omar fizera no relato do seu sonho.

– Então você estava lá também, Tosca? E quem era essa pessoa no nosso sonho compartilhado na Casa da Sabedoria de Bagdá?

– Eles me chamaram de rainha Umm Isa. E os servos me tratavam como se eu fosse a dona do pedaço, e não uma concubina qualquer.

– Você tem razão, Tosca. Umm Isa se casou com Al-Ma'mun quando ela completou dezoito anos. Ela foi a sua primeira esposa e a mãe dos seus dois filhos. Você estava no topo da hierarquia do harém do califa. Mas eu lamento informar que a favorita dele era Arib, que foi vendida como escrava na infância depois que o seu pai, da família Barmakid, uma das mais influentes de todo o império, caiu em desgraça com o califa Harun al-Rashid. Arib era uma poetisa e música que viveu até os 96 anos.

– Ela provavelmente merecia muito mais do que eu, isso parece óbvio.

– Euclides, Al-Khwarizmi, acho que agora nós podemos prosseguir para o terceiro grande matemático que encontramos na noite passada. Você poderia fazer as honras e acionar o gravador para conferirmos o nosso último sonho?

– Eu não estava certa se você queria que eu me intrometesse no seu melhor sonho de toda a vida. Afinal de contas, que matemático não daria metade da sua vida pela oportunidade de encontrar um, quem dirá três dos maiores matemáticos de todos os tempos?

– Pode ir em frente, minha querida. Eu estou muito emocionado para continuar sozinho. Como você bem disse, esta foi uma das noites mais extraordinárias da minha vida. Eu realmente me senti como se estivesse em Bagdá, ouvindo Sherazade contar uma das histórias de *As mil e uma noites*.

– Com todo prazer, Omar. Nós vamos sair de Bagdá e ir em direção a Merv e Nishapur. Aliás, eu tive que olhar na internet hoje de manhã para localizar Merv no mapa.

– Duas grandes cidades da antiguidade, Tosca. Muitos acreditam que a primeira universidade em todo mundo tenha sido criada em Nishapur durante a Renascença Islâmica. Tanto Nishapur como Merv eram dois dos mais importantes empórios comerciais da Ásia Central. Dois pontos vitais da Rota da Seda por séculos, e duas das capitais administrativas regionais do governo do Khurasan durante a dinastia dos califas Abássidas. Aliás, foi na região do Khurasan, que em persa significa "de onde o sol chega", que se originou a revolta dos Abássidas que depôs o califa da dinastia Omíada, que vivia em Damasco no século VIII. O próprio Al-Ma'mun que acabamos de conhecer viveu muitos anos em Merv e só deixou a cidade para conquistar Bagdá e tomar o trono do califa para si mesmo depois de vencer a guerra civil do Islã.

– Que maravilhoso ter um tio egípcio que conhece todas essas histórias.

– Muito obrigado, minha querida. O Ocidente mal se refere à Era de Ouro do Islã e à Renascença Islâmica. É realmente uma vergonha sem tamanho que todos aqueles matemáticos, filósofos e cientistas islâmicos geniais do começo da Idade Média sejam quase que completamente ignorados. Quase ninguém tem noção de que é somente graças à prioridade e ao reconhecimento elevado que os líderes islâmicos e intelectuais da época davam ao conhecimento, combinado com o compromisso para com o trabalho incansável de traduzir para o árabe toda sorte de tratados, que os textos clássicos dos gregos foram salvos da destruição total na Europa e preservados para futuras gerações. De fato, os trabalhos clássicos dos gregos foram preservados em árabe e depois traduzidos para o latim por estudiosos europeus que se dirigiram para o Oriente Médio em busca do conhecimento acumulado pelos pensadores islâmicos. Por exemplo, Al-Ma'mun era um devoto leitor de Aristóteles. Ele inclusive se gabava de ter sonhado com ele uma noite e, durante esse sonho, ter feito algumas perguntas fundamentais ao grande filósofo grego. Soa familiar, minha querida? Mas vamos ouvir a sua gravação e finalizar a nossa análise por hoje.

– Como você quiser, professor Cicurel. Aqui vamos nós.

Tosca reiniciou a gravação, indo diretamente ao próximo segmento. Mesmo que, nesse estágio, eles já soubessem que ambos haviam compartilhado o mesmo sonho final da noite.

– Quando a aula em Bagdá terminou, e o califa e a plateia se levantaram para aplaudir efusivamente o mestre que havia lhes permitido participar deste momento histórico, o meu sonho mudou de cenário de repente. Eu já não estava mais no palácio do califa em Bagdá, mas numa taverna muito humilde, num local muito diferente dos anteriores que eu visitara nesta noite. No sonho, eu trazia comida e uma jarra de vinho para uma mesa localizada no canto do principal salão de jantar, onde um homem sozinho se mantinha ocupado escrevendo algo num pedaço de papel.

"Nesse momento, tive a sensação clara de que já vira aquele homem antes, sentado sozinho na mesma mesa. Eu sabia – não me pergunte como – que ele era um cliente habitual da taverna onde eu aparentemente trabalhava. Naquela noite, como sempre, ele pediu a sua refeição habitual: pão, tabule, carne de carneiro moída e uma porção generosa de babaganuche, com sementes de romã em cima. E, claro, o nosso melhor vinho tinto. Apesar de ser quase uma da manhã, eu pude ver que esse senhor estava muito animado e cheio de energia. Ele não falou com ninguém naquela noite. O seu trabalho parecia ser mais do que suficiente para entretê-lo. Provavelmente, ele só queria ser deixado em paz consigo mesmo, como um menino que quer só brincar com o brinquedo favorito."

— Este parece ser o tema principal deste nosso longo sonho, você não acha? Como nas outras duas cenas, o brinquedo favorito desse homem era a matemática. Ou melhor, brincar com a própria mente sem descanso em busca de desvendar verdades matemáticas. — Omar não conseguiu evitar. Ele tinha que interceder e fazer um comentário quando a voz de Tosca, por um momento, pausou no meio da gravação, oferecendo uma oportunidade para destacar o tema comum das três cenas que eles haviam compartilhado nos seus sonhos da noite passada.

— Mas ele não estava fazendo matemática naquele momento. Eu pude ver o que ele estava rascunhando e, acredite se quiser, eu pude compreender o que ele estava escrevendo e murmurando consigo mesmo. Ele falava e escrevia em persa antigo. Sim, havia alguns números e desenhos nas margens da folha de papel, mas ele estava escrevendo sobre algo mais.

— Você tem ideia de quem era este homem a que você serviu uma ceia tardia ou um café da manhã adiantado, Tosca?

— Eu não tenho certeza absoluta.

— Este era o homem cujo trabalho inspirou meu pai a me dar o seu nome.

— Omar Khayyam?

– Ele mesmo! Um dos heróis do meu pai. Para alguns, o maior matemático da Idade Média. O homem que deu sequência ao trabalho de Al-Khwarizmi, dois séculos depois da morte do "pai da álgebra", ao descrever soluções para treze tipos diferentes de equações cúbicas, usando abordagens algébricas e geométricas muito sofisticadas.

– Incrível! E ali estava eu, servindo este homem com um pouco de tabule e carne de carneiro moída. Será que esta refeição o ajudou a fazer alguma descoberta?

– Como você bem sabe, ele era um astrônomo também. Depois de ser treinado por um matemático convertido ao zoroastrismo em Nishapur, e passar algum tempo em Bukhara e Samarcanda, outras duas cidades importantes da Ásia Central, ele recebeu uma encomenda de um poderoso sultão Seljuk, Malik-Shah, para reestruturar o calendário persa. Khayyam ainda era um jovem – com pouco mais de vinte anos – quando ele se encontrou com o sultão numa audiência privada na cidade de Merv. Você consegue imaginar a pressão que ele sentiu? Para realizar uma encomenda desse grau de dificuldade e responsabilidade, ele teve que trabalhar com um time de renomados astrônomos persas. Além disso, ele construiu um observatório em Isfahan para que ele e seu time pudessem realizar as observações astronômicas necessárias para criar um calendário preciso.

– Que homem incrível! E que vida!

– Espere, não é o final da história. Não só Khayyam teve sucesso na sua missão, mas ao tirar vantagem de instrumentos relativamente simples, como um relógio solar, um relógio de água e astrolábios, ele e o seu time chegaram à conclusão de que o ano solar era equivalente a 365,242219858156 dias. O resultado final tinha uma resolução de menos de um milissegundo e era muito mais preciso que o calendário gregoriano produzido na Europa cinco séculos depois.

– Aleluia!

– A computação final de Khayyam para o número de dias em um ano bate com as nossas medidas atuais com uma precisão de seis casas decimais. Um erro de apenas dois centésimos de segundo. E este pequeno erro não é de forma nenhuma culpa dos seus cálculos. Na realidade, ele resulta do fato de que a velocidade de rotação da Terra ao redor do seu eixo tem se reduzido durante o último milênio, resultando num pequeno aumento na duração dos dias e, consequentemente, numa redução no valor final de dias contido num ano solar. Isso explica o erro de dois centésimos de segundo em mil anos! O calendário de Khayyam foi concluído em 1079 e foi chamado de calendário Jalali, em honra do sultão que havia contratado o trabalho. Ele permaneceu como o calendário oficial do Irã até o começo do século XX.

— Incrível!

— De volta para o sonho.

Tosca voltou ao relato:

— A taverna era localizada em Merv. Eu descobri isso ao ouvir alguém mencionar o nome da cidade enquanto eu passava pelas mesas levando a sua refeição na minha bandeja. Eu ouvi o nome e experimentei a sensação ambígua de saber e não saber – ao mesmo tempo – onde Merv se localizava. Por um momento, a garçonete do sonho não esboçou nenhuma surpresa ao ouvir o nome da cidade, mas eu tive um sentimento estranho de não saber onde eu estava, apesar de a pessoa através da qual eu experimentava aquele sonho não ter nenhuma dúvida sobre a nossa localização. Khayyam me agradeceu pela comida com um leve sorriso e retornou para as suas anotações, seja lá o que elas dissessem.

— Mas algo muito estranho aconteceu depois que eu – desculpe-me, eu quis dizer Khayyam – recebeu a comida, não foi?

— Al-Khwarizmi e agora Omar Khayyam! Os seus sonhos estão ficando tão megalomaníacos quanto a sua vida amorosa, Omar.

— Você quer dizer, os nossos sonhos, não é, minha sobrinha predileta?

— Por favor, não me provoque.

— Então, o que aconteceu depois daquele sorriso? Você se lembra?

— Vamos deixar a gravação falar por mim. Eu quero que este seja um experimento crível e bem controlado.

— Perfeito, deixe rolar então, querida.

Tosca voltou a tocar a gravação:

– E então, logo que ele agradeceu pela comida com um sorriso tímido e gentil, algo muito estranho aconteceu. A cena do sonho mudou abruptamente. Agora, nós não estávamos mais na taverna em Merv, mas num pátio muito bonito, sentados num tapete persa extremamente bem decorado. Eu me senti meio tonta com a mudança tão abrupta de cenário, afinal de contas, agora era meio-dia, e um sol intenso estava no seu ponto mais alto no céu. Um par de homens estava conversando. Imediatamente reconheci que um deles era o mesmo homem que eu havia servido na taverna em Merv. Ele parecia mais velho e cansado agora, e tinha algumas folhas de papel na sua mão enquanto falava com o outro homem, que era muito mais jovem. Ele também tinha um livro do seu lado.

A voz fluida de Tosca continuava a emergir da gravação:

– Ele terminou de falar com o que parecia ser um dos seus estudantes, puxou o livro para si e começou a ler, sem mostrar muita emoção. E mesmo que estivesse falando em persa – uma língua que nunca ouvi ou estudei em toda a minha vida –, eu consegui entender tudo que ele dizia em voz alta. E eu ainda consigo lembrar de cada palavra.

"Eu não fui capaz de me devotar ao estudo da álgebra e me concentrar continuamente nela por causa dos obstáculos e caprichos do tempo, que me impediram; pois nós fomos privados de todo o conhecimento, salvo por um grupo, pequeno em número, com muitas dificuldades, cuja maior preocupação na vida é agarrar qualquer oportunidade, quando o tempo está a dormir, para devotar seus esforços à investigação e ao aperfeiçoamento da ciência; pois a maioria do povo que imita os filósofos confunde a variedade com a falsidade, e não faz mais nada a não ser enganar e fingir ter conhecimento e não usa o que sabe sobre a ciência exceto para ganhos materiais. E se eles identificam alguém que busca o caminho da verdade e do correto, fazendo o seu melhor para refutar o que é falso e não verdadeiro, deixando de lado a hipocrisia e a enganação, eles zombam dele e o fazem de trouxa."

– Ele já sabia! – a voz consternada de Omar interrompeu mais uma vez a gravação.

– Sabia o quê?

– Que tudo estava chegando ao fim. Que tudo estava desmoronando ao redor dele.

– O que estava chegando ao fim?

– A Renascença Islâmica. O maior momento daquela grande civilização que se estendeu dos jardins de Córdoba na Andaluzia, na Espanha, passando por toda a Ásia Central, até as fronteiras da China e da Rússia. Naquele momento, Omar Khayyam havia se refugiado em Nishapur, onde ele se sentia seguro e protegido pela fama que havia adquirido na juventude.

Tosca moveu sua cabeça, concordando com a conclusão do seu tio.

– Eu não estava certa de onde nós estávamos, mas o estudante mencionou que era muito bom poder reencontrar o seu mestre novamente na sua cidade natal. Faz todo sentido que aquele pátio fosse em alguma parte de Nishapur.

– Mas Khayyam fez algo mais naquele dia em Nishapur, não é mesmo?

– Espere um instante. Deixe-me continuar com a minha gravação.

Tosca piscou suavemente.

– Eu continuei sonhando com aquele diálogo entre um velho professor e seu discípulo. Depois que Khayyam terminou lendo aquela passagem do livro, ele permaneceu em silêncio por alguns minutos, contemplando as árvores e os pássaros que voavam pacificamente ao redor do pátio. Eu conseguia sentir o aroma das frutas e da refeição sendo preparada em algum lugar da casa. Eu também sentia o calor do sol do meio-dia e a sensação de desfrutar de um dia extraordinariamente belo.

"Depois de alguns minutos de silêncio, o professor olhou novamente para o seu estudante com o mesmo sorriso gentil com o qual ele me saudou naquela taverna no meio da madrugada.

"O estudante agora parecia muito surpreso com a pilha de papéis que o professor estava lhe entregando enquanto lhe pedia para que ele guardasse esta cópia apenas para si mesmo e não mostrasse para ninguém. Ele só queria que o seu estudante favorito tivesse estes papéis como memória do seu mestre porque ele sabia não ter muito mais tempo de vida.

"O estudante tentou protestar, mas o velho astrônomo levantou as mãos e impediu que ele continuasse a falar. Palavras não tinham mais nenhum significado para este homem que havia explorado os movimentos do sol e das estrelas, tentando explicar os mistérios mais profundos da vida e do Universo. Ele sabia que havia tido uma vida extraordinária e não tinha nenhum receio de chegar ao final da sua viagem, mesmo porque ele estava muito feliz de estar de volta à sua amada Nishapur. Depois de uma longa pausa, Khayyam beijou as bochechas do seu estudante e o mandou para casa.

"Com lágrimas correndo pela sua face, o jovem passou ao meu lado a caminho da porta de saída. Na sua pressa, ele deixou cair a primeira página das anotações que acabara de receber do seu mestre. Imediatamente eu peguei a folha do chão e devolvi para o jovem, que saiu correndo da casa sem nem me agradecer. Na sua ansiedade, ele nem se deu conta de que ele já havia traído o último desejo do seu mestre."

– Por que você diz isso, Tosca?

– Porque, mesmo que eu tenha segurado aquela página apenas por alguns instantes, fui capaz de ler tudo o que estava escrito nela. O segredo do mestre me foi revelado. Ou, pelo menos, parte dele.

– E o que você leu naquela página?

– Novamente, o texto estava escrito em persa, mas eu nunca mais esquecerei aquelas quadras.

– E o que ela dizia?

– Vou deixar a gravação responder a sua pergunta.

E, com isso, Tosca piscou e deixou a própria voz reproduzir o que ela tinha lido na elegante caligrafia persa do professor.

– E enquanto o estudante corria para tentar espantar a sua tristeza, eu armazenei nas minhas memórias o que eu acabara de ler. O texto soava como uma mensagem; algo que o mesmo professor teria me dito em Merv, se nós tivéssemos tido a chance de trocar algumas palavras naquela taverna, num suspiro de pura sabedoria. Como se fosse um alerta. Eu não sei precisar, mas ao ler aquela despedida final do mestre para o seu aluno eu senti uma emoção muito profunda, mesmo porque toda uma vida de estudo, descoberta e procura parecia ter sido embutida na beleza singela de quatro quadras tipicamente persas. Elas diziam:

“Venha com o velho Khayyam, e deixe os sábios
Falarem; uma coisa é certa, a vida voa;
Uma coisa é certa, e o resto é balela,
Pois a flor que um dia floresceu para sempre morre.

“Quando moço, santos e sábios frequentei.
Quanta argumentação complexa escutei
Sobre múltiplos temas! Mas sempre saía
Pela porta comum – a mesma pela qual entrei.

“Com a Semente da Sabedoria eu plantei,
E, com a minha própria, eu a fiz crescer
E essa foi toda a colheita que colhi.
Eu vim como água, e como vento eu irei.

“Para este Universo – como uma cascata que flui sem saber
O porquê, ou de onde vem – também vim sem querer
E como o vento errante ignora para onde ir,
Desconheço para onde vou ao sair.

“Não somos mais que o desfile incessante
De sombras circulando, em vai e vem constante:
A lanterna do sol projeta luz mágica,
E os espectros seguem seu destino errante.”

— Bons tempos aqueles em que os matemáticos e astrônomos podiam falar em versos. – A voz de Omar traía a sua profunda emoção, mas ele continuou. — Alguma ideia de como interpretar esta última parte do nosso sonho?

— Desculpe-me, Omar, mas eu sou apenas uma neurocientista, não um oráculo. Alguns neurocientistas até tentaram enveredar pelo caminho do oráculo. Infelizmente eu não comungo da mesma filosofia deles. Mesmo porque todos falharam miseravelmente, como qualquer outro charlatão.

– Seja como for, minha querida, eu tenho o pressentimento de que muito em breve nós dois teremos que nos engajar num pouco de adivinhação, porque existe algo conectando todos os nossos sonhos compartilhados. Eu realmente não sei dizer ainda o que possa ser, mas eles parecem conter uma mensagem muito importante.

– Mas qual mensagem relevante, que possa estar relacionada a qualquer aspecto concreto das nossas vidas, pode ser transmitida por meio de sonhos? Não importa se eles forem individuais e privados ou, como parece estar acontecendo conosco, experiências compartilhadas. Isso não faz o menor sentido, Omar.

– Bem, como Arthur C. Clarke diria...

– Pelo amor de Deus, não ele de novo. Eu não aguento mais!

– Kurt Vonnegut seria mais aceitável?

– Pare já, Omar.

– Tudo bem, Tosca. Eu prometo não citar mais nenhum escritor de ficção científica. Vamos fazer uma parada para o almoço? Que tal uma comida libanesa?

– Omar, um destes dias eu ainda vou chamar a minha mãe e colocá-la na linha para que ela tenha uma conversinha com o irmão mais velho dela.

– Tudo bem, tudo bem, pode ser comida italiana. Você não precisa apelar para violência psicológica. – Omar não conseguiu conter uma gargalhada quando Tosca o lembrou de uma das poucas coisas que ele temia na vida: os sermões da irmã Giselda! – Tosca, eu tenho a estranha sensação, uma premonição muito perturbadora, que alguém está tentando nos avisar que algo muito gigantesco, algo realmente catastrófico, está por acontecer.

– Pausa para o almoço, Omar. Ou eu devo ligar para minha mãe já?

– Pelo amor de Rá, me poupe deste destino ameaçador.

– Então se comporte, tio. Por hoje chega de brincar de intérprete de sonhos.

– Como você quiser, minha querida. Mas que *los hay, los hay*!

CAPÍTULO 15

O TERCEIRO SONHO: O AVISO FINAL

São Paulo, Brasil – quarta-feira, 30 de janeiro de 2036, uma hora da manhã – três dias antes do impacto

Talvez para evitar aborrecer Tosca ainda mais, ou pior, fazer com que ela cruzasse um ponto de não retorno, o que significaria envolver a sua irmã caçula na confusão em que eles se encontravam, Omar decidiu não incomodar mais sua sobrinha – pelo menos temporariamente – com as suas teorias sobre o que poderia estar acontecendo com ambos durante os últimos dois dias. Como resultado dessa trégua intelectual temporária, eles não se encontraram nem para conversar pelo resto do dia e daquela noite. Ambos decidiram aproveitar o serviço de quarto do hotel e jantar separadamente na privacidade das suas acomodações mais do que espaçosas.

Tendo desfrutado da sua ceia tradicional no final da noite, uma mezza libanesa completa, regada com uma rara garrafa do seu vinho branco preferido do Vale de Beca da Síria, Omar subitamente sentiu uma vontade irresistível de simplesmente deitar e tirar uma soneca. Esta era uma sensação pouco usual para o padrão circadiano típico do nosso matemático. Normalmente, ele gostava de ir dormir com as primeiras luzes do novo dia, um hábito que adquirira desde os seus tempos de vida universitária em Paris.

Olhando brevemente para o seu relógio de pulso – sim, ele provavelmente era o último ser humano na face da Terra que ainda confiava neste instrumento analógico para medir a passagem do tempo –, Omar notou com surpresa que a madrugada mal começara, pois o relógio marcava apenas uma da manhã. Ainda assim, ele estava prestes a se render a um desejo irresistível de ir para sua cama e encerrar o expediente pela noite. Sentindo-se totalmente sequestrado pelo fluxo de ondas deltas incipientes que logo foi acrescido de penetrantes fusos de sono que inundaram todo o seu tálamo e córtex, Omar sucumbiu ao chamado das sereias de forma tão passiva que um certo Ulisses certamente se sentiria envergonhado e ofendido com tal falta de qualquer resistência.

Suspirando desculpas sinceras para o seu marinheiro grego favorito, apenas alguns segundos depois de fazer o primeiro contato tátil com os lençóis macios da sua ampla cama *king size* – outro item indispensável da rotina adquirida por um playboy egípcio podre de rico, vivendo sozinho na capital francesa desde os dezoito anos –, Omar se encontrou afundado num profundo coma sonífero e em poucos minutos já imerso na sua primeira janela de sono REM daquele começo de madrugada. E dentro dessa janela, Omar se encontrou desfrutando do primeiro sonho da noite.

Assim como Tosca, dois andares abaixo da suíte presidencial.

Apesar de ela mesma ser outra legítima integrante do clube dos notívagos, precisamente à uma da manhã, enquanto ela se contorcia na sua cama tentando, em vão, editar o último trabalho de um dos seus estudantes de pós-graduação que se recusava terminantemente a se expressar em alguma forma de inglês inteligível, apesar de ter nascido e sido criado na Califórnia, Tosca também sentiu uma vontade repentina e irresistível de deixar de lutar contra sentenças monstruosas e parágrafos horrivelmente contorcidos, bestas muito conhecidas do crime linguístico denominado como redação científica praticada em 2036, e simplesmente se deitar imóvel e em silêncio. Acostumada a combater esses episódios súbitos de fadiga e exaustão desde a sua infância, dessa vez Tosca não encontrou à disposição nenhum dos seus habituais truques mentais usados para escapar de um chamado sedutor para mergulhar de imediato nas profundezas de um sono reparador. Inesperada e injustificadamente, ela desistiu de qualquer subterfúgio para resistir ao chamado biológico e simplesmente desligou os óculos de realidade virtual com uma sequência rápida de piscadas e, com uns poucos movimentos corpóreos precisos, acomodou-se na sua espaçosa cama *king size* – um dia ela iria perguntar a Omar por que ele insistia tanto nelas – momentos antes de cair num sono profundo, ainda vestida no seu roupão do hotel fabricado – você já adivinhou – com o algodão egípcio mais fino disponível no planeta.

Assim, precisamente à uma e oito da manhã, na quarta-feira, dia 30 de janeiro, em 2036, tanto Tosca Cohen como Omar Cicurel se encontravam, mais uma vez, sonhando em total e perfeita sincronia neural. E por razões que desafiam qualquer lógica neurocientífica conhecida, eles permaneceram nesse estado de perfeita e pacífica coerência neural pelo resto daquela noite.

Diferente das outras duas noites, algo bem inusitado estava acontecendo durante o sonho compartilhado dos nossos heróis. Algo realmente inovador, mas também assustador. Em primeiro lugar, em vez de assumir uma posição como protagonistas de cada sonho, durante toda esta noite, Omar e Tosca experimentaram cada sonho como se ambos fossem observadores independentes e neutros, cujo ponto de vista se assemelhava àquele dos membros de uma plateia num cinema ou teatro. Mas diferentemente de assistir a um filme num cinema, Tosca e Omar podiam compartilhar de forma extremamente vívida as mesmas sensações e emoções daqueles que estavam participando dos lugares e contextos muito particulares nos quais os seus sonhos se desenrolavam. Isso significava que eles podiam sentir os aromas, os sons, os toques, até mesmo a temperatura e umidade do ambiente, que, no conjunto, criavam a clara sensação de estar fisicamente presente em todos os locais nos quais os seus sonhos ocorriam. Tal experiência poderia ser descrita como um verdadeiro "safári virtual de sono REM", dado que eles verdadeiramente pareciam um par de turistas completamente enfeitiçados e confusos, observando o comportamento de animais selvagens batalhando uns contra os outros pela sua própria sobrevivência diária em alguma savana africana, como o Masai Mara ou o Serengueti. A diferença, todavia, era que o que Tosca e Omar estavam observando, durante esse safári onírico mais do que incomum, eram enormes grupos de seres humanos pelejando uns contra os outros nas mais ferozes e sangrentas batalhas épicas que definiram a longa e quase interminável disputa pelo controle da mente coletiva da humanidade.

Mas isso não era tudo. Havia mais.

Algo que, quando se tornou óbvio para ambos os nossos observadores, mudou inteiramente a natureza da experiência que eles estavam compartilhando.

Novamente!

No momento no qual os cérebros de Omar e Tosca sincronizaram durante o primeiro episódio de sono REM, um sonho extremamente detalhado e rico começou a se espalhar pelos seus córtices. Tudo começou com os primeiros sinais de uma manhã radiante que, numa questão de segundos, coloriu todo o céu e o delta de um rio majestoso com uma multitude de cores, tons e sombras. Como um aficionado dos mitos gregos, Omar imediatamente pensou nos versos imortais de Homero que se referiam a uma "madrugada tingida com dedos róseos".

Mas esta distração poética não durou muito tempo. No próximo segundo, mais ou menos alguns milissegundos, a atenção tanto de Omar como a de Tosca já haviam se desviado na direção de um ruído muito alto e estridente que eles podiam agora ouvir, mas cuja fonte ainda não eram capazes de localizar. Por alguns momentos, enquanto os sulcos e giros dos seus hipersincronizados neocórtices tentavam sem sucesso decifrar o significado do ruído sinistro que parecia anunciar algum tipo de esforço supra-humano, Omar e Tosca apenas se limitavam a escutar em silêncio. O som lhes lembrava o esforço de uma equipe de mudança sem pessoas suficientes, tentando arrastar uma enorme peça de mobília de madeira maciça por uma superfície acidentada e de alta fricção.

Somente quando um lampejo de sol se esparramou pelo céu matutino, inundando ao mesmo tempo o local de onde o som de arraste emanava, foi possível para Tosca e Omar descobrir que o som misterioso se originava do esforço hercúleo empenhado por uma equipe de eunucos na tentativa de abrir um par de portas gigantescas de um palácio ou templo não menos grandioso. Enquanto as portas teimosamente resistiam, centímetro a centímetro, a todas as tentativas de arrastro, elas pareciam fazê-lo como forma de evitar expor qualquer vislumbre daquilo que só poderia ser descrito como uma fronteira intransponível entre dois modos de vida totalmente distintos e mutuamente excludentes. Mais importante do que uma barreira física, aquelas portas delimitavam uma verdadeira fronteira mental. Imposta milênios atrás, essa fronteira havia separado, por quase toda uma eternidade, de um lado um oásis relativamente diminuto de opulência quase inimaginável, riqueza ilimitada e poder incomensurável centrados nas vontades, desejos, demandas e caprichos de um verdadeiro Deus encarnado, e de outro um vasto universo exterior, no qual milhões viviam e padeciam, por não mais de duas ou três décadas, em condições minimamente condizentes com a sobrevivência.

Para o Deus encarnado e sua comitiva real, vivendo por detrás daquelas portas pesadamente teimosas, não havia seres humanos individuais no mundo exterior, mas apenas uma massa orgânica desfigurada, tão anônima quanto homogênea, destinada apenas a obedecer aos comandos divinos daquele Deus Sol encarnado que reinava por todo aquele imenso império. Dessa forma, de acordo com a narrativa oficial, o único propósito daquela massa de escravos era servir ao seu mestre em qualquer tarefa que ele julgasse apropriada, não importando quão letal ela fosse. Coisas como cultivar e colher as safras produzidas nas terras do rei, ano após ano, ou construir tumbas enormes para assegurar o estilo de vida opulento do rei após a sua morte e por toda a eternidade, ou erigir os seus templos e palácios para glorificar Ele e apenas Ele, e, por último, servir no exército imperial quando quer que um dos seus inimigos estrangeiros tivesse que ser derrotado ou simplesmente humilhado em nome da honra do império.

Soa familiar, não soa?

Dessa forma, aquelas portas poderiam muito bem ser consideradas como um "túnel cilíndrico do espaço-tempo celestial" – um *wormhole* ou uma ponte de Einstein-Rosen, se você preferir o nome mais técnico – separando duas galáxias sociais distintas, localizadas bilhões de anos à parte, em extremos totalmente opostos do cosmos humano, criadas única e exclusivamente pelo poder das abstrações da mente humana. De fato, nada mais do que um contrato irrevogável, irrecusável e inegociável de servidão e exploração unidirecional em perpetuidade conectava os habitantes dessas duas galáxias, desde o dia do nascimento, até o dia da morte dos seus membros. E como esperado, um dos lados desta equação – aquele vivendo do lado de fora daquelas portas – morria muitas décadas antes dos privilegiados condôminos do lado de dentro. Mas, para a elite que habitava a galáxia interior, esse fato incontestável era totalmente irrelevante.

À medida que aqueles portões relutantemente se permitiam ser graciosamente lambidos pelos ainda tímidos lampejos da recém-nascida luz do amanhecer, podia-se notar que cada uma das suas superfícies internas e externas de madeira de cedro maciço tinham sido enfeitadas com amplos painéis de bronze. Cada um dos painéis ricamente ornados retratava em grande detalhe quer batalhas épicas que demonstravam todo o heroísmo do rei e dos seus durante a total aniquilação de inimigos estrangeiros passados, quer homenagens ao sol e ao seu representante na Terra. Tanto os painéis de bronze como os blocos de rocha que serviam como as esquadrias dos portões continham escrituras esculpidas pelos melhores artesões do império, relatando decretos reais e datas comemorativas.

No momento em que aquelas portas que separavam dois mundos finalmente cederam ao esforço colossal da equipe de eunucos, um longo túnel se materializou, conectando momentaneamente uma galáxia à outra. Tosca e Omar então puderam identificar uma enorme procissão surgindo das profundezas do palácio real, movendo-se na direção do mundano, árido e fétido mundo exterior. Cercado pela sua guarda de elite, constituída por dezenas de mercenários egeus dos confins perdidos da Anatólia, um rei-guerreiro poderoso, vestido no seu uniforme real de guerra, que incluía um capacete e uma túnica folheados por uma grossa camada de ouro, brotou do véu de total mistério e segredo que envolvia a sua vida privada, conduzindo a sua biga dourada, totalmente recoberta em elétron, na direção dos braços abertos de um exército gigantesco, formado por dezenas de milhares dos seus anônimos soldados escravizados, que ansiosamente ansiaram por este momento único ao longo de toda a sua vida breve e miserável.

Ao ver o seu comandante supremo e líder espiritual surgir das profundezas de um mundo de fartura que elas mal podiam conceber, muito menos desfrutar, as tropas do imperador imediatamente produziram uma saudação explosiva e espontânea de pura euforia, do topo dos seus pulmões; um verdadeiro sibilo humano gutural e coletivo que traduzia plenamente todas as esperanças e desejos genuínos de que esta seria mais uma campanha militar bem-sucedida que resultaria na destruição da última encarnação do seu mais hediondo e mortal inimigo. Fosse quem fosse esse inimigo! Dado que a grande maioria daqueles que se aglomeravam naquela vasta praça não tinha a menor ideia de quem esse inimigo era ou como nomeá-lo, ou nem mesmo do que ele poderia ter feito para provocar a ira do rei, bastava saber que, fosse quem fosse essa nova ameaça, ela teria que ser irretocavelmente derrotada e varrida da face do planeta.

O repentino trovão humano liberado pelo poderoso exército real, que prontamente ecoou por quilômetros e quilômetros, como o rugido ensurdecedor de um leão alfa alertando quem quer que seja para se manter distante do seu território, fez com que o Rei-Deus, todo revestido em ouro e brilhando como um verdadeiro sol, sorrisse amplamente. Ele sabia que o seu exército tinha sido arregimentado por meses a fio para segui-lo naquela batalha histórica e decisiva contra um inimigo que nenhum dos seus ancestrais, nem mesmo seu pai, tinha sido capaz de derrotar. Aqueles camponeses e escravos anônimos haviam esperado por muitas horas para saudar a entrada triunfal do seu mestre nos anais da história na primeira luz do dia. Agora, eles haviam recebido a sua tão ansiada graça. Novamente, formava-se a mesma amálgama humana coesa cuja mera existência, desde tempos imemoriais, havia apenas sido reconhecida pelos reis daquele vasto império na forma pela qual ela se apresentava naquele instante: colapsada numa formação orgânica anônima onde nenhum indivíduo poderia ser reconhecido, somente o todo, pronto para morrer para o benefício da vida presente e eterna do seu Rei-Deus.

E quando a carruagem real cruzou triunfante a avenida central do que tudo levava a crer ser uma capital imperial recentemente construída com um grau de esplendor quase irreal, o reflexo da luz do sol no corpo dourado do rei e sua carruagem criaram a impressão de que Amun em pessoa havia concedido a graça de aparecer fisicamente na presença dos seus fiéis seguidores e liderá-los numa nova guerra santa até que o inimigo, fosse quem fosse, quedasse abatido e obliterado.

Sem conseguir resistir à torrente de emoções que ela sentiu ao testemunhar em primeira mão o desenrolar desta experiência onírica tão exuberante quanto surreal, Tosca começou a falar consigo mesma em voz alta, no meio do seu próprio sonho.

– Mas quem é este poderoso rei? Onde eu estou? Quem são essas pessoas?

– Ramsés II, minha querida. Provavelmente este é o exército de vinte mil soldados arregimentado pelo maior de todos os faraós egípcios do Novo Reino, o terceiro da décima nona dinastia: o grande Ramsés II. Eu apostaria que nós estamos testemunhando a procissão real que deixou o palácio do faraó numa manhã de maio de 1274 a.C. O palácio estava localizado na nova capital que ele construiu nas margens do ramo pelusiaco do Nilo, no Baixo Egito. Ele nomeou esta capital de Per-Ramessés, o que significava "a casa de Ramsés".

Profundamente tocado por tudo que ele agora via, Omar continuou a sua explicação didática:

– Ramsés II, filho do grande faraó guerreiro Seti I, acreditava que, como seu pai, ele era invencível e, assim, decidiu reunir três quartos de todo o poder militar do Egito em quatro divisões – Amun, que ele liderou pessoalmente, Rá, Ptah e Seth – para uma campanha que iria dizimar o império Hitita, a nêmese do Egito por décadas, de uma vez por todas. Para tanto, ele e o seu poderoso exército marcharam por um mês, da fronteira do Egito com Gaza, através de Canaã e Megido, até alcançar a Síria, atravessando os vales de Litani e Beca, para finalmente enfrentar o exército imperial hitita, num dos maiores confrontos militares de toda a antiguidade: a Batalha de Kadesh.

– Omar, é você falando comigo no meio do meu sonho?

— Sim, Tosca, aqui é o seu tio favorito lhe ensinando um pouco de história elementar do Egito.

— Espere um minuto! Você está conversando comigo e tentando interpretar, em tempo real, o nosso sonho com Ramsés II e o seu exército deixando o Egito para dar uma tunda nos caras-pálidas do império Hitita, nos idos do século XIII antes de Cristo? Que diabos está acontecendo aqui?

— Por mais absurdo que possa parecer, especialmente se considerarmos que nós estamos tendo mais um dos nossos sonhos compartilhados, o seu sumário me parece extremamente acurado no que tange ao que está ocorrendo neste exato momento, minha querida sobrinha. Sim, aparentemente nós estamos não só compartilhando um sonho, mas agora nós adquirimos a capacidade de nos comunicarmos sobre o que está se passando nos nossos sonhos e como nós estamos experimentando o que transcorre neles.

— O que está acontecendo?

— Eu não posso provar, mas eu tenho uma teoria sobre o que está se passando, Tosca.

— Pare já! Não agora. Deixe a sua teoria para depois, isso é, caso haja algum depois. Algo está acontecendo, mas vamos focar no sonho primeiro. Isso faz com que esta situação extremamente desafiadora fique um pouco mais suportável.

— Como você quiser, minha querida. Mas cedo ou tarde nós vamos ter que encarar a situação em que nos encontramos envolvidos e discutir possíveis explicações plausíveis para compreendê-la.

— Sim, mais tarde, por favor. Veja, o exército chegou em algum tipo de cidadela, um forte de algum tipo, próximo de um grande rio.

— A cidade de Kadesh. O rio que você está vendo é o Orontes. Kadesh estava estrategicamente localizada ao sul da bifurcação do Orontes e um dos seus tributários. Ao cavar um canal conectando os dois rios ao sul da sua bifurcação natural, o kadeshianos – não as Kardashians – criaram uma ilha fortificada e quase inexpugnável.

— Muito engraçadinho o seu trocadilho, Omar.

— A gente tem que tentar manter um pouco de bom humor para lidar com experiências inusitadas como a que estamos compartilhando, minha cara. Você não acha?

— Tudo bem. Veja, o faraó está recebendo algum tipo de relatório de um general ou um comandante do seu exército.

— Sim, muito provavelmente ele está recebendo as notícias de que, de acordo com informantes beduínos capturados pelos seus batedores, o exército hitita está bem longe daqui, em Alepo, e não tem planos de atacar os egípcios ao redor de Kadesh. Mesmo sob tortura brutal, os beduínos mantiveram a sua versão da história, o que deu a Ramsés e ao seu exército a segurança de continuar avançando em direção à fortaleza.

— Uau, você aprendeu tudo isso no seu curso elementar de história egípcia?

— A maior parte, sim, mas a minha dissertação de mestrado citava a batalha de Kadesh, então eu tive que ler um pouco mais a respeito.

— É só minha impressão, ou parece uma enorme coincidência que nós estejamos compartilhando um sonho sobre um evento da história do Egito no qual você é um especialista? Tudo isso não soa um pouco suspeito?

— Bem, de acordo com a minha teoria, tudo isso está mais do que de acordo se considerarmos que....

— Não agora, Omar. Eu já lhe pedi para segurar a sua teoria para mais tarde. Olhe, algo está acontecendo.

Enquanto Tosca e Omar debatiam o melhor momento para especular, eles notaram que a divisão Amun, liderada pessoalmente pelo grande faraó, tinha avançado sobre um vilarejo e, depois de uma marcha de três horas, decidiu acampar próximo de um pequeno riacho, ao sul da bifurcação do Orontes, uns poucos quilômetros ao norte do forte de Kadesh. Depois dessa longa marcha forçada, as carruagens foram estacionadas em fileiras e tanto as tropas como os cavalos exaustos tiveram permissão para beber a água fresca do riacho e descansar antes do assalto a Kadesh. Já era meio da tarde quando os soldados começaram a montar as tendas e posicionar seus escudos, lado a lado, para criar uma paliçada improvisada ao redor do seu acampamento temporário. A expressão desses seres anônimos exibia um traiçoeiro senso de segurança e relaxamento, uma vez que a notícia sobre o exército hitita estar distante havia se espalhado como fogo em relva seca. Kadesh, apesar da sua aparência de fortaleza, agora parecia mais uma presa indefesa prestes a se defrontar com um dos mais poderosos exércitos do planeta. A história e a glória eterna pareciam estar ao alcance daquelas dezenas de milhares de mãos calejadas, ou pelo menos era isso que tanto Tosca quanto Omar sentiam. De repente, eles haviam se dado conta de que eram capazes de ler e experimentar as emoções e pensamentos coletivos daquele monumental aglomerado de seres humanos. Aquela percepção repentina e extraordinária realmente causou um estremecimento em ambos, mas ao mesmo tempo despertou uma sensação de sublimidade e mistificação, já que, muito provavelmente, eles eram os primeiros seres humanos a experimentar o mesmo que homens que haviam vivido mais de três mil anos antes.

– Você sentiu isso, Omar?

– O quê?

– A sensação de estar conectado com as mentes deste enorme exército e poder experimentar o que eles sentem, o que eles estão pensando, a natureza original das suas emoções mais puras e primitivas, como o medo e o alívio, de uma forma que nos faz sentir como sendo parte deles?

– Sem dúvida! Sim, eu estou experimentando exatamente o que você acaba de descrever tão bem. E, além disso, eu também estou sentindo as nossas próprias reações, Tosca, com tudo aquilo de novo que estamos experimentando juntos. É quase como se nós todos estivéssemos conectados mentalmente, você e eu, e nós dois com todos estes homens que estão gargalhando agora, enquanto eles montam as suas tendas e preparam a comida.

– Exatamente. Esta é a sensação que eu estou tendo. Uma profunda conexão mental com todos eles e com você, Omar.

Enquanto Tosca e Omar refletiam com uma reverência silenciosa sobre a descoberta de que agora faziam parte de uma verdadeira Brainet que cruzava os limites do tempo e espaço da história humana e lhes permitia, através de um mecanismo que eles não podiam imaginar, muito menos explicar, conectar suas mentes de forma contínua e transparente com aquelas dos milhares de soldados egípcios e seus generais, algo capturou a atenção de ambos. Sem qualquer aviso prévio, uma gigantesca onda de pânico começou rapidamente a subjugar o sentimento quase bucólico que, apenas alguns segundos antes, dominava os pensamentos e humor coletivo do acampamento egípcio. Surpreendidos de imediato pelo alarme mental que ambos sentiram, mesmo antes que eles pudessem ver com seus olhos o que se passava, Omar e Tosca começaram a sentir o tipo de terror gelado que do nada invadiu as mentes dos soldados egípcios, no exato momento em que estes começaram a reagir a todo o caos que se instalou ao seu redor, indicando de forma inequívoca que um inimigo que se julgava distante estava, inesperadamente, prestes a despencar por cima deles.

– O que está acontecendo? Por que eles entraram em pânico e estão se aprontando para lutar do nada?

– Eles acabaram de receber a notícia de que os beduínos mentiram, mesmo sob intensa tortura. O exército hitita não está em Alepo, mas apenas a alguns quilômetros do acampamento egípcio. E agora eles estão avançando para surpreendê-los.

– Veja aquilo! O faraó acabou de esbofetear o seu general mais graduado. Ele está furioso!

– Ele se deu conta de que está sozinho. Somente a sua divisão vai ter que confrontar todo o exército hitita. As suas chances de sobrevivência não são muito boas neste momento. Veja, ele está tomando várias decisões ao mesmo tempo. O mais extraordinário é que eu posso sentir o que ele está pensando e vai decidir antes de ele emitir as suas ordens. Ele agora está prestes a mandar o seu vizir galopar o mais rapidamente possível para o sul e ordenar que a divisão Ptah se locomova imediatamente para o norte para auxiliar o faraó. A mensagem que ele vai emitir em breve será: "Sua Majestade está sozinho, enfrentando todo o exército hitita com as suas próprias mãos!".

– Uau, eu simplesmente não consigo acreditar nisso! Ramsés está falando com o que parece ser um homem muito importante.

– Este é o seu vizir. Como eu acabei de prever.

– Eu acredito em você, Omar. O homem agora está deixando o acampamento num galope de vida ou morte, levando consigo um pequeno destacamento formado por um bando de guarda-costas mal-encarados.

– Eles precisam achar a divisão Ptah e trazê-la para o campo de batalha o mais rapidamente possível ou Ramsés vai estar liquidado numa questão de horas.

– O que está acontecendo agora? – Tosca agora parecia um narrador de um jogo de futebol descrevendo os movimentos de dois times batendo de frente um com o outro numa final de Copa do Mundo.

– Ramsés está mandando os príncipes reais para um lugar seguro para evitar que eles sejam capturados no caso de o exército egípcio e o faraó não escaparem com vida.

– Que barulho à distância é esse? Eu estou sentindo um medo paralisante que nunca senti na vida. E esse som aterrorizante parece estar dando origem a essa sensação horripilante.

– Tosca, você deve estar agora intimamente conectada com a mente de algum soldado que deve estar servindo como um batedor avançado da linha de frente do exército egípcio. Ele deve estar vendo e ouvindo o avanço das mais de duas mil e quinhentas carruagens de assalto que o exército hitita está mandando de encontro ao acampamento egípcio. Este massivo ataque de carruagens no século XIII a.C. só pode ser comparado ao maior assalto de divisões de tanques da Segunda Guerra Mundial. Basicamente, nós estamos prestes a nos tornarmos os primeiros seres humanos, além daqueles que participaram da batalha numa tarde do final de maio de 1274 a.C., a testemunhar o que só pode ser descrito como a versão da antiguidade da Batalha de Kursk em 1943, entre os exércitos da Alemanha Nazista e da União Soviética, no qual aproximadamente oito mil tanques foram envolvidos.

– Os egípcios agora estão preparando as suas carruagens às pressas.

– Se você considerar ambos os lados desta batalha, algo entre cinco e dez mil carruagens estão prestes a se enfrentar no campo de batalha em frente das nossas retinas sonhadoras do século XXI!

– Eu posso ver outro rei liderando o ataque dos hititas.

– Muwatalli II, o rei dos hititas. Ali está ele, no seu posto de comando no topo daquele morro, numa distância segura do campo de batalha principal. Ele quer destruir os egípcios da mesma forma que Ramsés quer aniquilar todas as forças hititas e matar o seu rei. Veja, os hititas já conseguiram sobrepujar boa parte da divisão Rá, ao sul do campo principal dos egípcios, e agora estão voltando toda a sua atenção para perseguir Ramsés, que está basicamente lutando por conta própria. Você pode ver agora que as carruagens dos hititas, diferentemente das dos egípcios, conseguem transportar três e não dois homens: um condutor e dois soldados com lanças.

– Eu notei. Olhe, as carruagens dos hititas estão cortando através da paliçada de escudos do acampamento egípcio como se ela fosse feita de papel. Eles estão passando por cima de tudo e todos que se postam à sua frente.

– Ramsés está ficando sem opções rapidamente. Ele vai ter que liderar a contraofensiva com o que restou da sua divisão. Ele já está na sua própria carruagem atacando a linha de frente dos hititas com a ajuda dos seus mercenários e guarda-costas. Esses homens vêm das fronteiras do império hitita e conhecem as táticas e modos de lutar do inimigo e como enfrentar os soldados de Muwatalli em um combate mortal. Eles não temem nada nem ninguém e lutam ao lado de quem lhes paga mais. Nesse caso, o faraó do Egito.

– Eu nunca presenciei tantos homens engajados num combate tão feroz e selvagem como este. É doloroso só de olhar, pior ainda, quase insuportável experimentar na minha própria mente os pensamentos finais daqueles que estão lutando, morrendo, ou sendo severamente feridos. É como experimentar nos meus próprios ossos e pele cada uma das feridas, lacerações, cada morte, como se a *Ilíada* de Homero estivesse sendo escrita diretamente a partir das sensações vividas pelo meu próprio cérebro. Eu posso sentir a dor dos corpos mutilados, assim como a tristeza profunda e dura que invade os seus pensamentos, enquanto eles se debatem para sobreviver a um encontro brutal após o outro com inimigos que compartilham do mesmo terror de morrer no campo de batalha e terem seus corpos deixados para trás, sem um funeral apropriado, para serem devorados por animais selvagens famintos. Eu simplesmente não consigo descrever estes pensamentos em palavras, o desespero com o qual eles fazem as suas últimas despedidas para os seus entes queridos, o receio agudo do que eles podem encontrar depois da morte; todos esses pensamentos e sentimentos emanando de tantas mentes ao mesmo tempo, enquanto eles continuam lutando por suas vidas. Em ambos os lados envolvidos, só consigo discernir essa profunda expressão sincronizada de terror perante a incerteza completa de sobrevivência gerada pela aleatoriedade desenfreada do campo de batalha.

– Eu ouso dizer que se mais pessoas pudessem experimentar o que nós estamos experimentando, não haveria mais guerras no mundo. Você está correta, Tosca: esta é a experiência mental mais chocante que eu já tive nos meus mais de oitenta anos de vida. Não faz a menor diferença que seja apenas um sonho, ou uma reconstrução realista do que se passou na bifurcação do rio Orontes, mais de três mil anos atrás. Esses são sentimentos humanos primitivos coletivos profundamente arraigados nas nossas mentes; lutar pela própria vida num campo de batalha, algo que somente aqueles envolvidos neste tipo de combate mortal puderam sentir. – Omar falava como alguém profundamente chocado pela experiência vivida poucos segundos atrás.

Enquanto isso, tudo parecia perdido para Ramsés e a sua divisão Amun. Todavia, numa questão de minutos os ventos mudaram inesperadamente.

– Omar, o que é aquela nuvem de poeira se formando no horizonte? O que poderia estar criando aquilo?

– Tudo indica que essa nuvem é tudo aquilo que Ramsés pediu aos deuses que acontecesse no momento-chave dessa batalha. A nuvem está sendo gerada por centenas de carruagens trazendo as tropas de elite do faraó que ele ordenou que viessem por via marítima, como um batalhão de reforço em caso de alguma emergência. Certamente, este reforço inesperado adicionou um componente totalmente novo de choque para os hititas, que jamais esperavam que algo assim pudesse acontecer. Eles seguiram precisamente as ordens do faraó e agora estão chegando ao campo de batalha no momento preciso para resgatá-lo da morte certa.

– Eles realmente chegaram no momento exato! Eu posso ver que Muwatalli também está sendo surpreendido com esta mudança de ventos. Veja, ele está ordenando uma nova carga de carruagens.

– Mas nem isso será suficiente. Os hititas perderam a chance que tiveram. Eles não têm nenhuma outra opção a não ser bater em retirada enquanto ainda há tempo. Boa parte dos seus soldados vão morrer afogados ao tentar cruzar o Orontes às pressas para tentar alcançar a segurança da outra margem. Do outro lado, os egípcios também estão totalmente esgotados. Eles não têm como perseguir os hititas. Basicamente, a disputa atingiu um impasse. Um empate, se é que se pode usar este termo futebolístico para descrever a situação.

– Sim, eu posso ver o que está acontecendo agora. Que horror! Alguns dos guerreiros hititas estavam usando túnicas cobertas de malha de ferro para protegê-los de golpes e agora, quando eles tentam atravessar o rio, eles estão sendo tragados para o fundo das águas e se afogando devido ao peso das armaduras.

– Incrivelmente, em apenas alguns minutos, uma vitória dada como certa pelos hititas se transformou num quase desastre para eles. Mas esta não foi uma derrota acachapante, por nenhum critério. Ambos os lados sofreram perdas enormes e os egípcios só foram salvos pela habilidade do seu faraó em improvisar uma defesa que pudesse ganhar horas preciosas para que os reforços pudessem chegar a tempo de resgatá-los e evitar a aniquilação do seu poderoso exército. – Omar tentou mostrar a Tosca a completa dimensão daquilo que tinha acabado de transcorrer no seu sonho compartilhado.

– Muwatalli retornou ao seu acampamento. Ele está lamentando a perda de alguém muito próximo dele. Eu posso sentir perfeitamente o grau da angústia e ódio que ele está sentindo neste momento.

– Ele perdeu dois dos seus irmãos na batalha e um grande número dos seus oficiais mais próximos, sem falar dos seus condutores de carruagens mais experimentados e do seu guarda-costas chefe. – Omar continuava a lembrar dos detalhes que ele havia acumulado durante o seu trabalho de mestrado.

— Parece que ambos os lados se deram conta de que não há como continuar com o confronto. Nenhum dos exércitos tem como continuar lutando. O impasse é terminal.

— Sem dúvida, Tosca. Eles certamente chegaram à mesma conclusão. Apesar do ódio profundo entre os reis e os exércitos, ambas as partes terão que se retirar do campo de batalha e voltar para casa. Kadesh sobreviveu mais uma vez. Eu posso ver que Muwatalli está despachando um enviado real para Ramsés com seus termos para o cessar de hostilidades.

— E agora Ramsés está recebendo o enviado e concordando com os termos, aparentemente.

— Ele aceitou os termos menos de vinte e quatro horas depois de alcançar as cercanias de Kadesh. Agora, ele e o seu exército imperial vão começar a sua jornada de volta para casa.

Neste ponto, o sonho que Tosca e Omar estavam compartilhando começou a evoluir rapidamente. Num momento, eles puderam ver Ramsés II e suas tropas retornando ao delta do Nilo. Soldados consumidos e fracos, mal suportando a marcha de retorno, acompanhavam um faraó que continuava a ostentar uma postura e confiança de quem havia ganhado uma enorme batalha contra um inimigo histórico, e não alguém que escapara, por um fio de cabelo de porco selvagem, de uma derrota devastadora que poderia ter acabado com o seu reinado e mudado o curso da história de todo o Egito para sempre.

Enquanto Tosca e Omar refletiam sobre o que eles tinham acabado de sonhar, eles ainda puderam testemunhar o retorno triunfal de Ramsés ao Egito. Paradoxalmente, desde o momento em que ele havia deixado o campo de batalha, Ramsés já tinha dado início a uma campanha de propaganda sem precedentes cujo objetivo central era provar que a Batalha de Kadesh havia sido uma vitória triunfal sua e do seu exército, e não um evento sem qualquer vencedor às margens do rio Orontes.

Embora Omar tivesse a noção precisa do que estava por vir, Tosca foi totalmente surpreendida pelas próximas cenas que inundaram o sonho. Isso porque Omar sabia que, depois de um plano cuidadosamente coreografado, comparável a qualquer campanha de marketing ou de propaganda do século XXI concebida na Madison Avenue em Nova York, porque Ramsés comissionou os mais famosos e talentosos artesões e escritores do Egito para celebrar a sua "vitória definitiva sobre os hititas".

– Omar, eles estão gravando imagens da Batalha de Kadesh nas paredes do templo.

De repente, múltiplas cenas começaram a fluir em alta velocidade ao longo daquele sonho.

– Agora um poeta está declamando o que parece ser um hino épico para uma grande multidão que compareceu para ver a inauguração dos murais do templo descrevendo a batalha. Eu posso ver muitos murais agora, em diferentes templos. Em todos, podemos ver Ramsés sozinho, lança em punho, conduzindo a sua carruagem dourada, lutando e derrotando o exército hitita com suas próprias mãos. Que loucura! Veja só, a mesma cena gravada em inúmeros murais por todo o Egito. Todos com a mesma mensagem: "Ramsés salvou o Egito e o povo egípcio ao derrotar o inimigo com a sua própria lança".

– Bem, Tosca, isso só demonstra que as *fake news* não são invenção do século XXI. E como as abstrações mentais, como um Rei-Deus, foram e são poderosas para dominar a mente coletiva de milhões de pessoas. Ramsés II entendeu perfeitamente o enorme poder do marketing e da propaganda como ferramentas para manter o seu poder. Ao enfatizar o seu próprio papel na batalha, algo que ninguém pode negar, ele indiretamente expôs a incompetência e erros crassos do seu próprio exército. E como o seu poder dependia de manter o exército sob seu controle, ele fez o que pôde para ressaltar os seus feitos heroicos enquanto eliminava do registro histórico qualquer papel que o exército e seus comandantes desempenharam nesse evento épico. Graças a sua vaidade, que levou o faraó a encomendar inúmeros trabalhos artísticos, a Batalha de Kadesh é a mais bem documentada guerra da antiguidade.

– Mas por que diabos nós estamos sonhando com uma batalha que aconteceu no século XIII a.C? Nós dois, a propósito. Do que se trata?

No exato instante em que Tosca ventilava a sua frustração no meio de um período de sono REM, o sonho que ambos compartilhavam voltou a acelerar. Quase como se alguém ou algo quisesse responder a sua indagação mental, as cenas começaram a fluir, sem muita pausa entre elas.

No momento seguinte, eles se encontraram imersos em uma outra luta humana sangrenta próxima a um oceano não identificado. Foram precisos alguns minutos para que eles se dessem conta de que agora eles se encontravam imersos com os trezentos de Esparta, sob o comando do legendário rei Leônidas, defendendo a todo custo cada milímetro quadrado do solo grego da invasão do exército persa, liderado pelo seu imperador, Xerxes. Foi Tosca quem primeiro identificou que o sonho retratava o quase mítico embate humano que transcorreu durante a Batalha de Termópilas em 480 a.C., uma passagem costal estreita na costa leste da Grécia. Xerxes, que jurara vingar a invasão liderada por seu pai, o rei Dario, que terminara numa catástrofe humilhante, dez anos atrás, durante a Batalha de Maratona, havia reunido um exército com aproximadamente cento e cinquenta mil homens representado as várias etnias que viviam no seu vasto império, como persas, medos, bactrianos, árabes com seus camelos, homens do Cáucaso, carruagens pilotadas por líbios e cavaleiros do Irã central, sem mencionar uma força naval descomunal para sincronizar uma invasão da Grécia por terra e mar.

Xerxes tinha o claro propósito de recrutar essa força multirracial gigantesca para realizar a missão na qual o seu pai falhara miseravelmente. Os gregos eram adversários formidáveis e o que os motivava era o profundo ressentimento que eles nutriam com a noção de que um único homem, nesse caso Xerxes, arrogasse para si mesmo o título de governante escolhido por Deus para governar todos os homens. Isso era um pouco demais para atenienses e espartanos. E eles deixaram todos saberem dessa profunda ojeriza em relação aos persas ao se gabar de por que eles se consideravam superiores aos seus oponentes. Dez anos antes, por exemplo, o herói ateniense, general Temístocles, o grande arquiteto da derrota das forças persas de Dario, havia proclamado que a diferença entre os exércitos grego e persa era que o primeiro era formado de cidadão livres, enquanto o segundo era constituído somente por um bando de escravos.

Xerxes nunca perdoou a audácia e arrogância de Temístocles e de outros gregos. Agora ele queria afogá-los no seu próprio sangue. Mas ele não levara em conta a determinação e a vontade de ferro dos espartanos. E aqui eles estavam, Tosca e Omar, experimentando o que era estar no meio de uma batalha corpo a corpo, não somente pela sobrevivência de seres humanos individuais, mas a de todo um país e da sua cultura única: o idolatrado "modo de vida grego".

Enquanto pensamentos de vida e morte cruzavam os seus cérebros tão rapidamente como as suas sinapses podiam transmitir informação, Tosca e Omar experimentaram, uma vez mais, um enorme repertório de sentimentos, emoções e abstrações mentais emanando das mentes de uma horda de homens engajados numa batalha sangrenta. E foi de mentes de homens guerreiros como estes que emergiram as construções mentais que haviam erigido e estavam por determinar o destino de duas das mais celebradas civilizações que já existiram: um par que não se bicava por um longo tempo. Para alguns historiadores eurocêntricos, recriando os eventos séculos depois, esta foi a batalha decisiva para a sobrevivência do Ocidente. Historiadores persas e islâmicos discordam. Uma coisa é certa: o mundo de hoje seria muito diferente se aqueles espartanos não tivessem resistido até o último homem.

– Eu me sinto no meio da batalha. Consigo experimentar todos os pensamentos e sentimentos caóticos e ambíguos que estes homens de ambos os lados estão tendo. Embora não seja a guerra retratada por Homero, eu me sinto como um personagem da *Ilíada* ou da *Odisseia*, como no sonho anterior, mas de forma ainda mais realista. Você lembra, Tosca, como Homero descrevia toda a linhagem familiar e principais eventos da vida de cada soldado que morria nos embates entre os gregos e troianos durante a Batalha de Troia?

– Sim, eu lembro de me sentir extremamente emocionada com a forma que Homero lembrava a vida de cada soldado que tombava no campo de batalha e dos seus entes queridos que ele nunca mais veria, abraçaria ou beijaria. Aquilo me marcou por toda a vida. E você está certo, Omar, agora eu estou sentindo exatamente a mesma coisa que senti ao ler aqueles versos homéricos, mas com uma dose muito maior de realismo e uma dor profunda pela perda da vida e dos meus amores. Uma dor quase visceral. Eu quase posso sentir a lança de um solado espartano penetrando o meu estômago, como o que aconteceu com o solado persa que acabou de cair morto na areia morna de Termópilas.

Antes mesmo que eles pudessem elaborar mais os seus pensamentos e impressões, o sonho mudou de local. Persas e gregos desapareceram. Dentro das suas mentes, o sonho compartilhado se alterou para incluir imagens de um outro exército gigantesco, liderado por um jovem e carismático imperador, que agora se ocupava de saquear e queimar a glamorosa capital do seu inimigo. Foram precisos poucos instantes para que ambos chegassem ao consenso de que agora eles estavam embutidos nas divisões do exército de Alexandre, o Grande, durante o saque de Persépolis, a capital do império persa. Depois de destruir o exército persa na Batalha de Gaugamela em 331 a.C. e perseguir, capturar e assassinar o último imperador persa Aquemênida, Dario III, Alexandre e seu exército se apoderaram de todos os imensos tesouros acumulados na capital persa. Além de coletar este butim esplendoroso, Alexandre, o Grande – ou não tão grande, sob o ponto de vista persa –, decidiu queimar o palácio real e, na sequência, toda a cidade de Persépolis, diz a lenda, como forma de se vingar da destruição da Acrópoles por Xerxes em 480 a.C.

— Como ele era jovem, Omar! Incrível! Agora ele está vestido com as roupas do imperador persa, calmamente lendo um livro, no exato momento em que as suas tropas celebram como se não houvesse amanhã.

— Em todas as suas campanhas militares, Alexandre carregava consigo uma cópia da *Ilíada*, anotada pelo seu professor favorito. Um certo Aristóteles. Você consegue imaginar algo assim hoje em dia? Um dos grandes conquistadores de todos os tempos, fazendo uma pausa todos os dias para ler alguma passagem da *Ilíada*, que ele já conhecia de cor, com o objetivo de replicar os feitos dos heróis homéricos durante as suas campanhas por toda a Ásia, incluindo a Índia?

Tosca não teve nem a chance de comentar sobre a última prestação de sabedoria que Omar tentou inserir na interação puramente mental de ambos. Do nada, uma nova cena tomou conta do sonho compartilhado. E como se algum gênio especializado em efeitos especiais tivesse encontrado uma forma de participar daquela estranha atividade onírica, numa fração de segundo, Alexandre desapareceu e uma sequência ainda mais rápida de imagens, sons, sentimentos e pensamentos, representando uma série de batalhas épicas entre visões de mundo conflitantes, cruzou ambas as mentes dos nossos sonhadores. Numa sucessão célere, eles testemunharam o incêndio de Alexandria, provocado pelos romanos, seguido da queda da própria Roma, que levou ao colapso da metade ocidental do Império Romano no século V d.C.

A seguir, Tosca e Omar visualizaram, em total silêncio, a expansão explosiva do Islã e seus exércitos árabes, que partindo da costa oeste da Península Arábica, conquistaram terras até os confins da Ásia Central nos séculos VI e VII d.C. A essa expansão fenomenal se contrapôs o movimento oposto das Cruzadas Cristãs, que trouxeram, embutidas no seu zelo religioso, pestilência e destruição para toda a Síria e depois para o Levante, até a retomada de Jerusalém, recapturada da dominação muçulmana, mais à base da força bruta do que da fé.

Como se isso não fosse o bastante, logo o sonho passou a retratar o avanço avassalador dos cavaleiros mongóis, primeiro pelas estepes da Ásia Central, que continuou até a costa do mar Mediterrâneo. Liderados inicialmente por Gengis Khan, e depois pelos seus filhos e netos, Tosca e Omar foram apresentados, em primeira mão, ao pânico causado pelas ondas itinerantes de mongóis que a cavalo alcançaram as fronteiras do Leste Europeu e saquearam Bagdá em 1258. Eles também foram apresentados aos incríveis feitos militares de um conquistador turco-mongol não tão conhecido, Timur (também conhecido como Tamerlane), nascido num território que hoje faz parte do Uzbequistão, que liderou seus exércitos a partir de Samarcanda, a capital do seu império, para realizar conquistas, invasões e saques quase inacreditáveis dos maiores centros urbanos da Ásia Central e da Síria, além de ser o único conquistador a invadir Moscou, Constantinopla e Nova Deli, na Índia, percorrendo boa parte do continente asiático a cavalo, no final do século XIV e começo do século XV.

E se acompanhar Timur e seus guerreiros não propiciasse uma visão dantesca o suficiente da tragédia humana, Tosca e Omar também foram expostos, oniricamente, ao momento exato em que Mehmed II realizou a sua entrada triunfal na grande Basílica Bizantina, construída no século VI d.C., durante o reinado de Justiniano I, para ser a maior igreja cristã do Império Romano do Oriente, e o epicentro da Igreja Ortodoxa Cristã por quase mil anos. Depois de rezar sozinho por alguns minutos, Mehmed II, o homem que destruiu as muralhas inexpugnáveis de Constantinopla, pondo um fim ao Império Bizantino, anunciou que a catedral seria convertida numa mesquita, a Hagia Sofia.

A próxima prestação onírica trouxe Tosca e Omar para os primeiros dias da invasão espanhola do México e Peru. Cenas da Guerra dos Cem Anos na Europa se seguiram, além das conquistas napoleônicas e a sua derrota perante o general Inverno russo. A Guerra Civil Americana e a Rebelião Taiping chinesa, a guerra civil mais sangrenta de toda a história, que pode ter custado a vida de mais de cem milhões de pessoas, fizeram parte dos próximos episódios.

Já totalmente exaustos, Tosca e Omar ainda tiveram que suportar cenas da Revolução Russa de 1917, as batalhas de trincheiras da Primeira Guerra Mundial e os bombardeios aéreos inclementes das cidades, incluindo as bombas atômicas detonadas sobre Hiroshima e Nagasaki, durante a Segunda Guerra Mundial.

– Este é o pesadelo mais intenso, brutal e tenebroso que eu tive em toda a minha vida. Não posso imaginar o que levou o meu cérebro, e o seu, eu presumo, a gerar uma série tão aterrorizante de eventos durante toda a história humana. Eu não vou tentar, como uma neurocientista profissional, desempenhar o papel de interpretadora de sonhos, mas não consigo nem ao menos conceber o que está acontecendo conosco. Mesmo porque eu nem mesmo conhecia os detalhes de alguns dos eventos com os quais nós estamos sonhando esta noite.

– Tosca, por acaso você está tentando me dizer que você pensa que este nosso sonho compartilhado foi de alguma forma premeditado?

– O que você quer dizer com premeditado?

– Exatamente o que você tem em mente neste momento.

– Por Deus, como você pode saber o que eu tenho em mente neste momento, no meio de um sonho?

– Estou experimentando uma sensação muito forte de que você acredita que, de alguma forma desconhecida, a narrativa deste sonho foi criada ou influenciada por algo ou alguém. Isso é o que quero dizer com premeditado.

– Este foi apenas um pensamento que cruzou a minha mente por um milissegundo. Provavelmente, um evento aleatório. Nada mais. Afinal, quem ou o que poderia induzir em nós dois um sonho, de forma simultânea, com a mesma ordem de alguns dos eventos mais sangrentos e macabros da história da humanidade? E para qual propósito?

– Arthur C. Clarke diria...

– Nem pense em trazer Arthur C. Clarke de novo, por favor.

– Para qual propósito? Esta é uma ótima pergunta, Tosca.

Mas antes mesmo que Tosca tivesse a oportunidade de protestar que Omar estava tentando pôr palavras na sua boca de sonhadora, o sonho retornou à sua dinâmica caótica e ambos se assustaram com o fato de que a próxima sequência onírica parecia ter sido criada em resposta à pergunta central de Tosca.

Num momento, ambos agora estavam juntos nos aposentos reais de um rei moribundo. Como logo ficou claro, tratava-se do imperador hitita, à beira da morte no seu palácio em Hatusa, a capital do seu império, o mais famoso das milhares de vítimas que morreram durante uma pestilência letal, trazida para a cidade por prisioneiros egípcios capturados, alguns anos antes da Batalha de Kadesh.

Num flash de luz, Tosca e Omar foram levados para Atenas cinquenta anos depois da vitória contra Xerxes e suas legiões persas. Como em Hatusa, Tosca e Omar puderam observar milhares de pessoas morrendo pelas ruas da cidade, vítimas de uma epidemia que dizimou a cidade durante o período de 430-429 a.C. e que, de acordo com muitos historiadores, contribuiu decisivamente para a derrota final de Atenas para Esparta, durante a Guerra do Penepoleso, a guerra civil grega do século V a.C. que aniquilou o grande experimento criativo ateniense.

A próxima parada foi nos anos que precederam a queda do Império Romano. Como em cenas anteriores, pessoas em Roma e nas áreas rurais ao redor da grande cidade estavam morrendo como moscas, vítimas de uma epidemia que devastou o Império Romano e, no seu pico, ceifou próximo de cinco mil vidas por dia em Roma. Alguns anos depois, o Império Romano colapsou, em grande parte devido à falta de cidadãos sadios para se juntar tanto às legiões romanas na fronteira norte, que separava Roma das tribos germânicas que invadiram o império, como para cultivar os campos que proviam Roma com o seu suprimento de alimentos.

Uma outra pandemia que se espalhou pelo que sobrou do Império Romano no Leste e Oeste, mostrada na próxima cena, ocorreu no período durante o qual os exércitos árabes varreram as planícies do Levante, do Oriente Médio e da Ásia Central, durante os séculos VII e VII d.C.

Sem tempo para respirar ou recalibrar seus pensamentos, Omar e Tosca agora viam como as hordas de mongóis e as caravanas que cruzavam a Ásia Central trouxeram na pele dos seus cavalos e camelos as pulgas infectadas que espalharam a bactéria que causou a peste bubônica, que ficou conhecida como a morte negra, por toda a Europa. Somente esta pandemia matou, em algumas localidades, por volta de metade da população. E esse efeito devastador desempenhou um papel fundamental em eventos europeus, como a segunda fase da Guerra dos Cem Anos. Décadas depois, os europeus levaram consigo para o Novo Mundo uma variedade de doenças letais, como o sarampo e a varíola, que se espalharam de forma explosiva pela população ameríndia, que nunca havia sido exposta a esses agentes infecciosos. Em poucos anos, dezenas de milhões de americanos nativos pereceram. E como uma irônica forma de retribuição bacteriológica, os conquistadores europeus trouxeram de volta para o seu continente a sífilis, que durante os próximos séculos causou caos na maioria das casas reais europeias.

Finalmente, o sonho trouxe aos seus sonhadores toda a sensação de pânico, desespero e tristeza causados pela tragédia mundial gerada pela pandemia de influenza de 1918 e como ela contribuiu para a desorganização de múltiplos aspectos da vida humana em todo o planeta nos anos

1920, culminando com os eventos e motivos que desencadearam a Segunda Guerra Mundial.

– Por Rá, agora acho que finalmente entendi! Eu acho que sei o que está acontecendo e por que nós estamos sonhando em sincronia há três noites seguidas! – Omar começou a gritar numa mistura de desespero e euforia.

– Que diabos está acontecendo? Diga logo!

– Alguém está tentando nos mandar um alerta. Na realidade, um alerta detalhado de alguma forma. Eu sinto dizer, minha querida sobrinha, que algo tremendamente terrível está por acontecer com todos nós, Tosca. Algo que nós jamais nos defrontamos enquanto espécie. Um tipo de dia do Julgamento Final está se aproximando.

– Mas o que poderia ser? E quem poderia estar tentando nos avisar?

– Agora você está pedindo demais de um pobre matemático egípcio!

CAPÍTULO 16

UM JANTAR DE SEXTA-FEIRA À NOITE DE REPENTE AZEDA

Basileia, Suíça – final de tarde de sexta-feira, 1º de fevereiro de 2036 – dez horas antes do impacto

– Eu ainda não consigo acreditar que você teve a audácia de "batizar" a limonada do seu chefe, Wolfgang. Isso é totalmente ultrajante. Certamente, você vai ser demitido se ele ou alguém mais descobrir esse seu ato de pura insanidade. E o meu time e eu podemos ser os próximos a marchar porta afora, ou mesmo para a cadeia, como seus cúmplices involuntários.

Embora ele falasse num sussurro quase inaudível, de forma que nenhum dos outros clientes desfrutando dos seus jantares de final de tarde no Café Spalentor, um dos favoritos pontos de encontro pós-expediente do estafe do BARI, pudesse ouvir qualquer detalhe da sua conversa, a apreensão na voz de Albert Trono, sem mencionar o franzimento intenso da sua ampla testa, revelavam claramente os sinais de preocupação e ansiedade que ele experimentara após ouvir o relato quase surreal do seu colega Wolfgang Hess. Como o cientista-chefe do BARI, Trono sabia que o comportamento irresponsável de Wolfgang poderia facilmente se espalhar por toda a divisão de ciência e tecnologia do BARI e comprometer a ele e ao seu time. Apelidado de Pequeno Napoleão do BARI, graças à sua diminuta estatura física – e por que não acrescentar, ética e moral –, inversamente proporcional ao seu temperamento explosivo, Trono estava sempre ansioso e disponível para agradar aos seus superiores a qualquer custo, enquanto não economizava nenhum esforço para aterrorizar, humilhar e assediar os seus subordinados na C&T. Um fervoroso adepto da hierarquia rígida e autocrática do BARI, Trono era conhecido por ter levado muitos dos seus associados, sem mencionar as suas secretárias, ao limite do desespero, diariamente, durante os últimos vinte e cinco anos nos quais ele havia dirigido a sua divisão com mão de ferro. Isso explicava bem por que a divisão de C&T exibia uma rotatividade de pessoal e um número de processos trabalhistas muito mais altos do que o resto do banco. Curiosamente, essas e outras igualmente chocantes estatísticas da área de recursos humanos da divisão de C&T eram frequentemente usadas pelos membros do conselho do banco para elogiar, ao invés de criticar, o desempenho de Trono. Para aquele conselho, Trono permanecia sendo um membro indispensável para a realização da missão do banco. Em grande parte, esta reputação se devia ao fato de que o Pequeno Napoleão tinha desempenhado no passado um papel vital nas operações secretas mais controversas do banco no último quarto de século e, como tal, tinha tido acesso às informações privilegiadas sobre como o BARI interferia ilegalmente em toda sorte de mercados e transações financeiras ao redor do globo. Graças à sua bem conhecida lealdade absoluta e impiedosa para com a missão do BARI de corromper todos os aspectos do jogo das altas finanças globais em troca de um lucro exorbitante, Trono tinha ascendido à posição de conselheiro técnico de um dos subcomitês mais sigilosos e estratégicos do BARI: aquele que supervisionava a realização das super-rápidas sequências de gigantescas transações, somente realizáveis na calada da noite, que eram vitais para executar as operações mais sensíveis do sistema financeiro global, aquelas que pagavam juros exorbitantes por dia, executadas em segrego absoluto pelo BARI. Essas quase mitológicas operações eram conhecidas no mundo das altas finanças simplesmente como "A Transação". E apenas mencionar o seu nome, não importando quão casual fosse a conversa, causava um enorme frisson em qualquer banqueiro iniciante ambicioso que estivesse por perto.

Assim, a despeito do fato de que os empregados atuais e passados da divisão de C&T se referiam e ela como a Pequena Alcatraz Suíça de Trono, em referência à lendária prisão de segurança máxima na baía de São Francisco, na Califórnia, rumores de corredores davam conta de que Trono permanecia sendo um dos poucos funcionários do BARI que seria absolutamente intocável. Não pelo seu conhecimento técnico, que, para ser totalmente franco, era simplesmente não existente, mas sim por ser um dos poucos funcionários vivos que sabia tudo sobre os truques sujos que o BARI havia aplicado por décadas a fio, desde o seu estabelecimento no começo do século XX, em nível global. De uma instituição que havia concordado, sem nenhum problema de consciência, em basicamente confiscar todo o ouro depositado nos seus cofres subterrâneos, que pertencia originariamente a uma série de países europeus ocupados pelos nazistas durante a Segunda Guerra Mundial, e, a seguir, transferir, sem nenhum remorso, todo este metal para a conta mantida pelo governo da Alemanha Nazista no mesmo banco, podia-se esperar qualquer coisa, cochichava-se pelos corredores do mundo financeiro.

Aparentemente, Trono era um dos poucos seres humanos capazes, se assim ele decidisse, de infligir ao BARI um nível de exposição legal quase inimaginável, dado o seu amplo conhecimento de todos os crimes financeiros cometidos por aquela instituição. Basicamente, Trono era o equivalente a um verdadeiro arquivo vivo de todos os negócios escusos realizados pelo banco, dos quais ele muito se orgulhava, diga-se de passagem. Mesmo porque ele sabia que o seu emprego e seu gordo salário e benefícios estavam garantidos por toda a vida pelo fato de que a sua palavra – e pilhas de documentos que ele mantinha guardados, a sete chaves, havia décadas, num bunker subterrâneo localizado na sua fazenda na zona rural de Valais, na Suíça – poderia pôr o BARI de joelhos numa questão de dias, tamanho o escândalo que ele poderia desencadear caso isso lhe conviesse. Posto isso de lado, o estilo autocrático de Trono poderia ajudar a explicar por que, de acordo com a lenda que corria solta nos corredores do BARI, havia apenas uma grande diferença entre o clone prisional de Trono na Suíça e a real penitenciária de Alcatraz: enquanto pelo menos uma pessoa havia conseguido escapar da Alcatraz original, todos os seres humanos que haviam sido tragados por algum tempo para a versão suíça de Trono tinham sido marcados profundamente, para o resto das suas vidas, pela experiência de trabalhar sob a tutela e respirar o mesmo ar que circundava o Pequeno Napoleão da Basileia.

– Relaxe, Trono. O velho idiota nunca vai se dar conta do que se passou. Ele ainda me disse que a sua "viagem pela Brainet" foi muito melhor do que as experiências com ácido que ele teve nos velhos tempos em que era um estudante de economia naquela universidade de segunda classe nos EUA que ele frequentou e onde depois deu aula. Ele é tão imbecil que nunca vai perceber que eu o induzi a pensar que a sua divisão de C&T tinha desvendado o segredo da fita cerebral e feito-a funcionar como originariamente planejado pelos seus inventores. Além disso, que outra alternativa crível eu teria? Dado que os seus nerds não conseguiram nem ao menos ligar a maldita fita cerebral, muito menos identificar os princípios através dos quais ela funciona, supondo que ela funciona para alguma coisa, eu tinha que ganhar algum tempo precioso. Mesmo porque o verdadeiro capo – Jean Pierre – está no Brasil nesse momento. E ele é quem nós realmente temos que temer, e muito. Não só porque ele tem algum tutano na cabeça, mas, muito mais importante, porque ele é o principal incentivador da Utopia da Brainet, e um completo, impiedoso, filho da puta, como você bem sabe, Trono.

– Eu entendo perfeitamente a situação delicada em que nós nos encontramos, mas não vejo como vamos poder sustentar essa farsa por muito mais tempo. Eventualmente, alguém esperto e que entende um pouco mais da tecnologia, como Jean Pierre, vai descobrir que nós não temos nada nas nossas mãos. Aliás, eu mesmo concluí que a fita cerebral que afanamos do laboratório daquela neurocientista era provavelmente um protótipo que não deu certo. Nós tivemos este artefato por vários meses, e a despeito de tudo que tentamos – e nós usamos todos os truques disponíveis – não conseguimos obter nenhuma nova informação sobre o seu funcionamento.

Mesmo quando nós tentamos engambelar alguns dos seus estudantes durante algumas conferências científicas nós não conseguimos nenhuma informação útil.

"E obviamente, ela jamais iria colaborar conosco, pelo menos voluntariamente. De alguma forma, ela deve ter percebido que nós estávamos espionando o laboratório dela o tempo todo e, por isso, ela decidiu instalar algum tipo de protocolo de segurança para todos os procedimentos do seu time, bem como para estocagem de dados com algum novo sistema de criptografia. E para se livrar de nós, ela produziu esse protótipo falso e nos deixou colocar as mãos nele para nos distrair por alguns meses, até que ela pudesse achar uma forma mais definitiva de se livrar da nossa vigilância."

– Ela não tinha a menor ideia de que nós estávamos monitorando cada passo dela. Foi o tio dela, Omar Cicurel, que descobriu o que estávamos fazendo e colocou os seus engenheiros e cientistas da computação indianos e paquistaneses, bem como os seus assistentes oriundos do Mossad, para bloquear as nossas incursões ao laboratório da sua sobrinha. Foi ele que esteve por trás de todo o esforço de contraespionagem. E ele está planejando muito mais, não tenho nenhuma dúvida. Ele convenceu a Dra. Tosca a ir para São Paulo para se encontrar com ele no final de semana passado. Mas eu tenho certeza de que ele foi ao Brasil primeiramente para criar algum tipo de embaraço para a delegação de Jean Pierre, que está se reunindo com os executivos do Banco Central brasileiro durante a próxima semana. Eu estou convencido de que Omar planejou algum tipo de operação surpresa para criar uma cortina de fumaça para atrapalhar estas negociações.

– Omar Cicurel, o famoso banqueiro e polímata egípcio? Ele ainda está vivo? Eu vagamente me lembro de que ele simplesmente despareceu da face da Terra por volta de 2001. Um dos desparecimentos mais misteriosos de um bilionário excêntrico em décadas! Nunca mais ouvi uma palavra sobre ele ou onde ele se encontrava. Ele costumava lecionar na Universidade de Lausanne, um verdadeiro gênio matemático, que se tornou um magnata do mundo das altas finanças. Tudo numa questão de poucos anos. Eu assisti a algumas aulas dele quando eu era um aluno de graduação na mesma universidade. Um indivíduo impressionante.

– Os rumores dizem que, por volta dos anos 1980, ele foi selecionado para ser um dos poucos jovens banqueiros europeus autorizados a executar "A Transação" pelo Banco Central americano, uma vez que o seu pai era muito conhecido por ter sido um dos operadores do FED nos anos 1950. Numa questão de poucos anos, ele se tornou um bilionário graças às comissões que recebeu por intermediar estas transações. E aí, sem qualquer explicação ou razão aparente, ele simplesmente desapareceu, alguns meses depois dos atentados de 11 de setembro de 2001 nos EUA. Sumiu, sem deixar nenhum traço. Alguns meses atrás, nós acidentalmente interceptamos alguns dos seus telefonemas feitos e nos demos conta de que não só ele estava vivo e em boa saúde, mas ainda mais rico, e profundamente envolvido em algum tipo de movimento de resistência.

– Movimento de resistência? Contra o quê? – Trono pareceu totalmente confuso. Como um típico suíço, nascido e criado no cantão de Vaud, ele não conseguia entender o significado da palavra "resistência", muito menos as razões que levariam alguém a protestar contra qualquer coisa estabelecida pelo status quo que realmente mandava no mundo.

– Ele foi um de nós, um banqueiro. E muito bom no que fazia, eu devo acrescentar. Nunca consegui desenterrar nenhum podre dele. Na realidade, ele só fez parte da elite de operadores de "A Transação" quando esta operação era usada para financiar grandes projetos de infraestrutura ao redor do mundo em desenvolvimento. Ele nunca se envolveu com as, digamos, operações mais sensíveis, muito menos as que eram motivadas por agendas políticas da extrema direita americana, como financiar os *mujahedin* do Afeganistão ou os Contras da Nicarágua. Ele sempre foi um idealista que acreditava que o seu conhecimento de altas finanças, bem como a sua rede de contatos única ao redor da Europa, sem falar no Oriente Médio, algo que ele herdou do seu pai, poderiam gerar financiamentos para projetos altamente transformadores no Terceiro Mundo. E como todo idealista, num certo momento, ele caiu em si de que o sistema não tinha nenhum interesse nos seus planos grandiosos. Foi aí que ele se desencantou com o nosso negócio principal e provavelmente decidiu "pular do barco" e cair na clandestinidade. Agora que você mencionou, eu me lembro de tê-lo visto por alguns minutos, numa tarde de domingo, almoçando naquele restaurante iraniano sensacional em Montreux.

– Le Palais Oriental, um dos meus favoritos também! – Wolfgang quase começou a lamber os lábios se lembrando das muitas mezzas deliciosas que ele havia saboreado naquele restaurante, observando os Alpes franceses, na outra margem do lago Léman.

– Esqueça Omar, ele é um velho agora. Ele não pode ter muito gás no tanque para confrontar Jean Pierre e equipe. Simplesmente ignore-o. – Trono estava confiante, como sempre, que o aparato do BARI jamais poderia ser atingido por nenhum governo, muito menos um matemático octogenário.

– Trono, diferentemente de você, eu não confio na mitologia do BARI. Eu conheço as nossas vulnerabilidades muito bem e como nós podemos ser atingidos de forma grave nestes dias, mesmo por um matemático octogenário e sua sobrinha neurocientista. Eu não subestimo ninguém que foi capaz de construir uma base lunar, enquanto vivendo em total isolamento em alguma mansão nas montanhas de Montreux.

– O que você disse? Uma base lunar? Omar construiu uma base lunar?

– Sim, em parceria com alguns dos seus ex-sócios indonésios. Provavelmente com algum envolvimento e financiamento dos chineses também. Ele ainda desenvolveu um novo tipo de nanossatélite que pode vir a revolucionar a comunicação espacial nas próximas décadas, porque eles são extremamente pequenos e milhões, ou mesmo bilhões deles podem ser lançados da sua base lunar, numa fração do custo necessário para fazer o mesmo daqui da Terra. Ele não é um lobo solitário. Ele é uma ameaça concreta e real, mesmo na sua idade avançada, particularmente se ele convencer a sobrinha a se unir a ele com o objetivo de desorganizar os nossos planos para a Brainet querida dela.

– Honestamente, eu duvido muito que ele tenha meia chance de se dar bem, mas eu nunca subestimo os seus instintos, meu amigo. Eles não te chamam de Rasputin do BARI por nada, meu prezado Wolfy. Aquele cofre em que você cresceu provavelmente estava cheio de lobos selvagens. Certamente, foi o leite de uma das lobas que permitiu que você sobrevivesse, florescesse e ascendesse meteoricamente até alcançar a sua posição invejável atual. Mas se os Overlords descobrirem que você dopou o diretor-geral do BARI para lhe dar a impressão de que nós tínhamos conseguido fazer a Brainet funcionar, nem mesmo a sua pele de lobo vai ser grossa o suficiente para salvar o seu pescoço, meu caro.

– Eu te escuto, Trono. Vamos mudar de assunto. Apenas por prazer, vamos revisar o vídeo que eu gravei da viagem de LSD do idiota. Nós merecemos nos divertir um pouco. Destruir vidas e carreiras para sempre não deveria ser o seu emprego de tempo integral, meu amigo. Você precisa de algum entretenimento de alta qualidade na sua vida. Vamos assistir ao vídeo que capturei com o meu implante retinal. Como eles dizem, ele é impagável!

Logo que eles começaram a assistir às cenas, Trono não conseguiu segurar uma gargalhada.

– Realmente, isto é muito hilário, Wolfgang. Ele realmente mergulhou de cabeça. Eu tinha me esquecido do que o LSD pode fazer com a sua mente. Que viagem! Hahahaha. – Trono estava realmente desfrutando do momento de humilhação do seu CEO, que não parava de delirar e balbuciar idiotices, uma atrás da outra.

– Ele realmente tem algum fetiche com os seus técnicos da divisão de C&T, Trono. Olhe como ele estava ansioso no final da sessão para ter uma reprise de seja lá o que for que o cérebro dele tenha criado em termos de fantasias sexuais com aqueles seus rapazes bem-vestidos!

– Sim, eu notei. Preciso alertar os rapazes para serem mais cuidadosos.

– Realmente hilário. Deixe-me passar os últimos três minutos. Esta é a melhor parte. Ele estava completamente convencido de que o seu time de jacus tinha conseguido criar uma Brainet funcional com este protótipo fajuto que vocês roubaram.

– E ele nem sabe que eu mandei todos embora depois que eles provaram ser incapazes de quebrar o sistema de criptografia usado pela Dra. Tosca. Eles estão todos no olho da rua agora e, provavelmente, trabalhando num dos McDonald's da Basileia, fritando hambúrgueres feitos de carne puramente suíça, como manda a tradição.

– Eles mereciam ser demitidos sem nenhum benefício ou compensação.

— Que benefícios, Wolfgang? Nós nunca pagamos benefícios para banqueiros iniciantes, nem para os engenheiros, nem para os cientistas empregados pelos contratos especiais da divisão de C&T. É por isso que podemos demiti-los em questão de segundos, sem que nem precisem assinar um pedaço de papel para sumirem da minha vista. Eu aperfeiçoei o departamento de recursos humanos da divisão de C&T décadas atrás. Nós contratamos e demitimos à vontade. Nenhuma pergunta feita. Nenhum benefício ou compensação extra necessária. No que tange ao BARI, essas pessoas nunca trabalharam oficialmente para o banco. Jamais! O tempo que elas passaram na instituição é simplesmente apagado de todos os nossos registros de pessoal para sempre quando elas são demitidas. E depois de serem demitidos do BARI, eles nunca conseguirão nenhum emprego em outro banco suíço, nem mesmo como parte de um time de limpeza. Eles morreram para essa linha de negócios porque todos os outros bancos daqui sabem que eles são potencialmente radioativos, se você entende o que quero dizer, meu amigo.

— Você realmente tem uma operação bem azeitada, Trono.

— *Merci beaucoup*! Eles não chamam a nossa divisão da Pequena Alcatraz Suíça por nada.

— Entendi.

Enquanto eles bebericavam, em perfeita sincronia, os seus *lattes* fumegantes e saboreavam bons bocados dos seus *éclairs au chocolat* favoritos, de repente, do nada, o mais arguto daquele par de *bankgsters* — perdoe-me, banqueiros — interrompeu a sua levitação gastronômica com uma expressão de agonia.

— Espere um minuto. Você ouviu o que ele disse no final da viagem de LSD? — Wolfgang quase se engasgou com um bocado de *éclair* quando soltou este seu alarme.

— O que você quer dizer, Wolfgang? — Trono estava bem mais preocupado em achar um guardanapo para limpar todo o creme de chocolate que se espalhara pelo seu bigode quando ele notou, de soslaio, que os olhos azuis de Wolfgang pareciam querer saltar das órbitas.

— Que diabos ele quis dizer quando mencionou que algum tipo de cientista, transmitindo de algum fim de mundo num deserto da América do

Sul, estava repetindo para todos conectados na Brainet que "isso iria ser pior do que 1859"?

– Eu não tenho a menor ideia, Wolfgang. Muito provavelmente foi tudo parte do delírio dele. Você sabe melhor do que eu que o LSD pode fazer coisas absurdas com a sua mente. E se considerarmos que ele já deve ter fritado metade do cérebro nos EUA, ele pode ter experimentado algum efeito colateral ainda mais estranho no final dessa última viagem.

– Isso não soa bem. Existe algo muito estranho aqui. Não foi em 1859 que Charles Darwin publicou o seu *A origem das espécies* na Inglaterra?

– Eu não tenho a menor ideia, Wolfgang. Supostamente eu sou apenas um cientista de uma alta instituição financeira – seja lá o que isso significa –, não um intelectual. Charles Darwin e os seus amigos nunca chegaram nem perto do meu radar, desculpe-me.

– Claro, foi em 1859, mas isso não seria razão suficiente para alguém entrar em pânico, nem mesmo no meio do deserto do Atacama, no Chile, e no meio da madrugada.

– Talvez ele seja um criacionista, que começou a alucinar no meio do deserto e não conseguiu lidar com o fato de que Darwin destruiu toda aquela bela historinha de Adão e Eva, a cobra e o resto dos figurantes. Como você bem sabe, algumas pessoas realmente se importam com aquele conto de fadas.

– Pare de me gozar, Trono. Algo não está batendo aqui. Como eu posso ter ignorado esta discrepância tão clara por quase duas horas?

– Do que você está falando, Wolfgang? Foi apenas um velho dopado tendo um delírio no meio de uma viagem de LSD. Nada mais. Fim da história. Aproveite o resto do seu *éclair*.

– Ouça, seu idiota, ele é explícito sobre quem está fazendo a transmissão diretamente do deserto do Atacama. Um certo Dr. Carlos Jimenez Rivera. E foi este cara que fez com que todos se calassem e ouvissem o que ele estava dizendo para toda a Brainet.

– Não havia nenhuma Brainet, Wolfgang. Era tudo parte de uma viagem de LSD que deu errado.

– Espere um minuto, Trono, deixe-me realizar uma rápida busca. A minha namorada sempre faz isso quando eu faço uma pergunta ou tenho qualquer dúvida. Ela nem mesmo espera que eu termine a pergunta e já está fazendo a sua busca em múltiplas redes sociais, usando o seu implante retinal de última geração. Eu sempre digo que ela deveria ir trabalhar para a CIA ou a NSA porque ela é uma espiã nata, que nasceu para fazer este tipo de trabalho. Deixe-me fazer uma busca rápida na internet. Que tipo de catástrofe pode ter acontecido em 1859 que poderia ter tido este tremendo impacto num idiota como Banker Terceiro? Que tipo de memória poderia ter emergido, das profundezas da sua mente inconsciente, tão rapidamente, durante uma viagem destas? E quem é Carlos Jimenez Rivera e como Banker Terceiro poderia saber quem ele era e localizá-lo como o originador da transmissão vinda do deserto do Atacama?

– Eu não faço a menor ideia, Wolfgang. Carl Jung poderia saber a resposta?

Trono agora parecia genuinamente confuso pela barragem de objeções levantadas pelo seu parceiro. Mas enquanto Wolfgang continuava muito agitado, piscando como um lunático para ativar múltiplas buscas com o seu implante retiniano, ele pensou que Wolfgang não se importaria muito se ele aproveitasse a pausa na conversa para abocanhar outro pedaço do seu maravilhoso *éclair au chocolat*.

– Vamos recapitular a cena. Tudo começou quando ele mencionou que todas as pessoas da Brainet estavam começando a se calar para ouvir este indivíduo, Carlos Jimenez Rivera. De acordo com as vozes dentro da cabeça de Banker Terceiro, ele estava fazendo algum tipo de transmissão para todo o mundo para alertar as pessoas de uma catástrofe que estava prestes a atingir todo o planeta. Ou pelo menos esta foi a interpretação que Banker Terceiro deu para a transmissão, uma vez que ele começou a experimentar uma sensação de pânico coletivo se espalhando pelas mentes dos seus companheiros surfistas da Brainet.

– Pare de falar absurdos, Wolfgang. Você está começando a soar como se o seu *latte* tivesse sido batizado com LSD também. Não houve nenhuma multidão de surfistas da Brainet. Era tudo um delírio criado por um cérebro se afogando em um coquetel de LSD, misturado com outras drogas menores.

– O professor Carlos Jimenez Rivera é um astrofísico de reputação internacional, graduado pela Universidade de Porto Rico e que atualmente serve como chefe e investigador principal do Observatório Astronômico Internacional ALMA, localizado no deserto do Atacama, no norte do Chile.

À medida que Wolfgang continuava a ler as credenciais impecáveis do Dr. Rivera, Trono pulou da sua cadeira e, como consequência, derrubou o *latte* no blazer do seu terno italiano favorito, uma criação impecável de um alfaiate milanês que só aceitava como clientes estrelas de Hollywood e outros VIPs europeus da mesma magnitude. Trono orgulhava-se sobremaneira de fazer parte da lista mais do que exclusiva do alfaiate.

– Que diabo, Wolfgang, olhe o que você me fez fazer com o meu terno favorito!

– Trono, seu filho de uma vaca louca suíça, quando você ler o que eu acabei de achar sobre o que aconteceu no mundo em 1859, você não vai dar a mínima bola para o seu maldito terno italiano, ou qualquer outra coisa material que você possui.

– O que Charles Darwin tem a ver com tudo isso?

– Nada, além do fato de que ele pode ter observado um megaespetáculo através da janela da sua casa de campo na Inglaterra, em 1859.

– O que você quer dizer?

– Carlos Jimenez Rivera é um astrofísico famoso, Trono. E ele realmente fez uma transmissão pela internet que viralizou mundo afora mais ou menos duas horas atrás, no mesmo horário em que eu estava no escritório do Banker Terceiro ouvindo o seu alegado "delírio".

– E o que foi tão importante para requerer uma transmissão desta magnitude por um astrofísico para alertar todo o mundo?

– Somente uma coisinha que ele detectou com um dos seus brinquedinhos astronômicos. Somente isso aqui, Trono. Veja por você mesmo.

– Pelo amor de Jesus Cristo e da Virgem Maria. Isso não pode estar acontecendo conosco. Nós estamos perdidos, Wolfgang.

– Esqueça do alerta de Rivera por um momento. Nós não podemos fazer nada sobre isso agora. Pare com este pânico histriônico e pense por um momento. Você não entendeu ainda o que aconteceu no escritório do Banker Terceiro?

– Do que você está falando agora? O que pode ser mais relevante do que este alerta neste momento? – Trono realmente não conseguia entender o que o seu cúmplice queria dizer.

– Pelo amor de Deus, como pode o diretor da divisão de C&T do maior, mais canalha, mais filho da puta banco de todo o planeta não capturar imediatamente o que acabou de acontecer nesta tarde no escritório do nosso chefe idiota? Por favor, Trono, pelo nome da sua santa e já falecida mãe, suas cinco amantes, e pelos seus inúmeros filhos e filhas ilegítimos, sem mencionar os milhões de francos suíços que você roubou falsificando despesas de viagens, por mais de um quarto de século dirigindo a sua divisão de merda! Acorde! Esta é a sua última chance de provar que todos estavam errados e demonstrar que você tem pelo menos alguns neurônios conectados e que as suas sinapses esparsas funcionam, mesmo que esporadicamente! Pelo amor de Cristo, Trono, me diga o que tudo isso significa!

– Não pode ser. Simplesmente não pode ser.

– A maldita fita cerebral funcionou!

– Meu Deus!

– E o nosso chefe, mesmo mamado em LSD, foi um dos primeiros seres humanos em toda a história a surfar nela; toda a força, à frente! Ele se conectou com milhões de pessoas, compartilhou seus pensamentos, emoções, memórias e sentimento e pôde, literalmente, receber uma transmissão de Carlos Jimenez Rivera, diretamente no seu cérebro de mosca drosófila, para nos informar que o Dia do Juízo Final vai acontecer nas primeiras horas da madrugada de amanhã.

– Eu preciso de uma caipirinha agora mesmo. – Trono mal conseguia falar quando acenou para o seu garçom português preferido, o senhor Abel Ferreira, para se dirigir para a sua mesa.

– Peça duas, Trono. Isso é muito para se absorver de uma vez só, mesmo para quem cresceu num cofre de banco subterrâneo, sendo amamentado pela maior de todas as lobas-luna.

CAPÍTULO 17

O ATEN SE MANIFESTA NOVAMENTE

Deserto do Atacama, Chile – sexta-feira, 1º de fevereiro 2036 – vinte e nove horas antes do impacto

Embora o Dr. Banker Terceiro estivesse correto em localizar a fonte da transmissão enigmática realizada pelo Dr. Carlos Jimenez Rivera em alguma parte do deserto do Atacama no norte do Chile, ele não tinha como saber naquela altura que Dr. Rivera não era um lunático de forma alguma.

Longe disso!

Na realidade, quando ele emitiu o seu alerta desesperado, era um astrofísico altamente respeitado, trabalhando no ALMA – a sigla para designar o Grande Array milimétrico/submilimétrico do Atacama, o maior radiotelescópio observacional ainda em funcionamento na Terra. Nascido e criado na cidade de San Juan, capital de Porto Rico, o Dr. Rivera havia recebido seu treinamento em astrofísica no lendário Observatório de Arecibo, obtendo seu doutorado com um estudo sobre a dinâmica caótica da superfície do sol, especificamente como as chamadas manchas solares apareciam e desapareciam periodicamente durante o ciclo solar de aproximadamente onze anos.

Depois de obter o título na Universidade de Porto Rico e realizar um treinamento pós-doutoral de três anos na Universidade da Pensilvânia, na Filadélfia, o Dr. Rivera, um boxeador peso-médio amador no seu tempo livre, temido pelo seu gancho e pelo seu cruzado de esquerda, mudou-se para o norte do Chile para assumir uma posição como investigador principal do ALMA.

Em poucos anos, Rivera ficou conhecido em todo o mundo da astrofísica pela acurácia dos seus modelos matemáticos da dinâmica não linear envolvida na formação dos campos magnéticos da superfície solar. Pelos últimos dez anos, ele tinha estado na fronteira de um esforço global para melhor entender como as manchas escuras do sol apareciam e se agregavam em grandes grupamentos ricos em atividade magnética. Esta década de conhecimento acumulado desempenharia um papel decisivo durante a noite fatídica em que o nome de Rivera entraria para os anais da história, mas não apenas no capítulo relacionado à astronomia e à ciência, repare você, mas naquele que inclui uma diminuta lista de eventos que mudaram a história da civilização humana.

Como frequentemente ocorre na ciência, a maior descoberta de toda a carreira do Dr. Rivera ocorreu, mais ou menos, por acaso. Mas é melhor reduzir a velocidade da nossa narrativa para expor os detalhes de forma precisa.

Na maioria das suas noites no ALMA, a rotina do Dr. Rivera era mais ou menos aquela esperada para um astrônomo sênior como ele: realizar observações da superfície solar durante a noite, rodar modelos matemáticos num cluster de supercomputadores quânticos, tirar fotos em alta resolução do sol, ajudar os seus estudantes a interpretar imagens em infravermelho e sinais de rádio vindos do sol e de outras estrelas, escrever ou editar trabalhos científicos para publicação, escrever propostas de financiamento para pagar pelo seu tempo de observação no radiotelescópio ALMA e cobrir as parcas bolsas de estudos dos seus alunos. Na maioria das noites, quando nada de muito especial estava acontecendo, enquanto os supercomputadores massageavam os seus dados e rodavam os seus modelos, Dr. Rivera passava o seu tempo assistindo a jogos de beisebol da Liga Americana por um link de satélite, sempre torcendo apaixonadamente para que os seus conterrâneos porto-riquenhos mostrassem uma coisinha ou outra para os gringos, que apesar de terem inventado e feito deste jogo o seu esporte nacional, nunca realmente aprenderam a jogá-lo com o talento e exuberância dos hispânicos. Veja bem, desde os seus tempos de adolescente, o Dr. Carlos Jimenez Rivera era um ardente defensor da independência de Porto Rico dos Estados Unidos. E o beisebol era uma das suas trincheiras favoritas para batalhar por aquele ideal, pelo menos na mente do nosso prezado Dr. Rivera.

Para ser totalmente honesto, a maioria das noites no deserto do Atacama pareciam idênticas. Havia sempre um silêncio total; o ar era extremamente seco, uma vez que qualquer tipo de precipitação era sempre uma raridade. Uma vez que nenhuma grande cidade existia nas cercanias, não havia nenhuma interferência de luzes urbanas e, dada a total ausência de umidade, o céu estava sempre livre de nuvens e totalmente exposto para qualquer observador que simplesmente levantasse os seus olhos para se deslumbrar com o cosmos acima da sua cabeça. Em resumo, um ambiente perfeito para astrônomos e cascavéis realizarem a sua labuta diária e viver em absoluta paz, não necessariamente próximos uns dos outros. Não que estas duas espécies – acadêmicos e cascavéis – não tenham vários traços em comum

Longe disso! Mas não me façam enveredar por esta tangente. Melhor voltar para a nossa narrativa principal.

Era, realmente, uma atmosfera muito agradável aquela do deserto do Atacama.

Mas não exatamente nas primeiras horas da madrugada de 1º de fevereiro de 2036.

A despeito da sua rotina de trabalho algo entediante, as responsabilidades de Rivera como um dos principais especialistas da atividade solar tinham crescido tremendamente nos últimos anos. Essa mudança em status ocorrera um par de anos atrás, mais precisamente, devido a uma crise de financiamento sem precedentes que havia atingido as agências espaciais ao redor do planeta, como uma das consequências da quebra das bolas globais em 2029. Devido a este corte de verbas dramático, os principais sistemas de satélite – o Solar and Heliospheric Observatory

(SOHO), o Stereo A e B, o Deep Space Climate Observatory, ou DSCOVR, e o Solar Orbiter Magnetometer – que haviam sido colocados em órbita em 1995, 2006, 2015 e 2020, respectivamente, para monitorar a atividade do sol, com o objetivo de fornecer um alerta inicial caso algo fora do comum fosse detectado, tinham ficado inoperantes devido a falhas sistêmicas de grande porte e falta de qualquer manutenção por décadas. Na realidade, desde 2032, a NASA e a Agência Espacial Europeia (ESA) não tinham conseguido restabelecer contato com esses quatro sistemas ou ser capazes de receber dados dos instrumentos contidos nesses satélites. Para tentar remediar a falta potencialmente catastrófica de sistemas de alerta inicial, a NASA e outras agências espaciais haviam contratado os observatórios terrestres mais importantes e potentes, como o do deserto do Atacama, para criar uma rede que pudesse prover alertas rápidos e precisos no caso de o sol decidir aprontar alguma gracinha. De todos os observatórios espalhados pelo planeta que faziam parte desta rede, o ALMA do Atacama era o mais bem equipado para essa missão de vigilância contínua. E, para a sorte do planeta, o Dr. Carlos Jimenez Rivera era um dos astrofísicos mais qualificados no mundo para liderar o projeto de análise contínua da superfície solar que requeria a realização de observações constantes da dinâmica da atividade das manchas solares para calcular os riscos que ela poderia acarretar para a Terra a cada dia.

Um baita trabalho!

Mas um que Rivera adorava cumprir todos os dias. De fato, ele costumava dizer para a sua mãe que ele agora tinha sido rebaixado à condição de meteorologista. Um que fazia previsões diárias da meteorologia espacial, não terrestre, como os meteorologistas que apareciam na TV, envolvendo o vento solar e tempestades geradas pelo sol que poderiam afetar as nossas vidas aqui na nossa pedrinha celestial azulada.

A mãe de Rivera nunca entendeu direito o que ele queria dizer com aquela história de meteorologia espacial e todo esse lero-lero sobre o sol, mas ela nunca perdia a oportunidade de dizer para suas amigas e vizinhas, em San Juan, que o seu primogênito – e claramente favorito – filho tinha virado um importante homem do tempo no Chile.

Mas eu me perco novamente. Vamos retornar àquelas primeiras horas fatídicas do dia 1º de fevereiro de 2036. Tudo bem?

Logo depois que ele assumiu o plantão na sala de controle do radiotelescópio, o Dr. Rivera, com um copo cheio do seu pisco peruano favorito empunhado na sua mão direita, notou um padrão pouco usual se desenvolvendo na superfície do sol. Embora ele já tivesse observado aquele tipo de padrão muitas vezes, havia algo bem estranho dessa vez. Algo que ele não conseguia verbalizar ainda capturou sua atenção no momento em que ele começou a analisar as primeiras imagens em alta resolução das ondas de rádio e campos magnéticos emanando da superfície do sol que apareceram no seu monitor. Do nada, ali estavam elas: algumas poucas manchas negras solares se formando rapidamente na região 3664 da superfície do sol diretamente de frente para a Terra. Nada extraordinário, você e eu diríamos. E Rivera certamente concordaria com essa avaliação. Afinal de contas, manchas solares eram comumente observadas, particularmente na porção final do ciclo solar, que durava aproximadamente onze anos. Elas adquiriam o seu aspecto escuro característico porque a temperatura dentro delas era levemente inferior à do resto da superfície solar. Isso acontece porque essas manchas correspondem às regiões nas quais as linhas dos campos magnéticos entram e saem da superfície do sol.

Manchas solares aparecendo na superfície do sol. Nada de mais, certo, meu caro? Afinal, nós estamos no platô mínimo do atual ciclo de atividade solar. Um platô que lembra muito, em todos os aspectos, outro dos mínimos de Dalton da atividade solar. Nada para se preocupar durante esse período. Relaxe, meu caro, Rivera pensou consigo mesmo, tentando se acalmar e permanecer atento, mas sem entrar em pânico. Ainda assim, ele já havia esquecido por completo o seu copo de pisco peruano, e pior que isso, o jogo de beisebol entre os seus queridos Phillies da Filadélfia e os odiados Mets de Nova York, que estava por começar no seu link de satélite. *Sem tempo para beisebol hoje*, pensou ele.

Havia dois aspectos das imagens se formando na frente dele que, a despeito do conforto oferecido pelo fato de que o sol estava passando por um outro período de mínimo de Dalton, capturaram imediatamente a preocupação de Rivera, a ponto de desencadear um pico súbito na sua pressão arterial e frequência cardíaca. Em primeiro lugar, o número de manchas solares se formando na superfície solar era muito mais alto do que normalmente visto nos seus muitos anos de observações, particularmente no período de atividade mínima do ciclo solar. Segundo, e bem mais preocupante, cada uma das manchas estava crescendo rapidamente e atingindo dimensões impressionantes. Algumas já eram do tamanho de todo o continente asiático na Terra. Isso estava acontecendo porque manchas menores começaram a coalescer umas com as outras para formar feridas escuras ainda maiores no que há poucos minutos parecia ser a superfície uniforme e pristina do sol. E, para piorar as coisas, este processo de fusão e manchas parecia estar acelerando e saindo fora do controle durante as primeiras horas de observação de Rivera. Isso era exatamente o que Rivera temia ao extremo: a não linearidade do processo de formação de manchas solares. Como ele havia discutido na sua tese de doutorado, em teoria, esse processo poderia sair totalmente de escala e produzir manchas solares do tamanho de muitas Terras, numa questão de minutos. Isso poderia acontecer a qualquer momento, sem muito aviso prévio, dependendo de diminutas variações nas condições reinantes na superfície solar. Essa dependência para com pequenas variações caracterizava o processo conhecido como caos; a famosa metáfora de que o bater de asas de uma borboleta na Amazônia poderia desencadear um evento meteorológico devastador, como um ciclone, na Ásia.

Ocorre, porém, que se esse efeito borboleta se materializasse na superfície do sol, as consequências devastadoras do fenômeno seriam sentidas muito longe da fornalha solar, impactando de forma dramática todos os seres vivendo na Terra.

As horas passaram, e à medida que mais e mais imagens da superfície solar cruzavam a tela do seu computador em rápida sequência, a pressão arterial do nosso Dr. Rivera atingiu um patamar perigoso. Ele sabia muito bem que isso não era um bom sinal. Ironicamente, naquela bifurcação épica da história da nossa civilização, Rivera era o homem certo, no lugar certo, no que provaria ser o pior momento possível, não só para ele, mas para toda a humanidade.

A razão da preocupação de Rivera ter disparado foi porque, quando as manchas solares crescem nessa rapidez para formar aglomerados gigantescos, é quase inevitável que um grande volume de plasma de alta energia, envolto em poderosos campos magnéticos, seja ejetado da superfície do sol, através de um processo conhecido como ejeção de massa coronal, conhecida pela sigla CME (do inglês *coronal mass ejection*). Tal fenômeno cria uma tempestade solar, que, uma vez lançada no espaço, viaja de forma extremamente rápida, quero dizer, *muito* rápida! Algo acima de nove milhões de quilômetros por hora. Muito abaixo da velocidade da luz (1.080.000.000 Km/h), mas ainda assim extremamente veloz.

Numa outra coincidência incrível, para dizer o mínimo, a tese de doutorado do Dr. Carlos Jimenez Rivera continha a mais completa análise de um desses eventos solares, conhecido na literatura astronômica como "o Evento Carrington". O evento tinha sido batizado em homenagem a um dos astrônomos britânicos, Richard C. Carrington (o outro foi Richard Hogdson), que documentou a CME que resultou de uma grande aglomeração de manchas solares que haviam se formado apenas algumas horas antes na superfície solar. Depois de ser lançada no espaço, esta cuspida solar precisou de apenas dezessete horas e meia para cobrir os cento e cinquenta milhões de quilômetros que separam o sol da Terra. E quando a tempestade solar chegou na nossa vizinhança, essa bomba de plasma solar desferiu o maior golpe assimilado pelo campo magnético da Terra já registrado. A magnitude desse verdadeiro amasso magnético foi tão tremenda que produziu a maior compressão do campo magnético de todos os tempos, gerando a maior tempestade geomagnética registrada a atingir a superfície do nosso planeta. Como resultado, essa apunhalada magnética gerou um show de luzes jamais visto, na forma de várias auroras boreais, que se espalhou dos polos da Terra até as latitudes próximas da linha do equador. Assim, pessoas na Austrália, Panamá, Brasil, China, Japão e em muitas partes dos Estados Unidos relataram a ocorrência de tanta luz natural durante as noites em que a tempestade se manteve ativa que era possível ler o jornal às duas da madrugada, sentado na varanda de casa, como se fosse meio-dia. De fato, alguns mineiros das Montanhas Rochosas no Colorado começaram a fazer o seu café da manhã no meio da noite, achando que já era de manhã.

O nosso caro Dr. Rivera sabia todos os detalhes relacionados ao Evento Carrington. Ele também tinha a perfeita noção de que duas tempestades solares semelhantes àquela que gerou o Evento Carrington haviam sido registradas, primeiro em 2012 e depois em 2023. Para nossa sorte, essas duas CMEs foram ejetadas na direção de um outro quadrante do espaço e nunca atingiram a Terra. Mas se essas CMEs tivessem acontecido apenas alguns dias mais cedo ou mais tarde elas teriam atingido o nosso pequeno planeta em cheio. Apesar das escapadas por um fio de cabelo, o que esses dois eventos mostraram claramente era que a possibilidade da ocorrência de um outro Evento Carrington era mais do que provável. De fato, a chance de um evento desta magnitude ocorrer em 2036 era próxima de 20%. Alguns especialistas achavam esta probabilidade muito baixa, mas um em cinco soava como algo bem mais preocupante naqueles momentos solitários do Dr. Rivera no deserto do Atacama.

Ficando mais angustiado a cada segundo, Carlos Jimenez Rivera seguiu com total atenção o crescimento acelerado de um cluster de manchas solares na região 3664 da superfície solar. Como um câncer feroz e altamente invasivo, este cluster continuou a se expandir e a engolir mais e mais do território solar. De repente, o cluster atingiu um diâmetro equivalente a vinte e cinco vezes o da Terra, preenchendo todo o monitor do computador principal usado por Rivera. Nesse instante, ele já sabia que as coisas estavam saindo do controle na superfície do sol.

Não demoraria muito agora, ele pensou consigo mesmo.

E realmente não demorou quase nada.

Sem qualquer aviso prévio ou alarme, das profundezas de um cluster gigantesco, formado pela fusão de inúmeras manchas solares, um facho de luz brilhante e dolorosamente ofuscante foi ejetado rumo ao espaço sideral, invadindo da mesma forma todos os monitores da sala de controle do ALMA.

Aquele foi o primeiro e o último aviso de que algo absolutamente extraordinário e magnífico, do ponto de vista astronômico, mas potencialmente catastrófico para o presente e futuro da civilização humana moderna, estava prestes a acontecer.

Não demorou muito para que essa previsão *à la* Nostradamus se materializasse. Antes mesmo que o nosso professor Carlos Jimenez Rivera tivesse tempo de se recuperar da sensação aterrorizante que cruzou a sua medula espinhal a cento e vinte metros por segundo, aquele salvo inicial foi seguido do principal espetáculo pirotécnico da noite. Vindo da mesma região de onde o primeiro flash tinha sido emitido, um disparo muito maior e dramaticamente mais feroz de um vomitar solar sem precedente foi emitido no espaço sideral, produzindo uma explosão de luz que levou ao branqueamento completo dos monitores da sala de controle, fazendo com que Carlos Jimenez Rivera perdesse um ou dois batimentos cardíacos, enquanto derrubava o seu queixo por completo.

De todos os seres humanos vivos na Terra naquele momento histórico em 2036, ele era um dos poucos que sabia precisamente o que o evento que acabara de testemunhar iria causar em algumas horas quando aquele verdadeiro tsunami de dezenas de bilhões de toneladas de plasma magnético incandescido cruzasse os cento e cinquenta milhões de quilômetros separando a Terra do Aten, o Deus do Disco Solar venerado pelo faraó egípcio, Akhenaten, entre outros. Tinha sido aquele disco que acabara de ejetar um verdadeiro tufão solar que seria capaz de aniquilar totalmente a sociedade digitoeletrônica moderna construída pela humanidade durante o século passado.

Felizmente, prevendo que uma explosão daquela magnitude poderia acontecer a qualquer momento, Rivera já havia colocado os seus óculos protetores, capazes de bloquear parte daquela claridade. Mesmo assim, por alguns segundos, as suas retinas foram completamente invadidas pela explosão de luz solar, fazendo com que ele ficasse completamente cego por alguns segundos.

Lutando para recuperar algum grau de visão e se orientar na sala de controle, enquanto planejava os seus próximos passos, Rivera agora tentava desesperadamente teclar, às cegas, a correta sequência de letras para retransmitir imediatamente os dados coletados pelas múltiplas antenas da rede de radiotelescópios do ALMA para o seu agrupamento de supercomputadores, numa tentativa de estimar a magnitude do que ele já sabia que passaria a ser conhecido como "A Mãe de Todas as CMEs Solares".

Rivera, todavia, nunca imaginou que um dia na sua carreira ele receberia o resultado que acabara de ser produzido pelos seus modelos.

Mal ele havia recuperado parcialmente a visão quando o seu monitor revelou a primeira estimativa da magnitude da explosão solar que ele acabara de testemunhar. O valor numérico que piscava sem cessar na tela era o seguinte: **3.900 nT**.

– Que porra é essa? Não pode ser! Algo deve estar errado com o modelo ou com os supercomputadores! – Rivera estava agora gritando consigo mesmo, sua face totalmente enrubescida e seus músculos faciais contraídos numa expressão de profundo terror, como se ele estivesse prestes a ter uma convulsão epiléptica.

Isso não poderia ser verdade. Não, não podia ser verdade de forma alguma.

Perplexo com o resultado, ele resolveu refazer toda a análise novamente, usando uma variação do seu modelo matemático, alterado para oferecer uma estimativa mais conservadora da CME solar. Vinte segundos depois, a nova estimativa retornou ao seu monitor. Ela foi: **3.895 nT**.

– Pelo amor de Jesus Cristo! Cerca de quatro mil nanoteslas! Mais de três vezes mais forte do que o Evento Carrington! No índice Kp, este evento vai certamente ser uma tempestade solar grau nove! O maior nível possível de CME conhecida, capaz de erradicar o nosso modo de vida moderno num piscar de olhos.

Não podendo perder mais tempo com as previsões aterrorizantes do que tudo isso significaria para a vida na Terra que começavam a se formar na sua mente, Carlos Jimenez Rivera carregou outro dos seus modelos matemáticos com o objetivo de obter uma estimativa do tempo de chegada e colisão com o campo magnético da Terra desse tsunami solar, que em breve passaria a ser conhecido, com toda justiça, como o Evento Rivera. O resultado apareceu ainda mais rapidamente em um outro monitor.

Vinte e oito horas, cinquenta e quatro minutos e vinte segundos!

– Menos de trinta horas para o Dia do Juízo Final!

Por um momento, tente se imaginar no meio do imbróglio em que se encontrava o nosso prezado Dr. Rivera. O que você faria se, de repente, no meio da noite, sozinho numa parte remota de um deserto da América do Sul, você subitamente se transformasse no único ser humano a saber que um evento capaz de fazer com a civilização humana o que um impacto de meteoro fez para os dinossauros estava por ocorrer em menos de trinta horas?

Deparando-se com esse dilema existencial, o Dr. Carlos Jimenez Rivera fez a primeira coisa para que ele havia sido treinado por toda a sua vida no caso de que uma CME, capaz de gerar uma devastação de proporções bíblicas, fosse detectada no seu plantão na sala de controle do ALMA: primeiramente, ele disparou um alerta de emergência máxima do ALMA, usando o mais alto alerta disponível no sistema – "TEMPESTADE SOLAR KP 9 A CAMINHO DA TERRA" –, para todos os observatórios ao redor do globo, pedindo verificação e confirmação. A seguir, ele emitiu um alerta para o governo do Chile e para as Nações Unidas, o que efetivamente significou alertar todos os governos do mundo simultaneamente. Sem nem parar para respirar, ele então remeteu um resumo dos dados coletados para todos os cientistas representando todos os países signatários do projeto ALMA. Ao mesmo tempo, ele enviou uma mensagem criptografada para todas as agências espaciais do mundo, incluindo a NASA, a agência espacial europeia, a agência espacial chinesa, a japonesa e a indiana, para alertar os seus astronautas em órbita para procurar abrigo o mais rapidamente possível nas suas aeronaves e na estação espacial internacional e, se possível, retornar para a Terra imediatamente. Ele também alertou os controladores dos vários telescópios orbitando a Terra para dirigir os seus instrumentos na direção do disparo solar para coletar mais informações essenciais até que eles fossem completamente obliterados em menos de trinta horas. Naquele momento, equipamentos civis em órbita, num valor que ele estimou em aproximadamente cinco trilhões de dólares, tinham um pouco mais de um dia de capacidade operacional disponível. Portanto, seria aconselhável e sábio coletar a maior quantidade de dados possível porque levaria um bom tempo – ou mesmo nunca mais – para que satélites criados pela humanidade pudessem ser colocados novamente em órbita.

Não contente em cumprir à risca todo o protocolo oficial, e se sentindo o ser humano mais solitário em todo o universo, Rivera começou a transmitir em múltiplas frequências de rádio e na internet simultaneamente, tentando alertar o maior número possível de pessoas sobre o que estava prestes a acontecer e qual seria a magnitude estimada de impacto da tempestade geomagnética que seria gerada a partir desta CME. Diferentemente dos golpes de sorte de 2012 e 2023, os seus computadores já o haviam informado de que dessa vez a Terra seria atingida em cheio.

Pensando em transmitir uma mensagem que fosse ao mesmo tempo simples, curta e informativa, algo que pudesse ser facilmente replicado com o mínimo esforço e menor consumo de energia, mas ao mesmo tempo carregar uma estimativa realística e impactante do que a humanidade iria ter que confrontar em menos de trinta horas, ele concebeu uma frase que todo e qualquer astrônomo no mundo seria capaz de entender imediatamente – e lembrar para o resto das suas vidas –, e qualquer ser humano, após realizar o que provavelmente seria uma das suas últimas buscas na internet, poderia interpretar rapidamente. A mensagem criada por Rivera foi exatamente aquela que Dr. Banker Terceiro escutou durante a sua primeira viagem pela Brainet.

"Vai ser muito pior que 1859! Vai ser muito pior que 1859!"

O ponto era muito claro, afinal o Evento Carrington havia ocorrido entre os dias 28 de agosto e 2 de setembro de 1859, num tempo anterior ao processo de eletrificação de todo o planeta, e oitenta anos antes de a era digital ser lançada e passar a dominar todo e qualquer aspecto da vida humana. Portanto, além dos espetáculos das auroras boreais ocorrendo por todo o planeta, e uns poucos telégrafos queimados na Inglaterra e nos Estados Unidos, nada de mais, em termos de efeitos de longo impacto, ocorreu em 1859.

Infelizmente, as coisas seriam muito diferentes dessa vez para os quase nove bilhões de habitantes do planeta Terra.

Ponha diferente nisso!

Por um segundo, Dr. Rivera se lembrou do velho ditado egípcio: "O Aten dá tudo, mas o Aten também destrói tudo."

A profecia realmente fazia todo o sentido naquele momento. Aten – o Deus do Disco Solar de Akhenaten – tinha acabado de se manifestar em alto e bom som, e todos os habitantes da Terra iriam ouvir a sua terrível voz, enquanto ninguém poderia prever qual seria o futuro da humanidade dali para a frente.

Agora, a única coisa que permanecia desconhecida era a polaridade da CME solar que estava avançando rapidamente em direção à Terra naquele momento. Se ela fosse da mesma polaridade do campo magnético da Terra, os efeitos mais devastadores poderiam ser evitados. Esse era o melhor cenário cruzando a mente de Rivera e o que cada célula no seu corpo ansiava. Porque, se a polaridade da CME fosse oposta à do campo magnético da Terra, o Dia do Juízo Final seria inevitável. Mas essa informação só ficaria disponível alguns minutos antes de a CME colidir com o campo magnético terrestre. Por ora, não havia mais nada a ser feito, a não ser esperar.

Isso explica por que, no meio daquela manhã gélida do deserto do Atacama, totalmente exausto depois de cumprir todas as suas tarefas, o Dr. Rivera realizou a única coisa sensível que ele pôde imaginar fazer numa junção tão dramática da civilização humana.

Ele ligou para sua mãe em San Juan para dizer adeus.

CAPÍTULO 18

UM DIA ANTES DO IMPACTO

São Paulo, Brasil – alvorecer de sexta-feira, 1º de fevereiro, 2036 – vinte horas antes do impacto

"Vai ser pior do que 1859! Vai ser pior do que 1859!"

O tom calamitoso da sentença continuava reverberando na mente de Omar, durante mais um sonho fora do comum, por uma voz que ele nunca ouvira. Apesar da voz calma do interlocutor, o alarme soava definitivo e resignado, como quando um médico informa o seu paciente de que ele sofre de uma doença letal e para a qual não existe cura. Por vários minutos, o anúncio fora o único componente do sonho; nenhuma imagem, nenhum outro participante como nas noites recentes, nenhuma outra voz. Somente a respiração superficial e a voz de baixo do arauto que continuava a anunciar a sua presciência de uma tragédia iminente sem descanso, como se nada que ele dissesse pudesse afetar a inevitabilidade do destino apregoado.

Antes que Omar pudesse começar a tentar entender este alerta sem fim, repetido sem nenhuma mudança de timbre ou tom, nas profundezas da sua mente, ele se sentia extremamente perturbado, enquanto ainda no meio desse sono enigmático. Inesperadamente, porém, o seu cérebro começou a indicar uma outra fonte de perturbação além da sua bolha onírica: um ruído estridente repetitivo, originado de algum lugar na sua ampla suíte. Poucas centenas de milissegundos foram necessárias para que o seu córtex auditivo localizasse a fonte desta distração sonora como sendo gerada por uma relíquia posicionada na sua mesa de cabeceira à esquerda da sua cama: um telefone fixo, conectado na parede do quarto.

– Você já está de pé, Omar? – A voz do outro lado da linha soou extremamente familiar.

– Agora eu estou, Tosca. Pelo amor de Rá, são seis da manhã. Supostamente, ninguém que realmente ama o seu tio favorito liga para ele nesta hora abominável da madrugada. E você conhece bem essa regra civilizatória, minha querida sobrinha.

– Você não deve ter visto a notícia mais extraordinária dessa manhã e provavelmente de todo o século, certo?

– Claro que não! Você conhece a minha rotina. Só começo a ler os jornais e checar o estado desolador do planeta durante o meu café da manhã, por volta das onze da manhã. O que aconteceu agora?

– Por favor, vista-se o mais rapidamente possível. Eu estou indo para o seu quarto porque isso requer um contato olho no olho para ser comunicado.

– Ok, eu vou estar pronto em quinze minutos.

– Estou subindo agora. Nós não temos tempo a perder. Ponha um roupão e me espere. Eu vou estar aí em não mais de cinco minutos.

– Ok, senhorita. – Omar nem pensou em contrariar a sua sobrinha. Ele sabia há muito tempo que quando ela falava nesse tom era óbvio que se tratava de algo extremamente sério.

Tão sério que Tosca não precisou dos cinco minutos para começar a bater vigorosamente na porta do quarto do seu tio.

– Sou eu, Omar, abra a porta rápido.

– Um segundo, você está falando como se fosse o fim do mundo. Melhor que esta seja realmente uma megaemergência para justificar esse ataque dos hunos na minha porta no meio da madrugada.

– São seis e quinze da manhã, Omar. Mais de 99% da humanidade já está acordada e contemplando uma existência desafiadora, sem mencionar o que eles vão fazer em menos de vinte e quatro horas quando esta coisa atingir a Terra.

– Um meteoro? Uau, ele está finalmente vindo para nos pegar de calças arriadas? Você me tirou da minha cama quente e dos meus lençóis do mais fino algodão egípcio só para me avisar que o nosso "momento dinossauro" chegou? – Apesar de tentar levar na esportiva o descarrilhamento da sua rotina matinal, antes mesmo de ele terminar a sua piada improvisada, ao rapidamente escanear a expressão mais do que tensa da face de Tosca, Omar sentiu que algo realmente terrível seria compartilhado.

– Um meteoro seria muito melhor. Acredite!

– O que então? – Mudando completamente de atitude, Omar agora espelhava a seriedade da sobrinha, enquanto ainda ajustando o roupão muito maior do que o seu habitual que ele buscara às pressas antes de abrir a porta para receber a notícia que iria mudar a sua vida e a de bilhões de seres humanos por todo o planeta.

– Uma CME! Na verdade, a "Mãe de Todas as CMEs" – Tosca anunciou enquanto se dirigia para a poltrona próxima da ampla janela da sala de estar da suíte presidencial.

– Uma o quê? Desculpe-me, Tosca, mas eu sou de um tempo em que siglas científicas eram raramente usadas. E eu mal acordei ainda.

– Desculpe-me, tio. Uma ejeção da corona solar que ocorreu nessa madrugada e que já é a mais intensa jamais registrada na nossa história, desde os tempos em que os nossos ancestrais australopitecos começaram a andar eretos, uns quatro milhões de anos atrás. A CME foi detectada por um astrofísico trabalhando num observatório chamado ALMA, localizado no deserto do Atacama, no norte do Chile. A CME principal foi precedida de um evento bem menor que vai servir como um verdadeiro "aspirador sideral", varrendo toda a distância entre o sol e a Terra de toda a "sujeira espacial". Isso vai permitir que o evento principal, uma CME devastadora, chegue na Terra mais rapidamente. O Dr. Rivera, sabendo de antemão quão avassaladora esta CME vai ser para a Terra, começou a transmitir alarmes para todo o planeta há pouco.

– E como você soube sobre esse alarme, Tosca?

– Não me pergunte como, mas eu ouvi o alerta deste tal Dr. Rivera durante o meu sono.

– E o que você ouviu ele dizer? Por acaso foi algo como: "Vai ser pior do que 1859!"?

– Precisamente, mas esse foi apenas o começo da mensagem. Eu logo imaginei que você havia recebido a mesma mensagem durante um sonho, como eu.

– No meu caso, eu apenas ouvi esta sentença: "Vai ser pior do que 1859" repetidamente por um longo período que não posso precisar. De fato, eu estava ouvindo esta frase sendo repetida na minha mente quando você me ligou há pouco.

Tosca explicou a Omar a magnitude do evento e do risco que eles corriam.

– Tudo faz sentido agora, Tosca.

– O que faz sentido agora, tio? A CME é basicamente um evento aleatório que depende de uma cascata de processos não lineares relacionados à formação e acumulação de manchas solares. Então, o que você quer dizer?

– Eu me refiro aos nossos sonhos compartilhados, minha querida. Tudo faz sentido agora. Agora consigo construir uma explicação lógica. Os nossos sonhos foram basicamente uma forma altamente elaborada de nos alertar sobre esta ameaça solar e outros eventos cataclísmicos que vão ser desencadeados a partir dela.

– O que você quer dizer? Algo ainda pior pode acontecer do que a pior tempestade solar que jamais atingiu diretamente a Terra?

– Eu temo que sim, Tosca. Por mais devastadora que esta CME venha a ser, nós vamos sofrer com inúmeros efeitos colaterais e choques secundários depois que a tempestade causar o colapso instantâneo do nosso modo de vida moderno. Pare para pensar, Tosca.

Tosca começou a andar pelo quarto enquanto Omar debulhava a sua teoria.

– Tudo começou com o nosso sonho no palácio de Akhenaten, durante uma cerimônia em honra de Aten, o Deus do Disco Solar, nos primeiros minutos da alvorada. Esse foi o fio da meada que deu partida a toda uma narrativa. Você se lembra da frase inicial que ele usou antes de começar a cantar o seu hino a Aten? “Aten nos dá tudo, mas Ele também leva tudo.” Alguém estava tentando nos avisar sobre a iminência desta CME alguns dias atrás. De alguma forma, quem quer que seja que tenha mandado essas mensagens pelos nossos sonhos sabia com antecedência que algo catastrófico estava por ocorrer na superfície do sol. E, embora eu não seja nenhum especialista em CMEs, elas emergem da superfície solar, dentro dos domínios do Deus egípcio Aten. O mensageiro, de alguma forma, imaginou que, porque eu sou egípcio, eu entenderia essa mensagem cifrada. Eu não tenho dúvida alguma: foi um aviso de que um evento letal para o nosso planeta estava prestes a ser iniciado no sol.

Por um momento, Tosca permaneceu em total silêncio, refletindo profundamente sobre tudo o que o seu tio acabara de dizer, e mais especificamente, qual seria a sua resposta à sua hipótese, que, em outras circunstâncias, ela relegaria à lata de lixo instantaneamente. Claramente, esse esforço estava custando muito a ela, tanto do ponto de vista intelectual como emocional, pois o que saiu das suas cordas vocais, poucos segundos depois, surpreendeu mais a ela do que ao seu tio. Isso explicava por que, no começo, ela não conseguia nem mesmo fazer contato direto com os olhos de Omar, enquanto expunha os seus pensamentos sem qualquer censura pela primeira vez.

– Eu sei que isso vai soar como um choque enorme para você, Omar. Talvez quase insano, dado tudo aquilo em que eu acreditei e defendi ao longo de toda a minha carreira como uma cientista profissional. Mas, depois de pensar seriamente por vários dias, e depois desse último sonho nesta madrugada, eu tenho que concordar com você. Sendo perfeitamente franca, eu não só concordo com você, mas vou mais longe. Acho que posso ter identificado um mecanismo em potencial pelo qual quem quer que seja que está por trás destes avisos possa ter conseguido se comunicar conosco através dos nossos sonhos.

Omar entendeu imediatamente quanto custara para Tosca realizar aquela mudança radical do seu ponto de vista; um que exigia que ela abandonasse tudo em que ela sempre acreditou enquanto neurocientista, para dizer o que ela acabara de dizer. Tendo sentido o caráter histórico do momento em que ambos se deram conta de que a civilização, como eles a conheciam, estava próxima de ser aniquilada, Tosca estava tendo que adaptar o seu modo de pensar diante de todas as evidências concretas que eles haviam coletado, por conta própria, não importa quão absurdas elas parecessem sob o ponto de vista da ciência tradicional.

Omar levou algum tempo para produzir uma resposta apropriada para o tremendo ato de coragem que ele acabara de testemunhar. Tosca, neste momento, estava com o rosto coberto de lágrimas quando ele começou a sua réplica.

– A marca de um grande cientista, minha querida, é estar sempre pronto para exibir a humildade e a coragem para abandonar os seus preconceitos, teorias prediletas e crenças profundas quando confrontado com dados experimentais ou evidências que basicamente contradizem todos os seus dogmas mais sedimentados, aqueles que cresceram junto com ele.

– Muito obrigado, tio, pelas palavras de apoio, mas isso está muito além de qualquer dogma, teoria predileta ou mesmo qualquer crença arraigada. Esta é uma verdadeira mudança radical de paradigma.

– Eu concordo. Todavia é preciso coragem para admitir e adaptar a nossa forma de pensar quando somos confrontados com uma mudança tão radical nos princípios básicos que norteiam as nossas teorias mais fundamentais.

– Sem dúvida! E esta é a razão pela qual precisei de tanto tempo e esforço para organizar meus pensamentos e decidir compartilhá-los com você nesse momento tão difícil. Acredite ou não, eu tenho uma teoria preliminar de qual pode ser o mecanismo através do qual nós estamos experimentando sonhos tão estranhos ao mesmo tempo e, aparentemente, recebendo mensagens cifradas sobre o que está para acontecer com a Terra.

– Perfeito. Diga-me então qual é a sua teoria e eu, em troca, compartilharei com você a minha melhor interpretação do que acredito ser o significado completo das mensagens que nós recebemos aos pedaços, ao longo das últimas noites, começando com a mais recente punição emitida por Aten.

— Por mais insano que possa soar, tudo começa com o fenômeno atmosférico conhecido como Ressonância de Schumann.

— Você quer dizer as oscilações ressonantes no espectro de frequência de 5-50 Hz, iniciadas pelas descargas elétricas dos raios que se propagam pela "cavidade" criada entre a superfície da Terra e as camadas mais baixas da ionosfera, por volta de cinquenta quilômetros de altitude, ao redor de todo o planeta?

— Exatamente, Omar. Fico feliz em saber que você é proficiente no que tange à física dos fenômenos atmosféricos básicos. Isso vai facilitar a minha tarefa.

— Muito obrigado, Tosca, mas eu ainda não entendi como um fenômeno atmosférico mundano, predito originalmente por Winfried Otto Schumann e investigado em detalhe por Herbert König, o sucessor de Schumann na Universidade Técnica de Munique, tem qualquer coisa a ver com tudo aquilo que nós experimentamos durante os nossos sonhos.

— Eu te avisei que a teoria soaria pouco ortodoxa e sem precedente, mas deixe-me continuar.

— Certamente, vamos em frente.

— Schumann foi o primeiro a prever teoricamente a frequência principal e as harmônicas subsequentes das ondas eletromagnéticas de baixa frequência, originadas pelas descargas de raios que se espalham entre o limite inferior da ionosfera e a superfície da Terra, ao redor de todo o planeta. Essa predição foi confirmada em 1960 por um outro grupo de cientistas, que mediram o espectro de frequência da ressonância de Schumann e observaram que ele se distribuía pelo intervalo entre 5 e 50 Hz. Veja só, eu imprimi os gráficos originais desse grupo para mostrar para você este resultado. Nesse gráfico você pode ver a frequência principal, entre 7 e 8 Hz, e as suas principais harmônicas.

— Eu vi este gráfico décadas atrás quando era estudante universitário.

— Eu tenho certeza disso. Mas esse resultado é apenas o nosso fio da meada. O que você provavelmente nunca ouviu antes é que König enveredou por uma outra linha de pesquisa ao sugerir que este espectro de frequência que você está segurando nas suas mãos, descrevendo um fenômeno atmosférico terrestre, é basicamente idêntico ao espectro de frequência de um outro sinal muito importante, de origem biológica, mas não atmosférica, encontrado em todo o planeta.

– Qual sinal? Você tem toda razão. Eu nunca ouvi falar disso. – Omar claramente tinha se animado com aquele fato que ele desconhecia totalmente.

– Melhor você se acomodar bem na cadeira ao meu lado antes de eu lhe revelar a resposta.

– Qual sinal? Tosca, pare de esconder o ouro. – Agora o tom de voz de Omar revelava um laivo de ansiedade e uma pitada de desconforto por ele desconhecer algo tão importante sobre um fenômeno atmosférico que era parte de todos os livros didáticos. – Qual sinal? – ele repetiu, já perdendo a paciência com sua sobrinha.

– Aquele que descreve as principais frequências da atividade elétrica do cérebro humano, medida desde os anos 1920 pela eletroencefalografia. O EEG do nosso querido professor Berger!

– O que você acabou de dizer, Tosca?

– Exatamente o que você acabou de ouvir, Omar. Na verdade, a minha descrição não foi totalmente precisa.

– Por quê?

– Simplesmente porque, embora na sua descrição original König tenha realizado uma comparação entre as frequências da ressonância de Schumann e os principais ritmos identificados na atividade elétrica do cérebro humano, as chamadas ondas alfa, beta, teta e gama, veja este outro gráfico mostrando o espectro de frequência da atividade cerebral. Acontece que os mesmos achados se aplicam aos principais ritmos cerebrais de todos os animais vertebrados que algum dia vagaram pela superfície do nosso planeta. De fato, essa afirmação ainda não é precisa o suficiente. Essa correlação se aplica para qualquer organismo, vertebrado ou invertebrado, que carregue em si qualquer estrutura que se assemelhe, não importa quão remotamente, a um sistema nervoso. Mesmo em insetos, a correlação entre os espectros de frequência do cérebro e o equivalente da ressonância de Schumann se mantém. Nos idos dos anos 1970, renomados neurobiologistas comparativos, como o americano Ted Bullock, começaram a se intrigar com o mistério de por que os ritmos cerebrais no intervalo de 0-100 Hz são uniformemente achados em todos os vertebrados.

Tosca fez uma breve pausa para respirar profundamente antes de revelar a parte mais controversa da sua teoria. Percebendo a sua hesitação, Omar prontamente a incentivou:

– Por favor, não pare no melhor da festa. Tudo isso soa muito intrigante.

– Por volta do meio da década dos anos 1970, alguns neurocientistas começaram a especular que talvez essa quase perfeita similaridade entre um fenômeno atmosférico e os ritmos cerebrais dos animais não fosse mera coincidência. Pelo contrário, alguns cientistas propuseram a hipótese de que uma que vez que as descargas de raios e consequentemente a ressonância de Schumann que eles produzem, gerando ondas eletromagnéticas de baixa frequência ao redor de todo o planeta, tinham ocorrido por bilhões de anos, e certamente desde o surgimento da vida na Terra, esta atividade eletromagnética atmosférica deveria ter desempenhado um papel primordial na definição das frequências de uma variedade de ritmos biológicos, entre eles, os principais ritmos cerebrais. Essencialmente, de acordo com essa teoria, a ressonância de Schumann de alguma forma permitiu que os campos eletromagnéticos gerados pelos raios moldassem a atividade e definissem as principais frequências da atividade rítmica dos cérebros de todos os animais que existem ou existiram na Terra.

– Simplesmente fascinante, Tosca.

– Basicamente, de uma forma indireta, essa teoria ofereceria um mecanismo pelo qual a atividade elétrica dos cérebros de todos os animais tivesse sido influenciada por fenômenos atmosféricos do nosso planeta, de alguma forma ainda não esclarecida. Pense na enormidade desse conceito por um momento: o campo magnético da Terra é gerado primeiramente pelo movimento contínuo do ferro liquefeito localizado no centro do planeta, a três mil quilômetros de profundidade. As propriedades elétricas do ferro líquido são responsáveis pela geração do chamado geodínamo, de onde o campo magnético da Terra se origina. Sem a proteção oferecida por este campo magnético contra raios cósmicos galácticos e a luz ultravioleta do vento solar, a vida seria impossível na Terra. Mas, além de criar este escudo eletromagnético, a distribuição peculiar de cargas elétricas entre a ionosfera, que é carregada positivamente, e a superfície da Terra, que tem carga negativa, e a presença de ar preenchendo a cavidade formada entre as camadas mais baixas da ionosfera e a superfície do planeta cria um capacitor esférico, ao redor de toda a Terra, que é um perfeito condutor de atividade eletromagnética. É quase como ter um sino de cinquenta quilômetros de largura circundando toda a Terra; uma vez que uma descarga elétrica - um raio - descarrega este capacitor, uma onda eletromagnética é gerada e ela toca esse sino, para usar uma metáfora, permitindo que uma mensagem eletromagnética se espalhe ao redor de todo o planeta rapidamente.

– Isso soa como pura poesia! Quem diria que os mongóis estavam certos, afinal de contas? – Nesta altura, Omar já estava completamente enfeitiçado pela narrativa da sua sobrinha.

– O que os mongóis têm a ver com tudo isso? – Tosca virou seu rosto para sua direita para olhar diretamente nos olhos negros brilhantes de Omar.

– Eles foram a última grande civilização a cultivar um deus totalmente analógico, Tengri, o lorde do eterno, infinito céu azul. A religião mongol, entre outros aspectos, não venerava nenhuma divindade antropomórfica, eles reverenciavam o Eterno Céu Azul como um elo unificador de toda a humanidade. O que poucos sabem é que as suas guerras de conquista, além da usual busca por butim e impostos, se baseavam na filosofia de que elas faziam parte de uma missão divina de unificar toda a humanidade perante um único Deus: o Eterno Céu Azul.

– Soa bem familiar com a meta de outras civilizações em tentar impor as suas crenças e valores morais para os seus vizinhos. – Tosca não parecia muito convencida.

– Não exatamente, Tosca. Eles ganharam uma reputação terrível ao longo dos séculos, mas eles eram diferentes. Por exemplo, havia total liberdade religiosa dentro do Império Mongol, de Gengis Khan para os seus netos. Judeus, muçulmanos, cristãos, zoroastras e os devotos de Tengri viviam em total harmonia. Kublai Khan, o neto de Gengis, mantinha na sua corte um vasto círculo de renomados estudiosos de cada uma das principais religiões. Sob a sua liderança, simpósios religiosos eram promovidos nos quais cada um desses estudiosos devia apresentar argumentos lógicos para justificar por que a sua religião e os seus deuses eram supostamente superiores aos dos mongóis. De qualquer forma, ninguém nunca convenceu Kublai Khan a mudar suas crenças, mas ele certamente demonstrou um enorme interesse nesses debates, que incluía uma correspondência com líderes eclesiásticos, como o próprio Papa. Os mongóis também promoveram o primeiro esforço para institucionalização da educação pública por todos os seus enormes domínios imperiais. E enquanto os exércitos mongóis e o seu Khan cavalgavam por toda a Ásia e a Europa, durante suas campanhas de conquista e saque, o império era administrado por um grupo de princesas, empoderadas pelo Khan.

– Isso é uma novidade completa para mim. Se nós escaparmos vivos desta nossa aventura, você pode conseguir me converter para o deus Tengri dos mongóis, tio.

– Perdoe-me pela digressão histórica, Tosca. Mas senti que este era um momento propício para tal síntese, em meio a esta bifurcação histórica da humanidade. Por favor, continue a sua exposição.

– Voltando para a trilha original. Desde que eles emergiram das profundezas dos oceanos e depois na superfície do planeta, todos os animais da Terra têm sido continuamente bombardeados pelo tocar desse sino atmosférico. Como resultado, os ritmos que dominam a câmara de ressonância da atmosfera, isto é, a frequência principal e as harmônicas que definem a ressonância de Schumann, podem ter sido literalmente embutidos na matéria orgânica, presenteando todos os organismos com um sinal de sincronização em potencial muito bem definido. Nós chamamos este sinal de "Zeitgeber", uma palavra em alemão que quer dizer "o doador do tempo". Esse Zeitgeber pode ter sido tão poderoso que conseguiu impor em todos os cérebros de animais da Terra, dos insetos aos seres humanos, as mesmas frequências de ritmos neurais. Visto de um outro ponto de vista, a ressonância de Schumann pode ter gerado um sinal de sincronização capaz de criar a mais abrangente Brainet de todo o planeta.

– Bravo! Estou totalmente sem fôlego! Isso é simplesmente espetacular. Maravilhoso. Um fenômeno atmosférico da Terra provendo a cola que é capaz de unir todos os cérebros, de todos os animais terrestres, numa única Brainet.

— Como o meu orientador gostava de dizer, podemos imaginar cada um dos cérebros animais como uma espécie de bola eletromagnética, sempre em fluxo, sempre interagindo com o ambiente ao seu redor e com outras bolas eletromagnéticas que definem os cérebros do seu grupo social, o que ele chamava de Brainet intraespécie, ou com os cérebros de outros animais, a sua Brainet interespécie.

— Eu me lembro de ter ouvido falar disso. Como você bem sabe, o seu orientador escreveu uma monografia com um dos meus primos, um matemático e filósofo mais do que excêntrico.

— Escutei muitas histórias das aventuras malucas que esses dois compartilharam. Verdade, eles escreveram e publicaram essa monografia juntos, mas poucos neurocientistas prestaram atenção nela. Até recentemente, claro.

— O que poderia se esperar? Eles ousaram desafiar os dogmas mais amados da neurociência da época ao mesmo tempo. A última coisa que a ciência moderna quer ouvir são teorias que derrubam dogmas mantidos por décadas como verdades absolutas.

— Este é o ponto mais longe a que consigo chegar em solo seguro. De alguma forma, me parece que alguém ou algo encontrou uma forma de tirar vantagem da ressonância de Schumann para transmitir mensagens para nós através desse sino atmosférico. Daqui para a frente eu estou fazendo apenas uma conjectura, porque algumas evidências experimentais parcas apoiam esta minha teoria em princípio.

— Quais evidências?

— Nos anos 2000, um grupo, liderado pelo neurocientista canadense Michael Persinger, realizou algumas medidas que indicaram a ocorrência de níveis significativos de episódios breves e repetitivos de sincronização em tempo real entre ocorrências de descargas elétricas atmosféricas, que geraram a ressonância de Schumann, e a atividade elétrica cerebral de um grupo de voluntários humanos.

— Incrível! — Omar agora parecia novamente ter voltado a ser aquela criança que um dia usara uma chave de fenda mágica para desmontar o rádio favorito do pai.

— Mais ainda, quando Persinger e o seu grupo tentaram identificar as regiões cerebrais onde essa coerência transiente se deu, eles observaram que tinha ocorrido primariamente na parte mais posterior do hemisfério cerebral direito, na vizinhança de uma área conhecida como giro para-hipocampal. No seu trabalho, que eu acabei de ler, eles especulam que os seus resultados são, e eu cito: "... consistentes com a congruência da frequência, intensidade do campo magnético, gradiente de voltagem e desvios de fase que são compartilhados entre o cérebro humano e a onda guia esférica da [cavidade] terra-ionosfera".

Tosca parou por um momento para amostrar a expressão facial do seu tio. Logo a seguir ela prosseguiu com a sua leitura:

— "Os cálculos indicam que, sob certas condições, o processamento de informação interativa poderia ocorrer durante breves períodos. Eventos naturais ou variáveis tecnológicas que afetem os parâmetros de Schumann poderiam ser refletidos na atividade de cérebros humanos, incluindo modificações cognitivas e eventos de consolidação de memórias durante o sono."

— Bingo! Você achou o mapa da mina, Tosca!

— Confesso que quando li este trabalho, vinte e um anos atrás, eu gargalhei alto e nunca mais pensei sobre isso. Ontem à tarde, de repente, eu me lembrei de ter lido esse manuscrito e procurei o texto original na internet. Quando ele foi publicado, eu achei que uma teoria tão fora de propósito como essa só poderia ser considerada como algo que pertenceria a um livro ou um filme de ficção científica, mas não à ciência de verdade. Todavia os eventos que experimentamos durante essa semana me forçaram a reconsiderar a avaliação inicial. Eu agora acredito que, de alguma forma, alguém pode ter encontrado uma forma de tirar vantagem da ressonância de Schumann para se comunicar conosco durante o nosso sono através da manipulação dos nossos sonhos e nos permitir compartilhá-los. Eu também acredito que, muito provavelmente, essas mensagens oníricas foram transmitidas não apenas para nós dois, mas para um grande número de pessoas ao redor do mundo.

— Sem dúvida. Enquanto você estava falando, eu lembrei que, no domingo de manhã, o jovem que trabalha na recepção desse hotel me disse que estava tendo sonhos muito estranhos e exóticos nas últimas noites.

– Isso faz todo sentido. Quem quer que seja que encontrou uma forma de se comunicar usando esse método deve ter transmitido a mesma mensagem, através do mesmo conjunto de sonhos, para milhões de pessoas em todo mundo. Mas poucos seriam capazes de estabelecer algum tipo de relação causal entre eles. Afinal, eu mesma precisei de quase uma semana para aparecer com essa teoria maluca. Mas existem ainda várias questões fundamentais não respondidas.

– Quais, Tosca?

– Apesar de fazer todo o sentido que parte do alerta se referia à CME e ao potencial efeito devastador que ela terá no nosso modo de vida, não está claro para mim o que as outras cenas que nós presenciamos nos nossos sonhos querem dizer. Por que visitar Alexandria, Merv e Bagdá para presenciar o trabalho de grandes matemáticos? Por que nós observamos em primeira mão os efeitos das piores pandemias e mais cruéis batalhas de toda a história humana surgindo na frente dos nossos olhos? E, finalmente, a questão de um milhão de dólares.

– Me diga, querida!

– Quem está mandando essas mensagens e alertas para nós? E por quê?

– Bem, eu lamento dizer que você agora vai ter que fazer uma concessão final nesta sua extraordinária mudança de trajetória mental.

– Sim, embora eu odeie confessar isso, admito finalmente que você estava certo desde o começo, tio.

– Deixe fluir livremente, minha querida. Vai te fazer um bem danado!

– Arthur C. Clarke pode ter tido razão, afinal de contas!

– Muito bem, Tosca. Mas agora nós não temos tempo para discutir a vitória final de Sir Arthur C. Clarke. Volte para o seu quarto, faça suas malas, porque nós temos que sair de São Paulo ainda hoje. Nós mal temos tempo para partir em direção ao nosso novo destino. Pensando bem, nós temos a chance de chegar lá em tempo de testemunhar a mais gloriosa aurora boreal jamais vista.

– Pra onde nós estamos indo dessa vez? O mundo que nós conhecemos está prestes a desaparecer, e você quer que eu empacote minhas coisas e vá com você para outro lugar às pressas? Onde, pelo amor de Jesus Cristo?

Para onde você quer ir com menos de vinte e quatro horas para o começo do Dia do Juízo Final?

– Para Manaus, minha querida. Faça o que eu lhe disse, por favor. Vou compartilhar com você tudo que penso que pode responder às questões que você acabou de verbalizar durante o nosso voo. Ele vai ser bem longo porque vai ser melhor usar o meu bimotor do que o meu Learjet, uma vez que este último pode ficar inoperante depois que a tempestade geomagnética nos atingir.

– Por acaso você está me arrastando para o meio da Floresta Amazônica, Omar?

– Precisamente, minha querida. De volta para onde tudo começou: para a mansão e, mais importante de tudo, o porão de Samir Cohen, seu bisavô! Nós podemos ter apenas uma chance de fazer o que acredito que os nossos amigos estão tentando nos dizer que precisa ser feito, caso nós consigamos chegar na vizinhança do teatro de ópera de Manaus. Vá fazer as malas. Eu te encontro no lobby em meia hora e explico tudo em detalhes no caminho do aeroporto. Apenas confie no seu tio mais uma vez.

– Na última vez que você me disse isso, você desapareceu por mais de três décadas sem deixar nenhum rastro, Omar. Manaus? Eu tenho que admitir, nem mesmo Arthur C. Clarke teria pensado neste tipo de final. – Tosca mal podia acreditar no seu destino.

– E Tosca, me faça um favor.

– O quê?

– Telefone para a sua mãe e diga-lhe que nós vamos precisar ficar com ela por algum tempo.

– Meu Deus! Uma reunião da família Cicurel, justo no Dia do Juízo Final! O que vem a seguir, o meteoro?

– Apresse-se. Aten já emitiu seu pronunciamento final. Se nós temos algum juízo sobrando, será melhor ouvi-lo com atenção!

CAPÍTULO 19

ELES TÊM UM TEATRO DE ÓPERA!

Alepo, Síria, Império Otomano – quinta-feira, 31 de janeiro, 1918 – cento e dezoito anos antes do impacto

Imediatamente após estabelecer contato com os ofuscantes olhos azuis do espião britânico, Samir Cohen se deu conta, para seu terror, de que o Império Otomano já havia sido condenado à morte. Ainda tremendo com a súbita materialização daquela profecia que se revelara através de um único olhar, ele tentou manter sua compostura enquanto o resto da caravana de camelos emergia de dentro da tempestade de areia, logo à frente do seu automóvel. Nesse momento, ele se deu conta de que nunca em toda a sua vida havia se sentido tão aterrorizado, nem mesmo quando se encontrou no meio de uma zona de guerra. Do alto daquele corpo massivo de um metro e noventa e dois de altura, um suor frio começou a se espalhar por toda a sua medula espinhal, apesar de ele não sentir qualquer risco imediato à sua integridade física. Ao contrário, o que o aterrorizou naquela tarde de ventania no inverno de 1918, durante o breve instante no qual as suas retinas foram enfeitiçadas pelo par de olhos mais azuis que ele jamais havia visto, foi simplesmente a certeza profunda de que a vida como ele a conhecia estava prestes a escorrer pelos seus dedos e desaparecer.

Ainda assim, sentindo-se despedaçado pelo peso do que tudo isso significava para ele e seu clã, os judeus da Síria, Samir não conseguiu deixar de se impressionar com a audácia do intruso que, disfarçado como um *tob* beduíno e uma *kufiya* que cobria a maior parte da sua face, exceto por aqueles perfurantes olhos azuis, cavalgava um dos camelos emaciados de uma caravana que acabara de entrar na periferia de Alepo. Aparentemente não muito preocupado com a possibilidade de ser denunciado, nem aparentando qualquer remorso por abrir o caminho de uma futura invasão que pulverizaria, em breve, todo um modo de vida, selando o destino de vinte e cinco milhões de habitantes do Império Otomano, o homem em questão tinha desviado o olhar do horizonte somente para realizar um anuncio silencioso para Samir e, logo após, retornar à cavalgada precária no lombo da sua montaria semimorta, em direção ao centro da cidade.

E assim, quase involuntariamente, antes que o falso beduíno passasse ao seu lado, Samir acenou para o futuro executor do seu destino. Surpreso, o homem dos olhos azuis respondeu com um gesto cansado, usando a mão direita para desenhar no ar uma espiral em frente da sua face, uma típica saudação beduína, sincronizada com um sorriso irônico que Samir não teve a oportunidade de testemunhar.

Naquele instante histórico, depois de gastar algum tempo para recalcular todo o seu modelo de realidade, o cérebro de Samir fez uma primeira tentativa de retornar ao prumo. Imediatamente, Samir começou a planejar uma rota de fuga, depois de ter sido abençoado com aquele aviso precoce do que estava por vir.

Não havia mais nenhuma outra opção.

Samir e toda a sua família teriam que deixar a Síria imediatamente.

Tristemente, não era mais apenas um exercício da mente precavida de Samir. Desde que o seu irmão mais jovem, Suleiman, havia escapado de Jerusalém para o Cairo, Samir tinha predito a chegada do dia em que ele teria que deixar para trás a terra dos seus ancestrais e se realocar para um novo lugar a fim de criar a sua jovem família. Nos últimos quatro anos, desde o início da guerra, toda vez que a inevitabilidade desse destino cruzava a sua mente, Samir, nem de perto um homem sensível, sentia lágrimas escorrendo pela face embrutecida pelo sol do Oriente Médio. As lágrimas contavam uma história que muitos no Ocidente não gostariam de ouvir, nem de acreditar: Samir amava a Síria, sua vida em Damasco e ser parte da elite comercial e intelectual do Império Otomano, uma posição que ele conquistara pelo próprio esforço.

Contrariamente àquilo que os europeus pensavam, a sua herança judaica nunca havia ocupado os seus pensamentos. Para começar, ele nunca tinha sido uma pessoa religiosa. Além disso, ao contrário da Europa, ser um judeu na Síria nunca havia sido algo prejudicial na busca de uma vida melhor, ou que pudesse impedir a sua ascensão social e profissional. Ele nunca havia se sentido perseguido ou ameaçado, por exemplo, ao contrário de como os cristãos armênios haviam sido tratados pelo regime otomano. Na realidade, a sua trajetória para a camada mais bem-sucedida de comerciantes sírios da época tinha lhe permitido penetrar na mais privilegiada elite econômica otomana, sem que nenhuma pergunta fosse feita sobre a sua fé, ou a falta dela. Tal era o seu prestígio à época que Samir frequentemente era convocado não só pelo *bey* de Damasco, mas também pelo próprio sultão, para audiências privadas no Palácio Topkapi, onde discutiam assuntos de negócios e mesmo políticos do interesse de todo o império.

Embora ele tenha lamentado a aproximação e a aliança com os alemães, nem mesmo eles o incomodaram. Ele havia se oposto à guerra tanto quanto a sua posição lhe permitia. Mas uma vez reduzido a uma opinião minoritária pelos seus pares, os militares e todos os membros mais poderosos do governo, ele optou por manter sua posição para si mesmo. Agora, era óbvio que ele estava certo desde o início. Entrar naquela guerra mundial tinha sido um completo desastre para o Império Otomano; não só porque iria perder a maior parte do seu território e ter que arcar com um pagamento reparatório exorbitante, mas, uma vez que o genocídio perpetrado pelo governo contra a população armênia fosse descoberto, os otomanos teriam que carregar a pecha de assassinos para sempre. Aquele império de um passado glorioso, responsável por manter vivas as tradições e a cultura muçulmanas por sete séculos, estava morrendo, tanto física como moralmente.

E, ainda assim, no inverno de 1918, a despeito das enormes dificuldades e sofrimentos impostos pela guerra, Samir Cohen ainda pensava que viveria e morreria como um cidadão do Império Otomano. Agora, de volta da viagem rotineira ao seu depósito principal em Alepo, da janela traseira do seu automóvel – o primeiro carro a ser comprado por um cidadão privado na Síria –, um único olhar fortuito, em direção àqueles olhos azuis invasores, havia mudado tudo.

Pedindo para que o motorista estacionasse no acostamento da estrada, Samir desceu do carro para observar o resto da caravana passar enquanto o sol se punha na direção do deserto de onde ela havia emergido. De pé, ao lado do carro, vestido impecavelmente com o seu habitual terno italiano, ele inspecionou, um por um, os rostos dos beduínos exaustos e com expressão de poucos amigos, passando ao largo em silêncio. Ao notar que um deles ficou para trás do resto, Samir decidiu inquiri-lo sobre a origem da caravana.

– Viemos da Terra do Profeta! *Allahu akbar*! – o cavaleiro respondeu sem olhar para Samir diretamente.

Eles tinham vindo de muito longe, mesmo. Diretamente da costa oeste da Península Arábica, muito provavelmente homens de confiança do rei Hussein, vindos de Jedá, como ele suspeitara desde o início. Ao conferir as marcas dos camelos, Samir descobriu algo mais. Todos os animais pertenciam a um comerciante árabe que ele conhecia em Aqaba. Fazia todo sentido. Aqaba havia caído para o exército britânico e o bando do Sherif Faiçal, o filho de Hussein, alguns meses atrás. Agora, os camelos de Aqaba estavam carregando um espião inglês e uma pequena guarnição de guerrilheiros árabes, como parte de uma excursão de olheiros, a primeira gota do que logo se transformaria em um verdadeiro tsunami que afogaria toda Damasco e cortaria a conexão da Síria com o resto do Império Otomano.

No meio de todo esse turbilhão, do fundo das suas memórias, subitamente tudo explodiu claramente na sua mente. Por *Allah*, ele havia visto estes olhos azuis em outra ocasião, alguns anos atrás, durante a sua visita a uma escavação arqueológica britânica em Carquemis, próximo de Jerablus, no norte da Síria.

Só podia ser ele, ninguém mais. T. E. Lawrence.

Ele havia retornado como prometido. De volta para "libertar a Síria".

Mas Samir não queria ser libertado.

Nem pelos alemães, nem pelos franceses, e certamente muito menos pelos britânicos e os seus fanáticos mercenários dos desertos arábicos. Ele só queria permanecer como um judeu sírio, lidando diariamente com os comerciantes vindos de todas as partes do Mediterrâneo, criando uma família judaica no meio do Império Otomano. Enquanto ele continuasse a fazer o que fazia melhor – comprar e vender produtos em grandes quantidades – e a pagar seus impostos e propinas, ele era bem-vindo para permanecer no lar que havia conhecido toda a sua vida.

Mas se T. E. Lawrence – ou Lawerence da Arábia, como ele passara a ser conhecido desde a queda de Aqaba – chegava agora até Alepo, a menos de dez quilômetros da residência de Samir na cidade, não havia tempo a perder. A invasão final de Damasco era iminente. Na realidade, ela já estava em curso.

Mas para onde fugir? E como?

Viajar para Jerusalém de carro não era mais uma opção. A cidade já estava sob controle do exército britânico. Para complicar a situação, o bloqueio naval britânico da costa da Turquia e Síria transformara qualquer tentativa de fuga marítima pelo Mediterrâneo, por alguém de posse de passaportes otomanos, em uma aventura altamente arriscada, senão letal. Samir teria que pôr em prática o seu plano alternativo. O mais desorientador de todos.

E, para piorar a situação, havia algo muito pior do que ter que achar uma rota de fuga da Síria: ter que revelar a notícia para Hava. Como Samir iria informar à esposa que eles teriam que deixar tudo para trás e recomeçar uma nova vida num lugar do outro lado do planeta?

Era algo que ele descobriria em breve!

– Do que você está falando, Samir? O que você quer dizer com "temos que partir em quarenta e oito horas"? – esbravejou Hava.

– É isso, minha querida. – Samir encarava os olhos incrédulos de sua mulher, já de volta à residência da família na cidade. – Manaus, na Floresta Amazônica, no Brasil, o maior país da América do Sul – respondeu Samir.

– Manaus? Eu nunca ouvi falar. Eu mal ouvi falar do país, Brasil. Você perdeu todo o seu juízo?

– Nós não iremos diretamente para Manaus. Eu tenho amigos da minha família vivendo em Recife, uma metrópole na costa leste do Brasil, à beira do Oceano Atlântico. Existe uma comunidade judaica em expansão vivendo por lá. Você vai adorar a sinagoga deles, do século XVII. Nós vamos passar algum tempo em Recife até nos acostumarmos com o país, o idioma, a cultura, e daí mudaremos para Manaus, onde posso reiniciar meus negócios e tomar posse das terras que adquiri anos atrás no sul do Amazonas. São boas para a extração de látex.

– O quê? Você comprou terras no meio de uma selva, do outro lado do planeta, e nunca me contou? Que outros segredos você escondeu de mim, Samir Cohen? E o que será dos nossos filhos? Como nós vamos educá-los? E o resto dos nossos parentes? O que será deles? – Hava disse tudo de uma vez, quase fora de controle.

– Hava, escute-me com bastante atenção agora. Esta é a decisão mais importante das nossas vidas. Em poucos dias os ingleses e hordas de mercenários árabes vão invadir Damasco e cortá-la do resto do Império Otomano. Jerusalém já caiu em mãos britânicas. Quando tomarem Damasco, vão executar todos os principais membros do império e seus líderes militares. Tendo sido alguém próximo do governo, eu certamente serei preso, talvez fuzilado na hora.

Hava olhava incrédula para o marido, tentando absorver o peso de suas palavras. Mas ela sabia, no fundo, que Samir tinha razão: a situação havia se tornado incontornável, e a guerra atingira um ponto sem volta.

Samir seguiu sua argumentação. Os negócios da família, casas, dinheiro e as demais posses, assim como tudo que tivesse qualquer valor em

Damasco, seriam saqueados pelos árabes, que em seguida fariam parte do governo provisório. Era o combinado com os ingleses.

– Se nós todos não formos mortos – continuou Samir –, seremos jogados para sobreviver por nossa conta nas ruas da cidade. Eu tenho me preparado para esta contingência por um longo tempo. Eu guardei muito dinheiro com amigos na Itália. E também mandei um funcionário da minha confiança para tomar conta das terras no Brasil, e ao mesmo tempo identificar cidades nas quais poderíamos nos alojar temporariamente antes de uma mudança definitiva para Manaus. Recife é apenas uma delas. O Brasil é um país imenso e jovem.

– Manaus, Recife, esses nomes não significam nada para mim. Você está me pedindo para deixar a minha casa, meu país e meus parentes para ir viver no meio de selvagens, sem qualquer vestígio de civilização. Você enlouqueceu, Samir?

– Nós não poderíamos nos mudar para Paris ou Londres, nem mesmo para Berlim. Somos cidadãos do Império Otomano, e judeus! No Brasil, estaremos salvos e livres. E não vamos começar do zero. Temos terras, temos dinheiro, e eu tenho uma vasta experiência, suficiente para recriar os nossos negócios por lá. Você sabe que consigo vender qualquer coisa para qualquer um e, portanto, não precisa temer pela nossa habilidade de sobreviver e manter o nosso padrão de vida. Você tem apenas que confiar em mim e me ajudar a fazer desta fuga a mais tranquila e imperceptível viagem possível para os meninos. A borracha é o novo ouro, o ouro do século XX! Nós somos donos de uma área do tamanho da Bélgica, lá no baixo Amazonas.

Hava ponderou sobre os argumentos do marido. De fato, não havia muitas opções disponíveis para a família.

– E como vamos sair da Síria? – ela perguntou.

– Você não passa vinte anos lidando com toda sorte de comerciantes do Mediterrâneo sem aprender um truque ou dois, minha querida.

O plano de Samir envolvia pegar um trem para o norte, antes que as forças britânicas e os árabes sabotassem os trilhos. Depois, a família permaneceria alguns dias escondida em Pérgamo, na casa de parentes. No momento preciso, usariam um barco pesqueiro para seguir uma velha rota marítima, usada por contrabandistas libaneses, rumo à Sicília. De lá, para Nápoles de barco, onde enfim embarcariam num navio de passageiros rumo a Recife, usando passaportes italianos falsos.

– E o que nós podemos levar conosco?

– O mínimo necessário, Hava. Nós não teremos nenhuma ajuda para carregar nossa bagagem. Vamos nos virar com o mínimo possível até chegarmos no Recife. Uma vez lá, poderemos recomeçar as nossas vidas e comprar tudo que for necessário. Não se preocupe com isso agora. A nossa prioridade é escapar vivos. Eu já fiz a minha mala, e a única coisa fora do comum que estou levando comigo é um livro de poemas de Omar Khayyam que tem sido passado de geração para geração na minha família, por centenas de anos. Quero refazer nossas vidas nos trópicos, lendo os versos da poesia imortal desse grande homem.

Hava permaneceu alguns momentos em silêncio. Parecia calcular o que deveria levar consigo nessa viagem que definiria o resto de suas vidas. Entendia a paixão do marido pelo livro de poemas – e por isso a decisão de levá-lo para o outro lado do mundo. E ela, o que deveria levar, além dos filhos e das memórias de sua terra?

Por fim, resignada, perguntou:

– Samir, me responda apenas uma coisa, por favor?

– Claro, minha querida, o quê?

– Compreendo a questão das terras no meio da selva. Mas há algo mais nessa história. De todos os lugares no mundo, por que diabos você foi escolher justamente Manaus?

– Quer realmente saber a resposta mais verdadeira?

– Sim, Samir. Pelo menos me conceda isso.

– Porque eles têm um teatro de ópera, Hava. Uma maravilhosa casa de ópera, no meio da selva!

CAPÍTULO 20

AS HORAS FINAIS ANTES DO IMPACTO

Em algum lugar sobre a Floresta Amazônica – sábado, madrugada, 2 de fevereiro de 2036 - quatro horas antes do impacto

– Eu tinha esquecido completamente quão espetacular é voar sobre a Floresta Amazônica durante a noite. Veja esse céu. Quanto tempo desde que você viu tantas estrelas e a Via Láctea desta forma? – indagou Tosca.

Apesar de estar no comando do avião, como a mais nova piloto do velho bimotor de Omar - o único avião que tinha sido autorizado a levantar voo de São Paulo, em caráter emergencial, naquela tarde -, Tosca não conseguia tirar os seus olhos do universo que os envolvia naquela noite.

– Você está certa, esta é a visão do cosmos que todo ser humano deveria ser capaz de ter, pelo menos uma vez, durante a sua vida. E certamente, em algumas horas, este mesmo céu vai revelar um espetáculo jamais visto, num piscar de olhos.

– Nós devemos conseguir pousar antes que a tempestade geomagnética comece, não se preocupe. Em vez de pousarmos no Aeroporto Internacional de Manaus, eu recebi permissão para aterrizar no

Aeroporto de Ponta Pelada, que pertence à Força Aérea. Isso vai nos ajudar a chegar na casa da mamãe no caso de as coisas estarem ainda mais caóticas do que o normal da cidade, como eu espero que elas estejam.

– Mas como você conseguiu permissão da Força Aérea?

– Eu não consegui. Foi a minha mãe. Décadas atrás ela namorou o pai do brigadeiro que dirige a base hoje. Ela simplesmente telefonou para o seu ex-namorado e pediu a ele que mandasse o filho nos autorizar a pousar no aeroporto militar, dadas as circunstâncias emergenciais.

– Por Rá, só mesmo no Brasil um comandante da Força Aérea autorizaria um avião desconhecido a pousar na sua base, seguindo o pedido da ex-namorada do pai! Por isso eu amo este país! O jeitinho continua operando milagres nos trópicos.

– Não reclame, Omar. Apenas agradeça longa e eloquentemente à sua adorável irmã mais nova quando nós chegarmos em casa.

– Farei isso, não se preocupe. Isto é, caso eu sobreviva à rajada de verborragia da líder do pelotão de fuzilamento, eu irei agradecê-la profusamente.

– Deixe de pensar na sua sessão de tortura e olhe para a floresta à sua direita.

– Uau, essas enormes fontes de luz são o que penso que são? – A face de Omar imediatamente ficou tensa como resultado da visualização de intensos focos de luz avermelhada, proveniente de múltiplos pontos da floresta abaixo, que começaram a preencher todo o cockpit.

– Incêndios. Milhares deles, alguns coalescendo para formar enormes fornalhas, espalhados por toda a floresta, até onde os nossos olhos conseguem ver.

– Eu sinto que a grande Floresta Amazônica não vai durar muito tempo. A destruição já deve ter passado do ponto de não retorno a essa altura. Quão estúpida é a nossa espécie, Tosca? Nós basicamente conseguimos destruir todo um planeta, num período tão curto de tempo, e para quê?

– Por lucro, Omar, somente por dinheiro. Para concretizar a visão distópica e insana de um bando de ególatras maníacos, como o seu primo e aquele idiota que se perdeu durante a sua viagem inaugural para Marte.

– E isso não acabou ainda. Mas você me falou antes de levantarmos voo que havia outras coisas que você gostaria de me dizer sobre o que pode acontecer em algumas horas. Podemos falar sobre isso agora?

– Bem, quando ouvi as notícias sobre a magnitude da CME e como ela pode desencadear a maior tempestade geomagnética que jamais atingiu a Terra desde que a nossa espécie surgiu, eu comecei a coletar todas as informações que pude encontrar sobre os potenciais efeitos que distúrbios solares e geomagnéticos podem produzir no planeta e nas nossas vidas, além do efeito imediato de colocar fora do ar a nossa sociedade eletrônico-digital. Se sobrevivermos aos efeitos devastadores imediatos e aos que se seguirão a curto prazo, com a total aniquilação dos nossos brinquedinhos eletrônicos e a espinha dorsal digital do planeta, e de alguma forma encontrarmos uma forma de prover nove bilhões de pessoas com as suas necessidades básicas, comida, água limpa, abrigo, e o reestabelecimento de comunicações de longa distância, uma vez que a internet, os satélites, e os telefones celulares serão inutilizados por semanas, meses, ou mesmo anos, existem outras preocupações consideráveis que vamos ter que levar em conta.

– Como o quê? – A essa altura, Omar já interrompera a sua contemplação nostálgica do queimar silencioso da Floresta Amazônica e havia focado toda a sua atenção na sobrinha, agora totalmente adaptada ao seu novo trabalho de piloto de aeronaves de escape.

– Existe uma vasta literatura médica e científica sobre os efeitos agudos e de longo prazo na saúde humana causados por perturbações no campo magnético da Terra, como resultado de tempestades solares que lançam eventos geomagnéticos de grande relevância.

– Como o quê?

– O repertório é bem amplo, incluindo efeitos fisiológicos, psicológicos, bem como influências em comportamentos sociais individuais e coletivos. A maioria das pessoas se surpreenderia ao se dar conta de quanto o clima solar e intergaláctico afeta as nossas vidas na Terra. Basicamente, variações significativas no campo magnético da Terra, geradas por tempestades solares e geomagnéticas, podem produzir influências estressantes em vários órgãos do corpo humano, especialmente nos sistemas cardiovascular e nervoso, mas também no sistema imunológico, hormonal e reprodutor. Por exemplo, distúrbios geomagnéticos extremos podem desencadear convulsões epiléticas que, em alguns casos, evoluem para óbito. Aumentos mensuráveis e significativos nas taxas de suicídio, devido a episódios agudos de depressão, também foram correlacionados com mudanças extremas no campo magnético da Terra. Mortes súbitas por parada cardíaca também parecem aumentar durante esses distúrbios. E mesmo que as pessoas não venham a morrer imediatamente como consequência dessas condições de alto risco, elas podem necessitar de assistência médica imediata e algumas, com certeza, precisarão ser hospitalizadas e mantidas em UTIs por um tempo.

– Sem eletricidade, os hospitais terão grande dificuldade em manter funcionando computadores e equipamentos fundamentais para manter esses pacientes gravemente enfermos vivos, mesmo que eles tenham seus próprios geradores de emergência, que não devem durar mais do que alguns dias, devido à falta de logística de transporte de combustível para mantê-los funcionando.

– Além destes efeitos relacionados à saúde humana, Omar, existem outros riscos enormes a nível populacional.

– Quais? – A cada revelação feita por Tosca, Omar se parecia mais e mais com um aluno aplicado que começava a se preocupar com tudo o que estava aprendendo às pressas. Tosca não notou a mudança de comportamento do seu tio e continuou a apresentar o relatório desalentador, como se ela estivesse dando uma das suas palestras para os seus alunos sonados – alguns tinham o desplante de roncar no auditório – do primeiro ano do curso de medicina.

– As mesmas distorções do campo magnético da Terra que produzem esses efeitos tão diversos na saúde humana também foram ligados com toda sorte de distúrbios e conflitos sociais, como o aumento das taxas de crimes violentos, guerras, revoluções e ataques terroristas. Basicamente, todos esses eventos parecem ser influenciados pela quantidade de luz ultravioleta emitida pelo sol. Ela varia ao longo do ciclo solar de onze anos, aumentando significativamente na fase ascendente do ciclo.

– São essas todas as más notícias? Parece que nós estamos rapidamente convergindo para o meio de um verdadeiro furacão existencial, metaforicamente falando.

– Infelizmente, isso não é tudo, Omar. Existe algo mais que chamou a minha atenção e me fez considerar a tempestade geomagnética que está por nos atingir como um evento muito mais dramático do que simplesmente a perda do nosso modo de vida digital. Foi este cenário que me manteve pensando silenciosamente todo o tempo que ficamos no terminal do aeroporto hoje de manhã, enquanto você tentava obter a permissão final para o nosso voo de fuga.

– Eu notei que você tinha realmente se fechado em copas e se refugiado nos seus pensamentos por boa parte da manhã, e mesmo depois das nossas primeiras horas de voo. Eu não queria importuná-la, mas fiquei muito curioso quanto ao que poderia ter motivado esta sua fuga temporária para dentro de si mesma.

– Antes que mencione o que realmente me preocupa, eu preciso lhe fornecer um histórico fundamental. Como você sabe muito bem, os campos eletromagnéticos funcionam como um escudo protegendo o nosso planeta, e todas as formas de vida que vivem e florescem nele, do bombardeio de luz ultravioleta altamente danosa emitida pelo sol, ajudando na manutenção dos níveis de ozona na estratosfera, que atenuam os efeitos desta luz. Este campo magnético da Terra também nos protege dos raios cósmicos intergalácticos que bombardeiam o nosso planeta o tempo todo. De certa forma, o vento solar compete com esses raios cósmicos intergalácticos no processo de desgastar a camada de ozona da estratosfera. Assim, o campo magnético da Terra nos protege de ambos, por assim dizer, intermediando a disputa entre eles. Essa disputa é muito importante porque a radiação ultravioleta que alcança a superfície da Terra tem sido implicada como um fator importante no processo de evolução dos animais do planeta.

– Até aqui tudo é astrofísica elementar, minha querida. Não subestime o seu velho tio. Eu frequentei um ano do curso de astrofísica da universidade antes de me decidir por uma carreira em matemática pura.

– Sim, Omar, estou ciente dos seus múltiplos talentos. Mas precisava fazer esta introdução antes que pudesse lhe apresentar uma série de estudos, de diferentes áreas, que podem nos ajudar a compreender a magnitude épica, ou devo dizer bíblica, da "tempestade perfeita", para usar o termo de que você tanto gosta, que está chegando em horas.

– Muito obrigado pelos créditos, minha querida.

– A lisonja é sempre uma estratégia certeira para garantir a atenção de um homem.

– *Touché*, madame. Você falou como uma genuína membra da tribo dos Cohen! Eu me rendo.

– Então me escute atentamente.

– Eu sou todo ouvidos!

– Você pode ou não saber depois daquele ano inteiro de astrofísica que o campo magnético da Terra diminuiu aproximadamente 15% nos últimos duzentos e cinquenta anos.

– Sim, eu tinha a vaga noção de que isso estava acontecendo. E?

– Bem, além dessa diminuição de magnitude do nosso escudo eletromagnético, o norte magnético tem se movido consideravelmente na direção oeste pelos últimos cinquenta anos. Esta "excursão magnética" tem acelerado nas últimas três décadas, de cinquenta a sessenta quilômetros por ano em 2020, para mais ou menos cento e cinquenta quilômetros em 2035, a ponto de, hoje em dia, o polo norte magnético estar centrado alguns milhares de quilômetros a oeste da costa da Sibéria, e muito distante da sua localização original, antes de essa excursão se iniciar, no ártico canadense.

– E? – Omar disparou a sua face de desdém na direção de Tosca, enrugando a testa e aguçando os olhos, como que para se parecer com algum khan mongol esperando pelo relatório do seu vizir que continha más notícias sobre o estado das finanças do império.

– Desde que a excursão para o oeste acelerou consideravelmente, e dado que a magnitude do campo magnético da Terra vem se reduzindo em paralelo, provavelmente devido a alguma mudança profunda no movimento de ferro líquido no interior do planeta, existe uma chance real de que nós possamos ter, mais cedo ou mais tarde, mais do que uma simples excursão magnética.

– Você quer dizer que nós poderemos experimentar uma reversão total da polaridade do campo magnético da Terra em alguns séculos?

– Precisamente. Mas a sua estimativa de tempo pode ser muito otimista. Esta reversão pode ocorrer mais cedo do que isso. A propósito, os seus professores ficariam orgulhosos do quanto você lembra do seu ano de astrofísica.

– Pare de me provocar, Tosca. Continue. Eu tenho certeza de que você não chegou ainda no verdadeiro *grand finale* desta história. Por favor, não me deixe esperando.

– Como você também deve saber, a polaridade corrente do campo magnético da Terra, aquela com a qual nós temos vivido, foi estabelecida mais ou menos oitocentos mil anos atrás. Todavia, quarenta e um mil anos atrás, nos últimos estágios do Período Glacial, a Terra experimentou uma excursão geomagnética de grandes proporções que afetou profundamente múltiplas espécies de animais, incluindo a nossa.

– Você está se referindo à "excursão Laschamp", não é, Tosca?

– Tio, você nunca cessa de me surpreender. Exatamente, a excursão Laschamp, cujo nome, se você está se perguntando, deriva dos fluxos de lava solidificados do distrito de Clermont-Ferrand na França. No momento em que esta excursão ocorreu, o campo magnético da Terra estava reduzido a aproximadamente 10% da magnitude medida em 2020!

– Sim, isso está bem documentado, mas eu não estou certo se você está perdendo tempo se referindo a achados clássicos que fazem parte de livros didáticos. Solte o verbo de uma vez, Tosca.

– O que você não deve saber, Omar, é que em 2018 um estudo multidisciplinar extremamente detalhado, que correlacionou de forma mais precisa dados radiométricos com ocorrência de fósseis e mesmo de fungos no excremento fossilizado de certos animais, usado como uma medida indireta para estimar o tamanho de populações de herbívoros, encontrou uma correlação muito significativa entre a ocorrência da excursão de Laschamp e a redução concomitante da magnitude do campo magnético da Terra, com um episódio de extinção massiva da megafauna na Austrália.

– Muito interessante!

– Se você achou isso interessante, já estou muito ansiosa para saber o que você vai dizer se lhe disser que, além desses mamíferos australianos, o mesmo estudo propôs que a excursão de Laschamp ocorreu precisamente no período em que um parente próximo a nós, *Homo neanderthalensis*, os neandertais, para ser mais coloquial, também desapareceram da face da Terra, em circunstâncias que permanecem misteriosas até hoje.

– Uau, este é um *grand finale* digno de nota! Por Rá, que encadeamento extraordinário de fatos você está construindo, Tosca. Mas por Anúbis, por que os neandertais desapareceram e o *Homo sapiens* sobreviveu? Eu não peguei essa parte.

– A hipótese que os autores propuseram é que a extinção dos neandertais ocorreu porque eles, diferente de nós, não possuíam uma proteína-chave, o receptor de hidrocarboneto arílico que desempenha um papel evolucionário vital ao se contrapor ao dano no DNA produzido pela luz ultravioleta.

– Uma única proteína pode ter feito a diferença entre extinção e sobrevivência entre duas espécies do gênero homo? Realmente, incrível.

– Aparentemente, sim, pelo menos para os proponentes desta tese. Se ela se comprovar, muitas outras ramificações de grande impacto começam a deixar de ser pura especulação e ganhar credibilidade.

– Como o quê? – Agora Omar parecia um ouvinte assíduo de mais um episódio fascinante da série "Mil e uma Noites da Evolução da Humanidade".

– No mesmo período em que a excursão de Laschamp pode ter levado ao desparecimento dos neandertais, pinturas rupestres muito elaboradas começaram a aparecer nas paredes e tetos de pedra de cavernas subterrâneas da Espanha e da França. Tradicionalmente, essas pinturas são consideradas como as primeiras obras de arte produzidas pelos nossos ancestrais do gênero homo, apesar de que os neandertais aparentemente também produziram alguns milhares de anos antes. Pois bem, para os autores deste estudo, a razão desta súbita explosão de pinturas em cavernas subterrâneas pode ter sido que grupos de *Homo sapiens* descobriram que era importante passar um tempo considerável do dia se protegendo da luz ultravioleta deletéria que estava atingindo a superfície da Terra quase sem nenhuma proteção do escudo magnético do planeta.

– Impressionante!

– Aumentos da atividade solar também têm sido correlacionados com alguns dos períodos de maior criatividade e inovação, em áreas tão diversas como as artes, a ciência, e mesmo na arquitetura.

– Tudo isso justifica que os egípcios deveriam receber mais crédito por intuírem que o sol é tão essencial para nós e para a vida no planeta mais de cinco mil anos atrás.

Como sempre, no meio de uma crise grave, Omar não conseguia evitar o seu amplo senso de humor, que nem sempre era exercitado nos momentos mais apropriados.

– Mas eu ainda não acabei.

– Ainda tem mais?

– Fique comigo mais alguns minutos, Omar.

– Além dessa potencial correlação entre a excursão de Laschamp e a extinção dos neandertais, o mesmo grupo de pesquisadores mostrou que durante os últimos duzentos mil anos, de acordo com análise filogenética, baseada em amostras de DNA mitocondrial e cromossomos Y de seres humanos modernos, todas as bifurcações e nodos relevantes que ocorreram durante a evolução dos seres humanos coincidiu com períodos bem documentados de mínimos do campo magnético da Terra. Este achado apoia ainda mais a tese de que, quando a intensidade do campo magnético da Terra cai dramaticamente, e muito mais luz ultravioleta, originada do sol ou do espaço intergaláctico, chega na superfície da Terra, eventos revolucionários podem ocorrer. Coisas como extinção de toda uma espécie de parentes nossos, ou o surgimento de outras.

– Terminou?

– Acredite se quiser, não. Eu tenho um último pedaço de lenha para jogar na fogueira.

– Por Amun, quem precisa de entretenimento durante um voo longo quando você está por perto, Tosca? Mande o último capítulo.

— Nessa minha busca às pressas da literatura, eu também encontrei trabalhos numa área completamente distinta, uma que se dedica a estudar uma outra classe de efeitos devastadores, mas indiretos, causados por mudanças no nível da atividade solar, e o seu impacto na habilidade de raios cósmicos intergalácticos de desencadear efeitos evolucionários, mas agora em nível nanométrico, que podem afetar a vida humana, numa escala planetária.

— Eu continuo escutando.

— Em 1978, uma carta publicada na revista britânica *Nature* propôs a existência de uma correlação entre os picos da atividade solar, durante o seu ciclo de onze anos, e a ocorrência de pandemias de gripe, desde 1918. Anos depois, alguns autores estenderam essa hipótese ao adicionar epidemias semelhantes e propuseram que existiria uma relação causal entre o ponto máximo de atividade solar e a ocorrência de pandemias de influenza. Dado o crescimento de estudos como esse, um estatístico muito conhecido na sua área publicou um artigo que expôs erros metodológicos importantes nos estudos que propunham esta conexão. O parecer quase eliminou pesquisas nessa área. Todavia, no meio da pandemia de COVID-19 nos anos 2020, vários autores realizaram análises mais sofisticadas e, independentemente, reviveram a hipótese que a atividade solar pode desempenhar um papel fundamental no surgimento de novas variantes virais e bacterianas, que podem levar a pandemias catastróficas.

— Agora é a minha vez de dizer que você nunca cessa de me surpreender, Tosca.

— Guarde os elogios para o final da história, por favor!

— Ok, eu vou guardar.

— A nova abordagem desses estudos mais recentes produziu uma correlação mais robusta do ponto de vista estatístico entre o nível de atividade solar e a ocorrência de pandemias na Terra. A diferença agora é que esses estudos mais modernos analisaram não só os períodos de máxima atividade solar, mas também os períodos em que ela foi mínima. Quando esse procedimento foi implementado, os autores foram surpreendidos com o achado de que tanto pandemias recentes como as que ocorreram séculos ou milênios atrás tinham ocorrido preferencialmente ou no ponto máximo ou no ponto mínimo do ciclo solar. A conclusão deles foi que, tanto durante o período de máximo como no de mínimo, a Terra é banhada por luz ultravioleta que é capaz de induzir mutações no material genético de microrganismos, como os vírus e bactérias, levando eventualmente ao surgimento de variantes mais transmissíveis e letais para as quais os seres humanos podem não ter nenhuma proteção imunológica. A única diferença é a origem das radiações que levam a estas mutações de risco: durante o período máximo a origem seria o nosso sol, mas durante o período de mínima atividade solar, a origem seria o aumento da incidência de raios cósmicos intergalácticos.

Nessa junção crítica da narrativa, Omar estava totalmente mudo, um fenômeno raro por si só. Completamente inundado pelo fluxo quase interminável de novos conhecimentos ofertados pela sua sobrinha, ele decidiu fazer uma intermissão e voltar a olhar pela sua janela os incêndios que continuavam a correr soltos pela floresta abaixo. Agora que ela tinha achado o seu ritmo, Tosca nem mesmo notou os primeiros sinais de exaustão do seu tio octogenário e simplesmente continuou a sua marcha implacável na direção do clímax da sua teoria multifacetada.

– Quando eles olharam no presente e no passado distante, notaram imediatamente que o começo da pandemia de COVID-19 ocorreu precisamente no mínimo do ciclo solar 24, um dos menores níveis de atividade solar jamais registrados, em termos do número médio de manchas solares, desde que medidas como estas começaram a ser feitas no século XVIII. Este é o chamado mínimo de Dalton, que se refere ao menor nível de atividade solar jamais registrado. Da mesma forma, estes cientistas também observaram que o começo da pandemia de gripe suína, mediada pela cepa H1N1, em 2009, também estava correlacionado muito bem com um período de atividade mínima do sol que ocorreu durante o ciclo solar 23. Lembre-se que quando a atividade solar está no seu período mínimo, a quantidade de raios cósmicos intergalácticos que penetra a atmosfera da Terra aumenta significativamente. Usando uma medida indireta da penetração desses raios cósmicos intergalácticos na atmosfera, a concentração do isótopo berílio-10 (^{10}Be) em geleiras da Terra, alguns autores foram capazes de mostrar que quatro pandemias devastadoras começaram durante períodos de atividade mínima do sol durante o último milênio entre os anos 1000 e 2000. Elas incluem a peste negra, ou bubônica, do século XIV, causada pela bactéria *Yersia pestis*, que pode ter matado quase metade de toda a população da Europa, bem como a praga de Londres, outro surto da peste bubônica, que fez com que Isaac Newton fugisse para a sua fazenda no interior da Inglaterra e longe de Londres, onde ele fez a descoberta da lei da gravidade e escreveu a sua obra-prima, *Principia*. Outro estudo nessa mesma linha descobriu que a praga de Atenas em 430-429 a.C., que dizimou 25% do exército da cidade, também ocorreu durante um mínimo do ciclo solar. Se estes achados ainda não te impressionaram, a mesma correlação com um mínimo solar foi encontrada para a praga Antonina (165-80 a.C.) e um novo surto da mesma pestilência que atingiu o Império Romano por volta de 251-80 a.C. Algumas evidências sugerem que essas epidemias terríveis foram causadas, muito provavelmente, pela primeira chegada nos portos do Mediterrâneo dos vírus que causam o sarampo e a varíola. Alguns séculos depois, a pandemia que ficou conhecida como a praga de Justiniano (541-767 d.C.), o primeiro surto explosivo registrado da peste bubônica a ocorrer na Ásia Menor, matou quase 20% da capital do Império Bizantino, Constantinopla.

– Dado que eu não despendi muito tempo checando os ventos solares, quando o mínimo do presente ciclo solar ocorreu?

– Desde 2033 nós estamos basicamente sentados no fundo do poço do ciclo solar 25. E este é mais um exemplo de um mínimo de Dalton.

– E você quer dizer que...

– Exatamente o que você está pensando, tio: do topo de uma CME gigantesca que vai aniquilar toda a nossa civilização eletrônico-digital numa questão de segundos, uma redução do campo magnético, ocorrendo em paralelo a uma aceleração da excursão do polo magnético que pode desencadear um evento como Laschamp, seguido em alguns séculos por uma reversão completa de polaridade, outra pandemia calamitosa pode estar a caminho, numa questão de meses ou um par de anos, num planeta que está prestes a mergulhar numa outra era da escuridão, literalmente.

– Em outras palavras...

– Nós estamos ferrados enquanto espécie. E a propósito, eu estou começando a pensar que além de uma enorme exposição de luz ultravioleta, uma pandemia, desencadeada por um bombardeio de raios cósmicos intergalácticos, poderia ter matado os neandertais muito mais rapidamente, deixando a maioria dos nossos ancestrais ilesos.

– Esta é uma possibilidade real, dado tudo que você me disse, Tosca. – Embora em outras circunstâncias Omar fosse estar pulando de contentamento depois de ouvir esta teoria abrangente da sua sobrinha, não havia nenhum clima para este tipo de reação efusiva no momento.

Pelo contrário, o que transcorreu foi um prolongado momento de silêncio no cockipt. Por alguns minutos, não havia muito mais a dizer que tivesse qualquer significado, dada a potencial cadeia de eventos cataclísmicos que iria ser desencadeada quando a CME atingisse os limites do campo magnético da Terra. A exposição explícita da realidade nua e crua que aguardava toda a humanidade foi não só de uma precisão cirúrgica, mas algo que mais se aproximava de um diagnóstico terminal de toda uma espécie: a nossa

Nem os dinossauros, nem os neandertais, por sua vez, tiveram que se torturar com o sofrimento extra e o terror antecipado de saber conscientemente que o seu tempo na Terra estava próximo de expirar, e pior: que não havia absolutamente nada que eles poderiam fazer a respeito. Eles simplesmente morreram e despareceram para todo o sempre do mundo dos vivos, sem nem mesmo saber o que havia os atingido com tal fúria, num período de tempo tão curto, e com um efeito tão definitivo. Com o *Homo sapiens*, o processo seria muito mais lento, muito mais doloroso e muito mais aterrorizante, dado que haveria tempo, antes que todos morressem, para se reconstruir a sequência precisa dos eventos que, uma vez iniciada, se propagaria como um efeito dominó até concluir sua evolução com a nossa extinção.

– Tudo começa a fazer sentido agora. – Omar foi o primeiro a quebrar o silêncio dissecante que havia cercado ambos e feito as suas cordas vocais incapazes de vibrar, dado o peso imenso do destino inevitável que os esperava.

– O que faz sentido agora?

– Os alertas que nós recebemos na forma de sonhos.

– O quê?

– A sua análise e reconstrução detalhada dos eventos, em múltiplos níveis, que já estão ou acontecendo ou sendo engatilhados com a chegada da CME me deu mais elementos para que eu pudesse ajustar mais peças do enorme quebra-cabeças que foi criado pelos nossos sonhos compartilhados durante essa semana. Eu acho que estou entendendo melhor o que pode ter acontecido.

– Diga então, Omar. Você vem prometendo revelar o seu segredo, como se ele fosse um dos enigmas da Esfinge, desde as seis da manhã de ontem. Eu estou pronta para ouvir a revelação do Oráculo de Alexandria.

– Não agora, minha querida. Eu tenho que checar uma última evidência para ter certeza absoluta de que as minhas memórias não estão me traindo de novo. Tem acontecido frequentemente de uns meses para cá.

– Evidência? Qual? Onde nós vamos conseguir isso?

– No porão da casa da sua mãe em Manaus, na mesma vizinhança do Teatro Amazonas, o primeiro teatro de ópera construído no meio da Floresta Amazônica. Você se lembra disso? Aquele que levou o seu bisavô a comprar um seringal maior que muitos países, próximo da nascente do rio Juruá, no meio de lugar nenhum da Floresta Amazônica, sem falar para a sua bisavó, e que lhes permitiu fugir da Síria antes do colapso do Império Otomano, no final da Primeira Guerra Mundial. O mesmo teatro de ópera onde o grande Caruso se apresentou para cantar, para uma plateia recheada com alguns dos homens mais ricos do mundo à época, os barões da borracha.

– Acredite-me, eu ouvi esta história mais vezes do que eu posso contar.

– Uma das melhores histórias que ouvi em toda a minha vida.

Percebendo que não haveria forma alguma de extrair de Omar o que ele quisera dizer ao comentar que tudo fazia sentido agora, Tosca decidiu deixar o assunto de lado e retomar as suas funções de piloto, até então colocadas em segundo plano.

Depois de outras horas de um voo sem ocorrências de monta, quebrado apenas por pequenos períodos de troca de amenidades, usualmente iniciados por Omar, Tosca recebeu no seu fone de ouvido a informação de que eles estavam se aproximando do seu destino final. Naquela altura, ela se deu conta de que fazia duas décadas que ela pousara um avião bimotor pela última vez. Preocupada, ela resolveu que seria importante refrescar a sua memória lendo o protocolo de pouso. Procurando pelo manual do avião para obter algumas informações para pousar em Manaus, Tosca colocou o avião em piloto automático, removeu o seu cinto de segurança e rapidamente começou a busca pelo manual num pequeno armário localizado na parte traseira do cockpit. Enquanto procurava distraída abrir a porta deste compartimento, algo a irritou profundamente. Evidentemente, ela pensou que Omar era o responsável pela brincadeira que a distraiu por um momento.

– Omar, por que diabos você decidiu ligar todas as luzes do cockpit ao mesmo tempo? Nós tínhamos planejado poupar o máximo possível das baterias do avião, lembra-se?

– Tosca, me desculpe, mas isso não foi minha culpa. Volte para o seu assento e você vai entender.

Irritada, e já pronta para explodir, Tosca mal teve tempo de se virar e mudar o foco da sua visão para a frente do cockpit, na direção de onde a voz de Omar estava vindo, para descobrir que o seu tio estava agora totalmente cercado pela aurora polar mais brilhante e colorida que ela já vira em toda a sua vida. E à medida que todo o cockpit era inundado por este show de luzes multicoloridas que agora se espalhava por toda a atmosfera da Terra, dos polos ao equador, enquanto o campo magnético do planeta era literalmente espancado, e totalmente deformado fora de qualquer reconhecimento, pela maior, mais cruel e mais desestabilizadora tempestade solar jamais vista neste canto insignificante da Via Láctea, Tosca finalmente se rendeu aos fatos.

– Pelo amor da graça de Tengri, ela está acontecendo na nossa frente!

– Aten falou finalmente, Tosca. E mais do que nunca, a partir de agora, o nosso destino está nas mãos dele.

CAPÍTULO 21

ATEN FALOU E TODOS OUVIRAM!

Em algum lugar da Terra – sábado, 2 de fevereiro de 2036 – na manhã depois do impacto

E então, o evento avassalador que todos sabiam que poderia acontecer um dia, mas que ninguém se atreveu a levantar um dedo para tentar prevenir, finalmente aconteceu. E que punhalada ele desferiu em nove bilhões de seres humanos ainda vivendo na superfície da Terra!

Por todo o planeta, do Polo Norte ao Polo Sul, passando pelo equador, tanto as pessoas como todos os tipos de animais acordaram no meio da noite para testemunhar a aurora mais duradoura, mais brilhante e mais eloquente jamais vista por qualquer ser humano ou outra forma orgânica de vida que jamais habitou este nosso pequeno fragmento de pedregulho azul. O show de luzes que tingiu todos os céus com uma mistura de vermelhos incandescentes, verdes brilhantes e traços de todos os matizes de amarelo e laranja foi simplesmente tremendo. Pessoas fascinadas pareciam totalmente transfixadas pelo bombardeio incessante da tempestade solar sobre o campo magnético da Terra, um espetáculo daqueles que são vistos uma vez a cada milhões de anos. Ainda assim, após alguns segundos admirando a ignição extrema da atmosfera, ninguém mais se preocupou em olhar para os céus. Afinal, um espetáculo muito mais chocante e destruidor logo começou a se descortinar na superfície da Terra, em cada esquina do mundo.

Dada a magnitude extraordinária e fora de escala da compressão do escudo magnético da Terra causada pelo impacto daquela regurgitada solar sem qualquer precedente, a mais intensa e devastadora tempestade geomagnética jamais registrada na superfície do planeta começou a desenrolar seus imensos tentáculos, causando efeitos catastróficos em todo o globo. Devido ao enorme fluxo de plasma solar que inundou a magnetosfera terrestre, um enorme pico de correntes elétricas ocorreu tanto na magnetosfera como na ionosfera. Isso levou à geração de campos eletromagnéticos gigantescos e jamais vistos nos limites superiores da atmosfera terrestre. Como consequência, campos eletromagnéticos de elevada magnitude também começaram a emergir ao nível do solo por toda a superfície do planeta. Por sua vez, este fenômeno induziu correntes elétricas estupendas que imediatamente começaram a se espalhar pelas linhas de transmissão elétrica, cabos de toda sorte, encanamentos metálicos e todo tipo de materiais condutores que formavam a coluna vertebral de infraestrutura da sociedade eletrônico-digital moderna que havia, durante os últimos cem anos, viciado praticamente todos os seres humanos, como se fosse uma nova droga sintética irresistível. O fenômeno incluía o próprio solo do planeta em regiões onde rochas altamente condutoras dominavam a geologia.

Segundos depois que a tempestade geomagnética atingiu o solo, as gigantescas correntes elétricas induzidas por ela se espalharam, como um incêndio florestal em tempo de seca, movendo-se na velocidade da luz, por todo o grid elétrico do corredor nordeste da costa americana, a região mais afetada pela tempestade global. Isso levou ao repentino superaquecimento dos grandes transformadores que formam o coração do sistema de distribuição de eletricidade e que são essenciais para a sua operação apropriada. Do nada, um atrás do outro, esses grandes mamutes do grid elétrico começaram a explodir e literalmente derreter. E assim, numa questão de segundos, a totalidade das áreas metropolitanas de cidades como Boston, Newport, Providence, New Haven, Nova York, Filadélfia e Washington caiu na profunda escuridão de um blackout avassalador. Minutos se passaram e foi a vez de Chicago, Detroit, Pittsburgh, Cincinatti e St. Louis se juntaram à escuridão. Trinta minutos depois, todo o sudeste americano e a costa oeste ficaram sem nenhuma eletricidade. De Atlanta, Orlando, Miami, até Los Angeles, São Francisco e Seattle, não havia um único watt de eletricidade disponível. Até mesmo o esnobe e sempre iluminado Vale do Silício mergulhou de cabeça nas trevas que engoliram todos os EUA, e o planeta em geral, se transformando numa verdadeira megalópole fantasma em poucos minutos.

O mesmo cenário de eliminação abrupta do suprimento de eletricidade rapidamente se espalhou por todo o mundo, em diferentes graus de gravidade, devido à variação dos efeitos da tempestade geomagnética de acordo com as latitudes geomagnéticas, o perfil de condutividade do solo em cada localidade e a proximidade da costa. Os efeitos foram muito maiores perto das regiões costais e muito mais arrasadores na América do Norte, Europa, Rússia e Ásia Central do que nas regiões centrais e sul da América do Sul, por exemplo. Os países do norte da África – os países do deserto do Saara – e da região central do continente africano também foram menos afetados. Partes da África do Sul, como Joanesburgo e Pretória, foram poupadas na maior parte, mas a Cidade do Cabo, Porto Elizabeth e Durban caíram na escuridão instantaneamente. A maior parte do interior da Índia também escapou do pior, mas Bangalore e todas as outras megacidades costais do país ficaram às escuras momentos depois do impacto da tempestade. Da mesma forma, todas as cidades da costa da China foram devastadas pelo soco geomagnético, mas as regiões interioranas do país foram bem menos afetadas.

Quase que simultaneamente à explosão da vasta maioria dos seus transformadores, o pico de corrente elétrica destruiu todo e qualquer equipamento eletrônico conectado a uma tomada nos EUA. Um inaudito e incalculável número de erupções de incêndios elétricos se espalhou por residências, escritórios, lojas e hospitais por todo o país. Telefones celulares e implantes retinais ficaram mudos ou fora do ar instantaneamente. Muitos dos celulares queimaram porque estavam conectados em tomadas. Mas mesmo os que sobreviveram ao pico de corrente inicial ficaram mudos devido à completa destruição da infraestrutura básica da telefonia, como torres de transmissão e satélites de comunicação.

Computadores digitais de todas as encarnações, marcas e modelos sofreram o mesmo destino. Eles ou queimaram além de qualquer reparo ou ficaram fora de ação, suas memórias de silício totalmente eliminadas, milissegundos depois do impacto. E quando o imenso exército de bilhões e bilhões de máquinas digitais de toda sorte foi abatido – por assim dizer – pela tempestade, elas carregaram com elas para as profundezas deste verdadeiro Hades digital todos os aeroportos, sistemas de purificação de água, os mercados de ações, equipamentos essenciais dos hospitais, as casas de controle de hidroelétricas e usinas nucleares; ou seja, todos os processos industriais básicos e vitais para a sobrevivência da espécie humana, incluindo todos os processos e tarefas, simples e complexos, que um dia eram realizados pelas mãos humanas, mas que, pelos últimos cem anos, haviam sido terceirizados e automatizados por sistemas eletrônicos e digitais em alguns segundos desapareceram da face da Terra numa nuvem de fumaça preta. Todos, sem exceção, devidamente "iluminados" pela mais exuberante aurora polar jamais vista. Para todos os efeitos, alguém poderia dizer que o espetáculo se assemelhava à explosão de uma supernova na vizinhança do nosso sistema solar. Certamente, Akhenaten se sentiria muito orgulhoso do efeito causado pelo seu amado Aten.

Sem acesso a qualquer tipo de banco on-line, mesmo as poucas máquinas de saque que sobreviveram ao impacto inicial da tempestade geomagnética não podiam mais honrar nenhum pedido de seus clientes, porque todos os registros digitais, detalhando os balanços das contas bancárias de bilhões de indivíduos, haviam sido completamente apagados para sempre pela mão eletromagnética que viera dos céus. Ninguém mais tinha qualquer dinheiro digital disponível para sacar na forma de dinheiro em papel de uma dessas máquinas sobreviventes. Nuns poucos milissegundos, depois de uma verdadeira revolução geomagnética, todo mundo na Terra agora era igualmente pobre. Por outro lado, as poucas avós que ainda mantinham pilhas de dinheiro vivo estocadas nos seus colchões passaram a ser as novas bilionárias do planeta, uma vez que as suas "poupanças analógicas" dispararam exponencialmente em valor. A propósito, todas aquelas criptomoedas, que resultaram de décadas de mineração por bilhões de pessoas, e consumiram quantidades inomináveis de poder computacional e eletricidade, também evaporaram na forma de fumaça digital.

Assim, num piscar de olhos, o Deus Dinheiro e a Igreja dos Mercados foram completamente exterminados, aniquilados sem piedade, e despojados de todo o seu poder, fortuna e glória, como se eles fossem protagonistas de um grande mito épico grego. Transformados em cinzas pelo desejo e decreto de luz emitido pelo sol, que mais uma vez demonstrou, através de um mero cochichar eletromagnético, quem era a verdadeira divindade onipresente que os humanos deveriam temer.

Quão certos estavam aqueles egípcios!

Em segundos, a cotação da onça de ouro foi de cinco mil para cinquenta mil dólares. Apesar de que poucos souberam do fato, uma vez que não havia mais nenhum meio de comunicação de massa capaz de espalhar as notícias por todo o mundo, e muito menos dinheiro vivo para comprar o metal. A troca direta de mercadorias estava prestes a retornar com toda a força à rotina da vida humana.

A despeito dessa calamidade sem precedentes que engoliu todo o planeta, graças em parte ao alarme preventivo transmitido pelo nosso Dr. Carlos Jimenez Rivera, uma série de tragédias humanas secundárias foram evitadas. Por exemplo, o alerta permitiu que todos os voos ao redor do globo fossem cancelados ou retornaram ao solo, bem antes que a tempestade geomagnética tirasse do ar o sistema de GPS e todos os equipamentos de radar e congêneres dos aeroportos de todo o planeta. Em alguns locais, devido à demora em receber o alerta, passageiros ficaram retidos dentro de aviões, mas mesmo assim, evitaram ter um destino muito mais trágico. Só isso salvou centenas de milhares de vidas.

Hospitais e outras instituições conseguiram colocar seus geradores de emergência para funcionar, salvando outros tantos milhares de vidas.

O novo Pentágono – agora servindo os cinco novos países independentes que outrora formavam os EUA – entrou em emergência máxima e ainda conseguiu salvar alguns dos seus supercomputadores, particularmente aqueles localizados em bunkers subterrâneos. Ainda assim, com exceção das mais secretas destas instalações subterrâneas, enterradas nas Montanhas Rochosas, a maioria dos seus bunkers não foi capaz de resistir ao impacto do verdadeiro pontapé magnético solar. Como resultado, a maioria dos silos nucleares – se não todos eles – ficaram inoperantes imediatamente. Além disso, toda a infraestrutura computacional e de internet dos serviços de inteligência dessa federação de cinco países que um dia foram os EUA ficou imediatamente indisponível para uso dos arapongas americanos. Toda a força aérea desses novos países ficou inoperante devido à falta de suporte de satélites e GPS e à total inexistência de aeroportos que ainda tivessem capacidade operacional.

No conjunto da obra, de repente, as forças armadas desses novos países da América do Norte se encontraram sem eletricidade na vasta maioria das suas bases ao redor do mundo. Apenas aquelas equipadas com geradores de emergência conseguiriam recuperar alguma eletricidade, mas nem isso duraria por muito tempo. A razão para tal estimativa era bem simples: a logística de suprimento de diesel, gás e outras fontes de combustível foi interrompida imediatamente após o sacolejo geomagnético sofrido pelo planeta. Exércitos ao redor do globo ficaram sem qualquer meio de transporte, devido à destruição das baterias dos seus veículos, além da perda de todo e qualquer meio de comunicação de longa distância na América do Norte e no exterior. Suas maiores armas, bombas e mísseis também foram severamente danificadas ou destruídas pelo pico eletromagnético.

Seguindo o mesmo padrão, a marinha dos países que um dia foram parte dos EUA não ficou em melhor forma depois da tempestade. Todos os seus principais navios e armas ficaram fora de contenção. Mesmos os submarinos, incluindo toda a frota nuclear, foram severamente danificados pelos efeitos do distúrbio geomagnético. Comunicações de longa distância desapareceram num soluço. Navios, porta-aviões, destróieres e fragatas que estavam em alto-mar no momento em que a tempestade geomagnética atingiu a superfície do planeta estavam agora à deriva, singrando totalmente às cegas.

No geral, o resultado global desse cenário dantesco para as forças armadas que um dia foram apenas dos EUA foi que, numa questão de segundos, o país – agora dividido em cinco nações –, que tinha gastado dezenas de trilhões de dólares, ao longo das últimas décadas, para se tornar uma superpotência mundial, foi reduzido ao ranking de uma força militar de segunda classe, típica de uma república de bananas. O impacto desse verdadeiro terremoto geopolítico seria gigantesco nos próximos meses e anos. Todavia os tremores secundários começaram a ser sentidos imediatamente, assim que o mundo começou a emergir, às cegas e no meio de uma escuridão profunda, do maior desastre natural da história.

O mesmo distúrbio catastrófico existencial que caiu sobre o poder militar americano também foi sentido pelos departamentos de polícia de toda a América do Norte. Como resultado, as fronteiras dos estados que formaram o novo país localizado no sul dos antigos EUA estavam agora completamente escancaradas e sem qualquer tipo de vigilância. Pela mesma razão, as chamadas *fake news* e as teorias da conspiração deixaram de existir, simplesmente porque não havia mais nenhum meio de comunicação eletrônico-digital para transmiti-las.

Marshall McLuhan ficaria muito orgulhoso do trabalho feito pelo sol.

Mais do que nunca, o meio, ou a falta dele, era a mensagem.

E mesmo Lewis Mumford concordaria agora com o lema do seu maior rival.

E a mensagem fora comunicada de forma clara e em bom som.

NÓS ESTAMOS FERRADOS!

O fato de que a tempestade geomagnética atingiu de forma mais intensa o hemisfério norte no meio de um dos invernos mais gelados registrados na história também potencializou o desastre humanitário causado pela CME. Recordes de temperaturas abaixo de zero e de acúmulo de neve tinham castigado o hemisfério norte durante toda a década passada. O ano de 2036 já tinha sido projetado para ser o ano mais frio desde que temperaturas começaram a ser registradas sistematicamente. E de repente, ninguém vivendo em alguma grande cidade dos EUA, Canadá ou Europa Ocidental tinha acesso a qualquer tipo de aquecimento nas suas residências. Assim, todos os seus eletrodomésticos, como TVs, máquinas de lavar, fornos de micro-ondas e, o mais importante, geladeiras, deixaram de funcionar. A perda desse último item causaria problemas graves em termos de preservação de alimentos em alguns meses. Pior de tudo: ninguém poderia esperar qualquer tipo de ajuda ou alívio num futuro imediato. Seriam precisos anos, talvez décadas em algumas localidades, até que a vida retornasse àquilo que era considerado como normal.

Evidentemente, todas as transmissões de TV e rádio cessaram no momento em que a tempestade atingiu a magnetosfera terrestre. Assim, além de toda a miséria desencadeada no solo, as pessoas não tinham acesso a nenhum tipo de notícia sobre a extensão dos danos causados pela tempestade ao redor do mundo. E mesmo que a maioria dos habitantes do planeta tenha sido alertada sobre a ocorrência iminente da tragédia, agora todos estavam basicamente desligados do resto do planeta, e o resto do planeta estava desconectado de cada um deles.

A internet, obviamente, saiu do ar no momento em que a tempestade destruiu os satélites em órbita da Terra. Todos os dados estocados na chamada "nuvem digital", mantida nos servidores das grandes empresas de tecnologia, subitamente foram deletados; a nuvem digital simplesmente se dissipou como uma corrente de ar quente analógica. Todas as formas de mídia social ficaram mudas instantaneamente como resultado do nocaute eletromagnético que a Terra sofreu. De um nanossegundo para o outro, as pessoas não podiam mais trocar mensagens, fotos, selfies, links, nudes ou se relacionar com enormes grupos humanos através de meios eletrônicos ou digitais. A vida social on-line, que passara a dominar a rotina humana três décadas antes foi simplesmente amputada sem anestesia, compaixão ou remorso. O X, ex-Twitter, de repente, decidiu dar de graça assinaturas para quem quer que ainda conseguisse se conectar na sua plataforma; mesmo alienígenas passaram a ser aceitos. Ninguém respondeu a oferta.

Do nada, o metaverso derreteu.

Anos depois, rumores diriam que um já decadente e envelhecido Mark Zuckerberg fora visto chorando pelas ruas do Vale do Silício, sem um tostão, sem teto, e destituído de todo o seu poder. Ou seja, muito pior de vida do que quando ele criou a sua versão digital de Cila, o monstro marítimo da mitologia grega.

Ao redor da órbita da Terra, todos os satélites civis e militares foram destruídos ou colocados fora de funcionamento. Isso incluía todos os telescópios e outros instrumentos astronômicos em órbita do planeta que serviam para pesquisas científicas, bem como detectar possíveis meteoros que pudessem entrar em rota de colisão com a Terra. Curiosamente, esse último risco deixou de ser uma preocupação prioritária logo após o impacto da tempestade.

Graças ao alarme preventivo do Dr. Carlos Jimenez Rivera, todos os astronautas de várias nacionalidades que estavam trabalhando em órbita do planeta foram capazes de ou retornar para a superfície do planeta ou, em último caso, buscar refúgio nas suas espaçonaves ou estações espaciais que possuíam escudos de proteção. Os danos, todavia, foram enormes, mas os sistemas vitais resistiriam ao impacto da tempestade solar, na maior parte das vezes, permitindo a imediata sobrevivência dos cosmonautas. Porém, depois do impacto da tempestade geomagnética, ninguém era capaz de prever quando, ou se, eles poderiam voltar à Terra. Nem mesmo a NASA tinha qualquer ideia a respeito.

Muitos outros efeitos, grandes e pequenos, ocorreram como resultado desse cataclisma, mas a lista é muito grande para ser detalhada aqui. Basta dizer que, numa questão de segundos, todo o estilo e padrão da vida moderna da humanidade, conquistados depois de milênios de esforço da nossa espécie, foram obliterados sem cerimônia alguma. Em menos do que um piscar de olhos, toda a espécie foi chutada de volta para um período pré-revolução industrial. Em algumas localidades, o teletransporte para o passado chegou até o período neolítico.

No meio de toda esta catástrofe e do completo caos que se seguiu a ela, porém, um consenso cristalino tomou conta da mente de nove bilhões de seres humanos quase que imediatamente. Ele poderia ser resumido numa única frase: nada mais será como antes no planeta Terra!

Quando tudo foi dito e feito, muitos anos depois do Evento Rivera, quando as pessoas se deram conta de que a América do Norte havia sido atingida mais gravemente, enquanto o resto do mundo em menor escala, o orçamento estimado para a reconstrução do grid elétrico dos Estados Unidos foi algo próximo de noventa e cinco trilhões de dólares apenas para devolver eletricidade para as casas dos americanos. Quando todos os custos da reconstrução da infraestrutura mundial foram finalmente calculados, o impacto final da catástrofe mundial excedeu quinhentos trilhões de dólares, ou seja, quase dois anos inteiros do PIB mundial, usando valores de 2035.

Poucos sabiam, todavia, que alguns anos antes do Evento Rivera, políticos em todo o mundo haviam sido informados sobre os riscos da ocorrência de uma catástrofe como essa num futuro próximo. Na realidade, os riscos de ocorrência de uma tempestade geomagnética, desencadeada por uma CME solar, tinham sido estimados em um a cada cento e cinquenta anos. Dado que o Evento Carrington tinha ocorrido em 1859, a Terra estava mais do que fadada a receber outro petardo eletromagnético por volta de 2036. Este cenário do Dia do Juízo final tinha sido predito por uma série de estudos técnicos, encomendados por uma grande variedade de entidades civis e militares ao longo das últimas décadas e que detalharam todos os riscos em potencial para a infraestrutura eletrônico-digital – coisas como o grid de eletricidade, linhas de transmissão e grandes transformadores, a estrutura computacional global que viabilizava a internet e toda a comunicação digital do planeta, a segurança, sistemas de tratamento de água e esgoto, o sistema bancário e financeiro on-line, logística de distribuição de combustíveis e outras commodities vitais, refrigeração e preservação de alimentos, operação das bolsas de valores e mercados globais, dano potencialmente terminal de toda a rede de satélites em órbita da Terra, destruição do sistema de GPS, destruição de sistemas eletrônicos e digitais de todos os tamanhos, complexidade e funções, sem mencionar a inabilidade das empresas de seguro, bancos e negócios, grandes e pequenos, de honrar seus compromissos imediatos... No entanto, ninguém numa posição de poder optou por implementar as medidas recomendadas para ao menos mitigar – porque eliminar seria impossível – o impacto destes danos gigantescos e quase existenciais para toda a espécie e o seu modo de vida moderno.

A principal razão que fez com que todas essas brilhantes recomendações técnicas e científicas, que poderiam ter salvado milhões de vidas, fossem basicamente ignoradas era simples.

"O custo para implementar estas medidas de prevenção é substancial e proibitivo", vociferou o líder do Partido Republicano no Congresso americano, logo a seguir, apoiado pelo seu colega democrata.

Por volta de um e meio a três trilhões de dólares teriam sido necessários para proteger a matriz elétrica e as linhas de transmissão do que um dia fora os Estados Unidos. Políticos, ao ouvir essa estimativa dos custos, começavam imediatamente a berrar que tal custo era inaceitável. Os contribuintes americanos, esgotados com a perda do seu poder aquisitivo ao longo das últimas décadas, apoiaram os seus representantes com entusiasmo, deixando claro que eles não estavam preparados para despender nem mais um centavo em novos impostos para prevenir um risco que eles mal conseguiam entender, muito menos acreditar, ou "sentir nos seus ossos".

E foi assim que o incompreensível e quase inacreditável aconteceu. E todo mundo, certamente, sentiu nos próprios ossos os efeitos devastadores do que havia sido basicamente considerado como um "gasto supérfluo".

Mesmo na última chance para agir, depois do alarme global disparado pelo Dr. Carlos Jimenez Rivera, companhias distribuidoras de eletricidade por todo o mundo se recusaram a tomar medidas emergenciais de precaução, como tirar os seus grids elétricos do ar antes que a tempestade solar chegasse nas vizinhanças da Terra. A alegação das empresas foi que tal decisão custaria bilhões para elas e seus clientes e que, além disso, alertas anteriores sobre CMEs feitas por cientistas tinham se provado exagerados ou mesmo totalmente imprecisos, dado que em nenhum dos casos passados qualquer dano havia ocorrido na Terra. A inação e omissão destas empresas, como os fatos provariam apenas vinte e quatro horas mais tarde, definiu uma das maiores "comidas de bola" de toda a história milenar da civilização humana. Em última instância, essa decisão poderia ser considerada como uma sanção para o suicídio coletivo de milhões e a condenação de boa parte da humanidade para uma vida de miséria incomensurável.

O Evento Rivera e os efeitos multidimensionais que ele desencadeou demonstraram que, uma vez que a humanidade criou seu próprio Universo, uma inteira visão cosmológica, centrado no dinheiro, na ganância ilimitada e na rendição e crença cega no Culto da Máquina, e, nesse processo, embarcou numa existência inteiramente dedicada e dominada por abstrações mentais, alguns riscos cruciais – um grande ponto cego, se você quiser – previsivelmente seriam subestimados, ou pior, ignorados, em favor do objetivo maior, daquilo que realmente importava: a maximização dos ganhos financeiros. E como em crises anteriores, mas de menor impacto, como o derretimento bancário de 2008 e a quebra das bolsas de 2029, quando estes riscos são ignorados, eventualmente as coisas azedam rapidamente em nível global.

Como ficou claramente demonstrado, o que foi ignorado pelo Culto da Máquina, um movimento que surgiu na Idade Média e ganhou força rapidamente durante a Revolução Industrial do século XVIII e ainda mais propulsão com o surgir da Era Digital no final dos anos 1930, é que qualquer lacuna, qualquer porta aberta, qualquer fragilidade deixada exposta pode ser explorada e, no limite, usada para os propósitos misteriosos do Deus Sol. Tivessem eles um pouco mais de conhecimento da história da antiguidade, tivessem eles consultado um pouco mais dos registros deixados nos hieróglifos egípcios, os líderes mundiais – o nome soa quase cômico nesta altura – teriam se dado conta de que ninguém em sã consciência pode ignorar o poder de destruição que o todo-poderoso Aten pode liberar sobre os homens, de um momento para o outro.

Algumas horas depois da ocorrência do Evento Rivera, um pastor nômade cavalgando o seu pônei mongol pela vasta planície do deserto central do Cazaquistão despendeu alguns minutos olhando para o céu da madrugada para admirar a mais brilhante aurora polar jamais vista naquele canto perdido da Ásia Central. Uma vez que não havia transformadores explodindo, nem celulares ou laptops derretendo, ele pôde tranquilamente gastar o seu tempo desfrutando do show de luzes celestiais. Longe de ser alguém louco o suficiente para ignorar uma profecia vinda dos céus, o pastor teve apenas um pensamento naquele momento.

– O grande e eterno Céu Azul finalmente caiu em cima de todos nós. Muito bom! Já era tempo!

Logo após emitir o seu julgamento mental acerca daquele evento celestial sem precedentes, o pastor se lembrou de uma quadra de Omar Khayyam que o seu pai tinha ensinado para ele, da mesma forma que o seu avô havia ensinado ao seu pai, e assim por muitas gerações ao longo de todo um milênio. A quadra dizia:

> "Um momento no Apagar da Aniquilação,
> Um momento, no Poço da Vida para provar,
> As estrelas estão se pondo, e a caravana
> Partiu na direção do Amanhecer do Nada – Oh, se apresse!"

Quão proféticos os versos de Omar Khayyam provaram ser.

Enquanto isso, do outro lado do planeta, exausto por não dormir há mais de trinta horas, e sabendo que não havia mais nada que ele poderia dizer ou fazer agora que a mãe de todas as tempestades solares tinha fritado o seu conjunto de radiotelescópios, seus supercomputadores e todo o seu equipamento de comunicação, incluindo a sua querida TV a satélite, Dr. Carlos Jimenez Rivera fez a única coisa que se esperaria do homem cujo nome seria imortalizado para a posteridade como o primeiro a identificar o que passou a ser conhecido como o Evento Rivera, a CME que desencadeou a maior tempestade geomagnética a atingir a superfície da Terra e varrer do mapa qualquer vestígio da civilização eletrônico-digital criada pelo homem.

Rivera chamou seus assistentes, estudantes e técnicos, coletou o seu taco e luvas da sorte e, sem qualquer cerimônia, deu início a uma partida de beisebol no meio do deserto do Atacama.

CAPÍTULO 22

O E-MAIL FINAL DOS OVERLORDS

Basileia, Suíça – tarde de sábado, 2 de fevereiro de 2036 – doze horas depois do impacto

Como resultado do genocídio eletrônico-digital sem precedentes que foi desencadeado pelo Evento Rivera, uma série de choques secundários de extremo potencial e letalidade começaram a se espalhar por toda a superfície da Terra e a acometer seus habitantes de múltiplas formas. Esse fenômeno global, nunca antes visto, passou a afetar de forma dramática o modo e rotina de vida de bilhões de pessoas ao criar uma miríade de desafios existenciais. Basicamente, todos os seres humanos foram afetados de uma forma ou de outra. Surpreendentemente, mesmo a minúscula oligarquia da verdadeira trindade de poder mundial, formada pelo BigMoney, BigOil e BigTech, que decidia, diariamente, todos os movimentos geopolíticos que ditavam o ritmo e cadência com os quais todas as nações do planeta e os seus governos de meros prepostos "dançavam", sentiu na pele a força da pegada do sol. Enquanto em crises humanitárias globais anteriores essa elite tinha se mantido totalmente imune aos efeitos dessas catástrofes, agora ela tentava desesperadoramente encontrar formas de sobreviver, como qualquer outro ser humano, dada a natureza multidimensional do efeito dominó desencadeado pela mãe de todas as tempestades solares.

A situação provou ser desafiadora ao extremo mesmo para o restrito clube, formado pelo grupo de seres humanos mais egotistas que jamais habitou a superfície do planeta, os bilionários das BigTechs, cujas vidas tinham sido dedicadas a encontrar as mais diferentes formas de coletar e gastar dinheiro, alegando que suas tecnologias digitais, aplicativos e algoritmos mágicos iriam salvar a humanidade de todos os seus problemas e desencontros, e nos conduzir a um novo paraíso virtual. O pequeno detalhe que essa narrativa não revelava, obviamente, é que tal paraíso fora criado apenas para que esses imperadores digitais pudessem auferir lucros exorbitantes às custas da renúncia da privacidade de bilhões de pessoas. De repente, com o desaparecimento da internet, os outrora poderosos monarcas autocráticos se viram totalmente nus e tão despojados como os indivíduos que eles exploraram por décadas a fio.

De fato, eles estavam numa situação pior do que a maioria dos habitantes do planeta, de quem riam e debochavam em abundância apenas algumas horas antes de a CME atingir a Terra. Agora, como qualquer outro ser humano anônimo, os imperadores digitais teriam que se valer das suas habilidades mentais e físicas analógicas para sobreviver. Dado que a maioria deles não possuía mais nenhum resíduo dessas valências humanas a seu dispor, particularmente no que tange ao território mental, eles estavam completamente ferrados e mal pagos num futuro imediato e distante. E sem dinheiro vivo nas mãos, dado que suas fortunas virtuais e digitais tinham sido instantaneamente apagadas pelo soluço solar que havia obliterado as suas ações na bolsa de valores e as suas contas bancárias digitais, eles não tinham mais como pagar para furar fila de espera nos restaurantes chiques, ou obter informações privilegiadas que sempre lhes permitiam fechar um negócio mais do que vantajoso usando meios ilícitos. Sem dinheiro em espécie, todos os seus brinquedinhos preferidos, como iates e jatos privados, haviam se transformado em lataria inútil. Num piscar de olhos, a única coisa que sustentava o seu poder e influência incomensuráveis – o dinheiro – havia desaparecido. E como se Aten ainda tivesse os condenado a uma vida de tortura sem fim, *à la* Sísifo, eles ainda podiam abrir seus enormes armários e gavetas do closet para admirar suas vastas coleções de relógios suíços e franceses – que eles logo teriam que trocar por água e comida – e seus ternos italianos confeccionados por encomenda, bem como seus sapatos de cromo alemão. Mas como ninguém ainda havia inventado uma forma de se comer no café da manhã um relógio suíço, ou um terno italiano, e muito menos um sapato alemão, as coisas iriam ficar bem complicadas para os ex-membros fundadores dos Overlords.

Dentro dessa nova realidade desafiadora na qual as elites financeiras globais acordaram na manhã de sábado, 2 de fevereiro de 2036, é justo dizer que nenhuma outra instituição sentiu tão agudamente o impacto da súbita aniquilação dos bilionários mundiais quanto aquela que servia como boutique financeira e principal avalista bancária desta classe: o BARI.

Como um dos principais intermediários que desde sempre se beneficiaram da fonte inesgotável de riqueza gerada pelas quatro maiores redes globais de negócios (a chamada Big4) – BigTech, BigFinance, BigOil e BigOrganizedCrime –, o BARI servia como o fiador central dos privilégios que o acesso ilimitado à informação privilegiada oferecia aos Overlords para impor aos Bancos Centrais de todas as nações as condições financeiras e monetárias sob as quais eles teriam que operar. Tudo de forma a maximizar os interesses e lucros das alianças de negócios que proviam a sustentação dos objetivos geopolíticos dos Overlords, que se resumiam à obsessão central do plano de negócios da Big4: se livrar dos Estados nacionais e seus governos e instalar um regime de governança global que favorecesse a todo custo a sede inesgotável por lucros e crescimento infinito. Para que essa utopia se realizasse, era imperativo que os Overlords exercessem um controle completo sobre o último ativo que o seu dinheiro e neurotecnologias de ponta poderiam adquirir: o controle total e inequívoco da mente humana, individual e coletivamente. Essa era a razão que motivara o diretor-geral do BARI e a sua divisão de tecnologia a roubar os últimos achados e desenvolvimentos tecnológicos do laboratório comandado por Tosca Cohen. Para satisfazer os seus principais clientes, o BARI tinha que se postar na fronteira desse novo campo científico-tecnológico e transformar o seu produto mais inovador numa nova arma de dominação de massa, ao disseminá-la por todo o planeta, envolvendo todos os seres humanos vivos.

Pena que o sol tenha tido diferentes planos para a Terra e o resto do sistema solar. Com o seu soluço plasmático, a nossa estrela majestosa tinha basicamente cancelado todo o "business plan" que o BARI e os Overlords haviam cuidadosamente criado para implantar a nível global como seu mais ambicioso projeto de controle da mente humana.

Todavia, alheio a toda esta cabal geopolítica, naquela manhã de sábado, no meio do inverno suíço da Basileia, o diretor-geral do BARI tinha outros problemas mais mundanos para resolver no seu futuro imediato.

Tendo sido ejetado da sua mais do que confortável cama *king size* e de uma camada dupla de lençóis da mais fina seda chinesa, como resultado da claridade exuberante e quase dolorosa da aurora polar que inundou os céus da Basileia no meio da madrugada, Dr. Christian Abraham Banker Terceiro sentiu-se realmente alarmado pela primeira vez desde que tinha tomado ciência da iminência do desastre celestial. O seu nível de trepidação aumentou ainda mais quando, ainda meio sonolento, ele se deu conta de que nenhum dos seus amados equipamentos eletrônicos estava funcionando. Sem seu telefone celular, seu tablet e a sua linha vermelha direta com o quartel-general do BARI, ele agora estava totalmente isolado. Ou seja, sem nenhuma forma de se comunicar com os seus principais auxiliares, assistentes, sua secretária, seus serventes e toda sorte de puxa-sacos que gravitava ao seu redor. Pior do que tudo isso, ele imediatamente se deu conta também de que não havia como entrar em contato com as duas jovens senhoritas que ele visitava, alternadamente, em Berna e na Basileia. Para todos os propósitos e fins, e havia muito em jogo neste triunvirato, elas estavam agora incomunicáveis, e pior, intocáveis. E assim permaneceriam por um bom tempo.

Depois de um par de horas rolando acordado na sua cama, o diretor-geral do BARI se levantou e se dirigiu ao andar de baixo da sua mansão, ainda usando o seu pijama de algodão verde-esmeralda – curiosamente,

Dr. Banker Terceiro também era um torcedor do Palmeiras – estampado com as suas iniciais bordadas com fios de ouro, o seu favorito desde que ele o adquirira na sua última viagem a Xangai. Nenhum dos funcionários da sua residência tinha se apresentado para o trabalho naquela manhã de sábado e, depois de algumas tentativas fúteis de realizar chamadas telefônicas, o nosso Dr. Banker Terceiro experimentou a sensação aterrorizante de que o seu modo de vida opulento estava prestes a sofrer uma mudança muito mais dramática do que ele poderia imaginar menos de vinte e quatro horas antes.

Mas foi somente durante o tremor incontrolável produzido por um banho gelado – o aquecimento da casa estava inoperante – que, pela primeira vez em muito tempo, Dr. Banker Terceiro sentiu-se completamente só e abandonado à própria sorte, tendo que se valer apenas das suas próprias forças para sobreviver na nova selva gelada em que o mundo acabara de se transformar. Embora fosse uma sensação completamente nova para ele, era precisamente o sentimento avassalador que a maioria dos nove bilhões de habitantes da Terra conhecia muito bem, uma vez que ele fazia parte das suas rotinas de vida biológica, desde o dia em que eles haviam sido concebidos até o momento em que eles deixavam de existir.

Embora ele tivesse sido informado na noite de sexta-feira da iminência do impacto da tempestade solar no campo eletromagnético da Terra, e lido uma estimativa, produzida pelo BARI e fontes independentes, dos efeitos devastadores que esse evento desencadearia mundo afora, sendo o fiel e ignorante republicano que ele era, o Dr. Banker Terceiro simplesmente desconsiderou o último aviso como sendo puro alarmismo. Como ele disse à sua secretária pessoal, eram apenas opiniões fortuitas, produzidas pelos mesmos cientistas especialistas em espalhar o medo e terror, os mesmos que haviam feito seus nomes amedrontando as pessoas até a morte durante a pandemia de COVID-19 mais de uma década e meia atrás. Toda vez que havia qualquer sinal de uma emergência em potencial, os mesmos lunáticos, de acordo com Dr. Banker Terceiro, emergiam das profundezas dos seus laboratórios subterrâneos para espalhar o pânico e cenários do Dia do Juízo Final por todo o planeta. Agora, ele pontificava, o mesmo grupo estava de volta ansioso para anunciar, com muito prazer e um sorriso irônico nos lábios, que o fim do mundo como nós o conhecíamos tinha, finalmente, chegado.

Infelizmente para o Dr. Banker Terceiro, dessa vez o grupo de alarmistas profissionais tinha razão e muitas evidências factuais para confirmar suas estimativas catastróficas. O mundo, como todos o conheciam, havia simplesmente evaporado diante dos olhos de todos, como previsto. Sem nenhum sorriso nos lábios, diga-se de passagem. E mesmo que Banker Terceiro tivesse sido, até horas atrás, um dos homens mais poderosos de todo o mundo, nem ele poderia escapar ileso das múltiplas facetas devastadoras do cataclisma.

Não mesmo.

Tendo se dado conta disso, alguns cientistas realmente pausaram por um minuto ou dois para exibir um sorriso irônico em seus lábios.

Afinal, ninguém é de ferro.

O maior aborrecimento que Banker Terceiro teve imediatamente após o seu banho ártico foi que, para seu dissabor profundo, não havia ninguém, a não ser ele mesmo, disponível para preparar o seu café da manhã. Além disso, não tendo à disposição nem o seu BMW oficial, nem o seu motorista, Banker Terceiro teria que, pela primeira vez em todo o seu tempo como diretor-geral do BARI, caminhar com as próprias pernas para chegar ao seu escritório. Uma caminhada de alguns quilômetros sob uma temperatura de dez graus negativos. Só esse fato estava fazendo com que ele realmente passasse a odiar aquela maldita tempestade solar – suas palavras, não as minhas, bom registrar – mais do que os manifestantes esquerdistas que o seguiam mundo afora para irritá-lo constantemente, antes de cada uma das suas aparições públicas.

Se ele soubesse que as coisas iriam piorar consideravelmente em algumas horas, o nosso pobre Dr. Banker Terceiro teria reservado todo o seu desdém para com os seus piores inimigos para comparações futuras. Por agora, a prioridade era sobreviver aos quatro quilômetros de caminhada sob o vento polar da Basileia, tomando todo o cuidado para não escorregar nas calçadas congeladas ou ter a ponta do seu nariz e dedos congelados até a necrose. Nem é preciso dizer, mas eu sinto que é o meu dever ressaltar, que o Dr. Banker Terceiro nunca sentiu tanta falta dos bancos de couro aquecidos do seu BMW oficial, cuja temperatura ele podia ajustar, com uma casa decimal de precisão, para fazer com que o seu amplo traseiro se sentisse como que flutuando no oceano de líquido amniótico que um dia preencheu o ventre da sua santa mãezinha - ela também uma banqueira medíocre, justiça seja feita.

Na altura em que um semicongelado e dispneico Dr. Christian Abraham Banker Terceiro chegou ao seu escritório não mais acolhedor que as ruas da Basileia, no último andar do quartel-general do BARI, por volta da hora do almoço, Wolfgang Hess e Albert Trono já o esperavam, vestidos como se ambos estivessem prestes a iniciar uma escalada do Mont Blanc.

– Tudo bem com o senhor, chefe?

– Dadas as circunstâncias, Wolfgang, eu tenho muita sorte de ainda estar vivo, meus amigos. Sem contar o frio penetrante, as calçadas cobertas de gelo e a falta de elevadores e qualquer forma de comunicação, eu cheguei ainda inteiro aqui. Então, vocês têm um relatório completo da nossa situação operacional atual, Trono? O que nós conseguimos operar nesse momento?

– Bom dia, chefe. Na realidade, as notícias são bem desanimadoras.

– Ok, não me poupe de nada. Eu quero saber de tudo.

– O BARI está totalmente incomunicável e sem nenhuma capacidade operacional pra realizar as suas tarefas diárias. Mesmo o nosso gerador de emergência foi totalmente torrado na madrugada de hoje. Todos os computadores do prédio foram fritos também. Os telefones estão todos mudos: não temos internet, provavelmente porque todos os satélites, mesmo aqueles secretos que compramos dos russos e dos chineses, foram destruídos ou danificados gravemente. Nós não temos nenhuma forma de contatar ninguém fora deste prédio, nem na Suíça, nem na Europa, nem em lugar nenhum do mundo. De fato, nós não temos nenhuma forma de entrar em contato com o sr. Jean Pierre no Brasil. A última coisa que ouvimos dele e da delegação do BARI que o acompanhou a São Paulo é que eles não tinham conseguido alugar um avião para sair do país e teriam que permanecer na América do Sul por um período indefinido.

– Alguma estimativa do que "indefinido" significa em termos de dias?

– Nenhuma pista, chefe. Na minha opinião, nós estamos falando de várias semanas ou mesmo meses até que voos intercontinentais possam retornar a algum tipo de rotina.

– Você disse que todos os computadores do prédio estão fora de operação, mas e as suas memórias e meios de estocagem de dados? O nosso sistema de backup emergencial funcionou como planejado? Nós pagamos uma fortuna para aquela *startup* implementar aqui a melhor estratégia emergencial de backup jamais concebida na história da humanidade. Nesta altura, os nossos dados devem estar seguros e a salvo na nossa nuvem e nos nossos supercomputadores enterrados nas profundezas dos Alpes, certo? Certo, Wolfy?

– Bem, chefe, lamento dizer que quando Trono relatou que todos os computadores tinham sido fritos ele quis dizer que todos os nossos equipamentos, incluindo as suas memórias, meios de estocagem de dados, impressoras e tudo que estava conectado numa tomada quando a tempestade nos atingiu virou fumaça. Incluindo a nossa "nuvem"!

– Precisamente, Wolfgang. Isso é exatamente o que eu quis dizer – concordou Trono.

– Ok, ok, mas pelo menos o nosso plano de backup emergencial funciona, não é mesmo? Por que vocês estão se olhando como se eu tivesse mencionado algum fantasma ou um ente querido que acabou de falecer? – indagou Banker.

– Bem, chefe, a sua metáfora é bem apropriada. Nós vimos um tipo de fantasma na madrugada de hoje. Ontem à tarde, Trono e eu estávamos no nosso café favorito, aquele que o senhor gosta tanto, quando nós nos demos conta de que uma calamidade estava prestes a nos atingir em cheio. Aquela sentença que o senhor ouviu múltiplas vezes durante a sua viagem pela Brainet - "vai ser muito pior que 1859" - finalmente faz todo sentido agora. Basicamente, ela queria dizer que a tempestade solar que estava prestes a nos atingir seria muito pior do que aquela que atingiu a Terra em 1859 e ficou conhecida como o Evento Carrington.

– Sim, sim, aquele astrônomo, em algum lugar da Bolívia, não parava de repetir essa frase.

– Chile, chefe, na realidade ele estava transmitindo do seu observatório no deserto do Atacama, no norte do Chile.

– Chile, Bolívia, quem se importa. É tudo a mesma coisa para mim. Prossiga.

– De qualquer forma, chefe, quando nós entendemos o que estava para acontecer, corremos de volta para o escritório. Todavia, quando chegamos aqui já eram cinco e cinco da tarde.

– E daí?

– Bem, chefe, como o senhor bem sabe, cinco minutos depois das dezessete horas, numa sexta-feira à tarde, não havia mais nenhum traço de nenhuma alma suíça no prédio. Todo mundo, como é o nosso hábito corriqueiro, tinha ido embora no exato momento em que o relógio da estação bateu cinco horas em ponto. Então, nós nos dirigimos para a sala dos computadores e descobrimos que não havia ninguém que pudesse nos ajudar a rodar o plano de backup emergencial para transferir todos os nossos dados dos computadores deste prédio para os supercomputadores enterrados nos Alpes.

– Mas vocês seguiram o procedimento e chamaram o número de emergência para trazer os *geeks* da *startup*, aqueles três simpáticos jovens paquistaneses que são verdadeiros gênios computacionais de acordo com o artigo do *Le Temps*, os mesmos que nos venderam o sistema, para ajudá-los a pôr o plano em prática?

– Sim, ligamos para o número deles.

– Maravilha, então os nossos pescoços foram salvos pelos paquistaneses depois deste susto enorme. Como eu sempre previ, eles estavam preparados para nos auxiliar no momento crucial. Foi realmente uma ótima decisão fechar o acordo com eles. Foi a perfeita mistura de entretenimento e negócios, deixe-me dizer. Bom trabalho, rapazes. Vocês merecem uma medalha ou um aumento, o que for mais barato.

Novamente Wolfgang e Trono trocaram olhares pouco alvissareiros.

– Bem, chefe, nós realmente ligamos para o número, como manda o protocolo, mas não conseguimos entrar em contato com nenhum gênio computacional paquistanês. Pelo contrário, nós ouvimos uma mensagem eletrônica de que a empresa havia se mudado para Islamabad, e eles retornariam a nossa chamada o mais rápido possível.

— O quê? E eles retornaram a mensagem?

— Até agora não, chefe. Não recebemos nenhuma resposta até o momento em que todas as luzes se apagaram e os computadores fritaram. Eles desapareceram sem deixar qualquer rastro. Nós ainda buscamos por eles na internet, mas não havia qualquer sinal deles, nem mesmo em Islamabad.

— Filhos da puta! Que bando de canalhas criminosos! E daí o que vocês fizeram a seguir?

— Depois que nós concluímos que não haveria ninguém para nos ajudar, nem empregados nossos, nem da empresa de segurança digital que foi subcontratada, nós fizemos a única coisa que nos era possível fazer.

— E o que foi que vocês fizeram?

— Informamos o Conselho de Diretores de que eles deveriam estar preparados para um blackout completo de e-mails, acesso aos dados do banco e medidas de segurança, como a nossa firewall, e outras proteções a partir das quatro da manhã, no horário da Europa Central, sábado, 2 de fevereiro de 2036.

— E quando exatamente vocês mandaram a mensagem para o conselho?

— Precisamente às 3:59 da manhã, horário da Europa Central, sábado, 2 de fevereiro de 2036.

— Eu ouvi direito? Vocês deram aos banqueiros mais poderosos do mundo exatamente UM MINUTO para que eles reagissem aos efeitos devastadores do maior cataclisma celestial a atingir a humanidade em toda a nossa história, Wolfgang?

— Chefe, infelizmente gastamos muito tempo tentando achar os paquistaneses. Eles criaram toda sorte de armadilhas na internet para se esconder. Eu duvido que a CIA ou o MI6 ou quem quer que trabalhe para qualquer serviço de inteligência de porte fosse capaz de achar o rastro desses canalhas mais rapidamente do que nós.

— Mas você acabou de dizer que não havia conseguido achar o rastro deles.

— Chegamos muito perto, chefe. Um pouco antes de as luzes se apagarem e todos os computadores fritarem.

– Eu estava dizendo para o Wolfgang que nós tínhamos que mandar esta mensagem para o conselho antes do impacto, chefe. – Tendo lido a escrita que começava a se descortinar nas paredes, Trono estava agora tentando salvar o seu próprio rabo do iminente ataque de fúria do diretor-geral do BARI.

– Pelo hímen indestrutível da Virgem Maria, onde isso nos deixa, dado que o dito sistema infalível de segurança falhou miseravelmente e o nosso plano de emergência não foi ativado?

– Totalmente mortos e sem nenhuma capacidade operacional, chefe. Se os supercomputadores enterrados nos Alpes sobreviveram à tempestade geomagnética, o que nesta altura é apenas uma suposição, os dados financeiros que eles têm armazenados já estão defasados, dado que, para economizar uns centavos, nós reduzimos a nossa rotina de backup para uma vez por semana, em vez de realizá-la todos os dias. Nosso dia de backup é toda segunda-feira de cada semana. No melhor dos cenários, nós temos algo enterrado nos Alpes, mas nada que está lá pode ser transmitido de volta para este prédio, e nada que foi amostrado e estocado pela última semana nos nossos computadores aqui na Basileia foi transmitido para os supercomputadores dos Alpes.

– Você está me dizendo que todas as informações detalhando centenas de bilhões de dólares em transações financeiras por todo o globo foram perdidas para sempre?

– Se o senhor preferir colocar dessa forma mais pessimista, chefe. – O típico suíço embutido nas profundezas do cérebro de réptil de Wolfgang – que respondia pela maior parte do seu sistema nervoso, de qualquer forma – não era capaz de abandoná-lo, nem mesmo quando o seu emprego e a sua vida estavam suspensos no limbo por um fio de cabelo.

– E de que outra forma possível você gostaria que eu descrevesse a nossa situação calamitosa para o nosso conselho, Wolfgang?

– Eu vou ter que pensar um pouco mais para responder, chefe. De certa forma eu estou certamente ficando sem palavras suficientes para descrever a situação inusitada na qual nós nos encontramos. Talvez, nós pudéssemos dizer que estamos enfrentando dificuldades temporárias para recuperar nossos servidores e os dados da semana passada e daremos um retorno para o conselho assim que tenhamos achado uma solução definitiva. O que o senhor acha dessa desculpa esfarrapada?

– E como vamos transmitir essa mensagem, cheia de esperanças falsas, para o conselho, se não temos telefones, computadores, ou qualquer outro meio de comunicação funcionando neste momento?

– Esta é a beleza da situação, chefe. Nós não vamos transmitir nada. Nós temos um claro caso de *force majeure* que vai nos comprar algum tempo para tentar achar uma solução.

– Interessante. Boa ideia, Wolfy. Mas, antes que possamos achar uma solução, precisamos identificar um bode expiatório adequado, alguém que nós possamos acusar de ter falhado de forma negligente na ativação do sistema de emergência, causando o maior fiasco financeiro desta instituição centenária.

– Os paquistaneses são os bodes expiatórios ideais!

– Não, eles eram apenas terceirizados que sumiram com alguns milhões de francos suíços e nos deixaram pendurados como idiotas. Tem que ser alguém de dentro do BARI, por exemplo, a pessoa que recomendou os paquistaneses originariamente. O que vocês acham? Para mim esta seria uma solução cirúrgica e perfeita.

– Eu tenho a sensação de que esta solução não seria ideal, chefe.

– Por que não, Trono? Aliás, por que você sempre tem que desempenhar o papel de estraga-prazeres nessas situações? Me diga!

– Chefe, foi o senhor que propôs que contratássemos os paquistaneses do nada, lembra? O senhor disse que tinha conhecido todos eles numa espécie de festa da sauna e achou que eles pareciam muito inteligentes e confiáveis. Eu tenho aqui o memorando que o senhor escreveu recomendando a empresa deles de forma bem categórica para o nosso departamento de compras. Mesmo quando o nosso departamento de informática recomendou que não contratássemos esta empresa, pelo simples fato de que eles não pareciam ter qualquer experiência comercial com organizações do porte do BARI, o senhor passou por cima do veto deles, despedindo o chefe do departamento que escreveu o parecer. Eu me lembro bem dele aos prantos, se lamentando aos berros, quando os seguranças o levaram e jogaram os seus pertences na calçada sem dó nem piedade por um funcionário que doou trinta e cinco anos da sua vida para o nosso banco.

– Você está certo dessa vez, Trono. A estratégia do bode expiatório não seria uma boa ideia. Mas vamos pensar em algo mais com o tempo que ganhamos com este blackout de comunicações. Espere um instante, eu tenho uma nova ideia que pode realocar a atenção dos membros do conselho para uma notícia completamente distinta, fazendo com que eles se esqueçam completamente do nosso pequeno deslize no caso do backup de dados.

– Qual ideia, chefe? – Tanto Wolfgang como Trono falaram em sincronia, como se os seus cérebros estivessem agora trabalhando como parte de uma Brainet perfeitamente sincronizada.

– Nós sempre podemos dizer que a fita cerebral funcionou esplendorosamente e que fui capaz de surfar pela minha primeira vez na Brainet. Que viagem incrível foi aquela, a propósito!

– Esta não é uma ideia tão má assim, chefe, mas nós não estamos completamente certos de como e por que ela funcionou tão bem. Nós não tivemos nenhum tempo para analisar os resultados e o que realmente aconteceu naquele dia.

– Mas por que não?

– Porque Trono demitiu todo o departamento de C&T depois que eles não conseguiram quebrar o mecanismo de criptografia usado pela fita. Então, nós não tivemos tempo de contratar um novo time antes de a tempestade nos atingir. O senhor sabe quantas semanas são precisas para contratar um jardineiro na Suíça, imagine um cientista computacional?

– Que merda! Vocês estão me deixando sem quase nenhuma alternativa para sair desta confusão. Para ser totalmente honesto, mais do que a reação do nosso conselho sobre o fiasco do backup dos dados, o que eu realmente temo é a reação dos nossos parceiros da BigTech e do BigOil. Em especial, esse último grupo. Todos aqueles sheiks que têm o péssimo hábito de decepar mãozinhas e cabecinhas, sem falar na mais recente abordagem, esquartejamento completo, quando eles não se sentem felizes com alguém. Como eles vão reagir quando descobrirem que, a despeito de todo o caminhão de dinheiro que eles generosamente nos deram para implementar uma *blockhain* baseada numa Brainet, nós falhamos miseravelmente? E quando se derem conta de que nós não fomos capazes de estabelecer um monopólio total e um controle estrito de todas as principais transações financeiras globais, o que nos permitiria executar tantas quantas "Transações" nós quiséssemos, sem qualquer restrição por parte de agências regulatórias, como o FED e o Banco Central Europeu, em qualquer lugar, mesmo no meio das suas tendas no deserto, se eles assim desejassem?

– Essa conversa pode vir a ser brutal, chefe.

– Nem me fale, Trono. Mas foi você que me convenceu a aceitar os petrodólares deles!

– Era um ótimo negócio, chefe. Naquela altura, pelo menos, soou muito bom, todo aquele dinheiro à vista!

– Sim, tudo parecia muito bom, todas aquelas malas cheias de dinheiro, voando diretamente para os nossos cofres mais secretos, escondidos no nosso bunker subterrâneo. Tudo bem guardadinho do lado daquelas toneladas de ouro dos nazis. Que cena, descer vários andares de subsolo até chegar no nosso cofre subterrâneo principal, o mesmo onde o nosso pequeno Wolfy foi concebido, nasceu e cresceu, de acordo com a lenda, para ver todo aquele dinheiro vivo estocado de forma tão organizada.

– Em dias como hoje, realmente sinto muita falta daquele cofre, chefe!

– Eu não culpo você, meu rapaz. Realmente aquele é um lugar especial para nascer e crescer.

– Bem, pelo menos eu posso lhe dar uma boa notícia, chefe.

– Já não era sem tempo, Trono. Pelo menos nós podemos celebrar uma boa notícia e depois tentar encontrar alguma coisa para almoçar. Eu sou todo ouvidos. Que boa notícia você tem para mim, Trono?

– Pelo menos o senhor não terá que lidar pessoalmente com os sheiks ou qualquer um dos investidores das BigTechs que pagaram aquela pequena fortuna para o BARI desenvolver a nova *blockchain* baseada no cérebro.

– Uau, esta realmente é uma boa notícia. Muito obrigado, Trono. Você acabou de me fazer ganhar o dia.

– *Je vous en prie, monsieur*!

– Você acabou de remover aquele proverbial peso de duas toneladas dos meus ombros, Trono.

Felizes da vida, mesmo que o escritório onde eles estavam estivesse experimentando uma temperatura abaixo de zero, os três colegas estavam agora gargalhando em sincronia, trocando *high fives* e apertos de mão secretos. Dr. Christian Abraham Banker Terceiro ficou tão entusiasmado que ele decidiu abrir a gaveta secreta da sua escrivaninha e retirar dela três charutos cubanos, Cohiba legítimos, para que o trio pudesse organizar uma pequena celebração. Logo a seguir, ele abriu a última garrafa do seu vinho francês favorito, o pornograficamente caro Château Mouton Rothschild 1945, para fazer com que aquele momento de júbilo fosse ainda mais memorável. A vida não parecia tão ruim naquele momento, a despeito de tudo que acontecia ao redor. Mesmo depois de uma megatempestade solar, ainda era possível celebrar boas notícias com amigos tão leais.

Depois de alguns minutos de puro deleite no mundo das altas finanças, ou seja, com charutos totalmente acesos e fumegantes, taças cheias com o vinho tinto mais caro jamais produzido, sentados nas modernas poltronas flutuantes do escritório do diretor-geral do BARI, compartilhando piadas financeiras uns com os outros, um pensamento engraçado cruzou o córtex pré-frontal do Dr. Christian Abraham Banker Terceiro. Como quem não quer nada, ele removeu o charuto da boca, repousou cuidadosamente a sua taça de vinho no enorme bloco de puro mármore de Carrara transformado numa vasta mesa de reuniões e olhou para Trono com uma face inquisitiva. Ele então fez o que poderia ser considerado como uma pergunta mais do que inocente:

– Trono, espere um minuto. Por que você disse que eu não teria que lidar pessoalmente com a revolta dos sheiks? Como diretor-geral do BARI, eu estou encarregado de todas as comunicações de alto nível com os nossos principais investidores, em nome do nosso conselho.

Ainda gargalhando da última piada que Wolfgang tinha contado, Trono, parecendo um pouco surpreso, enquanto soltando uma rodela quase perfeita de fumaça do seu Cohiba legítimo, gesticulou graciosamente para transferir para o Dr. Wolfgang Hess o privilégio de responder ao seu chefe.

– Veja bem, chefe. O senhor lembra quando disse que eu consegui mandar a mensagem para o conselho precisamente às 3:59 da manhã, do horário da Europa Central, do sábado, dia 2 de fevereiro de 2036?

– Claro, você me disse isso logo que eu cheguei aqui.

– Precisamente, chefe. Eu sempre admirei a sua ótima memória para os detalhes.

– Muito obrigado, Wolfy. Você é realmente um *gentleman*.

– Meu sinceros agradecimentos pela sua gentileza, chefe. Bem, voltando para a sua pergunta. Eu mandei a mensagem às 3:59 da manhã, mas antes que as luzes se apagassem de vez, e todas as comunicações fossem interrompidas, eu fui capaz de receber uma resposta do nosso Conselho, precisamente às 3:59:59 da manhã, horário da Europa Central, do sábado, 2 de fevereiro de 2036.

– Uau, eles responderam rápido assim?

– Sim, chefe. Eles responderam na hora, com uma única sentença, é verdade, dirigida diretamente para o senhor.

– Uau, que deferência deles. Estou tocado.

– Realmente, eles foram muito deferentes com o senhor.

– Com um segundo faltando para a maior tempestade solar da história atingir a atmosfera da Terra eles tiveram tempo para pensar em mim e mandar uma mensagem. Eu estou muito comovido.

Anos mais tarde, uma das pessoas presentes na sala alegaria que os olhos de Banker Terceiro subitamente se encheram de lágrimas, bem, quer dizer, pelo menos com um par de lágrimas.

– O senhor deve mesmo se sentir comovido. Mais do que justo.

– E o que a mensagem dizia, Wolfy? Eu não aguento mais toda esta antecipação.

– Como eu disse, chefe, eles foram deferentes, mas bem sucintos, provavelmente temendo que uma mensagem mais longa poderia não conseguir ser transmitida e recebida a tempo antes de toda a eletricidade desaparecer.

– Sem dúvida! Como sempre, o nosso conselho pensou em tudo de uma maneira mais do que apropriada. O que disseram, Wolfy?

– Nada de mais, chefe, apenas isso: "Dr. Christian Abraham Banker Terceiro, você está dispensado de suas funções. Esta decisão entra em efeito imediatamente. Boa sorte."

– O quê? Que diabos você disse?

– Bem, chefe, do modo que eu vejo, eles demitiram o senhor com efeito imediato. Apenas isso. Dessa forma, o senhor não precisa mais se preocupar com a possibilidade desagradável de ser inquirido pelos sheiks. Outra pessoa lidará com este problema. O senhor está dispensado. Ou, como dizem no seu ex-país, *YOU ARE FIRED*!

– Boas novas, não? – disse Trono.

– O quê? Depois de tudo que eu fiz por este banco, e justo agora que um megadesastre atingiu todo o planeta?

– Verdade, eu concordo com o senhor. O timing deles não foi o ideal. Mas, como o senhor é um líder de muitos recursos, imagino que já está ansioso para começar a próxima fase da sua carreira tão distinta, a qual, eu não tenho dúvida alguma, será extremamente bem-sucedida. Na realidade, para ajudá-lo a iniciar o processo de transição, por assim dizer, nós já chamamos o pessoal da segurança, que vai escoltá-lo para fora do prédio, junto com os seus pertences pessoais. Pensando que o senhor talvez necessitasse de uma ajuda, eu já trouxe comigo esta linda caixa de papelão para que o senhor possa esvaziar a sua escrivaninha. Dado que nós vamos ter que lacrar o prédio por motivos de segurança em, deixe-me ver, quinze minutos, sugiro que o senhor comece imediatamente a colocar todos os seus pertences na caixa. Enquanto isso, nós dois vamos ajudá-lo a destruir todos os seus cartões de crédito corporativos. A propósito, preciso que o senhor nos entregue imediatamente o seu celular, laptop e cartões de negócio. Ah, e não se preocupe com o seu BMW. Nós mandaremos alguém para rebocá-lo assim que for possível. E preciso lhe comunicar que o senhor tem até amanhã ao meio-dia para deixar a residência oficial do BARI que ocupou como diretor-geral. O seu aluguel expirou com a sua dispensa. Tudo será resolvido depois que o senhor deixar a mansão amanhã. Não se atrase, por favor, ou teremos que chamar a polícia para despejá-lo.

– Despejar, à força? Eu simplesmente não consigo acreditar no que eu estou ouvindo, Trono. Por que você não disse nada até agora?

– Foi um grande privilégio trabalhar com o senhor. A propósito, apenas mais uma coisa. Nem pense em disputar legalmente a sua demissão numa corte suíça ou americana ou falar sobre ela com alguém. Nós temos o senhor pelas suas bolas, tudo registrado. As cenas com os paquistaneses na sauna são particularmente preciosas. Então, desfrute da sua aposentadoria do mundo das altas finanças em silêncio e pacificamente. Quem sabe, se esta confusão em que nós nos metemos um dia for resolvida de alguma forma, você possa receber permissão para usar o seu fundo de aposentadoria, embora eu não apostaria nisso.

– Ah, e eu tenho um outro detalhe que eu quase esqueci de mencionar.

– O quê, Wolfy?

– Por favor, o nome é Dr. Wolfgang Hess. Somente os meus amigos íntimos me chamam de Wolfy, tá certo?

– Desculpe-me, Dr. Hess. Lamento profundamente.

– Sem problemas. Eu esqueci de informar que o senhor não terá direito a nenhum pacote de demissão, nem nenhuma carta de recomendação, dado que a razão da sua dispensa é totalmente justificada pela descoberta de que o senhor cometeu erros crassos e potencialmente criminosos durante a sua gestão de fundos do BARI, sem mencionar repetidas ocasiões em que o senhor enganou e omitiu fatos do nosso conselho. Se o senhor aceitar essa decisão sem qualquer tentativa de disputa, todavia, nós vamos considerar a possibilidade de renunciar ao nosso direito de processá-lo civil e criminalmente.

– Rapazes, vocês não podem fazer isso comigo. Por favor, me deem a chance de apelar para o conselho. Eu não tenho para onde ir se eu tiver que deixar a minha casa amanhã de manhã, logo depois deste evento catastrófico.

– O senhor tem apenas nove minutos antes que a segurança do prédio venha removê-lo das instalações do banco.

– Wolfy, quero dizer, Dr. Hess, por favor.

– Eu tenho apenas um último conselho que aprendi crescendo naquele cofre subterrâneo.

– E qual é o conselho? – Tendo pulado da sua poltrona flutuante e derrubado no chão o seu Cohiba ainda fumegando, depois do último alerta de Wolfgang, o Dr. Christian Abraham Banker Terceiro estava agora abrindo as gavetas da sua escrivaninha freneticamente, tentando salvar o maior número possível dos seus pertences mais valiosos. A sua sobrevivência num mundo sem eletricidade, comunicações, salário, casa e fundo de aposentadoria, e sem o BMW de assentos aquecidos, agora dependia decisivamente de achar os presentes mais valiosos que ele havia guardado na escrivaninha.

– Nunca confie num banqueiro. Muito menos num banqueiro suíço. Eles não têm mãe ou pai, eles simplesmente brotam do chão dos cofres bancários como erva daninha.

– Agora você me diz isso. – O Dr. Christian Abraham Banker Terceiro quase gritou enquanto preenchia todos os bolsos do casaco e paletó com tudo de valor em que ele podia pôr as mãos.

– Eu sou um banqueiro suíço. O que o senhor esperava de mim? *Adieu, monsieur*! E não nos chame. No momento em que o senhor deixar este prédio a sua existência como parte dessa instituição será apagada dos nossos registros. No que tange a nós, o senhor nunca existiu. Tenha um bom dia, Dr. Christian Abraham Banker Terceiro. Eu pronunciei o seu nome corretamente desta vez?

Com aquela última tirada cruel, Dr. Wolfgang Hess, o novo diretor-geral do BARI, e seu novo vice-diretor, Albert Trono, deixaram a sala ainda tragando os seus charutos e rindo alto, enquanto o Dr. Christian Abraham Banker Terceiro era escoltado por um enorme e mal-encarado segurança para fora do prédio e da história do BARI.

Para todo o sempre!

CAPÍTULO 23

DE VOLTA PARA ONDE TUDO COMEÇOU: MANAUS

Manaus, Brasil – sábado, 2 de fevereiro de 2036 – quatro horas depois do impacto

Pousar um pequeno avião bimotor na pista estreita e curta de uma base área militar, localizada no meio da Floresta Amazônica, na madrugada em que a mais devastadora tempestade geomagnética jamais registrada incendiava toda a extensão dos céus equatoriais, fazendo com que milhões acordassem no meio da noite achando que o dia já havia amanhecido, poderia ser considerado um grande feito por si mesmo. Se considerarmos que a aterrissagem teve que ser executada sem qualquer supervisão da torre de controle do aeroporto, que já não estava operando, por uma neurocientista que pilotara um avião pela última vez mais de uma década atrás, durante um pouso no muito mais espaçoso aeroporto de Chapel Hill, na Carolina do Norte, o fato de que tanto piloto como copiloto tenham sobrevivido intactos à manobra aeronáutica poderia ser considerado como nada menos do que um pequeno milagre.

Milagre à parte, quando ambos finalmente se recuperaram das chacoalhadas e saltos do pouso e conseguiram desembarcar da pequena aeronave, pisando na pista esburacada com pés e pernas trêmulos, Tosca e Omar notaram de imediato que chegar ao centro de Manaus, onde a sua anfitriã os esperava com grande apreensão, requereria nada menos do que uma intervenção divina. Como resultado imediato da tempestade geomagnética, nada que ostentasse uma bateria parecia ser capaz de se mover. Isso incluía carros, ônibus, caminhões, motos e qualquer outro tipo de veículo motorizado. E a despeito do fato de que não havia outros passageiros chegando na base de Ponta Pelada no meio da madrugada – que neste momento parecia dia claro, devido à iluminação ofuscante gerada que criara uma verdadeira "aurora tropicalis" –, um enorme amontoado de pessoas advindas dos bairros vizinhos à base havia se formado na entrada do aeroporto em busca de proteção do efetivo da Força Aérea Brasileira. Na realidade, este era um velho hobby no Brasil. Por exemplo, quando confrontados com a realidade de que um candidato esquerdista tinha ganhado novamente as eleições presidenciais de 2022 de forma legítima, alguns brasileiros desesperados inundaram as cercanias de bases militares espalhadas por todo o país, implorando que os militares organizassem um golpe de Estado típico das repúblicas de bananas com o intuito de bloquear a posse do novo presidente. Por semanas, esses brasileiros de extrema direita acamparam na frente dos portões das bases, implorando de joelhos o apoio dos militares para a sua causa de passar por cima do resultado das urnas. Alguns ficaram tão desesperados que, numa noite em que uma grande multidão se formou na frente de uma dessas bases, tentaram usar os seus telefones celulares, estrategicamente colocados no topo de suas cabeças, para transmitir um pedido desesperado de ajuda para o espaço sideral, com a esperança de que tal transmissão pudesse capturar a atenção de civilizações alienígenas que – a gente nunca sabe – estivessem dispostas a ajudá-los nos seus intentos golpistas.

Confrontados com a total falta de qualquer meio moderno de transporte em condições operacionais, Tosca e Omar tiveram que pensar rápido e apelar para a improvisação. Sendo uma brasileira, nascida nesta parte do país, Tosca logo identificou a solução para o seu problema de logística de transporte. Ela estava ali, esperando pacientemente por clientes, do lado de fora dos portões da base aérea: uma charrete movida por um par de jegues, que fora trazida para as cercanias do lugar por um empreendedor versátil, como parte do seu novo plano de negócios para ganhar uma boa grana, num mundo em que nove bilhões subitamente ficaram às escuras e sem qualquer tipo de transporte movido a baterias.

– Bom dia, meu senhor. Quanto o senhor cobraria para nos levar para a praça São Sebastião no centro de Manaus?

– Eu só aceito dinheiro, minha senhora.

– Sem problemas, nós podemos pagar em dinheiro vivo. Quanto o senhor quer?

– Dois mil reais. Esta é a nova taxa depois que a noite virou dia e o sol decidiu nos fritar a todos.

– Espere um minuto! Isso é pura extorsão! Eu sou uma manauara legítima, nascida e criada em Manaus, e no baixo Juruá. O senhor não pode cobrar essa fortuna de uma nativa. Eu não sou nenhuma turista.

– Com certeza posso cobrar o que eu quiser, minha senhora. De acordo com lei da oferta e da procura, claro que posso. Veja, a senhora e o seu amigo podem andar até o centro de Manaus no meio da noite. Ou já é de dia? E chegar na praça do teatro da ópera. Fica a seu critério. Isso é apenas um negócio, nada pessoal contra a senhora.

– Tosca, vamos pagar o que ele pediu para nos levar para Manaus.

– Dê um tempo, Omar. O mundo pode estar acabando, mas pechinchar é uma tradição local profundamente arraigada. Eu não posso simplesmente ignorar, nem mesmo sob as presentes circunstâncias, a minha própria cultura. Ok, que tal mil reais em dinheiro?

– Última oferta: mil e quinhentos reais e nós temos um acordo que nenhuma manauara legítima poderia recusar. De acordo?

– Este senhor seria um banqueiro de muito sucesso. Nós devemos recrutá-lo antes que os Overlords descubram as suas qualidades excepcionais para a chantagem e extorsão. – Omar, sempre pragmático, reconhecia o talento nato à primeira vista.

– De acordo! – Nem mesmo Tosca Cohen conseguiu ser páreo para a teimosia e tenacidade e, sejamos francos, a enorme vantagem estratégica adquirida, num piscar de pestanas, daquele empresário, cujo meio de transporte – uma charrete movida a jegues – logo seria altamente requisitado por toda Manaus.

Tendo sido adequadamente extorquidos da maioria dos reais que eles tinham trazido consigo, a neurocientista de renome internacional e o seu não menos reconhecido tio matemático começaram a se adaptar aos novos padrões de vida do planeta que tinha acabado de ser bombardeado poucos minutos atrás e reconduzido, em segundos, de volta aos padrões da Idade Média. O processo de adaptação para o nosso par de heróis geniais começou com uma chacoalhante viagem, por todo o caminho que os levaria até o coração de Manaus.

Embora o trepidante trajeto não possa ser classificado como a experiência mais relaxante das suas vidas, ele certamente permitiu que eles completassem o objetivo vital de chegar ao seu destino final, como bem resumiu Omar.

Durante o percurso, porém, o nosso duo de aventureiros foi capaz de medir a reação das pessoas que inundaram as ruas da periferia de Manaus para testemunhar o maior show pirotécnico das suas vidas. O desenrolar da "aurora tropicalis" foi ao mesmo tempo encantador e opressivo demais para as retinas humanas, dado que a exuberância única dos múltiplos tons e matizes de cores que emergiram e se misturavam em todo o céu, contorcendo-se e fundindo-se numa espécie de balé celestial caótico, jamais havia sido vista tão perto do equador terrestre (mais precisamente a 3.1190 graus sul). De repente, a Floresta Amazônica, praticamente dizimada por décadas de incêndios florestais avermelhados de grandes proporções, tinha sido completamente iluminada por um show de cores psicodélicas totalmente inusitado, como se ela estivesse experimentando os efeitos de uma viagem de LSD, induzida, neste caso, pela mãe de todas as tempestades solares.

E ainda assim, se este sopro solar que havia desencadeado esse novo tipo de fogo florestal viria a ser benéfico para a sobrevivência a longo prazo de um dos últimos grandes oceanos verdes da Terra continuava a ser um mistério. Conjuntamente com as florestas tropicais do Congo e da Indonésia, ambas quase totalmente reduzidas a uma enorme pilha de cinzas e galhos carbonizados, se a colossal Floresta Amazônica sucumbiria ao mesmo destino do seu ancestral, o oceano interno da Bacia Amazônica que reinou soberana mais ou menos dez milhões de anos atrás, estava aberto para debate.

Foi dos nadires deste uma vez dominante oceano amazônico interno que um verdadeiro Big Bang de novas espécies explodiu milhões de anos atrás, colocando o motor orgânico amazônico em aceleração máxima, e eventualmente elevando a sua produção para representar próximo de 10% de todas as espécies do planeta Terra: de vírus nanométricos até macacos cantores eloquentes, a vida encontrou uma incubadora pristina, distribuída pelos diferentes andares da floresta, desde o seu subterrâneo recheado de fungos e bactérias, passando pelo seu solo coberto de folhas e sempre em contínua fermentação, até o pináculo da sua copa, que de tão bem costurada, entre uma árvore e outra, gerou uma imensa muralha verde quase inexpugnável.

À medida que Omar e Tosca progrediam lentamente pela estrada de terra úmida, sentindo o bafo quente da noite tropical lambendo as suas faces já encharcadas de suor e tentando se ajustar às tábuas de madeira de lei que serviam como os assentos da classe executiva da charrete de jegues, eles compartilharam a sensação de que uma boa parte de todas essas espécies tinha decidido, por meio de alguma forma de sufrágio coletivo, sair de suas tocas, residências e esconderijos na floresta, apenas para participar de uma procissão única: uma que bem poderia ser interpretada como uma versão amazônica do Coro dos Peregrinos da ópera *Tannhäuser* de Richard Wagner. Mas em vez de peregrinos humanos, essa procissão era formada por gigantescas e velozes nuvens, em contínuo contorcionismo, compostas por toda sorte de insetos beligerantes e aparentemente famintos. Em paralelo, passaredos erigidos por macaus, tucanos, araras e jabirus, todos completamente desorientados pela súbita explosão de luz no meio da noite, criavam a sua própria procissão. Dentro do componente terrestre dessa procissão de zumbidos, podiam-se encontrar anacondas e caimans não menos sonâmbulos e confusos, mamíferos mal-humorados com seus pelos todos eriçados e, claro, um bando de macacos tagarelas de todas as cores, tamanhos e formas. Basicamente, uma pequena amostra de todo o espectro dos grandes protagonistas do show amazônico cotidiano, emergindo de todos os pontos cardeais simultaneamente, parecia querer um pedaço – em alguns casos de forma literal – dos recém-chegados que penetravam nos confins quase infinitos do seu habitat.

Embora ambos já tivessem tido a oportunidade de experimentar, por muitas vezes, esta sensação de ser completamente engolidos por um tsunami de vida, saindo de uma erupção que parecia vir de todas as direções, como que se apressando para assegurar uma posição preferencial na diuturna disputa evolucionária, desta vez as emoções inundando os cérebros de Tosca e Omar, como resultado da recepção tipicamente amazônica, eram bem mais penetrantes e assombrosas. Afinal de contas, a Terra tinha acabado de ser surrada por um gigantesco refluxo solar, um que foi capaz de paralisar por completo todas as engrenagens eletrônico-digitais da civilização moderna, elevando as chances de uma verdadeira crise existencial terminal para a espécie humana para um novo patamar.

E a despeito do primeiro momento de assombro, confusão e hesitação, a pura energia orgânica, nua e crua, que irradiava daquela procissão multitonal e multicolorida de vida parecia transmitir uma declaração tão simples e singela quanto profunda.

Nós haveremos de resistir! A qualquer custo!

Mesmo com todas as incertezas e pavor que, desde o início da ignição atmosférica, tinham dominado as mentes de seres humanos e animais, assistindo, com a mesma mistura de espanto e receio, à escuridão dos céus da madrugada se tornar tão brilhante como se fosse pleno dia, parecia que a grandiosidade visual daquele evento planetário sem precedentes, desenrolando-se bem na frente de um verdadeiro caleidoscópio de olhos arregalados, tinha sido superada por um desejo ainda mais poderoso de sobreviver à hecatombe celestial. Fosse por que meio fosse necessário; fosse qual fosse o preço. E enquanto aquele ato coletivo de desafio à autoridade celestial continuou a se desenrolar ao redor dos nossos dois protagonistas, bem no epicentro de uma floresta já dada como capitulante e prestes a definhar até a morte, uma grande porcentagem das formas de vida da Terra pareciam estar declarando a sua intenção inequívoca de lutar pela própria pele.

Ainda escrutinando as expressões faciais distintas e todas as evocações produzidas por pessoas e animais, como se tudo aquilo não passasse de uma representação tropical de uma grande tragédia grega, encenada no mais amplo teatro ao ar livre da Terra – Ésquilo, Sófocles e Eurípides certamente ficariam orgulhosos e babando para escrever tal enredo –, Omar e Tosca mal notaram quando a sua carruagem de luxo chegou ao seu destino. Antes que os seus dois pares de olhos pudessem se ajustar aos arredores, os seus ouvidos claramente reconheceram os gritos oriundos da ampla janela do primeiro andar de uma enorme mansão localizada na esquina das ruas Barroso e Saldanha Arinho, no que poderia ser considerado o ventrículo esquerdo do coração de Manaus.

— Numa carroça de jegues! Somente você, Omar, poderia ser capaz de algo assim. Depois de mais de trinta anos, chegar para visitar a sua irmã caçula numa carroça de burros!

— Giseldinha, minha querida irmãzinha, você não mudou um centímetro desde o dia em que os nossos pais a adotaram!

— Pare imediatamente com esta lorota de adoção. Isso me custou quarenta anos de uma terapia muito cara. Tudo para me recuperar de como você tentou me enganar com aquela carta falsa de adoção quando eu tinha sete anos! — Embora ela soasse como alguém muito brava, Giselda quase não conseguia conter a felicidade quando o irmão mais velho a abraçou como um urso polar, mesmo que, já octogenário, ele continuasse a se comportar como o pestinha que fora desde a sua infância no Cairo.

— E eu, mãe? Não ganho nenhum abraço, ou eles agora são reservados apenas para os gênios matemáticos da família?

— Nós falamos todo dia por videoconferência, Tosca. Eu sinto que você está sempre ao meu lado. Mas você tem toda razão. Venha aqui e dê um abraço de urso nessa sua pobre mãe judia antes que eu comece a chorar de novo. Eu estava morrendo de receio por vocês dois. Por que diabos vocês não contrataram um piloto profissional para fazer essa viagem maluca no meio de uma tempestade solar, Omar? Qual é o problema com vocês, banqueiros?

– Ela não me deixou de jeito nenhum, Giselda. Ela queria pilotar o avião para evitar termos um estranho conosco durante a viagem. Você conhece a sua filha melhor do que eu, não é mesmo? Teimosa como os jegues que nos trouxeram até aqui. Na realidade, muito pior que estes pobres jumentos.

– Com certeza, eu sei o quão obstinada a minha pequena garota da selva pode ser. Bem, chega disso. Vamos entrar e tomar um café da manhã. Vocês devem estar famintos depois deste voo através de todo o Brasil. Nós não temos nenhuma eletricidade desde que a tempestade nos atingiu, mas eu tenho um vasto estoque de frutas e sanduíches esperando por vocês. E o nosso velho fogão a lenha ainda está funcionando, de modo que eu posso preparar alguma refeição quente enquanto vocês me contam o que está acontecendo.

– Giselda, você ainda mantém o velho porão trancado a sete chaves? – Omar não perdeu um segundo para inquirir sua irmã sobre a razão primordial que o fizera cruzar, junto com a sua sobrinha, mais da metade da América do Sul até Manaus.

– Você está se referindo ao laboratório de alquimia do avô do meu marido? Claro. Eu não entro naquele lugar faz mais de uma década. A última vez que eu me aventurei lá dentro, quase fui picada pela maior aranha que já havia visto na vida. Ela estava botando os ovos numa prateleira e de alguma forma achou que eu estava ameaçando a sua família. Eu corri para fora do porão mais rapidamente do que um egípcio fugia do coletor de impostos do faraó, e nunca mais abri aquelas portas. Por que você está me perguntando sobre o porão da minha casa, Omar?

– Porque eu vim para Manaus para visitá-lo e descobrir se o que eu me lembro de ter visto lá dentro no dia em que você e Dema se casaram e se mudaram para esta casa pode nos ajudar.

– Para ver o porão? E a sua irmã, Omar?

– Giselda, que tal fazermos omelete e fritar um frango naquele seu maravilhoso fogão a lenha antes que todos aqui morram de fome?

— Mais de trinta anos sem dar qualquer notícia e ele vem até aqui para explorar o meu porão e comer omelete. Se a nossa mãe pudesse ouvir você agora!

— Giseldinha, você não mudou um milímetro. — Omar gargalhou enquanto rolava os seus olhos para entrar na mansão de Manaus, abraçado com a sua irmã caçula que ainda balançava a cabeça em sinal de protesto, já planejando a primeira visita ao porão que um dia fora um laboratório de alquimia de Samir Cohen. Dessa vez, por razões totalmente diferentes daquelas que o levaram a visitar aquele porão pela primeira vez, meio século atrás.

CAPÍTULO 24

A PRIMEIRA VISITA AO PORÃO

Manaus, Brasil – sábado à noite, 2 de fevereiro de 2036 – dezoito horas depois do impacto

Como o derradeiro dinossauro que ainda permaneceu de pé depois do impacto daquele meteoro, a Mansão Cohen era um dos últimos monumentos arquitetônicos sobreviventes da única era de extrema riqueza que Manaus experimentara desde as suas origens como uma vila fortificada, escondida nas profundezas da floresta equatorial, às margens do poderoso oceano chamado rio Amazonas, fundada por colonizadores portugueses em 1669. Construída pelo patriarca de uma poderosa família no auge da era dos barões da borracha nos anos 1890, um tempo no qual a Bacia Amazônica deteve o monopólio global completo da produção de borracha, a mansão era a última construção original da sua era a sobreviver ao *boom* imobiliário que basicamente destruíra todo o centro histórico de Manaus, substituindo-o por shopping centers e arranha-céus de gosto mais do que duvidoso.

Graças ao breve *boom* da borracha, que não durou mais do que vinte anos, Manaus se tornou uma das cidades mais ricas do mundo e, como resultado, se transformou na primeira cidade brasileira a ser urbanizada, a segunda a ser totalmente eletrificada e uma das pioneiras no estabelecimento do transporte público, através de um serviço regular de bondes. Devido à gigantesca demanda global por borracha criada pela Revolução Industrial, Manaus se tornou o principal entreposto comercial da matéria-prima de onde a borracha natural era obtida: o látex esbranquiçado e viscoso, extraído das árvores seringueiras espalhadas por toda a Floresta Amazônica.

A febre da borracha que se iniciou devido a essa enorme demanda logo atraiu a atenção de muitos aventureiros e homens de negócio europeus. E à medida que as extravagâncias da aristocracia da borracha começaram a crescer e ficar mais sofisticadas, o seu apetite para ostentar toda a sua riqueza para o resto do Brasil e para o mundo saiu de qualquer escala razoável. Assim, numa tentativa de demonstrar o seu novo status, a elite manauara decidiu apoiar o projeto de construir no centro da cidade um teatro de ópera no estilo renascentista, que viria a ser o maior de toda a Amazônia. Para liderar essa tarefa extravagante, um arquiteto italiano de grande prestígio, Celestial Sacardim, foi contratado a peso de ouro. Como consequência de toda sorte de problemas logísticos, o projeto precisou de quinze anos para ser completado. Um dos maiores problemas que contribuiu para este enorme atraso foi que a maioria dos materiais usados na construção e decoração do teatro tiveram que ser trazidos de navio da Europa, tendo que cruzar não só o mar Mediterrâneo e o oceano Atlântico, mas um terceiro "mar" de água doce, o rio Amazonas. Dado que dinheiro não era um problema, Sacardim escolheu os mais finos materiais em todo o planeta para o seu projeto, incluindo blocos de mármore de Carrara, Itália, para compor as escadarias, estátuas e colunas, o melhor aço da Inglaterra, telhas da Alsácia e mobílias do estilo Luís XV de Paris.

Sem deixar qualquer detalhe de lado, os barões da borracha também contrataram o pintor italiano Domenico de Angelis para pintar os afrescos do teto do auditório principal. Todos os cento e noventa e oito candelabros do teatro foram feitos com o mais fino vidro de Murano e, para colocar a proverbial cereja no topo do bolo, o arquiteto-chefe teve a inspiração de cobrir toda a cúpula do teatro de ópera com um mosaico côncavo gigantesco que reproduziu a nova bandeira da recém-estabelecida República Brasileira. Apenas para este mosaico, um total de trinta e seis mil ladrilhos de cerâmica pintada tiveram que ser confeccionados.

Localizado apenas a alguns quarteirões da praça São Sebastião, onde o Teatro Amazonas – como o teatro de ópera é oficialmente chamado – ocupa uma espécie de trono tropical, a mansão chamou a atenção de Samir Cohen logo na primeira vez que ele e sua mulher, Hava, a viram, durante o primeiro tour pela cidade que fizeram logo depois de chegar da Síria em 1918. De dentro da sua luxuosa carruagem, depois de terem degustado de uma visita ao teatro de ópera, do qual a sua família se tornaria um dos mais generosos doadores e benfeitores, foram precisos apenas alguns minutos passeando pela rua Barroso para que Samir identificasse aquela que se transformaria na sua residência para toda a vida. Quer dizer, no tempo em que ele não estava supervisando o seu seringal, na longínqua porção daquela floresta tropical que margeia o baixo Juruá.

Mesmo tendo um seringal que era maior que muitos países europeus, e realmente adorando a vida primitiva no meio da floresta tropical, Samir e Hava, muito mais do que ele, realmente se sentiam em casa na nova mansão que decidiram comprar no dia seguinte à sua primeira visita. O fato de que os proprietários que haviam construído a mansão passavam por grandes dificuldades financeiras ajudou a venda a ser fechada às pressas. Menos de uma semana depois daquele encontro fortuito, a mansão no estilo rococó, no meio de lugar nenhum, como Hava gostava de se referir a Manaus, uma cidade com menos de setenta mil habitantes à época, se tornou a Mansão Cohen.

O que Hava apreciava ao extremo na sua nova residência urbana eram os espaços de convivência amplos, o pé-direito altíssimo, os ornamentos ricos de decoração, as cores pastel claras e gentis usadas em cada ambiente, a disposição assimétrica da mobília original, toda proveniente da Europa, mas construída com as madeiras mais nobres do Brasil, os jardins exóticos e enormes, incluindo um jardim interno exuberante que tinha, bem no seu centro, uma monumental seringueira, cuja copa emergia de dentro da mansão, como um foguete botânico, pronto para levantar voo rumo ao espaço sideral. Esta árvore havia sido plantada no centro do jardim a pedido do barão da borracha que construiu a mansão, numa rara demonstração de gratidão, em honra da verdadeira fonte de toda a riqueza da sua família e para lembrar todos que morassem debaixo daquele teto o quanto todos deviam àquela nobre rainha da floresta. Essencialmente, tudo que Hava amava em seu novo palacete a lembrava do seu país favorito em todo o mundo: a França.

Num contraste completo com o gosto da sua consorte, Samir não se importava de forma alguma com todos os detalhes exuberantes do estilo rococó encontrados por toda a sua nova residência. O que realmente capturou a sua atenção e imaginação e basicamente fez com que ele perseguisse a compra da mansão com a sua usual energia feroz de comerciante foi o fato de que a casa que o barão havia construído para celebrar a sua boa fortuna na vida, organizando festas memoráveis, apresentações de grupos de música clássica e reuniões políticas, possuía um dos maiores e mais elaborados porões que Samir havia visto em toda a sua vida. Isso mesmo, um gigantesco espaço subterrâneo que parecia ter sido construído como uma réplica tropical do mítico labirinto do Minotauro, aquele dos subterrâneos do palácio Knossos, da velha Creta. Do momento em que ele entrou pela primeira vez naquele labirinto subterrâneo de Manaus, até o dia, meio século mais tarde, em que ele morreu de um derrame súbito – enquanto trabalhava no seu querido porão –, Samir estava mais do que satisfeito em deixar o resto da sua mansão para Hava, seus filhos, netos e bisnetos, todos os empregados, amigos e agregados – artistas, compositores, escritores, políticos, aventureiros e até cientistas – que se tornaram hóspedes habituais dos salões da elite manauara. O único lugar que ele elegeu como sendo de seu uso exclusivo, por mais surpreendente que isso possa soar, foi a versão tropical do labirinto do Minotauro, que ele encontrou por acaso no subterrâneo da Floresta Amazônica.

Se você agora se sentiu desorientado, imaginando por que diabos um multimilionário barão da borracha sírio, que havia conseguido escapar dos tiros finais da Primeira Guerra Mundial e, enquanto em sua rota de fuga, também tinha sobrevivido à pandemia de Gripe espanhola de 1918 – mais sobre isso em breve –, renunciara a uma vida de pompa, luxo, ostentação contínua e um exército de puxa-sacos acima do solo, para se resignar a passar a maioria do seu tempo livre vivendo no subterrâneo como um tatu, você não está sozinho. A maioria dos seus conhecidos e mesmo seus parentes, incluindo Hava, também se pegavam se perguntando por anos por que aquele homem de negócios extremamente bem-sucedido e muito agradável e culto, enquanto na mais parisiense cidade deste lado do Atlântico, passava a maioria do seu tempo de vigília – e boa parte das suas horas de sono – confinado no seu bunker, sempre com a porta de acesso principal trancafiada.

O que você, meu querido leitor, está prestes a descobrir, e que nenhum dos seus contemporâneos teve a oportunidade de saber, é que Samir se comportava desta forma estranha porque, dentro do seu coração – ou em termos menos românticos, dentro do seus circuitos límbicos corticais –, Samir, desde a sua vida pregressa em Damasco, tinha se convertido num alquimista irredutível. Apresentado à arte milenar na tenra idade de quatorze anos, como um aprendiz do seu avô, que vivia numa casa à beira-mar em Latakia, a maior cidade portuária da Síria, Samir aprendeu que os praticantes dessa arte incluíam personagens como o sábio mítico egípcio conhecido como Hermes Trismegisto, o filósofo bizantino Stefano de Alexandria, os filósofos islâmicos Al-Kindi e Al-Farabi, Roger Bacon, Paracelso, e o maior de todos os astrônomos da era pré-telescópio, o dinamarquês Tycho Brahe, sem esquecer ninguém menos do que Sir Isaac Newton, entre outros dignitários.

Enquanto passava tempo na casa do seu avô durante o verão, as manhãs de Samir eram reservadas para visitas à praia do Mediterrâneo. Mas logo depois de um almoço frugal, o patriarca da família e seu novo assistente mirim, Samir, saiam de fininho da mesa familiar e logo desapareciam, através de uma escada espiral, para as profundezas da casa até alcançarem – você já deve ter adivinhado – um porão, que servia como o laboratório, incrustrado numa cavidade criada por mãos humanas, bem na parte mais funda das fundações rochosas da casa.

Naquela caverna rochosa, Samir foi apresentado aos mistérios da alquimia e outras técnicas, passadas de geração para geração por muitos milênios. E assim o porão virou o verdadeiro playground de Samir. E sua devoção àquela arte ficou tão profundamente embutida no seu ser que, ao ser confrontado com a necessidade de abandonar a vida na Síria para sempre e escapar para Manaus, ele tomou todas as providências necessárias para despachar com antecedência para a capital da Amazônia a maioria dos seus livros e equipamento que herdara do seu avô Moshe, quando esse faleceu, também no meio de um experimento, bem no meio do seu laboratório escavado na rocha.

Ao adquirir um porão imenso que, convenientemente, vinha equipado com uma vasta mansão no seu topo para satisfazer a obsessão francesa da sua esposa, Samir matou dois coelhos com a mesma pilha de dinheiro. Por um golpe de sorte, ele havia reencontrado o seu playground no Novo Mundo, muito mais adequado para os seus objetivos grandiosos de pesquisa do que as dependências rochosas do seu avô. Essa foi a razão pela qual, fora os meses que ele passava no meio do seu reino perdido na floresta, supervisionando, num seringal maior que a Holanda, a coleta e cozimento do látex extraído de seringueiras espalhadas a dezenas de quilômetros umas das outras, e garantindo que o seu negócio continuasse a florescer, quando em Manaus, Samir não podia ser encontrado em outro local a não ser aquele porão que hospedava o seu novo laboratório subterrâneo.

Cercado por uma vasta coleção de livros e pergaminhos preciosos e quase esquecidos, que continham o conhecimento acumulado e a sabedoria de civilizações analógicas há muito desaparecidas, povos como egípcios, hititas, mesopotâmios, hindus, babilônicos, antigos gregos, gregos de Alexandria, gregos bizantinos de Constantinopla, persas de Nishapur e Merv, mulçumanos de Bagdá, chineses e mesmo núbios – sim, os núbios estavam representados na sua coleção –, sem esquecer um inventário mais do que considerável de equipamentos de laboratório e estranhas máquinas de calcular, coletadas durante toda uma vida pelo seu falecido avô, Samir se sentia realmente vivo. Ele particularmente apreciava brincar com uma verdadeira relíquia do mundo antigo: o primeiro computador analógico, conhecido desde a sua descoberta como o "mecanismo de Antikythera", construído por volta de 200 a.C., provavelmente pelo grande gênio grego Arquimedes, ou um dos seus discípulos empregado por alguma *startup* da época, que trabalhava na grande biblioteca de Pérgamo. Embora ninguém realmente saiba para que fim este computador era usado, em toda probabilidade ele foi o primeiro computador astrofísico analógico, construído por meio de técnicas metalúrgicas extremamente avançadas, especialmente para a confecção de engrenagens de grande precisão, que alguns julgam não existir à época, para permitir cálculos de alta precisão de eventos celestiais, como eclipses solares e a órbita assimétrica da lua. Nada como o mecanismo de Antikythera seria construído na Europa até o século XIV, o que faz com que os mistérios cercando a verdadeira origem desse instrumento sejam ainda mais contenciosos. Além deste objeto quase alienígena, Samir também possuía muitos ábacos árabes e vários astrolábios muçulmanos de formas e tamanhos variados, como parte da sua coleção de computadores analógicos da antiguidade.

Como um devoto da alquimia, Samir realizava toda sorte de experimentos, que incluíam medidas elaboradas de eventos celestiais no nível do equador. Todos os seus achados, obtidos ao longo de meio século de confinamento voluntário no seu porão transformado em laboratório, foram cuidadosamente registrados em diários que Samir manteve com grande cuidado. Escritos numa mistura das muitas linguagens que ele aprendera ao longo da sua longa vida, do hebraico, grego, francês, árabe, turco, e mesmo um português quebrado, os diários foram um dos mais preciosos legados que Samir deixou da sua vida secreta como um alquimista tropical subterrâneo.

Quando Omar finalmente conseguiu abrir a porta principal que dava acesso ao porão da Mansão Cohen, durante a noite de 2 de fevereiro de 2036, depois que ele e Tosca tiveram a chance de dormir por mais de doze horas para se recuperar da sua fuga improvisada, eram esses diários, divididos em múltiplos volumes, que ele esperava encontrar logo de cara.

Giselda não tinha a menor ideia do que Omar estava falando quando, depois de juntar-se a ela e a Tosca para um jantar leve servido no jardim interno da casa, agora iluminado pelos ainda cintilantes céus de Manaus – a aurora tropicalis ainda estava ocorrendo em plena força –, a primeira coisa que ele perguntou a ela, mesmo antes de cumprimentá-la, foi se ela tinha alguma pista de onde Samir guardava os diários. Uma vez que ela nunca havia ouvido falar da existência desses diários, muito menos onde eles poderiam estar escondidos pelos últimos setenta anos, ela olhou para o seu irmão mais velho com uma expressão de interrogação profunda que basicamente dizia: se esses diários um dia existiram, é quase certo que, nesta altura, nada deles deve ter sobrevivido, uma vez que as páginas devem ter sido consumidas, como uma refeição exótica, por múltiplas gerações de traças, cupins, roedores das mais distintas formas e tamanhos, ou simplesmente se desintegrado, como resultado da exposição ao calor e umidade que cozinhavam a atmosfera do porão dia e noite. Ainda não compreendendo o porquê de toda a preocupação com esses diários, ela passou para Omar a chave da porta principal do porão – havia outras ao redor da casa, e pelo menos uma nos jardim do quintal – para que ele pudesse testar a sorte. Tosca também não estava seguindo o raciocínio do seu tio. De qualquer forma, ela se juntou a ele nesta primeira expedição pelo subterrâneo, uma vez que não havia muita coisa que ela pudesse fazer naquele momento numa casa sem eletricidade, internet e, consequentemente, sem mínimas condições para que uma cientista moderna obcecada por tecnologia pudesse operar.

Claramente, a porta principal do porão não havia sido tocada, muito menos aberta, por um bom tempo. Numa primeira inspeção Omar percebeu que havia muita ferrugem por todas as dobradiças e o frame de metal que mantinha a porta de jacarandá sólido mais do que imóvel. Omar se lembrou do quanto esta porta de madeira maciça o impressionou na primeira vez que ele estivera na mansão, durante o casamento de Giselda. Ele e seu cunhado, Dema, tinham entrado uma vez no porão apenas por diversão, mesmo porque nenhum membro da família havia herdado as habilidades de Samir ou desempenhado o papel de herdeiro do alquimista-chefe do clã Cohen depois da sua morte. Com a morte do patriarca da família também pereceu um ramo daquela arte milenar, que do seu último entreposto no meio da Floresta Amazônica podia ser conectada diretamente até os dias do primeiro faraó do Egito e aos sábios da Biblioteca de Alexandria. Essas eram precisamente as origens genealógicas de ambas as famílias Cohen e Cicurel: a histórica cidade costal mediterrânea do Egito que um dia hospedou uma das maiores bibliotecas e uma das mais inovadoras ilhas do conhecimento jamais construída por mãos de primatas. De certa forma, portanto, Tosca e Omar poderiam ser vistos como os legítimos herdeiros aparentes do século XXI de uma tradição de mais de dois mil anos, criada pelos maiores bibliotecários de toda a antiguidade: os alexandrinos do Egito ptolomaico.

E, talvez, mesmo sem notar, nem mesmo se dar conta do fato, tenha sido nessa condição peculiar que ambos estavam agora se esforçando para abrir a última barreira física que os separava de uma revelação tão fantástica, tão surreal que, uma vez que eles se deram conta de tudo que existia por trás daquela porta de jacarandá, no meio do que um dia tinha sido o laboratório tropical e a biblioteca de Samir, eles mal poderiam prever o quanto o que eles estavam prestes a aprender mudaria as suas vidas, e a de toda a humanidade.

Para sempre!

CAPÍTULO 25

OS SEGREDOS DE SAMIR COMEÇAM A SURGIR

Manaus, Brasil - sábado à noite, 2 de fevereiro de 2036 - vinte horas depois do impacto

– Este foi o arrombamento mais difícil de que eu me lembro ter participado. – Tosca parecia ter saído de uma ducha de água quente, quando, na realidade, estava completamente encharcada de tanto suar, dado o esforço despendido para escancarar a porta de jacarandá maciço que dava acesso ao porão do seu bisavô. Agora eles estavam preparados para penetrar naquele mundo de mágica e mistério que ficara selado por décadas.

– Você tem toda razão, Tosca. Se você não estivesse comigo, eu nunca conseguiria arrombar essa porta. Bom, agora podemos começar a nossa primeira inspeção. Tenha muito cuidado. Nós não temos a menor ideia de que tipo de organismos letais podemos encontrar guardando os segredos do seu bisavô e impedindo intrusos como nós de conhecê-los.

– Eu me sinto quase como um daqueles escavadores de tumbas egípcios que procuravam tesouros escondidos nas catacumbas do Vale dos Reis.

Como se aquela fosse alguma expedição arqueológica, os nossos dois exploradores penetraram escuridão adentro, sentindo imediatamente todo o calor e umidade sufocante daquele porão, medindo cuidadosamente cada passo dentro do desconhecido que se descortinava.

– Eu concordo. Também me sinto como um arqueólogo penetrando, pela primeira vez, numa tumba egípcia recém-descoberta. – A voz de Omar agora soava um pouco dispneica e colorida com emoção, no exato momento em que ele cruzou o limite do batente da porta e finalmente se viu dentro do refúgio de Samir. Talvez o quase sobressalto que ele agora sentia, refletido numa pequena taquicardia, se devia ao fato de que ele sabia ser a primeira pessoa – salvo a rápida incursão de Giselda – a cruzar aquela fronteira em quase meio século em busca do conhecimento e escritos deixados por Samir. E isso não era algo para ser tratado com leveza, porque cruzar a borda entre o mundo real e o fantasioso de alguém não era uma experiência trivial, nem mesmo para um matemático renomado e uma não menos distinta neurocientista.

– Eu trouxe uma lanterna que encontrei na cozinha. Ela está funcionando, então melhor a usarmos, porque está muito escuro aqui dentro para nos movermos sem nenhuma luz.

– Eu trouxe umas velas grandes também, Tosca. – A voz firme de Giselda vindo do nada fez com que os dois ladrões de túmulos tomassem um grande susto, como se tivessem sido pegos em flagrante com as mãos na múmia pela polícia egípcia.

– Mãe, o que a senhora está fazendo aqui? Eu pensei que este lugar era muito insalubre e cheio de formas de vida letais para você querer voltar a visitá-lo.

– Você me conhece, minha querida. Eu não consigo resistir à ideia de achar um novo tema para o meu próximo livro. Os meus leitores adolescentes adorariam ler um livro de ficção científica que teria como pano de fundo uma enorme tempestade solar devastando a Terra, seguida de uma visita totalmente inesperada a um laboratório de porão, construído por um alquimista sírio, mais de um século atrás, bem no meio da Floresta Amazônica.

– Giselda – a voz de Omar soou extremamente séria –, ninguém num estado mental normal tentaria usar essa narrativa para escrever um livro de ficção científica. Tire essa ideia maluca da sua mente, por favor. Ela não faz nenhum sentido.

– Meu querido irmão, você se surpreenderia ao descobrir como você não entende absolutamente nada do mundo literário moderno. A minha vida toda eu ouvi homens da minha família dizerem que este ou aquele tema não funcionaria para um livro, somente para ver o livro que eu escrevi sobre este ou aquele tema rejeitado por eles virar um best-seller. Então, a sua estimativa apenas confirma que esse futuro livro será outro sucesso. Mas tudo bem, vamos em frente com a nossa expedição e ver o que podemos encontrar que possa ser útil para vocês. Eu estou curiosa demais para o meu próprio bem!

– Ok, mas cuidado ao passar pelo batente da porta porque o chão do interior do porão afundou um pouco. Ele está alguns centímetros abaixo do nível do chão de fora do porão.

A lanterna que Tosca trouxera provou ser essencial uma vez que eles adentraram no porão, envolto numa escuridão total. Para a surpresa de todos, o lugar não tinha nenhum odor desagradável, mas a umidade e o calor eram quase insuportáveis. Se tivessem que voltar mais vezes para futuras buscas, teria que ser sempre tarde da noite, quando o calor poderia ser mais ameno.

Como Omar se lembrava, depois de entrar pela porta principal eles se encontraram numa espécie de antessala bem pequena que dava para uma outra porta. Dessa vez, porém, a porta era bem mais leve do que a que guardava a entrada principal, o que facilitou sobremaneira a tarefa de arrombá-la. Quando cruzaram a segunda porta, o odor subitamente mudou por completo, adquirindo um aroma muito mais pungente e penetrante. Era difícil identificar a origem daquele cheiro e o que ele podia conter, mas claramente eles precisariam de algum tempo para ajustar suas narinas. Claramente, havia alguma parcela de enxofre contida nele, uma vez que o aroma pungente de ovos podres parecia estar em todo lugar.

No momento em que Giselda decidiu acender um par de velas longas, para auxiliar a lanterna de Tosca, a sala muito maior em que eles se encontraram, depois de cruzar a segunda porta, começou a se materializar, revelando os seus contornos íntimos e, mais importante, todo o seu conteúdo extraordinário. Como esperado, não havia qualquer sinal de que esta sala havia sido visitada ou violada por muitos anos ou mesmo décadas; a distribuição da mobília, bancadas, peças e equipamento de laboratório, máquinas exóticas e estranhas, livros, manuscritos e pergaminhos pareciam indicar um espaço de trabalho sofisticado e muito bem organizado. Se descontássemos uma grossa camada de poeira e as teias de aranha ricamente elaboradas e espalhadas por todos os cantos do espaço, como se tivessem sido confeccionadas paulatinamente por muitas gerações da mesma família de aracnídeos, cuja matriarca havia atacado Giselda na última vez que ela ousara visitar aquele espaço, poder-se-ia dizer que o lugar havia permanecido na mesma configuração em que Samir o havia deixado no dia em que ele havia falecido silenciosamente.

– Realmente, este porão é enorme. Veja, tem um par de portas na parede do fundo. Este não é o último compartimento, pelo visto. – Tosca estava deslumbrada com o tamanho impressionante daquele primeiro espaço. Ela nunca havia estado num porão tão gigantesco. Até o pé-direito era muito mais alto do que qualquer porão tipicamente americano.

– Isso aqui não parece ser um porão, mas sim um bunker transformado em laboratório, um verdadeiro oásis científico. Samir realmente podia se isolar do resto do planeta aqui embaixo. – Agora era Giselda que compartilhava as suas primeiras impressões.

– Talvez fosse por isso que ele gostava tanto de ficar aqui. – A malícia nas palavras de Omar não passou despercebida pela sua irmã, que imediatamente lhe descortinou a expressão facial que ela usualmente reservava para as preliminares das suas discussões e brigas, desde quando ambos eram crianças, crescendo no apartamento da família em Zamalek.

– Venham aqui, uma das portas se abre para um corredor bem longo. Eu consigo ver muitos livros, aliás, uma enorme quantidade de livros, todos em estantes feitas de madeira de lei. Eu acho que esta é a biblioteca particular do meu bisavô. E pelo visto ele gastou uma fortuna considerável nela. – Tosca não esperou por seus parentes e rapidamente penetrou no corredor de mais um compartimento secreto do labirinto subterrâneo de Samir.

— A outra porta, a da esquerda, parece dar acesso ao laboratório de alquimia principal. Estou vendo toda sorte de potes e utensílios de manipulação, além de ferramentas mais sofisticadas. — Omar decidira explorar a outra rota, na direção oposta, e quase não conseguiu ouvir o anúncio de Tosca revelando a possível descoberta da biblioteca secreta de Samir. Giselda, que permanecera na sala principal, inspecionando suas paredes cuidadosamente, também não ouvira nenhum dos dois anúncios.

— Vamos precisar de semanas para achar o que estamos procurando. — Omar estava claramente decepcionado com a magnitude da missão que ele mesmo havia definido para a sua trupe de exploradores amadores. Muitos anos tinham se passado desde a sua visita ao porão com Dema, de forma que ele não conseguia lembrar muito bem onde havia inspecionado um dos volumes que fazia parte dos diários pessoais de Samir. Tentando fazer de tudo para se lembrar dos detalhes daquela primeira visita, ele se lembrava vagamente de ter lido uma passagem que descrevia os primeiros meses depois que Samir e sua família haviam chegado em Manaus, um momento no qual todo o mundo estava sendo devastado pela grande pandemia de influenza de 1918.

Tentando de todas as maneiras extrair das profundezas do seu córtex todas as memórias daquela visita que o impressionou em demasia, principalmente depois de ler algumas páginas do diário de Samir, Omar ainda não conseguia se lembrar dos detalhes. Mas desde a manhã de sexta-feira, no hotel em São Paulo, quando Tosca o informou sobre a chegada iminente da tempestade solar, o cérebro de Omar tinha imediatamente o alertado de que ele precisava retornar para Manaus o quanto antes, entrar novamente neste porão singular e achar aquele volume específico dos diários de Samir para conseguir interpretar aquele verdadeiro enigma da Esfinge que havia invadido os seus sonhos e vida naquela semana extraordinária.

Mas onde procurar? Se aproveitando apenas da luz provida pela lanterna e as velas, seria virtualmente impossível escrutinar este porão gigantesco. Omar estava quase desistindo da ideia dentro da sua mente quando um berro estridente da sua irmã chamando por ele o trouxe de volta à realidade.

– Omar, venha aqui imediatamente. Rápido. Venha!

– Por que toda esta gritaria, Giselda? Outra aranha-mãe decidiu botar seus ovos do seu lado, minha irmã? – Com o sorriso maroto de pestinha enchendo seu rosto, ele quase não percebeu quando a mão direita de Giselda torceu uma maçaneta de cerâmica decorada que abriu uma outra pequena porta que todos eles haviam ignorado depois de entrar na sala principal devido à escuridão.

– Por Amun, você achou, Giselda! O lugar que eu visitei com Dema no dia em que vocês se casaram.

– Você quer dizer no dia em que vocês dois desaparecem por um par de horas sem ter a menor delicadeza de informar a mim ou a ninguém aonde você estava levando o meu noivo e futuro marido? Nós pensamos que vocês dois tinham sido sequestrados por bandidos, ou pior, que alguma donzela disfarçada como Iara do rio Amazonas havia enfeitiçado ambos.

– Minhas mais profundas desculpas por ter causado toda esta preocupação durante o dia das suas núpcias, mas prometo que vou me regenerar e compensar você por este ato impensado.

– Cinquenta anos depois, Omar! Nada mal, considerando os seus padrões de tempo, meu irmão.

– Giselda, este é o escritório privativo de Samir. Veja ali! A sua escrivaninha está conservada como se ele a tivesse deixado assim na noite passada para voltar hoje de novo. Veja que coisa, suas canetas-tinteiro, fotografias dos seus filhos e netos, o último jornal que ele leu, dobrado perfeitamente como ele provavelmente o deixou depois de lê-lo pela derradeira vez. Eu mal posso esperar para explorar o lugar. Tosca, cadê você? Venha ver o que a sua mãe encontrou! A porta da mina de ouro, literalmente!

– O que vocês dois estão aprontando agora?

– Nós encontramos o escritório do seu bisavô. Veja como ele está perfeitamente intacto.

– Incrível! Quem poderia imaginar? Eu estava fazendo a minha primeira inspeção da biblioteca dele e o que eu encontrei é simplesmente inacreditável. O que esse homem foi capaz de coletar durante toda uma vida, em termos de manuscritos históricos, é surreal. Ele possuía livros e pergaminhos que ninguém, em lugar nenhum do mundo, deve possuir. Livros originais iluminados por artistas otomanos e de toda a Ásia Central, textos em toda sorte de línguas antigas que mal consigo identificar. Tenho a impressão de que ele trouxe consigo da Síria uma versão em miniatura das bibliotecas de Alexandria e Pérgamo.

– Ele era um comerciante extremamente rico na Síria. E, depois, fez uma segunda fortuna como um barão da borracha aqui em Manaus, muito antes de se mudar para o Brasil, então ele provavelmente remeteu alguns livros à sua frente, trouxe outros com ele, e depois comprou muitos mais após se estabelecer no Brasil. Ele viveu uma vida muito longa e tinha os meios para continuar adquirindo todos os livros que desejasse.

– Quase como um Al-Ma'mun moderno, certo, Omar? – Tosca riu quase como uma adolescente.

– Não tanto, mas não muito longe, pelo menos em termos do seu amor por conhecimento.

– Foi muito bom ter achado o escritório dele, mas nós ainda temos uma tarefa hercúlea pela frente para encontrar os seus diários numa escuridão dessas e neste ambiente pouco hospitaleiro. Nós não devemos ficar aqui embaixo muito tempo, pelo menos dessa primeira vez. Eu, por exemplo, estou já me sentindo totalmente exausto. – A dispneia de Omar agora era patente para todos. Certamente, ele tinha ficado tempo demais sob a influência do calor e umidade tropicais quase insuportáveis.

– Eu também! Vamos subir e fazer um intervalo. Talvez a gente possa pensar numa estratégia mais eficiente para buscar os diários. – Também quase se afogando no próprio suor, Giselda segundou a petição posta em votação pelo seu irmão.

– Vocês dois podem fazer um intervalo e voltar para o mundo exterior. Eu vou bisbilhotar aqui embaixo um pouco mais. Já vejo vocês.

– Você tem certeza, querida? Você vai ficar sozinha aqui?

– Mãe, eu sou uma mulher adulta que lida com perigos e ameaças muito mais assustadoras no dia a dia da minha vida acadêmica do que qualquer coisa que eu possa encontrar aqui, incluindo as suas amigas aracnídeas.

Não se preocupe. Leve o seu irmão de volta para a cozinha. Eu tenho certeza de que vocês dois têm muito a conversar.

– Eu temia que você dissesse isso, Tosca. – Omar não parecia muito ansioso para ficar a sós com a irmã caçula e receber todas as queixas e lamúrias que ela havia reservado para compartilhar com ele depois destas mais de três décadas.

– Você vai sobreviver, por pouco, mas a sua sobrinha favorita ainda vai te encontrar respirando quando eu terminar com você. – Por outro lado, Giselda parecia estar desfrutando de cada segundo da ansiedade do irmão.

De volta para a ampla e moderna cozinha, o irmão e a irmã, que havia muito não se achavam sozinhos um com o outro, lentamente começaram o processo de se acostumar a conviver novamente. Evidentemente, este seria um processo que levaria tempo, talvez o resto de suas vidas, para que eles pudessem reativar o enorme grau de intimidade com o qual cresceram naquele apartamento em Zamalek, cercados pelo poderoso Nilo e tendo as grandes Pirâmides de Gizé como pano de fundo da sua sala de estar. Agora, era o não menos impressionante Amazonas que eles compartilhavam como companhia e testemunha da sua conversa ainda bem enferrujada. E como aquele majestoso rio corria em direção ao mar, aqueles dois octogenários egípcios, que tinham visto quase tudo durante as suas vidas ricamente vividas, começaram a tentar reatar laços fraternos, em circunstâncias muito diferentes e peculiares. Embora a Mansão Cohen continuasse sem qualquer sinal de eletricidade, como o resto do Brasil, e a vasta maioria de todo o mundo, isso parecia não importar naquele momento de reencontro, particularmente porque a luz que vinha dos céus de Manaus continuava tão intensa, a ponto de quase ninguém acreditar que já passava das onze da noite.

– Então é assim que tudo vai acabar, Omar? Nós realmente chegamos no final da linha como espécie e este é o fim do mundo como nós conhecemos?

– Difícil dizer, Giselda. Apesar de a nossa situação ser extremamente precária, nós somos uma espécie de primatas muito resiliente e teimosa. Por outro lado, eu tenho que reconhecer que esta certamente é a ameaça existencial mais desafiadora que nós já enfrentamos como espécie.

— Nós nem mesmo sabemos o que está acontecendo do outro lado da cidade, muito menos em outros lugares do Brasil ou ao redor do mundo. Nós perdemos completamente qualquer capacidade de nos comunicarmos a distância. Sem telefones, sem internet, sem rádio, TV, muito provavelmente sem satélites, eu imagino. — Giselda parecia estar se exasperando a cada sentença usada para resumir a situação que a tempestade solar criara para todo o planeta.

— Você tem razão. Todos os nossos meios de comunicação de longa distância se foram. E pode levar bastante tempo para restabelecê-los, isto é, se algum dia conseguirmos. Em poucos minutos, Aten nos chutou alguns séculos para trás, em termos dos nossos meios de comunicação, apenas para mencionar este aspecto.

— Não haverá condições para viagens de longa distância por um bom tempo também, porque os aeroportos não conseguirão funcionar sem GPS ou eletricidade. Os seus geradores de emergência não vão conseguir operar por muito mais tempo sem nenhuma fonte de suprimento, e como o transporte marítimo global provavelmente foi totalmente perturbado também, os problemas de logística permanecerão insuperáveis por muito tempo.

— Sem dúvida alguma, esta é uma crise multidimensional sem qualquer precedente. Algo com que a humanidade nunca se deparou antes, nem mesmo durante a última pandemia.

— E o que podemos fazer agora? Ou nos próximos dias e semanas, Omar?

Antes que Omar pudesse sequer elaborar uma resposta, muito menos pronunciá-la, e sem qualquer aviso prévio, o silêncio profundo e desolador que tinha acabado de preencher todo o espaço separando, em múltiplas dimensões os irmãos Cicurel, foi quebrado pelos gritos altos e exuberantes vindos do canto da cozinha de onde saía a escada para o porão da Mansão Cohen.

— Nós vamos passar nosso tempo tentando ler e decifrar os muitos volumes dos diários de Samir que aparentemente sobreviveram a todas aquelas traças famintas, cupins e hordas de ratos, sem mencionar o clima tropical inclemente do porão.

A voz determinada e estridente de Tosca preencheu aquele vazio no momento preciso em que o vácuo cruel criado pelos questionamentos de Giselda começava a soar como definitivo. E enquanto a salvadora do momento se livrou dos últimos degraus da escada que a trouxe de volta da sua excursão pelos intestinos da mansão, onde seus segredos eram cuidadosamente guardados, ela conseguiu surpreender a mãe e o tio no meio do primeiro abraço genuíno de irmãos em mais de trinta anos. Mal eles sabiam que esta seria a primeira de muitas surpresas que iriam compartilhar nos dias e semanas a seguir.

CAPÍTULO 26

A SURPREENDENTE REVELAÇÃO DO DIÁRIO DE SAMIR COHEN

Manaus, Brasil – domingo de manhã, 3 de fevereiro de 2036 – vinte e seis horas depois do impacto

“As poucas notícias que conseguimos receber aqui em Manaus, principalmente de jornais espanhóis que chegam na cidade com dois meses de atraso depois da sua publicação, indicam que esta doença misteriosa devastou toda a Europa e agora está se espalhando por todo o mundo, matando milhões de pessoas no seu caminho. Eles passaram a chamar a doença de gripe espanhola, mas isso é totalmente falso. A Espanha é o único país do mundo que não está censurando as notícias sobre a pandemia, por isso o nome da doença foi erroneamente atribuído ao país. Nos Estados Unidos, por exemplo, a administração do presidente Woodrow Wilson censurou todas as notícias relativas à doença, alegando que o país tinha que manter o foco total no esforço de guerra. Ainda assim, barcos carregando milhares de soldados americanos, que estavam retornando aos EUA vindos dos campos de batalha da Europa, trouxeram a doença de volta para o país, uma vez que tudo leva a crer que ela se originou nos EUA. Muitos desses soldados morreram durante a travessia do

Atlântico, e os seus corpos foram jogados ao mar imediatamente, fazendo que seja quase impossível determinar o exato número de vítimas fatais que ocorreram nestes navios. Outros morreram logo depois de desembarcar nos portos americanos de Nova York e Filadélfia, mas antes eles espalharam a doença pelas populações destas cidades, que não tinham a menor ideia do perigo e risco que corriam ao confraternizar com estes soldados, devido à total falta de informações criada pela censura dos jornais americanos. Por causa disso, o número de mortes nessas cidades logo explodiu e levou ao colapso dos seus sistemas funerários.

"Então, a peste finalmente chegou ao Brasil e muitas pessoas estão morrendo por todas as partes do país. Por algum milagre, nenhum dos membros da minha família contraiu a doença ainda, mas nós todos vivemos em constante terror de deixar a nossa casa. Eu decidi levar todos para o nosso seringal no baixo Juruá para tentar escapar dos riscos que uma cidade grande como Manaus cria para todos, agora que a praga conseguiu chegar na região amazônica. Estranhamente, a despeito de todas as notícias aterrorizantes relacionadas a essa doença misteriosa, cuja origem ninguém parece ter qualquer pista, eu tenho me preocupado muito mais com os sonhos exóticos e assustadores que eu tenho tido ultimamente. Eu não tenho a menor ideia de como interpretá-los. O que eles significam, se qualquer coisa, tem consumido os meus dias. Eu não consigo mais ter qualquer paz, mesmo quando eu estou realizando os meus experimentos que tanto amo. A única coisa que ocupa a minha mente é qual pode ser a mensagem que está sendo transmitida nesses sonhos.

"Tudo começou mais ou menos uma semana atrás, e no começo, eu não prestei muita atenção no conteúdo, uma vez que eu tenho estado sob muito estresse ultimamente com a queda repentina da demanda da nossa borracha nos mercados internacionais. Certamente, essas preocupações com os meus negócios podem ter influenciado tanto o meu padrão de sono, bem como os meus sonhos. Mas depois de um par de noites tendo estes sonhos bizarros e extremamente reais, eu passei a ter medo de cair no sono todas as noites. Como eu já disse, estes sonhos são muito surreais. Eles envolvem reis poderosos, um tipo de ritual de culto ao sol, provavelmente celebrado por ninguém mais do que o faraó egípcio Akhenaten e sua rainha Nefertiti, batalhas de guerras históricas e épicas, entre os egípcios e hititas, os gregos e persas, sem mencionar uma estranha sequência de cenas onde eu me senti na companhia de alguns dos maiores matemáticos da antiguidade, como Euclides, Al-Khwarizmi e Omar Khayyam, em lugares como Alexandria, Bagdá, Merv e Nishapur. As coisas ficaram tão assustadoras que até mesmo Hava notou que algo estava errado comigo uma vez que comecei a falar durante o meu sono e acordar todo molhado de suor, berrando de terror. Dois dias atrás, a sensação de que tudo isso pode ter uma relevância muito maior do que eu inicialmente pensei começou a se materializar dentro de mim. E desde então, não tive mais tempo para nenhum outro pensamento a não ser o que estes sonhos podem estar tentando me dizer. Eu me envergonho de ter que fazer esta confissão aqui, mas uma vez que eu prometi, há muito tempo, que neste diário eu sempre expressaria os meus sentimentos e impressões sobre tudo de forma verdadeira, incluindo a minha própria vida, eu não posso evitar escrever estas linhas com toda a honestidade. Eu tenho que dizer, porém, que o meu estado mental atual me assusta."

A narrativa de Samir não deixou dúvida alguma de que o autor era um indivíduo muito sensível e sábio, com um intelecto extremamente sofisticado. Essa sua última qualidade podia ser facilmente extraída da sua narrativa porque os registros do diário foram escritos alternando passagens em hebraico, francês, grego e árabe, quase como se a intenção do autor fosse dificultar ao máximo o processo de decifrar o que ele tinha escrito, com a sua caligrafia mais do que elegante, nos idos de dezembro de 1918.

Sendo o ermitão contemplativo que era, ele provavelmente se sentiria muito mal se soubesse que, depois de cento e dezoito anos, o que sobrevivera dos seus diários estaria começando a ser decifrado, às pressas, por um comitê de tradutores que incluía a sua bisneta, trabalhando à luz de velas – as baterias da lanterna já tinham morrido – no meio da noite, na mesa da cozinha da Mansão Cohen.

Enquanto essa primeira passagem era lida em voz alta por Omar, Giselda imediatamente notou quão perturbados tanto a sua filha como o seu irmão começaram a ficar. As expressões de choque de ambos eram representadas por olhares de quase pânico trocados entre eles, bem como salvos de vocalizações cheias de surpresa, choque e quase descrença no que Omar estava lendo. Sem entender nada do que se passava para gerar esta reação inesperada desencadeada por um texto escrito mais de um século atrás, Giselda olhava para um e para outro buscando uma explicação para o que se passava na sua cozinha naquele momento.

– Ele teve os mesmos sonhos que nós tivemos na semana passada, mas durante a grande pandemia de influenza de 1918. Mas como isso pode ser possível? Este relato poderia ser o nosso, cada descrição, cada cena, cada vírgula, tudo igual, palavra por palavra. Basicamente, tudo é idêntico. Ele experimentou os mesmos sonhos exóticos e se sentiu tão perplexo em 1918 como nós em 2036. Isso não pode ser apenas uma simples coincidência de forma alguma. Omar, o que está acontecendo? Isso pode ser explicado pela sua teoria? É por isso que você queria virar até aqui às pressas? - De longe, Tosca era a mais consternada do trio.

– É realmente incrível, Tosca. A combinação mais implausível de eventos que jamais testemunhei. E sim, esta era a principal razão pela qual arrastei você para Manaus. Mas esta ainda não é a passagem que tenho uma vaga lembrança de ter lido anos atrás. Estes diários contêm muito mais conhecimento que nós temos que absorver. Vamos continuar nossa tradução, página por página. A letra escrita é muito elegante, mas às vezes muito difícil de ler devido aos floreios da sua caligrafia. Ele gostava de embelezar a sua escrita, usando o estilo dos iluministas otomanos. Vamos continuar o trabalho, por favor. Mas nós vamos ter que conter as nossas emoções. Eu preciso que você foque na nossa principal tarefa.

– E o que é esta tarefa principal, Omar? – Tosca não conseguia mais represar seus sentimentos e desespero com toda aquela incerteza e desconhecido que eles tinham à sua frente. Aquela primeira página do diário de Samir já a havia tirado do seu habitual equilíbrio psicológico. Tudo aquilo era muito para uma neurocientista do século XXI absorver.

– Olhe, eu acho que achei uma passagem muito interessante, algo que vai muito além do conteúdo dos nossos sonhos. Deixe-me traduzir o texto o mais rápido possível. Ele está escrito em árabe, então vou conseguir traduzir facilmente. Me deem só uns minutos.

Tendo testemunhado em silêncio esta troca breve, mas tensa, sem entender o que estava se passando com os seus parentes, Giselda não conseguiu mais se conter. Sem pedir licença, ela penetrou no campo de batalha verbal entre a filha e o irmão com a delicadeza de uma disparada de rinocerontes.

– Do que vocês dois estão falando? Alguém aqui pode esclarecer o que é toda esta conversa de sonhos compartilhados entre vocês e Samir?

– Mãe, vou explicar tudo em um momento, mas vamos primeiro continuar com a tradução, porque nós estamos seguindo uma pista que pode nos levar a uma descoberta inacreditável. Por favor, dê alguns minutos e nós iremos esclarecer o que está acontecendo. Eu prometo!

– Muito bem, Tosca. Vou esperar pacientemente por uma explicação que faça qualquer sentido. – Aparentando estar muito chateada e magoada, como qualquer pessoa ficaria depois de ser posta para escanteio pela sua própria filha, Giselda abriu mão de continuar o seu interrogatório e decidiu fazer algo que ela raramente fazia: fechar a boca e não falar mais nada por vários minutos.

Alheio à saia justa entre mãe e filha, Omar se concentrou em retomar a tradução da passagem do diário em questão, relatando eventos que transcorreram alguns dias mais tarde. Embora ele fosse fluente em árabe, o estilo de escrita erudito de Samir estava causando sérios problemas para o nosso matemático. O seu lento progresso era seguido com impaciência pelas duas mulheres sentadas do outro lado da cozinha. Apesar da ansiedade, nenhuma delas ousava interrompê-lo, dado que elas queriam ouvir o mais rapidamente possível quais mistérios iriam emergir daquelas páginas de diário de mais de um século.

Por mais de trinta minutos uma trégua tensa foi mantida na cozinha da Mansão Cohen. E o único som ecoando pelas paredes e teto daquele espaço que, no passado, tinha acomodado um pequeno exército de cozinheiros e empregados era do lápis de Omar arranhando as páginas de papel áspero do seu caderno de notas num ritmo desenfreado. Alguns minutos depois, todavia, Giselda sucumbiu à tentação irresistível de escapar do seu exílio vocal temporário. Para tanto, ela primeiramente limpou a garganta e mudou de assunto, tentando fazer o seu melhor para trazer algum alívio para aquele momento de indecisão, enquanto o produto do trabalho de Omar permanecia numa espécie de limbo *à la* gato de Schrödinger.

– Eu ainda não consigo acreditar quão incrivelmente sortuda você foi, Tosca, em achar estes volumes sobreviventes. – Mesmo sem remover os seus olhos das páginas do diário, Omar balançou a cabeça descrente. Afinal, ele conhecia as táticas da irmã caçula para mudar o foco de uma crise por quase um século. E, claramente, ela não tinha mudado em nada.

– Eu só precisei me pôr no lugar do meu bisavô e raciocinar onde eu poderia esconder as mais valiosas confidências de toda a minha vida, particularmente aquelas que tinham a ver com os primeiros meses depois que a sua família tinha chegado em Manaus. – Sentindo remorso por ter dado um proverbial "chega pra lá" na sua querida mãe de forma meio abrupta alguns momentos atrás, Tosca mudou o tom da sua voz para um mais professoral para explicar como ela havia achado a mina de ouro algumas horas atrás.

– Isso tudo soa muito bem, mas ele podia ter usado uma variedade de estratégias. Ele poderia ter escondido os diários num cofre em algum lugar ermo do porão, ou atrás de uma parede falsa. Ele podia ainda ter enterrado os volumes embaixo do piso do porão, ou atrás de alguma daquelas bancadas do laboratório.

– Ele era um alquimista, mãe, um experimentador laboratorial metódico. Ele acreditava que através da sua arte poderia achar a pedra filosofal, aquela que possibilitaria a transmutação de metais básicos, como o mercúrio, em nobres, como ouro e prata. Os alquimistas também acreditavam que um dia eles iriam encontrar curas universais para todas as doenças e um elixir que faria deles seres imortais. Como os seus predecessores no Egito Antigo, Grécia, China, Índia e Europa, ele tinha aprendido uma certa metodologia e técnicas para ajudá-lo a alcançar todos esses objetivos grandiosos. Algumas dessas técnicas levaram ao nascimento da área da ciência que ficou conhecida como química. Então, depois que você e o tio

Omar subiram, eu primeiro fiz uma busca cuidadosa no escritório dele, tentando achar algo que se parecesse com o seu caderno de notas laboratoriais. Dito e feito, era este caderno que ele havia deixado no topo da sua escrivaninha, aberto na última página que ele completou com dados experimentais provavelmente no mesmo dia em que faleceu, 20 de julho de 1969. Quando eu vi que ele fazia anotações tão detalhadas no final da sua vida, mesmo que não conseguisse entender boa parte delas, confirmei a minha expectativa de que ele era um dos meus: organizado, cuidadoso, e acima de tudo, ciente da necessidade de manter notas precisas e detalhadas sobre cada experimento que ele realizou. Se ele seguia este método com o seu trabalho experimental, eu logo imaginei que ele deveria se comportar da mesma forma com os seus preciosos diários pessoais.

– Tudo bem, mas como você usou este seu pressentimento perspicaz para rastrear onde os diários estavam escondidos, dado que o porão ofereceria infinitas opções para escondê-los? – Giselda ainda não estava totalmente convencida de que a psicologia amadora de Tosca tinha realmente funcionado.

– Bem, mãe, depois que concluí que o bisa Samir era obcecado com organização e ordem no seu laboratório, da mesma forma que eu, retornei para aquela sala com o longo corredor, ladeado por estantes muito altas e compridas cheias de livros, que eu havia encontrado. Uma vez lá, comecei a procurar por um sinal que revelasse o método que ele usara para catalogar os volumes do seu diário. Eu precisei de alguns minutos, mas logo notei que algumas letras gregas tinham sido gravadas à faca na madeira das prateleiras. Então eu simplesmente procurei pela letra delta, assumindo obviamente que esta seria a sessão da sua biblioteca usada para arquivar os seus diários. E, *voilà*, ali estavam eles, os diários pessoais, ou o que sobrou deles, cuidadosamente arquivados de acordo com a sequência de décadas. Todos os volumes estavam cuidadosamente encadernados com capas de couro e armazenados em caixas de pura borracha. Isso explica por que boa parte deles sobreviveram tanto tempo. A sua própria borracha manteve os insetos, ratos e a umidade longe daquelas páginas preciosas.

– Nada mal, Srta. Sherlock! Bravo! – Giselda agora sorria com gosto ao ter mais uma prova da perspicácia e inteligência voraz da filha, quase esquecendo que tinha sido ela quem a tinha escanteado apenas alguns minutos atrás.

– Eu acho que depois de ouvir esta nova passagem que eu acabei de traduzir vocês vão começar a entender por que este diário vai oferecer uma prova fundamental em apoio da hipótese que eu devo expor a vocês em breve. E você nem vai precisar se valer do seu olhar ameaçador, Giselda.

Giselda franziu a testa, mas permaneceu quieta sem emitir o temido olhar.

– Vamos ouvir então ao que você conseguiu extrair desta passagem. – Tosca parecia agora alguém se preparando para se defender de um possível soco no estômago.

– Ok, aqui vamos nós.

De repente, apesar de ser a voz de Omar que ecoava pela cozinha, parecia que era Samir que retornara para continuar a contar a sua fantástica história.

"Mais de duas semanas se passaram desde que os sonhos começaram. Eu continuei a ter dificuldade para entender o que estava acontecendo comigo. A minha mente parece estar tentando me alertar sobre algo, mas o que, exatamente, eu continuo sem saber. As últimas duas noites foram particularmente problemáticas. Quando acordei, eu me achei experimentando sensações e emoções perturbadoras que nunca senti. O sonho principal da noite de segunda-feira foi particularmente sem sentido algum. O sonho começou com alguém na Síria observando uma enorme explosão de luzes no céu, que provou estar vindo diretamente do sol. Depois de alguns segundos para me recuperar do branqueamento visual provocado pela intensidade extrema daquelas luzes brilhantes, pude ter uma visão mais precisa do homem que estava observando os céus com grande espanto, sem nem mesmo desviar o seu olhar. Para meu choque completo, aquele homem era o meu querido avô, Moshe Cohen. Eu quase não o reconheci no sonho porque ele parecia muito mais jovem do que me lembrava dele quando eu era uma criança. Um momento passou, a luz continuou muito intensa, e então ele olhou na minha direção e sorriu.

"– Samir – disse ele com a sua voz tenra e melódica usual –, estas luzes são o produto de uma poderosa tempestade solar, como a que eu descrevi para você no meu laboratório.

"Comecei a acessar as minhas mais queridas memórias de infância e subitamente lembrei que ele estava se referindo à grande tempestade solar de 1859, o Evento Carrington, como os britânicos a batizaram. Eu olhei para a versão mais jovem do meu avô e repliquei:

"– Sim, vovô, eu lembro muito bem. Mas por que nós estamos falando sobre isso no meio de um sonho?

"Mas não houve tempo suficiente para ouvir a sua resposta para aquela questão fundamental. Sem qualquer lógica, o cenário do meu sonho mudou abruptamente e eu me encontrei no meio de uma batalha feroz. De alguma forma, eu agora estava numa trincheira, no topo de um morro, cercado por soldados envolvidos num combate mortal, enquanto balas e tiros de canhão voavam por todos os lados. Sentindo-me totalmente desorientado, eu não sabia o que fazer. Assim, simplesmente fiquei de cócoras no fundo da trincheira, vendo e ouvindo os sons de algo que eu só posso descrever como uma carnificina humana sem limite algum. Sofrimento e morte estavam ao meu redor, mas eu não estava ferido, nem sentia qualquer tipo de dor. Nenhuma bala me atingiu. Eu era parte daquela batalha, mas totalmente imune a qualquer um dos seus abraços mortais. Alguns minutos se passaram e o caos continuava o mesmo. Olhando por um buraco entre os sacos de areia do topo da trincheira que me protegia, pude ver uma fileira de soldados usando uniformes cinza puídos e rasgados subindo uma colina muito inclinada, cada um procurando desesperadamente encontrar algum lugar seguro, enquanto tentando driblar uma bala que trazia o seu nome escrito nela. Enquanto isso, os soldados que estavam ao meu lado, todos vestidos com uniformes azul-escuros, tentavam defender suas posições no topo daquela colina desencadeado uma verdadeira barragem de balas. E enquanto as suas incansáveis e contínuas rajadas de metralhadora continuavam a cuspir dúzias de tiros por minuto, moendo linha após linha de soldados em cinza que tentavam ainda escalar a colina, a única coisa que eu conseguia pensar era: onde eu estou? Quem são estes dois exércitos e por que eles estavam lutando um contra o outro com tanta ferocidade?

"Nada disso fazia qualquer sentido. E mesmo que eu tivesse a noção clara de que eu estava sonhando, nunca me senti tão apavorado e com a minha vida tão sob ameaça. Vários minutos aterrorizantes transcorreram e, do nada, um soldado ferido caiu do meu lado, pedindo socorro. Eu fiquei completamente paralisado e, depois de alguns segundos de hesitação, comecei a ajudá-lo da melhor forma que podia, abrindo seu casaco e tentando achar a sua ferida. Ele era um jovem, ainda na adolescência. Ele estava com muita dor, mas ele ainda teve tempo de olhar para mim e me agradecer pela minha tentativa fútil de salvar a sua vida.

"— Muito obrigado, camarada. Por favor, me ajude. Eu não quero morrer neste buraco chamado Gettysburg.

"Foi neste momento que eu me dei conta de que o sonho havia me trazido para o meio de uma das mais letais batalhas da Guerra Civil Americana, um dos embates mais decisivos entre os exércitos da União e Confederados, que alterou o resultado da guerra para a União. Tão logo descobri onde eu estava, o sonho acabou e eu acordei aos berros, como já havia ocorrido em várias noites anteriores. Só que desta vez, não só Hava, mas todos os meus filhos também acordaram assustados pelos meus gritos aterrorizantes.

"Pelas próximas duas noites, apesar de eu ter ido dormir temendo a possibilidade de ter mais destes pesadelos, nada aconteceu. Quando eu estava começando a pensar que os sonhos haviam acabado, veio um sonho novo na terceira noite, mas muito mais pacífico. Embora não ficasse evidente no começo, logo ficou claro que eu estava de volta àquela praia, bem em frente da casa do meu avô, que ficava à beira-mar na Síria. O meu corpo imediatamente relaxou. Um sentimento de profunda felicidade e nostalgia preencheu toda a minha mente. Alguns minutos ouvindo as ondas do Mediterrâneo, sentindo a areia nos meus pés descalços, observando as gaivotas voando definiram o tom de um sonho totalmente diferente dos anteriores.

"Eu estava desfrutando de cada um daqueles momentos, num cenário onde passei os mais memoráveis e deliciosos momentos da minha infância, quando ouvi uma voz familiar chamando o meu nome de longe. E mesmo que percebesse na hora que era o meu avô que me chamava, por mais que eu o procurasse em todas as direções naquela praia, eu não consegui encontrá-lo. A voz continuou ficando mais forte, mas não havia nenhum sinal do meu avô ao meu redor. Reflexivamente, eu comecei a chamá-lo, gritando o seu nome em todas as direções, mas novamente nenhum sinal dele. Antes que a minha frustração atingisse o limite, todavia, ele me respondeu, mas de uma forma muito inesperada. Em vez de me saudar como ele sempre fazia todas as manhãs, a voz que soava como a do meu avô Moshe disse:

"– Meu amado Samir, eu sei que você tem muitas perguntas sem respostas que têm perturbado você profundamente. As respostas que você busca podem ser encontradas, como sempre, nos ensinamentos antigos que eu apresentei a você muitos anos atrás. Eu não posso mais resolver o mistério por você, minha criança. Mas eu posso apontar o caminho que você precisa percorrer para solucionar este enigma.

"No momento em que aquela voz tão familiar quanto querida proferiu as últimas sílabas daquela sentença, um pergaminho antigo foi colocado nas minhas mãos, sem que eu pudesse perceber de onde ele viera, ou quem me presenteara com ele. Eu me virei rapidamente e olhei ao meu redor uma vez mais, ansioso por ver pelo menos a sua sombra. Novamente gritei o seu nome ao vento várias vezes, e posso jurar ter sentido a sua mão acariciar o meu cabelo como ele sempre fazia na minha infância, mas não havia nenhum vestígio dele. Nem mesmo a sua voz estava mais lá.

"Sentindo lágrimas mornas escorrendo pela minha face, tendo o Mediterrâneo e as gaivotas como minhas únicas testemunhas, eu desenrolei o pergaminho. O que li nele, reproduzo nesta próxima página, na minha própria caligrafia, com todos os detalhes que o meu cérebro capturou e vai guardar, estou certo, pelo resto da minha vida, como as mais queridas e profundas memórias, porque, subitamente, tudo fez sentido."

Trismegisto – A Hierarquia da Criação

Aten criou a Mente Cósmica
A Mente Cósmica criou o Cosmos
O Cosmos criou o Tempo
O Tempo criou a Mudança

A essência de Atum
É a Bondade Primitiva
A essência da Mente Cósmica
É a uniformidade permanente
A essência do Cosmos
É a ordem bela
A essência do Tempo
É o movimento
A essência da Mudança é a Vida

Aten atua
Através da Mente e Alma
A Mente Cósmica atua
Através da imortalidade e duração
O Cosmos atua
Através da rotação e retorno
O Tempo atua
Através do aumento e diminuição
A Mudança atua
Através da qualidade e quantidade

A Mente Cósmica é Aten
O Cosmos é a Eternidade
O Tempo está no Cosmos
A Mudança está no Tempo

A Mente Cósmica
Está conectada permanentemente a Atum
O Cosmos é feito de pensamentos
Da Mente Cósmica

A Mente Cósmica é a imagem de Atum
O Cosmos é a imagem da Mente Cósmica
O Sol é a imagem do Cosmos e
O Homem é a imagem do Sol

CAPÍTULO 27

OS TATUADORES DE CÉREBRO

Manaus, Brasil – segunda-feira à noite, 4 de fevereiro de 2036 – dois dias depois do impacto

– De alguma forma, ele soou como se tivesse finalmente desvendado o mistério. – Tosca interrompeu o silêncio que reinava na ampla sala de jantar de forma quase brusca.

– Quem desvendou o que, querida? – Giselda levantou a cabeça, que até então pairava perto da borda do prato fundo que continha uma generosa porção de uma densa sopa de legumes, aparentando genuinamente estar confusa. Olhando diretamente para sua filha, ela usou um guardanapo de linho, delicadamente bordado, para limpar umas poucas gotas de sopa que insistiam em permanecer penduradas no seu queixo.

– Samir, mãe, quem mais poderia ser?

– Ah, de volta para ele novamente. Será que nós podemos esperar até o fim do jantar para recomeçar a nossa tarefa de interpretar os sonhos do seu bisavô? – Sem esperar resposta ao seu pedido de clemência, Giselda retornou sua atenção, com diligência redobrada agora, para sua sopa, que fora esquentada no fogão a lenha, e sorveu mais uma colherada generosa sem hesitação.

Enquanto isso, não havia nenhum sinal de eletricidade ainda. E nenhuma esperança de que ela retornaria num futuro próximo. Desta forma, o velho fogão a lenha continuaria desempenhando o papel de salvador da pátria, como ocorrera muitas vezes no passado.

Ocupado em limpar o seu próprio prato de sopa, já na segunda rodada, Omar discordou da sua sobrinha, que mal tocara na refeição.

– Talvez não, Tosca.

Esta objeção foi seguida pela imediata abertura do seu caderninho de notas em busca de mais uma das passagens do diário de Samir que ele havia traduzido.

– Hoje à tarde, depois que acordei, eu retornei à tradução e encontrei uma passagem extremamente intrigante, escrita duas semanas depois da última, no dia 1º de janeiro de 1919.

– E o que ele escreveu naquele dia?

– Deduzam por vocês mesmas, meninas. – E Omar começou a ler:

"Tão sub-repticiamente como eles começaram, os sonhos agora desapareceram. Já se passaram mais de duas semanas desde que eu tive o último, e depois disso, nada mais ocorreu. Eu não sinto falta deles, evidentemente. Eles eram assustadores e sem sentindo na maior parte das vezes, com exceção daqueles que me fizeram lembrar do meu avô e dos ensinamentos do fundador da nossa arte que ele queria me transmitir. Eu tenho que confessar que o pergaminho que o meu avô me deu – será que foi ele realmente que o colocou nas minhas mãos? – me preencheu com um profundo senso de admiração pela sabedoria incomensurável do mundo antigo."

– E, é só isso? – A impaciência de Tosca já estava claramente atingindo o seu limiar de ignição.

– Não, de forma alguma. A melhor parte vem agora, seja paciente, minha criança. – Depois de acalmar o vulcão ao seu lado, Omar retomou a leitura do seu caderno de notas. Com mãos um pouco trêmulas, apesar de isso passar desapercebido tanto para Tosca como para Giselda, ele iniciou a leitura.

"Ainda assim, o último sonho que eu tive me fez mergulhar novamente num vazio de ignorância. Ele certamente foi o mais estranho e intrigante de todos. Não havia nada ao meu redor quando ele começou, só uma escuridão pura e imaculada. Como se eu estivesse olhando para um enorme céu sem qualquer estrela ou planeta. Apenas escuridão contínua, sem nenhuma falha, sem nenhuma dobra. Nenhum vento, nenhum som também. Apenas o vazio. E ele permaneceu assim por muito tempo. A escuridão e eu, como se eu tivesse mergulhado nas águas muito profundas de um oceano e não existisse nada ali, além do silêncio e da falta de luz. Depois de um tempo, eu comecei a me acostumar com ela e a relaxar, esperando por nada, sentindo-me inerte, cercado por aquele vazio da escuridão que parecia ser etéreo e imutável. Não havia nenhuma noção de tempo passando ou ser parte de um espaço. Eu só estava lá, flutuando num vácuo escuro. E ainda assim, eu não me sentia amedrontado ou ameaçado de jeito algum. Na realidade, eu não sentia nada a não ser uma leve sensação de satisfação por estar ali, sozinho. Pelo menos foi isso que eu pensei.

"Eu não sei por quanto tempo permaneci nesse estado. Poderiam ter sido alguns minutos ou talvez horas, talvez até dias. Eu realmente não posso dizer. A essa altura, eu já tinha me resignado com a possibilidade de ficar naquele estado para sempre, quase como se eu tivesse morrido acidentalmente durante o meu sono e estivesse experimentando o que a vida depois da morte significava. Quando essa minha teoria estava começando a se enraizar na minha mente, do nada, eu fui despertado do meu torpor por uma descarga de luz poderosa que cruzou toda a escuridão, seguida alguns segundos depois por um trovão ensurdecedor, como se uma tempestade tropical estivesse se aproximando rapidamente do meu sonho. Essa sequência se repetiu alguns segundos depois e, logo a seguir, ela ganhou uma certa periodicidade, um fenômeno que eu nunca havia experimentado quando observando tempestades tropicais, um dos meus hobbies favoritos, tanto na Síria quanto aqui em Manaus, onde as tempestades são ferozmente belas.

"Poucos segundos depois que os raios começaram a aparecer na escuridão, passei a experimentar uma sensação que sugeria que algum tipo de mensagem estava sendo transmitida, sem parar, para dentro do meu cérebro. Curiosamente, não havia nenhuma voz para se escutar, nenhum som para se ouvir, nenhuma imagem, cheiro ou gosto para perceber. Também não parecia ser uma alucinação. Apenas uma mensagem, sendo ditada cuidadosamente dentro da minha cabeça, de uma forma e linguagem que eu realmente não consegui decifrar. A sensação foi ficando muito estranha, mesmo porque eu sempre me orgulhei de falar e ler muitas línguas fluentemente, e também de ser capaz de me virar em várias linguagens antigas. Ainda assim, eu não conseguia decifrar que linguagem era aquela sendo usada para transmitir a mensagem.

"Embora possa soar totalmente absurdo o que eu vou escrever a seguir, parecia que hieróglifos egípcios ou pictogramas da linguagem cuneiforme usados na Mesopotâmia estavam sendo tatuadas diretamente no tecido neuronal do meu cérebro – aparentemente o nome da principal célula que forma o cérebro é 'neurônio', eu gosto do som dessa palavra –, uma vez que nenhuma outra forma de percepção comum podia ser associada à forma como essa mensagem estava sendo transmitida, isto é, se o que eu senti realmente tinha algo a ver com uma mensagem sendo transmitida, mesmo que seja muito difícil – talvez impossível – descrever com palavras as sensações que experimentei. Não tenho dúvida de que a melhor maneira de expor esta experiência é dizer que alguém estava tentando mandar uma mensagem ou instruções sequenciais cifradas, como se um telégrafo elétrico estivesse transmitindo um telegrama diretamente para dentro do meu sistema nervoso central.

"Por um momento que chegou à fronteira da insanidade, no meio do sonho, eu me peguei imaginando se estava sendo usado como uma espécie de cobaia humana durante o teste de um novo meio revolucionário de comunicação, talvez criado pelo grande inventor italiano Guglielmo Marconi, ou o grande gênio sérvio-austríaco Nikola Tesla, que permitiria que sinais elétricos, contendo mensagens cifradas, fossem entregues diretamente dentro do cérebro. O senhor Marconi chama o seu método de transmissão de mensagens por longas distâncias, sem a necessidade de cabos condutores, de 'transmissão de rádio' ou 'telégrafo sem fio'. Ele foi o primeiro a realizar uma transmissão de rádio transcontinental, entre a Europa e a América do Norte, em 1910. Talvez, quem sabe, fosse isso que estava acontecendo comigo. De alguma forma, eu tinha me transformado no primeiro ser humano a receber uma mensagem de rádio do Sr. Marconi diretamente no meu cérebro! Que revolução impressionante nas comunicações entre seres humanos esta nova tecnologia iria provocar, pensei comigo mesmo!

"Mas esta hipótese, por mais animadora que ela pudesse soar, foi refutada quase que imediatamente pelo meu próximo pensamento. Se fosse o caso, raciocinei, por que eu não era capaz de entender a mensagem de forma alguma? Qual seria o ponto de transmitir um 'telegrama mental' para alguém se fosse numa linguagem que o recebedor não pudesse ler ou compreender? Isso não fez sentido algum. Tanto Marconi como Tesla eram pessoas muito inteligentes para cometer um erro desses. Mas talvez eles tivessem que trabalhar um pouco mais no desenvolvimento dessa nova forma de transmissão de ondas de rádio. Quem sabe em alguns anos ou mesmo décadas os meus próprios descendentes pudessem se comunicar dessa forma. Talvez conectando os próprios cérebros diretamente para trocar tudo que eles pensassem ou percebessem, mesmo tudo aquilo que não pode ser reduzido a palavras, gestos, expressões faciais ou comportamentos! Que maravilhas, mas também que grandes perigos, avanços nessa direção trariam para toda a humanidade? Será que assim a humanidade finalmente se daria conta de que todos nós somos feitos do mesmo tipo de experiências mentais e, depois de milhares de anos se matando uns aos outros, a nossa espécie decidiria compartilhar toda a dor e sofrimento, mas também todo o amor e gentileza que existe na mente de cada um e de todos nós seres humanos? Será que essa tecnologia permitiria multiplicar por várias ordens de magnitude o impacto emocional profundo que os gregos antigos sentiram quando eles puderam, pela primeira vez, presenciar em grandes grupos, nos seus enormes auditórios a céu aberto, as grandes tragédias de Sófocles, Ésquilo e Eurípides, que finalmente demonstraram que todos compartilhavam das mesmas emoções e sentimentos humanos, tão profundos como mundanos? Será que esta nova catarse mental coletiva, em algum ponto de um futuro distante, ampliará um senso maior de empatia e solidariedade coletiva em cada um de nós, eliminando para sempre as disputas tão infindáveis como irrelevantes que levaram aos conflitos letais que pareciam estar escalando, fora de qualquer controle, até provocar a nossa própria extinção como espécie? Ou, como sempre tem sido a norma ao longo de todo o curso da história da humanidade, este novo avanço científico seria usado por uma diminuta e poderosa elite, que promoveu e financiou o surgimento dessa tecnologia disruptiva, para ampliar o grau de escravidão da vasta maioria da humanidade, simplesmente para obter um maior ganho monetário e, durante o processo, corromper e subjugar todo o pensamento humano ao ditar qual dos comportamentos humanos e quais opiniões e visões de mundo seriam aceitáveis ou não? Será o nosso destino sermos reduzidos apenas a sermos máquinas orgânicas que existem apenas para seguir ordens, sem ter nenhum direito de expressar livremente o repertório amplo e magnífico da nossa natureza humana e individualidade? Estaremos todos já condenados, décadas antes do surgimento dessa nova tecnologia, a nos tornarmos parte de uma verdadeira colmeia de seres humanos automatizados, regimentados e sem autonomia mental? Tantas perguntas, tantas dúvidas e conjecturas cruzaram a minha mente que eu basicamente desisti de tentar entender os hieróglifos mentais que estavam sendo tatuados diretamente nas minhas células cerebrais. Minhas digressões e ideias futuristas, todavia, não me ajudaram a elucidar o que diabos estava acontecendo comigo no meio deste sonho surreal."

Tosca estava a ponto de pular da sua cadeira neste momento.

– Meu Deus, ele estava recebendo uma mensagem diretamente no seu cérebro através de algum mecanismo que utilizava a ressonância de Schumann! E ele conseguiu imaginar o que uma Brainet seria e faria, para o bem e para o mal da humanidade?

– Espere, Tosca, eu não terminei de ler a passagem inteira. Deixe-me continuar até o final.

– Ok, Omar, vá em frente.

– Quem é este Schumann, Tosca? – Uma vez mais Giselda se sentiu completamente excluída da conversa.

– Eu vou lhe dizer num minuto, mãe. Aguarde só mais um pouquinho.

Omar prosseguiu, com lágrimas já preenchendo os seus olhos, ofertando uma voz do século XXI para os pensamentos de Samir formulados mais de cem anos atrás.

"Se este foi o caso ou não, provavelmente nunca saberei. Mas o que eu sabia claramente, de imediato, e por vários minutos depois, no meio daquele sonho, era que eu não podia compreender nada que estava embutido naquela mensagem. Como se ela tivesse sido escrita numa linguagem que eu desconhecia. Mas ela continuava sendo transmitida, continuamente, e eu ainda não conseguia capturar de forma alguma o que estava sendo tatuado no meu cérebro. Até que, depois de uma breve pausa na transmissão, eu tive a leve impressão de ouvir algo que eu finalmente consegui entender. O som era muito fraco, mas, desta vez, o conteúdo era claro e cristalino."

Omar pausou a leitura e olhou diretamente para as duas mulheres que estavam em completo transe à espera de alguma revelação divina despencar diretamente do eterno céu azul.

– Não pare, pelo amor de Jeová, Omar. Não nos deixe aqui penduradas desta forma. – Giselda era agora quem estava completamente lívida, do outro lado da mesa. – Que diabos ele ouviu?

"Nas profundezas da minha mente, uma voz levemente irritada aparentemente disse, ou eu pensei ter ouvido que ela disse:

"– Esqueça. Não vale a pena. Eles ainda não estão preparados. Deixe-o ir."

CAPÍTULO 28

A ESFINGE EGÍPCIA REVELA SUA TEORIA

Manaus, Brasil – segunda-feira à noite, 4 de fevereiro de 2036 – dois dias e meio depois do impacto

Depois de introduzir Giselda ao velho Schumann e à famosa ressonância atmosférica, e à semana de sonhos compartilhados e inquietantes que, com a exceção de um par, foram idênticos aos que Samir Cohen havia experimentado mais de um século atrás, Tosca e Omar sabiam que estava mais do que na hora de tentar extrair algum sentido de tudo aquilo.

– Tudo é tão inacreditável que fica muito difícil até contemplar uma explicação. Eu não tenho a menor ideia de por onde começar e o que dizer. – Giselda estava claramente pulando fora do barco dos detetives antes mesmo que ele zarpasse.

Felizmente para eles, Omar finalmente se sentiu confiante o suficiente para oferecer a sua teoria do que estava acontecendo com eles. Mas Omar, sendo Omar, ainda tinha um último pedido para a sua sobrinha antes que apresentasse a sua versão de uma possível solução para o enigma que tinha engolido as suas vidas e todo o planeta de tabela.

– Antes que eu tente encaixar as peças deste quebra-cabeça,

Tosca, você poderia nos iluminar, particularmente à sua mãe, a respeito da sua grande teoria da civilização humana, aquela que você apresentou durante o nosso voo de São Paulo até aqui?

— Você quer dizer os principais atributos neurofisiológicos da mente humana que forneceram a fornalha que gerou a história da civilização humana?

— Precisamente, minha querida.

— Isso soa como algo bem complexo, Tosca! — Uma vez mais Giselda estava totalmente derretida com admiração e orgulho da sua filhota e do que ela tinha sido capaz de realizar sendo uma das mais renomadas neurocientistas do planeta.

— Vou atender o seu pedido, Omar, se você me prometer que esta vai ser a última barreira que nós precisamos cruzar antes que você revele a sua teoria. Sem nenhum outro truque, ou tentativas de empurrar com a barriga, sem mais procrastinações, ok? Temos um acordo?

— Temos um trato, minha sobrinha favorita.

— Pois bem, agora que nós temos um acordo, eu terei o maior prazer de apresentar para você, mãe, a teoria da história da civilização humana, sob o ponto de vista da neurociência, segundo Tosca Cohen.

— Eu mal posso esperar, meu bebê. Omar, ela não é uma gracinha?

— Muito, Giselda. Você e Dema fizeram um ótimo trabalho!

— Parem, vocês dois! Eu não sou mais uma criança.

— Para mim você sempre será a minha bebezinha, Tosca. Mas vá em frente, conte para a sua mãezinha qual é a sua teoria maravilhosa.

— Como você pode saber que ela é maravilhosa se você ainda não ouviu uma palavra sobre ela?

— Porque ela vem de você, meu bebê! — Giselda não conseguiu mais resistir e soprou vários beijinhos para a filhota da outra extremidade da mesa.

— Muito obrigada, mãe, você é sempre uma fofa! Mas deixando as delicadezas de lado, de forma abreviada, isso é o que eu penso sobre o que impulsionou o processo de civilização humana, a partir de princípios originais, o que, para uma neurocientista como eu, significa dizer sob o ponto de vista do cérebro humano. De fato, esta minha hipótese é parte de uma visão filosófica muito mais ampla, que eu chamei de Cosmologia Cérebro-cêntrica. Em primeiro lugar, o nascimento da civilização dependeu da habilidade única do cérebro humano de gerar abstrações, coisas como religião, mitos, deuses, ideologias políticas, sistemas econômicos, arte, ciência, dinheiro, classes sociais, nações e suas fronteiras, ética, moral, leis, para citar alguns itens apenas. Tais abstrações se tornaram tão poderosas e influentes que, eventualmente, elas ficaram mais importantes do que a vida humana. Na realidade, muito mais relevantes e fundamentais do que o nosso instinto de sobrevivência coletivo. Este fenômeno foi claramente demonstrado durante a pandemia de COVID-19-25, quando as medidas desesperadas para salvar as economias dos países e os ganhos pecuniários da elite financeira, bem como manter um modo de vida altamente hedônico, implementadas pelos Overlords e os seus aliados, os *bankgsters*, como eu gosto de chamá-los, receberam uma prioridade muito maior do que a implementação de políticas públicas para bloquear a transmissão do vírus, que poderiam ter evitado a morte de milhões de pessoas, durante a fase aguda da pandemia, ou anos e décadas mais tarde, como resultado das muitas sequelas crônicas induzidas por infecções repetitivas com o SARS-CoV-2.

"O segundo maior atributo do cérebro humano que contribuiu decisivamente para a forma como a civilização humana se desenvolveu é a sua capacidade incomparável de disseminar tais abstrações, como se fossem vírus informacionais, em grande escala, quer através de meios de comunicação naturais, como a linguagem oral, quer por novas tecnologias que amplificaram muitas vezes nossas habilidades biológicas originais, coisas como uma enorme variedade de meios para transmitir e estocar a linguagem escrita, como rocha, argila, madeira, papiro, papel, livros, e outras tecnologias de comunicação de massa, como o telégrafo, rádio, TV, internet, implantes retinais e cerebrais etc. Este enorme repertório de ferramentas de comunicação disseminou os chamados 'vírus informacionais' que foram capazes de infectar um enorme número de mentes simultaneamente, sincronizando as atividades desses cérebros e gerando, como resultado, grupos sociais humanos altamente coesivos, que eu chamo de Brainets."

Tosca fez uma pequena pausa para examinar a reação de Giselda.

– Ao induzir a sincronização dos cérebros de grandes grupamentos humanos ao redor de abstrações mentais comuns, baseadas apenas na crença, as mais diversas sociedades humanas desenvolveram melhores estratégias coletivas para caçar, defender o seu grupo social e ainda cuidar melhor tanto das suas crianças como dos seus anciões e de membros adultos acometidos de alguma enfermidade. Colocado em outros termos, devido ao surgimento de um sentimento coletivo de pertencer a algo maior do que as suas vidas individuais, um senso de colaboração social e altruísmo floresceu nessas sociedades humanas primitivas, o que potencializou as suas chances de sobreviver a ataques de predadores, doenças e mudanças climáticas desafiadoras, como o último período glacial que nossos ancestrais tiveram que enfrentar. Dessa forma, ao conseguir formar Brainets altamente coesas, baseadas apenas na crença cega e fiel às suas próprias criações mentais, as chances de a humanidade se dar bem aumentaram dramaticamente. Você ainda está comigo, mãe?

– Claro, filhota, adorando cada sílaba. Vá em frente!

Tosca assentiu e engatou a terceira marcha.

– Esta é a razão, de acordo com a minha teoria, por que a humanidade, ao longo da história, se dividiu em múltiplas Brainets, criadas pela fusão de grandes grupos sociais humanos ao redor de visões religiosas, diferentes ideologias políticas, modelos econômicos ou qualquer outra manifestação de fé que contribuiu para a fragmentação da humanidade em muitas visões de mundo competidoras e, frequentemente, altamente beligerantes e conflituosas.

"Entre as abstrações mais fundamentais criadas pela mente humana estão aquelas que nos permitiram extrair relações causais do ambiente que nos cerca. Isso nos levou a estabelecer uma versão coerente da realidade que nos ajudou a otimizar as nossas chances de sobreviver neste planeta peculiar e em contínua mudança. Entre as mais fundamentais âncoras desta nossa descrição cérebro-cêntrica do Universo, que eu chamo de Universo Humano, porque ele é a melhor reconstrução possível que podemos ter do cosmos, e não uma réplica precisa do que o Universo realmente é, estão os conceitos de espaço e tempo, que, de acordo com a minha teoria, se originam dentro do cérebro humano.

"Todas estas habilidades cerebrais foram potencializadas pela impressionante habilidade do nosso sistema nervoso em aprender e mudar tanto a sua estrutura microscópica como as suas funções e os comportamentos que ele gera, como resultado do processo que nós, neurocientistas, chamamos de plasticidade cerebral. Ao criar um modelo abrangente da realidade, maximizado para otimizar as nossas chances de sobrevivência, que pode ser constantemente refinado e atualizado a partir das nossas novas experiências, valendo-se da plasticidade cerebral, a versão do cérebro humano que surgiu cerca de duzentos a trezentos mil anos atrás amplificou tremendamente as nossas chances de vingar no planeta.

"Como se isso não fosse suficiente, o nosso cérebro também nos presenteou com a capacidade de desenvolver novas tecnologias que, além de expandir as nossas capacidades motoras, sensoriais, de comunicação e de transporte, são invariavelmente incorporadas como extensões do nosso senso de ser, enquanto numa outra escala permitem a expansão da nossa presença no Universo. Isso explica por que, para o cérebro humano, uma raquete de tênis se transforma numa verdadeira continuação do braço do tenista, da mesma forma que um avião é assimilado pelo cérebro do piloto como parte da representação que existe no cérebro do seu corpo biológico.

"Se nós adicionarmos a esta já explosiva mistura neural o fato de que circuitos cerebrais específicos promovem a perseguição incessante de experiências hedônicas e que nos dão a sensação de recompensa, como a busca por comida, prazer, sexo, dinheiro e poder, que pode ser extremamente viciante, você tem uma receita clara para definir o motor por trás do processo de formação da civilização humana."

– E o que exatamente é este motor, minha querida? – Totalmente hipnotizada pela narrativa densa da sua cria, Giselda queria mergulhar ainda mais fundo na cosmologia cérebro-cêntrica de Tosca.

– Fazendo um sumário muito sucinto, mãe, toda a dinâmica, ou dialética se você preferir, da história da civilização humana se resume à contínua disputa entre Brainets que competem umas com as outras com o objetivo de maximizar os seus objetivos hedônicos e hegemônicos. Cada uma dessas Brainets que participam desta competição frequentemente violenta é altamente sincronizada por crenças e visões de mundo distintas, que conflitam com as de suas competidoras. Esse conflito perpétuo é renovado de tempos em tempos pelo surgimento de novas abstrações mentais que, graças ao progresso contínuo das tecnologias de comunicação de massa, podem ser rapidamente disseminadas, como um novo vírus informacional, por toda uma população ainda não imunizada, para continuar na mesma metáfora viral-imunológica, contra esse novo pacote viral. Nas últimas duas ou três décadas, este processo de infecção por um vírus informacional passou a produzir uma sincronização quase instantânea das mentes de centenas de milhões ou mesmo bilhões de pessoas que passaram a fazer parte de uma Brainet altamente consolidada. Como decorrência deste fenômeno, Brainets antagonistas com visões e crenças totalmente irreconciliáveis passaram a se digladiar em combates mortais, em campos de batalha reais ou virtuais, em busca do cálice sagrado que motiva todos esses embates desde o início dos tempos.

– E qual é esse cálice sagrado, Tosca?

– O monopólio mental da nossa espécie: a total hegemonia sobre a mente coletiva da humanidade, mãe!

– Uau, bem pesado tudo isso. Mas faz todo sentido.

– Muito obrigada, mãe. Basicamente esse é o sumário de tudo que aprendi sobre o cérebro humano nos últimos vinte e cinco anos como neurocientista. Nós temos a ilusão de existir como indivíduos, mas os nossos cérebros evoluíram para operar como parte de grandes grupos sociais que são essenciais para a nossa sobrevivência e saúde mental. Esta é a razão decisiva e primordial que nos fez sobreviver como espécie, porque nós aprendemos a colaborar efetivamente como parte de grupos sociais de grande porte. Por isso não faz nenhum sentido estudar o cérebro humano, ou o cérebro de animais, da mesma forma, em isolamento. E isso também explica por que passar grandes períodos de tempo em isolamento social total pode ser tão danoso para a nossa saúde mental.

– Muito bom, bebê. Agora que eu fui apresentada com grande detalhe à sua teoria, é a sua vez, meu irmão, de revelar a sua tão esperada teoria sobre o que está acontecendo. O palco é todo seu. Por favor, não adie ainda mais a sua promessa, apesar de que eu sei que isso é quase impossível para você.

– Giselda, eu sou um homem de palavra. Foi muito importante que Tosca descrevesse a teoria dela primeiro porque acredito piamente que o que aconteceu conosco nessa semana e com Samir, no final de 1918, está conectado com o que acabamos de ouvir.

– Como assim, tio?

– Deixe-me começar do começo.

Após um momento para se compor e refletir uma derradeira vez sobre o que estava preparado para revelar – e o que não estava –, Omar se levantou e começou a caminhar ao redor da sua restrita plateia. Logo após os primeiros passos ligeiramente hesitantes, ele finalmente parecia ter adquirido a confiança necessária para iniciar a sua apresentação.

– Quando Tosca me acordou na madrugada de sexta-feira com a notícia de que a Terra estava prestes a sofrer o impacto do que seria a maior tempestade geomagnética da história, como consequência de uma CME hercúlea, com o potencial de aniquilar a espinha dorsal eletrônico-digital da civilização humana moderna, eu, ou devo dizer, a minha mente começou a elaborar uma explicação possível para o que havia acontecido com Tosca e comigo durante a última semana. Eu não quis voluntariar a minha teoria antes que eu tivesse a chance de vir até Manaus e checar os diários de Samir para obter evidência que corroborasse a minha tese. Mas hoje de manhã, eu finalmente me lembrei que, quando Dema e eu visitamos o escritório de Samir no porão, foi a passagem do pergaminho que Samir recebeu no seu sonho que eu acidentalmente li, pois Samir a havia transcrito numa folha de papel que eu encontrei na sua mesa de trabalho. Dessa forma, este não foi um ato de procrastinação, como você, minha querida irmã, me acusou, mas uma necessidade de coletar mais fatos que pudessem realmente dar sustentação ou refutar a minha teoria.

– Tudo bem, irmão. Eu perdoo você. Por favor, vá em frente.

– Muito obrigado, Juja!

– Uau, você lembrou do meu apelido de infância! – O prazer imediato que Giselda sentiu ao ouvir o apelido depois de tantas décadas se manifestou num amplo sorriso na direção do seu irmão mais velho.

– Como eu poderia esquecê-lo, mana? Nosso pais chamavam você assim todo o tempo.

– Vá em frente, Omar, deixe os apelidos familiares para mais tarde. – Como sempre, o pavio curto de Tosca se mostrava em todo o seu esplendor.

– Pois não. Como eu estava dizendo, precisava de mais evidências para ter certeza e, realmente, mesmo durante o nosso voo de fuga, consegui obter de você, Tosca, mais fatos que corroboraram a minha teoria. Pondo toda essa informação lado a lado, eu somente fechei meu diagnóstico quando traduzi a última quadra da Ode de Trismegisto, reproduzida no diário de Samir. Deixe-me lê-la novamente:

A Mente Cósmica é a imagem de Atum
O Cosmos é a imagem da Mente Cósmica
O Sol é a imagem do Cosmos e
O Homem é a imagem do Sol

"A partir daquele momento eu não tive mais dúvidas."

– Sobre o que, Omar?

– Eu não tenho dúvida alguma de que nós dois, Tosca, e provavelmente muitos outros seres humanos ao redor do planeta, pelos últimos dias, e provavelmente muitas outras vezes no passado, recebemos uma mensagem existencial muito elaborada, disfarçada na forma de uma sequência de sonhos exóticos, alguns dos quais nós mal podíamos compreender, como Samir deixou bem claro no diário. Essa mensagem crucial tentou nos alertar de que, como espécie, nós tínhamos arrogantemente ignorado, sob nosso próprio risco, e pelos últimos séculos, uma regra de sobrevivência primordial. Devido ao aparente sucesso extremo e todo o poder gerado por algumas das nossas abstrações mentais, como o dinheiro e os avanços tecnológicos relativamente recentes, como os que definiram a era eletrônico-digital que mal completou um século, nós petulantemente supusemos que a nossa civilização estava totalmente imune ao impacto das verdades fundamentais do cosmos. E então, ao esquecer que nós somos minúsculos produtos desse cosmos, um grão de areia no grande esquema das coisas, nós nos movemos com velocidade máxima na direção da automação e arregimentação dos seres humanos, sem nem mesmo reconhecer a existência de um ponto cego gigantesco, um buraco negro incipiente, escondido bem no meio do nosso plano de negócios, que apenas se tornou ainda mais perigoso enquanto nós continuamos a renunciar, com um sorriso nos lábios, à nossa humanidade e existência, em favor de máquinas digitais e seus algoritmos insensíveis e cegos. Apesar de todo o marketing e propaganda dos que as promoveram, e a despeito de todos os lunáticos que tentaram nos convencer do contrário, não havia nenhuma gota de inteligência nesses sistemas. E, apesar dos múltiplos avisos, como uma série de pandemias devastadoras e desastres ambientais mortíferos, nós, enquanto espécie, não prestamos a menor atenção neles. Nós simplesmente olhamos para o outro lado e continuamos em frente, cultuando a ideologia do crescimento econômico ilimitado e os lucros estratosféricos, não nos importando se para isso era preciso destruir o planeta e escravizar a vasta maioria da sua população. Mas então, como nos mitos da antiguidade, quando os deuses sempre puniam os mortais arrogantes, um evento cósmico conspirou para nos demonstrar pedagogicamente o significado mais profundo de uma das verdades universais.

– Qual, Omar?

– Aquela que diz que nós vivemos e morremos à mercê do sol, minha irmã. Que não importa quão sofisticadas sejam a nossa civilização e as máquinas que nós criamos para sustentá-la, o preço que podemos ter que pagar por ignorar esse verdadeiro mandamento cósmico, que já era conhecido milhares de anos atrás pelos nossos ancestrais egípcios, é sermos completamente exterminados como moscas.

– É isso! – Dessa vez Tosca não se conteve e pulou do seu assento para se juntar à maratona de passos de Omar.

– O nosso destino está intimamente ligado ao sol, meninas. A mensagem que recebemos claramente veio de alguém ou algo que tinha conhecimento privilegiado sobre a possível ocorrência de uma CME e que a Terra pagaria um preço terrível por não se dar conta do que o Aten e o seu chefe, Atum - para nos mantermos mais próximos da narrativa do poema de Trismegisto -, eram capazes de fazer conosco e tudo que nós construímos para manter e ampliar a nossa civilização.

– Mas você realmente acha que tudo que aconteceu estava ligado a essa CME solar?

– Eu sei para onde você está tentando ir, Tosca, e concordo plenamente com você. Não, a CME é apenas o fio da meada, a primeira frase de uma mensagem convoluta que foi transmitida para nós.

– Exatamente, também tenho esta impressão.

– Primeiro o aviso sobre a CME. Nada que nós poderíamos fazer, mesmo que nós tivéssemos entendido o aviso inicial, porque nos restavam apenas poucas horas para nos prepararmos para o impacto. Eu acho que quem quer que seja que nos mandou a mensagem sabia disso claramente. Essa foi apenas a introdução do memorando, porque, como sabemos, existem outras consequências cruciais para a vida na Terra relacionadas aos picos e vales da atividade solar.

– Como desastres ambientais? – Giselda já estava ficando tonta com a velocidade com a qual Omar estava destrinchando o enigma que os afligia.

– Sem dúvida, mas existem outros efeitos mais específicos que afetam toda a humanidade.

– Sim: guerras, distúrbios sociais, revoluções, pandemias e outros graves problemas de saúde! – A mente de Tosca já estava se sincronizando com a de Omar.

– Precisamente, minha sobrinha favorita.

– Do que vocês estão falando agora? Isso não foi incluído no resumo que Tosca me fez. – Parecendo perdida, a matriarca da família Cicurel quase que implorou com os olhos por algum esclarecimento.

– Giselda, você lembra da descrição de Samir da batalha de Gettysburg, durante a Guerra Civil Americana?

– Claro, eu mal dormi depois que você leu a tradução daquela passagem.

– Pois bem. Tosca, eu sei que você trouxe consigo um *printout* contendo as datas dos ciclos solares dos últimos trezentos anos. Qual era o nível de atividade solar um pouco antes do começo da Guerra Civil Americana, por favor?

– Um momento, eu tenho aqui na minha bolsa. Topo do ciclo solar 10, atividade máxima por volta de cento e noventa e cinco manchas solares por mês, entre julho e setembro de 1860. Bingo!

– E para a Revolução Francesa?

– Pico do ciclo solar 4, por volta de duzentas e oito manchas solares por mês em média, por volta de fevereiro de 1789. Bingo de novo!

– Agora, a segunda fase da Revolução Russa, em outubro de 1917, por favor.

– Mais devagar, Omar, a busca agora é toda analógica.

– Tudo bem, eu aguardo um pouco mais.

– Outubro de 1917, deixe-me ver, aqui vamos nós: máximo do ciclo 15, com duzentas e quinze manchas solares de média mensal, ao redor de setembro de 1917. Se você considerar agosto de 1917, o valor chegou em duzentas e cinquenta e sete manchas solares por mês. Meu Deus, nós temos que publicar isso aqui.

– Segunda Guerra Mundial, por favor.

– Um minuto, por favor, página seguinte, aqui vamos nós: máximo platô do ciclo solar 17 com cento e noventa e sete manchas solares por mês, por volta de maio de 1939.

– E que tal a pandemia de gripe asiática de 1957 e 1958, uma pandemia de cepa H2N2 do vírus?

– Bem no topo do ciclo solar 19, quando a atividade solar variou entre duzentas e sessenta e cinco manchas solares em novembro de 1956 e trezentas e trinta e quatro em setembro de 1957! Bingo de novo!

– Por favor, agora a grande pandemia de influenza de 1918 a 1920?

– Bem, seria o mesmo patamar da Revolução Russa, por volta de duzentas e quinze manchas solares por mês por volta de dezembro de 1917.

– Você está vendo o padrão, Juja?

– Claro que estou.

– Tosca descobriu que algumas das pandemias mais importantes dos últimos dois mil anos também estavam correlacionadas com os menores níveis de atividade solar durante o seu ciclo de aproximadamente onze anos. Como a pandemia de COVID-19-25 e a gripe suína de 2009. Durante o período de baixa atividade solar, raios cósmicos intergalácticos podem penetrar com mais facilidade na atmosfera e induzir mutações em vírus, o que pode explicar em parte esta correlação. Períodos de alta atividade solar – ou no caso de grandes ejeções de massa solar – podem desencadear uma cascata de efeitos, desde induzir mutações em vírus que podem se espalhar por todo o globo e gerar pandemias letais a contribuir para conflitos sociais entre seres humanos, do tipo que gera revoluções e guerras globais.

– Samir viveu sob o terror causado pela grande pandemia de influenza, como ele registrou no seu diário – completou Tosca. – Alguns autores acreditam que o número oficial de vinte milhões de mortes é muito inferior ao número real de vítimas fatais. Estes autores sugerem que, na realidade, as fatalidades chegaram perto de cem milhões de seres humanos, entre 1918 e 1920. Isso significa algo entre 1% e 5% de toda a população da Terra à época! Porque a cepa do vírus da influenza afetou muito mais os adultos jovens, alguns epidemiologistas estimam que 8% a 10% desse grupo demográfico pode ter morrido durante essa pandemia. No geral, mais gente morreu em números absolutos durante os três anos da grande pandemia de influenza do que durante um século inteiro da peste negra que matou entre 25% e 50% de toda a população europeia no século XIV. Isso dá uma noção clara e assustadora do que a grande pandemia de influenza significou para a humanidade numa época em que mal se conhecia a existência dos vírus, e muito menos havia vacinas disponíveis contra o vírus da influenza.

– Este é um número de mortes quase inacreditável.

– Omar, você está tentando dizer que essa mensagem que você e eu recebemos não era apenas sobre a iminência de uma tempestade solar, mas também sobre os efeitos a médio e longo prazo que ela teria para a humanidade?

– Isso é claro, mas além da possibilidade de iniciar outra pandemia ou influenciar o início de conflitos de larga escala por todo o planeta, que poderia explicar alguns dos sonhos que nós compartilhamos, Tosca, eu tenho a estranha sensação de que havia algo mais embutido nesse aviso. Eu digo isso porque, uma vez que nós soubemos da ocorrência de uma CME, todo o resto poderia ser facilmente inferido rapidamente, dadas as pesquisas que têm sido realizadas há décadas e cujos resultados podem ser facilmente encontrados com uma simples busca na internet, como você mesma fez, Tosca.

– Pois bem, tudo isso faz sentido. Mas o que esse conteúdo extra poderia ser?

– Meu sexto sentido me diz que o aviso de que uma tempestade solar era iminente e que ela poderia desencadear terremotos secundários em múltiplas escalas foi apenas um preâmbulo da mensagem principal que foi transmitida para Samir e para nós dois, em 1918 e agora. Eu posso elaborar um pouco essa teoria com uma história pouco conhecida e uma das minhas maiores preocupações com o momento em que esta tempestade que aniquilou o mundo moderno, numa questão de segundos, ocorreu.

– Por favor, vá em frente, tio. Somos todos ouvidos. Eu tenho um pressentimento de que nós estamos pensando de forma parecida. Da mesma forma quando se usa uma interface cérebro-cérebro.

– Ok, deixe-me contar a minha história primeiro. Ela ilustra muito bem os efeitos de longo prazo totalmente imprevisíveis que uma pandemia de grande escala, como a pandemia de influenza de 1918-1920, pode ter num futuro distante, matando ainda mais pessoas no futuro do que agudamente.

"Nos primeiros meses de 1919, a pandemia de influenza estava longe de terminar e estava devastando novamente a população de Paris. Em fevereiro de 1919, por volta de 2.676 mortes causadas por influenza e pneumonia ocorreram na cidade. O então presidente dos Estados Unidos, Woodrow Wilson, veio a Paris no início da primavera de 1919 para participar das negociações de paz após o final da Primeira Guerra Mundial. Desde as primeiras reuniões com o primeiro-ministro francês, Georges Clemenceau, e o primeiro-ministro britânico, Lloyd George, Wilson insistiu que, como uma questão de princípio e prudência, o acordo de paz não deveria focar na humilhação das nações derrotadas, em particular os alemães, ao demandar restituições de guerra extravagantes e impossíveis de serem pagas, que certamente levariam ao caos social e à destruição da economia alemã. Por semanas, Wilson lutou contra a posição dos chefes de governo francês e britânico, introduzindo uma proposta menos vingativa que aquela que os dois líderes europeus queriam impor aos alemães derrotados. Todavia, no dia 3 de abril de 1919, por volta das seis da tarde, Wilson subitamente se sentiu extremamente mal. Testemunhas presentes descreveram que ele havia sofrido 'um ataque de tosse tão violento que quase o impossibilitou de respirar'. Pelos próximos dias, o médico particular do presidente americano temeu que ele não sobrevivesse. Afinal, Wilson era o último membro da sua família imediata a contrair influenza e ser arrastado para a fronteira da morte por ela."

– Eu nunca ouvi essa história! – Giselda já estava de queixo caído.

– Pelos próximos dias, Wilson ficou confinado à sua cama, sem condições de manter qualquer tipo de negociação, mal sobrevivendo ao ataque de influenza. Felizmente, no dia 8 de abril, ele se sentiu melhor o suficiente para retomar as conversas com os primeiros-ministros francês e britânico, mesmo sem conseguir sair da sua cama. Embora seus auxiliares mais próximos tenham notado que Wilson não havia ainda retornado ao seu estado normal, demonstrando claros sinais de fatiga física e mental, lapsos de memória e mesmo alguns comportamentos muito estranhos, como episódios recorrentes de paranoia, manifesta pela crença estranhíssima de que a sua casa em Paris tinha sido invadida por espiões franceses. Na realidade, Wilson nunca retornou ao estado anterior depois daquele ataque de influenza. Alguns dias depois, a prova de que este diagnóstico foi preciso se deu quando ele, abruptamente, removeu todas as suas objeções e seus princípios ao concordar com basicamente tudo que Clemenceau queria extrair dos alemães, como parte do acordo de paz, em termos de reparações financeiras, concessões territoriais e desmilitarização do país, sem mencionar a obrigatoriedade de reconhecer que a Alemanha tinha sido responsável pelo início da guerra. Este era exatamente o plano original dos franceses, que Wilson rejeitara por causa dos seus princípios, antes de ficar doente. Mas agora, ele concordou com todos os termos.

– Incrível! – Tosca e Giselda exclamaram em perfeita sincronia.

– Como ficou patente duas décadas mais tarde, a humilhação que os alemães sofreram, como resultado do Acordo de Paz de Versalhes, e as gigantescas crises econômicas, políticas e sociais desencadeadas em decorrência dos termos brutais desse acordo desempenharam um papel central na ascensão de Hitler e no desencadear dos eventos que levaram à Segunda Guerra Mundial. O resultado deste conflito global foi algo como oitenta milhões de mortes, ou próximo de 3% da população mundial em 1940.

"Ocorre que, quatro meses depois, já de volta aos EUA, Wilson teve um derrame devastador. Por um tempo, os médicos pensaram que este derrame provara que, enquanto em Paris para negociações, Wilson já estaria sofrendo de uma arteriosclerose grave que eventualmente levou ao seu derrame. Todavia, décadas mais tarde, o historiador John Barry contou no seu maravilhoso livro, *A grande gripe*, que uma revisão dos sintomas clínicos que Wilson sofreu enquanto em Paris revelou que todos eles, incluindo o seu quadro de confusão mental e mudança de personalidade, correlacionavam-se muito bem com a possibilidade de que o seu sistema nervoso central tivesse sido afetado pelo vírus, que sabidamente é capaz de penetrar no cérebro através dos nervos olfatórios. Assim, o estado mental de Wilson foi dramaticamente alterado devido à sua infecção viral, o que pode explicar a sua súbita mudança de posição com relação aos termos do acordo de paz. Mesmo o derrame de Wilson pode ter resultado de danos vasculares cerebrais tardios, uma das possíveis sequelas crônicas causadas pelo vírus da influenza."

– Totalmente surreal! – Tosca mal conseguia acreditar na narrativa. Giselda, por sua vez, estava em total silêncio, dado o tamanho do choque que sentiu.

– Essencialmente, isso significa que, através da infecção de um único ser humano, colocado numa posição de grande influência mundial, o verdadeiro custo, em termos de vidas humanas perdidas, da grande pandemia de 1918-1920 pode ter sido o dobro, ou seja, duzentos milhões de mortos, metade dos quais como resultado de um terremoto improvável, que se manifestou a longo prazo, que ficou conhecido como Segunda Guerra Mundial.

— Você acredita que esse tipo de efeito futuro potencialmente devastador foi parte da mensagem transmitida para nós dois em nossos sonhos? — Tosca havia aumentado a velocidade da sua caminhada em círculos e ultrapassado seu tio várias vezes.

— Talvez. Mas também é possível que quem mandou a mensagem soubesse de algo que nós não poderíamos nunca saber, em termos desses efeitos a longo prazo desencadeados por uma tempestade solar. Afinal, esta foi uma mega CME. Mas eu tenho uma outra preocupação que está me atormentando muito mais, além desses efeitos futuros não lineares.

— O que, Omar?

— Tosca, você me disse durante o nosso voo que nós estamos no meio de um dos mais baixos níveis de atividade do ciclo solar atual, não é? E que, na realidade, esse nível corresponde a um outro exemplo do mínimo de Dalton, ou seja, um dos níveis mais baixos de atividade solar jamais registrados.

— Exatamente, tio.

— Em que parte do ciclo solar ocorreu o Evento Carrington, em 1859?

— Um segundo, deixe eu verificar. Eu acho que novamente estamos pensando da mesma forma. Deixe-me ver. Aqui: em setembro de 1859, a atividade solar estava no ponto máximo do ciclo solar 10, atingindo cerca de cento e noventa e quatro manchas solares/mês. Eu sabia! Bingo, de novo!

— Precisamente, o Evento Carrington, agora a segunda maior CME no registro histórico, aconteceu no pico do ciclo solar, como qualquer um esperaria. Você precisa de muitas manchas solares para produzir uma grande CME. Todavia, a mãe de todas as tempestades solares, que ainda está iluminando os céus das nossas noites tropicais, ocorreu exatamente durante um mínimo histórico da atividade do nosso sol, um valor que é o menor em alguns séculos. Algo assim pode acontecer, mas as chances são extremamente pequenas. Afinal, existem muito poucas manchas solares se formando na superfície solar durante um mínimo como este. Isso abre a possibilidade de uma outra interpretação para a mensagem que nós recebemos.

Antes que Omar pudesse concluir o pensamento, Tosca o interrompeu.

— Que esta mensagem não foi de forma alguma um alerta de um perigo iminente.

— Exatamente!

— Mas o que ela foi então? — Giselda agora também se levantara e parecia estar à beira do desespero.

— Algum tipo de veredito, Juja. Um decreto, substanciado por uma justificação legal ampla e irrefutável, seguida imediatamente por uma sentença, imposta sem piedade contra quem está sendo acusado.

— Quem está sendo acusado?

— A humanidade, minha querida. Toda a humanidade.

— Você está tentando nos dizer que a tempestade solar que acabou de nos atingir não foi um evento aleatório, um acidente da natureza, mas um ato voluntário e deliberado perpetrado por algo ou alguém? — indagou Giselda.

— Precisamente, minha irmã.

— Mas quem foi o juiz que decretou esta sentença de morte?

— Eu não tenho a menor ideia, Giselda, mas nós sabemos muito bem quem foi o executor da sentença.

— Quem?

— O Grande Aten! Quem mais, Juja?

CAPÍTULO 29

A ESCURIDÃO MOSTRA O CAMINHO

Manaus, Brasil – segunda-feira à noite, 4 de fevereiro de 2036 – dois dias e meio depois do impacto

– Bisavô Samir foi muito preciso na sua descrição deste tipo de sonho. Eu não consigo ver nada ao meu redor, somente a escuridão mais completa e perfeita que eu já experimentei na vida. Agora que estou no meio dela, posso verificar como a comparação dele com um céu sem estrelas e planetas foi muito apropriada. E ainda assim, a despeito desta superfície pristina e límpida de uma escuridão fluida, onde eu me encontro totalmente imersa, e como no caso de Samir, por um período de tempo que eu não posso definir precisamente, eu não me sinto amedrontada de forma alguma. Na realidade, eu me sinto muito bem. A sensação exata que estou sentindo certamente é estranha, mas ela é compensada por esse sentimento de elação e conforto que se apoderou de mim. Esta é a melhor forma como eu posso descrever essa experiência inusitada de estar flutuando no meio deste nada perfeitamente negro.

"O silêncio total, a perda de qualquer noção de espaço e tempo, e o abraço de sucuri do vazio me faz sentir como aquele primeiro cosmonauta russo que realizou um passeio fora da sua nave espacial, nos anos 1960. Mas sabendo o que eu sei de antemão, e tendo aprendido o que aconteceu com Samir quando ele teve, ao que tudo indica, o mesmo sonho, em 1919, o meu cérebro já construiu antecipadamente a expectativa de que eu estou flutuando na mesma 'câmara de comunicação' que o meu bisavô visitou, mais de um século atrás. Quase como esperando – se a teoria de Omar estiver certa – o momento da minha aparição na corte de um tipo de magistrado divino."

Depois de um par de horas de debates intensos com seus parentes, focados nos méritos da teoria de Omar e o que ela poderia significar para a humanidade, caso ela estivesse próxima da verdade, Tosca sentiu uma necessidade urgente de retornar para o seu quarto e desfrutar de algumas horas de um sono restaurador. Enquanto ela achava o seu caminho para o segundo andar da mansão, todavia, ela continuou a remoer as questões cruciais e quase absurdas, particularmente para alguém que não tivesse familiaridade com os fatos e dados que eles haviam coletado, que haviam instigado as últimas duas horas de argumentos angustiados entre os três familiares. Seria mesmo possível que a tempestade solar que acabara de varrer do mapa a civilização moderna na Terra tivesse sido gerada propositadamente? Que tipo de tecnologias e conhecimento científico fora do esquadro estariam por trás da criação e uso de uma arma potente o suficiente para influenciar a atividade solar e literalmente punir toda uma civilização e todo um planeta? Para que propósito? E mais crucialmente, quem estaria por trás da criação de tal arma cósmica e da decisão de usá-la contra os habitantes da Terra? E o que alguém com esse tipo de poder avassalador poderia exigir em troca de evitar usar a arma novamente e em maior escala?

Evidentemente, não havia nenhum fragmento de resposta para nenhuma dessas perguntas. Ainda assim, na altura em que Tosca se deitou na sua vasta cama *king size*, a sua mente ainda estava em alta rotatividade, tentando identificar qualquer pista, qualquer sentido no dilema que todo o planeta poderia enfrentar em breve. Surpreendentemente, mesmo para ela, antes que ela pegasse no sono, os seus derradeiros pensamentos conscientes revelaram claramente que o seu cérebro de neurocientista verdadeiramente esperava encontrar pelo menos algumas destas respostas no mais inesperado dos ambientes aonde um cientista iria em busca delas: no meio do seu próximo episódio de sono REM, mais precisamente, durante mais um dos seus sonhos extravagantes.

De fato, a sua mente deixou muito claro para ela, durante os duzentos milissegundos finais de vigília, que, muito provavelmente, essa seria a única chance real de se obter alguma clarificação, uma vez que os dias e horas da semana passada haviam desafiado tudo em que ela acreditava e conhecia como fato.

Assim, quando as suas pálpebras começaram a se render à cantiga de ninar irresistível produzida pelas repetidas ondas delta geradas pelo seu córtex, enquanto os primeiros salvos de fuso de sono começavam a expressar o seu ritmo de ir e vir, seguindo a mesma rotina usada por milhões de anos por todo e qualquer cérebro de hominídeo que um dia singrou a superfície da Terra, Tosca se deixou embalar alegremente, sabendo que era a oportunidade que ela desejara: mergulhar num oceano de conhecimentos totalmente novos que ela jamais ousou imaginar que poderia existir, menos de uma semana atrás.

– Omar, você está aqui também?

Nenhuma resposta lhe foi devolvida pela escuridão.

– Tio, você também está compartilhando este sonho?

Novamente, a escuridão permaneceu em silêncio. Claramente, Omar não havia sido convidado dessa vez. Tosca estava sozinha. Nada novo para uma mulher que tivera que lutar por reconhecimento numa área ainda totalmente dominada, mais frequentemente do que se poderia imaginar, por machos alfa, da versão anglo-saxã arrogante e chauvinista que se comportava como algum tipo de divindade.

– Pelo visto não. Somente eu desta vez. Que estranho! Por que apenas eu sonhando o mesmo sonho de Samir? Por que Omar não foi convidado para a festa? Vai saber!

Muitos minutos se passaram depois desta reflexão silenciosa de Tosca. Ou seriam horas? Tosca não sabia dizer. A escuridão mantinha seus mistérios bem guardados consigo mesma. Tosca não teve a chance de receber instruções prévias. Somente aquela espera que parecia perpétua no meio do nada.

De repente, porém, algo começou a acontecer.

– Ah, ah, a primeira descarga elétrica. Já era tempo! Uau, que trovão espetacular. Muito mais alto e ressonante que qualquer tempestade amazônica! Mais raios. Tem que ser agora. Alô, eu estou aqui. Podem ir em frente e me iluminar. Eu estou pronta para seja o que for que vocês queiram atirar na minha direção. Modo de dizer, né?

Sem esperar muito mais, as mesmas reverberações rítmicas que haviam deixado Samir tão intrigado começaram a ocorrer, mais de cem anos depois, ao redor da sua bisneta. Subitamente, o vazio estava despertando e começando a pulsar como uma fera se preparando para emboscar a sua presa inocente. Dessa vez, porém, havia alguém capaz de entender o que estava acontecendo.

– A ressonância de Schumann soa espetacular nesta câmara de eco. Será que foi isso que Samir ouviu também? Tem que ser. Agora o som está ficando mais forte, mais claro. Ele disse que não conseguiu entender nada, que parecia que algo ou alguém estava tatuando mensagens diretamente nos seus neurônios. Sim, ele estava certo, totalmente certo! Essa é a mesma sensação que eu estou começando a sentir. Realmente, parece que alguém está tatuando uma mensagem pictórica complexa diretamente nas profundezas do meu cérebro. A descrição se encaixa perfeitamente no que Samir escreveu no seu diário. Palavra por palavra. Ele realmente merece muito crédito por aquela narrativa absolutamente fidedigna do que se sente ao se receber a transmissão dessa mensagem diretamente no cérebro. Nenhuma dor de qualquer tipo, nenhum desconforto também. Mas espere, espere um minuto, José. Não pode ser! Isso é impossível. A menos que eu esteja enlouquecendo rapidamente, não tenho dúvida alguma! Eu estou entendendo a mensagem! Toda ela! Eu posso compreender, palavra por palavra, quero dizer, imagem por imagem. O que diabos está acontecendo? Como eu gostaria que você estivesse aqui, Omar. Você adoraria esta experiência maluca. Quem poderia dizer que John Wheeler estava certo desde o início: o universo é realmente uma entidade participativa. Eu vou me divertir explicando o que isso quer dizer para você, tio.

Naquele momento da transmissão, Tosca se deu conta de que ela não precisava falar nada para estabelecer uma comunicação bidirecional com os "tatuadores neurais" que pareciam estar muito ocupados, rapidamente gravando hieróglifos neurais, nos vales e montes do seu manto cortical. Ela só precisava pensar o que gostaria de dizer ou perguntar e os seus pensamentos seriam transmitidos. Mas transmitidos para quem, exatamente? Esse detalhe fundamental permanecia sendo um grande mistério.

Tosca pausou por um momento para contemplar o absurdo daquela última questão, porque, por mais estranho que isso soasse para alguém que não participava do seu sonho, parecia haver mais do que um tatuador envolvido na tarefa de tatuar cada milímetro cúbico do seu córtex. Era difícil identificar precisamente o número de participantes porque não havia vozes a serem ouvidas. Pelo contrário, a sensação que ela experimentava vividamente era a de que ela estava participando de um diálogo muito peculiar com vários interlocutores. Essa foi a percepção que o seu cérebro criou, construindo a partir de sentimentos totalmente novos que pareciam indicar a presença de muitos tatuadores, trabalhando em paralelo, cada um deles exibindo um toque peculiar, enquanto mensagens muito complexas eram tatuadas no seu cérebro.

Tosca nunca tinha experimentado nenhuma droga na sua juventude, mas estava começando a pensar que esta parecia ser uma das mais exóticas viagens de LSD jamais experimentadas por qualquer ser vivo neste canto da Via Láctea. E ainda assim, ela rapidamente se habituou por completo à experiência fora do ordinário, bem como ao diálogo cacofônico e, logo, relaxou e apenas seguiu o fluxo dessa interação mais do que peculiar, quase como se ela tivesse entrado num ritmo desconhecido.

O aspecto mais intrigante e surpreendente daquele diálogo mudo se manifestou pelo fato de que a sua mente estava sendo totalmente inundada com uma enxurrada de novas informações, fatos e conhecimento altamente elaborados, algo que provavelmente levaria algumas vidas para adquirir de formas mais tradicionais, digamos assim. Ela pensou em indagar por um momento por que estava desse lado de tanta generosidade. De fato, ela nunca tinha imaginado que um dia seria capaz de compreender e decifrar tanto conhecimento novo ao mesmo tempo. Mas ali estava ela, fazendo exatamente isso, compreendendo e decifrando. Enquanto isso suas sinapses e microcircuitos neurais estavam mudando numa velocidade impressionante, como resultado desta tatuagem neural.

Muitas vezes, Tosca pensou que o fato de que ela ainda conseguia acompanhar o ritmo da transmissão só poderia ser considerado como um milagre. Certamente, tudo parecia mágica para ela, como Sir Arthur C. Clarke gostaria de dizer, a propósito. Sim, para sua desmoralização completa, ela finalmente tinha que concordar com o fato de que não havia mais como escapar das sábias previsões do grande pontífice da ficção científica. Mas nem milagres e nem mágica eram parte da sua vida, nenhum deles incluído no seu treinamento científico, e como tal, não aceitos como possíveis explicações para os enigmas que o universo nos oferece. Algo mais estava ocorrendo, mas mesmo que ela estivesse usando toda a sua experiência e capacidade mental para tentar extrair algum sentido de tudo isso, ela estava falhando miseravelmente.

Por mais difícil que fosse admitir a derrota, seja lá o que estivesse acontecendo dentro do seu cérebro parecia ser algum tipo de feitiçaria. Arthur C. Clarke certamente estaria rindo aos borbotões se ainda estivesse por perto. Espere: talvez ele estivesse!

No mesmo momento em que um tsunami de conhecimento totalmente inovador estava sendo adicionado aos seus giros corticais, ela era capaz de compreender tudo instantaneamente. O fluxo lógico, a narrativa, a matemática por trás, os esquemas de engenharia, tudo organizado num plano totalmente digerível. O plano que ela teria que executar para salvar a humanidade da sua própria extinção. Como isso poderia ser possível? Por que eles haviam escolhido justo ela, dentre nove bilhões de seres humanos?

Ali, naquele instante, ela não tinha tempo para pensar sobre esses aspectos morais e éticos de forma alguma. Na realidade, nesse momento de revelações cósmicas, toda a atenção estava focada em desesperadamente tentar manter-se no mesmo passo do ritmo frenético dos artistas tatuadores. E, se qualquer coisa, eles estavam começando a acelerar a sua transmissão.

– Mais devagar, por favor, mais devagar, só um pouco. Eu posso ler, eu posso ver, eu posso decifrar as equações e entender os esquemas, mas agora tudo está ocorrendo muito depressa. Sim, sem problemas, vocês podem continuar a tatuar, eu estou logo atrás de vocês. Quem quer que vocês sejam, estou entendendo o que vocês querem que eu aprenda e faça. Mas esperem um minuto! O que vocês disseram? Por favor, repitam. Vocês não podem estar falando sério! Vocês querem que eu faça o quê? Impossível, eu não vou conseguir fazer isso. Nunca vai funcionar. Onde? No laboratório de Samir? Como pode ser? Ele não tinha esse tipo de instrumentos. Ele coletou artefatos gregos e islâmicos de muitos séculos atrás. Nada que possa ser útil agora. Quando? Eu tenho até quando? Menos de um dia? Isso não faz nenhum sentido, mesmo que nós tivéssemos eletricidade e supercomputadores disponíveis, não daria tempo de preparar tudo que precisamos nessa pressa toda. O quê? Vocês já fizeram isso? Vocês ajudaram Samir a construir o quê? Para quê?

Tão rápida era a transmissão a essa altura que o fluxo de informações agora estava ficando praticamente incompreensível: a aceleração da gravação no cérebro de Tosca estava alcançando o limite da sua memória de curto prazo muito rapidamente; não havia muito mais que ela conseguiria absorver e entender, se as coisas fossem mantidas naquele ritmo alucinado. Tudo já tinha sido extraordinário, realmente incrível. O que ela aprendera e capturara durante aquele breve encontro teria levado décadas – talvez séculos – para aprender pelos meios tradicionais de comunicação. Ela quase se sentiu como se tivesse recebido toda uma enciclopédia de leis cósmicas numa única sessão de tatuagem cerebral. Realmente extraordinário, mas aparentemente ainda havia mais por vir.

– Vocês estão tentando me dizer que esta foi a razão pela qual nós tínhamos que ser interrompidos pela mãe de todas as tempestades solares? Como chegaram a essa conclusão? Por que nos ajudar agora, então? Vocês querem que eu faça isso? Quem são vocês, a propósito?

E então, só havia silêncio dentro do cérebro de Tosca.

Nenhuma tatuagem a mais. Tão rapidamente quanto vieram, eles desapareceram. A sessão havia acabado. Somente a escuridão silenciosa permanecia. Naquele momento, Tosca acordou gritando, como uma mulher ingênua retornando de um encontro amoroso, transformado em pesadelo. Os cachorros da casa, dormindo no vasto quintal dos fundos, acordaram e começaram a uivar em uníssono.

O seu primeiro pensamento foi de se vestir e correr para o quarto de Omar. Em menos de uma semana, ela iria tirá-lo da cama pela segunda vez. Mas havia uma razão mais do que justificada para tanto, e uma barganha a ser negociada; uma que, dada a rua sem saída na qual eles se encontravam, nem a Terra nem algum dos seus mais irritantes inquilinos poderiam recusar. Tosca e Omar tinham menos de vinte e quatro horas para lançar "O Plano" que poderia ser a última chance de salvação para toda uma civilização.

CAPÍTULO 30

A PROVA DO CONCEITO

Manaus, Brasil – primeiras horas da manhã de terça-feira, 5 de fevereiro de 2036 – três dias depois do impacto

– Acorde, Omar, acorde já! Preciso da sua ajuda.

– O que houve, Tosca, é você? Você está bem? Pelo amor de Rá, são quatro da manhã! O que você está fazendo acordada a essa hora e quase tirando minha porta do batente?

– Nós não temos tempo a perder, tio. Vista-se, por favor, e venha me encontrar no laboratório do Samir o mais rapidamente possível. Este vai ser o maior experimento das nossas vidas. E nós temos apenas até as sete da noite de hoje para executá-lo sem falhas. Nós só temos uma tentativa. É hora do show!

Em tempo recorde e contra todos os seus princípios de vida, Omar se levantou e, em menos de quinze minutos, se dirigiu às pressas para o porão da mansão, onde Tosca já estava procurando pela lista de equipamentos e instrumentos que ela tinha sido instruída a coletar para realizar o primeiro teste do "Plano" que ela recebera em seu sonho.

– O que está acontecendo, Tosca? Por que toda esta correria? Eu nunca vi você tão agitada assim. Por favor, me diga, o que está acontecendo?

— Omar, eu vou lhe contar tudo que você quiser saber. Mas agora, por favor, vá acordar a sua irmã e peça a ela que encontre todo o vinagre e suco de limão que tiver em casa. Espere, isso não vai ser suficiente. Peça a ela para ir ao supermercado mais perto para comprar todo o vinagre e suco de limão que encontrar. Nós vamos precisar de vários litros. Se ela não conseguir achar suco de limão, que ela traga só o maior número de limões que ela encontrar e nós iremos espremê-los aqui em casa.

— Vinagre e suco de limão? Para que você quer isso? Sua mãe vai me perguntar imediatamente a razão para isso.

— Vocês vão ter de confiar em mim. Se ela perguntar, só diga que eu tive outro sonho hoje de madrugada e recebi um plano detalhado para estabelecer comunicações com o planeta todo a partir deste porão onde nós estamos agora. Mas eu tenho um prazo. Para cumpri-lo, preciso de todo o vinagre e suco de limão que pudermos achar.

— Você realmente teve esse sonho?

— Sim, Omar. E foi muito estranho perceber que você não estava lá comigo. Eu chamei por você várias vezes, mas não houve qualquer resposta vindo do vazio. Somente a escuridão, e o silêncio.

— Por acaso você teve o mesmo sonho que Samir teve em 1919? Aquele em que ele foi abraçado pela "escuridão mais negra" que ele havia experimentado. "O universo sem estrelas ou planetas", como ele descreveu. Você esteve lá também?

— Sim, eu estava no mesmo lugar.

— Você viu os raios, seguidos do trovão estrondoso?

— Sim, eu vi e ouvi. Tudo aconteceu como ele descreveu no diário. Com apenas uma exceção.

— Qual?

— Dessa vez eu fui capaz de entender a vasta maioria do conteúdo da mensagem que estava sendo transmitida diretamente para dentro do meu cérebro.

— Você entendeu a mensagem?

— Sim, tio, eu entendi. E esta é a razão pela qual preciso que você e a minha mãe consigam trazer todo o vinagre e suco de limão que vocês encontrarem.

— Pode deixar, eu vou acordar a Giselda e conseguir o que você precisa. Eu queria muito ter estado com você durante esse sonho. Teria sido fascinante compartilhar a experiência. Depois você tem que me contar todos os detalhes.

— Sim, prometo que farei um relatório completo, mas agora o tempo é nosso maior inimigo. Nós temos por volta de dezesseis horas para realizar esta transmissão para todo o mundo a partir daqui, usando tudo de útil que conseguirmos extrair do laboratório de alquimia de Samir. Aparentemente, nós devíamos ter traduzido outras passagens do diário dele porque, alguns anos depois daquele sonho, ele adquiriu a habilidade de entender frações das mensagens transmitidas durante o seu sono. Ele descobriu que havia um "Plano" e que para ele ser posto em prática no futuro ele teria que coletar alguns itens e estocá-los aqui no seu porão, esperando pelo momento adequado.

— Você está me dizendo que o seu bisavô coletou coisas para ajudar alguém a pôr esse "Plano" em prática quase setenta anos depois da morte dele?

— Parece que foi exatamente o que aconteceu. Ele provavelmente pensou que ele estava recebendo essas instruções do próprio Trismegisto. E isso fazia todo sentido para um alquimista convicto. Vá, Omar, você e a mãe já têm a sua missão para hoje. Volte o mais rápido que você puder para que eu possa lhe dizer o que precisa ser feito para realizarmos esta transmissão hoje à noite.

Com a sua cabeça ainda girando, cheio de curiosidade e, na mesma proporção, uma decepção profunda por não ter sido convidado para testemunhar também aquela revelação, Omar se dirigiu para o andar de cima da mansão para acordar a irmã. Nesse ínterim, Tosca começou a sua busca por todo o equipamento que seria necessário para a transmissão ser realizada no momento exato requerido pelo "Plano".

— Ela quer que a gente compre o quê?

— Vinagre e suco de limão, ou apenas limões em grande número para que nós possamos extrair o sumo nós mesmos.

— Ela está bem? Você acha que este pedido faz qualquer sentido, Omar?

— Eu confiaria a minha vida, se preciso, nas mãos de Tosca. Se ela diz que precisa de vinagre e suco de limão para executar uma transmissão vital que pode ajudar pessoas em todo o mundo, eu não hesitaria um segundo em conseguir o que ela precisa.

— Tudo bem, eu tenho algum vinagre no nosso depósito, mas isso não deve ser suficiente. Nós temos que ir ao mercado aqui perto e comprar tudo que ela precisar. São dois quarteirões e eu tenho certeza de que nós vamos conseguir alguém para nos ajudar a trazer tudo para casa.

Com Omar e Giselda ocupados com a aquisição dos suprimentos, Tosca tinha agora todo o tempo para procurar e preparar todos os equipamentos de que ela precisaria para executar a primeira parte do "Plano". Tendo recebido as instruções durante o seu sonho, bem como uma descrição completa da configuração de todo o porão de Samir, ela gastou pouco tempo para encontrar uma outra sala pequena que continha o principal equipamento de que ela necessitaria em algumas horas: um telégrafo elétrico.

Décadas de completo abandono tinham cobrado um preço considerável daquele instrumento que mais parecia uma relíquia da antiguidade, mas nada que uma limpeza completa não resolvesse. Numa primeira inspeção, o telégrafo parecia intacto, mas não havia jeito de inferir se permanecia operacional depois de tantas décadas de desuso. Educadamente pedindo permissão para algumas pequenas aranhas e camundongos que haviam feito do telégrafo a sua principal residência, ela começou a limpeza da máquina removendo camadas de teias de aranha e poeira e, finalmente, alguns pontos de ferrugem. Enquanto ela se ocupava deste processo de ressuscitar a engenhoca, Tosca se deu conta de que acabara de solucionar um mistério que atormentava tanto a ela quanto aos seus parentes desde sempre.

Por décadas, todos os membros da família conheciam uma torre alta, quase escondida, além da linha das árvores frutíferas do vasto quintal onde Tosca acreditava ter aprendido o modo de pensar para se tornar uma cientista profissional. A antena havia sido colocada a alguns metros de um para-raios gigantesco. Desde quando ela lembrava, nenhum dos seus parentes sabia explicar o porquê da existência daquela antena, a não ser que aquela estrutura tinha estado lá desde tempos imemoriais, como parte dos experimentos excêntricos de Samir. Estranhamente, ninguém se deu conta de que Samir comandava uma estação de telégrafo de dentro do porão da sua casa. Se eles tivessem lido os seus diários, saberiam que ele era um admirador fervoroso de Michael Faraday, Volta, Galvani, Maxwell e, depois dos seus sonhos de 1918-1919, de Marconi. Essa quase idolatria por aqueles que poderiam ser descritos como a família real do eletromagnetismo tinha levado Samir a estabelecer uma rede privada de telégrafos e, mais tarde, de rádio amador, entre a sua mansão em Manaus e a sua plantação no baixo Juruá.

Infelizmente, nenhuma das estruturas do seringal havia sobrevivido à decadência do ciclo da borracha, uma vez que a vasta propriedade havia sido abandonada à própria sorte e, depois da morte de Samir, nenhum outro membro da família retornara ao local. Sendo o lobo solitário e recluso que ele era, os segredos de Samir morreram com ele, deixando o significado daquelas duas torres estranhas, plantadas num canto remoto do quintal, aberto para toda sorte de especulações. Que uma delas era um para-raios era evidente para todos, mas a função da outra estrutura, a antena, nunca havia sido esclarecida. Afinal, os familiares de Samir nunca chegaram perto de ser tão abastados como ele fora. Eles tinham que trabalhar duro para sobreviver e aquela misteriosa antena permaneceu, pelo menos sob o ponto de vista dos seus descendentes, simplesmente como algum tipo de totem, que representava uma era há muito esquecida, onde havia dinheiro para se queimar com projetos excêntricos como aquele monumento inútil, segundo a intepretação familiar vigente.

Quão irônico que aquele "totem inútil" agora pudesse estar prestes a desempenhar um papel vital para o futuro da humanidade.

Depois de terminar de limpar o telégrafo, Tosca agora estava procurando pelo próximo componente de que ela precisaria para completar a sua tarefa em algumas horas. Lembrando as instruções que ela recebera durante o seu sonho, ela retornou para a sala que continha as grandes bancadas de laboratório. Durante o sonho, ela tinha sido informada da existência de um grande depósito no lado mais distante da porta de entrada do laboratório. Mas uma vez lá, ela não podia achar qualquer porta que conduzisse ao depósito. A ampla sala, agora iluminada apenas por umas poucas velas, não estava entregando seus segredos tão facilmente. Confusa pela incongruência entre o que ela viu no sonho e a atual configuração do laboratório, ela decidiu usar a mesma abordagem de que sempre se valia quando algum experimento não evoluía como planejado, inicialmente: ela começou a improvisar *ad libitum*. Primeiro, ela removeu uma das bancadas da sua frente para inspecionar a parede diretamente. Foram precisas apenas algumas batidas na parede para que o momento "eureca" se materializasse na sua mente.

– Eu deveria ter imaginado isso imediatamente. Samir, você era mesmo muito espertinho. Realmente não queria que o seu tesouro fosse encontrado tão fácil.

Depois de selecionar um bom martelo dentre as ferramentas de uma prateleira, Tosca começou a explorar gentilmente o som produzido por leves marteladas desferidas ao longo da extensão de toda a parede. Ela repetiu esta manobra até que...

– *Voilà*! Aqui está! Nada como um bom treinamento médico para saber que uma boa percussão do corpo do paciente ou de uma parede pode revelar muitos segredos escondidos. E aqui temos você: o portão da sala do tesouro secreto do bisa Samir!

Valendo-se de um martelo bem maior, uma marreta, na verdade, Tosca começou a marretar a seção da parede que claramente emitira um som bem diferente do restante, que era feita de tijolos sólidos. Foi necessária quase uma hora de trabalho intenso, mas no final daquela sessão de demolição, ela havia encontrado o que parecia ser uma enorme despensa ou depósito. Ela estava a ponto de entrar neste compartimento quando ouviu Omar e Giselda entrando no porão.

– Tosca, onde você está? Venha aqui ver o que nós trouxemos para você. Não foi fácil, mas trouxemos todo o vinagre e o suco de limão que estavam estocados no supermercado. Também conseguimos muitos quilos de limão para que possamos conseguir mais suco para você.

— Eu estou aqui no fundo do laboratório principal. Venham aqui ver o que encontrei.

— Onde você está? Está muito escuro aqui dentro.

— No final da sala grande, do laboratório principal.

Omar e Giselda se apressaram para se juntar à chefe da equipe de demolição e líder da conspiração que se iniciara num porão abandonado de uma mansão de um ex-barão da borracha. No momento em que eles a acharam, tendo driblado toda sorte de bancadas e todo o entulho produzido por Tosca, mal conseguiram acreditar no que eles viram. Seguindo a primeira instrução de Tosca, eles olharam para mais esse longo e estreito corredor, que agora se abria da parede semidestruída do laboratório principal de Samir. O corredor se estendia por pelo menos uns dez metros e se assemelhava a um depósito. Para ajudá-los a vislumbrar a magnitude da sua descoberta, Tosca estava agora iluminando o corredor com uma longa vela que mais parecia uma tocha na mão de uma Valquíria wagneriana. Estampando um amplo sorriso nos lábios, Tosca saudou o tio e a mãe.

— Bem-vindos à subsidiária tropical da Casa da Sabedoria de Bagdá!

— O que diabos são todos estes vasos enormes de cerâmica, enfileirados um atrás do outro, preenchendo todas estas prateleiras, do chão até o teto?

— Omar, acredite ou não, vocês estão olhando para o que pode bem ser a maior coleção jamais montada fora do Oriente Médio das chamadas Baterias de Bagdá.

— Baterias do quê? — Giselda novamente parecia totalmente confusa, mas sua filha logo partiu em seu socorro.

— Baterias de Bagdá, mãe. Uma espécie de pilha da antiguidade. O espécime original foi descoberto por um pintor e arqueólogo amador austríaco, Wilhelm König, próximo das ruínas de Ctesifonte, a capital lendária do Império Parta, e depois do seu sucessor, o Império Sassânida. König propôs a hipótese de que elas poderiam ter sido usadas como baterias de verdade para permitir a galvanoplastia de objetos com finas folhas de ouro.

— Inacreditável! Veja quantas delas Samir estocou aqui embaixo. Mas, Tosca, eu me lembro de ler nos anos 2020 que a maioria dos arqueólogos tradicionais nunca aceitou a interpretação de König de que elas teriam realmente sido usadas como baterias quando foram originariamente construídas. Na realidade, diferentes pesquisadores propuseram usos totalmente distintos para esses potes. Alguns inclusive ridicularizaram a ideia de que eles pudessem ser usados para gerar eletricidade dois mil anos atrás.

– Eu realmente não dou a mínima para os arqueólogos e suas disputas acadêmicas minúsculas, Omar. Mesmo que eles não tenham sido usados como baterias no passado, várias demonstrações ao longo dos anos provaram que se podem obter pequenas voltagens desses vasilhames, particularmente se vários deles forem ligados em série. Dado que a maioria, se não todas, das baterias de carros foi torrada pela tempestade solar e as baterias comuns, a essa altura, devem ter desaparecido completamente das lojas, esta pode ser a única opção que nós temos para pôr em prática a primeira fase do "Plano" hoje à noite. Em defesa da versão de König, você provavelmente sabe que outras descobertas de artefatos da antiguidade, semelhantes às Baterias de Bagdá, foram feitas, por exemplo, na Índia. Embora ninguém possa provar, esses artefatos podem ter sido usados pelos alquimistas para produzir pequenas correntes. Se elas foram usadas para galvanoplastia ou para fins medicinais, como tratar dor crônica, nós provavelmente nunca saberemos. Mas apesar das controvérsias em volta desses achados arqueológicos, e mesmo que os arqueólogos mais famosos não aceitem essa teoria, estes potes vão nos ajudar a realizar a transmissão que preciso fazer em algumas horas. E isso basta por enquanto.

– Como eles funcionam, Tosca? É por isso que você precisa de todo esse vinagre e suco de limão, querida?

– Precisamente, mãe. Cada um desses potes de cerâmica contém um cilindro de cobre. E cada cilindro contém uma haste de ferro. Uma espécie de rolha é colocada no topo do pote para não permitir que a haste de ferro faça contato com o cilindro de cobre. Nós precisamos do vinagre e do suco de limão, ou qualquer outra solução eletrolítica, para preencher a jarra e o espaço entre o cilindro de cobre e a haste de ferro. Ao conectar um fio no cilindro e outro na haste de ferro, nós iremos criar uma bateria que pode fornecer eletricidade para pequenos equipamentos, como uma luz LED, uma lâmpada etc. Embora elas não produzam grandes voltagens, será o suficiente para o que nós precisamos. Mas nós temos que conectar muitos desses potes em série para obter a voltagem de que vou precisar para fazer a minha transmissão.

– E o que nós estamos esperando então? Omar, traga os galões de vinagre e as garrafas de suco de limão aqui para baixo. Enquanto vocês preenchem os jarros, eu vou fazer a maior limonada da minha carreira com os muitos quilos de limões que compramos. Se você precisar de mais solução, será que vinho pode te ajudar? Eu não bebo e nós temos uma enorme adega que ficou ao deus-dará por décadas. Deve haver muito vinagre lá também.

– Temos um plano, mãe! Vamos em frente. Vamos ver ser o vinagre e o suco de limão são suficientes. Se precisarmos de mais solução, nós podemos tentar usar algum vinho estragado. Mas não antes que Omar e eu façamos uma triagem de algumas garrafas! – Tosca não conseguiu evitar um sorriso maroto na direção do seu tio, que não tardou retribuir, já imaginando que raridades ele poderia encontrar naquela adega abandonada.

Com Giselda deixando o porão para espremer quilos de limão na cozinha, Omar e Tosca começaram a remover cuidadosamente os potes das prateleiras para não os danificar. Como esperado, eles estavam cobertos por camadas de sujeira, incluindo toda sorte de detritos orgânicos, inorgânicos, poeira e fungos. Eles teriam que ser limpos para poderem ser usados com eficiência.

– Quantos desses nós precisamos, Tosca? E para que você vai usá-los realmente?

– Eu não sei exatamente quantos serão necessários, Omar. Sugiro que a gente remova por volta de quarenta. Veja, os cabos para conectá-los estão naquela prateleira no topo da estante. Até os jacarés para fazer as conexões já estão soldados nas pontas dos cabos. Nós vamos precisar conectar as baterias individuais em série. Surpreendentemente, para alguém que não entendeu nada quando ele foi contatado pela primeira vez, Samir deve ter aprendido muito durante os últimos cinquenta anos da sua vida. Por isso ele nunca saía deste porão. Basicamente, este era o seu parque de diversões privado. O lugar onde, sozinho, ele podia expressar todo o seu talento e criatividade, praticando a arte que era a principal razão para a sua vida. Eu simpatizo muito com ele, Omar. Eu realmente me sinto plenamente conectada com o meu bisavô, apesar de nunca tê-lo conhecido. Ele era um cientista de verdade, em todas as definições da palavra, mesmo não tendo frequentado nenhuma universidade ou recebido nenhum título acadêmico. Nós somos duas versões do mesmo vaso, digamos assim. De fato, sinto que Samir sabia exatamente em qual configuração os potes teriam que ser arranjados para gerar a voltagem de que nós vamos precisar hoje. Nós vamos ter que fabricar algumas pequenas ferramentas das coisas que encontrarmos aqui e no resto da casa. Mas, em princípio, quarenta conectados em série devem funcionar.

— Tudo bem, mas você ainda não me disse para que estas baterias serão usadas.

— Simples, tio. Para pôr em funcionamento a minha estação telegráfica privada, aqui mesmo, neste porão.

— Um telégrafo? Mas mesmo que você tivesse o equipamento adequado, que tipo de telegrama você poderia transmitir se não existem cabos funcionando e todos os satélites foram destruídos e, muito pior, ninguém vai estar preocupado em tentar ouvir uma transmissão que todos acham ser impossível realizar?

— Mas eu tenho o equipamento básico aqui embaixo, Omar. Venha comigo e vou lhe mostrar outra das minhas descobertas feitas hoje de manhã. Em relação à sua outra preocupação, sinto que estou de volta à minha rotina diária de rebater um revisor pessimista, que não acredita nos resultados que nós descrevemos num novo trabalho submetido para publicação num jornal científico de ponta. Esta transmissão não vai depender da infraestrutura usual de comunicação, mesmo porque, como você bem disse, a maior parte dela foi destruída pela tempestade. O que nós vamos realizar é um teste de um novo meio de comunicação que pode alcançar, se bem-sucedido, todo ser humano vivo ao redor do planeta.

— Por acaso este novo meio envolve a nossa velha e querida ressonância de Schumann?

– Você pode apostar que sim! Mas hoje nós só temos que testar o conceito de forma preliminar. Se funcionar, passaremos para o grande evento! E isso vai requerer bem mais trabalho. Nós iremos conversar sobre isso a partir de amanhã, eu espero. Agora nós temos que nos concentrar em encher estes potes e arranjá-los um ao lado do outro perto daquela outra sala ali. – Tosca apontou para a porta da pequena sala onde ela horas atrás havia descoberto o telégrafo de Samir.

– Mas por que levá-los todos para perto daquela sala?

– Porque aquela é a sala onde eu encontrei o telégrafo particular de Samir.

– Ele tinha um telégrafo privado?

– Ele era um barão da borracha, você já esqueceu? Por um tempo, um dos homens mais ricos do mundo. Ele podia pagar por todos os brinquedos que quisesse.

– Agora eu entendo o porquê daquela antena gigantesca no jardim. Como eu nunca pensei nisso?

– Bem, era difícil de acreditar, mas não se atormente agora. Uma vez que eu achei e o limpei, nós temos que fazer este telégrafo funcionar de novo. Mesmo que seja por apenas um breve momento de glória.

– Sim, senhora, comandante. Eu estou à sua disposição. Eu fiz coisas bem piores na minha longa vida do que tentar fazer um telégrafo com mais de cem anos de idade voltar a funcionar, de sorte a possibilitar uma transmissão mundial, de dentro de um porão no meio da Floresta Amazônica, baseado num mecanismo desconhecido que tira vantagem de nada mais do que a ressonância de Schumann, usando baterias inventadas dois mil anos atrás, provavelmente por algum empreendedor parta ou sassânida anônimo, consistindo de quarenta potes recheados de vinagre, suco de limão e, eventualmente, vinho extremamente caro que virou vinagre. Soa como o tipo de investimento de uma *startup* que eu evitaria com todas as minhas forças, Tosca. Mas estranhamente, amei a ideia. Vamos em frente!

Ambos gargalharam em sincronia com a mais do que precisa descrição de Omar da situação inusitada em que eles se encontravam, enquanto começavam a inglória e metódica tarefa de mover os quarenta vasos de cerâmica com mais ou menos um metro de altura até a já batizada "sala de comunicações", para preparar a prova de conceito que precisava ser executada em breve.

Embora as preparações soassem triviais em teoria, foram precisas várias horas para limpar os potes completamente, checar os cilindros de cobre e as hastes de ferro para sinais de ferrugem, e então, preenchê-los com vinagre e suco de limão, boa parte desse último componente proveniente da operação de espremedura realizada por Giselda na cozinha da mansão. Uma vez que todos os potes estavam preenchidos com a solução adequada, eles agora precisavam ser conectados em série para aumentar a voltagem gerada pelas baterias. Assim que elas foram conectadas, Tosca foi para o seu quarto para procurar um LED que ela tinha na sua bagagem e o trouxe para um rápido teste da sua recém-construída usina elétrica.

– Ok, a hora é agora. Se este LED conseguir emitir alguma luz, nós estamos prontos para a transmissão.

– E se não funcionar? – Omar olhou agoniado para a sua sobrinha.

– Eu estarei totalmente aberta para qualquer plano B que venha à sua mente, tio.

– Vá em frente, Tosca. Conecte o LED.

– Aqui vamos nós. Que San Gennaro e Nossa Senhora Achiropita nos ouçam!

Quando o LED sem qualquer vergonha ou repulsa emitiu um feixe de luz cheio de energia e orgulho por ter sido induzido a tanto por um modelo de bateria de dois mil anos, tio e sobrinha, aos berros, celebraram efusivamente, quase como se eles tivessem pessoalmente marcado o último gol do Palmeiras num Dérbi altamente parelho.

– Nós acabamos de superar o primeiro obstáculo para o nascimento de um novo mundo. Um pequeno flash de um LED, uma gigantesca explosão de supernova para o futuro do *Homo não tão sapiens*!

– Nada mal, Tosca, nada mal mesmo. Nós temos uma pequena fonte de eletricidade, mas ela será suficiente para fazer um telégrafo centenário voltar a funcionar? E a propósito, supondo que ele funcione, como saberemos que a sua mensagem foi recebida por alguma plateia?

– Você se lembra de como os mineiros usavam pássaros numa gaiola, colocada nos túneis subterrâneos, para obter o primeiro sinal de algum vazamento de gás letal nas minas?

– Claro, isso ficou legendário.

– Acredite-me, eu terei um canário também para confirmar que a mensagem foi recebida pelo destinatário. – Tosca deu uma piscadela para o tio no exato momento em que Giselda se juntou a eles, dentro da nova estação, pronta para ser inaugurada com a sua transmissão teste.

– A casa inteira, incluindo eu, está cheirando a limão. Eu não me lembro de já ter feito esta quantidade monstruosa de limonada antes, mesmo que somasse todos os churrascos da família que realizamos nesta casa nos últimos cinquenta anos. Eu sinceramente espero que isso funcione, porque não quero ver um limão na minha frente por muito tempo.

– Eu também não, mãe. Espero que tudo funcione, apesar de todas as improvisações que nós tivemos que fazer.

– Como você bem sabe, Tosca, esta é geralmente a forma como as grandes descobertas são feitas. Frequentemente, uma improvisação de última hora, ou um evento acidental leva a avanços incríveis. Mesmo na matemática estas coisas acontecem com frequência.

– Eu sei, Omar, mas desta vez nós vamos rodar um experimento sem nem mesmo saber quantos componentes fundamentais vão funcionar de verdade. Mas tudo bem, nós não temos outra opção disponível no menu hoje.

– Certo, mas qual é o próximo passo, Tosca? – Giselda estava mais ansiosa para participar daquele seu primeiro experimento do que um estudante de graduação recém-admitido num laboratório. Depois de décadas ouvindo relatos de Tosca sobre os seus experimentos, ela teria a oportunidade mais do que especial de participar do time da sua filha favorita pela primeira vez. Isso é, se nós considerarmos a carreira profissional de Tosca, e não quando ela era uma criança, pois Giselda sempre ajudara a filha com o seu jogo de química e experimentos de quintal. Mas hoje tudo seria muito diferente. Isso era real: ciência de ponta sendo realizada na frente dos seus olhos, em tempo real, focando numa descoberta inédita, depois de um evento cataclísmico que tinha chutado a humanidade de volta para a era pré-eletricidade.

– Agora, nós só temos que sentar aqui, calmamente, esperando pela nossa usual tempestade tropical do final de tarde e as descargas elétricas que ela produzirá. Este será o sinal para o começo da nossa transmissão, que vai usar o código Morse.

– Você já pensou na mensagem que vai transmitir? Ela não pode ser muito longa, porque não vamos arrancar muita corrente destas baterias.

– Verdade, Omar. Eu pensei exatamente nisso. Eu tenho uma mensagem muito breve. E mesmo ela sendo curta, inclui uma forma para o meu canário me informar que a mensagem realmente atingiu a audiência desejada.

– Sempre inteligente! Ela não é uma gracinha, Omar?

– Nem me fale, Juja. Linda e esperta como uma onça-pintada.

– Parem com isso, vocês dois. Vamos beber alguma limonada que sobrou, se sobrou alguma, assim nada será perdido de todo o trabalho de dona Giselda.

– Acredite-me, Tosca, nós temos limonada para um mês pelo menos. Vamos para a cozinha por um momento. Nós ainda temos algum tempo. Vamos relaxar um pouco e comer algo também, afinal nós estamos de pé desde as quatro da manhã.

– Boa ideia, mãe. Vamos fazer um intervalo e comer algo. Nada mais precisa ser feito a não esperar pela tempestade.

Totalmente exaustos devido à perda de boas horas de sono, sem mencionar todos os esforços, os nosso três mosqueteiros decidiram capotar nos sofás espaçosos e aconchegantes da sala de estar para uma cochilada de meio de tarde. Nenhum sonho de maior significância foi produzido durante esta soneca, para alívio de todos, apenas inconsciência profunda e relaxante.

Sem que eles se dessem conta, várias horas se passaram, até que o silêncio foi quebrado pelo primeiro trovão que anunciava a chegada da tempestade tropical cotidiana que estava por atingir Manaus.

– Acordem, vocês dois! Está na hora. A tempestade está vindo na nossa direção.

Olhando apreensiva pela janela da sala de estar, ainda meio sonada, Tosca sabia institivamente que ela tinha que se apressar e retornar para o porão de Samir e o seu telégrafo recém-reformado. Omar e Giselda foram mais lentos que ela e, no momento em que eles se levantaram e se espreguiçaram, notaram que Tosca já havia desaparecido. Não querendo perder nenhum segundo do show, eles seguiram os rastros da nossa neurocientista em direção à única estação telegráfica funcional do século XXI, localizada no subterrâneo da última mansão de um barão da borracha ainda de pé em Manaus.

Quando chegaram ao seu destino, Tosca já tinha assumido a sua posição de comando, sentada na cadeira de jacarandá colocada na frente do telégrafo que brilhava hoje mais do que nunca, em toda sua existência centenária. Seguindo ao pé da letra as instruções que recebera no sonho, ela teria que esperar pelo momento preciso – nem antes, nem depois – para lançar o mais ousado experimento de toda a sua carreira; um em que ela tinha absoluta certeza de que nenhum sistema de revisão de pares acreditaria, muito menos a deixaria publicar os seus achados.

Sorrindo com esse último pensamento, e esperando surpreender novamente os seus pares não tão ousados, ela checou pela última vez para ter certeza de que as baterias estavam apropriadamente conectadas e que a pequena voltagem produzida pela estação elétrica improvisada ainda conseguia iluminar aquele LED. Agindo como um almirante que acabou de assumir o comando da cabine do seu porta-aviões, um pouco antes do início de uma batalha naval de grande porte, Tosca saboreou aquele derradeiro momento antes de pular no olho do furacão do desconhecido, antecipando a possibilidade, mais uma vez na sua carreira, de ver algo que ninguém vira antes, algo que ninguém jamais ouvira, pois a natureza tem essa tendência enlouquecedora de relutar em revelar seus segredos mais íntimos e apenas recompensar os mais persistentes e ousados dos seus observadores.

– As baterias estão prontas. O telégrafo está operacional. Eu estou pronta. Agora nós só precisamos de um bom e direto impacto.

– Que impacto, querida? Do quê?

– De um raio, mãe. De uma megadescarga elétrica, para que nós possamos rodar essa prova de conceito.

— Você vai ter todos os raios de que você precisar, e um pouco a mais para te dar uma margem de segurança. — A última tirada de Omar foi subitamente interrompida por um tremor do solo provocado por um trovão muito mais próximo, mostrando que a tempestade estava rapidamente se aproximando da Mansão Cohen.

— Vai ser a qualquer momento agora.

— O quê?

— O sinal que me diz que o momento chegou para começar a transmissão.

Fora da mansão, como acontecia todos os dias na mesma hora nesta época do ano, a tempestade tropical estava atingindo o seu pico e ensopando toda Manaus no processo. Flashes intensos de luz, produzidos por relâmpagos, carregando algo entre um e cinco bilhões de joules de pura energia eletromagnética, podiam ser vistos cruzando os céus amazônicos, criando toda sorte de imagens fantasmagóricas, enquanto iluminando toda a cidade que ainda continuava em total escuridão, quase quatro dias depois do desastre eletromagnético que a atingira.

— E como será este sinal que você precisa receber?

Omar mal tinha terminado de formular a sua pergunta quando uma gigantesca descarga elétrica atingiu o solo próximo da mansão, produzindo, em poucos segundos, um tremor que fez tremer todas as fundações da mansão, como se um pequeno terremoto a tivesse atingido.

— Como isso! Este é o sinal! A transmissão começa agora!

Depois de conectar os dois cabos saindo da cadeia de baterias nos respectivos polos do telégrafo, Tosca começou a teclar a alavanca de transmissão freneticamente para poder transmitir sua mensagem o mais rapidamente possível. Tendo a reduzido ao mínimo necessário para que os seus ouvintes pudessem entender o objetivo daquele teste, ela foi capaz de repetir a mensagem algumas vezes, antes que a sua fonte de eletricidade simplesmente morresse de estafa.

— Que par de minutos loucos! Mas parece que tudo deu certo. Agora nós só temos que esperar até amanhã, por volta das oito da noite, para ver se o nosso experimento funcionou ou não. Isso é tudo por hoje, camaradas. Belo trabalho!

– Só isso, Tosca?

– Sim, mãe. Por que você parece desapontada? Eu espero que entenda que na ciência nós precisamos ser pacientes para obter todos os resultados, para coletar todos os frutos, por assim dizer. Especialmente quando a gente está lidando com algo que nunca foi tentado antes; algo como o que nós acabamos de fazer.

– Muito bem, minha querida. Vamos esperar até amanhã. Quem quer uma sopa quente para o jantar?

– Seria ótimo, mamãe. Eu vou ajudar você a arrumar a mesa. Você vai se juntar a nós, tio?

Fora das suas características de tagarela contumaz, Omar tinha passado os últimos minutos num estado bem mais contemplativo. Olhando de volta para a sua sobrinha, os seus olhos pareciam particularmente arteiros. Tentando esconder as suas reais intenções, ele respondeu de forma quase submissa.

– Eu vou me juntar a vocês em alguns minutos. Eu só quero explorar um pouco mais o porão antes do jantar.

– Tudo bem. Nós vamos te chamar quando o jantar estiver pronto.

Jantar e dormir toda uma noite sem mais nenhum evento noturno que trouxesse atribulação extra.

Depois de se juntar a sua irmã e sobrinha para o jantar, Omar permaneceu calado, evitando discussões mais prolongadas dos eventos daquele dia agitado. Para Tosca, ele parecia ansioso e curioso para verificar se o experimento que ele ajudara a preparar iria dar resultado. Para Giselda, o seu irmão mais velho estava planejando algo em silêncio que ela ainda não conseguia vislumbrar. Entre essas interpretações opostas, um observador independente optaria por escolher a de Giselda, uma vez que ela conhecia Omar por muito mais tempo e sabia que ele se comportava daquela forma quando estava concebendo uma de suas grandes teorias.

Lá fora, a tempestade continuou a bombardear a cidade por muito mais tempo, produzindo uma contínua barragem de descargas elétricas que Tosca esperava que poderia trabalhar a favor do resultado esperado do seu experimento. Como nenhum deles tinha dormido bem, depois do jantar, todos se dirigiram para seus respectivos quartos no segundo andar da mansão.

Dessa vez, a noite seria livre de eventos extraordinários. E de sonhos também.

Talvez isso tenha ocorrido porque os tatuadores de cérebro, que viviam no vazio da escuridão dos sonhos de Samir e Tosca, também estavam muito ansiosos esperando o que aconteceria, na noite seguinte, bem em frente do teatro de ópera, no centro daquela metrópole tropical, submersa no meio da grande Floresta Amazônica.

CAPÍTULO 31

SOMENTE ACABA QUANDO O CANÁRIO CANTA

Manaus, Brasil – quarta-feira à tarde, 6 de fevereiro de 2036 – quatro dias depois do impacto

Depois de passar boa parte do dia ansiosamente esperando pelo momento de checar o resultado do mais importante experimento da sua carreira, por volta de sete e meia da noite Tosca deixou de lado bruscamente o livro da história das Cruzadas que ela estava lendo por várias horas, sem absorver quase nada do seu conteúdo, e se levantou para ir ao quintal para pegar três cadeiras de praia. Chamando Omar e Giselda, logo a seguir, ela começou a levar as cadeiras para o terraço bem espaçoso do terceiro andar da mansão. Uma vez lá, ela selecionou um lugar que dava de frente para a praça São Sebastião, com uma visão privilegiada da entrada principal do Teatro Amazonas, o teatro de ópera de Manaus.

Foram precisos vários minutos para que Omar e Giselda pudessem se juntar à líder daquela excursão noturna.

– Por que nós temos que vir aqui em cima no terraço com toda esta pressa, Tosca?

– Porque temos que organizar a nossa estação de observação para saber se o nosso experimento funcionou ou não. Esta é a razão, mãe.

– Mas por que precisamos nos sentar do lado do terraço que fica de frente para a ópera?

– Se as coisas funcionarem como planejado, vocês vão entender em alguns minutos. O meu canário tem que voar por lá. Mas ao contrário do final trágico da história das minas, em que o passarinho sempre morre, se tudo der certo, este canário vai anunciar o sucesso do nosso experimento.

– Eu não estou entendendo nada, minha querida. Você está, Omar?

– Eu acho que tenho uma pista, mas vou deixar Tosca conduzir a cerimônia e esperar pelo *grand finale*.

– *Grazie mille*, tio. Vamos sentar confortavelmente e beber uma limonada enquanto esperamos até o horário que eu incluí na minha mensagem.

– Eu vou passar o convite da limonada. Eu não acredito que possa nem olhar para mais uma gota, muito menos tomar mais limonada. Depois de finalizarmos aqui, eu vou visitar a adega e ver se existe algo ainda bebível por lá.

– Dez minutos para as oito da noite. – Giselda parecia nem ter ouvido o plano de invasão da adega de Omar. Ela estava totalmente focada na sua missão de observadora privilegiada de um experimento que nunca havia sido tentando.

– Precisamente, mãe. Mais ou menos isso.

– Então, nós temos pelo menos dez minutos. Talvez você possa nos dizer um pouco mais sobre o que aprendeu durante o sonho enigmático que você teve.

– Claro, Omar, isso será bem proveitoso porque eu acredito que este sonho me ajudou a conectar alguns aspectos da sua teoria sobre o que está acontecendo nestes últimos dias.

– Como o quê? – Contrariando o que ele dissera, Omar aproveitou para tomar um gole de limonada, tentando conseguir algum alívio da umidade e do calor.

– Para começar, eu acho que você está certo em sugerir que a mensagem que nós recebemos nos nossos sonhos compartilhados foi mais do que um alerta. Embora ela certamente contivesse um alerta sobre as consequências multidimensionais que a CME solar desencadearia, uma vez que ela atingisse a Terra, tanto no curto, médio e longo prazos, havia muito mais embutido nestes sonhos.

– Prossiga, por favor!

– Para começar, a mensagem queria deixar claro quão vital o nosso sol é para a sobrevivência da humanidade e quanto nós negligenciamos este conhecimento fundamental durante a construção das bases da nossa civilização moderna, baseada numa infraestrutura eletrônico-digital que poderia ser varrida do mapa - como foi, aliás - por um simples soluço solar. Certamente, esta narrativa foi embutida na mensagem, e por isso a sequência de sonhos começou com um ritual de culto ao sol realizado por Akhenaten e Nefertiti. A metáfora usada foi óbvia: os seus ancestrais já sabiam quão importante e poderoso o sol é. Eles cultuavam o sol como um Deus desde os primórdios da civilização humana. Os egípcios até abusaram ao criarem uma divindade para o sol nascente, outra para o sol poente, e até uma para o disco solar, o Aten, cultuado por Akhenaten. Este último Deus foi chave, porque foi do disco solar que a CME que atingiu a Terra se originou. Então, esta interpretação me parece bem lógica.

– Concordo, Tosca. Isso faz todo o sentido. – O olhar intenso vindo dos olhos de Omar indicava o quão imerso ele estava na exposição do raciocínio de Tosca.

– A próxima máxima que surgiu desses sonhos é que a atividade do sol influencia não só a ocorrência de pandemias letais que podem ser devastadoras, tanto a curto como longo prazo, mas também o início de convulsões sociais, como guerras e revoluções, que têm um impacto tremendo na forma como a nossa civilização evolui. Durante o sonho, experimentei a sensação de que a minha teoria de como as disputas entre Brainets influenciaram o processo civilizatório foi validada. Porém ela foi interpretada com preocupação e como um grave problema da humanidade. O principal sentimento que experimentei enquanto eles estavam ocupados tatuando os meus neurônios - desculpem-me, mas esta é a melhor forma que eu achei para descrever o que senti durante aqueles momentos de intensa transmissão de conhecimento - foi que esse processo, caracterizado por uma série infindável de guerras e conflitos entre Brainets humanas distintas, cada uma delas cristalizada, por assim dizer, a partir de um conjunto de crenças conflitantes, e não negociáveis, tem aumentado exponencialmente nos últimos milênios, atingindo um patamar de onde não haverá mais retorno. Um verdadeiro limite existencial que, se cruzado, levaria a humanidade a um colapso e extinção.

— Isso explicaria o motivo pelo qual alguns desses sonhos reconstruíram as mais sangrentas e decisivas batalhas da história da humanidade, aquelas que definiram verdadeiras bifurcações da nossa história. — Omar estava logo atrás do vácuo criado pela narrativa feroz e veloz de Tosca, tentando costurar as ideias e conectá-las para compor uma síntese coerente.

— Precisamente, Omar. Acho que, ao mostrar aquelas cenas horripilantes e vívidas de algumas dessas batalhas épicas, a intenção era expor para nós dois como o confronto perene entre Brainets escalou ao longo dos tempos até virar uma ameaça à sobrevivência da nossa espécie e mesmo do planeta como um todo. Quem quer que estivesse envolvido naquele diálogo mental comigo queria transmitir a mensagem de que acontecimentos sem precedentes, que resultaram da amplificação tremenda dos meios de comunicação artificial criados pelo homem, que alcançaram e depois suplantaram a velocidade de processamento dos nossos cérebros, em vez de reduzirem o planeta a uma vila global, tiveram o efeito oposto: produzir nos últimos oitenta anos, com o advento da era eletrônico-digital, o maior processo de tribalização jamais testemunhado pela humanidade. E com isso, a receita para o desastre foi promulgada. E esta seria a principal justificativa para a decisão de usar uma tecnologia poderosa, muito além da nossa compreensão, para induzir um soluço solar, como eu gosto de dizer, que literalmente terminou com a era eletrônico-digital que nós erigimos. Para evitar que nós caminhássemos voluntariamente para o nosso fim, com um sorriso nos lábios, enquanto éramos transformados em meros zumbis digitais, como os que nós encontramos nas ruas de São Paulo. Eu acredito que existe algum mérito nesta interpretação dos nossos sonhos. Certamente, parte deles era um alerta sobre para onde o atual estado da nossa civilização estava nos levando: para a nossa extinção. Mas não termina aí. De alguma forma, experimentei a sensação de que a nossa espécie se transformou numa ameaça não só para nós mesmos, mas para outros membros da comunidade cósmica. O fato de que nós ignoramos totalmente que o nosso planeta havia se transformado numa verdadeira incubadora de vírus e bactérias letais, combinado com o fato de que nós dominamos o que é preciso para colonizar outros planetas e satélites do sistema solar, como nós estamos fazendo com Marte e a Lua, e no futuro muito além do nosso próprio sistema solar, se tornou num problema real. Então, algo tinha que ser feito para reduzir a velocidade do nosso desenvolvimento tecnológico para evitar que nós nos transformássemos numa ameaça para outras civilizações de outros mundos, mesmo que esta possibilidade possa soar remota e bem distante no futuro. Algo tinha que ser feito para impedir que nós nos transformássemos num vírus intergaláctico, por assim dizer. Como os vírus reais que nós permitimos que se espalhassem sem qualquer controle e as nossas abstrações mentais mesquinhas e letais, que para todos os fins e meios, funcionam como um vírus, o tal vírus informacional tinha que ser detido antes que se espalhasse para além das fronteiras da nossa rocha azul. Nós tínhamos que ser esterilizados antes que fosse muito tarde. Eu considero esta a mais radical das possíveis interpretações.

– E qual seria a interpretação menos radical? – Só agora Giselda se sentira confortável em interpelar a filha usando um franzir de sobrancelhas como forma de demonstrar toda a sua apreensão.

– Eu vejo um par de possibilidades, mãe. A mais benevolente é que eles acharam uma forma de ligar os seus próprios interesses de longo prazo – e por isso eu quero dizer milhares de anos no futuro – com os nossos, ao nos oferecer uma nova oportunidade de redirecionar o nosso próprio destino através de um processo de reconexão com o mundo natural da Terra. Como uma espécie de arbitragem que corrige o favorecimento de um dos dois oponentes de uma disputa, estes tatuadores pensaram que ao remover as nossas tecnologias mais sofisticadas do nosso modo de vida num único ato avassalador – induzindo uma tempestade solar –, a humanidade ganharia uma outra chance de mudar de curso e evitar a sua total aniquilação, ao retomar um modo de vida mais analógico, natural e saudável, para nós e para todo o cosmos.

— Soa plausível. Mas enquanto isso, milhões vão morrer ou sofrer muito por causa da devastação causada por um único ato judicial, perpetrado unilateralmente pelos seus amigos benevolentes. — Omar não estava deixando nenhuma margem de interpretação para o que ele pensava daquela visão. Mas isso não intimidou Tosca, mesmo porque ela adorava duelar com pessoas inteligentes e sarcásticas como Omar.

— Eles não são meus amigos, tio. Esse tipo de sentimento nunca foi compartilhado entre nós durante o sonho. Mas pense por um momento: com o tipo de tecnologia avançada que eles parecem ter à disposição, se realmente quisessem nos destruir completamente, eles poderiam ter induzido uma tempestade solar ainda maior, uma que sobrecarregaria completamente o campo magnético da Terra, destruindo-o e levando consigo a nossa atmosfera. Este cenário seria muito mais catastrófico do que o que aconteceu desta vez.

— Isso também é um cenário plausível. Mas qual é o segundo?

— Que de alguma forma eles descobriram que os Overlords planejavam criar a sua *blockchain* baseada no cérebro, a arma definitiva de escravidão em massa da humanidade. De alguma forma, este plano para a dominação final da nossa civilização, proposta por uma Brainet formada por uma elite minoritária e gananciosa, pode ter gerado algum alarme. Confrontados com a possibilidade de que a disputa milenar entre Brainets conflitantes seria decidida em favor de um arranjo fadado a acelerar a nossa destruição e a do nosso planeta rico em vida, eles decidiram tomar partido e bloquear os planos dos Overlords ao equalizar o campo de disputa e, de certa forma, atuar em favor dos nove bilhões de seres humanos que não pertencem a essa elite. Afinal, todos esses bilionários, os seus neurocratas e os meus *bankgsters*, neste momento são tão pobres como qualquer cidadão comum. E a despeito de todo o sofrimento que este evento vai causar, a tempestade solar removeu dos Overlords a oportunidade de pôr em prática o seu golpe de Estado terminal contra a humanidade. Levando em conta todas as consequências terríveis que vão surgir da tempestade solar, talvez os tatuadores tenham realizado uma análise de risco multidimensional e concluído que, ainda assim, nós teríamos mais chances de sobreviver à tempestade solar do que à escravidão perpétua almejada pelos Overlords.

– Muito boa análise, Tosca. Mas existe ainda uma pergunta vital que permanece sem resposta.

– Qual, mãe?

– Quem são os tatuadores?

– Não tenho a menor ideia.

– Que horas são? – Omar veio resgatar Tosca na hora certa.

– Já são oito horas, irmão, mas eu não vejo nada acontecendo na praça.

– Nós estamos no Brasil, você lembra, mãe? O lugar onde o conceito de pontualidade nunca existiu. Vamos esperar mais alguns minutos antes de declarar a nossa derrota.

– Claro, minha querida. Eu só estava me atentando ao horário como uma boa assistente de laboratório. – Giselda se levantou apenas para dar um abraço de mãe ursa e um beijo na bochecha da sua filha.

– Ontem à noite, depois que vocês duas subiram para a cozinha, eu retornei à biblioteca particular de Samir, procurando outros volumes do seu diário. Para minha total surpresa, encontrei um par que estava escondido atrás das caixas de borracha que nós removemos anteriormente. Eu acho que seria importante traduzir esses dois volumes também. Eu tenho um pressentimento de que nós iremos encontrar mais pistas para responder algumas das questões que ainda nos intrigam.

– Omar, eu acho que isso seria realmente muito importante. Eu tenho certeza de que nós nem ao menos começamos a descobrir o que Samir aprendeu no seu meio século de pesquisa neste porão. Dada a pequena amostra que já coletamos, que provou ser extraordinária, nós podemos achar uma verdadeira mina de ouro prospectando esses diários.

– Eu concordo, Tosca. Eu vou examinar os volumes e traduzir o que me parecer mais relevante para elucidar as nossas teorias.

– O que aquelas pessoas estão fazendo carregando tochas em direção ao teatro? – Giselda foi a primeira a disparar o alarme enquanto Tosca e Omar estavam distraídos falando sobre os diários de Samir.

– Onde?

— Ali! Veja, estão vindo daquela rua lateral e se dirigindo para a entrada principal do teatro. Meu Deus, o que eles vão fazer com aquelas tochas?

— Vamos esperar mais um pouco, mãe, e apenas observar um minuto para ver quais são as intenções deles antes de entrar em pânico.

— Giselda, veja, eles são inofensivos. Cada um deles está carregando um instrumento musical, além de uma tocha. Eles estão fixando as tochas num círculo no jardim da praça. Acalme-se, eu não acredito que eles têm qualquer intenção de danificar o teatro. Muito pelo contrário — afirmou Omar.

— Mãe, relaxe. Agora outras pessoas estão trazendo cadeiras para aqueles que trouxeram os instrumentos.

— Vocês têm razão. Por um momento pensei que eles iriam tocar fogo no prédio do teatro em algum tipo de protesto. Você sabe, Tosca, que a principal razão para Samir escolher Manaus como seu novo lar foi porque a cidade tinha construído um teatro de ópera. A sua bisavó quase não acreditou que eles iriam cruzar metade do planeta por causa desse teatro, construído no meio da floresta. Mas o teatro foi um poderoso magneto que atraiu Samir para Manaus.

— Eu conheço muito bem essa história, dona Giselda. Eu a ouvi muitas vezes, desde que eu era criança. Por isso eu incluí o teatro na minha mensagem ontem à noite.

— Você está tentando dizer que o que está acontecendo na praça do teatro tem algo a ver com a sua mensagem?

— Vamos ver. Vamos dar mais alguns minutos. O experimento ainda não foi concluído apropriadamente.

— Eles estão sentando numa espécie de formação. Eu não posso acreditar. Eles estão parecendo como se fossem uma...

— Orquestra sinfônica, mãe? É isso que você quer dizer?

— Sim! Sim! Eles estão se postando como numa orquestra que está prestes a iniciar um concerto. Veja, todos os violinos, violoncelos, trompetes, clarinetes, oboés, todos instrumentos estão alinhados. Eles se sentaram e estão aquecendo como se fosse uma performance real.

— Exatamente, dona Giselda. Como se fosse uma audição especial. A senhora está totalmente correta. Que grande assistente de laboratório eu tenho! – Agora, foi Tosca que decidiu dar um beijo na testa da mãe com lágrimas já se formando nos seus olhos.

– Eu estou muito feliz que você esteja aqui para testemunhar esta noite comigo.

– Espere um minuto! Eles pararam de aquecer os instrumentos e agora estão todos em silêncio. Olhem, alguém vestindo um smoking está andando na direção da orquestra. Meu Deus, eu conheço esse homem. Eu o conheço muito bem!

– E quem é ele, Giselda? – Agora foi Omar que olhou com grande curiosidade para a irmã caçula.

– Ele é o principal tenor da companhia de ópera do teatro. Eu o vi cantar muitas vezes quando frequentava as apresentações como uma assinante da temporada. Olhe, ele está assumindo um lugar bem na frente da orquestra. Meu Deus, ele vai começar a cantar. Eles realmente vão realizar um concerto!

– Sim, mamãe. O meu canário vai cantar em um momento!

– O seu canário? O que você quer dizer?

– A primeira transmissão oficial da nossa Brainet está prestes a ser concluída. Nós conseguimos! Apenas desfrute dos próximos minutos porque as pessoas vão falar deste momento por muitos anos.

– O que você fez, Tosca?

– Como eu só tinha uma quantidade de eletricidade mínima sendo gerada pelas Baterias de Bagdá, eu tinha que testar se o telégrafo poderia transmitir uma mensagem usando o método da ressonância de Schumann que eu aprendi durante o meu sonho. Então pensei: que tipo de mensagem eu poderia mandar que me permitiria receber de volta a confirmação de que muitas pessoas em toda Manaus tinham recebido a transmissão durante o sono, como eu e Omar havíamos feito por mais de uma semana?

– E?

– Eu resolvi mandar uma mensagem que dizia que se as pessoas recebessem a transmissão enquanto sonhavam, elas deveriam organizar um concerto, bem em frente ao teatro de ópera da sua cidade, onde o tenor principal da companhia cantaria uma ária muito especial para todos nós.

Dessa forma, se tudo isso acontecesse, eu teria certeza de que um número suficiente de pessoas ao nosso redor teria recebido e entendido a mensagem. Em resumo, se a orquestra se reunisse na frente do teatro e o tenor, meu canário, cantasse a ária correta, eu poderia concluir, sem sombra de dúvida, que o nosso experimento teste tinha sido um sucesso retumbante.

– Qual ária? – Omar não sabia se chorava ou sorria, tanta era a sua emoção com aquele toque de gênio da sua sobrinha predileta.

– Vamos ouvir, tio. Vamos ouvir e desfrutar.

Como se Tosca fosse o maestro encarregado da Orquestra Sinfônica do Teatro Amazonas, seguindo o seu comando verbal, emitido do terraço da última mansão do derradeiro barão da borracha a sobreviver de pé a mais de um século de destruição ao seu redor, um canário de mina, disfarçado de tenor, começou a cantar. E como ele cantou; em plena força dos seus pulmões.

– Eu mal consigo acreditar no que estou ouvindo. Tinha que ser Puccini! Bravo.

Enquanto Omar e Giselda se abraçavam e beijavam profusamente a sua neurocientista favorita em todo o universo, em meio a rios de lágrimas de pura alegria que brotavam dos seus olhos octogenários, Manaus parou para ouvir a serenata que provou que a Brainet Final estava prestes a virar realidade. E na medida em que a música imortal de Puccini ecoou em centenas de teatros espalhados por todo o mundo, porque outros canários, ao receber a mesma mensagem, saíram de seus ninhos para cantar a mesma melodia, o povo do planeta provou que eles não estavam prontos para desistir e simplesmente desaparecer deste cosmos.

A ária que milhões ouviram durante aquela serenata noturna da esperança foi esta:

Nessun dorma! Nessun dorma!
Tu pure, o, Principessa,
nella tua fredda stanza,
guardi le stelle
che tremano d'amore

e di speranza.
Ma il mio mistero è chiuso in me,
il nome mio nessun saprà!
No, no, sulla tua bocca lo dirò
quando la luce splenderà!
Ed il mio bacio scioglierà il silenzio
che ti fa mia!
(Il nome suo nessun saprà!...
e noi dovrem, ahimè, morir!)
Dilegua, o notte!
Tramontate, stelle!
Tramontate, stelle!
All'alba vincerò!
Vincerò, vincerò!

CAPÍTULO 32

SEGUINDO ALICE

Manaus, Brasil – quinta-feira à tarde, 7 de fevereiro de 2036 – cinco dias depois do impacto

Menos de vinte e quatro horas depois do sucesso estupendo do seu experimento, Tosca e Omar estavam de volta àquele que se transformara no seu local favorito da Mansão Cohen, agora rebatizado como o Parque de Diversões Samir Cohen, saboreando tranquilamente uma garrafa de um dos melhores vinhos franceses que eles tinham resgatado da adega de Giselda. Depois de um par de taças, Tosca e Omar estavam mais do que relaxados, mas ainda envolvidos emocionalmente com os eventos da noite anterior.

— Seriamente agora, Tosca, como você foi capaz de rodar este experimento? Aquilo foi apenas uma simples transmissão de telégrafo? Eu consigo ver como a mensagem foi transmitida, mas como todas aquelas pessoas puderam decifrá-la? Quase ninguém hoje em dia entende o código Morse, mas havia dezenas de pessoas naquela praça ontem.

— Omar, as minhas instruções foram muito simples: transmita a mensagem através do telégrafo no momento em que os trovões e os relâmpagos chegarem perto de você.

O que aconteceu depois disso também é um mistério para mim. Eu simplesmente não quis quebrar o encanto na frente da mamãe. Ela parecia tão feliz em testemunhar o sucesso do experimento. Mas a resposta mais honesta à sua pergunta é simplesmente: eu não sei como eles fizeram a transmissão funcionar tão bem. Mas ela funcionou. Novamente, este era apenas um teste preliminar, uma prova de que o conceito é factível. O que vem agora, todavia, é para valer. Nós vamos ter que atingir um patamar muito mais alto para conseguir fazer com que o verdadeiro objetivo possa ser alcançado e, dessa vez, sem nenhuma ajuda de ninguém, se você entende o que eu quero dizer. – Tosca não conseguiu evitar soltar um sorriso para o seu tio.

Tendo retornado para o porão no começo da tarde, o trabalho da dupla hoje era tentar encontrar mais ferramentas antigas que pudessem ajudá-los a realizar uma façanha ainda maior, usando apenas o que poderia ser encontrado e disponibilizado por aquele laboratório de alquimia rudimentar e empoeirado.

– Eu não estou certo do que você realmente quer dizer, mas eu vou ajudar de qualquer forma que puder. Embora nós não tenhamos quase nada para trabalhar neste porão.

– Muito obrigada, tio. Baseado no que nós precisamos realizar nas próximas semanas, eu agora entendo por que nós fomos apresentados a uma breve história da matemática durante os nossos sonhos. Aquilo foi certamente direcionado para nós, mas eu tenho algumas ideias de como interpretar os sonhos.

– Vá em frente, me ilumine mais uma vez, minha querida sobrinha. Eu tenho pensado muito sobre isso também.

– Como sempre, o tipo de enigma da Esfinge que nós estávamos vivendo, eu acredito que existam muitas mensagens embutidas nos sonhos, muitas interpretações possíveis. Por exemplo, acredito que a nossa visita a Alexandria durante aquela noite teve como objetivo transmitir múltiplas mensagens distintas.

– Como?

– Para começar, que o mundo moderno que nós habitamos no meio do século XXI verdadeiramente começou ali, quando Euclides desenhou aquela linha reta e começou a descrever o nosso mundo, a nossa realidade e todo o Universo, em termos de relações matemáticas e geométricas. Aquele foi o salvo inicial da era digital e do tipo de caminho que nós decidimos seguir, para o bem ou para o mal, até que nós alcançássemos aquilo que nós chamamos de modernidade e mesmo a era pós-moderna. Veja bem, nos nossos sonhos, nós fomos apresentados aos pais da álgebra, Diofanto e, depois, o polímata persa Muhammad in Musa Al-Khwarizmi, o pai dos algoritmos, cujas implementações, cada vez mais sofisticadas, contribuíram decisivamente para a arregimentação e automação do cérebro humano e da humanidade como um todo durante os últimos dois mil anos.

– Por outro lado, embora consiga ver o seu ponto de vista claramente, Tosca, tenho que defender os meus heróis matemáticos e colocar na mesa a interpretação de que estes sonhos indicaram que a crença na ciência será a única forma de salvar a nossa espécie da era da pós-verdade que nós temos vivido.

– Omar, você acabou de tirar esta sentença da minha boca. Durante a fase final do meu último sonho, eu fui apresentada ao plano que deveria ser implementado para fazer com que a Brainet Final possa ser operacionalizada. E parte deste plano requer a solução de uma série de equações cúbicas.

– Omar Khayyam!

– Precisamente, meu caro Watson. Eu imediatamente associei esta instrução com o nosso breve encontro com o rei das equações cúbicas. Mas esta parte do plano será de sua responsabilidade, Omar. Não se preocupe.

– Sem problema algum, Tosca, mas faz muito tempo que eu solucionei este tipo de equações à mão. E, infelizmente, nós não temos computadores funcionando neste momento. A bateria do meu laptop morreu logo depois que chegamos aqui.

– Eu descobri que Samir tinha alguns tratados de álgebra originais na sua biblioteca, incluindo o de Omar Khayyam. Isso deve ao menos refrescar a sua memória. Eles foram escritos primeiramente em árabe, mas isso não será problema para você.

– Certamente não. Eu sempre amei brincar com álgebra desde que eu era adolescente, ótimo!

– Teremos outros desafios ainda maiores para resolver, tio. Primeiramente, nós temos que descobrir quando será o próximo eclipse parcial do sol. Em que dia e hora ele ocorrerá.

– Este vai ser um baita problema. Como você está pensando em fazer isso se não temos internet e eu duvido que nós tenhamos como contatar qualquer astrônomo ou alto sacerdote zoroastra aqui em Manaus?

– Quem disse que nós não temos nenhum computador disponível? O que você pensa que aquela maravilhosa relíquia de metal enferrujado esquecida na prateleira daquela bancada ali é? – Sorrindo novamente, Tosca apontou para o que parecia ser um pedaço contorcido de metal obtido em algum ferro-velho ou desmanche clandestino de automóveis, algo que alguém tentaria remover da sua garagem numa venda de domingo de manhã.

– O mecanismo de Antikythera? Por Anúbis, Tosca, ninguém sabia como usar este instrumento ou para que ele realmente servia. Como nós vamos usá-lo em algumas semanas?

– Nada como receber todo o manual de um instrumento tatuado no seu cérebro durante um sonho para descobrir como ele funciona. Conveniente, não? Pense nele como uma régua de cálculo celestial, e você começará a entender como ele pode ser usado como o nosso computador analógico daqui pra frente.

– Você está tentando me dizer que os tatuadores neurais te ensinaram como utilizar o mecanismo de Antikythera durante o seu último sonho?

– Exatamente, Omar. Não me pergunte como, mas eu agora sei como usá-lo. Ele precisa ser limpo completamente e calibrado, mas eu sei que vamos poder descobrir quando será o próximo eclipse solar parcial, e se este eclipse vai ocorrer durante a configuração adequada da órbita lunar e de outros cinco planetas, além da Terra, para que nós tenhamos as melhores condições atmosféricas para realizar o nosso próximo experimento.

– Por acaso nós estamos nos transformando em astrólogos certificados depois do seu último sonho, Tosca?

– Ainda não, Omar. Pelo menos até onde eu saiba. Mas recebi as coordenadas exatas que são necessárias para maximizar as chances de termos sucesso. E elas só ocorrem durante um eclipse solar. Não precisa ser um eclipse total, um parcial já seria o suficiente para nós.

— Que mais nós precisamos?

— Bem, eu preciso construir um par de amplificadores para conectar dois exemplares da minha fita cerebral de última geração, a mesma que nós usamos em São Paulo para registrar os nossos EEGs simultaneamente. Para este experimento, nós vamos precisar de muito mais potência elétrica do que aquela que eu usei para a transmissão telegráfica, porque agora nós iremos realizar uma transmissão de rádio contínua.

— Eu posso ver como você vai conseguir construir amplificadores com componentes que nós podemos achar na cidade, mas a nossa pilha de Bagdá não vai conseguir produzir as correntes elétricas de que você vai precisar. E você obviamente sabe disso.

— Claro. Mas é aí que uma outra pequena surpresa deixada pelo meu bisavô vai vir a calhar e salvar o dia mais uma vez.

— Outra surpresa do velho Samir? Por Rá, ele era realmente um homem ocupado, um verdadeiro empreendedor. Este porão deveria ser um lugar inundado de energia criativa quando ele passava seus dias e noites aqui.

— Você não faz ideia de quão correta é esta sua descrição do grande Samir.

— O que você quer dizer?

— Ele teve meio século para implementar o que ele aprendeu com os tatuadores neurais depois que ele passou a entender as instruções que estavam sendo tatuadas no seu cérebro.

— Ele aprendeu depois daquele sonho inicial?

— Aparentemente ele se transformou no melhor aluno da classe! De outra forma, ele não teria construído o que eu estou prestes a lhe mostrar.

Omar ficou totalmente mudo, tomado de espanto com mais esta revelação totalmente inesperada.

— Você se lembra quando mencionei uma possível interpretação de que a tempestade solar poderia ser uma benção disfarçada, talvez a última oportunidade para que a humanidade reconhecesse o ponto cego letal que ela mesma criou ao colocar todos as suas fichas num modelo econômico, agora defunto, que visa o crescimento perpétuo, centrado ao redor de uma revolução eletrônico-digital que impactou todos os aspectos da vida humana? Contra todas as predições feitas pelos evangelistas fanáticos da inteligência artificial, que não seria de fato capaz de reproduzir como o cérebro humano funciona e, mesmo a longo prazo, não poderia nos substituir como sistemas digitais, o uso de IA causou danos tremendos e devastadores para o nosso modo natural de vida, obliterando as características puramente analógicas do nosso cérebro, como a inteligência, criatividade, intuição e o pensamento inovador fora da caixa. Neste processo, a imersão digital em tempo integral transformou quase toda a humanidade numa massa amorfa e semiconsciente, sem nenhuma perspectiva futura de se livrar dos grilhões desta escravidão digital.

– Como eu poderia esquecer esta sua teoria? Mas então?

– Parte dos efeitos causados pela exposição centenária e, mais recentemente, contínua desse quase massacre eletrônico-digital foi o distanciamento que a humanidade começou a criar do mundo natural e dos seus comportamentos originais. A partir dessa perda de contato com a natureza e ao contribuir para a destruição quase completa do planeta ao impor essa utopia insana de crescimento infinito e perpétuo, num planeta com recursos finitos, um modelo defendido pelos *bankgsters* e seus cúmplices da BigTech, enquanto reduzia todo contato humano a interações virtuais, nós rapidamente deixamos para trás o nosso modo de vida analógico para nos transformarmos em réplicas biológicas de máquinas movidas à lógica digital.

– E?

– No contexto de interromper essa queda inexorável em direção a uma servidão digital permanente, encontrar novas forma de nos conectar com a Terra poderia abrir uma nova alternativa para o futuro da civilização humana, não é mesmo? Poderia ser o começo de um novo sistema de governança global. Um sem a necessidade de delegar poderes para os intermediários que nós temos hoje e que só pensam nos seus interesses; quem sabe, um retorno à versão original de democracia participativa dos gregos. Mas em vez de limitar este sistema apenas para alguns "cidadãos", como os gregos fizeram, este seria um modelo que permitiria que todos os nove bilhões de habitantes do planeta pudessem realmente participar das decisões críticas que definirão o nosso destino e do nosso planeta, e consequentemente, todos os organismos que vivem nele, incluindo todos nós. Sejamos francos, Omar. Por todo o planeta, a democracia liberal, se ela existiu realmente algum dia, foi totalmente destruída por dentro por um exército de demagogos, políticos medíocres, vindos de todo o espectro político, que na maior parte são totalmente reféns dos lobbies e grupos de interesse e dos financiamentos dos Overlords e seus cúmplices.

– Você está se transformando numa astróloga anarquista perante os meus olhos?

– Não, Omar. Eu simplesmente não consigo suportar mais como nós estamos destruindo tudo ao nosso redor, incluindo milhões de pessoas que nunca tiveram a chance de viver uma vida decente. E como alguns antropologistas gostam de dizer, antes de domesticar outros animais, como os lobos, o *Homo sapiens* domesticou a si mesmo. Nós não precisamos voltar muito tempo na nossa história para achar as evidências desse processo. Você lembra, mais ou menos dez anos atrás, quando todo o planeta estava no meio da maior pandemia em cem anos? No pico da pandemia, no começo de 2021, quando mais de quatro mil pessoas estavam morrendo por dia somente no Brasil – e mais de quinze mil em todo o mundo –, a preocupação principal da maioria dos governos e quase todos os políticos, não importando que ideologia professassem, era como reabrir as economias, de forma que pudessem satisfazer os poderosos lobbies que os elegeram e os mantiveram empregados. O lema era sempre o mesmo, em todos os países e em todas as linguagens: "A nossa prioridade é salvar a economia global", os lucros obscenos que uma pequena minoria extrai dela, eles deveriam ter dito também. Mas ninguém – ou muito poucos – parou para pensar que sem pessoas, devido às dezenas de milhões de mortes ou devido a outros milhões cronicamente doentes com COVID-19, não haveria economia alguma para se salvar. Nenhum político, nem mesmo os ditos "progressistas", parecia realmente se importar com as consequências de longo prazo que seriam inevitáveis ao se permitir que o coronavírus continuasse a infectar as pessoas livremente.

Omar não tinha nenhuma resposta para esse argumento. Ele sabia muito bem que Tosca estava mais do que certa, particularmente no que tange aos políticos por todo o mundo que simplesmente ignoraram o povo, em meio a uma pandemia gerada por um vírus letal e com grande capacidade de mutação, quando pressionados por quem controlava o dinheiro que sempre pagou pelas campanhas e determinava se um político teria ou não uma carreira para chamar de sua. Depois de refletir por algum tempo, Omar emitiu a sua opinião.

– Pensando em voz alta, o que os seus amigos propõem pode muito bem ser uma possível solução para a falência da democracia representativa liberal que foi corrompida e destruída pelo dinheiro e a ganância. Eu também simpatizo com a ansiedade e desejo de fazer algo a respeito. Infelizmente, eu tenho a impressão de que, não importa o que se tente fazer para consertar ou melhorar o sistema, as mesmas pessoas que conspiraram para destruir as nossas democracias imperfeitas sempre acharão formas de corromper o novo sistema, enquanto manipulando a humanidade para aceitar o caminho de menor resistência em direção ao melhor lucro para uma minoria minúscula. Tem sido assim desde o Neolítico, ou talvez mesmo antes, quando as primeiras tribos humanas se formaram. E este é o problema crucial que a nossa espécie vem enfrentando há alguns milênios. O seu vírus informacional, transmitido na velocidade da luz por tecnologias de comunicação em massa poderosas, introduzidas pela era digital, eventualmente vai matar o paciente conhecido como *Homo sapiens*. Desde o momento em que uma das nossas abstrações mentais mais danosas, o dinheiro, brotou do cérebro de alguém e rapidamente adquiriu um status muito mais poderoso do que a vida humana, atropelando o nosso senso de empatia e solidariedade, o jogo acabou para nós. O dinheiro e o hedonismo finalizaram a humanidade, minha querida. Eu sinceramente duvido que a sua democracia baseada numa Brainet mude o curso da partida, tão tarde no jogo. Desculpe-me por ser tão direto, mas esta é a minha avaliação neste momento. Evidentemente, as coisas podem mudar. Elas geralmente mudam, ainda mais considerando-se que prever as repercussões da introdução de novos meios ou tecnologias de comunicação no comportamento humano é usualmente impossível.

— Pelo menos vale a pena tentar, não é mesmo, Omar? As pessoas podem provar esse novo tipo de empoderamento comunitário e decidir por si mesmas se preferem os caminhos antigos ou esta nova autoestrada chamada Brainet. Além disso, a tempestade solar produziu um efeito que muito poucas pessoas, incluindo nós dois, consideraram.

— Qual?

— Nos últimos dias eu tenho usado a minha bússola para checar o norte magnético da Terra. Para minha surpresa, o movimento em direção ao oeste tem se acelerado razoavelmente depois que a tempestade solar atingiu o campo eletromagnético da Terra. Como você bem sabe, isso pode indicar que nós podemos estar entrando numa situação ainda mais grave do que imaginávamos. Esta excursão magnética, que já estava em curso antes de a tempestade solar nos atingir, pode estar saindo do controle e, num par de milênios ou até menos, pode levar a uma reversão completa da polaridade do campo magnético da Terra. Na última vez que uma excursão e redução desta magnitude do campo magnético terrestre ocorreu, você se lembra do que aconteceu, né?

— Os nossos primos neandertais pagaram um preço demasiadamente caro, sem nem mesmo saber o que os havia atingido.

— Sim! As pessoas supõem que o processo de seleção natural acabou para nós, seres humanos. Mas evidentemente isso não é o caso. O sistema solar pode ter oferecido as condições para que algo semelhante ao que aconteceu quarenta e um mil anos atrás ocorra novamente.

— O surgimento de uma nova espécie do gênero *Homo*, por exemplo? É isso que você está pensando?

— Por que não? Você sabia que *A origem das espécies* foi publicada no dia 24 de novembro de 1859, apenas dois meses depois do Evento Carrington?

— Isso parece um presságio de coisas que podem advir. Que épico será publicado depois do Evento Rivera?

— Eu fico imaginando o mesmo. Mas no que tange aos potenciais efeitos evolucionários, membros dessa nova espécie *Homo* podem já estar andando entre nós, sem nem serem notados. Até aqui, eles podem não ter tido nenhuma vantagem no processo de seleção natural. Mas isso poderia mudar dramaticamente depois dessa catástrofe solar. Quem sabe, *Homo não tão sapiens* pode se encontrar em grande desvantagem em breve, e eventualmente perder uma disputa evolucional decisiva para o *Homo digital*, embora eu acredite que ele já exista.

– Algumas vezes você é muito engraçada para o seu próprio bem, querida.

– Eu vou assumir que isso foi um elogio, tio. Então, voltando para o assunto principal. O que você acharia se eu lhe dissesse que eu aprendi com os "meus amigos", como você insiste em chamá-los, como eles ajudaram Samir a obter uma fonte completamente diferente de energia? Agora que a tempestade solar nos deixou completamente sem eletricidade por um período de tempo que ninguém pode estimar, isso poderia nos ajudar a começar um novo capítulo para a nossa civilização. E no meio-tempo, nos permitir rodar a próxima fase do nosso plano.

– Você continua a mencionar este tal "Plano", mas você quase não revelou nada sobre ele.

– Uni-vos ou desaparecei! É isso que significa.

– Uni-vos ou desaparecei? Foi isso que os seus parceiros disseram para você.

– Não com essas palavras exatas, mesmo porque não houve qualquer troca de palavras entre nós, apenas sensações. Mas, no frigir dos ovos, essa foi a mensagem. Para tentar pôr um fim nesta guerra fratricida infindável entre Brainets que vai eventualmente nos matar, e a Terra também, nós temos que construir a Brainet Final como uma derradeira tentativa de reverter a maior tribalização da humanidade, um fenômeno sem precedentes na nossa história, criada como subproduto indesejável da era digital. A despeito das enormes diferenças em escala, este verdadeiro reinício seria semelhante ao que aconteceu com os gregos quando eles começaram a encenar as suas tragédias em auditórios públicos, como nós falamos outro dia. Aquela nova forma de comunicação iniciou uma revolução cognitiva única, porque ela disseminou o sentimento por toda uma sociedade de que todos eles eram feitos da mesma coisa; eles todos compartilhavam das mesmas sensações, emoções e abstrações mentais, e, portanto, eles eram parte de algo muito maior do que as suas vidas individuais mundanas.

Tosca havia entrado num ritmo e nada nem ninguém poderiam detê-la agora.

– Uma vez, durante uma reunião privada, organizada por um dos homens mais ricos do mundo, eu me encontrei com uma atriz que foi uma estrela de Hollywood muito famosa nos anos 1960 e 1970. Depois da minha palestra, ele me convidou para me juntar a ela e ao seu marido na sua mesa de jantar porque ela se apaixonou pela minha pesquisa. No meio do jantar, ela me perguntou qual tinha sido a minha descoberta mais recente, e eu descrevi a ela e ao marido os meus experimentos com uma Brainet formada por alguns macacos que tinham aprendido a interagir entre si apenas por pensamento. De repente, a expressão facial dessa atriz mudou dramaticamente. Ela olhou para mim com uma expressão apavorada e me disse: "Mas isso é comunismo puro!".

– O que você poderia esperar, minha querida? Qualquer coisa nova e fora da caixa, ou pior, que desafia o status quo da prisão mental econômico-política na qual a maioria das pessoas tem vivido há séculos, se transforma numa ameaça para o sistema. Poucas pessoas têm a menor noção de que o nosso sistema econômico-político-social está pendurado por um fio de cabelo. E tem sido assim por décadas. Os Overlords parecem ser muito poderosos, mas as fraquezas significativas do sistema que eles construíram e do qual dependem para sobreviver são muitas e profundas. Elas ficaram evidentes durante a crise econômica de 2008, depois durante a pandemia de COVID-19, quando um mero pacote nanométrico de proteína e gordura, contendo um único filamento de RNA, foi capaz de descarrilhar toda a economia global. Um organismo invisível a olho nu foi capaz de ferir de forma fatal todos os principais pilares de um sistema de globalização que levou séculos para se tornar completamente operacional. Chamar o experimento da sua Brainet de comunismo é a forma mais fácil de desacreditar qualquer nova ideia inovadora e imediatamente instigar a repulsa para com ela no cérebro do ser humano mediano, cujos pobres neurônios foram lavados, diariamente, por décadas.

– Seja como for, retornando aos tatuadores neurais, a mensagem que eles transmitiram foi clara. Eu não senti que era uma ameaça feita por alguém que claramente tem o poder tecnológico para impor a sua vontade, mas como a descrição de um destino inevitável, feita por algum tipo de oráculo cósmico que, diferente daquele de Delfos e muitos outros charlatões contemporâneos, é realmente capaz de prever o futuro. Talvez porque eles já tenham visto civilizações inteiras desaparecer sob condições similares. Quem pode saber?

– Difícil dizer sem experimentar o que você experimentou. – Claramente, Omar ainda não havia se recuperado de não ter sido convidado para compartilhar daquele sonho sem precedentes que Tosca tivera. Mas ele continuava feliz por ela, como sempre. Ela era a filha que ele nunca tivera e a verdadeira pérola dos seus olhos desde o primeiro momento que ele a vira logo depois do seu nascimento.

– Além disso, naquela junção, eu senti que o sonho no qual nós estávamos na Biblioteca de Alexandria foi central para o ponto de vista que eles estavam tentando transmitir. Aquele "desaparecei" parecia estar conectado a algo equivalente à missão central da Biblioteca de Alexandria, e muitas outras iguais que a humanidade criou.

– Talvez eles também sejam coletores ávidos, como os alexandrinos, o povo de Pérgamo e os membros da Casa da Sabedoria de Al-Ma'mun.

– Talvez. – Por alguns momentos, Tosca permaneceu em silêncio, refletindo sobre a discussão que preenchia as paredes do porão de Samir. Se alguém tivesse dito, algumas semanas antes, que ela estaria engajada neste tipo de conversa, ela provavelmente soltaria gargalhadas e classificaria o seu interlocutor como tendo perdido a razão. Que diferença gigantesca um par de semanas e uma sequência de sonhos fizeram?

– Deixe-me mostrar o que Samir construiu embaixo deste porão.

– Existe algo embaixo deste porão? Ninguém nunca mencionou nada disso para mim.

– Não leve isso do ponto de vista pessoal, tio. Isso aconteceu muito provavelmente porque ninguém jamais soube da existência disso, a não ser Samir.

– A existência do quê?

– Uma usina elétrica diferente.

– Uma usina elétrica, baseada no quê?

– Acredite se quiser, ela aparentemente funciona a partir de uma tecnologia totalmente revolucionária que extrai energia elétrica e térmica dos raios e a estoca em capacitores gigantescos. Ela também se vale de um tipo muito peculiar de baterias. Se entendi corretamente, o principal eletrólito usado por estas baterias é um material disponível em quantidade ilimitada numa fonte muito peculiar: o sistema de esgoto público de Manaus e as águas de chuva drenadas que fluem pelas famosas "galerias dos ingleses"; as galerias subterrâneas originariamente construídas pela companhia inglesa chamada Manáos Improvements Limited.

– Uma usina geradora de eletricidade que funciona com raios e merda? Talvez não tenha sido uma boa ideia tomar todo aquele vinho francês tão rapidamente, minha querida. Por acaso você está embriagada, ou somente tentando tirar um sarro de um velho egípcio?

– Eu não estou brincando, não, Omar. Quando soube disso, eu mesma não consegui acreditar, até que entendi quais eram os princípios que fizeram esta estação elétrica ser possível e como foram transferidos para Samir, ao longo de décadas de sonhos.

– Várias pessoas tentaram extrair energia utilizável de raios por décadas. Muitas empresas *startups* falharam miseravelmente. Dezenas de milhões de dólares foram perdidos. Os raios são muito erráticos, então é muito difícil – talvez quase impossível – prever quando e onde vão atingir a superfície. Além disso, embora exista mais do que suficiente energia em cada raio, esta energia se dissipa muito rapidamente, primeiramente na forma de calor, para ser coletada e armazenada quando o raio atinge o solo. Eu ouvi, anos atrás, que, por essas razões, era um esforço inútil que provavelmente levaria séculos para desenvolver algo que pudesse ser escalado e transformado em alguma aplicação comercial viável.

– Talvez essa seja a maior beleza da nossa situação. Nós não precisamos nos preocupar em aumentar a escala, nem produzir qualquer produto que possa ser comercializado, só precisamos de algo que funcione de forma que nós possamos cruzar o último obstáculo para colocar em operação a nossa Brainet Final. E os "meus amigos" me garantiram, no seu jeito sem emoções de disseminar enormes quantidades de conhecimento incrivelmente inovador enquanto tatuavam o meu córtex com múltiplas mãos, que esta usina elétrica ficou operacional muitos anos atrás, bem antes de Samir falecer.

– Você já a visitou?

– Não ainda. Eu estava esperando pela oportunidade de contar a novidade para você para que nós possamos visitá-la pela primeira vez juntos. Nós temos que descer mais ou menos dez metros por uma escada, até que possamos chegar na rede de galerias subterrâneas que a companhia inglesa prometeu construir por toda a cidade, mas que nunca foi terminada. Apenas alguns segmentos dessa rede foram construídos.

– O quê? O projeto nunca foi concluído?

– Como a cidade era frequentemente inundada pelas chuvas abundantes e pelo transbordamento do rio Amazonas, a empresa inglesa prometeu construir um enorme sistema de galerias subterrâneas para drenar esta enorme quantidade de água, fornecer água tratada para a cidade e também criar um sistema moderno de tratamento e escoamento de esgotos. Embora a Manáos Improvements Ltda tenha tido enormes lucros com a exploração do seu monopólio do sistema de distribuição de água da cidade, ela nunca concluiu a construção do sistema de escoamento e tratamento dos esgotos. Em vez disso, ela deixou inacabadas algumas galerias subterrâneas, onde foram depositados alguns quilômetros de canos de cobre, e uma estação de tratamento de esgoto, cuja principal estrutura era uma chaminé, feita de tijolos, com vinte e quatro metros de altura, que exibia no seu topo uma enorme coroa de ferro. Depois de uma revolta popular em

1913, quando o escritório principal da empresa foi invadido e basicamente destruído por uma turba que protestava contra os preços exorbitantes cobrados pelo fornecimento de água, o destino da empresa foi selado. Ela faliu alguns anos antes de Samir chegar em Manaus. Sendo o comerciante nato que ele era, Samir foi capaz de adquirir o que foi abandonado pela empresa, em termos de infraestrutura subterrânea no centro de Manaus, por um preço ínfimo. Então, sem ninguém saber, ele pôs em prática tudo que havia aprendido durante os seus sonhos para transformar aquela obra subterrânea inacabada, parte da qual passava por debaixo da sua casa e da sua vizinhança, numa usina elétrica jamais vista anteriormente. E embora a torre da estação de tratamento de esgoto inacabada tenha se transformado num centro cultural nos dias de hoje, ninguém sabe que a coroa de ferro no topo da chaminé continuou sendo uma parte fundamental da "fazenda de raios" de Samir.

– Que sujeito sensacional! Assim que se faz, Samir. Um brinde em seu nome. Que homem fora de série era este seu bisavô, Tosca. Eu estou completamente enamorado da audácia, coragem e tenacidade que ele demonstrou por toda a vida. Ele fez tudo isso sem dizer uma palavra para ninguém ou deixar que qualquer palavra vazasse para o mundo exterior.

– Eu também estou apaixonada por ele. E muito grata por tudo que ele fez para criar as condições para ajudar milhões de pessoas que ele nunca encontrou, num futuro remoto. Eu nem sei qual seria a forma mais apropriada de homenageá-lo por tudo aquilo que ele conseguiu realizar durante a sua longa e produtiva vida.

– Eu fico imaginando se ele alguma vez pensou, no meio dos seus mais exóticos sonhos, que seria a sua própria bisneta que colocaria em prática todas as invenções que ele devotou toda uma vida para criar, sem receber qualquer crédito ou palavra de incentivo ou elogio. Eu tenho certeza de que ele se sentiria muito orgulhoso de saber que seria você, Tosca, a sua descendente direta, tanto em termos genéticos como intelectuais, que eventualmente iria transferir para a prática tudo que ele construiu ao longo da sua vida em benefício de toda a humanidade. – Omar coletou ambas as mãos da sua sobrinha e as segurou nas suas por alguns momentos, enquanto ambos tentaram conter suas emoções que, ainda assim, inundaram os seus olhos.

– Ele realmente era um homem muito criativo. Quando eu era uma criança, a minha avó, sua filha, me disse que, quando os empresários ingleses chegaram em Manaus para começar a comercializar a borracha, Samir viu o futuro escrito nas paredes, muito antes do que qualquer outro dos seus pares. Ele sabia que os britânicos, sendo os piratas que eles sempre foram, achariam uma forma de quebrar o monopólio brasileiro do comércio mundial da borracha e criar uma maneira mais barata e eficiente de produzir borracha a nível industrial. E foi isso que acabou acontecendo, ao criar plantações industriais de borracha na Malásia que eventualmente destruíram o *boom* da borracha brasileiro, devastando os barões de Manaus. Isso sem mencionar os pobres moradores da floresta que tinham que percorrer enormes distâncias todos os dias por regiões remotas da Floresta Amazônica para coletar látex das seringueiras – também conhecidas como *Hevea brasiliensis* – e extrair uma vida miserável.

"Assim que Samir se deu conta de que este ato de pirataria industrial seria inevitável, ele começou a diversificar seus negócios, investindo seus lucros consideráveis em outras indústrias, principalmente em São Paulo. No momento em que o *boom* da borracha explodiu, Samir já tinha realizado a sua saída estratégica desta área e ganhado uma outra fortuna com os seus novos negócios. Com o florescimento dessas outras iniciativas, Samir continuou a empregar os seus funcionário da floresta, pagando para que eles continuassem a coletar borracha, não mais para exportação, mas agora destinada para os seus projetos de pesquisa e de infraestrutura, como a sua usina elétrica revolucionária que ele silenciosamente construiu embaixo da sua casa. Os seus lucros com os novos negócios também permitiram que ele equipasse e expandisse o seu laboratório de alquimia. Simplesmente incrível."

– Você não acha que está na hora de visitarmos a obra de arte de engenharia de Samir?

– Eu acho que está mais do que na hora. Vamos! Deve existir uma pequena porta no final do corredor da biblioteca dele e depois uma escada helicoidal que nos irá levar até as galerias subterrâneas.

– Quase como entrar na toca do coelho da Alice?

– Não é uma metáfora de todo mal, tio. Pela toca do coelho, aqui vamos nós.

– Com grande prazer, minha querida. Com grande prazer, realmente!

CAPÍTULO 33

NADA MAIS SERÁ COMO ANTES

Manaus, Brasil – quinta-feira à tarde, 7 de fevereiro de 2036 – cinco dias depois do impacto

– Eu nunca vi nada como isso em nenhum lugar do mundo. Eu não tenho ideia de como entender tudo isso que Samir construiu ao longo destas galerias gigantescas. A usina elétrica dele se estende por várias centenas de metros, da sua casa até aquela torre onde teria sido instalada a estação de tratamento de esgoto que nunca entrou em funcionamento. Certamente, isso parece pura mágica para mim, Tosca. Como o bom Sir Arthur C. Clarke previu. A toca do coelho provou ser muito mais excitante do que eu antecipei depois de ouvir o relato da sua descoberta deste lugar.

– Para um homem que morreu no dia em que Neil Armstrong pousou na Lua, e que não tinha nenhuma educação formal em engenharia ou qualquer treinamento científico, o que ele fez aqui embaixo é simplesmente inacreditável. Em eras passadas, ele poderia facilmente ter sido um daqueles magníficos engenheiros egípcios que construíram as pirâmides e templos para durar por milênios. Ele seguiu instruções detalhadas, mesmo assim muito poucas pessoas teriam a força de vontade, sem mencionar os recursos e capital, para construir o que ele construiu. Muito provavelmente ele fez boa parte disso sozinho com a ajuda de algum dos seus empregados de maior confiança. Isso explica por que foram precisas várias décadas para terminar todo o projeto. Você consegue imaginar o grau de dedicação e foco que foram necessários para fazer tudo isso numa única vida? Ele realmente era um homem determinado, porque este projeto não fica nada a dever a uma das tarefas de Hércules. Agora nós sabemos que o seu laboratório de verdade era aqui embaixo, e ninguém jamais suspeitou que este era o caso. Enquanto todos pensavam que ele estava trabalhando somente no seu porão, ele na realidade estava aqui, dez metros abaixo da superfície, construindo esta usina de geração de eletricidade a partir de raios e – como você, tio, tão gentilmente pontuou – detritos do esgoto de Manaus.

Totalmente fascinado inspecionando os detalhes da construção subterrânea de Samir, Omar nem notou o cruzado de direita que Tosca soltou na sua direção.

– Todas as paredes das galerias parecem ter sido cobertas com estas estruturas metálicas que se estendem por centenas de metros. Você tem qualquer ideia de para que elas servem?

– Eu acredito que sejam os bancos de capacitores, mas, novamente, eu nunca vi nada como isso antes. O arranjo é totalmente novo para mim. Mas se você olhar mais de perto, nas extremidades você pode ver que eles foram preenchidos com o seu material isolante favorito.

– Borracha! Isso explica por que ele manteve o seu seringal operando a toda velocidade, mesmo depois da quebra do monopólio brasileiro e da falência dos barões de Manaus. Ele precisava de muita borracha para criar estes capacitores gigantescos por todo o subterrâneo do centro de Manaus.

– Nenhuma surpresa aqui. Mas onde ele realmente saiu da caixa foi na construção das suas baterias, tirando vantagem dos longos e maciços encanamentos de bronze que os ingleses instalaram nas galerias do centro da cidade para coletar esgoto e remeter para a estação de tratamento. Claramente, estes canos também carregam o excesso de água drenado das ruas, que contém uma enorme quantidade de sedimento das águas dos rios Negro e Solimões, que se fundem a leste de Manaus para formar o poderoso rio Amazonas e que quase sempre transbordam das suas margens durante as constantes tempestades tropicais. Geralmente ambos os rios transbordam em sincronia. Samir inseriu longas hastes de ferro dentro dos canos de bronze e garantiu que o segmento final dessas hastes, curvado para formar um L, pudesse deixar o lúmen do encanamento próximo das junções entre canos, através de um orifício de uma tampa de borracha encaixada na parte superior do encanamento. Usando este arranjo, Samir basicamente recriou as suas amadas Baterias de Bagdá numa escala jamais imaginada. Ele usou uma combinação dessas baterias enormes, os seus quilômetros de bancos de capacitores e piscinões que se estendiam por dezenas de metros, para produzir quantidades enormes de vapor quando as águas eram aquecidas pela vasta quantidade de calor dissipado pelo impacto dos raios no solo acima, a fim de gerar e estocar eletricidade nos subterrâneos de Manaus.

– Veja, lá estão as turbinas que ele construiu para gerar eletricidade a partir do vapor d'agua produzido pelo aquecimento dos reservatórios de água com o calor liberado pelos raios. Eu tenho quase certeza de que ele se inspirou na eolípila, criada durante o primeiro século d.C. pelo matemático e inventor genial Hero de Alexandria. As turbinas de Samir incorporaram um complexo sistema de lâminas e magnetos para criar turbinas a vapor, algo que Hero nunca conseguiu, que devem gerar grandes quantidades de eletricidade. Veja como ele colocou várias dessas turbinas e as posicionou em paralelo naquelas galerias ao fundo. Simplesmente chocante e extremamente criativo e pragmático. E muito à frente do seu tempo. Eu não sou engenheiro elétrico, mas conheço vários CEOs de *startups* que dariam um braço para ter alguém que pudesse explicar, em grande detalhe, como Samir conseguiu extrair, estocar e utilizar a energia elétrica gigantesca produzida pelos raios, usando, entre outras coisas, o sistema de esgotos de uma cidade.

– Infelizmente nós não temos tempo para fazer a engenharia reversa, certo, Omar? Agora que sabemos o que está disponível para nós nesta usina elétrica subterrânea, temos que descobrir quando e como nós vamos poder utilizar esse recurso na nossa próxima transmissão.

– Tudo bem, Tosca. De volta para a realidade. Mas eu gostaria que nós pudéssemos nos sentar aqui embaixo por alguns momentos e ouvir o Vorspiel da ópera de Wagner *Das Rheingold*. Este cenário à nossa volta é totalmente apropriado para um hino em honra a Wotan, Odin, Zeus, ou qualquer outro Deus que um dia emergiu das profundezas da mente humana. Esta obra é o exemplo mais espetacular do poder criativo e do desejo de realizar que a mente humana é capaz de liberar quando ela se une ao redor de um objetivo grandioso.

– Eu compartilho dos seus sentimentos, Omar. Eu fiquei arrepiada desde o momento em que nós conseguimos ter uma visão panorâmica destas galerias descendo pela escada. Mas a partir de agora, somos nós que temos uma missão desafiadora nas nossas mãos. Eu tenho certeza de que Samir gostaria que esta tarefa fosse realizada tão bem como a dele. Ele passou o bastão para que nós possamos dar continuidade a esta corrida de revezamento peculiar que nos uniu a ele. Agora cabe a nós cruzar a linha de chegada para honrar todo o sacrifício e trabalho que Samir empenhou por meio século para quem sabe oferecer um futuro melhor para bilhões de pessoas. Nosso primeiro passo é descobrir a data de um eclipse solar apropriado nos próximos meses.

– Ok, vamos consertar o nosso computador celestial analógico e achar a data para o nosso show!

– *Ditto*. Mas antes, vamos subir e comer alguma coisa antes para termos toda a tarde para consertar e depois brincar com o nosso novo brinquedo de mais de dois mil anos. Talvez a gente possa celebrar com a mamãe no jantar de hoje, já sabendo a data do nosso próximo show.

Com aquele consenso, os novos gerentes da usina elétrica subterrânea de Samir começaram a subir pela escada helicoidal, primeiro para chegar no porão que por meio século serviu como um disfarce e distração para o verdadeiro empreendimento de Samir, e depois de volta para a cozinha da mansão.

Naquele momento de elação pela descoberta ímpar que eles haviam feito, Tosca não tinha a menor ideia de que consertar e calibrar um computador celestial analógico, conhecido como o mecanismo de Antikythera, levaria quase uma semana de trabalho duro e meticuloso para ser completado. Desenhado para operar no clima temperado das costas do mar Mediterrâneo, o mecanismo sofreu em demasia com o desgaste de décadas confinadas num porão, no meio da Floresta Amazônica. Por essa razão foram precisos toda sorte de cuidados para colocá-lo em forma operacional novamente.

Na altura em que ele estava pronto para ser usado, Tosca começou a seguir as instruções do manual que havia sido tatuado no seu córtex durante o seu último sonho, com o objetivo de ficar proficiente na obtenção das estimativas celestiais que este computador analógico era capaz de fornecer. Depois de alguns dias praticando com o instrumento, ela descobriu que o próximo eclipse parcial do sol ocorreria no dia 27 de fevereiro de 2036, ou seja, em treze dias. Infelizmente para ela e Omar, este evento seria visível apenas em latitudes mais altas do hemisfério sul, numa faixa estreita ao redor da Terra que cobria a costa norte da Antártida, sul da Austrália e Nova Zelândia. A despeito desta desvantagem crucial, que basicamente indicava que eles teriam que fazer a sua transmissão às cegas, uma vez que o eclipse não seria visível no nível do equador, eles não tinham alternativa. Teria que ser naquela data. A principal razão para a pressa era simples. Após nova consulta ao mecanismo, Tosca se deu conta de que o próximo eclipse parcial do sol só ocorreria no dia 23 de julho. E aí seria tarde demais, particularmente porque este atraso daria a chance para que os Overlords se reorganizassem e, monopolizando todos os recursos que tinham à disposição, voltassem a ter chances reais de ganhar a corrida entre eles. Curiosamente, a essa altura dos acontecimentos, nenhum dos dois adversários – a dupla Tosca e Omar contra os Overlords – tinha qualquer noção de qual seria o próximo passo do inimigo, ou qual era a sua capacidade operacional real neste momento. Adiar a transmissão para julho, portanto, seria um risco muito grande.

Não tendo nenhuma alternativa, eles começaram a fazer as preparações necessárias para mais um "*showtime*", como Omar gostava de se referir àquele que já era o experimento mais importante de ambas as suas vidas. Entre realizar pequenos testes e organizar todos os componentes que seriam necessários para a execução desta façanha sem precedentes, Tosca e Omar tiveram dias extremamente tensos e estressantes, passados primordialmente no seu novo parque de diversões subterrâneo. Tudo isso enquanto tinham que sobreviver às censuras de Giselda, que continuava a se recusar a realizar uma visita ao subterrâneo de Samir, baseada no argumento de que ela não era um tatu, como os seus dois parentes, para passar o dia todo embaixo da terra.

– Literalmente isso é que é fazer ciência raiz, você não acha, Omar?

– Sem dúvida, Tosca!

– Quando eu cheguei aos Estados Unidos pela primeira vez, tive que conseguir uma enorme quantidade de recursos, reformar o espaço que a universidade me alocou para ser o meu laboratório e comprar todos os equipamentos mais modernos para poder realizar os meus experimentos e satisfazer as revisões e todos os administradores da minha instituição. Olhe onde eu me encontro neste momento. Acima de mim um laboratório de alquimia centenário, cheio de relíquias da antiguidade, movidas à base de baterias de dois mil anos de idade que ninguém acreditou que poderiam funcionar, e a poucos dias de testar a minha teoria mais complexa e controversa, usando uma usina elétrica movida a raios e fezes! Quem acreditaria num enredo desses?

– Minha querida, nós estamos provando da essência da nossa arte. É um enorme privilégio que poucos cientistas modernos terão nas suas vidas totalmente dominadas pela burocracia da academia. Nós estamos fazendo ciência do nada, com o propósito muito maior e mais recompensador do que qualquer um dos objetivos que movem a ciência moderna e a maioria dos cientistas de hoje. Não vai haver nenhuma publicação em jornais de elite, nenhum projeto governamental milionário, muito menos nenhum prêmio ou notoriedade. Somente a satisfação de ver algo que ninguém jamais viu e fazer algo que ninguém jamais fez para o benefício de bilhões de pessoas. Não há como ser melhor do que isso!

– De jeito nenhum, tio. Nenhuma chance!

E assim, o tempo passou como ele sempre havia passado, desde que os primeiros cérebros dos nossos ancestrais hominídeos criaram a ilusão da sua existência, percebendo-o com toda sinceridade, como se ele tivesse uma vida própria, por todo o universo. E assim, mais um momento crucial na nossa história milenar de confrontos intermináveis entre Brainets que competiram pelo monopólio da mente coletiva da humanidade finalmente chegou.

Como Omar diria: *"It is showtime!"*.

CAPÍTULO 34

SHOWTIME!

Manaus, Brasil – quinta-feira, 27 de fevereiro de 2036 – vinte e cinco dias depois do impacto

Supondo que tudo funcionasse como planejado, este seria um dia lembrado e discutido por muito tempo no futuro. E com um alvorecer tropical glorioso, que rapidamente varreu toda a névoa da madrugada, como alguém que remove o lençol usado da cama, o dia decisivo fez a sua entrada triunfal naquele amplo auditório amazônico.

Para todos os propósitos e fins, o *showtime* havia chegado!

Todavia as condições estavam se deteriorando rapidamente no mundo que existia acima da usina subterrânea de Samir. Na última semana de fevereiro, Manaus, como a vasta maioria do mundo, ainda continuava sob a cascata de efeitos devastadores desencadeados pelo Evento Rivera. O sinal mais conspícuo desses terremotos secundários continuava a ser a falta de fornecimento de eletricidade para a cidade, sem mencionar o isolamento total, tanto do ponto de vista de comunicação com o mundo exterior quanto do ponto de vista logístico. Parecia mais do que óbvio para todos que a vida não iria retornar tão cedo aos padrões de antes da tempestade solar.

E à medida que esta realidade assustadora começava a se cristalizar na mente das pessoas, uma série de comportamentos individuais e coletivos, movidos pelo puro desespero e pelo desejo e ansiedade em tentar melhorar as chances de sobrevivência, começaram a se manifestar em todos os lugares. Por exemplo, depois de algumas semanas do impacto da tempestade geomagnética, pessoas em todo o mundo começaram lentamente a abandonar as grandes cidades, procurando formas de sobreviver em outros lugares. Este êxodo crescente dos centros urbanos se deu pela quebra total do abastecimento de combustíveis, comida e outras necessidades básicas que se seguiu ao colapso da logística de transportes que supria as grandes metrópoles, incluindo a capital do estado do Amazonas. Sem o influxo de mercadorias vindas de fora, Manaus, como outras cidades ao redor do mundo, não seria capaz de sobreviver por muito tempo.

A situação estava ainda mais crítica no hemisfério norte, onde áreas metropolitanas, numa questão de dias depois da tempestade, começaram a sofrer quebras no abastecimento de combustíveis no meio de mais um inverno extremamente excruciante. Quando os dias viraram semanas e nenhum sinal da chegada de novos suprimentos se materializou, o que começou com um pequeno fluxo, envolvendo apenas algumas famílias, logo tomou outro corpo, a ponto de que, em algumas semanas, este movimento se transformou num verdadeiro êxodo humano, adquirindo proporções bíblicas. Desesperadoramente procurando formas de sobreviver, as pessoas começaram a abandonar os faraônicos templos da vida moderna; os centros urbanos que até recentemente estavam sempre em expansão, os assentamentos mais sofisticados jamais construídos por qualquer civilização humana em dez mil anos estavam agora, lentamente, se transformando em verdadeiras cidades fantasmas, monumentos silenciosos de uma forma de vida opulenta que não existia mais.

Aonde todas estas pessoas planejavam ir para encontrar abrigo, comida e combustível continuava a ser um mistério. A única coisa que se podia dizer era que, se tal êxodo dos centros urbanos continuasse nos níveis atuais ou mesmo aumentasse, como tudo levava a crer, este poderia se transformar em um evento divisor de águas na história. Pois, pela primeira vez desde o início do período Neolítico, quando a prática da agricultura fez com que grupos de seres humanos se assentassem em pequenas vilas e depois formassem suas primeiras cidades, para sobreviver à hecatombe celestial que havia, de um momento para o outro, aniquilado o seu modo de vida, hordas de seres humanos estavam espontaneamente abandonando o que fora um dia considerado como uma das maiores realizações da civilização: os colossais monumentos de vidro, aço e concreto que as abstrações mentais humanas haviam construído para celebrar um triunfo pretensioso e pirrônico sobre a natureza. Como se ao construir estas estruturas exótica, decadentes e ocas poderia esconder os padrões de vida miseráveis impostos à vasta maioria dos nove bilhões de habitantes da Terra.

Se havia qualquer dúvida nas suas mentes inicialmente, no final de fevereiro de 2036, ficou patente para Tosca e Omar que a usina elétrica subterrânea de Samir era agora a única esperança que eles tinham de gerar eletricidade suficiente para rodar o experimento que teria que ser executado durante o eclipse solar que ocorreria no dia 27. Depois de realizar o experimento, eles poderiam começar a pensar em como usar a usina secreta para ajudar a comunidade local.

Com menos de duas semanas para se preparar, eles basicamente passaram a viver no subterrâneo, tentando se familiarizar ao máximo com os instrumentos analógicos altamente elaborados que Samir havia construído para permitir que a sua usina entrasse em operação algumas décadas atrás. E mesmo que Tosca tivesse sido apresentada – se é possível definir uma tatuagem cortical como forma de apresentação – aos procedimentos complexos pelos quais a usina operava, tanto ela como Omar estavam levando um bom tempo para aprender como utilizar os diferentes painéis de controle que possibilitavam operar aquela usina, de forma precisa e eficiente, sem que eles fossem eletrocutados vivos, em menos de um piscar de olhos, pelos cinco bilhões de joules de energia conduzidos ao solo por um único relâmpago tropical médio.

– Tosca, eu não estou seguro de que nós vamos conseguir fazer isso funcionar. O sistema que Samir desenhou para controlar a operação da usina é extremamente anacrônico, para dizer o mínimo. Eu entendo que ele tinha que usar somente equipamentos analógicos à época, porque não havia outra forma, mas para alguém que nunca foi treinado de forma exaustiva para usar este tipo de sistema de controle, como nós dois, vai ser um desafio hercúleo conseguir puxar esta sequência de alavancas na ordem correta, num período tão curto.

– Se ele conseguiu, nós também vamos conseguir, Omar. Além do que, nós não temos nenhuma alternativa. De um jeito ou de outro, isso tem que funcionar. Lembra? Uni-vos ou desaparecei. No grande esquema das coisas, a nossa tarefa não é nada quando comparada com o que os nossos ancestrais tiveram que passar para sobreviver a outros cataclismas ambientais. Não se esqueça, somos os herdeiros de um bando de primatas extremamente resilientes. Nossos antepassados cruzaram todo o planeta a pé em menos de cem mil anos para penetrar nichos ecológicos novos, mesmo durante o último período glacial. Da África para a Austrália e Américas, cruzando toda a Ásia, a pé; não houve obstáculo que conseguisse impedir que eles continuassem se movendo em busca de melhores condições de vida quando os seus cérebros lhes diziam que estas existiam, lá longe no horizonte ou no desconhecido muito além dele. E assim, eles continuaram a sua marcha, seguindo em frente implacáveis, sem hesitações.

"E se a sobrevivência significava ter que aprender como sincronizar as suas Brainets humanas com a de outros animais, para conseguir uma vantagem extra na sua busca por comida, eles simplesmente improvisaram uma forma de se conectar com outras espécies. Por exemplo, para melhorar a suas estratégias de caça de grandes mamíferos, eles descobriram uma forma de sincronizar os seus cérebros com os dos lobos, que foram domesticados quarenta mil anos atrás. De acordo com La Fontaine, o resultado mais impressionante deste feito, os cachorros, foi a criação de 'lobos preenchidos com uma grande dose de humanidade'. Enquanto isso, para honrar e cultuar o mundo natural de onde eles extraíam tudo que era essencial para manter o seu modo analógico de vida, incluindo os seus mitos e deuses, eles penetraram nas profundezas de cavernas subterrâneas, no meio de tempestades de neve e temperaturas árticas, para criar os seus templos e catedrais, com suas paredes e tetos de pedra ricamente ornados com pinturas épicas que deixaram um testemunho imortal de toda a sua humanidade. Nós apenas temos que achar a sequência correta para puxar algumas alavancas de madeira. Por favor, pare de reclamar como um adolescente mimado!"

Omar não conseguiu segurar uma gargalhada tipicamente egípcia depois daquela magnífica bronca que Tosca acabara de lhe dar. Ele sempre admirara mulheres fortes e contestadoras que o lembravam da própria mãe.

– Sim, senhora, comandante. Eu vou manter o meu lado ranzinza debaixo do carpete até que nós tenhamos finalizado a nossa missão.

– Melhor mesmo, porque senão eu vou ter que chamar sua irmã para me auxiliar a dar um jeito em você.

– Não é preciso apelar para crueldade psicológica, Tosca.

– Muito bem, agora que você recebeu o seu último aviso, eu posso lhe dizer o que venho pensando nos últimos dias. Basicamente, tenho refletido muito sobre a dimensão gigantesca do que nós estamos prestes a fazer.

– Em que sentido?

– Eu já lhe disse alguma vez sobre a minha teoria de como nós todos podemos estar conectados com todo o universo?

– Você me disse sobre a teoria de John Wheeler de que, para existir, o universo depende da participação, como observadores ativos, de todas as formas de vida inteligente criadas por ele; cada uma destas formas de vida trabalhando como observadores únicos da informação em potencial que é oferecida continuamente pelo Universo, de sorte que a compilação de todas estas observações, a cada momento no tempo, possa definir o que a realidade realmente é, para cada um e para todos.

– Sim, este é um resumo muito preciso da teoria do universo participativo. Mas agora, eu estou falando de algo mais.

– O quê?

– A identidade de cada um de nós é definida pelos nossos cérebros, que podem ser descritos de forma minimalista como uma bolha de matéria orgânica, mantida junta por um campo eletromagnético fraco, cuja magnitude – mais ou menos um picotesla – equivale à magnitude do campo magnético do sol medido nas vizinhanças de Plutão, no limite do nosso sistema solar. Mesmo para mim, é difícil contemplar que uma vida inteira de pensamentos, emoções, sentimentos e memórias seja produzida, estocada e transmitida por um campo magnético tão minúsculo. Mais chocante ainda, se você dobrar este campo eletromagnético neural levemente, você pode ter um Van Gogh, um Einstein, um Santos Dumont, um Pelé. Por outro lado, se esta dobradura for numa outra direção, pode-se gerar um sociopata, alguém como Hitler ou Mussolini. Se o campo eletromagnético neural se ajusta corretamente, você terá uma vida intelectual saudável, criativa e produtiva. Mas se, por qualquer razão, um nível extra de sincronização de um circuito neural em especial emerge, ele pode produzir qualquer coisa entre a esquizofrenia, doença de Parkinson, ou um caso de depressão profunda. O balanço entre estes extremos é por demais delicado e frágil. E assim é a fronteira eletromagnética entre o gênio e o genocida, entre a glória e o tormento; sempre fina como um fio de cabelo eletromagnético.

"Agora, se você somar os campos eletromagnéticos minúsculos produzidos por todos os seres humanos que já existiram – aproximadamente cento e oito bilhões de pessoas –, teoricamente você poderia compilar todos os pensamentos, emoções, toda a dor, amor e paixões, todas as descobertas tecnológicas, todos os poemas, canções, pinturas e obras literárias compostas, bem como todas as crenças e abstrações mentais geradas por todos os membros da nossa espécie que jamais viveram. E se agora você for um passo adiante e repetir a mesma análise para todas as formas de vida que um dia existiram na Terra e, expandindo o mesmo raciocínio, em cada um dos bilhões ou trilhões de planetas potencialmente habitados que existem em todo o universo, assumindo que os cérebros dessas formas de vida alienígena utilizam os mesmos princípios eletromagnéticos para pensar, sentir e agir, você pode levantar a possibilidade de que existe alguma forma universal pela qual todos nós poderíamos nos comunicar uns com os outros. E se, para colocar a proverbial cereja no topo do bolo, você adicionar o fato de que campos e ondas eletromagnéticas de todas as formas e frequências, originadas por uma multitude de estrelas e toda sorte de outros corpos celestes, alguns dos quais nós podemos nem ter identificado ainda, viajam pelos confins de todo o cosmos, você começa a imaginar, só pelo prazer de fazê-lo, se existe algo, alguma forma de cordão umbilical eletromagnético que une todo este universo participativo de Wheeler com tudo e com todos que o cosmos criou, incluindo os seus produtos cósmicos que se tornaram conscientes de si mesmos e cuja principal missão de vida foi conferir significado e algum tipo de sentido causal para tudo que existe à sua volta. E faz tudo isso ao tirar vantagem, no limite, da capacidade de gerar abstrações mentais fundamentais, coisas como o tempo, espaço, matemática, para citar apenas algumas das mais decisivas, que surgiram de nada mais do que..."

— Uma bolha de um picotesla de poder eletromagnético! — Omar não conseguiu evitar concluir a frase para Tosca.

— Precisamente! As equações de James Maxwell que descrevem por completo o fenômeno do eletromagnetismo deveriam ser postadas em cada esquina da Terra, dado quão profundamente elas podem descrever o que o universo realmente é. Não é à toa que Einstein tinha uma foto de Maxwell no seu escritório. Ele sabia que essa tinha sido uma descoberta fundamental, e como essas equações tinham sido geradas como produto de um entendimento profundo da essência do mundo que nos cerca. De qualquer forma, agora você entende o que eu quero dizer sobre quão disruptiva pode ser a missão que nos foi conferida. Na realidade, eu quase posso sentir que, num futuro distante, alguém ou algo será capaz de utilizar tudo isso que nós vamos testar em breve para ter a exata noção do que era fazer parte da raça humana.

— Uni-vos e prospere, este seria um lema melhor para operacionalizar a teoria que você acabou de me descrever, Tosca.

— Isso ou: "Juntem-se à festa antes de nós darmos um chute no seu traseiro".

Omar riu alto e respondeu:

— Uma vez uma rebelde, sempre uma rebelde.

— Piadas à parte, eu realmente acredito que existe algo mais neste enigma do que simplesmente nos oferecer uma alternativa para evitar a extinção da nossa espécie. Mesmo sendo totalmente insignificantes no grande esquema cósmico, como os físicos adoram dizer, nós devemos ter algo muito especial para oferecer para quem quer que seja que está se comunicando conosco. Eu somente não sei dizer o que pode ser.

– Para um acumulador ou colecionador professional e obsessivo, minha querida, qualquer item novo é uma aquisição preciosa. Ainda assim, uma vez que nós passarmos a ser parte da coleção, os seus amigos podem perder todo o interesse em nós.

– Talvez, mas até onde a gente saiba eles investiram pelo menos um século, se não mais, nos ajudando a construir a infraestrutura que vai permitir realizar este experimento.

– Com certeza eles não são qualquer tipo de acumulador mediano. Mas para eles alguns séculos passados organizando mais uma das suas expedições de coleta de novos exemplares podem não significar muito.

– Conjecturas sobre as verdadeiras intenções dos nossos amigos à parte, eu estou verdadeiramente convencida de que, ao completar este primeiro passo, nós estaremos empurrando ladeira abaixo uma pequenina bola de neve que pode um dia virar uma gigantesca avalanche. Se isso funcionar, nada mais será como antes.

– Quanto tempo ainda para o *showtime*? – indagou Omar.

– Apenas algumas horas. Nós podemos voltar para o porão e ver se tudo está pronto. Não há mais nada a fazer aqui embaixo. Tudo está pronto.

– Vamos nós então.

Aquelas horas passaram quase sem ser notadas. Precisamente às dezenove horas de Brasília, o primeiro trovejar retumbante se fez ouvir na distância, anunciando a chegada iminente da tempestade tropical do dia e colocando de prontidão o dueto que fez do porão da Mansão Cohen o seu quartel-general. Estava na hora dos preparativos finais.

– Agora, Omar, como naquela noite no hotel em São Paulo, eu vou aplicar a minha fita cerebral na sua testa. Seja um bom menino e comece a suar profusamente.

– Isso vai ser muito fácil, Tosca. Eu não fiz outra coisa desde que chegamos em Manaus.

– Bom menino!

– A sua mãe vai se juntar a nós?

– Não, ela me disse que prefere ficar lá em cima esperando pelo resultado na nossa sala de estar. Ela é muito supersticiosa, como você sabe bem. E ela não quer correr o risco de nos atrapalhar nesses momentos cruciais.

– Tudo bem! Nós celebraremos juntos depois.

– Nunca conte com os ovos antes de a galinha os botar, por favor.

Enquanto ela alertava seu tio para conter o seu otimismo infundado, Tosca aplicou a outra fita cerebral na sua própria testa e ocupou a sua posição à frente de um pequeno equipamento de rádio amador, outro dos pequenos tesouros encontrado no subterrâneo de Samir. Lá fora, no mundo exterior que de nada desconfiava, os estrondos provocados pelo trovejar incessante pareciam estar se aproximando da mansão. A tempestade estava percorrendo o seu trajeto habitual, do leste até o centro da cidade, na direção do epicentro da revolução que estava por ser desencadeada. Tosca se sentou e imediatamente se virou para Omar, que estava já sentado na sua cadeira, mais ou menos dois metros separado dela.

– Lembre, Omar, nós temos que puxar as alavancas no mesmo momento, mas só depois de as luzes indicarem que algum raio atingiu tanto a coroa de ferro no topo da torre da estação de tratamento de esgoto abandonada como também o para-raios do nosso quintal. Nós só conseguiremos gerar suficiente energia elétrica para a transmissão quando isso acontecer. Apenas um alvo sendo atingido não será suficiente. Será preciso um impacto duplo e perfeitamente sincronizado em ambos os alvos para tudo funcionar.

– Eu entendi perfeitamente, Tosca. Mas eu ainda não consigo ver como isso poderá acontecer. As chances de um mesmo raio atingir ambos os alvos simultaneamente são mínimas, quase negligíveis. Nós podemos ficar sentados aqui durante toda a tempestade e por todo um ano e nada como isso vai acontecer.

– Nós não temos todo um ano. Este é a nossa melhor chance. Senão teremos que esperar até julho. E aí pode ser muito tarde. Tem que ser hoje, Omar! De alguma forma, tenho o pressentimento de que as probabilidades serão melhores do que você pensa.

— Os seus amigos lhe disseram isso?

— Não, eles simplesmente me deram a sensação de que nós tínhamos que estar prontos numa noite como a de hoje e que o resto aconteceria por si mesmo. De alguma forma.

— De alguma forma? Soa meio tênue para apostar o futuro da humanidade, não acha?

— O mesmo aconteceu muitas vezes no passado. Nada de novo aqui. Além disso, é isso que nós temos para o jantar hoje. Endireite-se e se prepare. Eu posso ouvir trovões se aproximando.

Quando eles se entreolharam em silêncio, a primeira lâmpada do painel na sua frente rapidamente produziu um feixe de luz branca.

— A torre foi atingida por um raio.

— Sim, tudo leva a crer que sim, mas nada aconteceu com o para-raios do quintal. A lâmpada correspondente continua apagada. Eu sinto dizer que as Baterias de Bagdá que nós estamos usando para permitir que as duas lâmpadas produzam luz podem falhar. Isso quer dizer que nós não saberemos se a lâmpada não acendeu porque um dos alvos não foi atingido ou porque ela não recebeu eletricidade suficiente para produzir seu feixe de luz.

— Muito tarde para se preocupar com isso, Omar. Permaneça sentado e mantenha seus olhos nas malditas lâmpadas.

Claramente, o centro da tempestade estava muito próximo agora. Trovões poderosos faziam a mansão tremer, levando os cachorros da vizinhança a latir e pássaros e macacos a buscar refúgio no topo das copas das árvores. Relâmpagos e raios podiam ser vistos cruzando todo o céu de Manaus. Os rios Solimões e Negro, perpetuamente envolvidos numa dança peculiar, em que um evitava se misturar com o outro, como se fossem um casal recém-apresentado que hesitava em se aproximar muito de forma íntima num vasto salão de bailes onde todos os olhos se dirigem para eles, continuavam agitados, como se previssem o que estava por acontecer nas suas margens.

Refugiada na sua sala de estar majestosa apesar de sinais claros de delapidação, Giselda começou a lembrar de todas as orações, aprendidas enquanto criança com a sua babá Núbia, que clamavam pela proteção de uma longa fieira de deuses egípcios, há muito esquecidos pelo tempo. Mas nunca se podia ter certeza nesses domínios. Quem sabe esses deuses defuntos ainda teriam tempo e paciência para dar ouvidos para aquela exilada. Mas se eles estavam ouvindo ou mesmo respondendo as suas preces, os estrondos produzidos pelos trovões não estavam dando nenhuma chance para que Giselda os ouvisse. O show de relâmpagos nessa altura atingira o céu acima da mansão, expressando toda a ferocidade e beleza crua de um chamado feito por algum verdadeiro deus tropical. Apesar da tempestade, a noite continuava cheia de estrelas que não pareciam se preocupar com a turbulência atmosférica daquele planeta remoto e insignificante. Afinal, elas todas estavam mais do que familiarizadas com turbulências próprias. Da mesma forma, nem mesmo a lua cheia parecia interessada em observar, mesmo tendo uma visão privilegiada, o transcorrer dos eventos.

– De acordo com a estimativa do nosso computador analógico, o eclipse solar parcial está ocorrendo neste momento no sul da Austrália e na Nova Zelândia. A lua cheia está na posição correta, bem como os outros cinco planetas. Nós estamos quase lá, Omar. Mantenha-se firme. Não me deixe na mão agora. Nós estamos prestes a atingir as condições máximas e ideais para a ressonância de Schumann potencializar a nossa transmissão de rádio.

– Eu estou aqui, Tosca. – Omar agora estava quase gritando para ser ouvido, uma vez que o barulho provocado pelos trovões tinha suplantado de vez a sua voz suave.

– Outro impacto na torre! Nós estamos chegando perto.

Agora o centro da tempestade estava exatamente sobre eles. O barulho dos trovões e dos relâmpagos os abraçava como uma sucuri faminta, pronta para espremer as últimas gotas de vida da sua vítima infeliz.

– Mantenha os olhos no painel, Omar. Vai ser a qualquer momento, agora. – Tosca também não tinha alternativa a não ser berrar as instruções do topo dos seus pulmões, tão fortes eram os estrondos da tempestade.

E, assim, algumas centenas de milissegundos antes que Omar pudesse confirmar que ele estava a postos, pronto para qualquer coisa, tudo aconteceu repentinamente.

Primeiramente, um imenso relâmpago diagonal cruzou toda a extensão do céu de Manaus, vindo do leste, passando por cima do rio Amazonas e movendo-se para os confins da floresta na parte mais a oeste da cidade. Antes que eles pudessem ouvir o trovão associado com essa desmesurada descarga elétrica celestial, ambas as lâmpadas dos painéis à sua frente dispararam os seus feixes de luz angustiados. E antes que o ruído da explosão atmosférica pudesse atingir os seus respectivos córtices auditivos, eles puderam ouvir os berros de Giselda vindos do andar de cima da mansão. Aparentemente, aqueles Deuses egípcios semiaposentados finalmente haviam tirado um momento do seu tempo infinito para responder aos seus e-mails mentais.

— AGORA, OMAR! PUXE A SEQUÊNCIA DE ALAVANCAS! TEMOS UM IMPACTO DUPLO PERFEITO!

Sem titubear, o nosso matemático egípcio de pouca fé puxou as alavancas de jatobá maciço, uma após a outra, com toda a força que ele foi capaz de recrutar dos seus músculos octogenários, talvez mais de medo de qual seria a reação de Tosca e da sua irmã se ele falhasse naquele momento capital do que baseado em qualquer evidência científica categórica e irrefutável que assegurasse que tudo aquilo resultaria em alguma coisa concreta e útil.

— Feito! Nós estamos transmitindo! Agora só relaxe e pense no que você gostaria de dizer para os nove bilhões de pessoas espalhadas por toda a Terra.

— Eu estou pensando, Tosca, estou pensando. Mas como iremos saber desta vez que eles estão nos escutando?

No que Omar pronunciou a derradeira sílaba da sua dúvida, eles começaram a ouvir a usina elétrica de Samir, movida a raios e esgoto, entrando em operação. Subitamente, todas as luzes da Mansão Cohen se acenderam, como se ela fosse uma gigantesca árvore de Natal que houvesse sido iluminada, instantaneamente, por obra de algum passe de mágica ininteligível para a mente humana. Assustados, os vizinhos, observando a cena atônitos de suas janelas e varandas, incialmente pensaram que algum raio tivesse atingido a mansão em cheio e desencadeado um incêndio que estava consumindo-a por todos os lados. Uma segunda inspeção, porém, revelou que não era o caso de forma alguma. Toda a vasta propriedade estava agora iluminada, como se os donos quisessem anunciar o início de uma festa de arromba. Ainda recolhidos no agora totalmente iluminado porão, Tosca e Omar estavam ainda adaptando as suas retinas aos novos níveis de luminosidade vindos de todas as direções. Para eles, de repente eles pareciam estar afundando nas profundezas de uma supernova em explosão.

– Bem, pelo menos nós conseguimos ter as luzes de volta com tudo isso.

– Mantenha a sua fé, tio. O rádio está funcionando agora e nós estamos transmitindo a todo vapor, literalmente.

Lá fora, a tempestade estava começando a amainar finalmente. E a Mansão Cohen se parecia agora com um enorme transatlântico iluminado, singrando por mares escuros, formados por uma parede de chuva e águas que transbordavam à vontade das margens do grande rio.

Após um breve momento de silêncio que envolveu todo o porão em dúvida e incerteza, nada mais apropriado do que ser Omar que se encarregou de quebrá-lo aos berros.

– Pelo graça do inigualável Anúbis, você está sentindo isso, Tosca?

– Sentindo o que, Omar? Do que você está falando?

– Vozes, dezenas, não, centenas de vozes; como se houvesse muitas pessoas falando com você ao mesmo tempo. Como se eu pudesse sentir o que elas sentem ou pensam quando elas tentam falar comigo. Eu posso sentir o que eles querem, desejam e precisam ouvir para se sentir melhor.

– Bem-vindo à Brainet Final, tio!

– Isso é totalmente inacreditável. Simplesmente de outro mundo. Eu me sinto totalmente sobrecarregado de emoções e pensamentos de outros seres humanos. – Sem que ele notasse, lágrimas começaram a brotar dos olhos de Omar como os dois rios caudalosos que ele conhecera durante toda a sua vida, o Nilo e o Amazonas. Eu me sinto conectado com todos eles. Como se eles todos fossem parte de mim. E eu parte deles.

– Como eu disse, nada mais será como antes depois desta noite. Agora, eu também consigo senti-los chegando em mim. A primeira onda, a ponta da avalanche, a explosão desenfreada de emoções, pensamentos, vozes, desejos, tudo ao mesmo tempo. Como chegar em casa depois de uma longa viagem e ser recebido por milhões de pessoas que querem te abraçar ao mesmo tempo. Venham, venham, eu estou aqui. Eu esperei por vocês e por este momento por toda a minha vida.

– Eu não sei o que dizer, Tosca. Eu sinto pela primeira vez o que é ser um ser humano na acepção mais completa, crua e nua, sem censura e sem edição, da palavra. Meu corpo inteiro está experimentando isso, como uma infinita descarga eletrostática, como ser acariciado por um número infinito de mãos, ou ser beijado por uma coleção inumerável de lábios. Um frisson inédito está se espalhando por todos os pelos da minha pele. Tremores e suor frio, um êxtase de emoções, de prazer e dor misturados, como nada que eu senti na vida. Eu me sinto conectado com cada um deles. Eu estou na Brainet e a Brainet está em mim. Nós conseguimos, Tosca! Nós conseguimos!

– Sim, nós finalmente conseguimos. Com a ajuda de Samir e dos nossos amigos, os tatuadores neurais, quem quer que eles possam ser, e de onde eles possam vir. Agora está fora do nosso alcance decidir o que toda a humanidade fará com tudo isso. Deixe-os decidir todos juntos. Como parte da Brainet Final, caberá a todos eles definir por que caminho nós iremos caminhar.

– Uni-vos ou desapareçam?

– Não, Omar. Eu me convenci de que você tinha um lema melhor: uni-vos e prosperem!

– Pela graça de Rá!

Em algum lugar do espaço entre a Terra e a Lua - aproximadamente cinquenta mil anos depois do impacto

Embora eles cruzassem bilhões e bilhões de quilômetros intergalácticos, enquanto empregavam um largo espectro de tecnologias extremamente sofisticadas – coisas que pareceriam totalmente incompreensíveis, da mesma forma como mágica pura, para todas as mentes mais primitivas com as quais eles tinham que interagir rotineiramente – para realizar com sucesso a sua missão de vida de registrar cada vestígio, cada relance, cada gota de vida inteligente que eventualmente emergira no universo, eles humildemente preferiam se autodenominar apenas como "Os Bibliotecários".

Para esses verdadeiros profissionais de uma arte única e solitária, nenhuma missão era mais ou menos importante. Afinal, cada uma delas adicionaria à sua coleção construída com todo o cuidado e esmero uma peça nova e essencial para o quebra-cabeça cósmico, permitindo que eles ficassem cada vez mais próximos – mas nunca chegando ao fim – de realizar a missão fundamental que eles haviam recebido muitas gerações atrás: construir a mais abrangente e inclusiva descrição do universo que fosse possível pelos meios disponíveis. A filosofia que guiava esta busca sem fim era até que trivial. Para os Bibliotecários e seus ancestrais imemoriais, somente ao reunir todas as possíveis descrições do universo, cada uma das visões cosmológicas criadas por cada uma das formas de vida inteligentes que jamais emergiram no vasto cosmos, seria possível descrevê-lo verdadeiramente, em todo o seu esplendor. Segundo esta visão, o universo só teria qualquer sentido como uma criação coletiva de todos os seus participantes, como uma enorme tela que continua a ser pintada, com diferentes cores, tons, formas, sombras e luz, por todos os pintores que o universo criou, por pura vaidade, para se tornar real e tangível, quase como que algo vivo.

Pelo menos nos olhos das criaturas mortais e inteligentes do cosmos.

Nas suas viagens, os Bibliotecários, como qualquer outro colecionador de selos ávido e dedicado, executavam as suas tarefas rotineiras de forma metódica. Não havia tempo, nem necessidade, e nem mesmo meios para expressar qualquer tipo de emoção sobre isso. Mesmo porque eles não eram limitados pelas dificuldades usuais de tempo e espaço que afetavam os seres vivos. Os Bibliotecários apenas viviam para realizar os seus negócios, sem emitir nem qualquer tipo de julgamento ético ou moral, nem qualquer tipo de avaliação sobre a relevância, valor e acurácia de cada uma das visões de universo que eles coletavam, dia após dia. O seu único interesse, de fato, a sua obsessão central, era coletar todas essas visões, mesmo sabendo que esta missão, no limite, era totalmente impossível. Na realidade, os Bibliotecários nunca discutiam ou se preocupavam com o fato de que a probabilidade de eles, algum dia, finalizarem a sua missão era praticamente nula. A sua existência era apenas definida pelo cuidado extremo requerido para preencher todas as demandas da missão central. Era essa missão que ditava toda a narrativa e razão das suas vidas.

Era dentro deste contexto que eles abordavam o alvo do seu mais novo objetivo.

– Comandante, nós estamos rapidamente nos aproximando do terceiro planeta, da estrela de categoria três, no centro do sistema Delta 5, que pertence à galáxia de meia-idade, em forma de disco, conhecida pelos residentes do planeta alvo como Via Láctea.

A voz de baixo do primeiro oficial soou um pouco mais entusiasmada do que o usual, o que não era muito, diga-se de passagem. Mas este mínimo sinal de satisfação tinha sua justificativa. Afinal, a missão que tinha exigido que a sua aeronave, que consistia apenas de uma complexa estrutura eletromagnética multidimensional, viajasse muito próximo da velocidade da luz, para cruzar a quase inominável distância de espaço intergaláctico, estava próxima de ser concluída. De um jeito ou de outro, logo eles poderiam mudar de foco e iniciar a próxima aventura pelo vazio do cosmos, o playground natural dos Bibliotecários. E onde seria a casa desses exploradores e colecionadores de conhecimento? Ninguém sabia dizer, uma vez que ela não se manifestava como uma localização física precisa nem no espaço, nem no tempo, dado que os Bibliotecários eram membros de uma raça muito peculiar de nômades cósmicos que existiam apenas em pensamento, sem a necessidade de um corpo físico para chamar de seu. Como tal, as suas ondas mentais eletromagnéticas eram tudo que tinham para mostrar como alegação ou prova da sua existência. Isso e a sua habilidade única de se fundir na forma de uma única Brainet que podia permanecer intimamente entrelaçada na estrutura eletromagnética multidimensional que definia a sua espaçonave. Um arranjo muito conveniente, diga-se de passagem, dado que toda a sua existência era dedicada a vagar pelos mais remotos confins do universo, com o objetivo precípuo de preservar os produtos dos pensamentos e culturas de uma quase infinita variedade de formas de vida que algum dia habitaram o cosmos.

— Relembre-me, por favor, quanto tempo desde que eles experimentaram aquela ejeção solar devastadora, que levou à destruição das suas mais elaboradas tecnologias e os devolveu alguns séculos para trás nos termos do seu nível de desenvolvimento?

— Na escala usada por eles, por volta de cinquenta mil anos, mais ou menos algumas centenas de anos.

— Perfeito. Isso deve ter sido suficiente para algum tipo de recuperação. Afinal, não só nós os alertamos com antecedência do que estava prestes a atingi-los – uma tempestade perfeita, não foi assim que um dos nossos contatos a definiu? –, mas séculos antes nós os ensinamos a criar aquele instrumento computacional, que eles chamavam de mecanismo de Antikythera, para que eles pudessem realizar os cálculos para pôr em prática os planos apropriados para que seguissem a única opção viável para salvar a sua própria espécie do que parecia ser uma caminhada rumo à extinção da sua raça e uma completa remoção da memória do universo.

– Sim, comandante, eles realmente tiveram acesso à tecnologia mais avançada que poderiam compreender e utilizar para tirar vantagem do que eles conheciam como a ressonância de Schumann para criar uma Brainet primitiva, mas funcional, como uma forma de estabelecer algum tipo de governança global, ou, devo dizer, um sistema verdadeiramente democrático em nível planetário, no qual todo e qualquer indivíduo seria capaz de participar, finalmente, do processo de tomada de decisão necessário para salvar a espécie, o planeta e tudo que existia nele de uma destruição irrevocável e irreversível.

– Eles não tinham a menor ideia de quão felizardos eles eram de viver num pedaço de rocha azul tão maravilhoso!

– Nem me fale, comandante. Se eles soubessem o tipo de planetas que nós tivemos que visitar no nosso canto do cosmos. Eles se autodenominavam *Homo sapiens*, o que supostamente significa "homem sábio". Mas baseado em todos os atos e insanidades que eles cometeram ao longo da sua minúscula história, eles passaram muito longe desta definição, comandante.

– Oh, eu sei. Eu cometi o erro de carregar um pouco da história dessa civilização e fiquei completamente estarrecido com tudo que experimentei. Eu parei o carregamento antes da metade porque eu realmente não conseguia mais tolerar o grau de estupidez e crueldade que eles cultivavam.

– Talvez algo de bom tenha acontecido nestes cinquenta mil anos, comandante, e eles tenham se dado conta do quanto perderam, e quão próximo eles estiveram da beira do precipício e de retornar para a poeira estelar, como eles gostavam de dizer.

– Sim, eles adoravam este tipo de metáfora cataclísmica.

– Eles eliminavam uns aos outros simplesmente por diferenças de crenças, coisas que eles chamavam de religião, política, até algo estranho, uma espécie de movimento coletivo chamado futebol. O senhor pode imaginar algo assim? Eu não consigo nem conceber qual a lógica por trás desses comportamentos.

– Bem, só existe uma forma de saber o que aconteceu com eles, primeiro oficial. Hora de nos conectarmos com o campo eletromagnético do planeta e ver se existe algo ainda flutuando que sirva para nossos fins.

– Foi para isso que nós cruzamos quase metade de todo o universo, não foi, comandante?

– Exatamente, primeiro oficial. Este sempre é o momento mais solene das nossas missões. Vamos em frente, na minha contagem: três, dois, um, iniciar avaliação do campo eletromagnético do planeta Terra, agora! Por favor, transfira o sinal resultante para a Brainet principal da aeronave. Vamos ver se eles deixaram qualquer coisa útil para nós, ou se eles simplesmente desapareceram para sempre, sem deixar qualquer traço da sua existência fugaz.

– Perfeitamente, comandante. Iniciando avaliação do campo eletromagnético da Terra.

Quando o primeiro oficial começou a emitir os comandos mentais para ativar a análise do campo eletromagnético da Terra, todos os membros da tripulação interromperam o que quer que estivessem pensando – porque, na realidade, esta era a única coisa que os membros desta raça faziam, pensar, dado que eles não tinham qualquer tipo de existência física reconhecível, no estrito senso que nós humanos poderíamos reconhecer – para se preparar para aquilo que poderia ser o principal resultado de mais uma das suas históricas missões.

E enquanto esses seres estranhos coletivamente concentraram as suas mentes eletromagnéticas, esperando pela oportunidade de detectar qualquer sinal, qualquer mínima evidência que oferecesse prova do que havia se passado com aquela civilização primitiva, o *Homo sapiens sapiens*, um raro momento de total silêncio envolveu aquela verdadeira colmeia mental. Silêncio, que conceito estranho era para todos eles.

Todavia aparentemente era isso que eles estavam experimentando naquele momento crucial no qual um outro evento cósmico único estava prestes a acontecer.

– Alguém consegue sentir algo? Qualquer sinal? – O pensamento levemente ansioso do comandante tinha acabado de ressoar por toda a Brainet da tripulação no momento em que a mesma indagação brotara de todas aquelas mentes em perfeita comunhão.

– Pelo suspiro de Rá, eles conseguiram!

O pensamento coletivo explodiu por toda aquela Brainet alienígena, espalhando-se fora de controle, antes que qualquer um ousasse interromper a verdadeira erupção que começou a brotar do campo eletromagnético da Terra. Ali estava ele, o velho e resiliente motor eletromagnético daquela rocha azul hipnotizante, ainda vivo e forte, contra todos os prognósticos, transmitindo, na velocidade da luz, suficiente material para inundar todas as ondas daquela colmeia mental forasteira, como nada que os seus membros haviam experimentado nas suas aventurosas existências multimilenares. Foi exatamente assim que eles se sentiram, enquanto assimilavam, numa fração de segundo, os registros mentais coletivos de mais uma civilização desconhecida. Se aqueles seres – ou seja lá o que eles eram – tivessem qualquer tipo de olhos, o que, eu lamento revelar, eles não tinham, eles agora estariam flutuando num oceano de lágrimas. Porque não é todos os dias, nem mesmo para visitantes intergalácticos, que se experimenta, num único instante, a sensação de receber todos os produtos mentais acumulados, todos os pensamentos, todas as emoções, todo o amor, ódio, dor e alegria, que emanaram dos cérebros de cada um dos seres humanos que jamais viveram.

A prova tinha sido clara para todos os visitantes: até o fim deste universo, a Terra permaneceria literalmente abraçada e protegida por um campo eletromagnético formado pela Brainet Final, construída para carregar dentro de si a narrativa mental coletiva única que definiu a totalidade da condição humana.

E como esses alienígenas certamente diriam, se eles tivessem a habilidade de falar em voz alta – o que, eu lamento informar, eles não tinham –, nada pode preparar qualquer ser inteligente para este tipo de fusão mental eletromagnética. Porque, ao inquirir de forma bem-sucedida o escudo natural da Terra, aquele primeiro oficial recebeu em retorno, como sua recompensa, o repositório mental acumulado de cento e oito bilhões de indivíduos, que algum dia vagaram por cada um dos cantos da pedra azul que nós chamamos de lar.

E quando aqueles Bibliotecários celestiais, enquanto flutuavam bem no meio do mítico Eterno Céu Azul dos mongóis, se conectaram plenamente ao registro completo da herança mental da humanidade, eles mais uma vez ampliaram a sua Brainet perpétua, envolvendo inúmeras espécies e civilizações, e que daqui pra frente, até o fim dos tempos, permitiria, a quem quer que assim o quisesse, experimentar em todo o seu esplendor quão precioso foi se sentir simplesmente humano.

AGRADECIMENTOS

Sendo filho de uma escritora prolífica e neto de uma leitora voraz, desde que eu me conheço por gente, eu sempre me encontrei rodeado por um sem-número de livros de todos os gêneros possíveis. Assim, depois de despender uma década inteira para concluir a minha trilogia de não ficção (*Muito além do nosso eu*, *Made in Macaíba* e o *Verdadeiro criador de tudo*, todos publicados pela Editora Planeta), me dei conta de que seria quase criminoso não realizar um dos meus mais secretos sonhos de infância: escrever um livro de ficção científica.

Apesar de ter sido escrito nos últimos cinco anos, boa parte durante a reclusão imposta pela pandemia de COVID-19, *Nada mais será como antes* deve a sua existência, em grande parte, às inúmeras tardes inesquecíveis da minha infância e juventude, passadas na mágica biblioteca da minha avó materna, Lygia Maria, num sobrado de vila na rua Chanés, no bairro de Moema, São Paulo, na distinta companhia de Arthur C. Clarke, Isaac Asimov e Kurt Vonnegut, meus autores de ficção científica favoritos. Entre um livro e outro, eu aproveitava também para desfrutar das aventuras da família Robinson, o seu robô e o sempre maquiavélico Dr. Smith, todos *Perdidos no espaço*, bem como com os sempre socráticos diálogos do imperturbável Mr. Spock e sua vítima favorita, o não muito brilhante, mas sempre pronto para ação, Capitão James T. Kirk. A todos esses personagens, reais e fictícios, o meu mais profundo agradecimento por instigar em mim, diariamente, a paixão pela ciência e também o desejo, quase obsessivo, de explorar o desconhecido; seja nos confins do Cosmos que nos cerca, seja escondido nas profundezas dos vales corticais do *Verdadeiro criador de tudo*, nos quais eu mergulhei cotidianamente, sempre maravilhado, pelas últimas quatro décadas.

Dado o ineditismo desta empreitada, este projeto nunca teria chegado a bom termo sem a colaboração, paciência e apoio incondicional de um grande número de pessoas. Primeiramente, gostaria de agradecer ao meu editor, Mateus Erthal, que, desde o nosso primeiro encontro, dispensou todos os esforços para que este livro pudesse ser publicado. Muitíssimo obrigado, Mateus, por todas as conversas, sugestões e tolerância para com a ansiedade de um marinheiro de primeira viagem. A todos da Editora Planeta, o meu sincero agradecimento por todo o trabalho e empenho para produzir esta obra.

Da mesma forma, gostaria de agradecer, como já é rotina, à minha assistente de mais de vinte anos, Susan Halkiotis, por todo o trabalho com a versão original em inglês do manuscrito e pela paciência de ler, repetidas vezes, capítulo a capítulo, a conta-gotas, à medida que eles eram produzidos. Thank you very much, professor Halkiotis.

Na mesma linha, eu não poderia deixar de agradecer a todos os membros da Associação Alberto Santos Dumont para Apoio à Pesquisa (AASDAP) por cuidar de todas as outras coisas extremamente importantes que eu deveria estar fazendo enquanto escrevia este livro. Às queridas amigas Neiva Paraschiva, Andrea Arashiro e Adriana Ragoni, o meu muito obrigado por todo o apoio irrestrito nesses mais de vinte anos de AASDAP.

Além de mim, é certo dizer ninguém leu este manuscrito mais vezes do que Marina Miranda. Durante toda a pandemia, Marina sempre foi a primeira a ler, sempre entusiasmada e de bom grado, cada um dos novos capítulos e, ao término, oferecer toda sorte de sugestões, críticas, além de disponibilizar horas a fio para "brainstorms" literários que frequentemente avançaram pela madrugada. Além disso, nos momentos mais difíceis, em que devotar tempo para o manuscrito deixara de ser uma prioridade, diante da gravidade do momento que se vivia no mundo, Marina sempre estava lá me incentivando a não desistir do projeto e a continuar a pensar em soluções pouco convencionais para a narrativa. Não é nenhum exagero dizer que, sem esse apoio contínuo e incondicional e sem suas incisivas sugestões, sempre no "Nervo e de Bico", as aventuras de Tosca e Omar nunca teriam visto a luz do dia, do ponto de vista literário! Por tudo isso e tanto mais, o meu muito obrigado e o meu eterno agradecimento a você, Marina "Cachinhos de Ouro" Miranda!

Evidentemente, nenhum dos meus livros seria publicado sem a aprovação formal da maga literária da família Nicolelis, a renomada escritora Giselda Laporta Nicolelis, minha cúmplice de carteirinha, desde os tempos imemoriais intrautero, onde, segundo ela, eu sempre me pronunciava aos pontapés toda vez que ela ouvia um novo *long-play* de Nat King Cole. Por todo seu apoio ao longo de toda minha vida e carreira, por revisar cada linha deste e de todos os outros livros meus e por sempre, do topo das suas bem-vividas oitenta e cinco primaveras, ser a primeira a aprovar todos os meus mergulhos doidivanos rumo ao desconhecido, um beijo cheio de amor do seu filho predileto!

REFERÊNCIAS BIBLIOGRÁFICAS

Alabdulgader A, McCraty R, Atkinson M, Dobyns Y, Vainoras A, Ragulskis M, et al. Long--Term Study of Heart Rate Variability Responses to Changes in the Solar and Geomagnetic Environment. Sci Rep. 2018;8(1):2663.

Channell JET, Vigliotti L. The Role of Geomagnetic Field Intensity in Late Quaternary Evolution of Humans and Large Mammals. Reviews of Geophysics. 2019;57(3):709-38.

Clarke D, Whitney H, Sutton G, Robert D. Detection and learning of floral electric fields by bumblebees. Science. 2013;340(6128):66-9.

Cooper A, Turney CSM, Palmer J, Hogg A, McGlone M, Wilmshurst J, et al. A global environmental crisis 42,000 years ago. Science. 2021;371(6531):811-8.

Danho S, Schoellhorn W, Aclan M. Innovative technical implementation of the Schumann resonances and its influence on organisms and biological cells. IOP Conf Ser: Mater Sci Eng. 2019;564:012081.

Persinger MA, editor On the Possible Representation of the Electromagnetic Equivalents of All Human Memory within the Earth's Magnetic Field: Implications for Theoretical Biology2008.

Persinger MA. Billions of Human Brains Immersed Within a Shared Geomagnetic Field: Quantitative Solutions and Implications for Future Adaptations. The Open Biology Journal. 2013;6:8-13.

Persinger MA, Psych C. Sudden unexpected death in epileptics following sudden, intense, increases in geomagnetic activity: prevalence of effect and potential mechanisms. Int J Biometeorol. 1995;38(4):180-7.

Persinger MA, Saroka KS. Human Quantitative Electroencephalographic and Schumann Resonance Exhibit Real-Time Coherence of Spectral Power Densities: Implications for Interactive Information Processing. Journal of Signal and Information Processing. 2015;6(2):12.

Saroka KS, Vares DE, Persinger MA. Similar Spectral Power Densities Within the Schumann Resonance and a Large Population of Quantitative Electroencephalographic Profiles: Supportive Evidence for Koenig and Pobachenko. PLoS One. 2016;11(1):e0146595.

Uebe R, Schuler D. Magnetosome biogenesis in magnetotactic bacteria. Nat Rev Microbiol. 2016;14(10):621-37.

Zilli Vieira CL, Alvares D, Blomberg A, Schwartz J, Coull B, Huang S, et al. Geomagnetic disturbances driven by solar activity enhance total and cardiovascular mortality risk in 263 U.S. cities. Environ Health. 2019;18(1):83.

Acreditamos nos livros

Este livro foi composto em Elevon e Gimlet Text Narrow e impresso pela Gráfica Santa Marta para a Editora Planeta do Brasil em agosto de 2024.